U0485452

2401
TOMORROW
AFTER 24:00, IT'S A NEW DAY

大鱼

有爱的青春陪伴者

401 上

功夫包子
GONGFU BAOZI

著

廣東旅遊出版社
GUANGDONG TRAVEL & TOURISM PRESS
悦读书·悦旅行·悦享人生
中国·广州

图书在版编目（CIP）数据

2401. 上 / 功夫包子著. — 广州：广东旅游出版社，2024.11
ISBN 978-7-5570-3285-2

Ⅰ. ①2… Ⅱ. ①功… Ⅲ. ①长篇小说－中国－当代 Ⅳ. ①I247.5

中国国家版本馆CIP数据核字（2024）第067678号

2401. 上
2401. SHANG

功夫包子 / 著

◎出版人：刘志松　◎总策划：苏瑶　◎责任编辑：何方　◎责任技编：冼志良
◎责任校对：李瑞苑　◎策划：廖妍　◎设计：Insect 姜苗　◎图片绘制：肥猫天使宅设创作中心

出版发行：广东旅游出版社
地　址：广东省广州市荔湾区沙面北街71号
邮　编：510130
电　话：020-87347732　020-87348887（销售热线）
印　刷：天津睿和印艺科技有限公司
地　址：天津市武清区大碱厂镇国泰道8号
邮　编：410137
开　本：880毫米×1230毫米　1/32
印　张：18.5（全2册）
字　数：521千字（全2册）
版　次：2024年11月第1版
印　次：2024年11月第1次
定　价：68.80元（全2册）

版权所有·侵权必究
如本图书印装质量出现问题，请与印刷公司联系调换。联系电话：020-87808715-321

目录 CONTENTS

001 ✱ 第一章
不打不相识

027 ✱ 第二章
绯闻

053 ✱ 第三章
六个点

079 ✱ 第四章
越野拉力赛

104 ✱ 第五章
事故

129 ✱ 第六章
保密合约

目录
CONTENTS

154 ✷ 第七章
一起DVD

186 ✷ 第八章
结束、开始

213 ✷ 第九章
算不清楚了

249 ✷ 第十章
自欺欺人

275 ✷ 第十一章
2401

第一章

不打不相识

凌晨三点，哪怕是 B 城这样出名的不夜城，街道上也已经很少有人行走了，只有霓虹灯还亮着，晃着深秋泛着清凉感的长街。

突然，从远而近传来一阵足以惊惹全市的汽车轰鸣声，又以一种让人心惊的速度，疾驰而去。

等到这阵心惊的噪音过去，只能看见已经逐渐消失的两个红点了。

不到十分钟，又会周而复始。

石毅咬着一根烟靠在自己那辆奔驰旁边，哪怕眼前的车跑过一轮又一轮，也迟迟没有行动的意思。

旁边狐朋狗友捅了他一下："石公子，不下去玩一圈？"

他掀了下眼皮，没给对方反应。

大晚上的跑出来飙车，根本不是他的风格。

尤其是他明天早上还有个会要开，但是文件他还没看完。

似乎是感觉到他的不耐烦，强拖着他出来的王乐很轻地扯了他一下："阿毅要不你先回去吧……"

石毅皱了下眉："你能不叫我'阿姨'吗？"眉宇间压着一股烦躁但是终究没真的甩手走人。

被叫作"石公子"的石毅看着这一群疯疯癫癫的纨绔子弟，双手依然维持着环胸的动作："你赶紧找你要找的人，找到了好走人。"

王乐闻言缩了下脖子，然后四处张望。这里人太多，站得左一团右一团的，还真不好认。

"要不，我往那边看看，你等我一会儿。"害怕再耗下去石毅的耐性宣告终结，王乐有点着急。

石毅只能无奈地挑了挑眉："你去找吧，我等你。"

他这辈子倒霉就倒霉在认识了这么一个"世交"。

石、王两家的父辈很有交情，他和王乐算是从小一起长大的，毕竟家世背景很相近，成长的经历也差不多。

上一样的小学一样的中学，就连大学都是同一所。

唯一有点不同的，大概是石毅长得人高马大走到任何地方都会被人一眼看见，而王乐不知道究竟是先天还是后天的原因，无论个头还是体形都小一般人一大截，怎么看都像没发育完全一样，说话细声细气，性格还特轴，属于最容易被人欺负的那类"弱势群体"。要不是因为石毅，王乐可能大学都毕业不了就被人欺负死了。

久而久之，石毅凡事帮王乐出头就成了习惯。

毕竟是自小玩到大的，哪怕是养只宠物都没那么容易说丢就丢了，何况石毅是出自"将门"，骨子里那股超乎常人的责任感也让他不能不管王乐。

说起来他自己都觉得可笑，大晚上的不睡觉，跟着王乐一起跑到大马路上在一堆飙车党里面找人所谓的"渣女"。

他到现在也没弄明白这个从小到大看着主意很多但是胆子不大的朋友怎么就被人骗，跟人"网恋"上了，或者说根本不算"网恋"，而是网骗。

石毅皱眉点了根烟咬在嘴里，对旁边不断跟他套近乎的路人甩了个白眼："离我远点！"

再往他身上贴他就要踹人了，本来他现在心情就不好。

等了二十多分钟，终于看见了曙光——远处王乐正跟什么人拉拉扯扯的，好似找到了人。

石毅长腿一伸，不顾身后那几声招呼，就往那边走过去。

被王乐拉住的人，有点眼熟。石毅觉得自己好像在什么地方见过，但是一时又想不起来，不过这个圈子不大，这个时间还能混在这里玩的，就那么几个人。

长得倒是真的不错,五官很英挺,感觉有那么点斯文败类的调调,鼻子上架了一副眼镜,旁边围着一群女人。

这种条件,戴上假发拍个照稍微修一下,确实像个美女,难怪可以在网上骗到王乐这个傻小子。

石毅心里这么嘀咕了一句,走到王乐旁边上下扫了对方一眼:"就是他?"

王乐抓得很紧,唯恐一松手这人就跑了。

被抓着的人脸上还挂着几分笑意,看见石毅后扬了下眉,然后努力把自己的衬衫从王乐的手上抢救回来:"我说,大家是不是有点误会?"他掰开禁锢住自己衣服的手,"我根本不认识你啊。"

王乐的力气不如他,被他扣着手腕没挣扎几下就被迫松手了。

不过王乐刚松开,石毅就凑了过来揪住了人,揪得比王乐还紧:"长得人模狗样的,装什么不好非得装孙子?"

这话说得很难听,被骂的人脸色都变了:"我说你骂人也得先搞清楚情况吧,有话松开我再说!"上来就被人这么人身攻击换了谁都得上火,被石毅揪着的人一边说一边扯了一下石毅的后肘,右胳膊往上一架想把石毅架开。

因为两人力气都不小,一较劲,差点一起摔到地上。

最后是被扯着的人撑了一下身后的车才算稳住身影,他的衬衫因为这一拽被石毅一把扯开了,扣子崩得到处都是,显得有点狼狈。

"你有病啊!"

石毅眉头一皱,刚要再动手的时候,王乐在旁边一把拦住他:"石毅,搞错了,不是他!"

石毅手都举起来了又整个人顿住,他看了王乐一眼:"不是他?"

"不是……"

"不是他你抓着他干什么啊!"本来卷入这种事里石毅就很不耐烦了,折腾半天竟然还弄错人了。

王乐被他一吼下意识地往后退了一步,稳了稳情绪才挤出话来:"他是阿齐的朋友。"

听到王乐这软绵绵的语气,石毅内心的火又加了三分,这是被骗得不够吗,被人当猴耍了还亲昵地喊人家。

听王乐说到阿齐,差点无辜被揍的人也反应过来了,他扬了扬眉:"你找的是王义齐?"

"嗯。"

王乐点了点头,又往他旁边走了一步:"我找了阿齐很多天了都找不到人,你知道阿齐在哪儿吗?"

王乐这么一追问,对方犹豫了一下。

视线扫到王乐身后的石毅,考虑到最后,他摇了摇头:"我不知道。"

"你真不知道?"石毅明显不信。

"王义齐三天前就飞国外了,你问我他现在在哪儿,我还真没办法回答你。"面对石毅的怀疑,"渣女"的友人笑了笑,整理了一下衬衫。

"那他什么时候回来?"

"这我真的不知道。不过,下个礼拜是他生日,他应该会回来。"

说完,那人挑了下眉角表示自己已经说到极限了,他扶了下眼镜,往后靠在一辆车旁边,刚才一直缩在后面的几个女的又黏了上来,靠在他胳膊旁边,好奇的目光一直打量着石毅。

被这么盯着有点不舒服,石毅扯了一把王乐:"既然下周才回来,你到时候再说吧。"然后拉着人就走。

周围看热闹的人这时候才有胆子大的往跟前凑了凑:"鸣哥,厉害啊,你敢跟石毅打架?"

英鸣回头笑了一下:"你眼瞎了?刚才那样也叫打架?"

不就掉了几个扣子嘛。

话虽然是这么说,还是有不少人在后面啧啧地发着感慨,英鸣收回视线看着石毅带着王乐走远的背影,眼睛眯了眯。

他怎么有一种,以后的日子要开始麻烦了的感觉呢……

王义齐绝对是英鸣误交的损友之一。

从认识到现在,几乎就没遇到过几件好事,麻烦的事是一件接着一件,偏偏王义齐只有惹事的本事没有收尾的能力，折腾到最后往往都是他身边的人跟着一起倒霉。

石毅这件事，就是一个非常危险的信号。

那天晚上英鸣还没到家就在路上给王义齐挂了一个国际长途，打了四五遍那边才接起来，语气还不善："谁啊，真不会选时间！"

"王义齐！"

英鸣喊了一句，那边的人才清醒了一点，大概是确认了他的号码，态度稍微好了点："英鸣？"

印象里，英鸣这还是第一次他在外面的时候给他打电话。

或者可以说，他俩认识这么久，英鸣总共给他电话的次数没超过四次。

"你怎么给我打电话了？"

"我问你，你是怎么招惹上石毅的？"

懒得跟他兜圈子，英鸣问得很直接。

王义齐在电话里愣了一下："石毅？"这名字他很熟，但是熟归熟，他还没想到二者之间的联系。

"少装糊涂，石毅今天晚上找上我了问你在什么地方，你是不是又惹到谁了？"

"我没有啊！"王义齐觉得很冤枉，"我跟这人根本不熟！"

"不是石毅，大概是他的朋友，叫什么乐的。"英鸣没记住王乐的名字，只是听见石毅叫了这么一声，记住了大概。

"王乐？"

"果然是你惹的麻烦！"

王义齐想起名字也就说明这事他脱不了关系了，英鸣眉头一皱："你吃饱撑着了啊，尽选惹不起的人招惹。"

"我怎么知道王乐是石毅的朋友？再说，我根本也没干啥，是他自己傻别人随便P个图也当真，我这是日行一善给他上上课，让他知道什么叫'网络不可信'。"

"总之你赶紧回来！"

一句话算是结束了这场谈话，英鸣说完就把手机扔在了一边。

005

踩大了油门，夜风迎面吹过来的时候，会让人有种窒息的错觉，英鸣一路飙回了住的地方，把车停在门口，进屋先从冰箱里拿了一瓶啤酒。

墙上的挂钟已经指向六点了，这一天，过去了四分之一。

"又是一天啊……"英鸣这么感慨地唏嘘了一句，把鞋子很随意地甩在一边，整个人窝在沙发上，打开电视然后闭上眼睛。

他习惯耳边有声音了再睡觉。

大概是以前失眠落下的毛病，旁边越嘈杂他反而越容易睡着，反过来如果安安静静的，经常他翻腾半天也静不下来。

虽然这么睡觉是挺费电的，不过没办法。

人养成了习惯就是不太容易改。

尤其英鸣是一个特别注重感觉的人，很多事，说是说不清楚的，只是一种潜伏在心底的感觉。

演员大概多少都是有些矫情的。

英鸣入睡前这个想法从脑中闪了一下，让他嘴角很浅地扬起了一个弧度。

石毅后来想了很久才想起来为什么觉得英鸣眼熟。

好像是个明星。

那张脸既然是用来吃饭的，那也算是比较合理了，他回忆了很久到底这人演过什么，但是发觉没什么概念。

主要是他本来也不怎么看电影。

那些总觉得是学生时期的消遣，脱离了无产时期，他也就没了那个闲情逸致。

在很多人眼中，石毅是个非常得天独厚的人。

说是天之骄子绝对不为过。

名门之后，虎父独子。

有些人奋斗了二三十年才能积累起来的人脉和资源，从他懂事，就已轻松拥有，叔叔伯伯地叫着，阿姨老师地喊着，从有记忆开始就跟着他父亲到处应酬吃饭，人来人往的那套看在眼里，他分得很清，也看得很透。

所以他一直都很明确自己到底要什么。

比起一般的纨绔子弟，石毅算是个有能力有抱负的人。

他从来不打算靠着家里的福荫过一辈子，他父亲的成就是他父亲的，他需要属于自己的一片天地来证明自己。

大学毕业之后，他跟家里较劲了半年的时间才终于争取到了独立创业的机会，跟着大学的几个朋友开了一家建材公司。有人警告过他，这个市场已经趋近于饱和了，别人看着肉肥但是绝对不好吃，这里头水太深，很容易栽进去。

不过石毅不怕。

只要这里面还有立足之地，他就有信心自己能够扎下根基。

当时他跟父母保证得信誓旦旦。

而时至今日，虽然还没有达到他最初的目标，但是也已经初见成果。至少走出去，提到"石扬建材"，还是不少人都清楚来头的。

他很享受这种成就。

不说多么惊天动地，但都是自己一拳一脚打出来的。

对英鸣的印象，石毅就停留在了那天晚上的一面之缘，后来王乐到底有没有找到王义齐，事情又是怎么解决的，他都没有再关注，反正这种问题他从来也理不清楚，自己生活上的麻烦事也不少，实在没什么资格去管别人到底怎么样。

只是他没想到，会那么快又见到英鸣。

还是在他自己的生日会上。

在他的概念里，过生日其实就是做冤大头，自己花钱请一堆人来吃吃喝喝，认识的不认识的全都有，聊着跟他完全无关的话题，然后插上几句已经听腻歪了的奉承，等都闹够了，才要他来出钱买单。

明明就是这么浪费时间的事，还非过不可。

因为你不记着有人会记着，你不着急有人会着急。

免费吃喝的机会总有人是不放过的，一般都是石毅自己还没想好请谁，就已经是个人都收到邀请了。

具体是谁发的,还无从考证。

总归是会来那么大一帮人,人来人往,脸都记不住几张。

英鸣之所以引人注意,是因为他迟到了。

一群人已经吃过了喝过了转战到KTV了,他才姗姗来迟地推门进来。

他旁边还跟了两个人,其中一个石毅认识,另外一个有点脸熟。

"石公子真是对不起,我们来晚了,自罚三杯,自罚三杯!"石毅认识的那个人叫寇京,一进门二话不说倒了三杯闷头就灌,都不知道他用的是谁的杯子,英鸣跟在他后面,一抬头正好和石毅撞了个正着,下意识地一挑眉角。

寇京喝完了有人叫好有人起哄,石毅也没什么特别的表情,就看着英鸣。

这屋里没几个人知道他俩之前的误会。

只当彼此不认识。

寇京喝完了一抹嘴,拉着英鸣往前走了两步:"石毅,这人你认识吗?"

今天的寿星笑了一下:"不认识。"

"他是英鸣啊。你小时候肯定看过一部电影叫《痞少》,他就是那里头演痞少的那个人,背景雄厚,说起来跟你还是一家人。"

寇京说完,旁边坐着的王乐很轻地"啊"了一声。

明显他想起来了。

其实不只是王乐,寇京说完,石毅也想起来了。

他总算搞明白了为什么怎么看英鸣怎么眼熟,当时那部电影他相当喜欢,因为身份背景和他的生活很贴近,还特地买了DVD收在家里。

当然,现在已经找不到了。

英鸣现在的轮廓还能依稀找到当初的那种感觉,但是更立体了一些,眉宇间的气质也跟少年那种味道不同了,除了脸上挂着的笑容依然带了点痞子的感觉,似乎是在调笑,又似乎是在嘲讽。

寇京的介绍让不少人都认出了英鸣的身份,顿时都凑到他跟前跟他聊当年。

英鸣扬眉笑着,对谁都是点点头。

好不容易抽出空,他才自己给自己倒了一杯酒,冲着石毅一比:"今天是石公子生日,那就应着场合套句近乎,说声生日快乐吧。"

他说完一口直接干了。

石毅很突然地拿起了酒瓶,对着他的杯子又给倒了一杯。

"无双不成礼。"

英鸣眉头都没皱,拿起来仰头又一杯。

石毅继续倒:"就看你对我感情有多深了……"

喝酒的人因为这句话顿了一下,表情很微妙,不过手下没停,石毅倒了他就喝。一直到这半瓶酒全部都喝完了,石毅才把酒瓶往桌上一放:"好!这才够意思!"

再往后,一群人就玩得很疯了。

石毅本来已经有些无聊的情绪因为英鸣的出现而提起了那么几分兴致,两人后来拼酒拼到旁边的人看得脸色发白。

到最后到底喝了多少,他俩谁也想不起来了。

石毅记得从大学毕业之后就没搞得这么疯过,后来一屋子人又喊又叫的,依稀记得自己还拿着麦克风吼了两嗓子,但是具体情况如何,因为那天几乎是全军覆没,也没人说得清楚。

这次生日,他唯一的收获就是跟英鸣交了个朋友。

其实,他交朋友从来都是靠感觉。

只要对他胃口,身份地位都无所谓,他照样可以当成兄弟一样肝胆相照。

石毅觉得英鸣这个人很痛快!没那么多矫情的毛病,想了就说,说完了就做,大家在一起不用绕圈子兜来兜去的心烦,但也不是那种缺根筋的二愣子,做事没分寸,那个度把握得很好。

这些当然也不是全靠那次生日会上得出的结论。

他之后还碰到英鸣好几次。

这圈子就这么大,来回就那么几个人,谁带头都是这么搞,来来回回反正也不怎么换花样。

英鸣人缘是相当不错的,所以总能和石毅打上照面。

最初谁也不知道他俩还有交情,有些人还会多嘴介绍一句,后来干脆石毅自己说两人是朋友,圈子里的其他人也就接受了这样有点诡异的组合。

寇京私下跟英鸣感慨过:"鸣子,我真服了你,石毅这人可不好接触。"

但凡这种身份的人，多少有些架子。

石毅虽然不是摆得最出名的，但绝对是最公开的。

一般人他不往眼里放。

英鸣当时只是笑了笑："只是吃吃喝喝的朋友，你想太多了。"

他从来不会自认和石毅有多熟。

喝得来是一回事，谈得来是一回事，处不处得来，是另外一回事。

虽然都说娱乐圈和政商界是分不开的，但到底石毅跟他不是一个世界的人，他们想做的、要做的，都走不到一起去，平时大家这么聚聚随便胡侃还可以，轮到交心，哪儿都挨不着哪儿。

"人最重要的是找准自己的位置。"

英鸣抽一口烟，靠在沙发上满足地眯起眼睛："别看轻了自己，也别看高了自己。"

地球离了谁都是转，生活少了谁都是过。

英鸣平时如果没有片约的话，大部分时候是自己安排。

他的商业活动不算很多，平时有时间了就出去旅游或者健身，偶尔也玩玩极限运动。有人说艺术家和演员是永远不会放弃追求刺激的人，因为精神世界空虚就等于了事业的死亡，这句话英鸣觉得有些太过绝对，但是不否认也有几分道理。

周末石毅给他打电话的时候，他人还在山溪旁边准备玩漂流。

信号不太好，搞得两人声音都断断续续的。

"英鸣，哪儿呢？"

"我在市外。"

英鸣没有详细地报地点，因为无论石毅找他干吗，他都不可能一时半会儿赶回去。

"晚上回得来吗？"

"几点？"

"八点左右吧。"

"差不多，但是可能有点赶。"这边怎么也得耗到六点多，就算是他晚上的聚餐不吃，回去也得八九点了。

英鸣本能地觉得石毅这通电话有点不寻常，所以他往人少的地方走了两步："怎么了？有事你直说。"

"我想请你帮个忙。我晚上有一批客户要过来，想找人热闹热闹，熟悉的几个人都不在城里，想找你帮忙安排一下。"石毅如果不是因为实在找不到人，是不会问英鸣的。

平时这些东西其实都是欧扬负责安排，他多数时候不管。偏偏这几天欧扬出差，能帮上忙的也都因为各种事赶了个不凑巧，石毅是翻电话本的时候才想到找英鸣。

英鸣仅仅是想了一下，就很干脆地答应了："行。我两个小时之后能到市里，到时候给你电话。"

挂了电话就开始收拾东西，他在一堆人扫兴的抱怨和挽留中，干脆利索地上了车，歉意地表示下次聚餐他来请。

石毅给英鸣打完电话等了一个半小时。

对方给他发了条短信，告诉他人已经在他公司楼下了。

石毅到楼下的时候，英鸣车里还放了一堆漂流的用具。

"原来你是去玩漂流了？"往他后座看了一眼，石毅笑了笑，"下次记得叫上我。"

"行啊。"

英鸣靠在车座上，头发还有点湿，他随便搓了搓，歪头看着石毅："大概想怎么弄，你跟我说说吧。"

"一共七个人，吃完了饭想四处转转，年纪都不大，想玩点不一样的。"

石毅说完英鸣笑了一下："你这说法怎么这么意味深长，什么叫'不一样'的？"

"我就这么一说，你领会中心意思就行了。"

其实要说起来，石毅也不是没玩过的人。

但是他参加这种类似的活动，都是被人拖着或者一时无聊了可有可无地去露个脸，他对这些没兴趣，更没多少了解，反正就是该玩的他差不多都玩

011

了,等玩完了又觉得特无聊。

他宁愿周末自己出去玩赛车,也好过一群人泡在酒吧里疯疯癫癫的。

这圈子里的东西,其实不太对他的胃口。

英鸣和石毅接触的这段时间,已经很清楚石毅的性格喜好了,听石毅这么一说就了然地笑了笑,他点点头:"行吧,这事儿交给我来安排。"

"幸亏你在,谢了!"

"没事儿。"

英鸣要回家换衣服,没跟石毅聊几句就先走了,两人约好了一会儿在英鸣家里见,到时候一起去接机。

石毅没去过英鸣家。

但是按照后者的说法,就是绝对找得到地方。

"街口右转开到底再右转,最大的那间仓库就是。"

当时石毅愣了一下:"你住在仓库里?"

"我有幽闭恐惧症,地方小我睡不着觉。"当时英鸣扯着嘴角这么答了一句,也不知道是真的还是假的。

石毅和英鸣认识了以后,最大的感触是这人说话根本分不出来真假。

到底是做演员,胡诌起来脸色不变眼皮都不带跳的,张口就来,各个版本能解释得天衣无缝。

有一次他亲眼看见英鸣忽悠几个富二代娱乐圈那些八卦绯闻。

所有配对被他拆了一溜直到最后听的人深信不疑。

等到他私下问的时候,英鸣才扬眉诧异地反问了一句:"你真信啊?"

真要追问下去,英鸣的回答永远是三个字:

"你猜呗!"

其实挺欠抽的。

但是好在英鸣对着他的时候,没有这么折腾过。

也是因为石毅的好奇心本来就小,有时候听出来英鸣不愿意答随便给了他一个理由,他也就不继续追问了。

像是幽闭恐惧症这事儿,他就是那么一听,对方也就是那么一说。

不过英鸣说得没错,他住的这地方确实好找。

石毅一路上一通电话没打就找到了他家门口。

从外面看，实在不像一个人住的地方。

墙壁上画的全是非主流的喷绘涂鸦，乱七八糟的，也没一个真正的意义。这就是一个普通的砖墙仓库，大门上竟然还是那种挂式的大锁。

他敲了敲门。

"咣咣"的声音让人听起来有点心惊。

然后英鸣开门的时候，石毅就笑了，原来大门是摆设，旁边的墙壁才是正门，英鸣推开正门的时候，很有一种密室暗道的感觉。

石毅扬了扬眉："你可以啊，住的这地方挺有意思。"

"孤家寡人，可劲儿折腾呗！"

英鸣笑了一下，招呼石毅往沙发上坐，自己去冰箱那边拿饮料："喝什么？饮料还是啤酒？"

"饮料，一会儿还得开车。"

英鸣随手拿了一瓶不知道是什么茶的东西，丢给石毅："你先自己招呼自己，我去洗个澡。"

石毅有点意外："你到家了这么久还没洗澡？"

"洗了，然后给猫洗的时候被它泼了一身的沐浴液，得重洗一次。"

英鸣说完这句话人已经进浴室了。这间仓库确实不小，一层就一个客厅，七零八落地放了不少东西，有跑步机有打拳的沙包，甚至还有一个挺大的蹦床，四周挂了不少抽象派的油画，靠墙一溜柜子，里面的东西也不是太有章法。二楼才是正式的房间，看着门不少。

这屋子整体感觉跟英鸣很像。

东西多但是不凌乱，空间感很强，充斥着个人的特色。

石毅站起来随便看了看，转到那排展列柜前面的时候，注意到最底下的角落里放着几个奖杯。

虽然不认识造型，但是石毅看得懂字。

这大概是"最佳新人""最佳男主角"之类的奖项，有些奖的出处被其他东西盖住了，他看不清楚到底是什么奖。

放得够随意的，明显主人不太上心。

013

英鸣出来就看见石毅在看展柜，他走到旁边，石毅笑了一下："你就把这些奖这么丢着？"

"过去了的东西，每天擦一遍也没多大意思。"

英鸣一边说一边擦着头，懒懒地看了一眼就绕过去了："何况我拿这些东西的时候，连什么叫'最佳男主角'都搞不清楚。"

成名太早，对于当时的很多感觉，已经不真切了。

同样是最佳男主角，一个十几岁的小孩在一堆大人中间，就好像级别不够只是被分了块糖的消遣，哪怕他清楚自己也算是出名了，却不明白背后代表的含义到底是什么。

那段记忆，除了疯狂就剩下疯狂了。

英鸣笑着摇了摇头，很技巧地把话题带了过去："晚上'798'那边有个活动大概有点意思，要不带过去看看？也见识一下艺术人生。"

"行啊。"石毅点头，"那地方我去得还真不多。"

"那我打电话安排。"

英鸣是个做事效率很高的人，跟石毅商量完三通电话差不多就搞定了晚上的安排。基本上吃饭住宿的问题是不需要他操心的，石毅已经安排好了，所以他就是做做地陪，活儿也不重。

不过那天晚上几个人折腾到了三点多。

后来把这群人送到酒店的时候，无论是陪着的还是逛的人都累得不行了。

英鸣走出酒店大堂的时候忍不住点了根烟，长出一口气："这几个人精力真不错，换了我早趴下了。"

又唱又跳又喊的，到底是年轻人。

精力旺盛啊……

石毅在招呼他们的时候不太当成客户，倒是像一圈子的旧交，英鸣从头到尾没有多问，甚至连怎么称呼，都是石毅挨个介绍的。

石毅跟在他后面，忍不住也抽出烟来点上："幸亏不是经常需要我招待的，不然真是陪不起。"

他开始考虑是不是该给行政部门和公关部加工资了，这么迎来送往的，太耗神。

"关键是要他们开心。"

"我看挺 high 的,不是我一个劲儿劝,还不肯回来呢。"

两点多了还要去泡吧,石毅也真是服了他们。

英鸣听见这句话忍不住笑了笑,他嘴里咬着烟,这儿一笑嘴角的弧度扬得很好看,石毅歪头看了他一眼:"干吗笑得这么诡异,有话就说。"

"没事儿,觉得你这人挺有意思。"

英鸣扬眉:"有没有人跟你提过你说话有股长辈的范儿?"

说话的语气里时不时地会带出一股"你们这些人都太过幼稚"的调调,倒是不明显,但是能感觉出来。

石毅抽了两口烟,另外一只手很随意地插在兜里:"我要跟你说我平时的生活习惯是六点起床打太极你信不信?"

他说得很正经。

对面的英鸣笑着点头:"我信。"

就算石毅说自己喜欢一大清早拎着一个鸟笼子四处溜达看人下象棋他都信。

和他打过交道的另一群富家子弟比起来,石毅绝对算个异类。

但是或许这也是两个人聊得来的主要原因。

在很多人眼里,英鸣本来就是个异类。

不过,人活着本来也是一人一个活法,遇到投缘的就交个朋友,不投缘的就是个路人。

反正谁也不妨碍谁。

英鸣笑了一下,招呼石毅去取车:"你晚上喝了酒,我开车吧。"

石毅:"这个点了,我回家来回还不够折腾的,算了,要不你送我回公司吧。"

他早上还有个会。

欧扬不回来,大部分事情都得他亲力亲为。

英鸣看了一眼手机,确实时间有点勉强,他想了一下:"要不你晚上睡我那儿吧,这里离我家近,正好靠着你公司。"

石毅的公司在东边住的地方在西边。

每天上下班这个路程真是挺可怕的。

尤其是还得算上堵车。

而英鸣家,是在这两个地方中间的位置,靠东边一点,到哪儿都差不多。

石毅连犹豫都没有就点头了,他坐上副驾驶,随手把烟掐熄了扔在酒店门口的垃圾桶里:"行,走吧。"

英鸣家是有客房的。

还不少。

"这地方本来我最初买的时候,是想跟哥们儿一起开个酒吧,上头安排的全是VIP包间,但后来因为其他事儿没开成,倒腾好了觉得地方不错我就自己住了,房间隔出来这么多也没办法,全留着做客房了。"

英鸣这么解释的时候自己也笑了笑:"我书房卧房都在右边顶头,旁边都是留给别人的。"

"你家以后可以做一个据点什么的,地方大,也够住。"石毅笑了一下,"给我留一间得了!"

英鸣答应得很痛快:"你先挑,看中哪间我配锁。"

不过,实际上后来石毅是在沙发上睡的。

他没上楼。

主要是因为懒得折腾,英鸣那沙发看着也挺舒服。

英鸣主随客便,石毅要在沙发上睡他也没拦着,还给石毅弄了条毛巾被:"我起得晚,你走的时候帮我把门带上就行,自动锁。"

"嗯,你不用管我。"

本来也都不是矫情的人,英鸣简单地安排完也就回房了。石毅躺在沙发上没睡着的时候,看着仓库上方开的几个空窗有月光照进来,晃着屋子里挺漂亮。

英鸣确实是个会享受生活的人。

跟这里一比,他那栋公寓简直一点劲都没有……

石毅后来给英鸣的反馈是那几个人表示很满意。

英鸣谦虚地表示其实自己不擅长张罗这些事,对此石毅只是扯了下嘴角没接话。

大部分时候,石毅身边的朋友是分几类的。

一种大概是像王乐这种的从小一起玩到大,逐渐已经成了一种习惯,三不五时地约着吃顿饭,不需要经常打电话,常常是有事才联系,但感情是自小积累起来的,想疏远也不太可能,维持着一种固定的频率。

还有一种是像欧扬这种工作伙伴兼兄弟,忙累了一起去酒吧喝喝酒,周末约出去打球放松一下,谈公事要比谈私事的时候多。

剩下英鸣这种的,基本上属于帮忙的时候能够想到,平时聚会时不时地会碰到,要说了解其实不算太深,但是谈得来,偶尔打电话的时候翻过通讯录会觉得这人好像最近没见了,但是也不会特地约出来聚聚。

相比较来说,英鸣那边对朋友的分类还比较简单一点。

不是吃喝的,就是玩乐的。

前半部分属于一起吃饭不会倒胃口的,后一部分属于一起玩的时候不会冷场的。

跟石毅的关系,他没有刻意地保持距离,也没有积极地拉近关系。

反正大家就是圈里的朋友,遇到了就聊聊,碰不到也谈不上想。

真正让他们两个的这种相处模式发生变化的,是因为石毅后来认识的一个女人。

这个女的叫刘莉。

感情生活对石毅来说,是可有可无的生活调剂。

他不是没有过那种无比享受身边有个软玉温香的女友随时在怀的时期,只不过比起一般的男人,他那段岁月来得有些早,年轻的时候也干过为了一个女生搞出很大风波的事,但是从他开始能够克制自己行为之后,这种情况就越来越少了。

有了事业之后,这种情况几乎归零。

当然,他这样的人,永远是不缺伴儿的。

遇到合适的，他也会似真似假地交往一段时间，不过多数时候结果都不是太完满，不闹得很难看就算是不错的，有些后续问题无数的，只让他对于这种男女关系越来越没有兴趣。

跟刘莉认识，是跟一个客户吃饭的时候。

对方说今天有个大明星来助唱，等刘莉推门进来的时候，石毅不否认自己有种眼前一亮的感觉。

说是明艳照人也不为过。

他自认见过的美女也不少，但是刘莉这种确实对任何男人都存在吸引力。

从身材、样貌再到气质，可以称之为完美。

她在娱乐圈也是很出名的人物，演过不少知名的大电影，继续发展，大概是要进军国际的。

石毅当时听旁边人介绍的时候，视线一直锁在刘莉的身上，对方似乎也感觉到了，冲他微微地笑了笑。

临散席的时候，他留下了她的手机号。

石毅从来没想过有朝一日会去追求一个女明星。

欧扬知道这件事之后，一度开玩笑说他是鬼迷心窍，不过实话说，没人真当回事。

包括石毅自己。

他纯粹是被对方吸引了从而引起了他主动了解的兴趣，但在两人吃了几顿饭之后，他对刘莉确实有了一种微妙的好感。

这个女人很聪明，说话也很有技巧。

在把握和人相处的分寸上，拿捏得恰到好处，明明对他也是有兴趣的，却表现得并不明显，放纵着这种暧昧的感觉，让彼此都乐在其中。

有点像猫和老鼠的游戏。

互相追逐摩擦着，却不挑明。

因为见的面多了，有绯闻就是意料之中的事。

石毅并没有怎么避讳，反正刘莉肯定是不会承认的，会问到他面前的人也不多，有时候朋友拿这件事跟他开玩笑，他也由着大家去聊，不承认也不否认。

甚至，他还带着她参加过他朋友圈的聚会。

当时英鸣也在场。

刘莉出现的时候，引起了一场骚动。

寇京目瞪口呆地一个劲扯英鸣："天，这真的是大明星刘莉？"

英鸣被他扯得袖子都快掉了："我说你能不能不这么装？"

明明都是见过面的，何必呢。

寇京被英鸣吐槽完了笑了笑，然后随手给石毅丢了一顶高帽子："石公子就是有办法，请得动刘莉大驾光临啊。"

"何止是大驾光临，人家一会儿还要给石公子倒酒呢。"

这圈人开起玩笑来是没什么分寸的，什么都敢说。

石毅倒是也无所谓，一群人胡扯，他也随便他们去说。刘莉坐在他旁边，一直笑得很自然，看见旁边的英鸣，有点意外地扬了扬眉："英鸣也在啊？"

后者很随意地摆了下手，算是打招呼。

他本来跟石毅坐得也比较有距离，没什么意愿过去搭话。

刘莉转身看了石毅一眼："你跟英鸣是朋友？"

"嗯，比较谈得来。你俩认识？"

都是一个圈子的，道理上来说，英鸣和刘莉的关系比跟他还近点。

但刘莉只是笑着摇了摇头："只是知道名字，没接触过，我们没有过合作。"

"说不定哪天就遇到了呢？"石毅不以为意地喝了口酒，"就是别演什么对手戏，我看着别扭。"

酒喝完了，他侧头就吻住了旁边的女伴儿。

KTV里有人起哄有人叫好，英鸣在旁边挑了挑眉，什么都没说。

不过刘莉后来告诉石毅，她和英鸣是不太可能合作的。

拍的电影类型不同。

一直以来，石毅都只是知道英鸣是个演员，反正跟人说起来，多少也都听过英鸣的名字。他没有刻意去打听过英鸣在娱乐圈里是什么样的地位，很模糊地知道应该不属于当红那类，但也不算太差。

他平时看的影视剧太少，对这方面的了解也就更少了。

不是因为认识刘莉,他甚至不会对这个圈子投入半分注意力。

但是等看得多了听得多了,才在别人的谈论和话语中察觉到,英鸣现在的情况远不如他想象的。

倒是也谈不上生活艰难,毕竟两人私下来往的时候,对方的生活他很清楚,不算豪奢那款,也起码活得很自在。

只是针对他演员的身份来说,没有什么太好的作品。

甚至提起来都是些不入流的东西。

小成本的喜剧片或者是低投入的动作片,有一次他随便在音像店里逛的时候,看到英鸣演的电影,随便抽了两张,回家打开的时候才注意到封面和内容都挺低劣的。

有点像特别小的时候,还存在的那种循环放映的午夜场电影院里的内容。

不能说都是低俗的戏码,但是质感确实不怎么样。

那两张 DVD 他没看完,随手放在了柜子上。

说到刘莉和英鸣的合作本是石毅的随口一说,他也没想到没过多久竟然成了现实。

在电视上看见新闻的时候他一时还没反应过来,后来才给刘莉打了电话:"你新电影里有英鸣?"

"嗯,我也挺意外的,发布会上才看见他。"

"这小子完全没跟我说啊!"

石毅眼前的电视上镜头刚好特写带过了英鸣一个镜头。从电视上看,英鸣显得比私下要稍微壮一点,大概是被镜头撑的,他本人比较偏瘦,除了肌肉是实打实的,基本上套着衣服看不出来是个多强壮的人。

第一次对一部电影有了点了解的欲望,石毅笑着聊了两句:"他在里头演谁啊?"

"暂时我还不知道,应该是个配角。怎么,你打电话来,是特地问他的?"

刘莉的语气后面转得有点软,微微带了点撩拨的意思。石毅笑了笑:"你还有什么好问的,肯定是女主角呗!我看新闻上说投资不小,应该是一部不错的电影吧。"

"嗯,导演挺可靠的。"

刘莉也笑了，她旁边有些嘈杂，大概是在宴会上，很低地跟石毅说了一声"稍微等一下"，然后避开人群，周围的环境稍微安静了一点。

"我一会儿十点左右就结束了。"

话说得很婉转，但是石毅完全明白其中的含义："回头我去接你？"

"这边有记者，你还是别过来了，我直接过去吧。"

"嗯，行，我等你……"

石毅心情不错地挂了电话，一抬头这新闻还在播，他坐在桌前看了一会儿，出于一种很奇怪的心理，他给英鸣打了通电话。

但是那边比刘莉刚才的环境还吵。

似乎英鸣是在某个酒吧里，音乐声音震得石毅耳朵有点发麻。

"英鸣！你哪儿呢？"

"朋友生日，在这边开 Party，石大公子打电话来是什么吩咐？"英鸣的声音带着点沙哑，总是带着一股很痞的味道，听他讲话跟他的人对上号其实是件很难的事情，所以石毅一直觉得像他这样的演员，是绝对没办法现场收音的。

怎么都得找个配音吧……

不然想投入进角色也忒难了。

石毅本来想跟英鸣说知道他跟刘莉要合拍电影了，但是因为声音太吵搞得他也没了兴致，最后话没说完他就给挂了，随手发了条短信，简单的两个字：没事。

英鸣没回。

电影开拍的时候，石毅人在国外。

他要在法国谈一笔生意，所以当时只是大概浏览一下新闻，然后打电话给刘莉祝贺了一下。

结果刘莉在电话里对他说："你知道英鸣演的是一个什么角色吗？"

"是什么？"

"他演的是反派男一的助手，要对我意图不轨。"

刘莉说完自己就笑了。

石毅在这边扬眉调侃了一句:"就他那个体格,悬吧?"

不过这话并没有传到英鸣的耳朵里,石毅回国之后刚好有一段时间不是太忙,公司又招了几个中层主管,帮他和欧扬分担了不少,他花了几天跟许久不联系的朋友聚了聚,吃饭的时候无意中看到电影进度中的探班新闻,莫名地起了一个念头。

第二天,毫无预警地,他跑去探班了。

想要打听这电影是在什么地方拍的很容易,石毅没跟任何人打招呼,到了片场才给英鸣打了个电话:"我说,你们这戏能看不?"

英鸣在片场基本上都关机的。

今天调成振动模式是为了等一个工作上的电话,不然石毅根本找不到他。

接电话的时候他愣了一下,然后往旁边避了避:"你来探班了?"

"嗯,就在摄影城外面。"

"你来之前跟刘莉说了吗?"

"没有,也不是特地为了她,过来看看你也成。"

石毅这话说得英鸣忍不住笑了,他看见助手招呼自己,举手示意了一下,然后忍着笑跟石毅说:"你就算不想看我也没用了,今天根本没有刘莉的戏份。"

最后是英鸣把石毅带进的场。

第一次看到所谓的现场,石毅多少有点好奇,他扬了下眉:"排场搞得还挺大。"

"因为今天要拍枪战的镜头,平时也没这么多人。"英鸣把石毅介绍给了自己的助理,让他暂时安排石毅找个地方待着。英鸣接下来还有几场戏,没时间跟石毅聊太多,幸亏片场本来就人杂,倒是也没几个人注意到,石毅坐在工作人员临时吃饭的一个地方看着拍摄棚那边,觉得挺新鲜。

不过新鲜都是一时的,石毅坐了一会儿就听见噼里啪啦地开始拍爆破,吵了一个多小时,渐渐也有点无聊了。

他给刘莉打了个电话。

"你在哪儿呢?"

对方可能是刚起,还带着睡意:"我在家啊,怎么了?"

"我本来今天过来探班,结果你不在。"

石毅的语气有几分抱怨,刘莉笑了笑:"谁叫你不提前跟我打招呼的?那现在你在哪儿呢?"

"在片场,见着英鸣了。"

"那怎么样,要我过去吗?"

"不用了,我一会儿就走。"石毅百无聊赖地站起来,一边跟刘莉聊天一边往拍摄的方向那边走,快到跟前的时候有人提醒他关掉手机,他没跟刘莉说两句就挂断了。

这场戏主要拍的是英鸣,是要从一个挺高的地方被人踹下来,之前准备工作大概是已经都做好了,石毅走到旁边,刚好就看见英鸣整个人砸下来。

其实是有威亚的。

但是他落地的时候,还是很响的一声。

好半天只看见他在地上挣扎着动了几下,但是没起来。

石毅皱了下眉,对于这种拍摄方式有些意外。

旁边有几个工作人员上去扶英鸣,两个人撑着才让他从地上爬起来,表情有点狼狈,揉了揉胳膊,然后第一句话是问导演OK不OK。

导演招呼他自己过去看看,他走过来的时候迎头撞上石毅,笑了一下。

结果这镜头重拍了两次。

石毅只看了一遍就闪人了,第二次没看完——看着一熟人这么噼里啪啦地往下摔可不是一件感觉很好的事,尤其本身英鸣脸上有妆,看起来格外狼狈。

怎么说都是认识这么长时间了,有点不太能接受这样的英鸣。

大概在石毅的印象里,英鸣一直都是那种有几分潇洒有几分痞的调调,混在什么人群里面都如鱼得水,哪怕不想说话也有一种明星自然带着的气场,不说多出色,但是至少一直是吸引人眼光的。

不然他最初也不会注意到英鸣。

但是片场这样的英鸣,总让他觉得哪里不太舒服。

这场戏拍到了临近中午才结束,英鸣卸了妆才出来找石毅。有两个小时左右的休息时间可以吃顿饭,这附近倒是也没什么太好的地方,英鸣找了家常去的火锅店，两人要了个包间。

石毅把大衣脱了搭在椅子上，一回头看见英鸣在看自己胳膊肘上的擦伤，不禁皱了下眉："我以为你们拍戏平时都有些替身什么的。"

英鸣只是把伤口很随意地蹭了两下就没在意，他把餐具什么的都弄好，顺手帮石毅也拆开："是有，不过我觉得不需要就跟导演说自己上了。"

"你还挺玩命的……"

"工作嘛。"英鸣笑了一下。

他用开水把石毅和他的碗筷都过了一下，然后才叫来服务员点菜。这地方反正石毅也不怎么熟，是英鸣拿的主意，因为一会儿石毅要走，所以没要酒，点了一扎酸梅汤。

"你可以尝尝，这边虽然店不怎么样但是味道还是挺不错的。"

"行，我不挑。"

两个人等菜的时候，石毅提起了刘莉这次演的角色，其实他就是随口问了一句，英鸣解释得倒是挺详细。

基本上就是个典型的商业片，从剧本的感觉上看，效果应该不错，石毅听到一半很突然地想到一个问题，就打断了英鸣的话："你是什么时候开始演戏的？"

英鸣顿了一下："十一岁吧。"

"《痞少》难道是你拍的第一部电影？"

"那倒也不是，之前也演过其他的，不过都是一些辅助剧情发展的角色，可能你都不知道。"

其实石毅要问的不是这个。

他本来想问为什么当初拿过所谓最佳男主角的英鸣现在要来拍这样的角色。

但是犹豫到最后，他没问出口。

英鸣可能是看出来了，也可能是真的不知道，从头到尾话题基本上是围着刘莉打转的，中间夹了几句对石毅的调侃，既没有被朋友看见自己拍戏时的尴尬，也不多做解释。

吃晚饭他问石毅还回不回片场看看，后者表示公司还有事，要先走。

"下次你再过来,提前打电话给我问一下,或者你打听好吧。"

英鸣送石毅走的时候这么提醒了一句,石毅笑笑:"肯定的。"

也不知道今天是不是探访日,石毅刚走,王义齐就到了。

他当然是特地过来看英鸣的,大大咧咧地进了片场就直接找人,旁边有人认出他了不禁有些意外:"义齐,来探班?"

"是啊,英鸣呢?"

"化妆间呢吧,刚才他朋友刚走。"

"朋友?"

王义齐扬眉,用怪异的声调重复了一遍。

王义齐按着场务的指路走到化妆间,一推门看见英鸣在画脸上的伤。

"啧啧啧,我发觉你的妆是一次比一次夸张了。"

英鸣随即看了他一眼:"Andy,王义齐夸你呢。"

叫作 Andy 的化妆师只是翻了个白眼:"真是多谢王帅哥了……"

娱乐圈里的服装师和化妆师不知道是为了烘托出对于艺术的体悟还是真的就是本身的原因,说话多少都有些阴柔的腔调,这个叫 Andy 的其实跟英鸣合作不少次了,人不错,就是说起话来有一股让人觉得别扭的劲儿,他一句多谢说完还有点哀怨地看了王义齐一眼,后者一脸无辜,对于英鸣对他的视线询问视若无睹。

其实王义齐自己也是演员。

只不过,他属于正在自己事业的一个上升期,关注度和新闻度都很高,经常会有媒体跟着,当然,也有一部分原因是他本人就比较高调。

跟英鸣不同,王义齐是正规影视院校毕业的,被导演在学校里选角的时候选中,因为那部电影里演的男配角而成名,拿了当年的最佳男配角奖,之后慢慢有扶正的趋势,前景不错,不少人看好他。

两人认识是因为合作过,当时王义齐是男配角,英鸣是男配角的配角,本来就是一拨的私下也经常在一起吃吃喝喝,一部电影拍完了就他俩交情最好,后来接触得多了,因为脾气性格太对胃口,渐渐就成了死党。

他俩的关系圈内几乎都知道。

只要有时间,对方的首映是一定会到场支持的,平时在镜头前也是胡侃一气地开玩笑，属于公开的好友之一。

所以王义齐来探班没人会觉得意外。

王义齐在化妆间跟英鸣聊了半个多小时，等助理来提醒英鸣去就位了，才站起来拍了一下英鸣的肩膀："我听说之前有人来探过班了，谁啊？"

英鸣的社交关系虽然很广，但其实比较简单。

基本上和英鸣熟的那几个，王义齐都认识，但是那圈人里说到会来探班的，还真不多。

英鸣等到现在就等他这句话。

他站起来最后对着镜子确认了一下，然后慢条斯理地看了王义齐一眼："一个特别想见你一面的人。"

"啊？"

怎么扯到他身上了？

然后等英鸣走过他旁边的时候，才看戏一样地甩下来一句："是石毅。"

瞬间，王义齐觉得自己表情僵了一下。

第二章

/

绯闻

"你是怎么和石毅搭上关系的?不符合你的风格啊!"

酒店里,王义齐还在不依不饶地追问英鸣跟石毅结识的过程,后者点了一根烟看了他一眼:"我跟他搭上还不是都拜你所赐?"

不是石毅为了王义齐找上他,估计他们俩也不会有什么交集。

被翻了旧账,追问的人脸色有点尴尬,他假意地咳嗽了一声当作是敷衍,很快又把话题绕了回去:"先不说是怎么搭上的,但是石毅来探班,是跟你关系不错?"

"他根本不是来探我班的。"

英鸣笑了一下:"你的八卦之魂可以暂时休息下了。"

"啊?但是你们片场的人说,石毅是你朋友啊。"

"是我朋友也不一定是来探我的班,他们不了解情况,误会了。"

话题到此为止,英鸣也不准备多说了,他顺手给自己倒了杯酒,很小地抿了一口:"话说你这次回来,是有新戏?"

大部分时候,王义齐是个在外地乱飞的主儿。

只要有一点空闲就要跑到外面溜达一圈,不知道这到底算什么癖好,总之不肯老老实实地待几天。

王义齐抢过英鸣的酒杯灌了一口,满足地往后一靠:"嗯,接了个新电影,看着还不错,过两天就要试造型了。"

"有点事给你做也省得你到处惹麻烦。"

"我说英鸣你最近这是怎么了？怎么说话越来越老气横秋了，就跟做了人家爹一样？"

"惹麻烦""老实点"什么的，这压根不是英鸣会用的词。

他俩上次见面他就觉得这家伙有点奇怪，也说不上来具体的变化，反正就是整个人的感觉都跟以前有点不一样。

王义齐无心的一句话，说得英鸣一愣。

主要是这话太熟了，他之前才刚说过别人。

英鸣下意识地皱了皱眉，一声不吭地又喝了两口酒，表情若有所思。

看着他这种像突然之间短路了一样的反应，王义齐猛地往前凑了一下："英鸣，你最近是不是真的发生什么事了？"

把凑到面前的那张脸推开，英鸣连眼皮都没掀："最近'大姨妈'来得不规律，导致心慌气短腿抽筋，夜里没睡好。"

"什么？！"

王义齐受不了地推了他一把："你就不能正经地答句话啊！"

英鸣只是看了他一眼："我的正经是分对象的，对着你有点浪费。"

下一秒王义齐忍不住伸脚踹人，被英鸣很干脆地踹了回去。

"不会老实坐着就滚吧，我也要睡觉了。"

从下午跑来耗到现在了，话题越说越无聊，也不知道这位到底是来干吗的。

王义齐的反应是哼了一声："你骗鬼呢，就你这种失眠症候群的严重患者，这个点你睡觉？你做白日梦还差不多。"

从他认识英鸣开始，这人就差不多过着夜猫子的生活。

半夜打电话永远找得到人，偏偏白天也没怎么见他睡觉，不知道他是人体发电机还是永动机，都不需要休息的。

他也提醒过英鸣去看看医生，但是这人似乎有偏执，死都不肯去。

"我说，你失眠的情况到底好点没有？"

"开工的时候就好点。"

英鸣站起来又从小冰箱里拿了点冰出来，放在酒杯里："反正我不睡也不犯困,没影响。"

"胡扯吧你!"王义齐皱了下眉,"你这种跟空耗寿命没什么不同,一般人根本禁不起你这么折腾,英鸣,不是我说你,你再这么下去,迟早得完蛋。"

没见过有谁可以不睡觉的。

何况英鸣抽烟喝酒都够凶的,说白了就是慢性自杀。

英鸣端着酒杯皱起眉:"你就是专门来咒我的吧?就不会说两句好听的!"

"我说好听的也是分对象的,对着你,浪费!"

王义齐刚说完英鸣手边的遥控器就砸过去了,王义齐姿势很狼狈地避开,一脸不敢置信地瞪着他:"脾气这么暴躁?"

"赶紧滚吧,我得看剧本了。"

一口气把杯子里的酒喝完,英鸣靠在柜子旁边看着王义齐。

"好好好,我不妨碍你继续享受了,有空给我电话,叫上扣子和耗子他们。"

英鸣两次送客王义齐当然不会继续赖着了,他随手拿过自己的外套,临走捏了两块英鸣放在茶几上的饼干,然后摆了摆手就闪人了。

屋子里总算清静下来了,英鸣一个人慢悠悠地晃到沙发上坐下,视线转到落地窗外的都市夜景,有点出神。

英鸣开始演戏的时候,其实还不懂到底什么叫演戏。

反正就是有人拿了台词给他,让他照着那种感觉去说话、去做表情,最初觉得有点怪,毕竟那种耍猴戏给人看的感觉并不舒服,但是等渐渐习惯了,真正融入进去,又觉得挺过瘾的。

因为可以肆无忌惮,那是别人的人生,与他无关。

做演员这么多年,演过的角色已经多到自己记不住了,总结起来,到底是怎么喜欢上演戏的,他自己也有点糊涂。

最通俗的说法,大概是在没办法随心所欲去演的时候吧……

才觉得以前的生活才是自己最喜欢的。

所谓失去的都是好的，英鸣也搞不清楚到底是自己因为过去了格外放不开，还是真的已经陷进去了。

他成名是在少年的时候，得天独厚，一夜登顶。

那时候，所有的殊荣都加诸在他身上的，媒体夸得很假也很恶心，但是看得多了，渐渐自己也有了一股自信。

他一直觉得演戏是件挺容易的事。

毕竟别人可能纠结了很多年的奖，他轻轻松松就拿到了，甚至那时候他还不了解这奖到底意味着什么。

但是就像所有的故事都有起伏，所有的电影都有转折。

他在起步的时候站在了自己的最高点，很自然地，往后的时间，只是一点点把他拉下神坛而已。

那种感觉很痛苦。

你不得不承认自己被卡在了一个尴尬的位置，上不去，也下不来。

很多演员都会说自己最害怕的是被定型。

一旦观众接受了你塑造的一个角色，因为演得太好，从而以后都开始排斥这个演员的其他角色。

英鸣觉得自己比较悲剧的是他的定型，不仅仅是一个不能复制的问题，甚至是一个注定要烂尾的问题。因为他留在众人印象中的，是那个十几岁的少年，桀骜的性格，飞扬的行事，嬉笑怒骂地挥霍着自己的人生，无拘无束。

电影里，那个痞少永远是停留在那样的岁月里。

现实中的英鸣却无法控制地成长。

轮廓或许脱离了青涩，性格也逐渐成熟，却唯独在其他人的印象里，他从来没有变化过。

甚至，有时候连英鸣自己都会陷入在当年的那种回忆里，抽离不出来。

太多人都说《痞少》那部电影是为他量身打造的。

然而现实中的残酷就是，他往后的这十几年，都没有再遇到另外一部为他量身打造的电影。

没人知道那段时间英鸣到底想了多少事。

他甚至也发泄过，不满过，颓废过。

不过生活终究还是要继续往前走。

他清楚认识到问题所在的时候，认真地考虑过究竟是放弃这一切重新选择一个开始，但是要背负着这种压力，继续不顺畅地往前走。

最后他选了后者。

一走走了这么多年，具体终点在什么地方，还没有看见。

不过，英鸣从来就是一个做了决定就不后悔的人。

或许心底真的是有份不甘的。

他还不想放弃。

究竟可以走到什么程度，他要对自己有交代。

这一夜英鸣几乎没睡，喝了一夜的酒。

他拿着剧本看了一晚上，并不算多的台词，翻来覆去地看。

看到最后其实看不进去了，他坐在沙发上一边喝酒一边抽烟，反正没什么困意，索性开了电视随便地扫了两眼午夜的节目。

还是重播了不知道多少遍的电视剧。

没什么新意。

一直到早上六点多钟，他才洗了个澡，然后在酒店的后院花园里散了两圈步，再去餐厅吃早点。

演员里他算是起得早的，碰到几个比较熟的场务，聊了两句。

昨天王义齐来探班的事，今天已经有新闻出来了。

可能是片场的谁拍完了发给传媒的，只有几张照片，看得出来是王义齐和他在吃饭。

配的文字内容挺有意思，无非是王义齐甩下女友会兄弟，××模特惨遭冷藏。

在这种无聊的街边新闻当中，英鸣似乎永远是充当着制造话题的道具，重点都不在他身上，却偏偏又少不了他的存在。

包括石毅和刘莉的关系。

下次如果石大公子再来探班，想当然，最后会推到他头上。

同性友人就是在这种时候比较好用。

英鸣一边吃着早餐，一边听人谈论着这些艺人之间的八卦，他笑了一下，为是非之中的那些人，也为了是非之外的自己。

正想着，对面的灯光师突然插了一句嘴："英鸣啊，为什么很少听到你有绯闻啊？"

他愣了一下："啊？"

"你这长得要模样有模样，要名气有名气的，为什么没有点模特演员什么的跟你扯上关系？"

这话问得有些太过直接，英鸣笑了一下，一时竟然真不知道怎么答。

绯闻他不是没有，但那些都过去很久了，随着人气的下跌，记者几乎对他没有了关注度。

他自嘲地笑了一下，摇了摇头："大概我人太好，狗仔都照顾我吧。"

这个世界就是这么现实吧。

这个圈子里，只要有流言，就算是有了起风的穴。

要不了多久，微风变大风，大风变飓风，等刮得满世界尽人皆知的时候，往往身处风眼的当事人是不知情的。

英鸣前几天还在嘲讽自己被狗仔照顾，没出三天就成了八卦周刊的封面，只不过不是因为他，而是借了王义齐的光。

照片用的就是之前探班时候拍的，大概经过处理，搞得画面很模糊，没有指名道姓，但是傻子都看出来到底是谁了。

明明是王义齐主动来探班，新闻却写成了某过期男星为翻红主动约媒体偷拍，合照只选自己帅的角度，踩着好兄弟上位。

王义齐看到报道的时候，打电话给英鸣笑了足足十几分钟。

"我等了这么久，可算等到今天了！"

王义齐在手机里的声音太大，搞得旁边的助理都看了英鸣一眼，被无辜牵扯进去的人咬着一根烟站在片场的一角："这种破事儿只有你会觉得有意思。"

"想我万花丛中过，什么样的没见过？跟你厮混了这么长时间连个热搜都没有，不是你不火就是我不火，这种情况才符合现实。"

懒得再搭理王义齐那个神经病，英鸣直接挂了电话。

刘莉刚好化好妆了，无意看见这么一幕，也笑了："怎么，好朋友的电话？"

这话里有调侃的味道，英鸣只是看了她一眼，没吭声。

这种东西，对他来说没有什么意义。

无非就是媒体又没料可写了，最多闹两天，他完全不当回事。

"不过英鸣，其实我也挺好奇的，你到底是什么样的人？"刘莉笑眯眯地坐在旁边，看着自己的指甲，视线若有似无地扫过旁边的男人，整个人的气质依然很优雅。

"你好奇？"

刘莉碰了个软钉子，但她假装没听出英鸣语气里的疏离，继续笑着问道："一直没看到你谈恋爱，要不要我帮你介绍？"

英鸣咬着烟一歪头："你没看见新作文？我人品不行，朋友都利用，我不配。"

"那是记者乱写的。说吧，你喜欢什么样的？"刘莉被他逗得笑了，声音惹得旁边的人好奇地看了他们两眼。

"什么样的啊……"

英鸣喃喃自语地重复着这个问题，挑了下眉角："反正不是你这样的。"

他说完，成功地看到刘莉的笑容收敛了一下，导演喊他过去试走位，他随手把烟掐熄了，小跑过去。

其实电影片场人员是很杂乱的。

甚至有些工作人员今天还跟着剧组，明天就找不到了，人员经常地会调换，随时加人减人。

所以，很多消息就算你想控制住也是无能为力。

三番五次强调过，照片还是会传出去。

这年头，只要有钱，没有拿不到手的消息，这是真理。

英鸣连着三天都被偷拍，有点火大。

他已经很长时间没遭遇过这种贴身找他麻烦的记者了，毕竟已经过了被

033

注目的阶段，习惯了自在一点，连连上镜头，一时让他有些气不顺。

尤其是这两天赶上他和刘莉的对手戏。

剧本的安排，他按照要求绑架了刘莉之后，见色起意，就侵犯了刘莉。

如果要他说，从剧情的安排上，这段戏是完全没有必要的。

因为对故事的发展以及人物关系的推进都没什么帮助，他这个配角其实要不了多久就被打死了，也就比路人多两句台词。

但是，本来安排这段戏的意义就是为了制造噱头而不是真正为了讲故事。

突然有了几个热搜，黑料也好白料也好总算是能炒点热度。

哪怕是他找导演谈过，也依然是维持原判，非留不可，甚至要比之前设计得还要激烈些。

英鸣觉得有点可笑，这破玩意儿拍得再激烈有什么意义，到最后如果尺度太大，一样要剪掉。

但是导演的回答很明确："如果真的不能用再剪，但是拍还是要拍。"

不只是拍，还找了媒体来探班。

就是说，他要在众目睽睽，不知道多少镜头和摄像机前面强暴刘莉。

有跟他关系比较好的武指私下开他玩笑："多少人求都求不来的，英鸣你这是福利啊懂不懂！"

"就是，到时候你可别现场有反应。"

"要不拍之前先带你出去冷静冷静呗！还是说，你不怕？因为对象不对？"

这种玩笑在剧组里传了好几天。

英鸣平时给人的感觉就没什么架子，再加上也不是什么力捧的一线，平时工作人员和他也不是太避讳，话说得不太好听，大家都当是这个圈子的正常水平。

作为被调侃的对象，英鸣只能对所有的话都置之不理。

让他意外的是，刘莉的态度倒是挺坦然。

有时候这些话被她零星听了两句，她竟然还跟着起哄："其实，我也想知道究竟英鸣对我有没有意思。"

这话是听不出来真假的。

众人只会当作是她也在开英鸣的玩笑,只有英鸣觉得有点诡异。

真开拍那天,来的媒体确实不少。
这对剧组其实是件好事,任何一部电影,只怕没有话题不怕话题劲爆,只要跟宣传挂钩,只会用到尽为止。
英鸣一上午差不多都在抽烟。
导演笑着问他是不是紧张,他也只是光笑不答话。
他其实是觉得有点扯。
这套游戏规则他懂,但不等于他喜欢。
做演员没有说是真的不介意别人对他作品的评价的,但是这种关注度,充斥着一股讽刺的滑稽。
刘莉穿着贴身长裙出来时,旁边掀起一阵不小的嘈杂。
英鸣站在旁边看着,听见旁边的一个记者很小声地嘟哝:"电影里的绑匪怎么都这么喜欢脱人质的衣服,不绑绳子先把外套脱了。"
他听完了在前面笑了一下。
这问题其实他也想问。
不过真正开拍的时候,英鸣还是很投入的。
这种角色本来也没什么技术性,反正主要看的是刘莉的反应,哭喊挣扎什么的,摄影师取镜只要取得好,英鸣甚至都不需要有太多的动作。
很多时候,银幕上看起来很激烈的镜头,只不过是摄影师晃得厉害而已。
演员没多少工作。
但是这次显然不太一样。
英鸣在拍到第二条的时候就感觉到刘莉有意无意地在贴近他的身体了,只是他穿着的衣服料子厚,感觉不是很明显。
他皱了下眉,下意识地保持了一些距离。
反正两人主要的镜头都是上半身的,其余没什么必要挨得很近。
刘莉挣扎的幅度很大,胸口几乎全敞了。
结果因为尺度太大了,导演又要重拍,旁边的记者当然不会放过这个机会,开了闪光灯一阵狂拍,英鸣烦躁地皱了下眉,刚想往后撤,导演一句让他再靠近点又阻止了他的动作。

刘莉趁着空当的时候冲他笑了一下:"英鸣,你不会真不行吧?"

她衣服脱了一大半,腿上反正也没多少料子是遮着的,瘫在沙发上,姿态满是诱惑。英鸣只是看了她一眼,俯低身子回了一句:"重点不在于我行不行,而是在于我对你没兴趣。"

他说完,刘莉的脸色没变。

从镜头上看,还以为他俩在相谈甚欢呢。

哪怕是旁边配个自由发挥的台词说他俩在互相安抚紧张的情绪,估计都有人信。

刘莉拍这种戏码挣扎得越厉害,牺牲得越大,只会让人说她敬业投入工作,反而是英鸣哪怕是手脚几乎都没怎么动,新闻上还是会写得很难听。

情难自禁,难以自拔,想也想得出。

一场简单的戏,来回拍了二十几条,等到旁边的记者都拍满意了,导演才喊了一句OK,这条算过了。

英鸣几乎是在导演确认的同时就往后退开了,那态度不瞎的都看得出来。

刘莉慢悠悠地把衣服穿好才从沙发上坐起来,冲着其他记者带着那么点不好意思地笑笑,都没回去确认镜头,就闪回了化妆间。

立刻有媒体凑到英鸣旁边问他拍这场戏有什么感觉。

英鸣笑了笑:"跟从楼上摔下来的感觉差不多。"

"你的意思是说,很刺激?"

"我的意思是,刘莉打人还挺疼的。"

这么甩下一句话,他摆了摆手表示不欲多谈这个话题,也跟着走人了。

接下来想当然还是导演的时间,一连串的什么英鸣和刘莉很敬业,这个电影投资很庞大,效果必然很好的场面话。

反正,大家都是签了宣传合同的。

配合剧组宣传本来就是分内的工作,谁也不能说什么。

英鸣从那天之后对刘莉就很忌讳,吃饭出门都尽量避开,幸亏本来也没太多对手戏,碰头的机会本来就不大。

这新闻不只是上了报纸,还上了电视。

几个娱乐台都轮流播了一遍,内容不尽相同镜头的取角各有区别,剧组里有人看到了拉英鸣去看的时候,他连扫都没扫一眼就回房了。

但是也就因为这场有点接近闹剧的宣传,没过两天,导演通知英鸣要给他加戏。

英鸣当时有种不太好的预感,但是没来得及开口,因为旁边的助理导演先一步帮他解惑了:"特地加了你跟刘莉的感情戏。"

说完了,导演后面还补了说明:"是投资方特地要求加的,英鸣,你运气不错。"

这也叫运气不错?

英鸣想冷笑,不过表情上,只是很轻地扯了下嘴角。

英鸣和刘莉加了对手戏这件事,想当然也上了新闻。

外界有不少猜测,有的人说是刘莉要求的,也有的人说是英鸣要求的,反正也没办法求证,问到当事人,众口一致说是导演的安排。

但是平时私下,刘莉对英鸣热络了不少。

道理上,因为英鸣和石毅是朋友,他和刘莉之前就认识了,吃顿饭或者互相拍戏的时候照顾下也是无可厚非。问题就是英鸣本身和刘莉就没多熟,他虽然知道刘莉和石毅的关系,但是说到底跟他牵扯不大,现在莫名其妙地被卷进去,他不觉得高兴只觉得麻烦。

"怎么,跟我吃顿饭就这么痛苦啊?"刘莉坐在他对面笑了一下。

旁边的人看见,刚好只能看见英鸣的背面。

他点了根烟:"刘莉你到底想干吗?"

近期的谣言,外面的人看看热闹也就罢了,刘莉不可能相信。

要说之前那场戏是为了宣传电影,现在已经拖了这么久了,也是时候收手了,再闹下去,谁都不好看。

刘莉笑了一下:"英鸣,你入行这么久了,我还以为你很了解规则呢。"

"我就是因为了解才配合了这么久。"他吐出一口烟雾,"但是凡事适可而止,否则过犹不及。"

如果对方不是刘莉,或许他的忍耐力还能再久一些。

石毅是他朋友，哪怕彼此关系没到多铁的地步，终究也还是朋友，圈内的关系虽然乱，但是朋友之妻不可戏，刘莉搞到现在，最后真正不舒服的只会是石毅。

"究竟你排斥我的原因是心里有人了，还是我不是你喜欢的类型？"

刘莉单纯是好奇。

她自认对男人是有吸引力的，英鸣这种人，本身也不是刚入行的菜鸟，还守着坚贞不屈那套可笑的东西，大家哪怕是随便玩玩也没道理拒她于千里之外。

或许最初她的目的只是为了制造些话题，顺便配合下电影，但是后来，多少是有些较劲的。

她没遇到过英鸣这种人——看着一脸什么都玩得起，骨子里却秉着一个很诡异的原则。

英鸣皱了下眉："你觉得是什么就是什么，但是这件事到此为止。"

刻意留下探他的班，吃饭的时候给他倒水，甚至晚上拉着他一起对台词什么的。

任何人都看得出来她的意图是什么。

有人羡慕英鸣艳福不浅，也有人说刘莉这是要一网打尽，但是对英鸣来说，这就是麻烦。

他没耐性玩了。

"明明对你没有坏处。"刘莉终于也敛了几分笑意，"这部电影拍到现在大家的戏份都在减只有你的在加，说起来，你还得谢谢我。"

不是人人都有这个机会。

趁着这个话题还热，适当炒作有什么不好。

反正也没有人真正会去当真，她都不介意媒体在外面说她的那些话了，难不成英鸣还要保着自己绯闻绝缘体的名声？

"刘莉，你到底搞没搞清楚，石毅是我朋友。"

忍到最后，英鸣还是把这句话说出来了。

结果他不说还好，一说刘莉反而笑了："你什么意思，你觉得因为你和石毅是朋友，就不能跟我传绯闻了？"

"你就当是吧。"

对面的人笑了半天才抬起头："英鸣，你太好玩了，你觉得石毅把你当成多重要的朋友？"

这年头还有人会介意这种东西？

她不可思议地摇了摇头："不说别的，我压根也不可能真的跟你有什么，石毅看了新闻连一点反应都没有，你不觉得自己想得有点多？"

英鸣只是抽着自己的烟："也可能是你想得太少了。"

"不管怎么样，这话题既然已经起来了，你想抽身也没那么容易，有什么话，你去跟投资方说吧。"刘莉态度优雅地站起来，撩了下头发，然后在英鸣的视线里走出餐厅。

英鸣坐在桌面慢慢地抽着手上的烟，因为缭绕的烟雾而眯起眼睛。

所以他绝对不会找圈内人共度下半生。

不合适。

刘莉在外面传她和英鸣的绯闻传得满天飞的时候，还一直在跟石毅保持着联系。

下了片场就会通电话，偶尔会出去吃饭，当然都是选一些比较熟悉可靠的地方，石毅的关系想安排这些并不难，而刘莉对于躲避记者也早就驾轻就熟了。

有时候被跟踪，不是对方的技术好，而是她想让人拍到点什么。

石毅对刘莉和英鸣的绯闻并没有多问。

看到报道的时候，他提过一句，但是刘莉当时的答案是记者无聊乱写的，他也就没有继续往下问。

不过这段时间，他确实没有见过英鸣。

主要他这段时间公司也忙，见刘莉都不多，就不用说英鸣了。

可是有些事情就是这样，你不问不说不想，不等于你心里就真的不在意。

今天他约刘莉吃饭的时候，新闻正好又在重播英鸣和刘莉那天拍的强暴戏，他看了两分钟，没忍到最后还是关了电视。

然后一直到刘莉出现，他心情都不是太好。

吃饭的时候，他漫不经心地提了一句："你跟英鸣的事儿，怎么最近越传越夸张了。"

石毅说这句话的时候没抬头，拿过旁边的红酒很浅地抿了一口。

刘莉看着他笑了一下："怎么，吃醋了？"

石毅没回答，只是很慢地晃了下酒杯。也不能说他是到了吃醋的程度，毕竟，他和刘莉其实暂时还是一个开放式的关系，没人说得好下面的发展是如何的。

但是他不否认他有些不舒服。

不仅仅是刘莉在镜头前的一些含糊其辞，更重要的是英鸣是他朋友。

他把一杯红酒喝完了，才抬头看了刘莉一眼："这电影还要拍多久？"

"也差不多了，英鸣的戏份没有多少了。"

知道石毅在乎的是什么，刘莉浅笑了一下，眼底不乏几许不易察觉的得意。她越过桌面握住石毅的手，暧昧地摩挲着："放心，我跟英鸣根本什么都没有。"

她对面，石毅点头："我知道。"

正好第二天晚上，石毅有个朋友给女朋友过生日。

他给英鸣打了通电话，问英鸣出不出来。

英鸣没有夜戏，所以就答应了，寇京开车接的他。两人到了被包下的酒吧时，只提了石毅的名字就被领到了里面。

其实今天人不多，但是面熟的很少，似乎没有英鸣那个圈子的。石毅坐在主位旁边，看见英鸣和寇京的时候，抬了下手做示意。

没等两人开口，他直接拎上来一瓶酒："迟到了什么待遇你俩也清楚，来吧！"

寇京有点意外。

其他人没看懂里头的门道，本来还以为石毅是开玩笑的，结果他笑着打开酒瓶，往旁边的碗里倒完了酒推给英鸣："你喝剩下都归寇京的。"

这话一说，寇京脸色都白了。

这酒的度数点了能着吧？

这么喝还不得喝吐血了。

英鸣来的时候抽着烟，看了石毅两眼，一时没动。

寇京赶紧往前凑了一下："石公子你这是干吗啊，鸣子不是得拍戏嘛。"

旁边有人也想劝，不过石毅没搭理。

他还是看着英鸣，一声不吭。

两人僵持了一会儿，最后还是英鸣端起碗来就喝了。

喝得挺猛。

这酒度数太烈，他喝了两口差点被呛到，皱眉顿了一下，一直到把这一碗喝完。

空碗放下，自己又去倒。

寇京觉得有点尴尬，拦了英鸣一下："别喝了，这么喝非出人命不可。"

英鸣没理他，嘴里咬着烟，慢悠悠地倒满一碗，端起来的时候都没去看石毅，闷头继续喝。

这次他喝得没那么快了，但是一滴没洒，就真的一碗这么干下去了。

然后继续倒。

他咬着烟，倒酒的时候就眯起眼睛，烟雾缭绕在他和石毅中间，显得气氛有些诡异。

旁边围观的也没人敢插嘴，因为不知道是什么情况，人是石毅叫来的，结果来了就让这么喝，话都没说一句，连今天正主请客的都没接话，其他人就更没立场了。

石毅看着英鸣一碗接一碗地喝，表情有些阴沉。

一直到对方第三碗喝完了，石毅终于伸手过去把酒瓶按住："行了，知道你酒量好。"

英鸣这才抬头扫了石毅一眼，嘴角的弧度有些嘲讽："怎么，不用喝了？"

他平时拍戏不戴眼镜。

石毅按着酒瓶，直直地看着他，眼底透着一股了然，但更多的是调侃。

被他这么一反问，对面的石毅下意识皱起眉。

彼此就这么胶着着。

一直到旁边的人都开始发毛了,石毅才用力把酒瓶从英鸣手上拿了回来,不爽地往旁边一放,这一下手劲不小。

英鸣看着石毅也点了根烟抽上,然后给自己倒了一杯再抬头:"你小子下次再迟到,这一瓶我肯定让你灌下去!"然后自己把那杯酒喝了。

英鸣笑了一下,旁边寇京带头乐了。

在场很多人其实都不知道究竟为什么笑的,但是这一闹腾,倒是把刚才的那份尴尬冲淡了。

后面多数是寇京的自由发挥时间。

他本来嘴皮子就利索,黄段子冷笑话一肚子都是,一个劲儿地往外倒,其他人就跟着捧场。

英鸣坐在比较靠门边的位置,因为刚才酒喝得有点猛,胃里不太舒服,就打了个招呼去洗手间。

石毅看着他跟人笑着点头的样子,眼神有些复杂。

英鸣已经明确表示了炒作他不愿意继续配合下去了,但是这件事并没有算完。

投资方和导演监制的想法显然与他是相悖的,而刘莉的态度,更让英鸣的意见显得有些无关紧要。

剧组里,很多人都明白究竟怎么回事。

有看热闹的,也有传闲言碎语的。

不过任何事有人高兴就必然有人不爽,刘莉之前说整个剧组的人都被删减了戏份只有他一个人加戏,并不是随口说说的,这是事实。

虽然加的内容让英鸣觉得很扯,但一样会促成别人心中的不满。

意见最大的当然就是作为男主角的董晓。

他和英鸣是旧识。

大概在英鸣最红的那段时间,跟董晓是合作过的,不过那时候是董晓给英鸣做配角,演他的朋友,如今风水轮流转,换了英鸣要给他做配角,还是配角的配角。

这大概也是娱乐圈有意思的地方。

时间和机遇可以改变很多的东西，有些人一夜红起来却连自己也莫名其妙，有些人以为自己已经是风头无两了，可能只需要一个意外，就从天堂掉到了地狱。

　　不过其实英鸣哪种都不算。

　　他见到董晓的时候甚至还打了声招呼。

　　台面上，两人相处得还算可以。

　　不说有多熟稔，但是好歹也合作过，总能随便找两句话题出来聊聊。

　　直到刘莉和英鸣的这起绯闻炒作带起了谈论的话题。

　　爆发点大概是加戏这件事。

　　董晓得到通知的时候非常地不理解："一个打手有什么必要跟女主角发生感情纠葛？根本没有意义吧？"

　　更别提这个打手一共也没两句台词。

　　"不需要挑得很明朗，只是很隐晦地表达出一种朦胧的感觉，其他的让观众去猜测就行了。"

　　导演显然是已经思考过了，甚至带了点莫名的兴奋："哪怕是杀手，也有自己的感情，他对女主角的心态其实是求而不得，所以最后他跟男主角的对手戏，才会特别激烈。"

　　这么一解释，旁边饰演反派的老演员赵睿笑了："那要我干吗？我看直接让董晓和英鸣对掐算了。"

　　他说完，英鸣也笑了。

　　"或者干脆让赵老师也跟刘莉来一段，我跟赵老师打。"

　　话题越说越扯，英鸣看了旁边的赵睿一眼，后者了然地拍了拍他的肩膀，两人对视一笑，眼底尽是讽刺。

　　赵睿跟这帮年轻人本来也不是一个层次上的，接这部电影就是因为报酬还可以，商业片谈不上什么电影文化，他凑凑热闹充个场面，戏份多少也不会影响到他的酬劳，所以看着这种争戏份的戏码，只觉得有点滑稽。

　　在剧组待了这段时间，他就对英鸣的印象还不错。

　　可能是两人对手戏比较多，他觉得英鸣还挺敬业，看着以为跟其他人差不多，真接触了发觉人挺有意思。

英鸣心很细。

有些夜戏或者动作戏,都能感觉到他会照顾着其他人。

外人看娱乐圈觉得是个你死我活的争斗场,但说穿了他们这些演员都是同事。

有些地方,能帮一把的强过拼命掣肘,与人方便才能自己方便。

可是现在的年轻人很少有明白这个道理的了。

导演对于董晓和其他人的调侃只是很淡然地摆了下手:"我跟监制商量过,已经这么确定了,新的脚本下午就能给你们,到时候你们熟悉一下。"

他开这个会就是做个通知,不是为了讨论意见。

董晓皱着眉没说话,视线扫到对面的英鸣,排斥的情绪显而易见。

幸亏英鸣压根不在乎。

无论加不加戏,他在这个剧组的时间不会超过一个月,等他拍摄的部分结束打算出去旅行一趟,避开这些麻烦。

至于具体还要拿他和刘莉的事炒多久,英鸣已经有些不关心了。

不能撇清关系,至少可以不配合。

媒体在访问的时候每次扯到这个话题上都会被他带过去,有时候问得频率太高,他索性把王义齐扯出来,宁愿把话题转到蹭兄弟热度上。

就在所有人都觉得炒作的内容太过繁复而有些厌倦的时候,很突然地,石毅和刘莉私下约会的照片被发到了网上。

虽然照片上的内容本来没什么,只是两个人一起吃饭的照片。但是发照片的人言之凿凿说刘莉和石毅是男女朋友的关系,甚至经常在对方家中过夜。媒体在刊登这个消息的时候,没有敢写出石毅的真正出身,只说出身显赫。这种在言语之间不断暗示,留给了好事者一个不小的想象空间。

于是,不同的媒体争相开始编写这段最受欢迎的八卦故事,刘莉和英鸣的关系,刘莉和石毅的关系,甚至石毅和英鸣的关系,包括之前石毅的一次探班,也被人翻了出来。

不同的版本,不同的内幕。

扯到最后,连石毅和英鸣为了刘莉曾经争风吃醋,在酒吧里大打出手都写出来了。

寇京后来打电话给英鸣求证的时候,他只是冷笑着嘲讽了一句:"就可惜了石毅不是演员,不然找来客串多有效果。"

刘莉这个女人,还真是无所不用其极。

英鸣对这种事已经习以为常了。

石毅却极为不适应。

当他第一次走出公司门口被几个小报记者围着问长问短要采访的时候,旁边的欧扬表情都快扭曲了。

"你终于想通了,肯通过公关来进行形象宣传了?"

这话说得不无调侃,石毅瞪了他一眼,没吭声。

一直以来,因为出身背景,石毅在媒体面前都很低调,哪怕是业内的杂志安排专访也多数是欧扬出面。

他并不希望自己的家庭被曝光太多。

利用出身这样的办法,他不需要。

但是,现在这些原本被他刻意低调化的东西突然成了别人口中的谈资,还不是因为他的事业,而是因为感情问题。一次两次尚且能忍下来,次数一旦多了,石毅的脾气就上来了。

第三次发觉被人盯梢的时候,他直接扣了对方的相机。

"如果你们敢再无权刊登我的照片,我就直接发律师信。"

石毅从来不是一个脾气好的人。

凡是踩到他底线的,他下手从来不会客气。这些小报记者或许艺人觉得难缠不敢轻易招惹,对他来说却无所谓。

让这些小报在行业内消失个一两家,对他来说不是难事。

他不喜欢惹麻烦,但是绝对不怕麻烦。

或许是石毅这种强硬的作风多少起了点效果,之后这件事平息了不少,起码没有媒体再继续拿着他和刘莉的关系大做文章。

这件事让刘莉心里有点不舒服。

"石毅,你是不是觉得跟我的关系,是见不得人的?"刘莉问石毅这句话的时候,倒是没有动怒,看起来,似乎是漫不经心地随口一问。

当时石毅皱了皱眉:"不是你一直以来强调要避开媒体的?"

公众人物是刘莉不是他,似乎问题不在他这里。

刘莉笑了笑:"那如果,我想公开咱们的关系,你愿意吗?"

"公开?"

石毅觉得这两个字有些玩味:"你要怎么公开?"

"我不想再被那些记者追着问我对谁有没有感觉,跟谁有没有可能……"刘莉的手指划过石毅的胸口,撩开第一个扣子,不断地往里攀爬,"石毅,你对我们的关系,是不是认真的?"

两人躺在床上,卧室里幽暗的灯光笼在两个人的身上,气氛很好。

石毅靠在靠枕的旁边,看着刘莉眼底那份很淡但是清晰的期待,他没有阻止对方的动作,但是也没有立刻答应。

接触这么久,他不会说对刘莉没有感觉。

虽然还没有发展到嫁娶的阶段,但是无疑他对刘莉跟玩玩的对象不同,之前刘莉和英鸣的事会让他不爽,很大原因也是因为他对这段关系没有那么随便。

但是到没到公开的时候,他还需要考虑一下。

一旦确定了,意味着他甚至要跟家里那边有个交代。

刘莉并不是一个带不出场的女人,只是社会的关系有些复杂。

石毅的这份犹豫,刘莉都看在眼里。

她很聪明地没有继续逼问,而是用动作不停地挑逗着面前的这个男人,等到对方搂着她的时候,妩媚地眯起了眼睛。

女人和男人之间可以很复杂,也可以很简单。

在石毅的表情里,她已经看到了认可,哪怕是只有片刻的一闪即逝,对她来说,就已经是胜券在握了。

然后,就在英鸣拍摄杀青戏的那天,石毅很突然地到了片场探班。

这是第二次他出入拍摄现场。

依然是没有跟任何人打招呼,甚至,没惊动什么人。

也是凑巧今天拍摄的戏份动静很大,剧组人出奇地多,进进出出的。

因此没人有工夫去注意他。

他给刘莉发了个短信告诉她自己过来探班了,然后往拍摄棚那边看了两眼。

看了一会儿,他才看懂今天拍的是英鸣被杀那场。

因为之前所谓的加戏,导演特地加强了这段戏的动作冲突。

计划拍摄两天,在动作导演重新设计完动作时候,延至了一周。

今天是最后一天。

英鸣是用着十二万分的耐性在拍这场戏。

他现在浑身都疼得厉害。

董晓对于戏份的不满几乎都发泄在了拍摄的动作上。

虽然不太明显,但是在一些不必要的地方,他下手很重。

其他人或许有看出来的,但是不方便插嘴,毕竟董晓是这部电影里的男一号,得罪他不会有什么好结果。

看他对英鸣的态度也看得出来这是个睚眦必报的人。

忍一时也就风平浪静了。

当然,这个忍一时对其他人来说是无所谓的事。

对英鸣来说却不太容易。

不仅仅是因为身上各处受的伤,还因为董晓这种幼稚的行为搞得他心里很不爽。

他有点想翻脸。

石毅的印象里,英鸣是个大部分时候都挺不在意的人。

虽然两人谈不上相交多深,但是接触的时候,真到了需要一个人让一步,往往退让的那个是英鸣。

看起来也是个会跟人较真的性格,其实看东西比其他人都要淡。

玩的时候挺疯,但是最后保持清醒的多数也是他。

或许演员,生活中也难免会有一些那种痕迹流露出来,你能感觉这人其实碰不到最里头,他给你看的,就是他想给你看的东西。

这也是石毅一直没有跟英鸣太接近的原因。

对他来说，他习惯了把身边的人都看透，但英鸣恰恰不是一个好懂的人。不是说就一定琢磨不明白。

只是你肯定得花心思。而且，英鸣的这层壳，对他本身而言，是一种骄傲。

石毅不想去触碰更底下的东西。

那对他和英鸣来说都会是一种压力，大家做朋友，不该搞得这么麻烦。

所以，石毅没见过英鸣有攻击性的那一面。

哪怕他一直都知道。

一个人想要发火，到真正爆发出来，过程往往很短暂。

当英鸣第七次感觉到胳膊上那股突如其来的压力时，火气一下就起来了，他猛地站起来，也不管董晓到底站稳了没有。这一使力，董晓差点被他掀翻在地，退了三步才勉强稳住身形，表情有点狼狈。

其他人也有些意外地看着英鸣。

英鸣拍了拍胳膊，作为被注目的焦点，脸上没什么表情。

他重新调整好姿势恢复到准备的动作，头都没抬："刚才的力道不到，再来一次吧。"

连导演都愣了一下。

但是英鸣拍戏的时候从来不是一个麻烦的人，NG 的次数更算是少的，他这么说再来一次，别人也不好说什么。

尴尬的是董晓。

明眼人都看得出来刚才英鸣那一下是故意的，他措手不及的反应，显得有些丢脸。

董晓也不爽了。

他第二次踢的时候，比第一次还要用力。或许是他一直以来最使劲的一次。

因为他胸口憋的那口气，让他堵得慌。

当年出道的时候英鸣就一直压在他头上，他准备了那么多年，牺牲了那么多才终于得到那么一个机会，却被一个半路杀出来的小子夺走了一切。

那些光环，原本是属于他的。

公司上下都看好了他是当年的最佳新人，说是众望所归一点都不夸张。

但是他最后还是输了。

不仅是输给了英鸣一个新人奖，甚至还要在以后的电影里做他的陪衬，一个被人记不住的同学。

这口气，他憋了十几年，现在才有机会讨回来。

风水轮流转，终于到了英鸣来给他做配角的时候，还不如他当年，严格说是个男配角的配角。

如果不是因为刘莉和王义齐，这场电影拍完了大概都没有人想得起来英鸣。

那些过去，已经被人彻底遗忘了。

董晓是做着这样的打算的，在电影宣传期的时候，如果采访的时候有记者问起来，他会提到当初跟英鸣的那次合作，会提醒其他人，如今已经跟以前不一样了。

结果天不遂人愿。

事到如今，他如果不把这口气争回来，他不甘心。

所以，这一脚他用上了全部的力气，脸上狰狞的表情，绝对不仅仅是演技。

石毅看出来了。

他皱了下眉，下意识想提醒英鸣。他不是这个圈子里的人，片场的很多规矩，他压根也不清楚。

不过他的提醒没有英鸣的反应快。

董晓抬脚的时候他人就避开了，因为动作太快了其他人都来不及反应，董晓错愕之下这一脚直接劈在了地上。

就像一股电流，后脚跟上的麻意一直蹿上后脑勺。

那是一种言语不出来的痛苦。

董晓倒吸一口冷气，觉得自己大概脸色都白了。他看着英鸣就地滚开避过了他的劈腿，然后站起来凉凉地看了他一眼："董晓，劈腿不是这么劈的，你准头太差。"

英鸣一边说，一边对着旁边的木板抬腿猛地一个下劈。

那其实是道具，质材要比一般的木板脆很多。

但是即便如此，英鸣这一劈，还是让满场的人都惊了一下。

董晓还没从刚才的痛楚里恢复过来，就看着英鸣冲他笑了笑："得这么劈。"

他像被人当众扇了一巴掌，半天挤不出话。

旁边人看着这场变故，没有人吭声。

过了大概有五秒钟，导演才轻声咳嗽了一声，让灯光和摄影准备："行了，那就再来一次。"

但是董晓没动。

他僵着脸色转过身："要不导演，休息一下吧，我找找感觉。"声音都是哑的。

任何人都看得出来他现在有多狼狈，导演顺水推舟地同意了，所有人休息十分钟。

英鸣甩甩手越过董晓走到旁边，刚走过摄像机，抬头看见了石毅。

"欸？"他意外地扬起眉，"你怎么来了？"

石毅笑着跟着往旁边走："平时没看出来啊，练过？"

"就练过拳击。"英鸣说完扯了下嘴角。如果他最初玩的是散打，刚才那一劈就不只是那样了。

后半句话他没说出来，但是石毅笑意又深了些："我看你的腿比他的手好使多了。"

英鸣转头看了他一眼，没说话。

两人都笑了。

有些人，就是喜欢不痛快。

你给他舒服日子，他不愿意过。

两个人找了一个比较避开人群的地方，英鸣看着手上化的青青紫紫的伤妆，很轻地蹭了一下，然后靠在旁边的门上："来找刘莉？"

"嗯，来看看。"

"这个时候你也敢过来，不怕被人围观啊？"

所谓自投罗网说的就是石毅现在的表现吧，满世界都巴不得要再拍两张"证据"，他自己倒是往枪口上撞。

石毅掏出烟来点了一根,然后把烟盒递给英鸣,没解释。

他不解释当然对面的人也不问了,靠着门边慢慢地抽着烟,不需要特地找话,也没什么尴尬的感觉。

过了一会儿,刘莉就到了。

她在人群里找了两圈才看见缩在角落里跟英鸣抽烟的石毅,扬着无比灿烂的笑容,径直就走了过去。

在片场,刘莉任何时候都是别人注意的焦点。

所以她朝英鸣和石毅走过去,想当然就有人发现了片场的陌生脸孔。

不知道是谁小声嘀咕了一句:"这是不是就是照片上那个……"

一句话像掉进热油里的凉水。

片场瞬间骚动了一下。

英鸣朝旁边看了一眼,摇摇头:"正主来了,我赶紧腾地儿。"

他烟抽了一半,咬在嘴里,刘莉还没走到跟前,他转身就要走。

结果被石毅一把拉住。

"烟抽完吧,一会儿一起吃饭。"

石毅态度很坦然,也不怕旁边人好奇打量的目光。看着刘莉笑意盈盈地朝他这边走,眼底毫不掩饰笑意。

之前有人不是写他和英鸣关系不和吗?

既然他人都已经到了,索性把那些没谱的事儿也一并解决掉。

这根烟没抽完,现场就出现了记者。

也不知道是不是一直就在附近蹲点,他们看见刘莉就围了上去,没敢直接去问石毅,而是把话筒递给了英鸣。

结果后者一闪避开了。

他笑着冲记者摆了下手,不欲接受采访的态度显而易见。

英鸣把烟掐了扔在垃圾桶里,很轻地拍了一下石毅的肩膀:"你俩去吃饭吧,我接下来还有戏份。"

石毅侧过头:"那下次再约吧,我给你电话。"

"行。"

简单地答应下来,英鸣趁乱闪进了拍摄组那边,导演看见他过来了,招

051

呼董晓也准备。

旁边的场务趁机清场。

刘莉面对记者的追问其实回答没有太大变化，无非就是老一套。涉及石毅的部分，被她很含糊地掩盖住了。

但是，最后她和石毅是挽着手离开的。

转身离开的时候，镜头一直对着他们在狂拍，两个人视而不见。

石毅今天来，就是为了把关系公开化。

这种事当然不可能开个新闻发布会去做交代，这种方式，就算是已经挑明了。

刘莉一直笑得很优雅。

她在人前的形象就是这样，看着很知性很有气质，说她是很多人梦寐以求的女神，也不算夸张。所谓出得厅堂下得厨房，找到石毅这样的男朋友，多数人是不意外，或者觉得顺理成章的。

男"财"女貌，娱乐圈婚姻的标志特色。

英鸣看着石毅和刘莉相携而去的背影，很缓慢地收回视线。

董晓还在旁边瞪他，对于刚才发生的事显然还没办法接受，眼神凌厉得恨不得现场就跟英鸣动手。

不过，如果以后有机会董晓大概不会忘记今天这笔账了。

想到这点，英鸣很突兀地笑了一下。

他原本以为，自己骨子里那点叛逆，都因为时间的冲刷被磨得差不多了。

现在看来竟然还有剩。

第三章
/
六个点

英鸣这部电影拍完之后,拎着背包就出城了。

一天都没多待。

他所有的工作计划都空出了一个多月,换了手机卡,除了几个有可能临时找到他有事的和家人的电话,断绝了一切联系。

这是他的一个工作习惯。

不交代自己去什么地方,也不去计划到底要走到哪里,找到一个目标,一个人沿途观赏,自娱自乐。

这一去就走了差不多四十天。

后来还是因为经纪人通知他电影需要他回来补拍一些镜头,他才返回。

刚到机场换回手机,一通电话就打了进来。

是寇京的。

英鸣一边往大巴停车场那边走一边接了起来,那边的声音就跟被野狗追一样:"鸣子你可算接电话了,哪儿去了?"

"我出去了一趟,不是之前告诉过你?"

"谁知道你一走就是这么多天!你现在在哪儿?"

"我在机场。"

英鸣感觉出来寇京大概有事,他停下脚步往周围人少的地方避了避:"你这是怎么了,着急忙慌的。"

"我马上去接你,出事儿了!"

"出什么事儿了?"

"王义齐跟石毅杠起来了,约好了今天晚上要飙车,场子都定好了!"

"什么?"

寇京匆匆解释完就挂了电话,英鸣拿着手机半天还没转过来弯。

这是闹哪一出啊?

在两人往石毅和王义齐约好的地方赶的路上,寇京大概给英鸣解释了一下事情的经过。

具体的其实他也不是很清楚。

应该还是因为石毅的那个朋友,跟王义齐有了点什么误会,石毅有一次跟王义齐碰到面两人就顶起来了,石毅当场把王义齐奚落了一通,后来还找人砸了王义齐的车,王义齐气疯了就放下话要跟石毅没完,后来闹到最后,谁也不知道怎么就约成了飙车。

英鸣听得眉头都快拧成结了:"就为了这种事值当搞这么大动静吗?"

"这帮人,本来就是闲的。"

寇京开着车没回头,冷嘲了一声满是不以为然。

不过,说到底王义齐和石毅都是他朋友,真出了事谁也不想。

如果不是英鸣回来了,他都不知道该怎么收场。

"幸亏你是赶上了,不然我还真拿王义齐那个疯子没辙。"他们这圈人,唯一能劝动王义齐的只有英鸣,别人说破天了也不好使。

英鸣在后面点了根烟,稍微按下一点车窗,对于寇京这句话没做什么表示。

现在是晚上十一点多,所谓赛车的场地基本上还是平时经常聚的点。今天凑热闹的人很多,寇京的车兜了一大圈才勉强绕进去,到处都是人,场面有点疯。后来车实在开不进去了,英鸣和寇京只能下车找人,他打了通电话给王义齐,对方吵吵嚷嚷地让英鸣来给他助阵。

英鸣在电话里骂了一句,然后拿着手机往里头挤。扎堆最厉害的地方估计就是王义齐和石毅了,寇京跟在他后面,一路磕磕碰碰的。

好不容易逮到了王义齐，他人还在车里坐着。

没搭理旁边围着的那群男男女女，英鸣干脆利索地砸了砸车窗："你给我下来！"

王义齐看见英鸣更来劲了，他打开车门歪歪扭扭地下了车，很大嗓门地嚷嚷了一句："英鸣！"

他这么一喊，在他后面的石毅也听见了，往这边看了一眼。

英鸣看着王义齐这股装疯卖傻的劲儿就来气，他推了对方一把："你这是脑门儿被门挤得狠了终于想去挤门了是吧？折腾什么呢？"

吃饱了撑着了跑去跟石毅较劲！

王义齐很不满英鸣劈头盖脸就是数落他，脸色沉了沉："你过来就是骂我的？"

"骂你我还用专门跑过来？"他踹了一脚车门，"你要疯去我家疯，别在这儿装孙子，跟我走。"

"你别开玩笑了！"王义齐扬眉冷笑了一声，"我今儿绝对不会这么算了，到底是谁装孙子，一会儿就知道了！"

他后半句话语调扬得很高，明显暗示的是石毅。

石毅就在后面这么看着王义齐和英鸣吵，也没动，但是英鸣知道石毅现在这样只是压着火没发出来而已。

他皱眉看着王义齐："少跟我装！"

"英鸣，是石毅先找我不痛快的，今天我要不把这口气争回来，我就把姓倒过来写！"

王义齐吼得挺大声，英鸣挑眉扯了下嘴角："你那破姓正过来写反过来写本来就是一样的。"

旁边寇京实在忍不住终于笑了。

他拍了下王义齐的肩膀："行了义齐，你搞这么大场面不好收拾的，算了吧。"

结果王义齐把他手直接就甩开了："算个屁！我说了，今天一定得有一个人做孙子。"

实话说，英鸣还是头一次看见王义齐气成这样。

虽然王义齐平时就不是个低调的人，但是这么折腾的时候，真不多。

他皱了下眉，看了一眼后面的石毅。

到底是什么人能搞得这么麻烦……

他甚至想不起来那天抓着他衣服的男人到底长什么样子。

不过，这个念头也就是在英鸣脑里闪了一下，他现在要解决的还是怎么把王义齐这股闹腾劲儿给压下去。

看着王义齐对着寇京不依不饶的样子，英鸣皱了下眉，拿过王义齐的手机当着他的面打了个号码。

旁边人没搞懂他这是要干吗，因为好奇所以声音收敛了不少。

电话很快就通了，英鸣看了王义齐一眼，然后很冷静地对那边说："110是吗？我要报警，在华门北路这边有人聚众飙车……"

他一句话没说完，不少人脸色就变了，连寇京都有点目瞪口呆地对着他。

王义齐冷着脸听英鸣打完报警电话，直到他把手机扔回给自己才爆发："英鸣！你疯了是吧？"

旁边已经有人开始撤了。

玩归玩，闹到报警可就没劲了，看热闹犯不着赔上自己。

英鸣看着王义齐："疯得没你厉害，现在你走不走？"

他那通电话不是打着玩的，那边接警的声音王义齐肯定听到了。

两人较劲了得有两分钟，最后还是王义齐不爽地踹了一脚车门，然后拉开车门猛地一个倒车疾驰而去。

他一个演员，闹上警局就完蛋了。

"英鸣，算你狠！"

临走的时候，王义齐冲着英鸣狠狠地瞪了一眼，然后甩给了石毅一句狠话："咱俩事儿还没完。"

紧接着汽车的轰鸣声就越来越小了。

石毅一直看着王义齐走人，旁边人都走得七七八八了，才歪了下头看着英鸣："我一直好奇你朋友里怎么会有这么不着调的。"

英鸣低头给自己点了根烟。

警车的声音已经可以听见了，他也不着急，抬头扫了一眼靠在车门边上的石毅:"其实你俩要真的飙起来,你开不过王义齐,他以前参加过职业比赛。"

"那你干吗拦着他?"

"因为他参加的那次比赛里,没有人有本事站在这儿等警察。"

英鸣这句大实话说得石毅笑了,他看着英鸣,身上的衣服还是出门旅行的那身迷彩服,脚下踩着靴子,站在他面前抽烟抽得很淡定,这一大堆的人现在也就剩下了不到十个,大部分都没车。

"那你也不走?"

"我电话是用王义齐的手机打的,而且,我没开车。"英鸣说完转头看了一眼寇京,"这车是寇儿的。"

"什么?!"

看了半天热闹的寇京终于反应了过来,转身就要上车,不过被英鸣拦住了:"你现在开车走肯定得被堵在半路,这人都散得差不多了,警察不会多问的。"

做贼才心虚,警察都开到边上了才开车走,不是摆明了此地无银三百两。

寇京没办法只能也陪着一起等,警察下车过来问了两句,英鸣回答得很老实,刚才这里确实很多人,不过已经散了。

问到几个人在这里干吗,英鸣笑了一下:"聊天。"

石毅在旁边点头:"一会儿就走。"

做完了简单的笔录,英鸣和石毅的烟也抽完了,说好一起去喝一杯,石毅上车前招呼英鸣:"上我车吧。"

寇京还有事,没跟他们一起去,英鸣的行李都在他车上,本来说给英鸣送回家里,最后还是挪到了石毅的车上。其实也就一个背包。

石毅看了一眼后座:"你之前出去了?"

"刚回来。"

下了飞机就跑到这边来了,连家都没沾。

英鸣靠在车座上揉了揉有些发酸的后颈,其实他本来准备回家补一觉好好休息一下,但是现在看起来似乎有点悬。

石毅留意到他的表情,随口问了一句去了什么地方。

"没什么目的地,就是随便走,看见哪儿顺眼就多待两天。"真正的好地方,往往不在旅游指南上。

旁边开车的人点头:"倒是挺像你的风格。"

英鸣本来以为石毅是要喝酒,结果到地方发觉是个商务度假村。

"你喝酒都得这么讲究?"

这深更半夜的,排场太大了吧。

石毅两只手插在兜里笑了笑,度假村的招待帮他们停车开门,一路领到里头,英鸣才发觉这是个室外温泉。

"我过段时间就会过来一趟,看你挺累的,泡这个很放松。"

简单地解释了两句,石毅示意招待可以去忙了,反正这里他很熟。

因为是这个时间点,又不是周末假期,所以度假村的人不多,室外温泉这里连一个人都没有,两人算是包场一样裹了毛巾下水,英鸣长出了一口气,闭上眼睛。

不得不说,这比在家洗澡舒服多了。

石毅在旁边看着英鸣放松的表情,很突儿地问了一句:"英鸣,你不喜欢娱乐圈的女人?"

石毅问完这句话英鸣愣了一下,睁开眼看他:"为什么问这个?"

"我看杂志上写得天花乱坠的。"

虽然后面搅和上了刘莉,但明显和刘莉那段是胡扯的。

英鸣看着石毅半天,大概是在想怎么回答这个问题,但最后只是扯了下嘴角:"你觉得呢?"

这种反问从来是石毅最讨厌的答案,尤其从英鸣嘴里说出来,语调还很怪。不过比起他惯用的"你猜呗",石毅觉得"你觉得"就算是比较不那么让人想动手的了。

他顿了顿"你也拍了这么多年戏了合作的人里总有一两个能看对眼的。"

英鸣对石毅的话没有赞同也没否认,就是低头笑了一下。

他觉得这问题没有解释的必要,或者该说,解释起来显得有点蠢。

石毅也没再继续追问,反正只是闲聊,话题未必局限在这方面。他靠后头枕在池边上，闭上眼睛："你当初是怎么想到来做演员的？"

刘莉说过，英鸣不是科班的。

"其实也是巧合，念书的时候想买的东西太多，就琢磨着赚点钱花。不过当时年龄小，没什么可干的，看到所谓群众演员的招募就跟朋友一起去了，后来觉得这东西来钱挺快，就经常凑凑热闹，我忘了哪部剧被导演看到让我临时顶替一个配角，觉得我还行，就用了。"

当时他的那个经纪很会看人，趁着那部电影就直接签了他，试镜成功了痞少，也就一夜成名了。

故事其实没什么新鲜的，英鸣讲起来也没有特别唏嘘。

"那后来呢？不是红了自然就会有人找你拍戏了？"

外界总是对这个行业有各种各样的臆测和谣传，耍大牌、挑戏、戏霸什么的，似乎都是挺正常的事。

石毅觉得英鸣外形条件算很不错的。

起码，比他见过的其他什么所谓的大牌强。

"其实，很多时候，演员这种身份是很被动的。"英鸣长出了一口气，"你想演什么，跟你真正可以演的东西有很大的差别，导演对待演员的态度也有很大的分别，你觉得自己适合这个，导演和监制未必这么看。"

他笑了一下："你知道多少所谓的大牌演员是没有戏拍的？"

不是因为不想演，而是因为不太有导演敢找。

现在动辄就说一部电影投资了多少钱，实际上的数字大概也就只有十分之一，投资方的考虑就是要用小投资收获大的回报，但是很多演员的片酬已经被外面喊高了，自己本人未必会抬高到这个价格，导演却不敢轻易找。

不过，这问题其实跟英鸣的关系不太大。

"当时是因为演少年出名的，很多人对我的定位就是少年，忘了我这个少年是会长大的。"

"所以也就没人找你了？"

"也不是没有，但是试过几次，都觉得不太对劲，跟我自己也有些关系。"

这大概是英鸣的瓶颈。

他外形的限制以及他演技上的某些惯性导致了他驾驭类似的角色时，总是难免重复当初的影子。

但是，角色是无法复制的。

越演越糟糕。

石毅看着英鸣的侧脸，对这种感觉不难理解。

他很缓慢地坐起身，随便撩了点水往身上泼了泼："你知道我小时最讨厌的一句话是什么吗？"没等英鸣回答，自己就接口了，"我最讨厌别人叫我，××的儿子。"

小时候在大院里长大，身边差不多都是自己父母的同事。

半个学校的学生住在同一个家属院里，抬头低头看见的永远是那几个熟人。

但凡出门碰见认识的，开口第一句必然是："你爸呢？"

那种感觉很不舒服。

石毅小时候几乎活在这种父母的压力之下，彼此家庭之间的攀比，耳提面命的无非就是："你不能给你爸丢脸。"

当然，现在长大了回头再去看当年自己的心态，会觉得是幼稚的较劲。

但那时候，是认真地思考过长大了绝对不要依靠家里，要单凭自己闯出一番天下。

"当时在学校跟其他同学打架，最后还是对方上门来给我道歉，老师用我当反面教材来教育同学，你知道是怎么说吗？"石毅歪过头看了英鸣一眼，然后自己笑笑，"是直接说，你们有本事就像石毅一样，不然现在不及格，将来就是没饭吃。"

英鸣跟着笑了一下，不过多少有些无奈。

"我从中学开始就不肯再住在家里，特地找了寄宿的学校。"从那之后，一直到大学毕业，他几乎没怎么在家里生活过。

所以石毅跟家人的关系并不算亲近。

哪怕他是家里的独子。

然而小时候那些所谓的立志，也是在长大之后慢慢地认识到，理想和现实压根是两回事。

"我到现在都难以摆脱名门之后这样的称呼，某种程度上来说，也算是被定型了。"

他用水洗了把脸,然后站起来冲英鸣笑了一下:"咱俩这也算是同病相怜了吧?"

后者仰视着他,摇摇头:"形式不同,情势类似。"

今天晚上这番话,石毅没有对其他人说过,因为这本来也不是会被拿出来说的话题。

为什么会很莫名地告诉英鸣,石毅自己也没搞懂。

大概是因为,说着当初自己经历的英鸣,让他有一种易地而处的感觉。

两个人本来谈不上多交心,最多就是比酒肉朋友之间多了那么点交情,从始至终彼此的相识都是通过其他人而慢慢穿引起来的,就连这种独处的聊天,似乎次数都寥寥可数。

但是很多时候就是很微妙。

很多话你对着太熟悉的人说不出来,对着没那么近的人,反而比较好开口。

石毅这些话跟英鸣说,是确定他绝对不会转述给第三个人,没什么根据,就是确信。

他们没有太深厚的认识累积,却有一种很莫名的默契。

拿过旁边的毛巾擦脸,石毅看了一眼时间:"我明儿还要去公司,你是直接回家?"

英鸣跟着站起来,甩了甩头:"嗯,我回家里。"

如果今天是周末,他们倒是真的可以在这边趁机休息两天。

环境挺不错的。

可惜今天时机不对。

因为露天温泉没什么人,两人之前又都懒得专门去俱乐部换衣服,所以都是直接放在了旁边。

现在起来,穿衣服当然也是一起。

石毅看着英鸣擦身的时候,突然冒出来一句:"上次看你劈的那一腿就看出来了,你身材锻炼得不错啊。"

平时裹在衣服里真是有些浪费了。

没想到石毅会这么神来一笔,英鸣愣了一下,连带穿裤子的动作都顿了顿。

他回过头:"你也不差的,石公子。"

演员里他的个头不算很高的,但也绝对不矮,现在两人都没穿鞋,他站在石毅面前差别得有半个头。

可能是从小胃口好比较容易长个儿。

石毅被英鸣这句恭维说得笑了,他扬了下眉:"有时间咱俩真该找个地方练练。"

英鸣刚套上裤子:"打坏你会被抓吧?"

"打坏谁都得被抓,不过我可以写个声明表示与你无关。"

速度比英鸣稍微快一点,石毅穿好衣服又捋了捋头发,两个人闲扯着一些不太有营养的话题,一边聊一边溜达出了门口。

泡完了温泉会觉得外面的风有些凉。

石毅上车开了暖气,英鸣照例是坐在前头:"你还记得我家吗?"

"你知道我玩野战的时候最强项的就是找地标吗?"

英鸣一扬眉:"哪种野战?"

他问的时候语气很正经,所以石毅一时没反应过来,甚至还解释了几句:"就是那种野外模拟枪战,你没……"

说到后来发觉英鸣还是那副表情,石毅才察觉到有点不对劲。

他皱了皱眉:"你无不无聊!"

竟然能被这种无聊的调侃套进去。

见石毅终于悟了,英鸣大笑了两声,他靠在边上,随手点了根烟,放下一点车窗提醒旁边一脸不爽的石毅:"小心开车。"

石毅要不是因为手里握着方向盘,大概真能上手。

他瞪了英鸣一眼:"给我点一根。"

英鸣抽出一根烟让石毅咬着,然后凑过去帮他点着。

因为顾及石毅还在开车,所以他靠得比较近。

石毅咬着烟狠狠地抽了一口,然后趁着给他点烟的人还没避开,一口烟全喷在了英鸣脸上。

英鸣眼睛被熏得差点掉眼泪。他往后缩了一下避开石毅的攻击范围,使劲眨了两下眼睛:"你多大了还玩这个。"

石毅很嘚瑟地笑了:"反正比你大。"

"你怎么知道比我大?"英鸣缓过劲来看了石毅一眼,"我演《痞少》的时候十四岁,现在正好是当时的两倍。"

结果英鸣说完石毅不笑了。

他愣了一下:"你说真的?"

没记错的话,他当初看那部电影的时候,刚上中学。

所以英鸣比他大,还不止大了一岁。

他这么一愣,英鸣也确认了。

顿时,车里的气氛很尴尬,显然石毅有点无法接受。

而英鸣则是一直扬着嘴角,维持到家门口。

英鸣睡了不到三个小时,就被砸门的声音给砸起来了。

那动静有点像拆房子,震得他头皮都发麻。

撑着严重睡眠不足的头疼下楼开门,外面站着的是来兴师问罪的王义齐。

基本上,英鸣也不意外。

"你够早的啊……"他皱了下眉。

"英鸣,你今天不把话说清楚,我绝对不走!"

王义齐吼的声音挺大,英鸣觉得头更疼了:"你爱走不走。"说完转身去洗脸刷牙,也不搭理后面鬼嚎鬼叫的王义齐。

"你跟石毅到底什么关系,帮他不帮兄弟!"

看着他去洗脸,王大明星在他身后又嚷嚷了一句,英鸣连头都没回。

得不到回应让王义齐更不爽了,他打开电视,又自己从冰箱里拿了不少吃的出来,一边强烈地表达着自己的不爽一边吃得很尽兴。

等英鸣洗完澡出来的时候,茶几上已经一片狼藉了。

"我对于你这种无论情绪多大波动都可以维持住吃喝睡的生理自我调节能力,真是叹为观止……"

他摇了摇头,坐在沙发上。

从他和王义齐这人认识，对方就因为各种各样的理由发飙过，不过无论气到什么程度，吃和睡这两件事是完全不会受到影响的，哪怕是白天跟人去拼命了，晚上一样睡得没有压力。

王义齐怀里抱着薯片，听见英鸣这句话还往嘴里塞了一片："你别转移话题。说，到底为什么帮石毅不帮我？"

昨天晚上那么多人，全看着他就那么走了，这脸得丢多大！

回家他一晚上心里都硌硬。

这么说，他跟英鸣是一伙的才对。

英鸣看了他一眼："跟石毅闹翻对你一点好处都没有，何必呢。"

"小爷我又不是惹不起他。"

别人忌惮石毅是因为他的背景，王义齐没这层顾虑，大家本来就是不同的圈子，还能有多大的事儿。

英鸣抽过一条毛巾擦头发："多一事不如少一事。"

"以前我玩得更疯的时候你也没出面帮着谁，石毅就算后台硬也犯不着让你这么顾前顾后的，你说，到底是什么原因？"

王义齐连薯片都忘了吃了，整个人转过来抓着英鸣："你不是被童晓打傻了？"

这句话终于把英鸣说急了。

他狠抽了一下毛巾把王义齐抓着他T恤的手给逼开，然后不耐烦地踢了对方一脚："傻你个头！"

因为两人离得太近，他这一下王义齐没避开，手背刚好被抽到了，王义齐缩了一下，满脸的委屈："英鸣，我可是为你好，石毅这人水很深，你看着他对你不错当心哪天就把你卖了！"

"你脑子能转转吗？"

自己傻难道全世界都跟你一样傻？英鸣有时候真想把王义齐的脑子拆开看看里面到底是什么构造。

他这么一嚷嚷，王义齐终于收敛了一下，怀里还抱着不肯撒手的薯片，但是表情很怀疑："话可别说太绝对，谁说得准你将来被卖了会不会哭着来求我帮忙。"

"你少替我操这份心，管好你自己就行了！"

这话题说得人蹿火，英鸣索性站起来躲开王义齐，省得自己一个控制不住直接把对方给掐死了。

他走到后头的沙袋那里随便打了两拳然后想起另外一件事："说起来，你跟石毅的朋友到底是怎么回事儿？到底是不是你玩出祸来的？"

"你说到这个我就来气！"

王义齐索性趴在沙发背上一边吃一边开始数落："本来大家就是开个玩笑而已，我怎么知道这小子背景那么复杂，当初偶然在网上认识，他看着跟只小白兔似的，我那段时间不是用粉丝给我P的……叫什么来着……对！泥塑照片做头像，挺女神的就图个乐，谁知道这小子这么不经事，随便聊两句就非我不娶了。"

"所以你就这么骗了人家？"

"屁！我早就跟他解释清楚了！"

这个大概才是王义齐发火的主要原因。要是他真玩过火了，被石毅找麻烦他也认了，问题就是他就骗了王乐三天，事后看王乐动真格立刻就主动承认了，他不是女的头像只是P的。他以为这事就是个玩笑道个歉就完了，结果王乐不依不饶，天天缠着他要说法，已经从他骗王乐变成了王乐骚扰他。

"王乐之后就一天到晚地找我，手机都要被他给打爆了，说话你是没见过，特别酸，动不动就说你骗了我，你说这事该怎么办？我怎么知道该怎么办！也道歉了，说给他赔点钱他也不要，就天天堵着我，你说这年头怎么还有这么别扭的人？我压根受不了他那股范儿，见了就躲。"

他王大公子玩了这么多年，算是阴沟里翻船了。

看着王义齐扭曲的表情，英鸣皱了下眉："这么夸张？"

"下回你看看就知道了！"

本来以为就是个单纯的小孩儿，结果不但背景复杂，年龄也根本不小。

王义齐摇了摇头："我本来以为，你这脸就算是够能忽悠人的了，结果遇到个比你还夸张的……"

英鸣的长相比他的实际年龄是要小一些的。

大概因为本来在很多人的印象里就是少年的那个痕迹，现在虽然是成年了，却依然难脱那份痞子的少爷调调，心理年龄有点七老八十，给人的感觉却还像不羁的青少年。

所以感情戏演起来总给人一股未成年的禁忌感。

王义齐想到这里，歪头看了英鸣一眼："我说，你真准备就一直这么接三流角色混下去了？"

当初听说英鸣接了三级电影，实话说他吓了一跳。

总觉得，不至于如此吧……

又不是日子过不下去了，怎么说都是少年成名的演员，英鸣多少底子他还是有点了解的。

但是英鸣当时的决定挺坚决："演员只要没有戏演，无论有没有天分的，戏感都会被时间冲得一点不剩，既然现在有导演找，怎么说都好过在家里闲待着。"

只是大概连英鸣自己都没想到，当时的一个决定会让自己如今的立场这么尴尬。

他狠狠地打了几拳才收手，因为王义齐的话长出一口气："也不是我能决定的，只能走一步看一步。"

三级片说起来不好听，但其实很多人对这个是有误解的。

所谓的三级并不等于低俗，情色片确实属于三级片的一类，但是其他的一些动作镜头比较暴力，主题比较边缘化的其实都属于三级片，他也曾经遇到过很有想法的三级片导演，因为拍摄的尺度比较大，所以反而更能表现出真正的想法，所谓暴露其实也是一种冲击，只不过，了解到这个层面的人不多。

王义齐看着英鸣的侧脸皱了皱眉："你不能老是指望三级片的圈子里遇到一个好导演，这概率也太低了。"

毕竟现在的大环境，三级片是上不了影院的，英鸣不能一直靠着这种东西来练所谓的演技。

"嗯，最近手上也接了几个本子在看，如果有比较合适的，我也会考虑。"

"英鸣，有什么需要帮忙的地方，你说话……"

这句话大概是今天王义齐说得最正经的一句，他看着英鸣："大家都是兄弟，该帮忙的地方我不会推辞的。"

不太适应他这么认真，英鸣忍不住笑了："赶紧的，你别吓着我。"

"你就是这副德行，什么话说出来都听不出来真假，也没人知道你到底是怎么想的。"

看英鸣这态度也知道自己这话说了等于白说，王义齐不爽地转过身去看电视，换了好几个台也没有什么想看的东西，把遥控器往旁边一甩，自己躺在沙发上准备睡觉。

王义齐没什么工作的时候，经常跑到英鸣这里来躲清闲。

他觉得英鸣这地方虽然没什么可稀罕的，但就是睡觉特别舒服，明明就是个仓库，能见度也不高，可是冬天不怎么冷夏天也不怎么热，睡在沙发上感觉刚好。

英鸣看王义齐已经彻底忘了一大早跑来找他麻烦是因为什么，忍不住笑着摇了下头。

其实做人能像王义齐这种心宽到没心没肺的，也是种幸福。

这圈子，能遇到几个真正可以交心的朋友不容易，他和王义齐其实是误打误撞，不过，也算是有缘分了。

又对着沙包打了一阵，刚洗完澡的身上就出了一层汗，英鸣用毛巾很简单地擦了一下，扶住沙包。

王义齐的话他不是没听见，只不过，这个圈子，远比外面人能看到的复杂。

很多时候，事情都不是个人能够左右的，规则就是规则，你不按照规则去玩，就肯定要被这个游戏淘汰掉。

不过，无论如何，有心终究是份安慰。

英鸣收拾心情重新端好架势，再打出去的拳依然又快又狠。

他还在这个圈子里，就是因为他心还没有死。

哪怕是现在的情况不算太理想，他也没那么容易放弃。

石毅小的时候从来没想过自己长大以后会开公司。

多数人都觉得他理所当然地应该去子承父业，毕竟家里就他一个儿子，人脉和关系放着不用显得太傻了，但他偏偏是最早就打定了主意要靠自己。

倒不是对这样的身份有什么不满，只是单纯不想继续活在他父亲这样的光环之下。

他想过从事一些特殊的职业，或者做老师，做运动员。

就是没想过会做个商人。

他觉得自己不是那块料，也不适合跟相关的人打交道。

结果生活就是这么奇怪。

兜兜转转了一圈，还是入了商海这个门，并且现在不仅在做，而且做得很好。

但凡和他有点接触的，对他的印象都是做事大气，决策果断，该舍的舍，该夺的夺，毫不犹豫。

标准的石家做派，干脆利索。

所以虽然这个行业他入得不算早，起来的速度却很快。毕竟无论说关系还是论手段，他都要比一般的公司有绝对的优势，只要稍微肯费点劲儿，结果是事半功倍的。

很多人都很羡慕石毅这样的条件，他自己却不以为然。

选择自己创立公司，很大程度上只是为了打开一片属于自己的天空，不能说完全抛开了心理上的包袱，最起码，他能够在个中有所取舍，真正地做到按照自己的想法去做点什么。

他并不热衷于赚钱，只是享受成功时的那份成就感。

不过，所有的成功都是要付出代价的。

对于石毅来说，这些成就感的附属品就是平时他需要分出一些时间用来应酬一些他根本懒得搭理的人。吃顿饭如果是谈判或者说正事的还好，纯粹是联络感情这种，都会让他自心底衍生出一股厌烦。

大部分时候，这些都是欧扬搞定。偶尔有欧扬实在应付不了的，就得他自己出面。

比如，跟所谓的高层打交道，欧扬就不够看了。

"这次点名要你作陪，你就勉强应付一下吧……"

欧扬看着石毅满脸的不爽笑了一下，从石大公子知道晚上要招待的是什么人脸色就耷拉着,眼看时间都差不多了,还没有答应的意思。

"吃饭就吃饭,还得看演出,你给订的是什么?"

"今天晚上压根就没什么能看的,就一个私人剧场搞了个演唱会,那个乐队不是太出名,我想反正这几个也就是凑个热闹,不会管到底看的是什么,就订的那个场地。"

"乐队?"石毅皱了下眉,"不是金属乐那种吧?"

那种吵吵嚷嚷的音乐,光听CD他都头疼。

"那种你想听还轻易订不到呢,就是个自组乐队。"欧扬把票放在了石毅的桌面上,"你准备一下就过去吧,反正都要去。"

这帮人,都是跟石毅的父亲有些渊源的。

公司刚起步的时候,好几个单子都是这些人照顾了一下,说起来也算是公司的大客户,怎么都不好得罪。

欧扬虽然也是公司的董事,但是说到底,人家冲着的是石毅的面子,不是他的。

石毅扫了一眼桌上的票,风格是典型的非主流,就只有类似油漆泼洒的效果抹了点颜色在上头,然后写了时间和地点,乐队的名字挺怪,叫六个句号。

"还六个句号,有没有五个逗号?"

"反正票我给你了,你自己注意点时间。我晚上约了刘董吃饭,得走了。"简单地打了个招呼,欧扬就不陪着在这里纠结。

他和石毅认识是在大学里,当时两个人一个宿舍但是不同专业,住得久了当然也就做了朋友,石毅这个人对朋友仗义为人也爽快,毕业之后问他要不要一起合作搞公司,考虑了一下他就答应了。

以石毅这样的关系,想做什么都不难。

这个演出的时间在九点半,之前石毅安排在演出的剧场附近吃了顿饭。

接到人的时候才知道全是女人。

都是家属,老婆小姨子女儿侄女什么的,一路上都在谈论之前出国旅行时候看到了什么帅哥,石毅这趟完全就是出来做司机的,耳边吵吵嚷嚷的,让他心里一直在牢骚，面上还得端着笑脸。

早知道是这种情况，他随便派个经理来应付都足够了。

不过，也算是明白了为什么非要看演出，这样一群人，也确实找不到什么更有意义的事情可以做了。

石毅把人送到了剧场里面，安排坐下之后，有点想溜。

他发了条信息给欧扬，让他找人过来替自己，然后准备在开场的时候，找个借口闪人。

在这儿陪几个女人看乐队在上面嘶喊，他还不如回家睡觉呢！

感觉一群非主流。

他正琢磨的时候，旁边这位不知道是侄女还是外甥女的扯了他一下："石先生，这个乐队是什么来头呀，从来没听过！"

结果还没等石毅开口，剧场的灯很适时地灭了，他指了一下舞台："你们一会儿看了就知道了。"借机避开了这个问题。

话音刚落，震耳欲聋的架子鼓就响了起来。

石毅下意识地皱了下眉，看了一眼台上，不过没有打光，黑漆漆的，什么都看不清楚，隐约能看见大概是有些人在台上，但是只有人影和声音。

这阵鼓打了很久。

激烈的鼓点越来越急促，一直到积累到一个高潮的时候，才伴着最后的收尾亮起了一束光。

打在主唱身上。

石毅这才发觉，这个主唱长得不错，白白净净的，还有点娃娃脸，一开口嗓子却是沙哑派，开头的清唱没有任何的伴奏，有些颓废的调调效果出奇地不错。

看来比他想象得好一些……

留了这么个概念，本来已经准备开溜的石毅勉强地听了两首，整体感觉没那么嘈杂，歌曲据说都是他们自己创作的，都是第一次听，带了那么点文艺小资的腔调，歌词多数都是彷徨遗世的风格，但是也不乏有几首带了一点青春怀旧的范儿。

旁边这几个女的倒是听得挺投入，唱到第五首的时候，很小声地说了一句:"那个吉他手好帅啊……"

石毅下意识地在台上找了一下,扫了两圈才认出来缩在角落最边上抱着吉他的那个是所谓很帅的吉他手。

这连脸都看不见也能说好帅?

石毅摇了下头,有点无聊地长出一口气,特别地想抽烟。

"下面这首歌,是我们的吉他手写的,今天是我们第一次唱,希望大家能喜欢。"

主唱说着这句话的时候,灯光往吉他那边扫了一下,电子吉他耍了一段花音,然后被介绍的人往前面站了一步。

哪怕只是一个模糊的身影,石毅也认出来了,那是英鸣。

他意外地愣了一下,看着主唱把话筒放在英鸣面前,随着前奏,很轻地哼了一段。

英鸣的嗓子也是带了一点沙哑感的,但是没有主唱那种歇斯底里的感觉,严格说的话,只是有些特有的痞子味,却并不刺耳。

他哼的这段没歌词,就是一段很短的过场。

灯光下面,能看见他淡淡地笑了笑,然后冲主唱摇了摇头,又退回了黑暗里。

只留了一个光影交织出来的轮廓。

这首歌的节奏不快,即便是高潮的部分,也还是接近很呢喃的哼唱。石毅几乎能想象英鸣抱着吉他在自己那个大仓库里慢悠悠一边弹一边唱的样子,不知道为什么,觉得这首歌唱的是英鸣自己。

似乎有点欲言又止。

相比之前唱的那些歌,这首没有那么直接也没有那么复杂,就是觉得节奏里压着点什么东西,想要出来,却偏偏憋着。

有点装相的感觉。

石毅听到最后就笑了,他自认不是一个多懂音乐的人。

但是这首歌,他很意外地听懂了。

可能是因为他跟英鸣身上都带了这么点东西,外人只能听出个大概,却正好能戳在他的心窝上面,让人很不痛快,却又很过瘾。

"我服了你英鸣……"

石毅小声地这么嘀咕了一句,看着舞台上抱着吉他一曲一曲弹奏的人影,忍不住扬了下嘴角。

演出结束之后,石毅把这几个人送回家。

路上一群人还在回顾演出。不同的人喜欢不同的对象,那个之前一直在说英鸣的小姑娘一个劲儿地要说服其他人,吵得比之前还厉害。

送她们到家的时候,石毅有种再生为人的感慨。

他把车停在路边,点了根烟然后给英鸣打了一通电话。

对方可能还在后台开庆功宴,旁边似乎有人在大笑有人在聊天,石毅等到英鸣开口了才笑了笑:"英鸣,你今天唱的那首歌叫什么名字?"

英鸣显然愣了一下,大概是没有立刻反应过来。

"啊?"

"你今天不是唱了一首自己写的歌,那歌叫什么名字?"

"你来看演出了?"英鸣很意外。

"嗯,凑巧。"

石毅也没想过会有这么巧的事,他从来不知道原来英鸣还玩乐队。

六个句号,现在想想这名字还真像是英鸣的风格……

英鸣在那边笑了一下,似乎也有点惊讶,然后在石毅的催促下才接口:"这歌其实就是我无聊写的小调,是他们几个非要唱,没起名字。"

"那我给起一个吧。"石毅抽了一口刚才点上的烟,烟雾缭绕里看着黑漆漆的街道,一眼过去没有半点光亮。

英鸣扬了下眉:"行啊!"

"就叫《明天》吧。"

石毅笑了笑:"我觉得,你唱的就是这么个东西。"

那天石毅随口给英鸣的歌起名字叫《明天》,英鸣在那边愣了好一阵,不过最后也没说什么,简单地附和了一句"这名不错",后来他被乐队的朋友一起拖着出去喝酒,电话也就挂了。

乐队这事后来石毅问过英鸣。

对方告诉他其实自己参加乐队纯粹就是玩票的，吉他水平玩得都相当一般，但是乐队的几个人跟他都是朋友，经常会拉着他一起上台，反正他露面不太多，也就无所谓了。

"主唱耗子是当初跟我一起演《痞少》里的那个朋友，你认出来了吗？"

"没有。"

石毅只依稀记得是个娃娃脸，其他的，没什么印象。

英鸣早料到了他压根也记不住，了然地笑了一下，没做表示。

需要补拍的镜头电话里只是给英鸣说了一个大概，到了片场才知道导演只是需要他做一个走位的背景。

主要拍的是刘莉和董晓的对手戏。

之前传得沸沸扬扬的绯闻热潮似乎有过去的迹象了，英鸣到了片场的时候赵老师也在，看见他招呼了一下："怎么样，听说你前段时间出去了？"

"连赵老师都知道了？看来我这人走路动静不小。"英鸣笑了一下，给前辈点了根烟。

赵老师笑着接下了，抽两口看着他："不是你的动静大，是王义齐的风头太大了，我刚来片场就听到人在说。"

圈里的八卦就是这么出来的，不是你故意要去听，而是永远有人在讲。

英鸣对这种事一向无所谓，被调侃了也就是耸耸肩。两个人并排抽了会儿烟，一直到助理导演通知十分钟后埋位，才注意了一下表。

"英鸣，我知道有个导演手上有个还不错的本子，你有兴趣没有？"

突然，赵老师提了这么一句。

英鸣转头："什么本子？"

"暂时我说不了太多，等今天这戏散了，你来找我一趟，咱俩聊聊。"

一根烟快抽完了，他拍拍英鸣的肩膀："年轻人好好演，这圈子不少机会。"

这其实是神来一笔。

英鸣绝对没想到补拍的时候能听到这么一番话，不得不承认他有点意外。

跟赵老师不是第一次合作，但是绝对谈不上深交，最多就是关系还凑合，根本不是一个档次的，够也够不上。

不过，无论是出于什么原因，但是既然对方开口了，英鸣肯定要去。

需要他做布景板的时间拍完，他就一直留在片场，等赵老师的戏份结束。

董晓看见他没走，忍不住讽刺了一句："怎么，还恋恋不舍啊？想再加点戏？"

"我说你一天到晚这么阴阳怪气的累不累？"英鸣抬头扫了董晓一眼，嘴里还咬着烟，"多大了？"

"之前的事，我不会这么算了的。"董晓皱了下眉，语气里满是睚眦必报的狠劲。

他对面的男人笑着点了点头："这符合你的风格。"

英鸣那天既然敢翻脸，他就不怕董晓事后找他麻烦。这个圈子他不能说混得多么风生水起，但是也还不至于沦落到随便谁都能给他脸色看的地步，是不是当红的另当别论，这里头的关系他还是在的。

董晓拿英鸣没办法，只能瞪了他一眼就走过去了。

旁边一直围观的刘莉笑了一下："真没看出来，你脾气不小。"

"你看不出来的东西多了。"

可有可无地搭了一句，英鸣吐出一口烟雾闭上眼睛，脸上挂着几分意不明的笑意。

大概是因为刚才赵老师的那几句话，他现在心情实在不错。

有点想放纵。

刘莉被他顶了一句也不生气，笑盈盈地凑到他旁边："之前绯闻的事你还生气呢？"

"生气？"英鸣笑了，"我有什么好生气的，又没损失。"

"现在是这么说，当时你给我的脸色可不好看，就跟我陷害了你一样。"

"我跟石毅怎么说也是朋友，既然你跟他是情侣，这种炒作游戏我玩起来就有心理障碍，你想配合导演监制卖这个乖，我没这份必要。"

事到如今，话也不怕说开了。

"娱乐圈里男人和女人的区别就在于男人不配合叫个性，女人不配合是不听话，你有你的考虑，不过，别把我扯进去。"

刘莉能够在这个圈子走到这个位置，不可能是一路顺风顺水的。

所有的结果都得付出代价，有些人愿意付，所以走得比人快，有些人不愿意付，要么另找途径，要么就被淘汰。

娱乐圈不是唯一有游戏规则的圈子，却大概是见效最快的圈子。外面的人总觉得里面堕落奢华，成败都不真实，只有圈子里的人能感觉到，其实也就是残酷现实一点的生存者游戏，适者生存，永远的真理。

刘莉听完了英鸣的话扬了扬嘴角："你跟石毅是怎么认识的？"

"误打误撞。"

"那也够巧的，你们两个根本就不是一类人。"

英鸣笑着点点头："确实不是一类。"说完这句抬头看了刘莉，"我就绝对不会招惹你这种女人。"

他说得直白。

刘莉依然挂着笑，旁边化妆师招呼她补妆，她随口应了一句，然后回头看着英鸣："你说对了，我这种女人，也绝对不会看上你这种男人。"

两人相视一笑，彼此心知肚明。

他们要的东西差别太远，追求的东西更是风马牛不相及。只不过，严格说起来，大概刘莉真正要的东西，连石毅都给不了。

英鸣敛下视线沉默地抽着烟，对于石毅和刘莉的这段关系，并不算看好。

有些王，是压根就配不了后的。

尤其是这个后本身想做的就不仅仅是个陪衬的人名后缀。

赵老师的戏份整个拍完之后，已经下午三点多了。英鸣一直陪着，两人聊了一会儿，然后赵老师打了通电话，跟人约在了一个茶座。

这一个下午，英鸣见了不少人。

有导演有编剧，人数到最后增加到了九个，茶座根本坐不下，就换到了导演家里。

这部电影英鸣很有兴趣。

仅仅是看到剧本的大纲，他就觉得是个挑战。

导演说得很痛快："我不认为你是最佳的人选，不过，我觉得我们可以尝试一下。"

这是个新派导演，说得直白点就是有些离经叛道。英鸣以前看过他的一部作品，印象很深，不属于商业片也不属于文艺片，而是介于二者之间，你能感觉到一些灰暗的东西，但是并不致使人压抑或者颓废——这个导演很擅长把一个本来有些疯狂的故事讲得很合理。

编剧是这个新派导演的御用。

独特的剧本构架也只有这两个人在一起才能够解读。

当着赵老师的面，导演很干脆地问英鸣："你觉得自己可以吗？"

英鸣笑了一下："我的信心比您足。"

他连尺度最大的电影都演过，这种程度的算什么？

"那好，另外一个主演我也已经确定好了，正好也是你熟人。"

这句话让英鸣皱了下眉，不过没有追问，他知道对方一定会说。果然，下一刻导演就接口了："是王义齐。"

……

在心里忍不住骂了一句，英鸣有点想抽烟。

这部电影想拍的是一段在特殊背景下两个绝望的人相互鼓励相互取暖的故事。

这是一部十分压抑的电影。

从剧本大纲上来说，他和王义齐有大量的对手戏要演。

——这大概，是英鸣所能想到的最合适又最糟糕的人选了。

导演后来当着英鸣的面给王义齐打电话的时候，他表情有点僵硬。

好在那边当时有事，没有能过来，但是明显对方知道这个剧本比他要早，听语气，似乎是已经稳接了。

"这个电影我们还要筹备一段时间，顺利的话，两个月之后开镜，安排一些你的工作，下个月我们签合约吧。"

"好。"

目前这事就算是这么定了,英鸣跟导演和编剧聊得挺高兴,回到家里的时候,都已经快十点了。

他刚到家,就接到了寇京的电话。

"鸣子,你那部戏的事是不是都已经结了?"

"嗯,差不多吧,可能后期还有个配音,不过应该暂时用不着。"

英鸣靠在沙发上打开一罐啤酒,今天这事值得庆祝一下,可惜他就一个人。

"那你帮我个忙呗,我有个活儿给你。"

寇京是做活动策划的,在一个规模不小的影视公司,跟英鸣认识也是因为工作,后来脾气性格都比较合也就成了兄弟,英鸣的商业活动相当一部分都是寇京给他拉的,有些确实不错,有些就比较扯。

不过朋友之间也不需要算得太清楚,一般只要有时间,英鸣这边都没什么问题。

"是什么活儿?"

"威赛要搞个明星越野拉力赛,但是这节骨眼不少人都在剧组里抽不出来身,你这边刚完过来救救场呗。"

寇京今天下午没打通英鸣的电话已经招呼一圈人了,不过现在看还是差点。

"越野我可没玩过。"

"没事儿,本来就是为了宣传品牌,你去凑个热闹,跑输跑赢都不丢脸。何况是组队的,不是你一个人。"

这活动出的费用预算不低,算是个不错的工作了。

英鸣考虑了一下:"要多久?"

"也就一个礼拜,撑死了!你放心,不耽误你工作。"

"那行吧……"想了想最近确实也没什么安排,英鸣答应了,"不过你得提前帮我准备着点,我这可是第一次。"

"到时候有人会帮你的。"

"啊?"

"石毅作为嘉宾也参加的。"

明星拉力赛不代表参加的全部都是明星，像是石毅这种圈内名人，被寇京看上也是必然的。
　　不过英鸣意外的是石毅竟然会答应："你是怎么忽悠石毅也参加的？"
　　"我跟他说你跟他一组。"
　　"不是吧！"

第四章

越野拉力赛

寇京既然答应了英鸣凡事都会准备好,自然就不需要他担心什么。

一直到活动启动的前一天晚上才给他打了通电话,通知他去参加明天的启动发布会,后面的事情会到时候跟他再说。

按照他平时的习惯,除非是真的有事情挪不开,不然所有的活动他都会比要求的时间早到一个半小时。

照理应该是比较早到的。

结果这次他到停车场的时候,已经好几排车了。

石毅那辆吉普尤其显眼,一看就是资深越野爱好者。

难怪他会同意参加这个……

英鸣心里这么嘀咕了一句,一路按照指示牌往宴会厅走,刚进门就看见石毅被几个人围着在聊天,话没说几句就笑开了。

从侍应生那里拿过一杯香槟往旁边一站,英鸣很低调地避开了最热闹的几个圈子,冷眼旁观地喝了口酒。

威赛不愧是行内的老大,组织活动备的酒档次都不低。

看来这次活动邀请的人不少,除了演员歌手,还有一些企业的 CEO(首席执行官)或者董事,有些英鸣认识,有些只是看着脸熟,剩下几个不知道属于哪个圈子,但是谁都不敢得罪。

英鸣自己溜边喝酒,本来觉得没什么人会注意到他,结果一杯没喝完,石毅就端着杯子朝他走过来:"干吗搞得这么低调?"

"我本来也不高调。"

周围不少人因为石毅往他这边走都好奇地看了一眼,几个曾经合作过的演员举杯示意打了个招呼。

英鸣也只能笑着回了一下:"早知道这么多圈内人,我就不参加了。"

"怎么,你害羞?"

石毅说完自己都笑了,英鸣挑了下眉:"这两字怎么写?"

他不喜欢这种圈内人扎堆的地方是因为寒暄起来比较麻烦,太热络了不好太冷淡了也不好,到底是抬头不见低头见的关系,这个距离远比应付其他人费劲。

不过,当他看到门口刚进来的那位时,突然觉得之前自己的心思有点无聊。

最糟糕的对象无非就是碰到台面上已经翻过脸的。

他最近真是走大运……

董晓进门的时候石毅也看到了,他转头看了英鸣一眼:"冤家路窄?"

后者只能耸耸肩:"也算是有缘。"

他有预感,这次活动,大概远不会有寇京说得那么轻松。

启动式有一个新闻发布会,石毅和威赛的老总被拉去做启动嘉宾,英鸣站在最边上,越过两个就是董晓。两人上台的时候打了一个照面,彼此反正都没什么好感。

石毅他们按下那个所谓象征意义的启动按钮之后,底下就是一阵闪光灯狂闪。英鸣准备下台的时候被下面的媒体叫住要他和董晓合照一张,毕竟刚结束完合作,照理说是有料可"扒"的。

镜头前,两人笑得都还算自然。

只不过在后面被追问合作具体细节的时候,董晓的态度相当不配合,说话语带保留地存着几分蓄意。英鸣没搭理他,随便应付了两家还算熟悉的媒体就借口闪了。

那边石毅也在躲媒体,看见英鸣往楼梯口那边走,就跟了过去。

一门之隔，瞬间安静了不少。

石毅忍不住抱怨了一句："为什么会来这么多记者？"

"威赛要把活动搞大当然少不了这些，我以为你有心理准备。"

英鸣递给他一根烟，两人点了靠在边上，楼道里的窗户开着，风往里头一灌，有点冷。

石毅对英鸣的话只是眯了下眼睛："我纯粹是被寇京那小子忽悠来的，没想到会搞得这么麻烦。"他从来不是一个喜欢在媒体面前露面的人，因为之前刘莉的事情，他已经不堪其扰了，这种情况根本是自找苦吃。偏偏还被推去做了启动式的嘉宾，现在想溜也来不及了。

英鸣有点同情地看着他，很善意地提醒了一句："其实寇京比你大。"

他和寇京才是同年的。

年龄问题显然是石毅的死穴，他很干脆地没去搭理这个话题，抽了两口烟："你会开越野？"

"不会。"

"不会来干吗？"

英鸣叹口气："你是怎么来的，我就是怎么来的……"

简单来说，都是被寇京拖来充数的，那家伙甚至没告诉他董晓也在参加活动的名单上。

石毅笑了一下："我听寇京说这活动是要组队的，到时候一起搭个伴吧，本来也是凑热闹的。"

旁边人答应得很干脆："我求之不得。"

他们两个人在楼道里躲了有半个小时，后来寇京给英鸣打电话通知他到后头的会议室两人才出去，转播的媒体记者都已经被安排在其他的房间了，清静了不少。

总的来说，这个活动一共要搞四天。

分六个阶段赛，有封闭赛道的比赛也有跑山路的，路线不算很长但是也不短，中间如果没有办法按时到达休息站的话就得露宿在山地里，全程有媒体转播，但是因为没有拿下批令，所以没能配上直升机。

"车上安装好的 GPS 导航跟总台这边是连着的，你们按下通话键的时候可以呼叫总台，如果联系不上，车里有一个电话号码本，里面所有应急的电话你们彼此的车号都有。"

寇京在上头解释，底下石毅扯了一下英鸣："搞这么多业余的跑来玩拉力越野，不是开玩笑嘛。"

以为是自驾游啊，连基本的培训都没有。

他旁边的人只是笑了笑："这本来就是在开玩笑，只不过是用我们的命去开他们的玩笑罢了。"

这种商业活动其实很常见，对外宣传得很一本正经，其实很多参加的人都是在现场才知道这到底是要干什么。

如果不是因为寇京，基本上他是绝对不会考虑的。

比赛的分组是四辆车一组，正规的越野拉力都是两人一辆车，但反正他们是为了宣传品牌不是为了争个输赢，一人一辆开着就走了。石毅和英鸣是一队的，同队的还有一个IT（信息和通信技术）公司的董事、一个半职业的车手。反正每队都配了这么一位，最后封闭赛道应该都是他们的活儿。

英鸣刚上路对讲机就响了。

——竟然是董晓。

"英鸣，你敢不敢跟我赌一局？"

"赌什么？"

"就这次比赛，谁输了，到时候得愿赌服输接受对方的要求。"

大概是因为现在两辆车都是开起来的，对讲机的声音断断续续很嘈杂，英鸣挑了下眉："董晓，你老揪着我干什么，抬举我？"

"少废话！英鸣，一句话，你敢不敢跟我比！"

对于董晓的沉不住气，英鸣在这边笑笑，半天才回了一句："行啊，你非要比的话，那就比吧。"

"好！"

丢下这么一句，那边就断了信号。

英鸣看了一眼GPS上他和董晓之间的差距，不自觉地扬了扬眉，然后踩着油门的脚用了几分力。

没过一会儿，对讲机又响了。

他看着那个通话的灯闪了半天才按下通话,那边石毅的声音依然是断断续续:"你什么毛病啊英鸣,吃错药了?玩命呢!"

他们现在已经出了封闭赛段了,山路的路况很差,速度一旦提上来就颠得人胃里翻腾,英鸣这一路只加速不减速的,是要干吗?

他不是说自己没玩过越野吗?

听见石毅这么说,英鸣的速度下意识地放慢了一点,他笑了笑:"没事儿,脑子热了一下跟人起哄来着。"

"那个董晓?"

"呵。"

英鸣没直接承认,不过石毅很明白。

"他傻帽你也跟着傻了?这段路不能这么跑,你把速度放下来,过了第一个休息站再说。"

石毅在那边似乎也感觉到了对讲机的这个信号不怎么样,这段话重复了两遍,英鸣在他要说第三遍的时候赶紧打断了抬高声音:"我知道了。"

这话没说完多久,石毅的车就跟上来了。

两个人的车并排开了一段,石毅按了两下喇叭,然后才超车过去。

开越野不是一般人能玩的,最初或许觉得挺刺激,颠个半小时牙根都泛酸,尤其是这路程一开就得大半天才能进到休息站,路上的难受可想而知。

英鸣和石毅的车始终是一前一后,从 GPS 上看几乎是连在一块,有时候石毅在前头压着英鸣的车就会被车灯闪,他无聊了就打开后尾双闪,两人一来一回的搞得很无聊。

一路开到一点多才进休息站,石毅先到的,帮英鸣领了一瓶水,看见他车进了场里,就过去敲了下车窗:"怎么样,还熬得住吗?"

坐在车里的人苦笑了一下:"这简直比我打一天拳还累。"

现在整个太阳穴都抽着痛,开到平地甚至有点不适应了。

石毅拍了下车门:"下来走走,能舒服点。"

时节是秋分了,但是中午的太阳还是很毒,英鸣下车的时候无意识地皱了下眉,石毅把水递给他:"下面的路比第一段还要难跑。"

"简直是误上贼船……"英鸣忍不住摇了摇头,拧开水灌了两口。

他们俩开的速度不算慢，大部分人还被甩在后面，休息站里跟他们一起休息的还有两三个人，不过彼此都不熟也没有话可说，董晓要么是已经休息完了走人了要么就是没进站，反正是没看见。

石毅觉得董晓这人不仅仅是有点傻，还有点作。

所谓的找不痛快！

两个人喝完了水又随便吃了点东西才又上路，按照石毅的分析，下面这段路时间要比他们刚跑过的这段费时，可能晚上未必能在饭点赶到休息区。

"虽然是业余赛，但是赛程的安排是按照正规赛弄的，威赛真有意思。"

这次寇京能把石毅拽来一则是因为他也算是越野爱好者最近刚好也没什么事，二来是马上他的公司要和威赛有个合作，他答应参加也算是卖个面子，提前打好关系。

不过他参加之前完全没想到这个拉力赛是这么个搞法。

问题多得不胜枚举。

英鸣已经听他抱怨了快一路了，实在忍不住插了一句："本来就是个商业活动，你还指望能搞得多严谨？"

正规赛要花多少时间筹备，要有多少的专业技术做支持，他们这种撑死了也就是找几个车手做个顾问什么的吧。

更不靠谱的都有。

石毅知道自己跟英鸣考虑的问题本来也不是一个，他耸了下肩没再回嘴。两人分别上了车，这次石毅特地跟在英鸣后面开。

之前被车灯闪了一路，他也差不多忍到极限了。

从 GPS 上看，董晓已经比他们超前很多了，在董晓前头的也就一辆车子，中间还跑着一辆，后面就是英鸣和石毅。

车没开出去多久，石毅就又 call 了英鸣。

"你跟董晓到底赌了什么？"

"没说，分出输赢之后再算吧。"

英鸣按下车窗，有点想抽烟。

结果刚放下一点缝隙，立刻就一股尘土的味道飞扬进了车里，他皱眉又把窗户关上。对于这种如此完全封闭的环境他觉得有些不爽,尤其是路很颠,会让人烦躁。

"那你想没想好如果你赢了,要让董晓干吗?"石毅那边似乎心情不错。论起越野,他确实比英鸣得心应手得多。

"你就知道我会赢?"

"有我在你肯定会赢。"

石毅笑了一下,语气里满是自负。

董晓一看就没真正玩过越野,这么长的赛段,每一段路程怎么跑都是要计算清楚的,不然无论前头跑得多快,后面一样得挂在半路,按照他这么跑法,后面有两个赛段连着,他肯定会出现油不够撑到加油区的情况。

所以他们保持这种速度,最后赢的肯定是英鸣。

想到这个,石毅扬眉提高了声音:"我说,不要管董晓了,咱俩比一场呗。"

"比越野?"

"嗯,规矩和你跟董晓赌的那个一样。"

这次,英鸣沉默了很久。

石毅一直没等到回信还以为无线电坏了,连着叫了好几声,然后才听见英鸣慢吞吞地答应了一声:"行吧。"

其实不太想答应。

石毅毕竟不是董晓,没那么好应付。

但是如果他现在不答应,又实在说不过去。

英鸣看了一眼倒车镜里石毅的车,看不见里面开车的人,却几乎能想象得到对方的表情。

他敢和董晓比,是因为他有太多办法可以对付董晓这种人,但是很明显那些办法里头却没有可以应付石毅的。

他不让王义齐跟石毅飙车,当然自己也不愿意去揽这个麻烦。

可惜,现在是骑虎难下。

路上的颠簸并没有好转的迹象,果然如石毅说的,这段路比上午的还难开,英鸣只能不断地放慢速度。后面石毅偶尔会按按喇叭无聊一下,他听到会下意识地扫一眼倒车镜，然后觉得这事儿有点扯。

本来就是个纯粹凑人数的商业活动，搞到最后他跟两个人都定了赌约。

英鸣心里衍生出一股很微妙的不爽。

他不是个会被人牵着鼻子走的人，虽然没有石毅那种根深蒂固的控制欲，却也不喜欢在一段关系或者某些事情里一直身处被动。

心里因为这样的情绪而积累了一点火气，英鸣本来已经放慢的速度慢慢又加了回去，正好开过一个不小的滑坡，不高地跃起后，重重地摔落在地上。

不过还好英鸣反应很快，他一直抓着方向盘没撒手。

那种心被提起来又再落回去的感觉跟玩什么海盗船之类的东西有点像，区别是海盗船没有安全系数这么挑战人神经的刺激感。

英鸣刚过了这个坡，无线电就开始狂闪。

他没估计错的话应该是石毅。

刚接通，那边就骂上了："英鸣，你吃错药了？"

要是英鸣在中间没抓紧方向盘，九成九是要翻车的。

英鸣笑了一下："赌都赌了，当然得认真。"

"认真跟找死可不是一个概念。"

"对我来说没什么区别。"

不放手一搏，当然也要不到自己想要的结果。

他喜欢玩极限，就是因为喜欢那种濒临到最后关头时的压力。那时候，浑身的所有神经都集中在一个点上，可以忘掉所有环境、人为因素造成的影响，除了自己，什么都感觉不到。

男人擅长自己给自己施压。

——因为突破这种感觉，会让人上瘾。

石毅听了英鸣的话很低地骂了一句，具体是什么英鸣没听清楚，从倒车镜里，石毅刚好也开到他刚过的那个坡，车身落地的时候，带起一阵飞尘。

然后越野车从满是尘土的一团黄雾中冲出来，跟他的距离越来越近。

他下意识地加大了油门。

车身的轰鸣声听起来很有一种咆哮的错觉，视野前望去是没有边际的一片荒地，碎石土坡随处可见，空旷的地面，就只有英鸣和石毅两辆车一前一后玩命一样地疾驰着。

颠颠撞撞。

但是说到底，开越野不是英鸣拿手的东西，他跟石毅的距离本来也不远，一旦后面的人开始用心，超过他也只是迟早的事情。

所以只撑了不到二十分钟，本来还在他后面的车就短暂地和他齐头并进了一会儿后，超了过去。

石毅按了很长的一段喇叭。

态度很嚣张。

英鸣在后面忍不住笑了，前面石毅的车起起伏伏的，看着有点像被扔在地上的四方盒子，很蹦跶。

就是个小屁孩，还偏偏喜欢装老成。

石毅这样的英鸣并不是第一次打交道，在他的环境周围，碰到这种人的概率一点都不低，因为本来几个圈子就是套在一起的。

但是很明显，石毅是最让他意外的一个。

虽然身上也带着点嚣张的气焰，但是比起不找麻烦日子就过不下去的那群，他甚至可以算得上安分守己——不会开口闭口地把家里的老子挂在嘴巴上，也不享受被人簇拥的感觉。

只是说话的时候很少顾及对方的感受和立场，是个按照自己想法和情绪生活的人，幸好只是自我，并不自大。

这大概也是英鸣可以和石毅相处到现在的原因。

他们身上其实没多少类似的东西，却诡异地可以互相理解。

不过说到底，英鸣眼里石毅还是带了那么点顺风顺水生长起来的想当然，没有经历过多少打磨，似乎一切东西在他眼里都相当简单。

这种人放在一般人的身上，会显得有点欠抽。

而石毅给人的感觉……

是欠揍！

英鸣挑了下眉，视线里前头的车越来越远，他一挂挡，又提了速度。

任何事情一旦全情投入了，就会觉得疲累感会翻倍。

英鸣和石毅这么飙了一下午，等到晚上好不容易扛到休息站的时候，两个人脚都有点软。

所以开到了停车场谁都没下车，遥遥看着，似乎是嘲笑着对方的狼狈。

天色已经黑了，荒野的夜空很漂亮，漫天的繁星。

石毅等到脚下那阵酸软过去，才慢慢地开了车门跳下车，深吸了一口气，表情很满足。

他点了根烟，甩手关上车门。

英鸣也跟着下了车，靠在车门边上，往旁边的夜空看了一眼，不掩饰眼底的赞叹。

虽然这趟出门折腾得够呛，不过能看到这样的夜景，也算是不虚此行了。

石毅走到他旁边给他递了一根烟。

英鸣接过烟，抬头看了石毅一眼："旁边就是加油站，你抽烟？"

"你要是非跑到跟前点炸了，我也没意见。"

递烟的人耸耸肩，然后打了火，让英鸣就着他的火机点火。

英鸣点了烟狠狠地抽了两口，然后长出一口气闭上眼睛："真有种再世为人的感觉……"

周围很安静。

除了隐隐的加油声，几乎没有任何的杂音。

一般这种环境都会给人一种错觉，仿佛一开口，声音也会随之消散掉。他睁开眼睛笑了一下："要是能在这种地方一直生活，也不错。"

石毅跟着笑了笑："一两天是不错，让你待一个两个礼拜你准得疯。"

要什么没什么，太阳星星不能让人看着过日子的。

人都是看见了这种景色就想要永远地拥有，等真正融入其中了，才发觉终究自己是这周遭一切中的异类。

想要隐居山林的人不少，真正能够在山林中生活的人却不多。

英鸣没反驳石毅这句话，只是挨到旁边的花坛边上，然后蹲下来跟石毅一起看着远方，沉默地抽着烟。

身后的休息区灯光罩着两人的背影，在地上笼出影子。

一个蹲着，一个站着。

意外的安静和谐。

吃完晚饭,石毅问英鸣敢不敢开夜路,对方回答得很干脆:"不找死。"

石毅当时就笑了:"我还以为你豁出去了。"

"认真和找死是两回事。"原话奉还,英鸣耸耸肩在服务台那里拿了钥匙。

他和石毅住的是隔壁间,休息站的临时住宿比不了酒店,只能算是勉强能住,隔墙显得很单薄,动静大点估计其他人就可以听见。

石毅洗澡的时候还碰到了洗到一半热水变凉水的情况,幸亏英鸣听见了他在浴室里嚷嚷叫来了服务员,不然他大概得带着浑身沐浴液出来找人。

白天开了一天的车其实晚上都很累了,两个人一觉无梦到天亮。

早上一睁眼,六点十分。

石毅先去把英鸣给叫了起来,两人在超市随便买了点东西直接上路。本来以为他们起来得算早的,结果停车场就剩下了四辆车。

"本来以为就是来凑个热闹,没想到都还挺积极。"

石毅上车前这么很随意地提了一句,英鸣在旁边笑了一下:"对于大部分来说,不求第一,但求不是倒数吧。"

除却几个职业车手,参加这次拉力赛的多数都是门外汉。

所谓笨鸟先飞,好歹有点觉悟。

两个人上了车石毅让英鸣先走,按照他的话说,本来越野他就比英鸣玩得多,出于公平,每次都让英鸣先起步。

不过反正英鸣也没客气,昨天开了一天,怎么也积累了一点经验,他这次开车宁愿避开坑坡绕路也不会硬顶着上了,开的时候挺爽,晚上身体有点吃不消。

石毅大概也看出来了,在后面长按了一段喇叭,算是调侃。

英鸣从倒车镜扫了一眼,下意识地一扬眉。

石毅没有再像昨天一样死追着英鸣的车,所以两个人的距离一度甚至拉开过,不过很快又会被石毅追上来,保持一个不远不近的距离,与其说像是比赛的,不如说像朋友间的互相照应。

GPS上,在他们前面的还有四辆车,最快的一辆已经到下一个休息站了,董晓的车其实就在他们前头。

"还以为能开得多快呢……"

在上车前，石毅曾经这么挤对了一句，英鸣当时只是扫了一眼显示屏，没说话。

现在，彼此的距离是越来越近。

但是等开到了附近，英鸣才发觉按照 GPS 上的位置，董晓的和另外一辆车已经脱离赛道了。

越野赛是没什么固定的跑道的，理论上只要方向不出太大的问题，怎么跑是随着驾驶车手的选择，但是董晓他们现在的位置明显很偏了，哪怕是兜路，也有点远。

石毅觉得不对劲，按下无线电呼叫了一下英鸣。

"我说，董晓那车开哪儿去了？半天不动。"

"嗯，我也发现了，一会儿过去看看。"

他们距离那边大概还有半个小时的车程，英鸣在前头，稍稍加了点速度。

因为方向有错，GPS 一直在提示他返回赛道，英鸣觉得烦索性就给关了，再一抬头，前头停了两辆车。

他愣了一下。

一辆靠得比较近，但不是董晓的，而后头董晓那辆车，已经翻过来了。

石毅就跟在英鸣后头，想当然也看见了。两人脚下的油门差点踩到底，疾冲过去。

董晓车边还有一个人，这人石毅和英鸣都不太熟，有点印象好像是个 IT 公司的 CEO，他围在董晓的车边上一直在跟里头说话，但是没回应。

英鸣跳下车跑到边上，眉头全皱在一起。

这车是侧翻过来的，正好压在驾驶座这边，前面的挡风玻璃已经裂了，车里很多玻璃的碎片，董晓侧倒在边上，隔着玻璃看不清楚是什么情况。

"董晓！董晓！"

英鸣喊了两声。

旁边那个 CEO 摇了摇头："我叫了他半天了，也没反应。"

"没反应你不赶紧把他弄出来!"

后赶过来的石毅劈头就是这么一句,那个 CEO 被说得愣住了,还没来得及反应,就看见英鸣越过车身,绕到另外一边直接爬上去。

石毅抬头追了一句:"小心点。"

越野吉普的车身比一般的车要宽一些,英鸣爬到上头发觉车门被撞得变形了拉不开,砸了半天窗户里头没有半点反应。

石毅在底下看着英鸣一直砸玻璃但是得不到回应,忍不住喊住他:"别砸了,踹开!"

当机立断,英鸣在车上站起来深吸一口气,抬脚就踹。

他踹的是后座的玻璃。

因为是参加越野拉力,英鸣特地穿了一双军靴,一脚下去玻璃就裂了。

从后面掰开前面副驾驶的车门,英鸣爬进车里挪到董晓旁边,他安全带都没扣,被歪着卡在驾驶座和方向盘之间,旁边一堆乱七八糟的东西碎的碎裂的裂。

"有病啊,竟然还在车里放玻璃杯!"

英鸣实在忍不住骂了一句,小心地维持着自己的平衡,然后推了推董晓:"董晓!听得见我说话吗?董晓!"

距离近了点,多少让董晓有了点反应,他人伤得挺厉害但是意识似乎还在,迷迷糊糊地睁开眼睛看了英鸣一眼,却没能挤出话。

但是他这一转头,让英鸣一愣。

刚才董晓侧在里头他没看见,现在对方转过头,另外半边全是血。

血太多了看不清楚伤口,只感觉血肉模糊。

英鸣皱着眉,什么都没说,他把董晓慢慢搀起来,一边告诉董晓尽量清醒一点,一边想把董晓从车里拉出来。

但车身是侧翻的,董晓现在四肢无力,完全没有反应。

实在没办法,英鸣吼了一嗓子:"石毅!"

石毅跟那个 CEO 两个人绕过来:"怎么样?人弄得出来吗?"

"不行……"英鸣有点烦躁,"董晓伤得很厉害。"

石毅骂了一句脏话。

他从刚才英鸣开始爬车就一直在往活动主办那边打电话,但无论是寇京的还是服务站的电话全打不通,那个 CEO 说自己之前翻那个电话本打通了一个紧急电话,但是说到一半那边就断掉了,也不知道来不来得及过来处理。

这个地方离前后两个休息站都有几个小时的路,想过来估计也没那么快。这次活动因为不是正规赛,也没有直升机,光靠车是心有余而力不足。

又打了两遍还是没人接,石毅放弃地把手机合上,看着英鸣和车里的董晓,想了一会儿:"英鸣,你找个东西罩着他的脸和身上,我们把前面的挡风玻璃给砸了。"

旁边 CEO 拉住他:"你们这样动他不合适吧,万一有点什么……"

"他都这德行了更糟还能糟到哪儿去?不弄出来不是要一直在里头等死了!"

要是一般的交通事故也就罢了,不清楚伤者的情况确实不适合贸然动,但是现在这前不着村后不着店的,不把董晓先从车里弄出来,他卡在里头也不知道还能撑多久。

最起码人先出来,如果一直联系不上,他们也好往休息站那边送。

英鸣听了石毅的话把身上的夹克脱下来罩在董晓头上,又在后面扯出车座的垫子,护在董晓的胸口,然后往后缩在后排:"行了,你们砸吧。"

幸亏车窗本来就裂了,砸起来倒是也没那么难。

石毅和 CEO 找了两块石头顺着破裂的地方一点点地扩大着裂口,一直到差不多足够人出来的,石毅直接上手去掰卡在车窗底部的沿边。

——因为石头已经不好用了。

英鸣在后头看见,提醒了一句:"你注意点手。"

"没事儿!"

石毅答得挺干脆,他看掰得差不多了,也把衣服脱了垫在地下,然后让英鸣先把董晓拖起来,他和 CEO 两个人在外面接应,把人顺出来。

说起来是很容易的一句话,做起来却费了大劲了。

烈日当头晒得石毅背后都快熟了,英鸣在车里憋得呼吸都困难,三个人足足折腾了个把小时才好不容易把董晓从车里弄出来。

一头的汗,英鸣从车里爬出来的时候,狼狈地抹了一把额头。

他身上的 T 恤已经差不多湿透了。

旁边 CEO 递给他一瓶水，他道了句谢，转手拿给了石毅。

石毅倒是没客气，拧开灌了好几口，然后还给他："你先看着他，我继续打电话。"然后转身不停地拨手机。

董晓的情况很差，刚才把他从车里弄出来的时候就一直在哼哼，虽然眼睛睁着但是意识很不清楚，英鸣跟他说了半天的话，一句都没回，眼睛四处地看，却没什么焦距。

石毅打了得有十通电话也没找到人，后来还是旁边的 CEO 提了个办法："不行先开车去休息站找人吧，一直等也不是办法。"

英鸣点点头："嗯，找人还快点。"

但是那个 CEO 的车没有油了，他本来也是因为车出了问题所以才勉强往这边开了一段想找董晓帮忙的，谁知道看到的是董晓车翻了，刚想找人帮忙石毅他们也就到了。

"那你开我的车吧，我记得我们出来的那个休息站停了一辆救护车，不行你往回走。"

每个休息站的规划不太一样，他们昨天晚上待的那个因为是要过夜的，所以准备得比较齐全，为了以防万一，英鸣的意见还是往回走比较稳妥。

所以 CEO 开着英鸣的车回休息站找人，石毅跟英鸣两个人守着董晓，防止再出什么情况没人照应。

这段时间很难熬。

董晓的情况随着时间的流逝似乎越来越差，本来就迷迷糊糊的意识后来渐渐闭上眼睛的时间越来越长，哪怕是英鸣使劲地拍他，都没办法把他弄醒。

"怎么这么慢！"石毅有些暴躁地踹了一脚车门。

旁边英鸣看了他一眼，再低头看着躺在一边的董晓，眉头就快皱成结了："……这叫什么事儿啊！"

那个 CEO 回来得比石毅和英鸣预计的要快。

之前那通电话已经让休息站那边派车出来了，和往回返的 CEO 刚好碰到，立刻带路赶了过来。

英鸣和石毅给让开地方，方便救护人员施救，董晓那一身的血看着很扎眼，石毅最后有点看不下去，往边上走了两步。
　　旁边的英鸣看他一眼："怎么了？"
　　"他到底是怎么搞成这样的？"
　　就算是为了打赌的事玩命，也不至于自杀一样地把车开成这样。
　　但是这个问题英鸣回答不了他。
　　两个人彼此看了一眼，视线转到被医生围着的董晓，心里都有点沉重。
　　刚巧这时候，英鸣的手机响了。
　　电话是寇京打的。
　　他刚接起来对方就嚷嚷开了："鸣子，你没事儿吧？"
　　"有事的不是我。"
　　"我刚才一直在外场那边，没带着手机，石毅给我打电话我也没看见，回来才知道你们出事儿了，吓得我这一跳。"
　　寇京很明显已经知道董晓的事了，英鸣皱了下眉："能想办法把董晓赶紧送医院吗？"
　　这帮医生赶来之前，董晓已经只能哼哼了。
　　还若有似无的，听都听不清楚，总觉得情况挺糟，不知道能撑多久。
　　寇京在那边安抚性地劝了两句："你放心，已经跟医院打好招呼了，这边会处理这件事的。发生意外谁都不想，不过你们自己得注意点，这比赛就是个游戏，没必要玩上命。"
　　"你这意思比赛还要继续？"
　　"现在媒体那边都是压着，这活动造势的时候宣传得很大，真出了事会很麻烦，我现在详细的没法给你说，但比赛肯定是要比完的。"
　　很明显寇京旁边还有人，他话说得很含糊，英鸣在这边没来得及细问寇京就把电话挂了。
　　英鸣有点不爽。
　　他把手机收起来，那边董晓的抢救似乎也有了点效果。三个医生一起把董晓抬上了救护车，石毅和英鸣跟过去看了一眼，问了一下情况，不过医生回答得也很含糊："暂时还确定不了什么，看情况不算太严重。"说完，直接关上车门就走了。

现在董晓的车是废了，CEO开的是英鸣的车，他自己那辆只能后面让拖车过来处理，现在几个人不可能一直留在这个地方，最后没办法，只能是英鸣坐着石毅的车走，其他参赛的人不是都清楚董晓出了意外的事，赛事依然在进行当中。

英鸣坐上车就点了根烟，石毅看了他一眼："你坐这种车还抽烟，不怕烫着自己？"

但凡颠一下，就不知道这手上的烟会碰到什么了。

旁边的人没回头，只是吐出一口烟雾："心里烦。"

"医生不是说董晓情况不严重吗？"

"没死人之前都说不严重。"英鸣语气不太好，"就那样子看着也不像不严重吧。"

他还见过在急诊楼道里捂着脑袋一直流血的人被护士训斥去排队挂号的呢，大概在这些医生眼里，只要气没断，都不算严重。

其实英鸣这时候火气有点大，他狠狠地抽着烟，眉头一直没松开。

石毅本来心情也没多好，被英鸣的情绪一带也跟着开始烦了，忍到最后，还是一脚刹车踩了把车停住："来一根。"

他管英鸣要了一根烟，点了靠在门边上，看着远处的一片黄土不说话。

这段沉默很压抑。

英鸣一根烟抽完了，忍不住又去抽了一根，然后被石毅按住："你再抽没有非典型肺炎也要有典型肺炎了，抽烟解决不了问题。"

这道理谁都明白。

但是明白也不等于遇到事情都能理智地告诉自己别去烦了别去想了，话永远是别人在说，日子还得自己去过。

英鸣皱了下眉："再抽一根。"

其实烟盒里也就只有这么一根了，石毅跟他僵持了一会儿最后还是把烟盒递给了他，然后听着耳边打火机打火的声音，下意识地长出一口气。

然后毫无预警地，英鸣问了一句话："你有没有想过，如果有一天自己残废了,要干什么?"

这问题让石毅愣了愣。

他仔细琢磨了一会儿,然后才转过头:"董晓的情况糟到这种地步?"

英鸣在这时候提起这话题,绝对不会是空穴来风的。

旁边抽烟发呆的男人笑了一下,对石毅的敏锐有点意外,不过他没动,还是看着倒车镜:"不一定和董晓有关系,我就是想到了问问。"

手上的烟这次点着了却没怎么抽,任由它一点点地燃着,冒着一缕在烈日下反正也看不清楚的烟,飘飘荡荡的。

"没考虑过这问题,如果真的有一天我残废了,大概就是想着好好活着吧。"

石毅想了一会儿才挤出这么一个答案,若有所思地看了英鸣一眼:"那如果是你呢?"

"我不知道……"英鸣答得很快,他说完自己又补了一句,"我大概会想尽一切办法避免这种情况发生。"

正常人永远体会不到残疾人失去的到底是什么。

不到了那个时候,说什么都是白搭。

英鸣这个答案让石毅笑了,有几分嘲讽:"谁也不愿意摊上这种倒霉事,但如果真遇到了,只能是尽量让自己活出个样来。"

这是石毅的思考方式。

没人愿意出意外,但真出了事,最先考虑的只能是以后怎么办。

英鸣并不意外石毅的这种思考方式,事实上,他觉得能说出这句话,他身边的人也就是石毅了。

有句话形容什么都不怕的人,叫浑不吝。

石毅其实有点那种感觉,只不过大部分会什么都不怕的,是因为什么都不在乎,没东西好失去了所以光脚的不怕穿鞋的,石毅则是刚好相反,他是想要的差不多都可以攥在手里,成功的感觉太真切了,所以不在乎面对挑战。

他有自信自己可以处理。

所谓天时,地利,人和,他一样都不缺,走到成功跟前,也就是迟早的问题。

英鸣想着就扯了下嘴角，调侃地感慨了一句："能像你这么活着，也挺痛快的。"

不用搭理那么多乱七八糟的东西，只考虑自己是想做还是不想做。

石毅在旁边看着英鸣的侧脸，一时没吭声。这话听在耳里其实让人很不舒服，他能读懂英鸣话语之下的那点含义，换了一个人或许他已经翻脸了。

但是大概因为今天情况特殊，又或者因为说话的是英鸣，他竟然仅仅只是皱了下眉头。

烟就算是不抽，也终究有燃完的时候。石毅看着英鸣手上的烟也差不多了，没问他的意见，直接发动了车。

颠颠簸簸的，这路还是那样。

车里两个人谁都没说话，GPS上他们前头的车比刚才多了不少，不知不觉，竟然也拉开了不小的距离。

英鸣一只手抓着车顶的扶手，窗外尘土漫天他竟然也不想关窗户，风卷着土灌进来，再因为车速的问题而冲出去。

石毅车开得不快不慢，他不急于去追前头的车，也不想去拉开跟后面车的距离。所以本来两个小时的车程，他们开得超出了四十多分钟才到下个休息站，别人连午饭都吃完了。

更甚者，有的已经先走了。

石毅和英鸣下车上了个厕所，然后英鸣去加油石毅去买点午饭，排队的时候，兜里的手机振动了一下。

是个未接电话。

没有等到他接就挂断了，上面显示的名字是威赛集团的董事。

石毅跟他吃过几顿饭，本身也就留了联络方式。

负责给他盛饭的工作人员还问了一句他到底要什么菜，但是他拿着手里的手机半天没反应。等英鸣回来的时候，看见他买的饭菜忍不住笑了一下："我说，你这是什么情况？"

两个人的饭盒里都放了四份辣椒炒鸡蛋，米饭被盖在辣椒下面，看起来有点可笑。

这大热天的，还嫌上火不够，吃这么多辣的。

石毅等到英鸣说完才反应过来自己的菜买得有问题，不过也仅仅是扬了扬眉："凑合吃吧，本来就只是为了填饱肚子。"

　　英鸣耸了耸肩，从善如流地坐下，二话不说就开吃。

　　他们吃饭的这个餐厅里有电视，一直在循环体育新闻，他们的这场拉力赛是有媒体直播的，不知道谁好事，拿着遥控器换了半天台才终于找到直播的频道，于是不少人都抬头扫了两眼。

　　报道的内容没什么新意，无非就是活动很热闹，车手很投入，挑战自我的标题被打得很大，旁边很刻意地摆着威赛的 logo（标志）。

　　英鸣瞄了两眼："竟然真能瞒住。"

　　比赛中途出了这么大的事，新闻的一片颂歌当中只字未提。

　　石毅喝了口汤，沉默地看着电视上的镜头。

　　他渐渐开始理解为什么英鸣最初的时候会那么烦躁了。

　　董晓的问题，不仅仅是伤得到底怎么样，而是他这次受伤，最后到底会落得一个什么结果。

　　目前看来，事情发展的走向绝不会让人满意。

　　至少，董晓绝对不会高兴的。

　　他现在人应该是在医院里接受抢救或者治疗，而这边坐着的几十个人里，知道他出事的人，大概不超过三个。

　　这里头还得包括他和英鸣这两个救命恩人。

　　吃完饭，石毅说想睡一觉，本来决定了下午两点以后再出发。

　　结果他人还没睡着，先接到了寇京的电话。

　　跟他说下午威赛那边的人会过来，让他和英鸣先暂时等等，不要着急开车走。

　　电话刚挂英鸣的电话也打过来了："寇京是不是也跟你说了？"

　　"嗯。"

　　"那正好，你多睡一会儿吧。"

　　威赛那边会有人过来并不意外，英鸣懒洋洋地靠在床上换着电视的频道。这边大概是因为信号问题，一共也收不到几个台，调到后面全部都是风景欣赏。

"那你呢?"

"我一会儿也睡了,早上起来得太早。"

"行吧,我醒了再去找你。"

如果不是因为外面一片飞尘荒地漫天的,石毅和英鸣这样倒是真有点像搭伴出来旅游的。

两人的房间全部都向阳,这个时间晃得人眼睛难受,石毅撑了一会最后还是起来拉上了窗帘,这才发觉原来房间简陋归简陋,竟然还有个阳台。

就是也不知道保险不保险,他靠在边上往外看了一眼,就正好迎上英鸣也闻声打量过来的视线。

依然是在抽烟。

"你这烟瘾也太大了。"

第二次提起这个话题,石毅有些不赞同:"什么时候看见你都烟不离手。"

英鸣自己看了一眼手上的烟,然后有点无奈地笑了笑:"我以前不怎么抽,后来拍戏拍得多了经常一天抽到晚,没办法,也就慢慢搞成这样了。"

他演的角色大部分都是烟鬼,哪怕只是十几岁的小鬼都得装模作样地来两根。

"谁让你长得就像不良少年。"石毅调侃了一句,人也往外走了一步,"你不是说要睡觉吗?"

"这东西又不是上了开关说睡就能睡?屋子太晒了,有点燥。"

英鸣本身睡眠质量也不好,一般都是熬到非睡不可的时候才会去睡觉。梦多好像在医学上是有个说法的,他听人说过,不过没往心里去,毕竟没人会因为老做梦就没事儿往医院跑。

"睡不着就过来跟我打牌吧,反正也是闲着。"

"你不睡了?"

"本来有点睡觉的意思,看见你又精神了。"

石毅这话说得太调侃,英鸣闻言扬了扬眉:"别看我,我不好你这口。"

"那你好哪口?王义齐那样的?"

乍然提到一个不该在这时候出现的名字,两人都下意识地愣了一下。

英鸣表情微妙地看了石毅一眼，有话想说不过最后忍住了。他把烟掐熄了就溜达到石毅的房间，明明是隔壁间，结果房间的格局完全不一样，英鸣第一次进来就想说了，一个拉力赛的休息区都要搞所谓的特权分级，真够扯的。

石毅盘腿坐在床上，牌已经拿出来了。

"你参加个拉力赛带的装备还挺齐全……"竟然连扑克牌都随身装着。

结果石毅洗了两把牌看他一眼："这东西是刚才服务员送过来的，谁出门带这种东西。"他又不是什么赌圣赌神的。

英鸣忍无可忍地骂了一句，对这个势利的社会理性上能够接受感性上无法理解。

他坐在边上，看着石毅来回切了两下牌："玩什么？"

"随便吧，你都会什么？"

"你知道的我都会，你不知道的我也会。"

这话说得有点大，石毅挑了下眉角："你说话是不是都这么嘚瑟的？"

"论嘚瑟，我不如你吧？"

英鸣笑了笑，然后从石毅手上拿过扑克，露了一手非常华丽的洗牌。

看得石毅有点没反应过来："有两下啊！你家以前开赌场的？"

"我演过开赌场的。"

来回玩了两圈儿，英鸣耍够了才把牌放在床上："要不我教你打一种我老家的牌吧，保证你没玩过。"

"你老家？哪儿的？"

"河南边江北边。"

"你这不等于没说。"

英鸣帮石毅发好牌，对于对方的抱怨咧嘴笑了笑，习惯性地露出了平时那股"你猜呗"的调调，看得石毅有点手痒。

石毅拿起牌看了看，耐心地等英鸣把所谓老家扑克牌的规则讲解出来。

结果那确实是一种石毅连听都没听过的打法。

其实挺简单的，但是显然没多大娱乐性，很多人打牌是为了享受赢牌那一刻的舒畅感，所以一把牌打得很快，恨不得几分钟一把，英鸣这种打法就是纯粹消磨时间的,看着一摞牌也不知道什么时候打得完。

"我以前在老家,奶奶经常跟我一起打。"

英鸣一边摸牌一边打,随手抓起旁边的薯干叼了一根:"不过除了我奶奶,这牌我就没跟第二个人打过。"

石毅看了他一眼:"我一直以为你就是B城人。"

"我是。"英鸣点点头,"只不过爷爷奶奶还在老家那边,以前念书的时候,暑假经常回去。"

乡下的感觉和城里是完全不同的,小时候不觉得,现在想想,倒是挺怀念。

对面石毅看着英鸣专心看着牌的侧脸,不自觉地笑了一下:"我全家都住在一起,能走动的地方少得可怜。"

事实上,他长辈都去世得比较早。

他奶奶他是没见过面的,母亲家也几乎没有几位亲戚,后来爷爷被接到B城跟他们住在一起,逢年过节的,也就是城内解决。

最多是他父亲的朋友组个局,一起吃一顿就算是过年了。

"以前过年对我来说,就是大人打麻将小孩儿打扑克,饿了叫外卖,反正也没人管。"

石毅说完有点感慨:"有够无聊。"

"其实别人家过得也未必比你好,只不过大家无聊的地方不太一样罢了。"英鸣看了石毅一眼,打出一张牌催促石毅继续。

石毅随便甩了一张应付了事,想到一个问题:"你是家里独子?"

"嗯,就我一个。"

这一代差不多都是一个了,有记忆开始就几乎是一个人打发时间。

这答案虽然在石毅的意料之内,但是不免有些遗憾,他慢悠悠地打着牌:"我以前特想有个兄弟。"

"想要哥哥还是弟弟?"

"弟弟吧……"

石毅笑了一下:"可以一直罩着,一起上下学,也挺好。"

英鸣很少看见他这种样子,忍不住多看了两眼:"所以你有恋弟情结?"

"屁!我都没弟弟怎么恋?"

101

不过，大概他之所以会那么照顾王乐，很大一部分原因就是两人从小一起长大的。他下意识将对方也看作自己的家人，一直以来都是他罩着对方，其实说起来也跟弟弟差不多。

鬼使神差地，石毅看着英鸣："要不，咱俩结拜算了。"

后者的反应是顿住了动作抬起头。

那表情像石毅吃错药了。

过了一会儿，英鸣才慢吞吞地挤出一句回答："就算咱俩结拜，你也是我弟弟吧……"

哥哥不是你想当，想当就能当啊。

他跟石毅的问题是先天的，谁都无能为力。

这句话显然很打击难得主动示好一回的石毅，他愣了一下，随即咬了下牙，他为什么就老是忘记英鸣比他大。

石毅这副吃瘪的样子莫名地让英鸣心情很好，英鸣很不识时务地大笑了两声，看见石毅不爽地瞪他两眼，才勉强收住笑："说不定等你真有了弟弟，就不想要了。"

"也可能。"石毅耸了下肩，"不过谁叫我没有呢，哪怕是有这种可能，也被扼杀了。"

得不到的永远是最惦记的，这是人的通病。

两个人就这么一边打牌一边聊着天，吃饭时候心里那点不舒服两把牌打下来也缓解得差不多了。

这牌打起来确实有点没劲，石毅撑到第三把，终于扛不住地摆摆手："不行，我真太困了，得睡觉。"

他把牌随手放下，随意地往后面一倒："你自便。"

英鸣看着石毅自顾自地躺下就睡了，无奈地扬了下眉，最后把牌随便整了整，丢在旁边的床头柜上。

他靠在沙发上，又有点想抽烟。

这地方人少地荒的，环境也显得特别安静。

在城市里，几乎碰不到这样连一点声音都听不见的午后。

阳光从背后照进来还是有点烤，英鸣懒得动，就任由自己这么待着，视线扫到睡着的石毅身上，溜达一会儿，再扯回到别的地方。

这么游移了一会儿，渐渐地，竟然也觉得困了。

他往下挪了挪，把整个人窝在沙发里，双脚伸直在外面，头刚好枕在扶手里侧的软垫上。

这个姿势说不上舒服，甚至还有点别扭。

但是英鸣闭上眼睛甚至没等多久就睡着了，耳边没有声音，也没有喝酒吃药。

后来被叫醒的时候，英鸣有点搞不清楚情况。

神情很恍惚地看了石毅一眼，然后很轻地哼了一声。

"你怎么睡在沙发上，不是有床吗？"

虽然不是双人间，但是一张床那么大，石毅是直接躺在上面睡的，旁边空余的地方还很多。

石毅醒了看见英鸣的姿势都替他觉得憋屈，双手还环着胸，搞得跟拍艺术照一样。

英鸣捏了下眉间，头昏脑涨地坐起来："本来只想闭上眼睛眯一下，没想到睡着了。"

"收拾下吧，寇京他们过来了。"

石毅说完，把手上的烟点着了，他抽了一口，看着英鸣："回头无论那边跟你谈什么，你都往我身上推就行了。"

后者只是努力地压抑着身体因为不太经常睡下午觉而引起的不适，看了石毅一眼，没说话。

第五章

/

事故

威赛那边跟英鸣和石毅是分开来谈的。

寇京也在。

英鸣见到律师的时候,寇京就在旁边,看见他推门进去,还站起来迎了一下:"鸣子,怎么样?你真没事儿?"

后者摇了摇头:"没事。"

寇京这才坐下,临坐的时候,介绍了下旁边的两个人:"鸣子,我旁边这位是威赛的董事陈丰力,再过去是顾问律师赵坤。"

英鸣冲陈丰力点点头才坐下,对面的人立刻站起来:"英鸣先生,这次的意外我们也觉得很遗憾,事故的原因还在调查当中,如果给你造成任何损失,我们很抱歉。"

"我没什么损失。"

英鸣摇摇头:"董晓怎么样了?"

"目前董先生已经被送到医院了,我们派了公司的人一直跟着,处理后续的问题。"

这次开口的是那个律师,他推了下眼镜:"至于这次来找英鸣先生,主要是有些事情想跟你谈谈。"

不愧是做律师的,切入问题还挺快。

英鸣扬了下眉:"嗯,有事直说吧。"

"是这样的,这次活动是由威赛组织的,所有解释权也都是由威赛这边所有。关于这次的事故,我们希望英鸣先生在事故调查报告出来之前,能够不对外公布。"

赵坤一边说一边递给英鸣一份文件。

英鸣接过翻了翻,条款列得很清晰明确,不过上面写的并不是事故调查报告出来之前缄口,而是这件事他就不能透露给任何一个人知道。

他皱了下眉:"我可以答应你们在事故报告出来之前不透露这件事,但是不需要签这种东西吧?"

"我们当然是相信英鸣先生的,但是你也知道,很多事就是走个程序。"

陈丰力笑了一下。

按说这种事故,他是绝对不需要出面的。英鸣听到寇京介绍到他的时候,也感到有些意外,不过另一个层面,也说明这件事没那么简单,至少,不会像他们说得那么容易。

英鸣也跟着笑了笑:"但是我从来没有签过这种类似的东西,我觉得,不太合适吧。"

基本上英鸣笑得还是挺真诚的。

寇京在旁边看着,忍不住给他示意了一个眼神,看起来有点像眼睛抽筋。

陈丰力并不意外英鸣的拒绝,他笑着拿过律师手里那份备份文件看了看,随意地翻动着:"其实,威赛公司一直以来都有挺大的兴趣开拓一下娱乐产业,电影的市场现在这么大,进去也不太容易,我听说英鸣先生马上要拍一部电影是和宋导合作吧?我们之前还吃过饭,讨论过这件事。"

他笑着合上文件:"如果将来真的要投资这片市场,说不定跟英鸣先生还会有合作。"

英鸣很随意地摆了下手:"别一直叫我'英鸣先生'了,实在不习惯,直接叫我'英鸣'就行了。"

"那……"陈丰力说着把文件往前推了一下,"您看……"

意思不言而喻。

接下来,英鸣沉默了一段时间。

他看了看桌面上的文件,视线最后落在寇京身上,后者皱了下眉,但是并没有说话。

最后,英鸣把那份文件往前推了推:"这样吧,等所有知情者都签了,我们再谈。"

他所指的知情者,是石毅和那个 IT 公司的 CEO。

陈丰力笑了笑:"英先生看来是不清楚石扬跟我们的关系?接下来,也是要合作的。"

这副自信满满的态度让陈丰力那张本来还算是斯文精英的脸上露出了几分算计的市侩,英鸣扬了下眉:"那也就不急于这一时了。"然后很干脆地站起来走人了。

身后陈丰力给寇京使了个眼色,后者站起来也追了出去。

楼道里没有其他人,不知道陈丰力他们这趟过来,有几个其他人知道,不过反正大部分人是不会选择在比赛的中途耽搁这么长时间的,差不多休息一会儿就走了。

英鸣走出门抽出一根烟,寇京跟在他后面给他递过去打火机:"鸣子,威赛这边是真的要和电影公司合作。"

这打算甚至在这次活动之前。

所以拉力赛才会找了这么多明星来参加,一来是为了造势,再来也是为了给人留个印象。

寇京经常和威赛这边有合作关系,当然了解得也多些。

英鸣抽了两口烟没吭声,看着楼道窗外的景色,依旧是荒无人烟的感觉,过了好一会儿才转过头:"你去看过董晓吗?"

"去了。"寇京很老实地点头,他是跟威赛的人一起去的。

"那脸还有得救吗?"

因为英鸣问得太直接了,所以寇京下意识地皱了下眉,犹豫了一会儿,最终还是说了:"情况不太好,但是医生说还可以想办法。"

伤口反正挺严重的,他不懂医学,只是最初会诊的时候他刚好在现场才听到这么一句,后面真正的诊断会议,他没有资格参加。

估计这次,董晓的事业也就只能是到此为止了。

寇京说完,英鸣敛了下视线。

这结果在意料之中,他毕竟人在现场,董晓那伤,他心里有数。

往后的时间,他就没有再说什么了,寇京也没再问。

好歹也是相交了这么多年,彼此的脾气很了解,寇京心里很清楚英鸣把话说到这一步,就不太可能去签那份合同了,那不是英鸣的为人。

换言之,要一份什么样的合同能够买得下一个演员的演艺生涯呢。

两个人一起抽完了一根烟,一直到英鸣想要回房的时候,寇京才在后面追问了一句:"其实你就这么笃定石毅也不会签?"

他说只要所有知情人都签了他就会再跟威赛那边谈,很明显是把问题推给了石毅。

问题是,正如陈丰力说的,从关系上怎么都是威赛那边跟石毅更近一些。

这个问题,英鸣只是扬了扬嘴角,脸上有几分笑意。

威赛那边真要和石毅谈,当然不可能派律师出来。

陈丰力组了个饭局,要跟石毅吃顿饭。

同场的有那位 IT 公司的 CEO,还有寇京和几个医护员。

英鸣没在邀请之列,也压根不知道这顿饭的事。

还是后来石毅吃完了饭回来找他,才告诉他刚才那顿鸿门宴吃得他消化不良。

英鸣打开房门让了一下示意对方进来,然后给他倒了杯水:"有得吃你还挑?"

"吃饭这种事得看到底是跟谁吃,还得看是吃的什么。"

"那你刚才那顿吃的是什么?"

"是良心。"

石毅说完英鸣笑了一下:"那是挺倒胃口。"

石毅喝了两口水,把杯子随手放在旁边。

英鸣看了他一眼,坐在沙发上:"我挺好奇威赛能给你开什么条件。"

电影合约对演员来说确实是一份很大的诱惑,但是对石毅这种人来说,压根跟废纸一样。

石毅笑了笑:"你猜。"

"不是说你们两个公司接下来有合作？"

"为了谈这个连商业机密都泄露出来了啊……"石毅冷笑了一下，然后点点头，"开出的条件是价格比之前下降5个点。"

那份合同涉及的金额，大概够英鸣拍一百部电影。

所以英鸣扬了下眉："挺下本钱。"

他虽然不知道具体的合作内容，但是也猜得出来这条件不会低，不然石毅不会是这个态度。

至于到底石毅签没签，已经是不需要问的了。

石毅拒绝威赛那边的理由是，既然事故报告书没出来，签这些东西为时过早，也没什么意思，等报告书出来了再说。

只不过他话说得很婉转也很随意，既没把这当成一回事儿，也明显不想多谈。

既然陈丰力说大家凭的是私交，那他就用私交的态度来应付，反正那边也不可能真的逼他签，"拖"这个字，多数是谈判上最常用的伎俩。

英鸣看了一眼窗外的天色，有点突然地回头看了石毅一眼："你喝酒了吗？"

"没喝。"

好歹现在的身份也是车手，何况刚才饭桌上那几个让他也实在没兴趣喝。

"没喝的话，咱开车继续走呗？"

英鸣笑了一下："本来就落后人家一大截了。"

"你不是不开夜路吗？怎么，现在这是要找死了？"不久两人才讨论过这个话题，当时英鸣回得那叫一个干脆。

"我不开，你开。"英鸣说完拎起随身带着的那个背包，"我不敢开你不是敢嘛，走吧。"

他的车已经被那个CEO拿去做替代品了，从开走就没再还给他，所以后来他都是跟石毅坐一辆车。

"你就不怕咱俩一起玩完？"

"有人垫背有什么好怕的，何况你这垫背档次还不低呢。"

说得稍微文雅一点，那叫奢侈品。

石毅被英鸣这句话弄笑了，他大概看了外面的天色，拿起自己的外套："行吧，那就走吧！"

大概是没人想到这么晚了，两个人还敢上路，石毅和英鸣去停车场取车的时候，连平时会出来看一眼的服务员都没有。

发动了车，石毅脚下油门一踩就直接开出去了。

与其在这儿跟威赛那边的人耗着，还不如在路上颠着。

英鸣坐在副驾驶上拉着车顶的扶手，车灯的可视度有限，这黑漆漆的夜色透着一股子的荒凉和神秘。

鉴于路不好走，石毅开得很慢。

前后就只有他们一辆车，在路上颠颠簸簸起起伏伏，打出去的车灯在夜空中像划破了绸布一样透出来的光亮，虽然不亮，但挺醒目。

开夜车其实是件挺枯燥的事，哪怕是白天跑长途都会容易走神，就更不要说晚上黑漆漆的除了眼前这点路什么都看不清楚。

石毅开的是远光灯，扫出去满眼的石砾土坡，开了一段英鸣打开了音响，结果传出来的是一段重金属乐。

吓了两人一跳。

英鸣手快又给关上了，把 CD 退了出来，是个乐队的专辑。

"你还听这个？"

"我压根就没开过……"

这车从到了石毅手上他就没捣鼓过这些东西，因为本来也不是开车喜欢听音乐的人，想不到这层。

英鸣看着手里这张 CD，因为车里暗，看得不是太清楚，隐隐能看到个乐队的名字还不太熟悉，他给收到杂物箱那边，然后随手翻了翻："这里头 CD 还不少，你有没有什么想听的？"

石毅扫了翻 CD 的英鸣一眼，突然想到了那天在那个小剧场听到的歌："你手边有《明天》那首歌吗？"

"《明天》？"

英鸣愣了一下，然后慢半拍地想到了石毅那通电话。

"你是说，那天我哼的调子？"

"嗯，就是那个。"

"我没随身带着。"

家里倒是有demo（样带）的CD，不过平时没人把那个带在身上的。

"你们那个乐队为什么叫六个句号？"听起来还挺奇怪。

英鸣笑了一下："六个句号不就是省略号？"

他一说，石毅扬了扬眉。

石毅有想过是不是因为这乐队的成员刚好是六个，但没想到所谓六个句号是这个意思。他忍不住笑了笑："这名字起得挺有意思，谁起的？"

"我。"

"嗯，我也觉得像你起的。"

总觉得，大概就是英鸣喜欢的那股调调。石毅放慢速度转头看了他一眼："你们乐队出过CD吗？"

"自己做过一张，不过，也就是搞着玩的，没发行过。"

说完英鸣很轻地哼了两句，就是《明天》那首歌的调子，石毅扬了下嘴角："其实你们唱得不错，可以考虑走走专业路线，我看现在很多签了公司的，水平也一般。"

"水平一般肯定有其他方面出色。"英鸣笑着歪在门边靠着，窗户开了一个小缝，能听见风声，但是并不觉得冷。

石毅挑了下眉角："所以你觉得你们不如他们？"

"这种事没有什么如不如的，这个圈子不是那么简单地用实力决定一切的，实话说出色的人很多，能出头的却没多少，这里头很多东西都跟外面的人想的不一样。大部分人都觉得帅哥一定很容易红，美女就容易成名，但其实根本不是这样，有些人外貌演技都不出色，一样有观众缘。这东西很难说的，喜欢和不喜欢，都是太主观的东西，你自己说，不算数。"

英鸣难得说这么多话，他说着说着也有点放开了："不要说现在的音乐圈，到底什么东西才是流行的已经没有人能够把握得准了，就说每年排着队想要签公司的这么多，签在公司里等着排队出唱片的又那么多，到底明天什么样，谁说得好？"

现实这东西，就是这么回事，你想是一方面，实际能不能有那个条件去做，是另外一方面。

"看你不像这么消极的人。"石毅多少有点意外。

"这不是消极。"英鸣转头看了他一眼，然后很淡地笑了笑，"你只有清楚了情势才有可能去做对一个决定，如果你连水多深都没摸清楚，浪费时间和力气，耽误的不只是你一个人。"

有人管这个叫作审时度势，也有人说这种叫作眼力见儿。

基本上，英鸣不是一个胆小不敢上的人，但也绝对不是盲目一抹黑就往墙上撞的人。跟头他不是没栽过，痛苦完了，怎么也得长点教训。

希望之后再失望的这股折腾，不是人人都撑得住的，乐队不是一个人，每个人的心思不同，他也不希望把大家这点热情都给磨没了，那就真的是没劲了。

石毅对这句话倒是比较认同："看清楚自己的位置确实是干事儿的前提。"

"所以，反正我这几个哥们儿也不想成角成腕儿的，大家就是喜欢音乐，凑在一起玩玩，我觉得也挺好。"偶尔也能开个小范围的剧场演唱会，写了新歌拿到酒吧里唱唱，不说搞得多轰动，但知音人还是不少的。

搞这些，有时候也就是追求点这种东西。

无论是演戏也好，唱歌也好，说穿了想要的就是一个认同感，被人认可了，自己这些东西，就不算是白瞎。

"什么时候你们再有演出，给我张票。"石毅末了又补了一句，"得是VIP。"

"没问题！"

英鸣答得很痛快，他看着石毅笑了一下，从兜里摸出烟。

他点完了在嘴里咬着，视线扫到打开的杂物箱，他又开始翻那些CD，后来抽出来一张，放了出来。

是张怀旧金曲。

里头的歌都是几十年前那种感觉的，听着有股陈年往事的味道，石毅听了一会儿，然后点点头："要说歌，还是以前的好听，起码你听着舒服。"

"我就猜你喜欢这种感觉的。"

"为什么？"

"你这种家庭出身的，可能多少都有点守旧吧。"英鸣这话说得有点调侃。

石毅抽空扫了英鸣一眼，没反驳。

他确实从小接触流行的东西不多。也可以说，对这些潮流信息他都挺迟钝的，别人聊什么明星歌手的时候，他感兴趣的点都不在这些东西上，别的小孩儿都玩什么飞行棋、大富翁，他最拿手的却是象棋。

旧歌虽然老，但是听起来挺有一番情调，尤其是夜路里开着车，耳边流淌着这种带着几分回忆的音乐，一时间石毅和英鸣都没说话。

直到三首歌放完了，英鸣才伸了下胳膊："其实，这时候就适合上点红酒。"

旁边的司机摇摇头："我这还开着车呢。"

倒是真会想。

英鸣一耸肩："所以说有点遗憾了，不过遗憾也是种挺带感的东西，生活都圆满了，就没劲了。"

——有起有落，才算是真正的滋味吧。

石毅开得不快，路上一直颠着，心口会不自觉地发闷，一盘 CD 听完了也差不多一个小时了，英鸣敲了一下车窗："要不咱俩换着开会儿吧，这路不好走。"

老开也容易走神。

毕竟晚上开车太费眼睛，很疲劳。

石毅看了一下 GPS 上的路程指数，然后摇摇头："没事儿，我再开一会儿咱俩就停下来歇吧，你没经验还是别开这种路，容易出事儿。"

本来就不太保险，凡事还是小心点。毕竟董晓的事情在前头，实在没必要追随而去。

英鸣对于这方面还是比较尊重石毅的意见的，没强求，他躺回座位上："行吧，听你的。"

后来石毅开得乏了，英鸣就给他点了根烟，不过开车不太好抽，所以英鸣就帮他拿着。跑越野最重要的是方向盘一定要抓紧，因为随时可能会打轮，石毅一般都是两手不撒的，不是说握不住，而是安全第一，他心里这根弦绷得很紧。

开了两个多小时，石毅终于把车停下，跟英鸣两人下车伸了伸腿脚，顺便也呼吸下新鲜空气。

夜里的空气有点凉，吸一口觉得胸口都是冰的。

感觉这里的空气都泛着一股土地的味道，有点冷，但是很自然。

英鸣长出了一口气："一般这时候，就该大喊一声吧。"

他话还没说完，旁边石毅就喊上了。

还是泰山那种，嗓门儿特大，感觉声音扩散开来在这种荒凉的地方，跟打雷一样。

英鸣被他这一吼搞得缩了下脖子："我说你喊之前也打个预告啊，哪有上来就进高潮的？"

石毅咧嘴笑了一下，露出白牙很嘚瑟："我这不是为了配合你一下。"

然后语音刚落，又喊上了。

黑压压的夜幕之下，旁边石毅一声接一声喊得挺开心，英鸣听了一会儿就笑了，踹了一脚地上的石头，忍不住砸了砸车门："行了，别喊了，真够吵的。"

结果石毅不搭理他，喊在兴头上，没完没了了。

难怪以前那些写诗的，都喜欢找这种杳无人烟的荒漠大地，确实是挺能抒发人情怀的地方，一眼过去看什么都觉得小，多大的事搁在眼前，也有点不值一哂了。

石毅一直喊到有点无聊了才算是停下，然后靠在车边，拍了一下引擎盖："怎么样，响亮吧！"

"亮！月亮都没你亮！"

英鸣看了石毅一眼，忍不住笑出声，然后石毅也跟着笑了，两人前仰后合半天，最后石毅一拍车门："真痛快！"

在城市里，人前人后的说话嗓门儿都不能大点，都忘了这喊是什么时候了。

旁边站着的英鸣跟着看了一眼四周，点点头："是挺痛快。"

真正的无所顾忌。

两个人在车下站了很久。

一直到站得有点冷了,才说回车上,石毅打开了暖气放下车座,两人一个驾驶座一个副驾驶,直接歪着就睡着了。

石毅躺下前突然想到一件事,好奇问了一句:"你说这地方有没有狼啊?"荒郊野岭的。

英鸣眼睛都没睁:"你刚才号了半天都没招来,估计是没有了。"

他说完石毅骂了一句:"滚!"

然后彼此都扬了下嘴角。

英鸣是被寇京的电话吵醒的。

振动加铃声在车里显得杀伤力有点大,他挣扎了半天才睁开眼睛,然后茫然地扫了一周,最后才慢吞吞地掏出手机:"……喂。"声音带着浓重的鼻音。

"鸣了!你们哪儿去了?"

"开车出来了,比赛不还得继续吗?"他挠了挠头努力坐起来。

睡醒时的那点低血压搞得英鸣很不舒服,他侧头靠在车窗边上:"怎么了?"

"威赛那边的人还想找你聊聊,结果你和石毅两人都不见了,我给你打了三通电话你才接。"

寇京这么说完英鸣才把手机拿开耳边翻查了一下记录,果然前头有两通未接。

他揉了揉眉心:"大概睡得太死了。"

"石毅跟你在一块儿?"

"嗯。"

正说着,那边石毅也动了一下,似乎是要醒了。

寇京长出一口气:"你俩没事就行,开夜路车你们胆子也够大的。"

"都是石毅开的。"英鸣解释了一句。

石毅慢悠悠地坐起来看了他一眼,很小声地问他:"寇京?"

他拿着手机不方便出声,点点头。

那边寇京还在不停地絮叨:"你们到下一个休息站要什么时候?我们过去找你们。"

他口中的"我们"肯定还包括了威赛那边的人,英鸣皱了下眉:"用不着了,你们过来一样得让我们等,等活动结束再说吧。"

威赛那边的人还真是不死心。

一大早接到这种电话实在让人有点不太痛快,英鸣皱着眉打了个哈欠:"我都说了等其他人都签了再找我谈,现在聊也聊不出什么。"

"那个 CEO 已经签了。"

寇京这句话让英鸣愣了一下,随即摇了下头。

应该说,并不意外。

后面寇京还要说什么,他实在有点扛不住直接给挂了,看了石毅一眼:"那天跟我们一起救董晓的 CEO 已经把保密合同签了。"

后者点了下头,算是知道了。

其实昨天晚上石毅和他们吃饭的时候,就估计了这人可能签了,不只是他,那几个医护人员可能也签了。

毕竟没人犯得着跟威赛这样的大公司过不去,何况,跟自己还没多大的关系。

石毅还在想着这些的时候,英鸣爬到后座去从自己的包里翻出杯子牙刷什么的。

石毅有点诧异地看着他变出这么多东西:"你搬家啊,出门带这么多玩意儿?"

英鸣随手抽出两瓶矿泉水,跳下车简单地掬饬了一份刷牙洗脸的用具,然后喊了一句让石毅下车,递给他:"像我这种一个人旅行惯了的,走哪儿都会准备着点,习惯。"

"我用这个,你怎么办?"

石毅看了一眼手上的杯子,上面的花纹竟然还是 Hello kitty (凯蒂猫) 的。

真看不出来英鸣还用这种东西。

大概是注意到石毅的眼神,英鸣也顺着看过去,然后扬了下眉:"这杯子是我在门口超市临时买的,我压根就没留意上头是什么。"

石毅笑了一下:"行了,不用解释。俗话说解释就是掩饰,放心,我不会鄙视你的。"

他说完很干脆地挽起袖子到另外一边去刷牙,英鸣翻出一瓶漱口水,两个人在车的两边各自收拾完,才重新回到车上。

驾驶座上的石公子看着英鸣对着倒车镜整理头发的样子,忍不住冒出来一句:"咱俩这样,像不像一家人?"

他从小到大也没有几次跟陌生人的同睡同醒的经验,平时哪怕是工作出差,也从来都是自己单人一房,像这种旁边有个人跟自己一起刷牙洗脸的情况,也只有他家人。

英鸣挑眉转头看了他一眼:"我该怎么理解你这句话?真想认我做哥?"

接触得久了,发觉石毅时不时地就会蹦出这种让人觉得有点诡异的话,没有所谓的重点。

石毅听到"哥"才想起自己年龄比英鸣小,顿时后悔自己口无遮拦,随便摆了下手:"赶紧的,该出发了!"

早上果然脑子容易不清楚,想的东西都有点怪。

夜路是石毅开的,想当然白天的部分就换英鸣来了。最难的一段好像已经开过去了,所以英鸣跑了一个小时都觉得路很舒坦,速度一路往前提,两人对着GPS计算了一下路程。

"这么看,中间不休息能直接到下一个休息站吃午饭。"

油是头天晚上加满的,肯定够。

刚才寇京那通电话明显是威赛那边的人不肯罢休,所以英鸣和石毅的意思都是前面的休息站不停,一路开到下一个再说。

英鸣的速度一旦真开起来,其实还是很快的。

石毅最初还无所谓地跟他开玩笑,后来就忍不住提醒他注意路了。没几个人会在开越野的时候把车开成这样,也就是车的性能还不错,经得起折腾。

"英鸣,你……这不是……故意打击报复吧?"

一句话都说不利索,石毅脸色不太好看地瞪着旁边的这位司机。

偏偏英鸣目不斜视，除了嘴角扯了个弧度，无论石毅在旁边说什么他都不搭理，踩着油门的脚两个小时没松过。

就这么一路飙过了休息区，英鸣终于停下来喝水的时候，石毅觉得胃里翻腾得跟钱塘江大潮一样。

他咬牙瞪了一眼英鸣，然后狼狈地放下车窗，靠在边上维持着毫无表情的脸，不发一语。

英鸣忍不住笑了笑。

坐车的人比开车的人容易晕车。

哪怕是石毅这样的，颠了几个小时，一样得完蛋。

他昨天晚上让石公子折腾了一晚上，怎么也得扳回来一点，不然不太亏了。

休息的这段时间石毅一口水没喝一点东西都没吃，英鸣招呼他上车的时候，被他一下拨拉到旁边："我来开，你坐着吧！"然后也不管英鸣什么反应，抢了一步坐上驾驶座。

英鸣只是扬了扬眉，也没跟他争，绕过车直接坐在后面，直接横着躺下了。

石毅调整倒车镜的时候一愣："这车你敢睡后头？"

"你开你的吧。"

已经躺下的人只是随便摆了摆手，示意石毅开车。

不知不觉之间，两人已经没了之前那点生分和疏离。大概是本来这环境也不是让人计较的地方，英鸣平时那股进退的界限，在经过这两天两夜之后，微妙地开始模糊。

他平时是绝对不会对石毅这么说的。

石毅也从来没被人这么使唤过。

但是，对着英鸣那句话，石毅只是皱眉冷笑了一下，然后踩大油门，让车直接蹿了出去。

他故意的。

仗着自己的驾驶技术比英鸣好，这段路又相对好跑，石毅故意去找那些坡坡坎坎的地方过，整辆车跟玩具一样在地上颠来倒去，他不时地从倒车镜瞄一眼英鸣，结果发觉英鸣除了有时候被颠得厉害了才哼一声，基本上没什么反应。

"嘿……我不信了……"

这么躺着能不被颠得滚下车座,除非英鸣是属壁虎的。

其实英鸣在后面有一只脚撑住了石毅的座椅。

所以就算石毅这车开得再起伏,基本上英鸣那边的动静都不是很大。

最多有点晕。

这场有点无聊幼稚的较劲耗到休息站才算是勉强停了,下车的时候两个人胃里都不太舒服,石毅耍狠飙了一路结果自己也没好受到哪里去,刚进食堂门口就退了回去,冲英鸣摆了下手:"行了,你自己吃吧,我去抽烟。"

英鸣在后头看着他有点萎靡的背影,忍不住扬了下嘴角,摇摇头。

吃完饭,英鸣在服务台问了石毅的房间号,给他端了碗粥过去。

石毅开门的时候一脸的烦躁,脸上明显是因为身体不适导致的怒意,嘴里咬着一根烟,头发被捋得乱七八糟,看着像刚起。

英鸣举了一下手上的碗:"吃不下东西喝点粥吧,能舒服点。"

石毅往后退了一步让他进屋,然后晃荡晃荡地溜达回屋里,二话不说地往床上一倒,抽两口烟:"没食欲。"

"喝粥不需要食欲。"英鸣干脆把粥放在他床边,然后站着,"这粥好歹也是我亲手做的,你石大公子也给点面子。"

他这句话刚说完,石毅勉强转过头眯着眼睛看他一眼:"你自己做的?"语气里满是怀疑。

"你在休息站见过粥?"

何况还是大中午的,哪个餐厅提供这种东西。

英鸣这么一说,石毅直接坐了起来,他看了看粥又看了看英鸣,最后不太相信地端起来尝了一口:"真是你做的?"

"嗯。"

英鸣随手点了一根烟,站在边上看着石毅一口一口慢慢地把那碗粥给吃了,嘴角扯着几分笑意。

两个人休息了得有一个小时，准备动身的时候，石毅看着外面的天色犹豫了一下："我说，这天是不是要下雨？"

有点阴天的架势，虽然不到那种黑云压境的程度，但是看着也差不多了。

英鸣凑过去也瞄了一眼："嗯，悬……"

这种地段，下雨的事很不好说，晴空一样能掉雨点子，何况这明显是有云的境况。

其实从一早两人在路上就多少觉得了，昨天阳光都有点刺眼，今天一直就是憋着。

"要不等等吧，等雨下了再走。"

下一个休息站估计就不是有房间的那种了，弄不好两人又得睡车上。

车座太硬，睡一夜起来浑身发酸。

英鸣又看了一会儿，发觉这天实在不行，只能点点头："行吧，那就先等等吧……"

谁也没想到，这雨竟然一直下到了晚上。

英鸣和石毅最初还是闲聊胡扯地一边看电视一边看着天色，两个人喜欢看的东西不太一样，意见不统一就互相损，看到雨下来的时候，石毅还大肆自夸了一下自己多有先见之明。

结果雨下了两个多小时之后，两个人忍不住彼此看了一眼："这雨下得也太邪门儿了……"

本来看着以为就是场阵雨，下完了也就完了。

奇了怪了竟然越下天色越黑，明明还没到天黑的时间，窗户外面就跟没了太阳一样。

"幸亏没在路上……"

石毅感慨了一句，不过没之前那股嘚瑟，全是庆幸。

这种天气开车出事的概率太高了。

果然，没过多久，陆陆续续地，车全进休息站了。

停车场上差不多全是车。

两个人在窗边往外头看了两眼，没等一会儿，就听见有人敲门。

119

石毅转身去开门，结果来的是服务员。

"对不起石先生，因为天气突变，路上的车都进了站区，但是站区没办法接待这么多人。这场雨不知道要下多久，房间可能不够了，晚上如果还不停，恐怕需要共用，您看……"

他话没说完，只是略带抱歉地看着石毅，后者摆摆手："没事儿，我跟英鸣一间就行了。"

"那谢谢您的体谅了！实在抱歉！"

服务员显然大松了一口气，得体地往后退了两步，一直到石毅关上房门才敢转身离开。

石毅关上门看着窗边的英鸣咧嘴笑了笑："得嘞，这下好了，咱俩真成难兄难弟了。"

这雨果然下到了晚上。

因为休息站住的地方离餐厅还有段距离是要走的，外头这种雨下去吃饭不方便，所以晚餐都是服务员给送到房间里。

石毅点菜的时候，拿着菜单一眼就扫到了不太明显的"粥"字，下意识一愣："你们这里有粥？"

"有的。"服务员的态度倒是挺好，笑眯眯的。

"中午呢？"

"中午也有。"

石毅刚问完后面英鸣就笑出声了，手里还夹着烟，躺在床边上，完全没有忽悠人后的愧疚。

菜点好了关上门，石毅回身走到床边的时候看着英鸣："我说你们演员是不是满口一句实话都没有？"

张嘴就来，草稿都不用打。

英鸣从善如流地笑了笑："这叫善意的谎言。"

"……那你到底是男的女的？"

"女的。"

石毅挑了下眉："这也是善意的谎言？"

"这不是为了让你面子上舒坦一点。"

英鸣说完还耸了下肩,石毅差点扑上去揍他:"就你这张嘴,被你卖过的人一定不少。"

突然就想起了两个人初见面那次,英鸣一再强调自己不知道王义齐到底在哪儿、什么时候回来,现在看估计也是应付他的。

对石毅这句评价,英鸣既没承认也没反驳,他笑了两声,继续抽着烟。

这房间不大,而且还不高,两个人站着就显得空间很压抑,电视还开着,内容还是那几个台,石毅拿过遥控器随便换了几个台,最后无聊地往旁边一丢。

"咱俩这晚上干什么?大眼瞪小眼?"

早知道当初真不该来参加这个什么拉力赛,大把的时间都花在这种小乡村一样的旅馆房间里。

英鸣咬着烟扫了一圈,最后无奈地撇撇嘴:"我也不知道有啥可干的。"

然后石毅往床上一坐:"不然来聊天呗。"

"聊天?"

这个一本正经的消遣提议让英鸣扬起了眉:"你想聊什么?"

"随便,什么都成。"

石毅本来很随意地拉开了架势,但是这句话说完了自己又补了一句:"要不,就聊聊你家里吧。"

他笑了一下:"我家反正也没什么可说的。"

但凡是圈里的,对他家多少都有点了解,说出来也没什么意思。

英鸣抽了两口烟,靠在墙边看着石毅,并没有立刻接话,沉默了一会儿之后,才慢吞吞地开口:"我家就是普通的二口人,环境不好不坏。"

他说的时候,下意识地眯起了眼睛,窗外的天色还是黑沉沉的,伴着雨点砸在玻璃上的声音,显得动静挺大,屋里还有电视的声音,整个环境都有点游离。

"我父母都是挺平常的人,家里就我一个儿子,比较惯着我。当初听我说要出来做什么演员,家里也不是特理解,终归觉得小孩还是得念书,拍电影拍电视剧,都是挺不靠谱的事情,今天这样明天就那样了,谁也说不好是什么情况。"

现在想想，其实长辈还是有先见之明的。

"我家就是那种挺老的四合院，家里女人多，我妈一堆姐妹全住在一起，本来就只有我舅舅和我姥爷两个男人，显得阴气特重。"

英鸣说到这里笑了笑："小时候我爸老担心我生活在一堆女人中间，会不会养得阴阳怪气的。"

"看着还行。"石毅这里补了一句。

英鸣知道石毅的意思但是没接，等后者觉得没劲，他才挑了下眉角："后来出来做演员，最初那几年工作特别多，忙得晕头转向的根本没时间回家，公司给我专门找了个房子住，吃喝拉撒都专门有人伺候，想想得有差不多四年多的时间没怎么回去。"

也就是偶尔打打电话。

对一般的小孩儿来说，他在家里相处的时间真不算多。

何况在做上演员之前，他也不是那种安安生生在家里待着的小孩儿。

大概是因为英鸣脸上的表情有点虚，石毅皱了下眉："想家吗？"

"那时候不知道想。"英鸣长出一口气，"等到我真的开始想了，也觉得回不去了。"

"为什么？"

"觉得不好意思回去吧。"

头一次在人前承认这点心思，英鸣也微微拢起眉："当初把一切都想得太容易了，自以为什么都行，跟家里说话也有点大言不惭，等到现在了，哪怕是回去家里人没什么特别的反应，心里始终觉得别扭。"

不能说到了无颜见爹娘的地步，但是英鸣心里始终有那么一个疙瘩。

所谓衣锦还乡，他当初最该回去的时候没有选择回去，现在，似乎是什么都晚了。

话题不知怎么就突然转得压抑了，石毅拍了拍英鸣的肩膀表示理解，两个人都没说话。

男人这点面子上的事儿，除了自己，别人很难明白。

英鸣抬头看了石毅一眼，然后释然地笑笑："而且一回去家里就催着结婚的事儿,也头疼。"

他这句话终于引起了石毅的共鸣,石毅扬了下眉:"果然每家都差不多。"

"我妈唠叨习惯了就还好,最受不了的是我爹吃完了饭一本正经地拉着我坐在沙发上,语重心长地跟我说:'儿子啊,我像你这么大的时候,你都三岁了……'"

英鸣本来就是演员,讲话下意识地会带着那么点模仿的痕迹,他这么一学,神态什么的跟他自己判若两人。

石毅则是笑着摇摇头:"我家那位就是直接把筷子一放,说:'你这个岁数了,个人问题是不是也该考虑了?到底有没有计划?我不问不代表你可以想干吗就干吗。'"

他连念书时候收到他父亲的短信都是开头文首写着"石毅同志",搞得跟工作报告一样。

不难想象石毅父亲的样子,英鸣也跟着笑了:"所以说一样是形式不同,情势类似。"

不过提到这个话题,石毅很自然地想到了一件事:"我听人说,你在这个圈子这么久了,很少会有绯闻啊。"

"我最红的时候还是个未成年呢,这都传是不是有点太非人了?"

石毅不怎么苟同地看了他一眼:"那总归有成年的时候吧?"

"成年之后,我就不是媒体关注的人物了,自然也就没有人会拿我来做什么文章,哪怕是宣传电影,责任也不会落在我头上的。做男主角的很多都是限制片,电影上不了影院,我也用不着宣传。"

"那之前你跟刘莉那是算怎么回事儿?"

终于问到这块了,英鸣竟然有一种松口气的感觉。他一直想跟石毅把当时的事说清楚但是一直也找不到一个合适的机会,单独说这事儿显得太矫情,但是不说开了,谁心里都不舒服。

"当初刘莉跟我纯粹是因为媒体炒作,凑巧赶上了。电影宣传都得找个爆点,刘莉跟董晓这种一看就特假的,炒起来也没什么意思,所以才会拖我下水,本来就是配合公司而已。"

很多时候,导演和监制,甚至投资方都会有一些类似的暗示交代下来。

刘莉当时会扯上他,也只是因为当时的情况。

说白了都是权衡利弊之下的结果,没什么新鲜的。

石毅听完了眉头皱得又厉害了点:"所以我最初才对你们那个圈子没什么好感,感觉很乱。"

新闻漫天飞,也没几个好的。

英鸣抽了两口烟,视线飘到旁边:"圈外的人看娱乐圈,觉得堕落奢靡,能让人一步登天也能让人一夜成名,到处都是潜规则,暗箱操作。"

"难道不是?"

"其实,每个行业都有竞争这种事吧?只是手段不同,你们商人谈判难道就不会用上点心理战策应战什么的?都一样的,只不过这个圈子把这些东西暴露得最明显,关注度也最高,所以被很多人描绘得像多险恶的泥沼一样,但这种事都是看个人的,你要是真不想做,没人逼得了你。"

英鸣一直就是一个相信选择的人。

路都是自己选的,你能走到什么程度,跟你肯放弃的东西,是绝对成正比的。

石毅半天没说话,过了好一会儿才点点头,有那么点嘲弄的味道。

"也是,理是对的。"

晚饭送来的时候,已经是八点多了。

外面的雨有转停的趋势,不过开夜车两个人谁也没兴趣,粗略地吃完饭,石毅先去洗澡,英鸣咬着烟自己在床上玩扑克牌,等石毅出来了,再换他去洗。

等洗完了,发觉没浴衣。

房间本来就是安排单人的,所有用具都是一份,英鸣冲完了沐浴液只扯到一条毛巾,没办法只能推开门叫石毅:"帮我跟服务员要个浴衣。"

石毅本来站在窗边抽烟,听见英鸣喊他,一回头就瞅见围了一条小破毛巾的英鸣。

石毅皱了下眉,视线从下到上地扫了一遍,然后咬着烟咧嘴笑了笑:"你身材可真不错。"

英鸣两只手扯着毛巾,姿态略有些狼狈。

"看够了没？看够了帮我叫服务员吧。"

其实演电影的时候，英鸣不是没有全裸的镜头，有些是剧情需要，有些就是电影安排的噱头，演员这种身份相对来说比较被动，经常有类似的戏份也是在所难免。

所以他不是特别在乎石毅这种调侃。

但是，终究扯着条毛巾还是让人不舒服，他看石毅光看也不动地方，忍无可忍地提醒了一遍。

石毅路过的时候英鸣下意识地调整着自己的角度，英鸣刚刚洗了头，他头发偏长，虽然刚才出来之前被他用手捋到后面了，但是滴滴答答还是有水一直往下滴，站得时间长了，眼睛不由自主地想眯起来。

水快滴进去了。

他双手一直抓着毛巾，想擦但是力不从心。石毅很自然地帮他抹了一下眼角，助人为乐完转过头：“我去找服务员。”拉开门就走了。

楼道里冷风这么一吹，吹得石毅打了个哆嗦。

石毅出去找人倒是很快，没一会儿服务员就来了，先是道歉了半天，然后把浴衣递给英鸣，再进屋收拾了刚才他们吃完饭的餐具。

英鸣走出浴室的时候，石毅还站在楼道抽烟，等服务员走了石毅才进屋，然后溜边坐在沙发上，手里还夹着那根烟，看英鸣打开电视，就抽两口。

很长时间，他们俩都没讲话。

后来还是新闻上又说了什么，石毅忍不住吐槽了一句，英鸣才接下话头。

"这帮人就是吃干饭的，成事不足也就罢了，还败事有余。"

电视上正在播放的一条新闻，使得石毅很冷地哼了一声，鄙视的态度溢于言表。英鸣在旁边擦头发，听到这句，忍不住笑了下："认真你就输了。"

"这年头，真够荒诞派的。"

两个人说完相视笑了一下。这种东西越看心里越不舒坦，英鸣索性把电视关了："时间反正也不早了，睡觉吧。"

他说完，沙发上石毅也刚好站起来。

然后两个人对着那张根本不算标准双人床的床铺，心情很复杂。

"我说，你睡觉没什么怪癖吧？"

"磨牙，说梦话，偶尔还会梦游。"英鸣说这几句话的时候眼睛都没眨。

石毅有点吃惊地看着他，分不清楚到底这是不是又一个善意的谎言。

不过，最后两个人还是一人睡一边，直接上床了。

总不能站一夜。

彼此都是洗完澡，身上穿的浴衣躺着睡觉其实很不舒服，石毅和英鸣都是侧卧，感觉有点凉意的空气直往两个人中间的地方灌。

石毅一边睡一边在心里骂，这简直是他睡过的最糟糕的床。

其实旁边英鸣也睡不着，他本来睡眠质量也不太好，平时是非要熬到困得不行的时候才肯合眼，现在这时间说早不早说晚不晚的，让他睡觉有点勉强，但确实也没什么事情可以做，跟石毅干瞪眼发呆怎么看都蠢了点。

他闭着眼睛索性数起羊。

窗外面雨还在下，但是小了不少，偶尔打在窗户上也没有那么大动静了，空气里泛着一股潮意。

明明这都已经是躺在床上准备睡觉了，但是英鸣诡异地特想抽烟。

他睁着眼睛，琢磨着最近这段时间发生的杂七杂八的事情，打发时间。

一直等到旁边的呼吸声平稳了，他才很轻地起身，小心地摸出烟盒来抽出一根，点上了坐在沙发上，有一下没一下地玩着手上的打火机。

后来英鸣是在沙发上窝了一夜。

几点睡着的他也没什么印象了，因为姿势不怎么舒服，他第二天起得比石毅早，勉强伸了伸已经僵了的胳膊，去浴室洗脸刷牙。

他发觉牙刷也只有一份，就又叫来服务员补上。

所以石毅起来的时候，英鸣已经连衣服都换上，站在窗户边上玩手机了。

"几点了……"

外面太阳很刺眼，可能是因为下一场雨把所有该冲的都冲干净了，这清晨的阳光就跟疯了一样。

英鸣看了一眼时间："七点半。"

他刚报完，石毅就一头又栽回床上了："我再睡会儿……"

"你昨天晚上没睡好？"

他们睡觉的时候才十点不到,算下来,石毅这一觉睡的时间不短了。

结果床上的人只是很应付地动了一下,很轻地哼了一声没搭理他。

英鸣不知道石毅昨天晚上也是耗到了大半夜才真正睡着,他连英鸣起来抽烟都知道,只是一直没动。

要不是太阳太晃眼,估计他这个时间还起不来,总觉得可能连三个小时都没睡够。

英鸣看石毅倒头真的是要睡了,只能有点无奈地把手上那条短信回了,然后看着床上那一坨:"我去给你拿点早点。"

"谢谢。"

石毅头埋在被子里所以声音很闷,英鸣忍了半天才最后忍住没过去把他被子给掀了,总觉得心里有股火没发出来。

他也几乎一夜没怎么睡,这位爷倒是挺舒坦。

走出楼会发觉阳光比房间里感觉到的还厉害,英鸣眯着眼睛进餐厅打饭,刚到门口就听见有人叫他,那声音很熟,不回头他也知道是谁。

寇京紧走了两步凑到他旁边:"起得挺早啊。"

"你们也过来了?"

这种时候,寇京肯定不是一个人,英鸣往后看了一眼没看见人:"昨天你们也是在这边住的?"

"嗯,路上碰到大雨,费了不少劲才蹭到这儿,幸亏没什么事。"他们到的时候都已经是半夜一点多了。

他们车上的司机是个职业车手,所以雨夜也敢继续往前开,换了一般人,大概只能在路上睡车里过夜。

英鸣点了下头,没多说什么。他前头人不多,领了餐卡,他要了两份早餐就要回房间。

寇京拦了一下:"石毅跟你一块呢?"

"房间里睡着呢,还没醒。"

"鸣子……"寇京明显还有话,"我有话想跟你说。"

英鸣端着早点没动:"有话就说。"

"威赛这件事,你别掺和了,这边再找你谈,你就把文件给签了吧。"

"为什么?"

英鸣皱了下眉。

寇京和他认识不是两三天了,也很了解他的性格,如果不是有什么特殊的原因,应该不会跟他这么说。

后者抬头看了他一眼,笑容有点无奈:"因为董晓自己签了。"

第六章

/

保密合约

寇京说完，英鸣下意识地皱起眉，但是没说话，仅仅是点了下头表示知道了，然后端着早餐就回房间了。

石毅还没起来，英鸣把托盘放在旁边，然后站在窗户边上打开窗。

太阳看着很厉害但是并没有多高的温度，所以风往屋子里一灌，吹得英鸣一个激灵。

床上的人大概也感觉到了，动了动然后勉强探出头看了英鸣一眼："什么情况？"

"早点给你端上来了，起来吃饭吧，吃完了你慢慢睡。"

大概是英鸣的语气有点不一样，石毅即便是睡得迷迷糊糊的也还是听出来有点事儿，他皱眉又往上挪了下："你怎么了？"

"没事。"

英鸣给自己倒了杯水，靠在床边喝了两口，视线扫到楼下陈丰力。

他这样子，哪怕是把"没事"两个字写在脸上，石毅也不会信。石毅顿了一会儿，然后反应过来："寇京他们到了？"

出门吃饭前英鸣还不是这反应，能在这种鸟不拉屎鸡不下蛋的地方惹到心情，无非就那么几件。

英鸣回头看了他一眼，没接话但是点了点头。

"还是催你签合同？"

"那倒没有。"

英鸣把杯子放下，两只手插在兜里往后一靠："寇京跟我说，董晓自己签了。"

他说完这句话，房间里有段很短暂的沉默。

石毅挑了下眉角，也没做什么评价。

窗户这么敞着风一直往里兜，床上石毅就穿了件浴衣，受不了地把被子拉紧了一点："关窗。"

英鸣随手把窗户拉上，然后听见石毅在背后说了一句："董晓签这个并不意外。"

往往出了这种事，容易妥协的都是当事人。

因为本身已经经历了那么多，很多时候，是没有什么力量去坚持的。

英鸣回头看着窗外："我听寇京说，他的脸可能治不好了。"

"当时已经觉得伤得不轻。"石毅当时也在场，心里有数。

他看了一眼英鸣："那你接下来打算怎么办？"

既然已经这样了，似乎再拖下去也没什么意义。

靠在窗边的人没回头，只是扯了下嘴角："董晓签是为了自己，我不签，也是因为自己，彼此没什么联系。"

不签那份合同，是因为那玩意儿压根就不是英鸣愿意看在眼里的东西。

无论董晓怎么选择，最终他该负责的是他自己，换过来，英鸣不愿意签，也是一个道理。

兔死狐悲，哪怕他跟董晓的关系没到多熟稔的地步，终究大家都是吃一行饭的。当时董晓受伤，英鸣心里不痛快，也是因为他心里很清楚这种意外到最后，损失最大的只会是演员自己。

这个圈子里的规则，站在人前最光鲜的，却往往是最无力回天的。很多时候只有被迫妥协的份儿，却没有真正选择的权利。

他不签，只是不爽向这份已经人人习以为常的游戏规则妥协。

换了有一天是他躺在病床上，他也希望，那些面对同样境地的人，别签得那么爽快。

石毅似乎并不意外英鸣的决定，他笑了一下，摇摇头没说话。

起床换了衣服又洗完脸,石毅简单地吃了两口已经凉了的早餐,然后收拾好东西:"走吧。"

从路程上看,他们再有不到一天的时间,应该就能完成整个拉力赛了。

"既然你不想签,那咱们先闪,有什么都等比赛完了再说吧。"

石毅反正没什么压力,那份合同对他来说几乎没什么存在意义,威赛不好应付,不等于他不能应付。

英鸣拎起自己的包,跟在石毅身后出了服务区,寇京他们的车离石毅的车不远,他开车的时候,寇京还走出来看了一眼,估计是在食堂看见他们了,但是没走过来。

只是彼此用眼神打了个招呼。

寇京比了一个电话的手势,意思是让英鸣到了终点再跟他联系。

托了这场雨的福,两个人几乎休息了半天一夜,再碰车,已经没了之前那种头晕牙酸的条件反射。

依然是石毅开车,最后一段路是全赛程最难走的一段,英鸣晚上没怎么睡,自己知道碰不了车。

结果这车开得很猛。

英鸣坐了一路车没看见过石毅这么玩命,车疯了一样颠起来的时候,英鸣下意识地抓着车顶的扶手:"石毅,你吃错药了?"

石毅只是笑了一下:"冲刺阶段就得有冲刺的感觉,还慢慢悠悠的咱俩浪费这么多天有什么意思?"

他一边说,一边又将油门踩大,车身几乎是像飞了一样地射出去,然后狠狠地摔在地上,英鸣被这一折腾头直接撞到了旁边的玻璃,忍不住回头瞪了石毅一眼:"那你也悠着点行不!"

他们在休息区避雨,想当然其他车也是如此,这场雨似乎是把不少人都拉回到了一个起跑线上,GPS上临近的车不少,石毅一路没有放慢速度,逐渐超过去一大半。

"你上次跟我说,王义齐是跑职业的?"

突然问了这么一句,石毅又哼了一声:"那你知道不知道,我也是玩职业的?"

要不是有把握,他也不会轻易答应王义齐搞那么大动静的飙车。

英鸣扬了下眉,还没来得及对石毅这句话报以反应,就听见旁边一阵喇叭声,他们的车擦着另外一辆车呼啸而过。

带起的飞尘蒙了半车身。

石毅这个所谓的"冲刺"足足花了三个多小时,GPS上被他们甩在后面的车越来越多,等快要进入封闭赛道时,前面只有两辆车。

其中一辆英鸣很熟。

就是之前跟他们一起救过董晓,借了他车就再没还的IT公司CEO。

石毅一直到看到前车的后尾灯时,才咬牙挤出来一句:"可算追到你了……"

然后两辆车一前一后地进了赛道。

英鸣以前其实坐过赛车。

跟王义齐一块出去玩车的时候也坐过副驾驶,那种速度飙到极致的感觉,确实很刺激。男人天生对车这东西,就是无法抗拒。

但是这种开着越野车在封闭赛道上飙的,英鸣还是第一次。

首先视野感觉就差很多。

赛车的底盘都低,开起来虽然明知道速度很快,但是视野比较狭窄,相对来说参照物并没有那么多,很难有一个清晰的概念。

吉普不一样。

石毅这么开,感觉眼前的东西都是直接扑到车上的,拐弯时候轮胎和跑道的摩擦感甚至能通过座椅直接传递给车上的英鸣。

这车已经开得像电影里的特技了。

石毅一路根本不松油门,最后抢到那辆车前头的时候,他很大声地骂了一句。

然后两圈跑完,顺利过了终点。

两个人下车的时候,石毅看着成绩榜,非常满意地笑了半天。

他一回头抓着英鸣:"别忘了咱俩打赌的事。"

英鸣之前只是隐隐有个感觉,被他这句话一说,终于明白他这一路到底较的是什么劲,但是随即英鸣皱了下眉:"那车压根就不是我开的,你就算赢了也跟我没关系吧,赌约作废。"

"你一会儿看结果就知道了。"

石毅拖着英鸣不让他走,两个人等着电子榜出成绩,前十辆车都出来之后,广播里的榜上果然第二是石毅,第三是英鸣。

因为董晓的事故根本没有公开,所以压根没人知道换车的事。

英鸣出发的时候登记的是那辆车,自然在最后报成绩是认车不认人的,威赛不会自己曝光换车的事好被人抓着问缘由,所以将错就错,第三直接给了英鸣。

看见成绩单上赫然排着的两个名字,英鸣下意识地一愣。

然后石毅咧嘴笑得很嚣张:"英鸣,你输了!"

瞬间,英鸣有一种想揍人的冲动。

出了成绩单其实比赛就算是结束了,不过后面陆陆续续还有一些车要往回开,所以真正这活动截止耗到了下午四点多。英鸣和石毅后来被安排在活动中心的休息室休息,威赛那边的负责人也过来了,包括陈丰力,但是寇京没跟着。

几个人进来先是对着英鸣和石毅恭维了半天,明明大家也没多熟,说得就跟八拜之交一样,英鸣在旁边跟着笑了一下,很聪明地没开口。

打场面拳的都是石毅。

他明知道进来的这几个人是为了什么,偏偏每次话题拉过去又被他扯走,对方刚提就被他打断,说到最后,他干脆拍着陈丰力的肩膀说:"咱们接下来还要合作,你们公司还信不过我吗?比赛这玩意儿不就是图个开心,不用这么小心,没事儿的。"

合同就在陈丰力身后那个律师的手里,石毅连扫都没扫一眼,大剌剌地坐在沙发上跷着二郎腿,一边嗑瓜子一边聊着无聊的废话。

其实石毅这种反应很刻意,按照英鸣这种演员的角度来看,就是演得很假。

但是这种场合,越假反而越好使。

因为态度很明确。

石毅摆明了就不想碰那份合同，威赛那边的人看出来了，也就很识趣地没再提。

至于旁边的英鸣，老神在在地一直以旁听的姿态，没人找他搭话，他也一声不吭。

等到最后说到晚上一起吃顿饭的时候，石毅看了英鸣一眼，后者才慢吞吞地站起来："我今天晚上还得出席一个活动，提前就定了，估计不方便。"

"你怎么这么扫兴！"石毅皱了下眉，然后回头对着威赛那边的人扯了个没多少诚意的笑脸，"那要不今天算了吧，人不齐也没意思，下次，下次我来组局。"一边说，一边招呼了英鸣就要走。

颁奖这种事情他们参加不参加也无所谓，闹到这一步，大家耗着也就是互相尴尬。

威赛是不敢直接逼他签，但是说到底，这还是得罪人的事。

果然，对方那边愣了一下随即也笑了，没拦着，一直把他们送到了停车场，临走还把奖品礼物什么的放在了他们车上。

临上车，石毅才看了英鸣一眼："威赛那边的人怎么连问都没问你？"

虽说他表态比较明显，但是对方似乎罢手得太快了。

他这个问题，英鸣只是笑了一下，回头看了一眼依旧喧闹吵嚷的活动中心："估计是寇京跟那边说了什么。"

朋友的交情毕竟不是白交，寇京这点办法还是有的。

石毅闻言扬眉一笑，两人转身上车。

拉力赛颠了三四天，石毅回到城区直接开车去了公司而不是回家。

虽然欧扬做事他是绝对不担心的，但是很多事毕竟都要等他亲自去做决定，文件可以缓，但是不能拖。

欧扬看他回来倒是一点都不意外："你这种工作狂的性子，真不知道是公司的福气还是晦气。"

石毅把外套脱了随手扔在沙发上："是你的福气是员工的晦气。"

尤其是他的助理，基本上没有所谓真正休息的时候。

"这两天有什么情况？"

"没什么特别的,基本上都按照我们的计划表在推进,初步在谈的合作也都已经进入着手阶段了。"

欧扬这么一说,石毅倒是想起来威赛的事:"跟威赛那边的合作,先缓缓吧。"

"为什么?"对面的合作搭档一愣,"你之前对这件事的态度不是很积极吗?"

"威赛那边有点情况,可能会有变化。"

"变化?"欧扬皱了下眉,"你这趟拉力赛到底比出了一个什么结果啊?"

本来该是很有合作前景的,毕竟彼此在短时间内的目标一致,在接洽的时候,双方谈判的空间都很大。跟威赛合作对他们来说只有好处没有坏处,但是换过来说,对方却并不是非他们不可。

对欧扬的话,石毅只是一边翻动着手上的文件,一边按下内线叫助理进来,然后才抬起头似笑非笑地看着他这位好友:"结果啊……结果就是我拿了个第二。"

"所以你就不跟威赛合作了?"

基本上欧扬依然不太理解石毅突然取消跟威赛那边合作的动机。

但是明显石毅不欲多谈,他只是故弄玄虚地扬了下眉:"以后你就知道了。"

助理刚好这时候进来,敲了下门,然后把需要石毅签字的文件放在他桌上。

石毅随便扫了一眼,吩咐助理把除了威赛之外,有可能跟他们合作的公司资料整理一下,明天下班之前交给他看。

他这架势绝对不像是开玩笑。

欧扬:"那你有比较属意的方向吗?"

"我记得当时我们有过一个备选的公司的,如果威赛这边合作不行,我们跟那边接触一下。"

"活动方案推翻重写?"

"嗯,重新做。"

石毅说得一点压力都没有,但是旁边还没有走出办公室的助理脸色一僵,

135

一脸哀莫大过于心死地出了办公室。

——这种噩耗，是一定要跟其他同僚分享的。

相比石毅，英鸣回来的第一件事绝对是洗澡。

仓库几天没人住就会隐隐透着一股孤独的味道，英鸣到家的时候也差不多到晚上了，一边很随意地脱衣服一边去冰箱找东西喝，最后兜个圈听了下答录机里的留言。

基本上都是他经纪人的提醒，还有一通是他老妈打来的，让他有时间给家里回个电话。

最后一个是王义齐打的。

"英鸣你接了那部电影？你真的敢接！"

就这么吼了一句，然后就挂了。

语气里几乎听不出来是幸灾乐祸还是跃跃欲试，但那股太过熟悉的气场还是让英鸣皱了下眉，他再次觉得，跟王义齐合演这么一部电影，绝对会成为他入行以来，最糟糕的一次经历。

不过，在担心王义齐之前，他心里清楚威赛的事情还没完。

花了半个小时的时间洗完澡，英鸣刚出浴室就听到了敲门的声音。

他意料之中地扬了扬眉，过去打开门，果然是寇京。

"进来吧。"

他往旁边让了一下，让寇京进屋。

这地方毕竟对方也太熟了，反正也不需要招待什么，英鸣关上门自己转身坐回沙发上，寇京视线扫了一圈问了一句："烟圈儿呢？"

"头两天生病，送去住院了。"

"什么病？"

"神经性胃炎。"

寇京忍不住感慨了一句："病得还挺高级。"

"之前我拍戏，送在耗子那儿，结果说不吃不喝成天蹲在门口哼哼，后带去查了说是神经性胃炎。"

烟圈儿其实是英鸣养的一只猫，偶尔他因为工作的原因照顾不到，会送到乐队的朋友那里。

寇京这么一提，英鸣才想起他也确实是好久没见着了，明天抽空就给接回来吧，时间算算也差不多了。

茶几上有水，寇京自己拿起一瓶拧开喝了两口，然后看着旁边的老友："威赛那边的事，你真准备硬扛了？"

"嗯，不签。"

"我跟威赛的人说，你跟石毅交情不浅，希望那边逼得不会太紧，但是你自己注意点，这事儿无论如何你不能走漏出去。"

寇京交代了几句，英鸣一直没吭声，等到他把头发擦得差不多了，才拿起茶几上的烟点了："扣子，你给我透句实话，董晓出事到底是什么原因。"

所谓的事故报告书到现在也没见着，董晓那脾气确实就是要整出点什么幺蛾子的作，但是即便如此，也不该会搞成这样。

又不是真傻，找死的事谁会去做。

寇京并没有第一时间回答英鸣这个问题，只是沉默地喝水，喝完了看着英鸣抽烟的样子，半天不动。

他不说话，对面的英鸣也不开口，两人就这么耗着。

一直等到英鸣的烟抽了一半了，寇京才捋了下头发："我真服了你这个脾气。"

他有点埋怨地瞪了英鸣一眼，然后才叹口气："你要我断言到底是谁的责任，我说不出来。威赛这件事从头到尾也没让我参与过，只是多少透了些消息出来。你也知道这种活动本身从策划上就不是很严谨，有问题是当然的，你们这次开的这批车，本来是威赛想要推的新车款，搞这么大动静，主要也是想要推广起来，但是车可能还在调试，有一些小的问题，不会导致太大的事故，但可能摊上了董晓那种人……"

说到后来，寇京也摇了摇头："算他这小子倒霉吧，你们其他人开了好几天，不也没事儿？"

"所以你这一路上都在问我有事没事？"

头几次他们之间打电话，寇京也是开口闭口很紧张他的情况，哪怕是明知道出事的人是董晓。

到现在，他总算是明白过来了。

"所以现在威赛是不准备负责？"

"威赛给董晓的合同上列得很清楚，会承担他的全部医疗费用一直到他的身体恢复正常，包括将来整容所需要花费的开销，也都全部承担。"说到这里，寇京顿了一下，然后抬起头，"而且，合约上还涉及了董晓的家里，你也清楚他的环境。"

在娱乐圈里打滚的人，大富大贵有后台的不是没有，但背负着沉重压力的也绝对不少。

英鸣这种属于因缘巧合出道成名的后面没有那么多故事，但是像董晓这种辛辛苦苦熬了这么多年，能在这个圈子忍下这么多，绝对有他自己的原因。

"董晓自己知不知道车的事？"

"这个就没人能说清了，可能他心里有数，但是知道也好不知道也好，他签字已经是定局了。"

都是自己的选择，到底得失怎么算，不是当事人谁也说不清楚。

英鸣抽了两口烟，顿了一下："你知道董晓在哪家医院吗？"

寇京没立刻回答他。

过了一会儿，英鸣才笑了一下："行了，这问题你当我没问吧。"

今天寇京说了这么多，已经是因为两个人的交情在这里了。

想必，他签的那份东西，条款要求不会比他看到的那份容易。

但是，寇京吃的就是这行饭。

做朋友也好，做兄弟也好，没有这么断人生路的。

知道英鸣转过来这个弯了，寇京笑了笑，他站起来拍了下英鸣的肩膀："该说的我说了，不该说的我也说了，威赛这件事，我就是希望你心里有个数。"

他之所以会告诉英鸣实情，不是因为对方问了，而是因为这件事远比最初大家以为的严重，处理不好就是惹祸上身。

但是朋友处得也就是当你站在坑边上的时候，有人在后面拉你一把，最后要跳还是要走都随你自己决定，但是这一拉，就是朋友的活儿。

英鸣点点头站起来，随手抓起桌上的烟递给寇京一根，然后送他到门口。

不过对方在出门之前回身又补了一句："之前我问你的时候，你跟我说你和石毅不熟，现在看来，你们这交情还可以啊。"

立场上，石毅可完全不需要蹚这次的浑水。

哪怕是他自己不愿意签，也根本没必要把英鸣这方面的账也往自己头上算，之前在活动中心发生的事，寇京还是听人说了的。

不少人都意外三流开外的英鸣怎么就跟石毅成了莫逆之交，不过，也正是这个原因，才让威赛那边的人对于他之前说过的，英鸣、石毅两个人交情不浅深信不疑。

打狗看主人。

既然是石毅的朋友，威赛总不能做得太过火。

寇京调侃完拍了拍英鸣："所以我总说你，每次遇到什么大事，总有贵人相助。"

"是啊，你这位可一定得算进去！"

"你知道就好。"

无聊地耍了几句贫，最后寇京很随意地挥了挥手就走了，英鸣关上门，回头的时候长出了一口气。

他拿起手机，给石毅发了一条短信：明天有没有空去医院看看董晓？

对方回得很快，只有简单的一个字：

好。

时间约的是下午，石毅刚好那天要和人谈点事，地方离英鸣家不远，所以结束之后他看时间差不多了，干脆直接开到了英鸣家。

按了半天的门铃，就在他差点以为家里没人的时候，英鸣才有点狼狈地来开门。

英鸣身上全都是泡沫，额前的头发被夹子夹了起来，整个人看着很怪。

"你在家干吗呢？"

怎么这身打扮？

英鸣皱了下眉，示意石毅进屋，然后转身往浴室走："给猫洗澡洗得我浴室都要被毁了。"

石毅跟在他后面,听他这么抱怨才跟着进屋,果然浴室里一只半身泡沫的猫张牙舞爪地蹲在角落里瞪着再次开门的英鸣,表情很诡异。

"你养猫?"

上次他在这里住的时候没发觉啊。

"其实是朋友的,说是搬家不方便所以放在我这儿养,结果一放就再也没要回去。"英鸣一边说一边往猫那边走,看着猫戒备地又要伸爪子,立刻有点暴躁地吼了一句,"你再敢挠我一下我就把你丢回耗子那里!"

不知道这猫是真的听懂了还是被英鸣这一吼吓到了,竟然真的老实了一点,爪子伸伸缩缩的,但是没敢再动。

头一次看见英鸣这样,石毅忍不住笑了一下:"你还挺逗,跟它吼它听得明白吗?"

"养这些养久了都有点这个毛病。"英鸣把猫捞起来,抹了点沐浴液继续给猫洗澡,裤子已经湿得差不多了,浴室里东西翻倒看着挺凌乱。

不难想象刚才那场洗澡攻防战进行得有多惨烈。

"这猫有名字吗?"

"以前叫什么我忘了问,我管它叫烟圈儿。"

"呵!"石毅忍不住扬了下眉,这还真像是英鸣会起的名字。

英鸣给猫洗澡石毅就靠在门边有一搭没一搭地跟他聊天,反正也没多久的时间。好不容易洗完了,后来英鸣抓着烟圈儿在沙发上吹毛的时候,石毅突然发现一个问题:"你家这猫是不是有点面瘫啊?"

怎么觉得从头到尾就一个表情,哪怕是一开始张牙舞爪的模样,跟现在窝在英鸣腿上被吹毛也差不多是一个表情。

英鸣掰过猫脸研究了一下:"有吗?"

烟圈儿对此的反应是伸爪子扒拉了一下,不满意地甩了甩尾巴直接跳下了沙发。

英鸣也没搭理它,把吹风机关了,然后站起来准备回卧房换衣服。

"你等我一会儿。"

"行。"

第二次进来这个房间，感觉和上一次截然不同。石毅四处看了看，发觉之前他看到放奖杯的那个橱柜里还有几张大概是英鸣小时候的照片，一时觉得好玩盯着看了很久。

　　等到英鸣换了衣服下来，他才回头问了一句："这是你小学的时候？"

　　"是我初中。"

　　"你果然小时候就长得显嫩。"其实个头并不矮，但是大概因为有点瘦，五官相对又比较少年，所以轮廓上真不太好判断年龄。

　　英鸣随手指了一下："这个是我毕业的时候拍的，后来就没再怎么念书了。这张才是我小学的时候。"

　　小学那张照片很旧了，几个男孩抱在一起滚在雪地上，不仔细看几乎看不见英鸣。

　　"你小学的时候长了张初中生的脸，结果二十多岁了，还是一张初中生的脸。"

　　石毅看了半天下了这么句结论，结果英鸣眉头一皱："你夸人真好听……"

　　石毅对英鸣的不满只是笑着扬了扬眉，然后转身看见对方的头发又忍不住愣了一下："你就准备这么出门？"

　　"怎么了？"

　　英鸣皱眉低头看了一眼，没觉得哪里不对。

　　石毅伸手把他头发上的夹子拿下来："顶着这玩意儿你不难受啊？"

　　英鸣这才注意到自己忘了摘："刚才给烟圈儿洗澡的时候嫌碍事就给夹上了，忘了弄下来。"

　　头发长有时候也麻烦。

　　"给剪了不就得了？"

　　其实石毅的观念里，不太能接受男人头发太长，总觉得显得别扭。不过英鸣长发不难看，跟他个人的气质很合，一点也不觉得装样。

　　英鸣随手捋了捋头发，耸了下肩："有时候拍戏导演要求长发，我也就懒得剪了，需要的时候再说。"

　　毕竟是剪头发容易留头发难，所以平时英鸣都是留着头发做造型储备。

141

这些基本上石毅是不太理解的，不过反正他也就是随口这么一句，谁也没往心里去。

董晓在的那家医院离英鸣家里有点距离，这个点路上是最堵的时候，所以他们刚上环路就被堵得动弹不得。

看着前头一望无际的车队，石毅有点无奈地摇了摇头，随手打开CD。

"正好，我把歌给你拷了。"

英鸣从兜里拿出事先弄好的U盘："本来想说下回有空见着的时候再给你，现在刚好。"

"你们那个六个句号乐队的歌？"

"嗯，还有几首demo，我觉得不错就全弄里头了。"

石毅车里配置的音响是顶好的，所以音乐的效果非常不错，第一首歌石毅那天在剧场听过，还挺喜欢。

有了点缓解情绪的东西，这一路虽然堵但是好过了一点，四十分钟的车程一共开了一个半小时，两人出门的时候天还大亮着，等到的时候，已经是傍晚了。

天色渐暗。

医院都是往外走的人，英鸣问了病房具体的位置，然后跟石毅两人一前一后地开始找，幸亏VIP病房总共也没几间，所以没花多少时间。

刚走到门口，就听见里头嚷嚷："滚！都别来烦我！"

这声音虽然有些哑，但是听得出来是董晓。

石毅看了英鸣一眼，回头推门进去。董晓旁边站着一个年龄不小的女人，刚刚被骂完，表情有些畏缩，看见英鸣和石毅这么推门进来，下意识地往旁边侧了一步。

虽然光线并不充足，但是从门口的角度，还是可以很清晰地看到董晓脸上的伤疤。

不能说多狰狞恐怖，只是太过醒目。

几乎是无法让人忽略的明显。

董晓显然也没想到英鸣和石毅会来，下意识地皱起眉："你们来干什么？"

英鸣走在前头："过来看看你。"

"看我？"董晓似乎觉得这话很可笑，"看我有多倒霉吗？都这德行了还有什么好看的！"

倒是旁边那个女的悄悄抹了下眼角，然后表情尴尬地看着英鸣："你们两个是晓晓的朋友吧？快来坐……"

结果她话还没说完就被董晓打断了："朋友？！你儿子这脸这伤全都是这人害的，鬼扯的什么朋友！"

董晓吼完了，转头表情愤恨地瞪着英鸣，后者只是没什么表情地拉了椅子坐下："看来你撞得确实不轻，脑子越撞越糊涂，你到底怎么搞成这样的你心里有数，不是我，你这条命已经还给老天爷了！"

当初是谁爬进车里把人拖出来的，这么快就失忆了？

董晓心里很清楚英鸣说的是事实，但心里就是压不下这口气，他咬牙瞪着石毅和英鸣，恨恨地挤出句话："我宁愿你们没救我！"

这话说出来其实在场的人并没有人意外，但是却没有一个人爱听。

最先出声的是他妈妈："董晓，你这是怎么说话呢！"

她说话有一点口音，大概是因为有外人在场，不好意思把话说得太开，只是有点焦急生气地看着董晓，扯了一下他的袖子，结果被董晓躲开："我说的是事实！现在搞成这样，我还不如死了痛快！"

"你要是死了，最痛快的绝对不是你。"

这次接话的是石毅，他笑着站在英鸣后头，刚才董晓的妈妈给他拉了椅子，但是他没什么兴趣坐在医院里："威赛现在唯恐不能把一切都毁尸灭迹，你要是真死了，倒是给不少人省了麻烦。"

他不是英鸣，对着董晓说话他不需要斟酌用词。

大概是没想到他会这么直接把威赛扯出来，董晓的表情很难看地僵了一下，半天没动。

窗外的天色已经越发昏黄了，照进来，衬着蓝色的窗帘布渲染成了一种很怪异的颜色，病房里的气氛很压抑，没人说话，也不知道该说些什么，一直到最后，董晓才恨恨地捶了下床边："滚出去！"

他说完抬头，眼底狼狈和愤怒兼而有之，感觉眼底都是血红血红的："都给我滚！"

然后就如同英鸣和石毅最初来的时候那样，他开始歇斯底里地怒吼。

大概是经常这样，吼这么大的动静，也没有半个医生护士进来看一眼。

石毅和英鸣彼此看了一眼，最后英鸣站起来，没多说什么，转身出了病房。倒是石毅在临走的时候补了一句："董晓，威赛那个合同，英鸣到现在都没签。"

然后他也没管对方的反应，带上门就走了。

病房里董晓咬着后牙瞪着被风吹起来一飘一荡的窗帘，半天不说话。

英鸣出了病房也走得很慢，石毅在他旁边，看他掏出烟来就要了一根，点上之后抽了一口吐出一口气："刚才那个是董晓的妈妈？"

"嗯，应该是吧。"

两人也没多熟，没见过。

"都搞成这样了，这小子竟然还是这副德行。"本来就不招人喜欢，受了伤简直变本加厉。

知道石毅这是在嘲弄董晓的态度，英鸣也跟着摇了摇头。

不过两个人并肩往停车场走的时候，他快到车边上才解释了一句："董晓入行大概也是因为家里的情况，威赛那份合同，他愿意签，主要还是考虑到家里人吧。"

自己如果将来真的失去了演员这样一份工作，那家里几乎是没有保障的。

"当你遇到心里过不去的坎，憋在心里没办法的时候，唯一能发泄的对象就是你最亲密的人，因为不怕失去，所以才会有恃无恐。"这或许是作为家人很无奈的一个地方，但是，也往往都是在这种时候，才能体会到家人的存在到底意味着什么。

放弃事业，放弃梦想，这些东西跟家人的生活比起来，都似乎一点意义都没有了。

石毅在旁边没接话，只是抽了两口烟，笑了笑。

来医院看董晓，也就是因为人是他俩救的，闹成这样，也想看看董晓的情况。只是最初没考虑得太多，直到看到董晓情绪这么激动，才想到对他现在来说，见谁都是种刺激。

"你还记得之前我问你，如果有一天你残废了，你会怎么样吗？"刚走出医院的时候，英鸣这么问了石毅一句。

后者看他一眼："记得。"

"对演员来说，脸毁了，也差不多是残废了。"并不是因此就无法生活了，却足以改变一切。

石毅能明白这层道理，所以点了下头："不过很多时候，那些坎不是看你怎么迈过去，而是你到底想不想迈。"

"话都是说得容易。"

这么一句算是作为评价，这个话题英鸣没有再谈，两个人一直到了车上，石毅问英鸣想去什么地方吃饭。

正好是饭点，两人也都没有安排。

"我都行。"英鸣对这些从来都是无所谓的，反正什么都是吃。

石毅看了他一眼："你到底对什么东西是有所谓的？"从两个人认识以来，英鸣大部分回答都是无所谓、随便、都行。

也不能说是应付，就是时间长了，总觉得这人什么都不上心。

这多少会让人不痛快。

英鸣有点意外石毅问的这么一句，愣了一下，然后耸耸肩："吃我对来说就是为了填饱肚子，吃什么都是吃，只要能吃饱就行，我对这个不讲究。"

"那你总有一两样喜欢吃的东西吧？"

"没有……"

看着石毅一脸不太接受的表情，英鸣有点无奈地扬了扬眉："真没有……"

然后，那天石毅拉着英鸣去吃了自助。

有点成心。

英鸣站在自助餐厅门口的时候转头看了石毅一眼，一脸的要笑不笑："你真要吃这个？"

"到都到了还有什么好说的。"石毅拖了人就往里头走。

现在这个时间,吃自助简直和打仗差不多,人很多,取餐的也很多,两个人的行动俨然成了明显的对比,一个人是从排头第一个就开始拿,每样都是一点点,装满一盘也就够了。另外一个是主食拿了一堆,鸡鸭鱼肉一样不少。

回座的时候,英鸣看着石毅那一大盘子壮观的菜:"你饭量不小。"

"都是给你拿的。"

石毅倒是答得干脆。

英鸣皱了下眉:"谁吃得下去这么多?"

"吃不下剩着吧。"

"门口不是写了剩菜罚款?"

"那就罚呗!"

石毅很潇洒地点了一根烟咬在嘴里,咧嘴冲英鸣有点恶意地笑了一下:"我倒看你是不是真的什么都不挑。"

其实放眼这个餐厅,来吃饭的不是成群结队的学生就是情侣或者家庭聚餐,像英鸣和石毅这种两个大男人坐对桌啃鸡翅的实在不多。特别是他俩外形都很抢眼,有几个学生对着英鸣指指点点的样子像是已经认出他来了。

石毅慢半拍地想起来英鸣怎么说都是个公众人物。

"这儿人是不是有点多?"

英鸣正在突击解决石毅拿的那一大盘肉串,听到这个问题感到好笑地抬头:"你现在才注意到这个问题?"

对面的人略带尴尬地哈了一声:"我没想到这么多人。"

事实上,除了出差时住酒店的早餐偶尔有自助,石毅几乎没吃过这东西。

在他的概念里,拿着一个盘子一个接一个地取菜总有点学生排队吃食堂的感觉,他多少有些别扭。

大概能想到他的心思,英鸣笑了一下,也没拆穿。

基本上,他吃东西的速度并不算慢。

不过也不是狼吞虎咽,风卷残云那种,感觉就是一个接一个挺有规划地在吃。石毅除了偶尔用叉子戳两块鸡胸脯的肉,动手的时候很少。

自助餐的味道称不上多好,勉强能下咽。

石毅本来拿了那么多东西，只是为了稍微整一整英鸣。因为对方那股调调让他忍不住有打击的欲望，既然对方说只要能吃饱什么都不挑，他就故意拿了一堆占肚子的东西。

谁知道半个小时过去了，英鸣还在吃，也不吭声，闷头跟完成什么工作任务一样。

石毅看了一会儿，忍不住打断他："你吃饱了吗？"

"饱了。"

英鸣答得倒是很快。

石毅扬了下眉："吃撑了吗？"

"撑了。"

"撑了你还吃？！"

或者，这话应该改成，吃撑了竟然还能吃得下去。

英鸣这种轻描淡写的态度显然刺激到了石毅，石毅皱了皱眉："我说你吃了那么多怎么一点反应都没有？"

铁胃吗，还是无底洞啊？

英鸣一边咬了一口比萨一边回他："我看不得剩东西。"

——其实早就饱了。

于是他这一句撑了说完，又过了半个小时，基本上英鸣还在吃。

石毅烟都抽完两根了，看他这种吃法，觉得有点恐怖，最后只能按住英鸣的胳膊："行了，吃不下算了。"

但是英鸣只是扫了一眼："没剩东西的习惯。"然后埋头继续。

等手上那根烟抽完，石毅终于没办法地叹了口气，拿起叉子跟着英鸣一起解决自己造的这些孽。

最后全部吃完的时候，石毅砸店的欲望都有了。

他姿势有点狼狈地站起来："走吧。"

英鸣擦了下嘴才点点头，最后喝了口饮料，跟着石毅往外走。

还没走到车跟前，石毅就受不了地停了一下："我这辈子没吃过这么多东西……"

吃个自助撑成这样，他这句话的本意应该是活这么多年没试过这么丢脸。

147

英鸣反而心情很好:"你吃得太猛了。"

其实吃东西有时候像喝酒,你越想快点结束,反而越痛苦,欲速则不达,古人言还是有一定道理的。

石毅皱了下眉:"这种事情你也能拽出点道理?"

英鸣看着他难得一见的狼狈,有点调侃地笑了一下,勉强控制住五官不让自己笑得太嚣张,他挺随意地靠在身后的车身上:"以前拍戏的时候,经常需要拍吃东西的镜头,来来回回地拍十几遍,一口一口地吃也得且吃一阵,不掌握点方法,不是次次都得吃吐了?"

事实上,英鸣以前是真的吃吐过的。

一边吃东西一边说台词,台词错了要重来,对方错了也要重来,灯光不到位,镜头角度不对,总归最后演员就得一遍遍地重复一样的动作。而如果遇到本来就需要狼吞虎咽的,为了把情绪把握到位,也经常吃到让人看见面就想吐。

电影的导演,总是执着于细节的雕琢,为了找准一个感觉,一上午就为了拍一个镜头的情况也不是没有过。

英鸣说这句话的时候,其实态度很随意,他靠在边上点了根烟,对着石毅笑了一下:"这世上最可怕的死法肯定是撑死。"

月光下面,英鸣咬着烟歪在车前面,半边脸背光,只能看到一个轮廓模糊的影子,站在石毅眼前,就跟对面有着一架摄像机在拍他一样。

很多时候,人生如戏,戏如人生。

倒不是每个人都非得活得跌宕起伏像狗血的八点档电视剧一样要死要活地折腾,但是,石毅也确实没想过,其实很多时候荧幕前面所看到的光鲜背后,也掩盖了很多外人理解不了的东西。

英鸣也好,董晓也好,在这游戏的圈子里,都不是站在主导的立场。

追求梦想,追求生活,这些理由,其实跟站在圈外的人,也没什么区别,大概只是方式不太一样。石毅看了他一会儿,忍不住感慨了一句:"其实英鸣,你这人挺逗的。"

结果对方只是挑起眉角:"我没你逗吧?"

烟雾刚好盘在英鸣的唇角模糊住了他上扬的弧度,看不清楚究竟是怎样的笑容。他只是定定地看着石毅:"每次都是你选择开的头,却没有一次真正能做到尾,不是你这样的身份就必须得跟着其他人一起折腾,你本来就不是这种人,何必摆出这种样子呢?"

要真的让英鸣自己说,他已经忘了上一次这么与人交心是什么时候了。从来就不是一个随意拉近距离的人,彼此之间完全不同的圈子,各自生活的环境,他们几乎不具备会成为这种朋友的原因,但是很怪,就是自然而然地走到这一步。

说起来,大概是因为石毅偶尔眼底燃起的那种说不清楚的东西。那种能够感染到英鸣的,让他在略微迟疑的时候,很微妙地就把那一步迈出去的东西。

所以,经常会是话比意识快一步,当他反应过来的时候,话已经出口了。

彼此之间有那么一阵短暂的沉默。

石毅看着对面的人,感觉烟雾之后的人似乎是在笑,又似乎没有。

这话听起来并不能称之为让人舒服,但是很诡异,他不想反驳。

石毅觉得英鸣这人实在是很怪,看着成天吊儿郎当的,对谁都不往心里去,一拳打过去就像对着一团棉花,软硬不吃。偏偏当你觉得这人就是没心没肺的时候,偶尔他又会跟你扯点特别认真的东西,到了最后,再甩你一句:其实我都是逗你玩儿呢!

真真假假你自己猜去。

就拿上次他因为刘莉的事情让英鸣当面罚酒,英鸣心里明镜一样知道是为了什么,一声不吭地闷头就灌,结果最后心里不痛快的反而是他。

他没遇到过一个人能够如此让他看不透。

也没试过有这么一个人,能够把他看得这么透。

黑夜里,两个人的表情都影影绰绰的,只有眼睛闪动着情绪,隐隐发亮。

石毅突然没头没尾地蹦了一句:"英鸣,这不公平……"

英鸣咬着烟微微笑了下:"这世上,本来就没有真正的公平。"

那是种理想状态,而且往往是相对而言的。

慢慢拉开两人的距离,英鸣站直身子往他们停车的地方走了两步,然后转过头:"快走吧,石大公子!"

149

在他后头的人挑了下眉角,然后慢悠悠地跟了上去。

上了车,石毅突然想到一件事:"下周刘莉生日,你一起过来呗。"

英鸣皱了下眉:"周几?"

"周四。"

"我可能下周有试镜,确定好了你把地址和时间发给我吧,我尽量能过去就过去。"

石毅扬了扬眉:"有新戏了?"

"嗯……"

答得有些犹豫,其实英鸣不太希望石毅继续往下问了。但是,他越不想让石毅问,往往石毅就肯定会问,坐在驾驶座上刚发动车子的人转头看着他:"什么电影啊?"

"文艺电影。"

"文艺?"石毅琢磨了一下,"什么样的文艺?"

英鸣笑笑:"文艺的文,文艺的艺。"

"得了!"知道英鸣不想说,石毅皱眉看了他一眼,没有再继续问。反正,早晚新闻什么的还是会报道出来的,也无所谓。

试镜那一天,英鸣到得很早。

当时剧组只有一部分工作人员到了,看见他,有个助理过来招呼,安排带进了化妆间。没多久,导演也过来了,跟他打了个招呼:"怎么样,准备得如何了?"

"就看导演你收不收货了。"英鸣笑了一下,化妆师给他在上妆,不好动得太厉害。

"我收不收货,得看你交出来的是什么。"

导演廖西人年龄其实不大,跟英鸣差不到十岁,之前两个人针对剧本谈过好几次,都是直接让英鸣叫他"廖哥",虽说最初是其他人跟他推荐的英鸣,但是聊过几次之后,他也确实认为这个演员有点意思。这个角色对英鸣来说不能说是百分之百合适,但是有一定的驾驭空间。

或者,应该说从导演的角度,也希望能够再为英鸣打造出第二个"痞少"。

一个经典的角色和故事，不仅仅是演员的追求，对导演来说也是一样。

廖西坐在椅子的扶手上，看着化妆师将英鸣那张带了点少年轮廓的脸打造得更成熟立体，忍不住笑了一下："你跟王义齐认识是吧？"

"嗯，是朋友。"

"呵呵，他之前知道是跟你合作，表现得很兴奋。"

英鸣又想到了家里留言机里的那条留言，表情有点无奈："太熟了，其实有点尴尬。"

"熟悉才好把握彼此的特点，不用培养感情，出来得才自然。"廖西说完拍了下英鸣的肩膀，"而且，就是这样才能看得出来你们的水平，要是能演得全世界都忘记你们的现实身份，这电影你们就交差了。"

这句话，廖西后来也跟王义齐说了一遍。

王义齐来得比英鸣晚了一个小时，因为他之前还有一个活动，时间稍微赶了一点，等他人到的时候，英鸣那边已经化好妆穿好造型师的衣服，廖西和两个助理导演在那边端详哪个造型更适合英鸣这个角色，王义齐大刺刺地一推化妆间的门，看见英鸣的背影就吹了个口哨。

一屋子人都转过头看着王义齐，英鸣挑了下眉："你来了。"

廖西笑着站起来："很好，人都到齐了，王义齐你先去换装吧，一会儿出来拍几张定型照。"

"好！"工作起来王义齐本来也是个很敬业的演员，把东西随手都丢给身后的助理，很配合地进了另外一间化妆室。

电影的背景故事其实是描写一些诸如摇滚，艺术家这种在社会之中相对比较局限范围内的边缘化群体，游离在艺术和梦想追求的边缘，充斥着疯狂的念头，精神麻痹的恍惚，分不清楚现实与幻想的界限，就像游走在耸立高楼的楼台边沿，一脚踏出去，是天堂也是地狱。

这个题材其实并不是一个多新颖的题材，至少，不少导演拍过。

只是廖西所想要表达的东西跟之前的导演有很大的分别，他所想要展现的，并不是堕落低迷和挣扎，反而是一种沉寂在迷惘下面，内心之中渴望被人发觉到的，那些积极的东西。

这也是最初打动英鸣的主要原因。

英鸣试了四套造型，王义齐试了六套。两个人角色的分配上，王义齐要稍微戏份多一些，因为他是故事的主线，后期也会有大量的旁白录音。

导演暂时是给了两个人大纲，台词也只有一部分，因为完整的剧本还在修改当中，不过廖西的意思是周末先开机，两个人先进组找找感觉，很多情景的画面需要大家一起碰一下。这个电影的人物并不多，主要靠的是英鸣和王义齐的把握，所以，廖西希望他们能够保持一个必要的交流时间，怎么演得真实又自然，是很考验演员功底的。

王义齐和英鸣都表示没问题。

两人时不时调侃的状态让廖西很满意，他对这部电影抱有了很高期待。

发布会安排在了造型确定的第二天，时间比较紧。本来剧组是比较低调的，廖西也没准备搞太大排场，只是这部电影的投资方好像来头还不小，廖西协商后的结果是可以不发通稿，但是一定要开个发布会找几家媒体出个新闻，后面的拍摄过程为了尊重廖西可以尽量低调处理，具体的宣传工作，由专门的公关公司来处理。

所以新闻媒体会上，英鸣和王义齐两个人都到场了。

来的主要是几家大的媒体，事先都了解过电影的内容了，想当然追问的主要内容都是关于两个人所要扮演的角色，王义齐答得很大方，现场的互动都恰到好处。

倒是英鸣看着眼前的镜头，突然有点恍惚。

王义齐察觉到他走神了，在桌子下面扯了他一下："琢磨啥呢？表情那么梦幻。"

"我在琢磨你的用词怎么这么多年了一如既往的缥缈。"英鸣白了王义齐一眼，很低调地表达着鄙视。

他旁边这位立刻不满地皱了下眉："英鸣，你肯定有事瞒着我。"

"嗯。"

英鸣面不改色地对着记者所在的方向转了下头，笑笑，完成拍照之后才回头看了王义齐一眼："……我忘了告诉你，你弟弟王孟齐要回来了。"

记者要求他们两个站起来和导演合照一张，英鸣给王义齐让了一下地方，

后者闪了一下神没反应过来,等消化完了英鸣这句话,整个人错愕地怔住:
"你说的是真的假的?"

英鸣咧嘴一笑:"你猜呗!"

结果这张照片成了这次电影发布会的主题重点。

王义齐表情幽怨迟疑地盯着英鸣的侧脸,然后英鸣对着媒体笑得若有深意,神情复杂。

配合着之前两人一会儿不和一会儿兄弟的新闻,明明不是一个多大的发布会,最后竟然搞得动静还不小。

石毅就是在杂志上看到的这张照片。

标题上艺术字放得很大:"王义齐英鸣打破不和传言大胆挑战高难度文艺片"。

旁边欧扬还在诧异他怎么开始关注这些娱乐八卦的无聊杂志了,他却一声不吭地放下了手上的书,微微眯了下眼睛。

——原来英鸣要拍的电影就是这部。

第七章

一起 DVD

既然石毅提前把刘莉生日的事情跟英鸣说了，按照英鸣的性格，他是一定会去的。好在剧本现在还没有彻底出来，前期的一些零碎戏份不算很重，商量一下可以把几场夜戏往后面挪一挪，空出一顿饭的时间倒是没什么问题。

王义齐听说他要跟剧组请假，跟前跟后地追问他到底是什么原因。

英鸣实在扛不住，才说是石毅找他有点事。

"又是石毅？"

王义齐眉头皱得恨不得都要打结了，一脸的阴阳怪气："怎么你跟他还有联系吗？"

倒是英鸣回头看他一眼："你这话怎么听着这么别扭？"

"你之前让我不要去招惹他，怎么自己反而脱不了身了？"

"我又不是去跟他飙车。"

英鸣对着镜子补妆，顺便整理了一下衣服顺口解释了一句："其实是刘莉过生日。"

"他女人过生日把你叫去干什么？你不是还跟刘莉传过？"台面上，还算半个情敌吧？

英鸣笑了一下："你对这些八卦倒是挺了解。"

"是你太不上心了！"

这圈子一共才多大，都不用特地去打听，这些东西身边总少不了人去谈论。英鸣也没反驳王义齐的话，就是笑笑，他们两个在等摄影调试机器，下午这场戏大概会拍到四点多，如果比较顺利，六点左右英鸣的工作就能结束了。

英鸣不太在意的反应让王义齐有点不满，他扯了英鸣一下："我说，我之前就提醒过你，别跟石毅这种人走得太近，他家大业大人又麻烦，现在身边还有个刘莉，多少人一直盯着，你搅和进去那个圈子最后只会搞得一身腥，石毅是不怕，天大的事他家里能帮他摆平，你到时候怎么办？"

"哟，真难得听你操心别人。"英鸣调侃地笑了一下，扬起眉。

"废话！不是你我才懒得搭理！"

王义齐身边吃吃喝喝的朋友从来都不少，反正他本来也不是一个怕被人占便宜的主，男女老少都来者不拒，只要能把他哄得高兴了，跟在他身边蹭点好处他从来不往心里去，但这些是什么样的朋友，他心里很清楚。

英鸣跟这些人都不一样。

他们俩的交情，本来也不是吃吃喝喝地玩出来的。

知道王义齐是出自朋友的担心，英鸣表示了解地拍了下他的胳膊："放心，我心里有数。"

"你心里有数？你是真忘了毛……"

名字只说了一半就被王义齐咽了回去，英鸣脸色倒是一点都没变，似笑非笑地看着他，一直看到王义齐自己皱了下眉缩回去，哼了一声："反正，你注意点。"

这次，英鸣什么都没说。

收工的时间和英鸣预计的差不多，王义齐在最后两场稍微有点成心，NG了七八次，拖到五点多才拍完，然后又补了两个镜头，等到导演放人的时候，也天黑了。

英鸣本来是打算打车过去算了，晚上少不了得喝酒，他怕到时候回来不方便。

但是没想到他动身之前，石毅给他打了通电话。

"你大概几点能完事儿？"

"已经能走了。"

"正好,我顺路过去接你吧。"

这句顺路说得英鸣挑了下眉角:"你知道我在哪儿就说顺路?"

"想搞清楚你在哪儿拍戏又不难。"石毅在那边笑了一下,"我现在这地儿离你大概二十分钟,一会儿你出来在路口边等我一下吧,带伞。"

"下雨了?"

"开始落点子了。"

英鸣一直在棚里拍戏,也不知道外头是晴是雨,听石毅这么一说才往外头看了一眼,但是太黑了,也看不清楚。

石毅打电话的时候王义齐也在英鸣旁边,表情有点刻意扭曲。

电话里说二十分钟到,石毅果然是准点到的。

英鸣上车的时候弄了弄头发,被打湿了有点贴。

石毅:"不是跟你说下雨了?"

"我看雨不大就懒得打了,不喜欢举个东西。"英鸣这种出门旅行惯了的人,从来都是能少拿一件就少拿一件,反正也不大,淋不出什么毛病。

他因为拍戏的缘故,身上穿的是戏服。

紧身牛仔裤下面配的是长靴,上半身一件带了点哥特风格的T恤,图案很怪,耳上还戴了一个耳钉。石毅上下打量了他一番,然后扬了下眉:"你这次到底演的是什么人啊?"

"一个有点找死的人,基本上自我堕落的事情差不多全干了。"

石毅转头看了他一眼:"你怎么会接这么个电影?"

"你指的是哪方面?"

"都算上吧,新闻上不是说这电影是拍文艺的?"

英鸣笑了一下:"很多人花钱去寻找新鲜感,我这还省了呢。"

演员的乐趣之一就是可以去尝试很多人无法尝试和体验的东西,即便跟想象的不太一样,但终究是比其他人多了一种看待世界的角度。

"你倒是看得挺开。"

"看不开地球也不会为了你倒着转,何况,这也是本职工作,跟你在谈判桌上和人谈判没什么分别。"

英鸣往后靠了一下伸了一下胳膊："不过你今天晚上是准备怎么给刘莉安排的？"

刘莉这样的人，恐怕是什么样的阵仗都见过了。

石毅笑笑："我朋友给了我一个建议，我觉得不错。"

"哦？"

"他跟我说，想让一个女人满意，最好让她自己选，我只需要表现出她想要的就行了。"

这个时代的爱情，跟童话故事已经相去甚远。

每个人看重的东西都不一样，所追求的，当然也各有所需。

英鸣听到石毅这么说不禁也了然地笑了笑，虽说难免有些俗，不过，谁说最俗的不是最实用的呢。

两人到达会场的时候，感觉里头已经开始了，音乐开得很大。石毅给刘莉包了酒店的国宴厅开 Party，这地方一般人就算是有钱也没那个能力订下来，排场也算是给足面子了。

刘莉被一群人围着，看见英鸣他们进来，跟身边那群人打了个招呼就走了过来。

一身礼服的她确实是艳压全场。

石毅毫不掩饰眼底的欣赏，笑着搂过刘莉的腰："怎么样，还满意吗？"

"你这话问得真有意思，既然是我的意思，当然满意。"

刘莉在其他人的起哄声中吻了吻石毅，英鸣站在旁边挑了下眉，识趣地避开了其他人注意的目光。

今天他就是个陪客。

虽然有点搞不清楚到底是为了陪谁。

不过，这种事情本来也没什么新鲜的东西，哪怕是刘莉亲自来安排的，终究出不了什么新意，一群人起起哄哄唱唱歌，找几个有头有脸的人参加凑凑热闹，至于英鸣这样的，也无非就是充当一下人头数。

石毅一直被刘莉拉着在人群之中来回地跟人打招呼，反正两人都是驾轻就熟，这是第一次石毅公开跟刘莉亮相，必要的社交场面是必须的，英鸣始终站在比较靠边的地方，偶尔有些熟人过来打个招呼，或者一些新人模特什么的，也会来随便搭两句话。

一直到身后响起一个熟悉的声音，他才稍微拉回一点注意力。

"看来之前说你和石毅为了刘莉翻脸的事，纯粹是娱乐创作了？"

站在英鸣身后的这个男人戴着一顶皮帽子，表情要笑不笑，无框的眼镜款式很有潮人的味道却盖不住他眼底的算计。英鸣笑了一下："怎么，今天是来挖新闻的？"

"石毅给刘莉办生日会，我就算开工也不会这么不识趣。"来人笑笑，"记者也得休息的。"

"我还以为你们是全年无休的。"

两个人手上的香槟杯很轻地碰了一下。

这人是个记者，英鸣和他有过几次工作上的接触，说不上多熟，但也还说得上几句话。

他们站的地方算比较偏的，就连灯光都几乎打不到，舞池里一群人手舞足蹈地玩得很high，却没怎么干扰到他们。

对方看着英鸣："我听说，之前威赛的那次比赛，你也参加了？"

被问的人只是扬了扬眉，没说话。

"董晓从那次活动之后，这么长时间没有露面，甚至没有参加他新片的发布会。"语言里尽是意有所指，这人问得倒是直接，"有人说这次拉力赛出了一场事故，你有什么消息就透露点呗。"

英鸣喝了一口酒："你既然能打听到这么多，何必要来问我呢？"

"我有的大家都有，但是你有的，我却不一定有。"

娱乐圈内，记者和艺人的关系本来就是鱼和水，谁都离不了谁但是谁也靠不了谁，说是朋友有点可笑，但是交情又必须得有几分，谁也说不准什么时候就用得上对方了，当然，同样是说不准什么时候，也就被对方卖了。

英鸣看着身边的人，对他的话只是摇摇头："我说的你肯定知道，你想知道的和跟我不知道的应该差不多。"

"你这句话的意思是你不知道，还是不能说？"

记者永远是最擅长诱导的，英鸣这句话他听的重点并不是拒绝，而是拒绝的原因。

听出他话里的意思，英鸣扯了扯嘴角："我的意思是，想套我的话……你还得再练练。"

　　他入行多少年就跟媒体人打了多久的交道，不能说可以将对方玩弄于股掌间了，但要是应付起来，也实在不用花多少力气。

　　"有空再聊。"简单地摆了下手就离开了本来选得很满意的角落，英鸣不无可惜地往中间走了两步。

　　中间一群人围着是在打赌。

　　这是挺常见的玩法，先自报一个赌注然后一群人出手指赌数，最后单数数到谁谁算输，本来是小学时候就玩腻歪的东西，二十年都过去了竟然又被捡了起来。

　　英鸣走过去的时候，刚好轮到是刘莉输了。

　　今天的生日寿星笑脸盈盈地在一群人的咋呼声中走到中间，然后不负众望地一指石毅："这轮就你替吧。"

　　瞬间，周围全是鼓掌和吹口哨的。

　　没多少人能见到石毅被调侃，机会难得。

　　结果石毅一扫眼看到想要闪人的英鸣，轻轻松松地一拽，他把人直接扯了回来："那行吧，我刚才说我会表演个节目，就点英鸣帮我一把。"

　　被无辜扯进去的人有点诧异："关我什么事啊你拖着我下水。"

　　其他人分明想看的就是石毅的热闹。

　　早就料到英鸣会拒绝，石毅笑了笑，贴在他耳边压低声音提醒："是兄弟总不能见死不救吧！你别忘了，你还欠我个赌约没还呢。"

　　上次两人拉力赛的赌约，到现在也没兑现过。

　　英鸣和董晓赌的是对方随便开条件，想当然他输给石毅的也是这个。

　　倒是没想到石毅会这时候提到之前的事，英鸣先是愣了一下，随即扬眉："那你到底是想干吗？"

　　"随便吧，唱歌还是跳舞你随便来一段……"

　　石毅的声音很小，其他人听不清楚，只能看见他贴在英鸣耳边，后者表情有点微妙地诡笑了一下。

然后，就看英鸣往前走了一步："行吧，那就随便跳段舞吧。"

　　他跟控制台那边比了个手势，常泡酒吧的 DJ 基本上都看得懂，当即音乐放出来，英鸣很随意地往石毅旁边一站。一只手搭在对方肩膀上，在后者诧异的目光中，很小声地说了一句："石大公子，我就会跳一种舞……"

　　没等石毅反应过来，随着音乐声，英鸣很缓慢地开始移动。

　　本来一群人都是想要看热闹的，但是等这支舞跳了一分钟，旁边就有人的脸色变了。

　　其中最明显的是石毅。

　　英鸣一直围着他蹲蹲起起地转来转去，所谓的一起表演，明显是把他也算进去了。

　　石毅第一次这么近距离看人跳舞大概是在高中，一群小屁孩出去瞎混，当时灯光之下扭来扭去的身影，很长时间都让他忘不掉。毕竟是青春期，身体反应比大脑理智成熟得多。但是，他绝对没想到有朝一日，会有个男人围着自己跳，尤其还是自己的好友。

　　英鸣的舞不是随便跳跳，他明显是练过的。身体的舞动跟着节奏非常合拍，完全没有任何尴尬，甚至看着石毅的臭脸还能笑眯眯地扬眉。

　　他是故意的……

　　意识到这点，石毅有点尴尬地想要避开，结果被英鸣很技巧地扯了回去。

　　刘莉旁边有人忍不住调侃了一句："英鸣看不出来有两下子……"

　　很难用言语去形容到底是一种什么样的气场，只是这里所有人都清楚英鸣本来是一个什么样的人，却没有人见过他这样的一面，明明脸上没多少表情，但就是让人忍不住把视线放在他身上，情不自禁地从他眼神里去揣测更多的深意。

　　一曲跳完，半天没人有反应。

　　反而是刘莉先鼓起掌了，然后旁边零零星星有人感慨了一句，更多的是依然没缓过神来的。

　　石毅几乎是僵着脸看着英鸣绕过其他人冲他摆了下手，上扬的嘴角尽是恶劣的调侃。

　　石毅现在有点尴尬。

旁边这么多人看着他被围着跳了支舞,他走也不是留也不是,只能勉强压抑想揍英鸣的心,旁边的侍应生走过,被他抓住要了杯冰水。

刘莉注意到了,往他旁边挪了一下:"怎么,被他整了?"

石毅只是骂了一句:"这小子真是疯子……"

事后石毅去问英鸣,对方才告诉他,这舞其实是他在以前拍电影的时候学的。有一部尺度挺大的电影讲的就是舞女的故事,他在里头演的那个男主人公是个男舞者,导演给安排了一段独舞秀,所以他特地去学的。

事实上,他真正在电影里跳的那段比那天的尺度还要大些,当时他就是考虑到石毅的面子问题,还特地改了改。

"其实跳舞挺锻炼人身体的,跳完了一首歌出的汗比跑步要多。"英鸣咬着烟这么回答的石毅,一脸坦然。

然后石毅回家就把他之前买完了但是一碟都没看过的,所有英鸣的电影DVD都翻出来找了一圈,发觉有个封面跟英鸣说的那个比较像,就把整部电影看了,那个看完了又把其他的几张DVD挨个全看了。

有些是风月片,有些是相对比较暴力阴暗的东西,英鸣演电影的风格很杂,对角色的接受度也挺高,有些戏就算知道是假的,石毅还是有点意外。至少,他所接触熟悉的英鸣,给人的感觉不是会如此不介意或者如此放得开的人,而在电影里,似乎换成了另外一个英鸣。

很多人喜欢把女人比作一本书,如果用这个说法去形容英鸣的话,那他就是一本看封面感觉是篇荒诞小说,上来第一页却直接给上了诗歌体,读下去觉得其实是本挺有哲学道理的说教故事,看到最后给你甩出来一句纯属虚构!

看完了大部分电影,石毅靠在沙发上点了根烟。

这种自己一个人窝在家里看完了朋友全部电影的行为,怎么看都觉得像心理不太正常的变态。

但是实话说,有点意外。

他跟英鸣相交到现在,主要原因其实是英鸣这个人,而不是其他的什么。本来石毅就不是一个喜欢看电视剧看电影的人,对演员也没什么概念,若不是以前那部《痞少》对他的影响,他对英鸣都不会有任何概念,哪怕是买了英鸣饰演过角色的影碟，也只是随手往旁边一摆。

现在全看完了，突然觉得自己一直以来所认识熟悉的那个英鸣，其实更像是镜子里的一面而已。

如果他们没有事先彼此认识，光看这些作品，他绝对想不到英鸣会是这样的性格，这种落差有点奇怪，不能说不好，但是绝对不舒服，就是原本和自己很近的一个人，突然被银幕上所塑造的这些不存在的人拉远了，觉得所了解的，是挺表面的东西。

英鸣是这样，大概，刘莉也是这样……

石毅皱着眉慢慢地把手里的烟抽完，颇有些感慨地在客厅发着呆，脑子里偶尔闪过刚才电影里的某些片段和细节。

——这感觉真诡异，偏偏他就是挥之不去。

刘莉生日没过两天，石毅挺意外地接到了王乐的电话。

他本来之前人在外地所以才没能参加 Party，打给石毅说是为了解释一下，随便道个歉。

但是石毅拿着电话却压根不信王乐是为了这件事："有话你就说吧。"

大家认识这么多年，这点小心思都看不出来，他也忒白痴了。

王乐在那边犹豫了一下："阿毅，你能带我进王义齐的片场吗？"

"王义齐？"有点意外又听见这个名字，石毅眉头下意识地拧在一起，"你跟他怎么还没搞清楚？"

"之前的事是有点误会，我想他能解释清楚，但是他一直不肯接我电话也不见我，我知道你跟英鸣很熟，他俩现在正在拍戏，你能带我过去找他一趟吗？"

王乐的声音有点消沉，似乎是受了不小的打击。但是这件事让石毅觉得有点头疼，他掂量了半天不想答应："多大点事，你怎么还在计较，有劲吗？"

"阿毅，你不明白……"

"我说了多少遍了，不要叫我'阿姨'！"

这称呼实在让石毅烦躁，他往后一靠将身体彻底丢进办公椅里："王乐，这事儿我可能帮不上忙。"

清官都难断家务事,何况这还算不上"家务事"。

石毅的拒绝,让王乐那边沉默了很长时间,一直到他以为对方已经放弃了,才听见王乐隐隐带着哭腔跟他说:"阿毅,我已经跟我家人闹掰了,我觉得自己很差劲……"

有一个瞬间,石毅觉得自己脑子里有根什么东西突然断了。

这都是什么破烂事……

这部电影是封闭拍摄的。

因为剧情本来就只提供出了梗概,在拍摄的过程中又谢绝一切媒体采访,打着边缘化题材的噱头,捂得越严实,外面的人就越好奇。其实说白了这也是电影宣传的一种炒作,但是相比起之前拿绯闻做主打的,这种方式让英鸣舒坦多了。

石毅给他打电话说想去探个班的时候,他很意外。

但是,很快他反应过来对方应该是有事。

"会让我很难做吗?"

他问得很直接,因为跟石毅都不是喜欢兜圈子的人。石毅在那边犹豫了一会儿:"应该不会。"

"嗯,那你到了这边给我个电话,我带你进来。"

英鸣答应得很利索,把第二天拍摄的地点给了石毅,也就挂了电话。

他们现在拍的部分有一些是外景戏,不限制在棚内,难免也会出现被围观的情况,不过好在外景不多,赶在前头拍得差不多了,后面就彻底进棚内解决。

石毅到的时候,英鸣正在拍的是一段和王义齐的吵架戏。

导演处理得很激烈,两个人被要求情绪起来甚至可以扭打在一起。

所以其实第一通电话他没听见。

是在后来中间休息的时候,他拿出手机才看见石毅的未接电话,知道对方已经到了。

"石毅,你人在哪儿?"

"在路口东边一点,昨天你说的那个地方。"

"嗯。"英鸣冲着旁边的助理打了个招呼,"我过去接你。"

等他看到石毅旁边的王乐时,顿时就明白了石毅跑这么一趟是为了什么。

后者冲他笑了一下:"到底是从小玩到大的,没办法……"

本来做这种事就让石毅很尴尬,牵扯上的是英鸣他就觉得更别扭了,幸亏英鸣倒是没说什么,了然地笑了笑,然后就一路领着两个人往剧组那边走了。

虽然说是封闭拍摄,但其实主要谢绝的是媒体,并非是彻底不允许人接近剧组。

之前王义齐也有一些粉丝自己过来探班的,只要不造成太大的动静影响拍摄的进度,导演和场务也都是睁一只眼闭一只眼。

不过,石毅的出现是没有办法让人当作一般路人的。

尤其他旁边带着的还是王乐。

王义齐看见两人走过去的时候,表情像见了鬼,等再看见旁边跟着的是英鸣,那表情就比见了鬼还扭曲。他直接跨了一步走过来扯着英鸣:"你吃错药了?"

但是没等英鸣回他,一边的王乐就很自动地凑过去了:"我想你跟我说清楚……"

于是英鸣把自己的衣服从王义齐手上扯回来:"既然是你造的孽,怎么样都该给人解释清楚,一直装孙子算什么。"

自己弄的恶作剧,该道歉道歉。

王义齐旁边挂着王乐,对着英鸣的火气想发都发不出来,只能有点怨恨地瞪了他一眼:"你知道个屁啊,哪是我不愿意说清楚。"

是他根本说不清楚!

不过后半句话没能挤出口,王乐拉着王义齐想往旁边走,王义齐眼看着注意到他们的人越来越多,怕惹的动静太大,只能配合着往一边挪了过去,中途还回头不爽地瞪着石毅。

这事儿绝对跟他脱不了干系。

接收到王义齐的眼神,石毅扬了下眉:"他怎么还是这么暴躁。"

这句只是简单的陈述,连半点语气的起伏都没有,英鸣看了他一眼,笑了笑:"我要是被人卖了,火气比他大。"

虽然不是很清楚王义齐跟王乐的误会到底有多深,但是看王义齐那个态度,是确实不想再招惹了。

石毅:"那你干吗还答应我?"

刚才在路口,英鸣完全可以拒绝他们。

"有些事,解决比逃避强,既然你能找上我,总归会有其他人能带着见他,早晚的事。"

英鸣点了根烟,抽了两口,跟石毅靠在边上看着那边王义齐和王乐的谈话,距离有点远看不清楚,只能感觉到谈得并不愉快。

他摇了摇头:"你那个朋友也够死心眼的。"

"我一直就不明白他到底较的是什么劲。"

石毅也搞不懂王乐干吗跟王义齐这么死磕。

英鸣笑笑:"这是性格问题吧。"

"又疯又死心眼。"

英鸣长吐了一口烟雾,笑意若有似无的:"有时候,人能够找个机会疯一疯,活得会比较真实。"

石毅听完一耸肩:"想活得真实用不着疯的,方法很多。"

两人话没说几句,似乎王义齐和王乐那边就谈崩了。旁边助理导演招呼演员就位,王义齐顺势就甩开王乐往这边走了,英鸣看了一眼石毅:"有空还是劝劝你朋友吧,没必要。"

然后他掐了烟,跟王义齐两个人一起按照导演的要求从刚才暂停的地方继续。

王乐在那边一直站着没动,石毅也就没走过去,他离着拍摄点近,索性靠在旁边看拍戏。导演刚一喊开麦,王义齐就一把将英鸣甩到了一边:"就那么鸡毛蒜皮的小事儿你跟我矫情多久了,张口闭口就是骗你骗你,你太看得起你自己了,你有什么值得我骗?逗你玩而已!你还揪着我不放了!"

这其实也是第一次石毅看见王义齐演戏。

感觉与他平时的样子差别倒是不大,反正都是这种欠抽的德行,说的话连一点违和感都没有。

英鸣被王义齐这一甩退了好几步，拧着眉听完他的话，上去二话不说就是一拳。

　　从石毅的角度，看不清楚这拳是真打还是假打，但是王义齐挺配合的，整个人差点栽过去，然后捂着脸不敢置信地瞪着英鸣："你疯了是吧？"

　　"真疯了我就直接用我兜里的刀而不是揍你一拳了，你要不要试试！"

　　英鸣刚吼完，导演喊了cut（暂停）。

　　似乎刚才王义齐退得有点过，出了镜头，导演把两个人叫过来讲解这段什么样的情绪最合适。石毅在旁边看着，英鸣的侧脸上全是严肃，跟他平时那副调调差别挺大。

　　这场戏在剧本的结构上，是英鸣这个角色的觉醒和爆发，虽然两个人这里其实并没有真正分崩离析，但也算是目前为止冲突最激烈的一场戏。

　　石毅看着重拍了七八次，等进展到英鸣那个角色爆发的时候，感觉他嗓子已经有些哑了。

　　但就因为哑了，效果似乎意外地更好了。

　　那种因为情绪过于激烈而失声的感觉，哪怕是石毅这种完全没看过剧本的也觉得很有煽动力。只除了英鸣对面站着的是王义齐这点让他有点别扭。

　　王乐似乎准备留在那块地方不动了，一直到下一次休息的时候，也没看他有走的意思。

　　王义齐一听导演说休息就钻进了化妆车，吩咐助理导演招呼了再去找他。

　　英鸣跟石毅两人彼此看了一眼，对这种别扭的纠葛都无能为力。

　　倒是石毅看出了一点兴趣，索性靠在边上跟英鸣聊这部电影的剧情："你手上有剧本没有？"

　　"有。"

　　"拿来看看呗。"

　　他说得太理所应当了，导致英鸣忍不住笑了笑："电影是不允许公开剧本的。"

　　"我这也不算公开吧，又不会跟狗仔爆料。"

　　石毅倒是没什么心理压力，他语气很自然："那你们刚才就算是把这段拍完了？"

最后两个人骂也骂完了，打也打过了，导演喊 OK 之前，气氛挺狼狈的。

只不过看拍戏的感觉和真正看成品差别挺大，都是感情刚被渲染起来就被喊停了然后重新来，一段台词重复好几次，连石毅都快能背了。

英鸣接过他拧开的矿泉水喝了一口，然后动了动有点僵硬的胳膊："还没有，后面还有一场文戏，不知道拍不拍。"

石毅愣了一下："文戏？"他重复了一遍，然后表情有点诧异，"你俩拍了半天不是都在吵架吗，怎么就……和好了？"

这转得也忒快了点。

英鸣随口解释了一句："没真吵崩。"正好旁边化妆师让他过去补补妆，他就回身跟石毅打了个招呼。

后者皱着眉靠在边上不吭声，看着英鸣补完妆了过去就位，王义齐的助理也把人从化妆车里叫了出来。

趁着准备这段时间，石毅绕过其他人，过去找到了王乐。

"人你也见了，怎么样，谈清楚了吗？"

他语气稍微有点烦躁。

王乐表情有点恍惚，看样子是受了不小的打击，他抬头看了石毅一眼，然后摇摇头："他愿意道歉，但我觉得他的道歉不真诚不是发自内心。"

站在他对面的男人哼了一声："那你准备怎么办？"

"我想等他拍完了，再跟他谈谈。"王乐的态度很固执，似乎是已经打算好了。

石毅听王乐说完，心底那股暴躁就更明显了，他皱了皱眉，很干脆地甩下一句："那你在这儿慢慢等吧，我先走了。"

说完也不搭理身后人的反应，直接转身就走。

他完全不想留下来看后面的拍摄。

——甚至没跟英鸣打个招呼。

石毅那次不告而别之后，很长一段时间没有跟英鸣联系，只是事后打电话跟英鸣解释了一下那天是临时公司里有事。后者也没追问，这事就算这么过了。

英鸣本来也不是一个会主动找谁的人，剧组的进度开始赶了，他也没多少时间出来。不知不觉，两个人有段时间没有联系，其间都是各忙各的。

　　等到石毅知道英鸣近况的时候，差不多都是王乐在跟他说。

　　他是过了一段时间才知道王乐从那天之后就经常去剧组。

　　按照王乐的话说，他最初只是想弄清楚王义齐是不是骗他的，那张女生的头像是不是他妹妹或者姐姐，王义齐跟他解释说照片是自己P的，他不信，被逼急了又说让王义齐道歉，道了歉又说不真诚不算数，石毅都看不下去了，但是跟王乐似乎就是说不通，还是隔三岔五地往剧组跑，其他人都知道这是英鸣和王义齐的熟人，也没人敢拦他。

　　王义齐对王乐的态度实在不算好，大部分都是当作看不见，拍摄片场要求安静，他不至于跟王乐直接发火，但是缠得他烦了就直接上化妆车。

　　反而多数时候是英鸣跟王乐能搭上两句话。

　　就在石毅领王乐去的第二天，王乐又跑去片场，理所当然地，王义齐掉头就走。

　　看着王乐一个人有点可怜兮兮地蹲在旁边，英鸣趁着休息的空当过去递给他一瓶水。

　　王乐抬头看见是英鸣，不免有些失望，他接过水，很轻地叹了口气："你是不是想劝我，不要太固执？"

　　英鸣扬了扬眉，没吭声。

　　"义齐之前不是这么对我的。"

　　王乐似乎很难忘记最初跟王义齐的相识，英鸣听他说了一会儿，忍不住插了一句："其实，有时候一些事情，做的人未必是有什么特别的含义。阿齐性子不太受管制，有些玩笑也开得没分寸……"

　　人与人的性子天差地别，说得直接点这些事对王义齐来说是压根不用放心上的小事，但对王乐来说却是上纲上线的大事，他们的思维模式不同谁也说服不了谁。

　　但是王乐只是很轻地摇了摇头："你不明白，不是你说的这样。"

　　这句"你不明白"说得英鸣几乎没有反驳的余地，毕竟当时什么情况他是真的不知道。按照王义齐的说法，他当时也就是无聊跟王乐随便聊了两句，但是在王乐这边好像已经跟王义齐头像上的"她"互许承诺了一样。

所以说，做人还是要讲点原则，不然很容易会搞到自己焦头烂额。

英鸣说不通王乐，也就只能做做好人，时不时地让人多照顾着王乐一点。王乐和石毅不太一样，虽然都是公子哥儿，但石毅是那种在任何地方都能把自己照顾得很稳妥的人，甚至不喜欢别人干涉得过多。但是王乐这种就是典型的大少爷，不太会跟人沟通也不太懂人情世故，中午吃饭时若不是英鸣叫他，他连买盒饭都不会。

结果那段时间英鸣活像个保姆。

不仅管王乐吃喝，还时不时得充当知心大哥哥。

连王义齐都忍不住吐槽他："你现在是什么情况，母性泛滥了？对着王乐你怎么这么大的耐心？"

他印象里的英鸣可从来不是这种管别人闲事的人。

英鸣对此只是撇了下嘴："你说句人话会死是吧？你就不怕他饿死在片场？"

"你放心，你扔着不管他肯定饿不死！"

王义齐这话说得带了几分火气："都说了好多遍了，我没别的意思，怎么就跟鬼挡墙一样非要黏着，一开始找过来还非说我骗他，把小姐姐藏起来了，让人真想叫救命。你说这有钱人的孩子，脑子回路是不是都有点问题？说了多久了就没那个女的，怎么就听不进去呢！"

一想到王乐那张委屈的脸王义齐就来火，他开了个不大不小的玩笑就被人当作"渣女"一样地怨念着，从前没想过，真摊到头上这口气实在憋得慌。

眼见着他这么烦躁，英鸣也摇了摇头："谁叫你就遇上一个认死理的。"

"这不叫认死理。"王义齐扬眉冷笑，"这叫脑子有坑！"

"行了，你一天到晚数落这些也弄不走他，说了有什么用。"

英鸣抽了一口烟靠在边上，不怎么认真地耸了下肩。

王义齐看他一眼："我看他之所以一直不走不一定就是为了我，你成天管吃管喝地伺候着，我告诉你，你小心，到时候真缠上你了，别怪哥没提醒你。"

"你就不能惦记点好事儿！"

对这种警告，英鸣皱了下眉，横了王义齐一眼。

后者只是懒洋洋地伸了个懒腰，一脸不听老人言吃亏在眼前的表情："反正我该说的都说了，你自己看着办。真搞不懂你是撞了什么邪，良心发现你也选错对象了好不好！"

他说完就走开了，本来导演找他还有点事。剩下英鸣一个人抽了一会儿烟，对于王义齐的那句调侃，微微皱着眉。

为什么对王乐这么照顾，其实他也不太明白。就是觉得看着王乐一个人缩着可怜巴巴的说不过去，真要找点什么理由，可能是因为王乐是石毅的朋友。

之前拉力赛的时候，就听石毅说过对弟弟有执念，王乐这样的，跟他从小长大，怎么着也能贴近家人的边了。

石毅为了王乐三番五次地出头，他都是亲眼见到的。

到底大家都是朋友，总不好放着不管。

英鸣是这种想法，别人却理解不到这一层。

尤其是被他一直照顾着的王乐。

王乐跟石毅说之前英鸣带着他出去见识了一下的时候，明显表情带着一点诡异的兴奋。

当时他对面的石毅有点反应不过来："你说英鸣带你出去玩了？"

"嗯！"王乐笑得挺开心，"他昨天下午收工早，就拉我出去见识见识。"

"见识什么了？"

"就是三岔街口的那些夜店。"

"他带你去夜店？"

石毅觉得自己大概是最近熬夜太多了，反应有点跟不上，想象了一下英鸣领着王乐去逛夜店的样子，觉得头有点疼。

"我不是跟你说过，让你不要再去找王义齐了吗？"

"我现在已经很少跟王义齐说话了。"王乐笑了一下。

但是这个笑容让石毅有点发毛："不去找王义齐你成天跑到剧组去干吗？"

难不成也想往娱乐圈发展了？

"我去看英鸣拍戏的。"

说完王乐还补了一句:"我觉得他人很好。"

英鸣成熟,帅气,而且很会照顾人。虽然不能说是很温柔的那种,但是只要跟英鸣出去,他都能把所有的事处理得很妥当,不需要担心任何事。

石毅就算是之前已经有预感了,听到王乐这么说还是觉得很震惊。

这才几天,转得也太快了。

石毅很想问一句王乐是不是脑子被门挤了,但是又觉得这个问题即便他问了也得不到一个答案,最后只能自己憋着把这句话咽了下去,有点烦躁地摇了摇头。

王乐和英鸣玩到了一块?!

——这不开玩笑嘛!

自从王乐跟英鸣混到了一起,这件事就一直让石毅有点别扭。

他本来想着一定要抽空给英鸣打通电话,好好问一下这件事,不过,还没等他先去处理王乐的事,刘莉那边又出了点状况。

她跟英鸣那部电影上映还早,最近是她去年拍的那部电影刚好排在了上映的档期上。拉力赛后没多久,这边就开了新闻发布会,当时还邀请了石毅,但是他因为不太喜欢出席这种场合就没去。

本来这件事他没往心里放,只是后来跟刘莉说了一声。

然后毫无预警地,第二天媒体突然就跟疯了一样开始发布一些刘莉的绯闻,因为臆测跟石毅的关系进展程度,更有些媒体直接爆料说两个人已经分手了,刘莉搭上了另一个富二代,已经到了谈婚论嫁的地步。

好在之前经历过一次,石毅倒是没太在意,估计又是电影的炒作宣传。

刘莉这段时间也没有主动地联系过他,反正本来他们见面也不是太频繁,各自都有各自的事情做,抽不出太多的时间。

石毅虽然不算娱乐圈里的人,但是听英鸣说过点,也听刘莉提过一些,对这种事情谈不上习惯,好歹也算是勉强能适应了,在宣传期的时候,本来也是需要这种话题来吸引眼球的,他以为过段时间这轮炒作就会下去。

直到刘莉在电视上公开表示跟那个所谓的富二代有发展可能,他终于炸了。

石毅给刘莉打电话的时候,竟然是助理接的。

助理先是有点不耐烦地问了一遍到底他是什么人,听到石毅名字的时候态度才稍微好转了一点,不过还是那副应酬的语气:"哎呀,刘莉现在还在忙,要不,我一会儿让她打给你?"

石毅直接挂了电话。

他没有等的习惯。

晚上刚好他有一个应酬,要招待从S市来的几个人,欧扬都安排好了才过来征求他意见,去也可以,不去也行。

因为知道他最近心烦。

不过石毅还是去了,私事归私事,他不是那种公私都搅和在一起的人。

这顿饭一直吃到了十一点多。

等他回到家里的时候,刘莉站在门口。

看样子是等了不少时间了,她听见电梯开门的声音才回过头,冲着石毅笑了一下:"回来了。"

出电梯的人没搭腔,只是皱了下眉然后打开门。

刘莉进门先把外套皮包什么的放下,然后坐在沙发上看着石毅:"听欧扬说你晚上有应酬?"

"知道还等这么久?"

石毅倒了杯水喝了两口,靠在桌子旁边回过身:"找我有事?"

"我听Marry说你给我打过电话。"

"嗯,她说你没空接。"

"我当时在上节目。"刘莉站起来,"是直播,所以没办法接。"

石毅只是略微点了下头:"嗯。"

但他也就只是这么"嗯"了一声就不开口了,慢悠悠地转着手上的杯子,等着刘莉开口。

两个人沉默了一会儿,最后还是刘莉叹了口气:"新闻的事情,你别信,都是剧组的安排,我也没办法。"

"你说的那句也是安排好的？"

石毅笑了一下，但是有点冷。

报纸上那些他可以不往心里去，刘莉亲口说的跟当面扇他巴掌有什么分别？虽然说本来也不是真的到了谈婚论嫁的关系，但是好歹外面也都知道刘莉是他女朋友，这么搞下去，他是不是绿帽子就要戴上头了。

感觉到石毅有点火气，刘莉走过来安抚地靠在他怀里："我要是跟你说，确实都是安排好的，你信吗？"

她一边说一边仰头看了石毅一眼，后者静默了一会儿，只是看着她没说话。

"这部电影的投资就是赵子聪拉的，有这么好的档期也都是他的关系，真正要捧的不是我，是电影里那个新人，那才是赵子聪的女朋友，但是要论热度，光新人和赵子聪关注度还不够，这才把我扯进去，也就是做做铺垫，闹不了多久。"

而她在新闻上那么说，只是为了给媒体一个发挥的空间罢了。

石毅听完了解释眉头依然没有松开："难道说你们搞宣传就没有其他的办法了，非得一次两次地弄这些东西？"

拍电影不好好拍，全想着靠绯闻炒作增加关注度，有什么意思。

刘莉对这句话只是有点无奈地笑了一下："不然你以为那些明星之间的八卦绯闻到底是怎么出来的？这就是规则，没办法。"

她也厌烦，但是已经开始下场玩了，当然也就只能适应这个环境。

这次的事情她也不想，但是赵子聪跟她的经纪公司一直都有来往，马上要赞助的新电影也是她做主担，就算她不在乎，她公司也不会让她得罪这么一个金主。

演员就是个外表看起来光鲜的职业，里头那些乱七八糟的东西，很少有人懂。

石毅慢慢放开刘莉："这么闹下去，我接受不了。"

他自认自己的胸襟还没有大到看着自己的女朋友周旋在那么多人当中，无论是为了什么原因，这个超过他的接受范围。

刘莉皱了下眉："……石毅，再给我一点时间。"

"时间我可以给，但不是无限期的。刘莉，必要的时候，我会要求你在事业和感情当中做一个选择。"

石毅的表情很严肃，微微皱着眉。

他知道这样对刘莉来说不太公平，但是，他很清楚自己。

这种事，接受不了就是接受不了。

他不喜欢刘莉，就不会跟对方在一起这么长时间。自从过了那种游戏人间的年龄，他在选择伴侣的时候就已经没了那种最初的随便心态，刘莉大概是他步入成年之后交往得比较久的女伴，她身上不少东西都让石毅觉得很欣赏，但是，毕竟很多东西不是光靠着感情就可以维持的，两个人想要相处，必要的时候就需要做些妥协。

石毅可以尊重刘莉的职业，接受她拍戏的时候跟别人谈情说爱甚至需要是裸露戏，但是他无法接受这种戏外的感情游戏。

在他看来，如果不想配合，总是能够有所取舍的。

他从小自认看过的潜规则不算少，这些幕后的东西，不用去研究他心里也很清楚。但是再怎么都好，这种利益的交换多数是你情我愿的，逼迫并没有外人想象的那么多，很多东西并不是非牺牲不可，只是被选择性地放弃了。

石毅看着刘莉："我理解你的职业是拍戏，但是生活当中，我不希望你这样。"

刘莉对着石毅的话，半天没有接腔。

两个人之间的沉默，比起刚才似乎又压抑了一些，刘莉慢慢地离开石毅，强作轻松地笑了一下："石毅，虽然你从小在这样的环境长大，但是你远比我以为的要理想化。"

她慢慢地走回沙发上拿起自己的包和外套，回身对着石毅摇了摇头："演员并不仅仅是会演戏就完了，如果我像你说的那样，根本就不会有今天。石毅，我希望你明白，我对你的感情是真的，对我们的关系也很认真，可是有些事，可能你真的理解不了。"

语气里有些惋惜也有些遗憾，刘莉最后很轻地留下一句"早点休息"，就离开了。

她半夜过来，本来是想跟石毅谈谈。

只是谈的结果并不理想。

走下楼的时候,刘莉点了根烟,抽了两口回头看着石毅家的楼层,很浅地叹了口气。而石毅在房间里,静默地看着手里的杯子,没怎么动。

刘莉的绯闻并没有平息的趋势,反而越炒越烈。

不过如她所说,那个新人果然没过多长时间就被牵扯了出来,台面上三角关系炒得沸沸扬扬,似真似假的,看起来挺热闹。

有些胆子大的媒体,更是干脆拉上了石毅一起。

这种身份背景的富家子弟,一线女星的八卦,远比电影本身要吸引人多了。

石毅不会专门去注意相关的消息,但是不可避免地总会看见。

和他关系比较熟又了解事情始末的,这段时间压根不敢在他面前提到刘莉,但越是这种小心,反而越让石毅心里那股火消不下去。

欧扬看他这样也觉得不太对劲,劝了他几次:"要你干脆休个假出去走走吧。"

石毅只是有点烦躁地回了一句:"没时间。"

"要不晚上下班咱俩出去喝一杯?"

"不用了。"

石毅抽了一口烟,视线还盯着电脑:"你晚上不是还要跟越洋那边吃饭?"

"比起应酬越洋,当然是老板你的问题比较重要。"

"少扯了你!"石毅被欧扬的语气带出了几分笑意,然后挥了下手,"你先去忙吧,不用管我,我没事儿。"

就是心头不痛快他也不需要被这么关注,欧扬见他情绪还凑合,也就没坚持,留下一句电话联系也就走了。

石毅一直在办公室待到了九点多,临关机的时候又看见自动弹出的娱乐新闻,只扫了一眼就皱起眉。

上头那几个全是熟人,他想忽略都难。

"浑蛋!"

还有完没完了。

好不容易压下去的那点火又有蹿上来的趋势,石毅干脆关了显示屏,往后一靠转向落地窗前的夜景,看着车流涌动的都市,过了一会儿掏出手机。

那边接得倒是挺快:"喂。"

石毅听见英鸣声音的时候,奇异地觉得胸口那股憋闷终于缓和了一点,自己也有点莫名其妙地放松了身体。他半仰着靠在办公椅上:"英鸣,有空出来喝点东西吗?"

"现在?"

"嗯。"

英鸣那边犹豫了一下,然后回他:"你稍微等我一下,我一会儿给你电话。"

说完也没等石毅这边的反应,英鸣那边就挂了。

石毅随手把手机放在办公桌上,从椅子上站起来,靠在窗边继续出神。

不过英鸣的电话打来得很快。也没过多久手机就响了,石毅接起来,那边英鸣语气轻松地问他:"咱俩哪儿碰头?"

石毅想了一下:"你家吧。"

"啊?"英鸣有点意外。

"我现在看见人多的地方就头疼,要不我家也行。"

手机那头的人忍不住笑了一下。

似乎是想象得到现在石毅的情况有多糟,英鸣敛住笑意答应下来:"行吧,听你的,你说哪儿就哪儿,那我先回家,你自己过来吧。"

早就熟门熟路了,也不需要特别交代。

"那好,一会儿见。"

"嗯,一会儿见。"

挂了这通电话,石毅看着窗外,不自觉扬了下嘴角。

似乎,每次只要他电话找到了英鸣头上,对方都不会让他失望。

石毅到英鸣家里的时候,他连门都没关。

省去了敲门的动作,石毅很干脆地推门就进屋了,看见英鸣正从冰箱里拿红酒出来，不禁扬了下眉："你还搞得挺正式的。"

"那是，招待你石大公子，太随便了怎么好意思见人。"

英鸣一边说一边把红酒拿出来用布包好了放在桌上，然后用海马刀打开："这酒最好醒一个小时，一会儿喝正好。"

石毅走过去看了一眼："哟，还是名庄酒。"

"这酒收了好几年了，一直也没打开喝。"

英鸣开酒的动作很漂亮，看样子是专门去学过。石毅环胸站在旁边："看来我今天捡了个便宜。"

"本来酒就是给人喝的，自己喝味道不对，正好你石公子赏脸嘛！"英鸣笑着开了瓶塞，然后把酒放在桌子上，拿过旁边一瓶已经打开的酒倒了一杯递给石毅，"先尝尝这瓶冰酒吧。"

石毅接过抿了一口。

"不错。"

他说是过来喝酒的，英鸣还真的是准备得挺齐全，干白干红都开了，桌上放了一点大概是路过买的西式糕点，看样子就差一个烛台了。

本来石毅路上还有些气不顺，看到英鸣这么倒腾，有点微妙地就笑了。

"你今儿不用开工？"

"当然要。"英鸣看他一眼，"我晚上本来有场夜戏的。"

"那你出来不是耽误了？"

话虽然是这么说，石毅倒是没有半点不好意思的感觉，拉开椅子坐下。

英鸣抿了一口冰酒，然后满足地微微眯上眼睛："我跟导演商量了一下挪到明天了，你电话都打到我这儿了，估计是实在找不到人了吧。"

他语气里有几分调侃，却没有什么恶意，他说完了睁开眼笑了笑："而且刚好我下午馋酒了。"

"你酒量不错。"

石毅说的是肯定句。

他之前几次想用酒让英鸣难看都没能得逞，大概也知道对方的酒量不会一般。

英鸣没承认也没反驳，只是晃了晃手上的酒杯："我成名开始就在酒桌上泡着了,那时候应酬也多,无论是碰到老板、经纪人,还是记者,约你都得喝两杯。"

不过男人本来对酒精的接受度也比较高,石毅其实喝酒也很早。

"我开始接触酒的时候,还没有所谓的红酒呢。"

饭局跟一般的酒席还不太一样,一般没有红的只有白的,还都是用碗喝,那是一桌一桌轮着敬。

用他父亲的话说,石家出来的哪有不能喝酒的!

就跟不会喝酒是犯罪一样。

英鸣完全能理解石毅这句感慨,他笑了一下:"我演的第一部电影就是纨绔子弟,虽然不能说完全还原,但是怎么也还是有点靠谱的吧。"

"何止靠谱,是非常有谱,我那时候对你印象很深的。"石毅记得看那部电影的时候,自己刚好也是差不多的年龄,电影里反映的那种心态,跟他本人很像,所以别人看完了就是图个热闹,他却一直记到了现在。

那种一直被压抑在父辈的光环之下,不停地承受着攀比的压力和无形的较劲,无法挣脱出那种环境的迷茫,几乎都是他经历过的东西。

"我觉得你演戏挺好的。"有点突然地这么插了一句,石毅看着英鸣,"我那天把你所有的电影都看了一遍,反正我挺喜欢。"

他对面的英鸣愣了一下,然后扬起眉:"你早说啊,我用手机录下来。"

"我挺认真的。"石毅竟然又重复了一遍,"我觉得你演戏很好。"

一时间,屋里气氛有点别扭。

英鸣没想到石毅冷不丁地会这么说一句,两人面对面坐在桌子两侧,桌上两瓶酒,头顶一盏灯,光线不算很充足,昏昏暗暗的。

英鸣轻咳了一声,不是太自在地转过头:"嗯……谢谢。"

虽然这种称赞也算是听过无数次了,但是今天石毅这么说出来,总觉得有点不好意思。

英鸣找不到什么话去接,也就只能不吭声地喝酒。

两个人对着喝了一会儿,英鸣才站起来:"你要不要看点什么东西,光喝酒,也挺闷的……"

"你这儿都有什么?"

"我平时看老电影多点。"

英鸣虽然是演员，但自己其实不是太爱看电视或者电影，他平时看新闻和体育台多一些，那些 DVD 买回来多数都是为了研究其他人的演技特点。

他不是学院派，很多东西要靠自己去悟的。

石毅看着英鸣在那边翻翻找找的，探头看了一眼，很突然地想到什么，说："英鸣，你这里有《痞少》那部电影吗？"

"啊？"正在 DVD 柜前找碟的人一回头，"你要看那个？"

"嗯，既然说起来了，有点想看。"

那个 DVD 很明显英鸣肯定是有的，但是，他总觉得自己跟朋友一起看自己演的电影有点奇怪。

尤其那时候他还稚嫩得很。

找东西的动作犹豫了一下，英鸣没动。

倒是石毅索性站起来也往这边走："要是没有的话，我回家拿一趟？"他家里有。

英鸣当然不可能让石毅回家取了再回来看，带了点尴尬地摇了摇头，最后他还是把那张已经有段时间没有看过的碟片抽了出来。

"我大概从二十岁之后就没看过这个了……"

人老陷在回忆里，会逃避现实中的生活，英鸣有一段时间很喜欢回顾这些旧的电影，但是当发觉到回忆得越多，只是让自己面对现在的情况更加烦躁时，也就不再尝试了。

打开 DVD 机，英鸣拿着遥控器退到沙发边上："你就算想笑也别当着我面笑。"他转头看了一眼石毅，"我刚喝了点酒，比较容易控制不住自己的情绪。"

后者被威胁得笑了一下，走回去把两杯酒端过来放在茶几上，然后坐到英鸣旁边："我还以为你一直都是那副自恋到欠抽的德行。"

结果英鸣只是挑了下眉角："我自恋可以，但是你就不行。"他把遥控器放在茶几上，往后一靠。

参演电影《痞少》时的英鸣，眉宇间的桀骜毫不掩饰。

石毅其实也很久没有看过这部电影了，严格说，他大概看的最后一次比

179

英鸣还要早。

但是很奇怪,剧情什么的他记得很清楚,甚至会在看到熟悉的地方,指着跟英鸣说,他还记得接下来的剧情发展。

因为到底是旧电影了,画质远不如现在的这些高清电影清晰,带着挺重的胶片感,仓库偌大的空间之中,也就只有后面餐桌上的吊灯和电视画面的光线,映着两个人的脸上各种色彩的变化。

最初英鸣还有些尴尬,看到后来也跟着笑了。

过了这么多年再去看当年的作品,感觉可笑的地方很多。哪怕是明明正经的地方,也都透着一股滑稽。

反而是他旁边的石毅看得很认真。

剧情前半部分比较轻松的地方石毅还有心思说两句闲话,看到后面,已经差不多投入进去了。

看到英鸣演的那个角色被自己父亲扇了一巴掌的时候,石毅很突兀地笑了一下:"你知道吗?我有过完全一样的经历,那时候,我看着这个电影,就觉得你在演我。"

负气,自傲,目无一切。

心里那点是非观挂得比天还要高,看不过去的东西都要去管,也不掂量自己的斤两。

英鸣转头看了一眼石毅的侧脸,对方没回头,只是盯着电视,表情有点恍惚,眼底的神色满是复杂。

电视上,那个少年因为家人的呵斥而含着眼泪。

电视外,英鸣看着那个似曾相识的自己,却只觉得很遥远。

"我一直跟自己说,我想要的东西,我就要靠自己的能力去争取,别人的话,愿意听的我就听,不愿意听的,我就当作是放屁。反正,我本来也不是为了争给别人看的,我做是因为我想做,谁也不能勉强我什么,爷我不高兴了,就撒手不管,谁也不能把我怎么样。"

石毅说的时候语速很慢,嘴角挂了那么几分笑,也不知道是说给自己听的还是说给英鸣听的,一直也没转头:"还在念书的时候,就一堆人在你耳边唠叨,说社会是有多复杂,人际交往是有多麻烦,创业有多艰难,规则有多黑暗,结果等真毕业了,发觉其实这些道理连街口懂得砍价的小学生都会,话人人都会说,做起来却没几个人会办人事儿,吃亏谁都不乐意,但是占便宜傻子都会。"

石毅说到这里微微皱了下眉:"可是我就不乐意去按照那套路子走。"

他终于长出一口气,慢慢卸下那股不知道跟谁较劲的力道,将自己慢慢地放软在沙发里,闭上眼睛。

"我知道哪儿都有规矩,你们娱乐圈有,我们做建材行的也有,但是,需要遵守的东西你去遵守,不需要的,妥协就等于承认自己是孙子。不是每条路都能直着往目的地走,可你兜个圈子,也未必就走不到。我宁愿跑得比人累,也强过了要跪在车上被人拉着走。"

然后,他很突然地转头看着英鸣笑了一下:"怎么样,哥们儿帅吧!"

英鸣坐在旁边扬了扬眉,点头:"帅。"

电视上,刚好演到少年站在街头,冲那辆疾驰而去的吉普咆哮:"你们以为自己一个个人模狗样的就比谁高尚了?我呸!我告诉你们,我就是不屑你们这套东西,什么叔叔伯伯的,我打心眼里看不起你们!"

英鸣指了一下电视:"怎么样,兄弟我也不差吧。"

石毅点头:"比我帅。"

然后,两个人一起笑了。

笑得很大声,甚至盖过了电视里的声音,在仓库里荡着那股回声,交织在一起,难分难解。

那天后来到底两人喝的是什么酒,石毅和英鸣都记不清楚了。

反正最后差不多英鸣把家里所有能找到的酒都给开了,七八瓶都是空的。

隐约记得,喝到最后两个人都疯疯癫癫的,石毅不知道自己干了什么,第二天早上起来头痛欲裂,什么都想不起来。

英鸣早上还有戏要赶,没有等他起来,但是留了字条说厨房里有吃的。

石毅觉得做人能像英鸣这样头天喝到东南西北都找不到,翌日一早还能清醒地做好早饭去开工也是一种本事,他一边叼着简易三明治感慨,一边顺手帮英鸣收拾了一下被两人折腾得乱七八糟的客厅。

其实他连自己屋子都没收拾过，但是就觉得这么走了不太合适。

沙发上散落了很多东西，石毅把外套顺手捡起来的时候脑子里突然闪过一些片段，但是再往下想的时候，那股头疼感又侵袭上脑，努力了一会儿最后只能放弃。石毅有点无奈地坐在沙发上缓了一会儿，印象里上次喝到这种程度，大概是他大学毕业的那天了。

"真要命……"这德行怎么去公司。

石毅扶着额头晃晃悠悠地站起来，最后实在没办法决定临时在英鸣家洗个澡，他现在回家有点太远了，而且脑子不清醒，他也有点不太敢开车。

工作每天都要做，命横竖他只有一条。

结果英鸣家的浴室还挺高级，石毅对着那些东西研究了半天才终于打开热水，当水汽腾起的瞬间，他突然觉得眼前有个挺朦胧的影子一直晃，他捉不着也看不清，等到再想深究的时候，又被宿醉的头晕打败了。

后来石毅再打电话给英鸣，基本上都没人接。

估计他在赶戏，石毅试了两次之后也就放弃了。

一连两三天石毅都很忙，也就没有时间再去搭理英鸣。

他跟刘莉的事，暂时的处理办法也就是冷一段时间。

彼此都没有再怎么联系，了解差不多都是通过电视上一直在播的刘莉的近况。这场炒作的风波随着电影的上映只是变得更加疯狂，到最后的利益所得者明显不是刘莉，因为媒体的话说得越来越难听。

石毅通过自己的渠道帮她压了一部分，但娱乐圈里的规则不是那么好插手的，石毅管得了一部分，但是管不了全部。

一直到看到刘莉表示再有这种虚假新闻她就要诉诸法律的时候，石毅才给她打了一通电话。

"需要我帮忙吗？"

这么多天第一次联系，不得不说还是带着几分尴尬的。

刘莉那边有点吵，不知道具体是在什么环境下，接到石毅的电话可能也有些意外，只是很轻地笑了一下："说要找律师也就是个说辞，不会真的找的。"

"其实，这种情况你可以处理了。"

"放心吧，我心里明白会到什么程度，电影下映了自然就过去了。"刘莉的语气还算轻松，所以导致石毅在这边眉头皱得越发的紧。

后面也就没什么话可说了，石毅挂了之后靠在办公椅上不吭声。

明显，他和刘莉所追求的东西，是不一样的。

他所看重的，恰好是刘莉排在最后的，而他一直以来所抗拒的，则是刘莉最想要得到的东西。

他们两个在一起，谁也给不了对方想要的。

所谓道不同，不相为谋吧。

石毅打算这部电影结束了就找刘莉谈谈，把两个人的事情说清楚。虽然上次有些不欢而散，但是就这么随随便便地分手也不是他的风格，至少，不做任何尝试就直接放弃不是他石毅的风格，他希望所有的事，都是有始有终的。

他的情况，并没有跟英鸣提过，包括那天晚上两个人喝得酩酊大醉，也没有人提起他跟刘莉的事。

但是石毅心里有数英鸣肯定知道，事实上，英鸣也确实知道。

不说刘莉这次的新闻炒得有多大，就说王义齐成天在他耳边唠叨来唠叨去的，他也不可能全无所知。

特别是王义齐的转述一般都带着自己那点冷嘲热讽的幸灾乐祸。

"我从最初知道石毅和刘莉搅和在一起就明白绝对是个悲剧，就他这样的二世祖能搞定刘莉这种女人才是都市神话，跟刘莉比起来，石毅压根连毛都没长全。"

王义齐把手里的八卦报纸随手一扔，嘚瑟地晃荡着二郎腿："看着人五人六的，其实还不就是很傻很天真。"

他评价完，英鸣回头看他一眼："你怎么都闲到一天到晚看着这些东西打发时间了，昨天一场戏你NG了十几次，就也好意思。"

"浑蛋！"王义齐不满地皱了下眉，"英鸣你现在怎么成天跟兄弟我过不去。"

英鸣都懒得搭理他，懒洋洋地回了一句："我是跟你的NG过不去。"

不过王义齐最近的状态是有点不对劲，以前合作，从没见他有这么不着调的时候。

英鸣干脆转过身："你最近到底怎么了？"

对方没立刻回答他，沉默了一会儿，然后有些烦躁地摆了摆手："没事！"

看他这样，英鸣也没继续追问，只是扬眉拍着他的肩膀："有事你就说，别成天闷在心里头，小心憋出病来。"

"你以为我是你啊？"

横了英鸣一眼，王义齐有点无所谓地站起来耸耸肩，然后视线往外一扫，冷笑了一下："比起我，我看你先担心你的小弟吧。"

英鸣闻言回头，看见王乐站在化妆间外跟他打了个招呼。

瞬间，他表情也有点僵硬："不是吧……"

他现在终于体会到了之前王义齐那避之唯恐不及的心理，王乐黏起人来也确实有点可怕。

王义齐有点恶意地弯下腰，挂着一抹有点荡漾的笑容把下巴靠在英鸣肩膀上："哥哥我早就提醒过你小心，你就是不当回事，现在知道有多苦了吧，晚了！"

他说完还有点风骚地眨了下眼睛，英鸣瞪了他一眼，眉头皱得很紧。

看英鸣这副样子，王义齐难得好心地微微直起身："算了，看在一场兄弟，我就帮你想个办法吧。"

他这话说得英鸣有了一种很不好的预感，他有些戒备地看着王义齐："你又想干吗？"

"再骗他一下！"

一句话说完，王义齐控制着距离，两人甚至都不算太近，但是从王乐那边的角度看，两人似乎黏在了一起，尤其王义齐的表情一脸坏笑，交头接耳仿佛在讲王乐坏话。

等到英鸣反应过来把两人的距离拉开，下意识地一回头，发觉王乐身后还站着一个人。

石毅今天是跟王乐一起来的。

结果刚好就撞见这么一幕。

一瞬间，似乎所有人的表情都有些扭曲。

王乐一脸不敢置信地瞪着英鸣和王义齐，那副五雷轰顶的样子就跟眼见着世界末日了一样，而石毅的表情则是要杀人一样的暴戾，整个人罩着一层压抑的气场。英鸣下意识地站起来，本来想说点什么，最后还是没开口。

这时候，说什么都觉得别扭。

倒是王义齐很坦然地搂着他肩膀，一脸欠抽地扬着下巴："怎么，没见过人对戏啊？"

王义齐这话其实是对着石毅说的，结果最先惹火的反而是王乐，就看见他速度很快地冲过来，直接一把掀开王义齐。

歇斯底里得让化妆间外的人都吓了一跳。

不少人好奇地往里看，却一时搞不清楚这是怎么回事。

王义齐被王乐这一扯差点撞到旁边的化妆镜，他狠狈地稳了一下身子："你想谋杀啊！"

王乐俨然如同斗鸡一样把英鸣挡在自己后面："王义齐，你不准碰他！"

"呦呵，你说不碰就不碰了？我俩拍戏演的就是一起的，你管得着嘛你！"

本来王义齐对王乐就一肚子火，现在被掀开得差点摔了脾气也上来了，明明幼稚到了极点的事竟然真的较真一样地跟王乐嚷嚷，被当作两个人吵架中心的英鸣有点无语地回头看了石毅一眼，觉得滑稽可笑到了极点。

但是石毅脸色很难看，还没等英鸣开口说什么，石毅很突然地走过来一把扯上王乐："别在这儿丢人了，跟我回去。"王乐被拽着还不肯走："不行，我要留着。"

"留什么留！走！"

后面那个走字，石毅也差不多是吼出来的。

王乐其实也没见过石毅发这么大的火，一时之间也被吓到了，愣了一下只能任由石毅把他扯了出去，留下英鸣和王义齐两人对视了一眼，几乎是同时，叹了口气……

第八章

结束、开始

石毅把王乐拽出来,也没回家,而是拉着人跑到一家酒吧里去喝酒。

王乐根本不知道看石毅的脸色,一直到看着石毅喝上酒,还在有些不满地抱怨:"你干吗要把我拉出去,我还有话要跟英鸣说……"

结果他不说还好,一说石毅心头那股火烧得更厉害了。

"我说你一天到晚的就不能做点正经事吗?过年的时候王叔还跟我说不知道该让你干点什么,毕业也这么多年了,一直成天东晃西晃的,竟然还跟家里闹掰了,王乐,你脑子是不是真的进水了?还倒得出来不?"

石毅这些话其实在心里也算是憋了很长时间了,今天契机有点莫名但是早晚也得说,话一开口也就收不住了,他索性转过身看着王乐:"你家里惯着你,从小到大都随你折腾,可怎么说你也这么大人了,我说你做事能不能稍微靠点谱?为了个骗子要说法成天往剧组里钻,疯了?"

王乐皱了下眉:"我不是为了王义齐。"

"我不管你是为了谁!"

石毅仰头灌了一口酒,把空杯往吧台上一放:"总之剧组你以后不准再去了,不然我就跟你爸说,让他送你出去念书。"

"为什么?"王乐有点急了,"我去剧组又没碍着你什么事儿。"

"你成天这样我看不惯。"

还没等王乐反驳,石毅身后突然多出一句调侃:"我说是谁又吼又叫的,原来是石大公子啊……"语气很酸，带着一股让人很不舒服的讽刺。

石毅皱眉一回头，发觉眼前这人只是有点眼熟，但是记不起来在什么地方见过。

本来心情就不太好，他不怎么客气地甩出去一句："你谁啊？"

他这么一问，对方有点难堪。

跟在来人身后的还有两个男的，看着像是跟班一样的狐朋狗友，见到石毅这种态度，赶紧往前凑了一句："石毅，你也太目中无人了，连赵爷都不认识？"

赵爷？

看着毛都没全呢也好意思出来充爷？石毅觉得有点可笑，他歪着头扫了来人一眼，唇角挂起一个弧度："城大了就是什么鸟都有，猫猫狗狗的都能出来叫一声爷，不好意思，恕我孤陋寡闻了，还真不知道你是哪一号里出来的。"

对方终于脸色冷了下来："赵子聪。"

三个字报得挺有气势，不过石毅一开始依然没想起来，他甚至皱眉犹豫了一会儿，才终于在记忆的角落里挖出来这人就是跟刘莉传绯闻传得漫天飞的那位富二代。

不想起来还好点，现在想起来，石毅态度更差了。他把空杯往酒保那边一推，看都不看赵子聪一眼，只是语气不善地回了一句："干吗？"

那个刚才叫出赵爷这个可笑称呼的跟班率先嚷嚷了起来："石毅，你也太嚣张了！"

这大呼小叫的架势，就跟电视剧里那些动辄哭天抢地的喽啰一样。

石毅转头扫了他一眼："你拍戏呢。我没空搭理你，有话快说有屁快放！"

赵子聪看着石毅，眼底都是针锋相对的敌意。但很诡异的是，他竟然没有当场闹起来，反而是冷笑了一声："既然人家石公子没空搭理我们，何必在这边自讨没趣。"然后随手招呼了一下身后的人，就近坐在了离石毅和王乐他们不远的地方。

所谓冤家路窄，说的也就是这种情况了。

石毅一肚子火还没地方发泄，就碰到了赵子聪这个他横看竖看都顺眼不了的人，只觉得今天什么事都跟他过不去。

上午王乐给他打电话，本来是让他帮忙弄两张票，他随口问了一句是干吗的，王乐告诉他因为英鸣想看。

但是石毅第一反应是英鸣想看为什么不直接来跟他说，还需要绕一个王乐。

这只是当时的第一反应，后来转念一想就猜出来这事英鸣应该是不知道的。

后来王乐说要来取票拿给英鸣的时候，他也就跟着一起来了。怎么说，那天晚上他都在英鸣家折腾得够呛，之后也没再碰头，朋友之间也确实挺久没见了。

以前在石毅的概念里，从来没试过说有一个朋友或者哥们儿是隔了几天不见就非得打个电话聊两句，或者非得出来吃个饭的。

说得简单点叫矫情。

两个大男人除了借酒浇愁的时候，哪那么多闲心思凑一块聊这聊那的。

但是偏偏就很怪，他就喜欢跟英鸣在一块待着。哪怕话不多说，光对着喝酒他也觉得心里舒坦。

现在这样的都市里，能找个志同道合的朋友不容易，石毅觉得自己算是比较走运的，跟英鸣这份友情，他看作一种缘分，哪怕是有点神来一笔，但是他觉得值得去珍惜。

他怎么都没想到刚到片场就看见那么一幕。

坐在这边喝酒，他满脑子还在琢磨为什么英鸣会有王义齐这么个傻帽朋友，看起来感情还挺不错。

——简直有病！

石毅愤愤不满地闷头又喝了两口酒，脸色极差导致王乐在旁边也不敢吭声。这酒吧里人来来往往的很杂，王乐觉得没事儿干就掏出手机来发短信，旁边石毅喝酒他也不搭理。

但是，刚刚坐在他们隔壁的赵子聪却没这么安生。

酒吧里本来很喧嚣，哪怕是挨着坐也未必听得到别人说的是什么，偏偏赵子聪每句话都非要提高了声音去嚷嚷，哪怕是想忽略都不太容易。

"你们以为娱乐圈里的人有什么好鸟呢?我告诉你们,就算是些大明星,给点好处一样跟你上床,名声值几个钱啊,人家不怕。"

他这句说完,旁边立刻有人笑嘻嘻地接上:"赵爷这说的是你那个新女友?"

"呵呵,你们也太高抬她了,那就是个小模特,伺候得我高兴了,当然就有出头的机会。"

"您这言下之意,是玩过更高档的?"

"影后算不算高级?"

赵子聪这句话说出口还伴着一阵大笑,语气里渐渐都是鄙视的下流腔:"人前装得跟什么一样,人后还不是说两句就答应了,多大的明星都是一个德行,电影上能脱给那么多人看,底下还会刻意遮着吗?"

"那赵爷你就说说到底是谁呗。"

问的人其实是存心的,话说到这个地步,就连王乐都猜到赵子聪说的是谁了。

果然,下一刻他故意冲着石毅的背影,冷笑了一下:"刘莉啊!认识吧!"

几乎也就是在赵子聪话音刚落的时候,石毅手里的杯子直接砸了过来。

没有打到赵子聪,但是旁边他那个跟班就没这么走运了。

杯子直接撞到额头,血当时就出来了。

旁边有人看见这一幕,惊得叫了一声,然后王乐就目瞪口呆地看着从小到大最能压得住火的石毅跟赵子聪那边的人扭打在了一起,一时间桌子椅子什么的倒了一地,旁边的人都很识趣地避开了,但是也没人立刻报警。

酒吧里的酒保服务生什么的倒是在旁边喊了几句别打了,但是也没人搭理。

石毅其实长到这么大,真正上手打架的时候不多。

他这样的人,但凡心里不痛快,多的是办法可以发泄出去,哪怕真要找人麻烦也犯不着自己动手。

但是今天赵子聪撞到了他枪口上。

刘莉跟他到底分不分的单说,就光冲着两个人在一起这么一段时间,他也不可能坐着听赵子聪这么说。

尤其是赵子聪这话说出来,本身就是为了挑衅他的。

忍得下这口气,他也不是石毅。

但凡在酒吧里打架,可以利用的东西一般都很多。

石毅下手很重,抄起什么东西都敢往下砸,何况他身高体形都比赵子聪这样的败家子结实多了,就算是三对一,除了偶尔被打两下,基本上从头到尾都占着上风。

可多少还是挂了点彩。

王乐在旁边已经被吓傻了。

他甚至连拉架都不敢,看着石毅被人打倒,然后挣扎着起来再把对方打倒,你来我往的,一身狼狈。

直到后来那个最初被石毅用杯子砸破头的人流的血越来越多,直接抓着一个围观的人喊着:"报警啊!叫救护车!"

人群中才有人慢吞吞地掏手机出来打电话。

这下王乐终于有点反应了,他扑过去直接抢人家的电话:"不要报警!"

被他和石毅的父亲知道他们在外头这么打架,回家绝对都得倒霉。

但是他这么一抢,反而把对方吓了一跳,往后避了一下,报警的电话就直接拨出去了。

王乐急得快哭了,眼见石毅那边打得理智全无,手机什么的也被甩出来摔在地上。

下意识地,他小心地过去捡了起来。

翻开手机第一个号码就是英鸣,他连想都没想,直接一通电话打了过去。

英鸣那边接得也快,因为以为是石毅打的,招呼的还是石毅的名字:"石毅,你没事儿吧?"

王乐就跟抓着救命稻草一样死死地攥着手里的手机,哑着声音吼了一句:"英鸣,你快过来,阿毅出事了!"

英鸣一开始听到手机那头王乐又哭又号地说石毅出事儿的时候,整个脸色都变了。

王义齐吓了一跳，从来没见他脸色难看成这样。

英鸣跟剧组请假说临时有事要处理，甚至没管身后王义齐一直的追问就蹿上车走了，一直到快飙到酒吧了，才听懂王乐的意思是说石毅在酒吧跟人动手了。

他还愣了一下。

从来没想到石毅这样的人会在公众场合跟人下手打架，总觉得很不可思议。

不过，这想法也没停留多久，他在酒吧门口看到有记者车的时候，第一个反应是石毅被人卖了。

他抢了几步闪进酒吧，几乎一进门就钻进一群人围观的中心，不管其他人的反应直接从后面架住石毅，拉了人就往外拽。

英鸣力气不小，石毅被他一扯差点摔地上。

打架打一半突然被人强行架开，石毅火气也不小："谁啊，找死啊！"

英鸣脚下连一步都没停留："石毅，门口有记者，你赶紧先走。"

大概是因为英鸣的声音太熟悉，终于让已经打得有点红眼的石毅怔了一下，反应过来。

他勉强撑着自己站好，回头看了一眼："英鸣？"

本来想问英鸣怎么在这儿，但是旁边拽他往门边走的人根本没空跟他解释："这酒吧后面有门，你赶紧先从后门走。"

但是石毅在被他推出门之前还是拉住他问了一句："你刚才说有记者？"

"嗯，肯定是跟你动手的这拨人找来的，你别惹麻烦。"

本来之前石毅和刘莉那些事就炒得够过火了，要真是被记者拍到石毅和赵子聪在酒吧打架，那指不定要闹出多大的动静，估计说得再难听的都有。

英鸣这个考虑石毅明白，但是他也不能就这么闪人了事，他皱了下眉："我走了你怎么办？"

"我一个过气演员被拍到夜店里打架最多也就三天肯定过去了，还能折腾多大？"

就像他之前说的，艺人这个身份有时候无奈的地方就在于不怕坏新闻，就怕没新闻，虽然这事肯定不会被写得多光彩，但他出来顶总强过石毅被摆上台。

看石毅还不肯走,英鸣干脆急了踹了他一脚:"石毅你别这时候犯二,你脸面不要了你家里脸面你也不要了!"

这句话终于算是给了石毅一个理由。

他犹豫了一下,最终还是看了英鸣一眼,然后从后门走了。

酒吧里因为变故来得太快,很多人没反应过来怎么回事,赵子聪挣扎着追到这边,看见英鸣,立刻表情狰狞地嚷嚷要去追石毅,然后英鸣二话没说回身就直接揍了赵子聪一拳。

旁边不少人都没看懂这是什么情况,赵子聪本来之前挨石毅打了一顿就有点撑不住了,现在英鸣不分青红皂白就动手,他整个人跟疯了一样扑上英鸣就开始连打带踹。

不过他身手不如石毅,当然更不如英鸣。

除了口上歇斯底里的怒吼声,旁人只能看见他一遍遍地冲上去然后再被英鸣揍开,一直到警察到场的时候,差不多都是这个情况。

做笔录的时候,英鸣承认得很干脆,就是他动手打人的。

赵子聪已经被送到医院,旁观那些所谓的证人看出戏看得云里雾里的,因为都不太想惹麻烦,警察问的时候,也多数就是一句:"都没搞清楚怎么回事,他们就打起来了……"

这话也是实话,因为英鸣到底为什么会跟赵子聪动手,谁也没看明白。

但是这家酒吧的老板跟英鸣是熟人,不然英鸣也不会知道酒吧里有个后门。后来老板和服务生,酒保这些人做笔录的时候,都刻意隐瞒住了石毅那段,话里话外的意思都是赵子聪和英鸣喝多了,可能有点误会才会导致动手。

那些等在门口的记者,想当然拍到的也是英鸣被警察带走的镜头。

王义齐他们后来听说英鸣跟人打架闹上警局这件事的时候,都以为是搞错了。

"开什么玩笑?你说他在酒吧跟人打架?"

这也忒扯了!

结果记者还是一个劲地问他们剧组的人到底知情不知情,王义齐后来火大了直接把人拨开,都没搭理就钻上化妆车了,然后就开始狂打电话给英鸣,可是手机一直是打不通的状态。

他后来找到了寇京和耗子他们，确认过了才知道英鸣是真的因为酒后闹事被关了，现在情况还不清楚，但是寇京已经找律师了，正在办手续。

"跟英鸣打架的到底是什么人？"这件事怎么想怎么扯，王义齐又不是第一天认识英鸣，这人就算真要跟人打架，也不可能会打到进局子啊！

那边寇京在电话里犹豫了一下，然后才告诉他："听说是赵子聪。"

寇京这么一说，王义齐就明白了。

要不是现在外头那么多记者堵着他脱不了身，他真的很想把石毅抓出来揍一顿。

"现在剧组里一堆记者来找麻烦，我估计暂时走不掉，你们那边有什么消息记得告诉我，需要帮忙的话，给我电话。"

"放心吧，事情弄得并不算大，我搞得定。"

寇京语气还算轻松，他跟王义齐简单地说完两句就挂了，因为还要等律师的信儿。

但是跟王义齐说是这么说，其实寇京打电话的时候眉头都是拧着的。

英鸣这件事如果是跟一般人起了冲突，打一架，最多也就是在新闻这方面闹得动静大一点，其他方面不至于很严重。现在让寇京心里没底的是不知道赵子聪到底想怎么办，换了其他人还可以想办法谈和解的问题，最多就是赔钱，但对方是赵子聪这样的人，要怎么对付？

不过这些都是后话了，寇京觉得当务之急是先确保英鸣在看守所里没事。

那里头谁也没蹲过，但谣言真是听了不少，唯恐到时候真在里头搞出点什么事。

不过还好，律师很快就通知他可以去探视了。

虽然暂时英鸣不可能被放了，但是似乎警方也不准备追究得多狠。

他找的这个律师还是有些办法的。

他办好了手续，跟律师一起见到人的时候，英鸣状态还可以，起码还能冲他笑。

第一句话是问他："有烟吗？"

寇京当时都不知道该说点什么，把烟递过去再给英鸣点上。等到英鸣抽了两口,他才叹口气:"我说鸣子,你这到底是闹的哪一出啊?你怎么会跟赵子聪打起来的?"

英鸣咬着烟眯起眼睛笑了一下:"脑子抽了呗。"

"我也觉得你是脑子抽了!"寇京眉头拧在一起,表情不是一般的烦躁,"这事儿你现在到底是准备怎么办,赵子聪那种人,你惹他干吗?"

"没事儿。"

英鸣还是那副表情,手上戴着手铐,抽烟也不太方便。他有点费劲地抽了两口然后放弃了,有点无奈地摇摇头:"这玩意儿还挺沉的……"

电视上看着拿起来都挺轻便,实物真是勒得手腕发麻。

寇京整个人都快暴躁了:"英鸣,你是真不怕被关几个月是吧?"

寻衅滋事说大不大说小不小,现在罪证确凿的,如果赵子聪真的咬着不放,英鸣会很麻烦。

结果里头的人只是挑了下眉角:"我估计事情不会闹太大,赵子聪把这事闹开了他自己也没面子,最多也就是撒撒气关几天,没事儿。"

这年头还有谁愿意承认自己被人揍了的……

更何况是赵子聪这种人。

英鸣料准自己最多在这里被关的时候受点罪,但应该不会搞到坐牢那么严重。

再说他也多少有些关系和朋友在的,还不至于完全任由对方想干吗就干吗。

寇京知道自己说不过英鸣,最后只能咬牙叹口气:"反正,我们在外头会尽量想办法,也会交代一下,你自己多注意点,有什么情况,想办法跟我们联系。"

"嗯,行了。"

英鸣摆了下手,也示意寇京先走。

因为他现在不是被讯问调查,而是直接被人在现场抓了回来关的,所以程序上也没有那么多可以说道的地方。警局这边表示情况不严重,只要赵子聪不真的去追究,至多也就拘留几天。

而英鸣本来也以为,他怎么也得待上三五天的。

赵子聪那种人，受了气不会闹得尽人皆知但是也不会就这么算了，他其实是做好了心理准备的。

结果不到二十个小时，他就被放了。

当时是王义齐和耗子，寇京一起过来接的他。

王义齐脸色特别难看，那样子看着是恨不得跟他在看守所外头再干一架。

当然，英鸣知道对方是因为什么，所以他只是走过去拍了下王义齐的肩膀："行了，你值当吗？"

"你问我值当不值当？"王义齐扯着嗓子直接吼了出来，"浑蛋，你知道剧组那边因为你这件事都已经闹得快炸锅了吗？你要真被关两月，光赔钱就得赔死你！"

电影里演的动不动蹲号子进局子，但那说到底依然是电影，现实中摊上这种事，搁谁心里都不硌硬。

"我说你最近是不是真的撞邪了？"

王义齐说完英鸣就皱了下眉，结果还没等他开口，王义齐后半句话也囔囔出来了："我还告诉你，这段时间千万别让我再碰见石毅，不然我绝对跟他没完没了！"

英鸣听完这句话很轻地扯了下嘴角，王义齐旁边的耗子捅了他一下："你不用等下次了……"

寇京顺着英鸣的视线往后看了一眼，连带着王义齐也回过头。

石毅就站在他们几个后面，嘴里咬着一根烟，微微扬着眉："你要怎么个没完法儿？"

王义齐看见石毅也没什么好脸色，只是皱了下眉："你来干吗？"

"你来干吗的我就来干吗的呗。"石毅觉得王义齐这个问题有点可笑，咬着烟咧着嘴角，却没见多少笑意，视线转到英鸣的时候脸色终于缓和了一点，"怎么样，没受什么委屈吧？"

"没事儿。"英鸣挑了下眉角，"赵子聪那边，是你出面摆平的？"

但是这句话石毅没回答，只是微微皱了下眉，看得出来他心里还有事。

确认英鸣没什么情况，石毅就让王义齐和寇京他们把英鸣送回家了，他自己还有点其他的事要办,说稍后跟英鸣联系。

王义齐抱怨了一路。

"人是因为他搞进去的,他倒好,露个面人就闪了,什么态度!"

倒是旁边的寇京实在听不下去了,忍不住插了一句:"那你还想他怎么着?这事不是他,赵子聪那边没那么容易搞定的。"

"废话!不是因为他,英鸣还压根不会被弄进去呢!"

就算出面也是应该的,本来就是他搞的麻烦。

英鸣一直在旁边听着,也没管他俩,倒是跟他坐在一起的耗子扯了一下他胳膊:"英鸣,你这次搞得有点太大了,再怎么着也不该给石毅顶这个,万一被你家里人知道了,还不担心死。"

耗子就是六个句号乐队的主唱,跟英鸣认识其实是寇京搭的线,只不过英鸣严格说不算乐队里的人,只是偶尔串场做个嘉宾,他主职还是演员,大部分精力都放在了拍戏上。

英鸣抽着烟回头看了耗子一眼,半天才很轻地出了一口气:"当时没多想。"

耗子闻言扬了下眉:"没多想?英鸣……这可不像你……"

他们从认识到现在,在他心目中,英鸣待人接物一直都很成熟,英鸣确实很帮朋友,但是帮人也讲究方法,英鸣为了石毅把自己搞到进局子绝对不是这件事最好的处理办法。

事实上,不只是他,英鸣自己也想到了。

但是他依然只是靠着边上抽烟,前头寇京和王义齐掐得你来我往的,他都没听进耳朵里,看着车窗外头景色一直往后倒,恍恍惚惚的,没什么概念。

石毅要去处理的事,八成是跟赵子聪有关的。

英鸣叹了口气,他当时在寇京探监的时候说的那句话,其实是真心的。

为什么去打赵子聪……

他真觉得自己是脑子抽了。

不过其实石毅看完了英鸣之后,并没有去其他地方,而是直接回家了。

过了大概半个小时,接到刘莉的电话,问他方不方便见一面。

石毅说自己在家里,让刘莉直接过来。

两个人这还是从那次谈话之后,第一次见面。

石毅靠在餐厅旁边的吧台柜上抽烟,看见刘莉进来了,把面前的酒杯往外推了一下:"先喝口水吧。"

但是刘莉也没动,她把大衣放下,坐在吧台旁边,在考虑怎么开口。

她在考虑,石毅就等着,等到她想得差不多了,自己端起杯子喝了一口。

"我跟赵子聪,不是他说的那种关系。"

开口第一句,刘莉选择的是解释。

石毅点点头:"我知道。"

就因为他心里清楚刘莉不是赵子聪说的那种人,才会发那么大的脾气。刘莉会被说得这么难听,多少跟他是有关系的,毕竟如果赵子聪挑衅的时候嘲讽的是他,弄不好,他还不至于当众和他起冲突。

"石毅……上次我们说的那件事,我想,或许我可以尝试为了你……"她这话说得有点犹豫,或者说,有点勉强,但是最终还是抬头看着石毅,"如果真的要二选一的话,我也会做出选择的。"

她这句话,让石毅笑了一下。

虽然很浅。

他喝了两口冰水,然后放下杯子玩味地摩挲着杯沿,最后摇了摇头:"刘莉,你做不到。

"你做不到放弃你现在的生活,就跟我也接受不了这种事是一样的。"

怎么说都是在一起过,对彼此的性格,还是有一定了解的。

石毅话出口之后觉得轻松了许多,他长出一口气:"咱们两个本来就都是那种认准了根本不会改变的人,你想要的东西和我想要的东西,是不一样的。"

或许他们可以做朋友,但是绝对不适合做情人。

刘莉听到石毅的话,皱了下眉:"你已经想好了?"

"这种事其实不需要考虑多久的。"石毅的态度还算轻松,"能就是能,不能就是不能。"

他可以为了刘莉打架,但是两个人的感情,也就到此为止了。

赵子聪说那些话的时候,他就知道他跟刘莉压根就不会有结果,不仅仅是因为彼此的生活节奏完全不在一起,还包括他们的价值观,他们看待问题的角度和方式,性格上的不同可以磨合,但是这种东西,再过多久,不合就是不合。

既然是可以预见的结局,也无谓去浪费大家的时间。

基本上话说到这个地步,刘莉已经明白不存在挽回不挽回的问题了。

她有点无奈地笑了下,表情多少有些遗憾:"其实石毅,我对你的感情还是很认真的。"

"我知道。"石毅笑笑。

认真归认真,只是还有些东西是排在感情之上的。不仅是刘莉,他也是如此。所以刘莉的很多想法他理性上都可以理解,放在感情上,却没办法接受。

他了解这种人,却无法产生共鸣。

到底是谈论分手的气氛,怎么都带着那么一点难以释怀的情绪,刘莉本来还想说什么,但犹豫了一会儿最后还是放弃了,跟石毅这种人沟通,分寸是一件很重要的事,过了会引起他的反弹,少了又会耗尽对方的耐性。

但是,无论如何,石毅依然是第一个肯为了她跟人去打架的人。

作为演员,听过太多的赞美,也承受过太多的爱慕,刘莉的感情经历说出来绝对是很精彩的,几乎各种各样的男人她都见过,石毅不是里头最出色的,也不是最让她动心的,却是最让她想要抓住的。

赵子聪前前后后找过她很多次,说话一次比一次露骨,言下之意都是想要用自己这点家世背景和手腕,把她弄到手。

但是全被她拒绝了。

刘莉走到今天,这种事见过不少,也不是没妥协过,但是既然已经到了现在的位置,就也已经过了那种需要放弃某些东西往前走的阶段。

她愿意配合新闻炒作,考虑的是公司的立场,基于她自己,还不需要做到那种地步。

但是,显然赵子聪无法接受这个结果。

尤其是在知道了刘莉的男友是石毅之后,这件事更让他咽不下去。

他跟石毅都是一个圈子里的人,凭什么石毅可以他就不行?

所以，在酒吧里，他是成心闹得石毅难看，他只是没想到对方敢在大庭广众之下就对他动手，更没想到搞到最后自己碰了一鼻子的灰，却什么好处都没捞到。

石毅后来甚至搬出家里的关系直接找到了赵子聪父亲那里，赵子聪就算有心再干吗，也拗不过家里的压力。

刘莉知道石毅和赵子聪打架这件事的时候，很意外。

从关系不错的记者朋友那里打听到了事情的始末，听说了石毅是为了她才跟赵子聪动手，刘莉当时真的觉得自己震动了一下。

石毅这样的人，本没必要这样。

所以，在今天来找石毅之前，刘莉的本意其实是想跟他好好谈谈，对于以后的取舍不能说她已经下定了决心，但是，她是真的动摇了。

只不过，显然感情不是一个人的事，她想得再多，也不一定就是最后的结局。

石毅的态度在她的意料之内，却不在她的预期之中。

最后带着点悲伤的笑容，刘莉拿过刚才石毅喝过两口的杯子，将里头的冰水一饮而尽。

——果然是敬酒不吃，就要喝苦酒了。

刘莉放下杯子，看着石毅："那大家以后，还是朋友？"

"嗯，至少你邀请我去生日会的话，我应该不会拒绝的。"

她对面的男人爽朗地笑笑，一脸坦然。

刘莉沉默着皱着眉，半天都没有再做什么，屋里的空气让人觉得压抑，却没有了上次那种僵硬和尴尬。

过了大概有五分钟，刘莉终于微微有些释然地叹口气，转身去拿自己的大衣，临出门的时候，想起一件事："对了，帮我跟英鸣说声谢谢。"

新闻上已经爆出来这件事了，她也托了点人情，尽量让媒体不要提到石毅，反正他们也没拍到照片，没有证据，说出来也是惹麻烦。

只是英鸣这次大概会比较费事。

石毅对这句话只是挑了下眉，很简单地回了一句："不用。"在看到刘莉带着几分疑问的眼神后,很淡地笑了下,"这人情还轮不到你来领。"

刘莉闻言愣了一下,随即皱眉笑了一下:"石毅,再见。"

没等后者仔细琢磨这句话,她笑着挥了挥手,很干脆地离开了石毅家。

这段感情,正式,结束了。

赵子聪这件事,对石毅的影响是导致了他和刘莉的分手,而对英鸣来说,后遗症就是让他在剧组里的立场变得有些艰难。

首先是导演和制片两个人对这次的事非常不满,虽然英鸣回剧组的第一件事就是找这两个人道了歉,也解释了是因为某些原因才会演变到这种情况,但是依然没有立刻得到谅解。

"我当时用你,并不是因为你适合这个角色,而是因为你给我的感觉很认真,现在看来,是我当时看错人了!"

导演的怒意要比制片来得浓烈,因为毕竟当初英鸣是他选上的,现在耽误了工作不说,还搞得这么麻烦。外头的媒体写得天花乱坠,说什么的都有,甚至有人推测这个剧组里有人涉及黑社会,反正臆测不需要上税,怎么说吸引人注意就怎么诌。

英鸣面对导演的责难始终没过多辩解,也就是诚恳地一直认错:"导演,这次真的很对不起,是我个人的行为,我有欠考虑。"

"你这段时间没有戏的时候也尽量不要外出了,如果再有点什么事,谁也帮不了你。"

"嗯,我知道。"

导演来回地走了两步,皱着眉,看见英鸣一副认错态度良好的样子,火气刚压下去就又弹了起来:"我就搞不明白,你到底当时在想什么,跟人打架,还被当场抓了!"

英鸣来来去去就是那句喝多了,有点误会就打起来了,也不肯多说,他身为导演的立场,于情于理也不能就这么听完了就算了。

这顿骂足足挨了一个多小时,导演房间外头所有人路过的时候都能听见这位脾气本来也不算太好的导演的咆哮声,王义齐当时正在赶戏,但是不用问他也猜得到英鸣不会太好过。

一直到晚上的时候，两人才碰了个头。

不过英鸣情绪倒是还可以，正在跟旁边的助理聊天，被拍了下肩膀才回过头，看见是他笑了笑："拍完了？"

王义齐点点头："嗯。"

这两天他和英鸣的戏被拆开了，都是个人戏多一些，剧组外头现在成天蹲着记者，看见英鸣就跟疯了一样地往上冲，所以现在是他白天拍英鸣晚上拍，不能说完全避开，但总归还是少一点麻烦。

"你怎么样，被骂惨了吧？"王义齐虽然是问句，但是显然已经打听过了。

英鸣也没多说，就是笑了下："本来也是我不对。"

"你啊，就是凡事扯上朋友兄弟，你就容易犯毛病。"这句话，王义齐也不知道是感慨还是数落，他皱了下眉，但是最终没说什么。

其实，很少有人知道他跟英鸣的关系是怎么好起来的。

当时他俩合作，英鸣是他的男配角，虽然是他这个阵营的，对白和镜头却真的不算多，差不多就是穿插着起个推进剧情的作用，他当时听说这是个当年拿过奖的演员，一时还不太信。

他对英鸣那部电影其实印象并不深。

后来偶尔听人谈起，也都是说什么花无百日红的风凉话。

而且，王义齐自己当时也是风云得意的时候，看着英鸣一副谁都不放在眼里的德行，心里不爽也是想当然的。

剧组大部分演员都跟他关系不错，但是出去吃饭喝酒什么的，他跟英鸣却没什么交集。虽然也不能说关系紧张，但反正也没多近。

一直到后来他和导演的意见产生了分歧。

那部电影是为了他量身打造的，但是有段戏导演却认为用替身的效果会比较好。主要是那个动作有一定的危险性，而且真的完成的话，相对的成本会提高。

而他就认为亲自上才有效果。

这件事他跟导演当时争执得很激烈，后来是助理导演说了一句话，说一个人就算亲自上也不会让人觉得有什么，除非两个人一起做，但是如果他要亲自去完成，跟他一起的那个人就必须也得自己去做，不能上替身，而其他演员是不一定肯配合的。

他那时候找了一圈，没有一个人愿意。

结果就在他跟导演僵持不下的时候，英鸣有点意外地冒出来说自己可以试试。

王义齐当时也没别的选择了，就跟英鸣开始私下练。

练了整整一个半月。

不能耽误拍摄的正常进度，又要赶在杀青之前，那段日子到底有多辛苦，其实放到现在光说的话，别人是体会不到的。

但是最后他俩都做到了。

那个镜头拍完了，王义齐总觉得自己跟打了一场胜仗一样，不是针对其他人，而是对于自己。

虽然很可笑的是那个镜头最终还是被剪掉了，没用。因为导演觉得跟整个电影的感觉不太搭，他跟英鸣一个多月的玩命就这么付诸流水。

最后两人一起约着去看这部电影的时候，电影院里英鸣在他旁边说："其实如果用上那个镜头，感觉会更好一点。"

就这么一句话，他们两个后来成了很铁的兄弟。

两人认识了这么多年，英鸣这人简单概括，就是一个工作时候比谁都拼，生活中情义看得比什么都重的人。

但凡把事交给他了，他肯定不掉链子。

王义齐很了解英鸣的脾气，就是因为了解，所以现在他什么都说不了。

英鸣也明白王义齐的意思，理所应当地笑笑，他简单地回了一句："我没事儿。"

这些情况，其实他在派出所的时候已经都想到了。

当初选择帮石毅出来顶这事儿确实有点冲动，但是到现在，他并不后悔。由他出面，依然是把损失降到最低的方式，哪怕不是最恰当的，却绝对要比石毅搞进去来得强。

想到石毅，英鸣想起下午的时候接过对方的电话。

大体上是问他情况怎么样，最近还有没有空。

电话里的语气是有话想跟他说，但是英鸣最近实在腾不出什么时间了。

"过阵子吧。"

他当时是这么答石毅的,对方也没说什么,就只是跟他说如果有需要帮忙的地方,直接说。

石毅并没有特地跟英鸣去道谢,甚至都没解释那天他到底是因为什么跟赵子聪打起来的,他不说,英鸣就不问,本来"谢"这个字在这种情况下也就不值什么钱,石毅心里这份情已经领了,具体要怎么回,那是他的事。

王乐事后一直在追问他英鸣怎么样了,石毅也没说太多,看着王乐还往剧组跑,他这次也不拦了,就是偶尔会问问英鸣拍戏的进度。这电影虽然投资的规模不大,但是拍的时间并不算短,寇京跟他说因为赵子聪的事,英鸣可能会被责难,石毅当时皱了下眉,没说话。

媒体拿这件事做文章足足快半个月,等到这阵风头稍微下去了点,王乐挺激动地跑来跟石毅说,快到英鸣生日了。

他这一句快了,在石毅问到英鸣的生日后这么一算,整整还有两个月。

"你这也能叫快了?"

挂完了寇京的电话,石毅摔笔的心都有了。

结果他对面的人愣了一下,然后挠了挠头:"我也是听王义齐提了一句,我不知道还差这么多……"说完了,又补了一句,"不过,其实两个月也挺快的。"

忙着忙着也就过去了。

石毅已经不想再跟王乐算这种问题了,翻着日历画了个记号,他想起之前王乐说剧组现在也算是稍微清静点了,就给英鸣发了个短信。

他们俩那次事之后,多数是电话联系的。

有时候是他下班以后,有时候是英鸣中午休息的时候,说的内容也无非就是一些各自工作上的琐事儿。

英鸣回他回得倒是也快,直接问他时间地点。

他刚才发过去是问最近有没有空能出来聚聚。

王乐还在石毅跟前,看他发短信,问他是不是发给英鸣的。

石毅先是抬头看了王乐一眼,然后难得认真地说了一句:"王乐,我跟刘莉分手了。"

对面的人有点诧异地抬头："分手了？"

"嗯，因为我们两个想要的东西根本就不一样，勉强在一起，也不会有什么结果。"石毅看着王乐，"你也是，有些事再努力也不会有结果，何必这么折腾呢，你累，大家都累。"

王乐表情僵了一下，不甘心地咬着嘴唇半天没有回石毅，过了很长时间才轻轻咳嗽了一声。

石毅约英鸣的时间是晚上，寇京和耗子也都来了，本来说大家一起吃顿饭，但是英鸣后来打电话过来说他的戏可能要往后延，估计赶不上吃饭了，但是肯定过来。

所以后来一堆人又转战到了KTV。耗子怎么都是乐队出来的，现场演唱的功力不是一般的好，剩下两人就在旁边听着，不时地捧场鼓个掌。

石毅跟寇京坐得不远，耗子唱歌的时候，石毅捅了寇京一下："你跟英鸣认识多久了？"

后者想了想："有五年了。"

"英鸣就没有过女朋友？"

"啊？"

寇京实在没想到石毅会问这么个问题，他愣了一下，然后挠挠头："也有过吧，不过一般都交往时间不长。"

"为什么？"

"大概是他不太想找圈里的。"

严格说这话题有点诡异，寇京就算跟英鸣关系不错，也还没到对着他的感情生活问长问短的地步，最多也就是见他带过女伴儿，但是也差不多都有一没二，还没混熟就散了，感觉英鸣也不是太认真。

他答完了诧异地看了石毅一眼："你怎么想到问这个了？"

石毅倒是没什么特别的反应，就是耸了下肩："就是突然好奇了，没听他谈过这些。"

"鸣子从来不会把这种事说给别人听的。"寇京笑了一下，"那小子只要事关自己的私事，都不太会跟人提，投缘的能问出一两句，大部分都是被他忽悠过去。"

就一般的演员来说，英鸣绝对算是低调得不能再低调的那一派。

不喜欢被人探究生活，也不喜欢回顾过去。

明明有些经历拿出来是很好的专访题材，偏偏他就是不爱说。

所以寇京有时候给他拉活儿，都是找那些干脆利索，要干什么说得很清楚的，如果涉及媒体的部分，一定会跟英鸣说清楚。

不然这小子有时候会撂挑子。

石毅听到寇京这么一说，反而想起了拉力赛的时候两人在休息区的房间里聊的那些。

英鸣到的时候，耗子已经唱完了好几轮，实在没得唱了。

寇京据说先天嗓子有五音缺陷，念书的时候唱校歌都找不到调子，就更别提其他的了。石毅是死活不肯开口，麦克都塞到他手上了，还是稳稳的那句："等英鸣来了再说吧。"

茶几上放了好几瓶啤酒，已经被喝得差不多了，英鸣来了先要了杯白水，石毅问他要不要点什么饮料，结果旁边寇京插了一句："鸣子胃不好，碳酸饮料什么的几乎不沾。"

石毅扬了扬眉："你胃不好？"

英鸣："嗯，有点问题。"

英鸣脱了外套扔在旁边，然后撸起袖子："怎么样，最近还行吧？"

他这话是问石毅的，不过对方显然还停留在胃不好这个问题上："你胃不好还吃那么多？"

英鸣笑了一下："所以我光吃不长肉嘛。"

一般人觉得他这身材是锻炼出来的，其实跟他消化系统有点问题也有关联。

看起来挺能吃，但是吃多少下去都像进了无底洞，对他本身一点好处都没有。

石毅皱了下眉，没说话，那边耗子已经唱不下去了，自发自觉地点了几首歌："行了鸣子，到你了，我再唱明天都没法登台了。"

英鸣往那边凑了一下："你点了什么？"

"就还是那几首呗，你不是只唱那几首苦情歌。"

其实英鸣是个很喜欢唱歌的人，他对音乐的喜爱远超过他表现出来的，不过其实他唱歌的水平很一般，所以平时也最多就是哼哼，不太会唱词儿。

扫了一眼发觉果然都是自己比较熟悉的，英鸣回头看了石毅一眼："话说石毅你会唱歌吗？"

后者不动声色地喝着啤酒："会。"

寇京立刻旧话重提："那就合唱一个呗！"

本来以为石毅不太可能答应，结果没想到他啤酒喝完了把杯子放下，真的走过去看了一眼点歌的单子，从头拉到尾，他看一眼英鸣："你这么喜欢陈奕迅？"

点的差不多都是陈奕迅的歌。

英鸣笑了一下："错了，其实我最不喜欢他。"

"那怎么全是他的歌？"

还一水儿都是特凄惨的情歌，什么《十年》之类的。

英鸣因为这个问题皱了下眉，想了一会儿才勉强扯出一个答案："大概是因为……够苦吧……哈！"

这答案其实也实在称不上什么答案，不过本来这也算不上什么问题，石毅选了一会儿，最后点了一首："这个吧，相对还正常点。"

耗子把麦克递给他，英鸣试了一下旁边那个，等到前奏出来的时候，寇京忍不住皱了下眉："《好久不见》？！"

不过这时候已经没人搭理他了，第一段是英鸣唱的，他唱歌之前石毅听过，因为嗓子本来就有点低哑，所以唱歌有点慢，英鸣明显不是好歌手，即便是比较平的调子还是微微有些抖，相对他演戏时候的自信，整个人的气场都收敛不少。

旁边耗子和寇京起哄嚷嚷了一句，石毅也笑了。

总觉得，英鸣唱歌时候的感觉跟平时很不一样。

然后石毅一开口，其他人都愣了一下。

这世界上听过石毅唱歌的人，一只手绝对数得过来。

他平时遇到这种唱歌都是旁观的时候多，也没人有胆子撺掇他去唱歌，欧扬就算是跟他关系很好的了,也没有听过他开口。

但其实他唱歌很不错。

因为声线比较成熟,这首歌调子又不高,听石毅唱起来,隐隐有股很温柔的无奈。

英鸣在旁边扬了下眉:"不错啊。"

石毅只是看了他一眼,笑笑。

电视上,歌词一行一行地打,两个人合唱的时候,双男音叠在一起很有一种味道。

石毅其实只是听过这首歌,但是没怎么唱过,今天纯粹是一时兴起而已。

英鸣的声音配上《好久不见》的调子,唱歌都像呢喃,演员的声线运用起来就是比较微妙,哪怕调子节奏都不对,都能透出那么点煽情的东西,石毅不知不觉有些走神,轮到自己的那段时,都没接上。

一直到英鸣叫了一句石毅,他才反应过来。

旁边寇京和耗子一脸的诡异,看着石毅略带尴尬地咳了一声,接上后面的部分,断断续续地唱着。

几个男人凑在KTV里唱歌实在是件挺怪的事。

石毅合唱完那首,也就重新坐回去不再开口了,无论其他人怎么要求都只是摆手不吭声,后来英鸣自己唱了几首,然后一群人索性开了原唱,调小了声音在KTV里聊天。

等到时间差不多了,才是由石毅招呼了一声,说干脆散了。

寇京穿衣服的时候还在嘟哝:"我这辈子就干过一次这么傻帽的事,大晚上跟几个爷们儿缩包间里听歌聊天。"

旁边耗子打趣地插了一句:"反正听到石大公子开口了,也算是不虚此行。"

其实,今天晚上这局是石毅组的。

什么意思大家心里都有数,英鸣之前闹上警局那件事他们几个都有参与,今天除了王义齐不在,基本上人也齐了,哪怕是没人提当天的事,但是男人之间也就是这样,很多话心照不宣,知道是什么意思,也过去了,就根本不

207

需要解释。

他以前跟石毅不熟，经过今天晚上，倒是对石毅印象不差。

总觉得，这位所谓的"石公子"并没有一般富家子弟的那种嚣张跋扈，人虽然有点傲气但是不难接触，最难得的是说话挺言之有物的，不是那种不怎么动脑子就知道逗闷子的类型。

英鸣点了一根烟，抽了一口笑笑："有人请客吃饭唱歌你还这么废话，身在福中不知福，你小心走路挨雷亲。"

"喂！你就不能说两句好话！"

寇京一边说一边瞄了英鸣一眼，感觉他确实没被影响多少，也就放心了。

他在媒体圈的朋友不少，英鸣被砍戏的事他也听说了，但是并没有特地打电话去问，终究这事别人插不上手，英鸣既然现在看着没什么事，他们这群做朋友的也就不会再去提。

几个人往外走，到了门口才知道下雨了。

英鸣那句话竟然真说准了。

耗子笑了好半天才勉强止住，拍了拍寇京的肩膀："我看你以后还是少得罪鸣子，他今天都算是嘴下留德了。"

四个人只有两辆车，石毅和耗子是开车过来的，寇京本来就是蹭耗子的车，当然也是跟着他的车走，英鸣是打车过来的，外头这雨不小，也只能是石毅送他。

然后，两个人坐在车上的时候，石毅发动车，广播就自动响了，他来的时候开着也没注意。

城市音乐台，放的歌就这么巧的是他们之前刚合唱过的歌。

《好久不见》。

原唱的嗓音显然更成熟也更有味道，石毅停下动作听了一段，一抬头看见英鸣抽着烟靠在窗边的样子，鬼使神差地冒出来一句："有朋友的感觉，还挺好的。"

等石毅回过神来，英鸣嘴里咬着烟，正似笑非笑地看着他，眼底尽是调侃的神色。

石毅说完那句话，脑子有一段时间是空白的。

车里就只有广播的声音，交错的视线很恍惚，眼前英鸣就只是光笑也不吭声，等他突然从这种场景里惊醒的时候，反应过来自己说的话，身后竟然微微有些发冷。

倒是英鸣咬着烟上下打量他半天，然后笑眯眯地回了一句："同样的话我就不奉还了。"

石毅只能干笑了两声，一掰方向盘，直接往英鸣家那边的方向开了。

到地方，两人连招呼都没打。

就是互相摆了下手，然后石毅按了下喇叭算是道别，倒车就走了。

英鸣站在门边一直等到石毅的车再也看不见，过了好一会儿才回进屋里。

烟圈儿因为他最近拍戏，又送给耗子养了，空荡荡的仓库里空气里都泛着一股冷，英鸣随意地打开灯，坐在沙发上看着前头发呆，半天都不带动一下。脑子里闪过一些过去的画面，这么多年以来，他一直没有一个长时间固定的女朋友，但是伴儿也不少，只能说大家都合不来，英鸣的概念里，这种事不当真光是玩玩的话，挺无聊的，他不愿意浪费这个时间，也不想浪费对方的时间。

石毅跟刘莉，也是尽人皆知的事。

想到自己跟石毅的关系，英鸣忍不住笑了一下。

忒扯了！

完全没想到自己会跟他变朋友，简直就跟恶搞反转剧一样。

英鸣一根烟抽完了，站起来准备去洗澡，然后突然兜里的手机振动了一下，他掏出来发觉是石毅的短信，里头就一句话：我跟刘莉分手了。

英鸣拿着手机看着这条短信琢磨了半天。

觉得不回不太合适，但是回的话，又不知道能说点什么。

石毅刚才那状态，明显也有点恍惚。

犹豫到最后，他回了一个很简单的"嗯"字，就算是表达自己知道了。手机后来也没什么反应，他估计石毅也不会回了，拿出矿泉水喝了两口，就很干脆地去洗澡。

那天之后，两人有一段时间没联系。

本来也是石毅给英鸣打电话多一些，现在他不打，英鸣也就是在剧组拍戏，王乐也有段时间没有再往剧组跑，有一天英鸣问起来的时候，才知道王乐跟家里人一起去国外有点事，大概要到年底才能回来。

当时王义齐倒是松了一口气："可算是能消停两天了！"

等他回来，这电影也拍完了。

英鸣嘴上没说什么，心里也觉得稍微松快了点，王乐虽然不至于给人添什么麻烦，但是老在他眼前晃荡也确实是有点折腾人，偏偏他还说不了什么重话，怎么说都是石毅的朋友，人又有点一根筋，犯不上的。

电影的拍摄其实已经进入收尾了，虽然减了几场戏，不过其实对他这个角色表达倒是关系不大，本来也是拍得多剪得多，他们现在拍好几个月的东西，真正最后也就是用上一半，遇上狠一点的导演，能剪掉三分之二。

很多镜头都是不会播出来的。

最初搞不懂辛辛苦苦拍的不播那拍来干什么，后来逐渐明白了其实做演员的也就是提供一个素材，到底要怎么拼剪这个故事，靠的还是导演的把握和意见，也就习惯了。

唯一算是比较意外的是，一直到了这时候，他们手上才拿到了真正确定了的完整剧本。

翻到后面，还有大概十天左右的戏，其中特别标出来的戏份让英鸣愣了一下。

"怎么还新增了戏？"

最初跟导演谈的时候，好像那意思是不需要拍这么大尺度的东西。

因为本来还是想争取一下上非一线的院线的。

王义齐倒是幸灾乐祸，一脸期待："哎哟，怎么还给排这个了！"

后来导演说戏的时候，才说这段是投资方那边要求加上的，说这电影国内不太容易上，但是有计划拿到外国的电影节上做开幕式的电影，所以必要的镜头也是噱头。

理由这么充分，谁都不好说什么。

导演因为考虑到这戏是后来加的，所以说给英鸣一点时间去做准备，安排在了最后两三天去拍，这期间赶紧把其他的戏份给赶了，到时候工作人员也可以减少一些,拍的时候也免得尴尬。

但很意外的是,这个消息走漏出去了。

先是有一家专门报道电影的周刊出了一条消息,说是有激情戏的安排,然后就如同掀起了轩然大波一样,网上也开始宣传这件事,当天英鸣就接到了媒体的电话,问他有没有这件事。

英鸣应付起来也驾轻就熟:"看导演的安排。"

不过,也因为消息被放出去的原因,本来想要挪到最后拍的戏只能提前,导演征求完大家的意见,都表示没问题,然后没怎么准备,就开始拍了。

其实还是很尴尬的。

英鸣虽然拍过不少类似的戏,但这种还是第一次,尤其王义齐还一脸怪笑地站在边上。

果然,这是一报还一报。

本来安排拍两天的戏足足拖了三天半才算是正式拍完,镜头补了很多次,从一开始的尴尬,不在状态慢慢到后来也就把握得准了,反正是为了工作,专心投入在角色里,也就没什么想法了。

当导演表示这段戏已经过了的时候,英鸣长出了一口气。

王义齐回身看了英鸣一眼:"我说,幸亏王乐不在。"

"嗯?"英鸣没太明白他的意思,还靠在床边。

"那家伙要是在,不嚷嚷得尽人皆知才怪。"

感觉就是个神经脆弱的主儿,屁大点事都能搞得跟天塌了一样。

英鸣听完王义齐的话没吭声,接过他拿的衣服,穿好了站起来下意识地想点烟,旁边摄影师给他打了个招呼,他赶紧往旁边让了几步。

几乎是在同时,他助理走过来说,他手机响了。

是寇京打来的。

看见号码,英鸣勉强地轻出一口气,振作了点精神,接起来:"扣子?"

"英鸣,我问你,之前威赛那件事,你跟谁说过吗?"

寇京那边的语气挺紧张的,听见他突然提到这件事,英鸣皱了下眉:"没有,我没跟任何人说过,怎么了?"

"出事儿了,现在董晓的事已经闹得全知道了,还不是上的平面媒体,是直接上的电视，说威赛的车有质量技术问题。鸣子，当初我千叮万嘱这事儿绝对不能走漏，怎么搞成这样了！"

英鸣拿着手机往旁边避了避："我真的不知道，这两天封闭拍摄，我连电视都没开。"

"反正现在麻烦了，你自己注意点，我看这事儿动静要大了。"

出了这种事，对一个汽车企业来说，打击是别人无法想象的，何况性质又这么恶劣，真要是兜不住，威赛那边的人不知道会做出什么反应。

当时打死不签字的是英鸣，既然寇京会打电话来问他，明显其他人也会这么想。

王义齐在旁边看英鸣脸色不对，就走过来问了一句："怎么了？"

但是后者只是挂了手机皱着眉："没事。"

他这句话是个人都不会信，何况是跟他这么熟的王义齐，刚想再追问，就看见英鸣的手机又响了，这次是石毅："英鸣，你看新闻了吗？"

"我没看，但是扣子给我打电话了，我还不清楚到底什么情况。"

英鸣脸色难得地有点凝重，他也知道这事掀开了会有多麻烦。

石毅在那边沉吟了一下，然后才给他解释："我找人查了一下，这件事幕后可能是威赛的竞争对手策划的，但具体消息来源是什么还不清楚。现在舆论的压力很大，因为威赛的新车已经上市了，外头在要求公开当时的调查报告，我看可能我们都要被扯进去。"

但是道理上没人敢动石毅。

他也明显不是那种会把这种事说出去的人。

那么，就只剩下英鸣了。

第九章

算不清楚了

威赛这次的事到底搞得多大，英鸣等到打开电视的时候，才真正有概念。

一般来说，娱乐圈的很多流言蜚语，最多也就是在小报、杂志上传一传，茶余饭后的大家闲聊两句，虽然有点闹心，但是过去了也就算了。

真正说闹上电视的，多数都是车轱辘话已经说了好几遍的旧料，绯闻八卦剧组不合，也不会给一个确凿的罪名，反正就是语含深意地点到即止，到底怎么理解，就看每个人有多少悟性了。

但威赛这次的事显然不是这个级别的。

报道的甚至不是娱乐或者影视频道，而是直接放在了正规的新闻里，对于这件事的可能后续和结果，现在基本上都是抱着不乐观的推测。

英鸣看的时候已经是重播了，主持人没什么情绪的语气简单地描述了一下上次拉力赛的事，关于董晓受伤虽然没有着重报道，但是也点名了。

王义齐跟英鸣一起看的电视，等到镜头扫到董晓避开媒体时候的背影，他扬了下眉："董晓伤到什么程度？"

他旁边的人没说话，只是点了根烟，眉头很轻地拢在一起。

见他不吭声，王义齐看了他一会儿："很严重？"

"嗯。"英鸣很简单地应了一声，"比这条新闻还糟。"

其实不得不说，现在这个局面谁都不想看到，但是真的爆出来，他也不觉得意外。

毕竟涉及在其中的人太多了，堵得住一个堵不住第二个，这种事，看的是个人的选择，没有什么是一定的。

威赛本身在这件事的处理上就有问题。

妄想光用一些条件和一纸合约瞒天过海，未免有些天真了。

只不过，因为一直坚持不肯签合约的人只有他和石毅，现在这条新闻一出来，他也就成了主要的目标。

王义齐听出来他语气里那份不太常见的担忧，也皱了下眉："之前寇京的电话，那意思是你跟这事有关系？"

威赛的事英鸣也参加了他倒是知道，但是其他的部分，也就是听说了点零零碎碎。

英鸣犹豫了一下这话要怎么说，想了一会儿才转过头："简单来说就是威赛想要隐瞒这件事的那份合约我没签。"

后面的部分，他不说，王义齐也该懂了。

果然，旁边的人听完他的话也跟着皱起眉："那你现在怎么办？"

"我现在什么都做不了。"

现在还琢磨要怎么办的应该是威赛的人而不是他，当事人的名单里并没有提到他的名字，所以按说这事和他关系不大。

不过，这话道理上是通的，实际事态会怎么演变，却没有人心里有底了。

王义齐见他说得轻松，拆穿得也毫不客气："你这句话的意思是说你已经成为砧板上的鱼，只能等人下手了是吗？"

"你能不把话说得这么难听吗？"英鸣转头瞄了他一眼，然后慢悠悠地接完这句话，"虽然理没错。"

威赛在这件事上的危机公关应对得其实算很快了，新闻爆出来的当天晚上就开了新闻发布会，公开了拉力赛时候的事故调查，但是对于董晓受伤的事情却只字未提，关于新车的测试数值也全面做了公示，虽然依然有业内人士存在各种的质疑，但是总的说来，算是给了一个比较让人满意的解释。

甚至，最后留下了一句话，对于这次的事件，威赛认为是有人对威赛的品牌信誉进行了恶意攻击，不排除采用法律手段来解决。

英鸣和石毅都在新闻之后接到过媒体想要采访的电话，最后不堪其扰只能选择屏蔽号码，英鸣还好一点，石毅多少有点误事。

电影的拍摄基本上已经结束了，英鸣还有不到十五场戏，差不多是赶工拍完了，熬了两天。

记者手上的那份拉力赛名单，有相当一部分是轻易找不到人的，就算找到了，摆明也不会问出来什么。本来威赛在董晓的事之后，就对拉力赛的名单做了处理，其实有些人名是被修改过的，但是英鸣和石毅都在最后获奖的名单上，当时本来就有媒体拍了新闻，当然瞒也瞒不过去，石毅后来直接把这件事交给了公司的公关去处理，除了电话偶尔还会有一些骚扰，大部分时候还算是清静。

比较麻烦的是英鸣。

因为是演员，跟记者的关系不能闹得太僵，英鸣大部分时候还是比较合作的。只是记者问的问题多数都是不靠谱的胡扯，捕风捉影的事情也信誓旦旦地拉出来逼问。用王义齐的话来分析，他在拉力赛之前和董晓在一个剧组里拍过戏，和女主传过绯闻，所有事都擦了那么点边，不找他找谁？

一时间，曾经闹过一阵的旧账全被翻了出来，就连他和董晓的关系，也有人抖出了那次片场里两个人不太明显的冲突，新闻的爆点每天都会出来新的版本，搞得满城风风雨雨。

董晓的经理人是在威赛的新闻发布会的第二天做了回应。

大概的内容是表示董晓这段时间没有露面主要是为了新的电影做准备，是一部在美国投拍的电影，剧组邀请了他去演里面的一个华裔男配角，所以一直在美国做一些必要的训练，至于新闻上所提到的拉力赛受伤严重甚至毁容等等，一概予以否认，口径与威赛很像，也是不排除会采取法律途径来解决，而新电影的具体消息，要等美国那方最后敲定，暂时不便透露。

这篇发言稿信的人不到一半。

很多人还是锲而不舍地追问董晓的具体下落，甚至要求公开特训期间的照片和录像，但是经理人都以签了保密合约等等理由挡回了去，外界的臆测再多终究是臆测，没有实质性的证据，董晓的情况也都只是一个谣传。

英鸣在拍摄结束之后就成天都在家里窝着，吃饭什么的全是自己动手。

寇京给他打电话千叮万嘱要他不要随便出门，就连平时联系不多的经理人都问他需要不需要暂时住在朋友家。

这如临大敌的阵仗，让英鸣想起了他年少获奖时候的情境。

一样是出入不便，人前人后的簇拥不休，哪怕是上个厕所，都能被人拍几张。

只不过对比如今，情况不同，心态也不同。

总有人说走上高台的人是下不来的，因为习惯了镁光灯的追逐，无法再面对清冷的生活寂静，但是其实换个角度来看，当你已经习惯了清静，再次成为所谓的焦点，那个滋味一样不好受。

英鸣喝了两口啤酒靠在窗边，从窗帘掀起的缝隙里扫了一眼外面，堵塞的车辆歪七扭八，架势摆得挺大。

幸亏他不是住在什么居民小区。

不然这扰民的罪恶之源也够他被人唾骂的。

他摇摇头，懒得再搭理外头那些人，走到沙发上懒懒地躺下，一直在他旁边绕来绕去的烟圈很识趣地蹿上他的大腿，然后慢悠悠地往上移步。

英鸣顺手给抓过来，看着那张依旧瘫着的脸，忍不住笑了一下："怎么养了你这么久，你一点变化都没有。"

送到他这儿的时候是什么样，现在还是什么样。

都说宠物似主人，他跟烟圈儿实在是找不到什么共通点啊……

揉了揉那团毛球，英鸣随手按开电视，特地转到体育台，哪怕是不怎么感兴趣的，也强过再被那些烦人的事搅和心情了。

没看一会儿，他家里的电话响了。

他都没起身，只是伸手摸了两下，把电话扯下来塞在肩窝的时候，完全没想到这电话会是石毅打的。

"你怎么样？"

没称呼没署名，要不是因为石毅的声音他太熟悉了，这电话听起来实在比较像骚扰电话。

英鸣很意外："你怎么有我家里电话？"

他平时在家的时间不多，基本上除了经纪人和寇京，还有他家人，就没有其他人知道他家里固定电话的号码了，英鸣这人在乎隐私他所有朋友都知道，就算石毅去问寇京，也应该问不出来。

石毅笑了一下："那天咱俩在你家喝醉了，临走的时候我用你电话打了我手机。"

他当时存下来纯粹就是个下意识的动作，都没想到有朝一日会用得上。

英鸣听石毅这么说完才反应过来自己也是很长时间没有去查过这电话的未接电话记录了。

英鸣挪了下姿势，把烟圈儿放到地上："你怎么不打我手机？"

"你这时候的手机还接吗？"

"呵，也是。"

两个人都很轻地笑了一下。

英鸣有点无奈地长出一口气："现在真是两耳不闻窗外事啊！"

下半句就不太适合他了，看再多圣贤书他这辈子也没啥机会晋升到那种境界，徒增笑耳。

石毅调侃地扬了扬眉，并不意外英鸣会是这种反应。

不过，他今天打电话不是为了随便问候一下的："威赛的人找你了吗？"

"暂时还没有。"英鸣有点无聊地换到电影台，放小声音，"找你了？"

"约了晚上吃饭。"

"那估计我也快了……"

迟来早来都是一样，反正避不过。

英鸣微微带着不爽地皱了下眉，这种感觉实在不怎么好，说担心吧，明知道没什么用，但是想放下吧，心里这根筋又一直吊着，吃不踏实也睡不踏实。

船到桥头自然直这句话，基本上都是站着说话不腰疼的那群人说的。

英鸣烟瘾又有点上来了，扫了一眼茶几上没有，只能拿过啤酒喝了一口，然后想起一件事："对了，威赛的人虽然没找我，不过有个人倒是给我打电话了。"

那边石毅沉默了一会儿才开口："董晓？"

"嗯。"

英鸣笑了一下："我还真没想到。"

217

"说什么了？"

"也没什么，就是跟我说，如果威赛再跟我谈条件，让我不用考虑他的事情，直接答应了，他的事情他自己会处理。"

实话说，电话里的语气也不怎么样，不过，这句话能说出来，董晓还是跟之前多少有些变化。

石毅在那边没有做什么评价，只是沉默了一会儿才接口："那你的意思呢？"

"现在我的意思已经不重要了，看情况发展吧。"英鸣叹口气，想到窗外那群还是有些无奈，"反正躲记者是所有演员的看门技能，最糟就是不出门。"

"你要避的还不只是记者，威赛的情况，你了解得太少了。"

石毅皱了皱眉，语气里有几分自己都理解不了的烦躁不安。

对石毅的话，英鸣的反应是皱了下眉："你又打听到什么了？"

"有些事，根本用不着打听，想也想到了，不过，具体的还是等我吃完了这顿鸿门宴，再回来跟你说吧。"石毅笑了一下，语调里没有太多的笑意，但是也还不算压抑，"等威赛这件事完了，咱俩要好好再喝一次。"

英鸣很长时间没说话。

这段沉默，微妙地有一种蠢蠢欲动的不安定，石毅等了很久，英鸣却到最后也没给他一个答案，只是语带保留地调侃了一句："有些事，还是不知道为好。"

然后，他就挂了电话。

英鸣等石毅的电话一直等到快一点。

根据他和石毅交往的这段时间，石毅这人有一个特点非常地符合他出身的环境，就是言出必行，但凡是石毅说出口的话，就一定会做。所以，既然石毅说要跟他联系，就肯定会找他。

英鸣抬头扫了一眼挂钟，有点无聊地又剥了一颗花生："这饭吃得也太久了……"

不过，就算人不在现场，他也想得到今天这饭会吃得有多不舒服，所谓食不下咽,也应该不外如是了。

应酬这种事,从来都是用来倒胃口的。

英鸣扬起眉摇了摇头,有点同情现在还不知道在哪儿的石毅,再等一个小时如果没信儿的话,他也可以洗洗睡了,估计对方是已经喝挂了。

不过,最后英鸣没等那么久。

石毅的电话一直没到,但是他家的门铃响了。

起来开门的时候他隐约就有点预感了,真看见门外站的人,却还是有点意外:"你怎么过来了?"

"就是想过来溜达一圈。"

石毅把领带扯了几下,解开一个衬衫的扣子:"嚯!本来以为天凉,喝完酒竟然搞得一身汗。"

他脱下外套的时候,英鸣很顺手地给接了过去然后挂起来,回头看了他一眼:"喝到现在?"

"嗯。"

石毅懒懒地晃荡到沙发边上猛地一下把自己摔在沙发上,长长地出了一口气,一脸的不耐烦:"威赛今天出的排场不小,一桌子人对我一个。"

他说到这里歪头看了开冰箱拿水的英鸣一眼:"你猜战况如何?"

英鸣回头笑了笑:"看你这样子,起码没输。"

石毅一扬眉,有点嘚瑟地点点头:"平手。"

他之前开玩笑说这是鸿门宴,倒是一点都没说错。吃顿饭简直比他在谈判桌上泡了一天还要劳心劳力的,威赛事情搞这么大,也确实是有点急了,说话的态度比起上一次,差别很明显。

英鸣把水递给他,然后靠在沙发边上:"平手的意思该怎么解?"

"就是……"石毅喝了口水然后考虑了一下,撇撇嘴,"所有的事维持原样,没进化也没退化。"

说白了,就是维持现状。

今天饭桌上,威赛确实提到了消息泄露的问题,话里话外的意思虽然并没有直接点名说就是英鸣说的,但是暗示的意思已经很清楚了。

想多一点,其实威赛今天安排这样一顿饭,很大程度上是希望能够得到石毅一句话，就是英鸣的事情，他不要再插手管了，反正这笔账肯定是算不到他头上，大家以后可能还有合作，人前一线，日后也好相见。

因为确实渴了，石毅一瓶水没两下就灌下去一半，然后叹了口气："我看威赛这次不会这么容易放过你了，现在这件事根本不是到底谁把消息放出去的问题，而是怎么阻止这个消息继续往下扩散的问题。"

既然有一，就肯定有二。

有人开了口，那其他人跟着出声，也就只是时间问题而已。

这种事本来就是恶性循环，只会越来越糟糕，直至一切覆水难收。

英鸣皱了下眉："你既然想说，不如就说清楚吧。"

"我之前不是跟你说过，威赛真正后面的关系并没有那么简单的。他们算是最早一批接触汽车行业的人，那时候，能够插手这些的，都得是些什么人啊……这里头的事情你想也想得明白，本来这家公司跟我家就有点渊源，合作也好，到现在跟我坐下来谈也好，基本上也还是看着这点情面上。"

"所以，这个情面现在不好使了？"

石毅笑了一下："我告诉你，情面这东西，从来就不好使。"

他把矿泉水都喝光了，就有点无聊地玩着手上的瓶子，颠来倒去的，看着还挺自得其乐。只不过，他说出来的话，却一点都没有轻松的感觉："凡事不牵扯上利益，那什么都是情分，一旦牵扯上了具体的损失，那什么人情都是放屁，威赛这次的事，到底会损失一个什么数，估计一般人都想不出来。"

信誉是一个企业的品牌树立之本。

这东西没了，那就等于这个牌子也就废了。

他回头看了英鸣一眼："现在在威赛那些人的眼里，你就跟浑身绑了钞票的靶子一样。"

事情演变到现在这种地步，总是要做点什么，心里才能舒坦点。

那个名单上的人，从上拉到下也没有几个人比英鸣适合做这个所谓的众矢之的，威赛不是一个人，而是一个企业，但凡是企业，就有高低之分，有上下之别，现在上面的人要追究，下面的人总要给一个结果，具体到底能不能挽回损失都另当别论，单独说这件事最后怎么收尾，总归是有人要付出点什么。

石毅的话英鸣听懂了,他靠在边上微微皱了下眉:"你的意思是,现在威赛的人要用我杀鸡儆猴?"

查不出来到底是谁开的口,那找一个人警告一下,其实比挨个去追查这件事,来得有效多了。

"应该也不到杀鸡儆猴这么严重。"石毅摇了摇头,"他们也不至于真的做出什么事,但是,肯定还是要搞出点动静的。"

这个结果其实早料到了。

在威赛这件事刚被捅上新闻的时候,英鸣和他两个人心里就都有底了。

不过,石毅说完这句话又补了一句:"但是这事你也不用太担心,我已经想到怎么处理了。"他看着英鸣,表情似笑非笑的满是笃定的嘚瑟,"有我在,包你没事儿!"

英鸣就站在离他不远的地方,看着他晃了下手上的空瓶子,下意识地皱了皱眉。

过了好一会儿,英鸣才开口:"石毅,今天威赛的人难道就没有问你一句话吗?"

"哪句?"

"这件事,到底你搅和进来干吗?"

一开始救人,不签合约,这些其实都不难理解,毕竟,按照石毅的性格和为人,本来也不是被人牵着鼻子走,任人予取予求的人,他不配合,跟他自己的三观取向有关系,也跟他的性格有关。但是现在事情演变到这种地步,似乎他真的没什么必要还在里头折腾。

英鸣平时不是一个会逼问别人什么问题的人,至少,在他跟朋友相处的时候,他宁愿糊涂不愿意较真,但是今天晚上,听到石毅这么说完,他就是觉得心里堵着东西,得搬开。

所以没听见石毅的回答,他问了一遍:"威赛那边的人是不可能真的跟你台面上闹翻的,你就算真的要出面,估计你自己的面子也不够,惊动到你家里有这个必要吗?你就没算过,到底值不值得?"

石毅愣了一下。

他大概是没想到英鸣会问这么一个问题,眉头很轻地皱了一下,他放下手上的空瓶子，也看着英鸣。

这短暂的沉默，对两个人来说都搁着一种很沉重的压力。

但是对彼此的意义不同。

英鸣记忆里已经很久不曾这么自找不痛快地来处理事情了，他心里嘲笑自己的矫情，面上却还是一副非要石毅回答的架势。

过了一会儿，石毅才很清晰地答了他一个字："值。"

然后，英鸣敛下视线骂了句。

话再往后说，就有些没必要了。

仓库里偌大的空间，这一个"值"字却搞得跟重低音的环绕功放一样，说得英鸣耳边嗡嗡的。

他骂完了一句也没再说什么，问了一句石毅晚上吃了东西没有，对方特干脆地回他什么都没吃，就被灌了不少酒，大概是指望他喝多了能软化点态度也就顺水推舟地糊弄过去了。

石毅说到这段还笑了一下："可惜这帮孙子不知道我的酒量到底什么数。"

从小就在酒桌上打滚，想糊弄住这帮人，一点难度都没有。

英鸣说给他下碗面垫下肚子，石毅第一个反应是想到了当初在拉力赛时候自己吃的那碗粥，他跟着凑到了厨房那边，看着英鸣真的开始烧火了，才有点诧异地扬眉："你竟然真的会做。"

"会是会，但是不保证好吃。"

拆开面条，英鸣的动作倒是还算熟练，他趁着烧水的时候看了一眼旁边的石毅："你可能是第一个吃到我下厨成果的人类。"

这一声"人类"说得石毅一愣："怎么你还款待过非人类？"

"烟圈儿。"

英鸣笑了一下，旁边热水的水汽腾起来，笼了他一身。

石毅歪过头靠在门边，旁边烟圈儿在两人中间溜达了好几圈，他们谁也没注意。

在英鸣家吃碗面，谢绝了对方干脆留他一夜的好意，石毅晚上还是走了。

他第二天上午约了人,从英鸣家里走也不太方便。

两个人之间谁也没提半个谢字,只是石毅走的时候,多提了一句让英鸣注意。

当时英鸣靠在门边笑了一下:"总不至于来拆房子。"

"真拆了你也没脾气。"

这世上的事,只有你想不到的没有人做不出来了,很多时候悲剧发生,往往都是因为心理准备太不充分。

石毅这句调侃让英鸣挑了下眉角,然后很自然地回了一句:"真拆了我就去投奔你呗。"

"我家可没这么多客房。"

"没事儿,沙发我也能凑合。"英鸣一耸肩表示自己从来不挑。

在片场熬夜赶戏的时候,椅子上他都能睡。

石毅笑笑:"你倒是好养。"

"这是我妈唯一对我从小到大一直表扬的优点。"

"行,继续保持。"

两人随便贫了两句,直至感觉到深夜的凉意,石毅上车的时候打了两下车灯,最后放下车窗说了一句"面下得不错",然后就走人了。

英鸣看着深夜之中消失的车尾灯有点微妙地扬了下嘴角,对于眼前这种局面,感到稍微有点不适应。

总觉得,事态发展下去要变得很危险了。

但具体这股担忧是来自什么地方,也一时想不出来。

难道自己这是被害妄想症了?

英鸣皱了下眉,关上门慢悠悠地走回卧房。

反正,生活还是得过。

跟石毅关系比较好的人都会说,石毅绝对是个很讲义气的人。

只要是他心里真的拿你当朋友的,事情说得到他面前,能帮一把的他绝对不会在旁边看着,但是这也不等于别人可以在他这里占到多大的便宜,基本上,只要牵扯上他家里的关系,他都是很干脆地直接拒绝。

用他的说法,不做中介!

所以,基本上石毅从小到大,都没试过给家里人找什么麻烦。

这次他直接找上他舅舅,他舅舅是很意外的。

他舅舅听完了大概之后,皱了下眉:"你上次跟赵家的事才处理完没多久。"

麻烦出现的频率最近稍微高了点。

石毅扬了扬眉:"是。"

他跟家里人说话都比较开诚布公,既然他都找到面前了,不交代清楚,肯定是过不了关的。

其实石毅跟他舅舅的年龄差距并不是很大,因为对方也是家里排行最小的,也算是看着石毅长大,家里人的关系,他们两个相对算比较近的,所以出了事,往往石毅不会直接找到他爸或者其他人,而是会直接来找这位舅舅。

"那你现在是想我怎么帮你?"

"我想让你帮我查清楚,到底威赛那边的消息是哪家拿到料最早爆出来的。"

石毅的要求也很明确,他舅舅笑了一下:"我以为你是要我帮你彻底摆平。"

"犯不着搞得这么劳师动众的,我只是想弄清楚到底怎么回事。"

"行啊!长大了,说话底气都比以前足了。"

身为长辈难免有些感慨,石毅对面的男人长出了一口气,很随意地敲着桌面,频率不紧不慢,带着一贯的沉稳,他看了石毅一眼:"查到了消息来源,你准备怎么办?"

"跟对方谈呗。"

石毅笑笑,对这个话题显然不准备多谈。

他舅舅打量了他一会儿,后面也没追问,随口把话题转了一下:"你最近有时间也回家看看,你妈之前还念叨你来着。"

"嗯,月中的时候我回去吧。"

"那这件事,是你跟你爸讲,还是我跟他说?"

石毅考虑了一下:"你先跟他提一句吧,详细的,我回去跟他说。"

"行吧。"

点了点头,舅舅和外甥的谈话也差不多进行完了。这个时间吃饭太早,石毅下面还有事儿也就不准备多待了,看着他站起来,办公桌后面的人终于还是嘱咐了一句:"石毅,你帮朋友忙我不反对,不过,注意分寸和方法,你家跟威赛的关系不能因为你跟你朋友的事儿就给搞僵了,你心里有个数。"

石毅倒是不意外他舅舅会交代这句话,他点点头表示了解,然后还给他舅舅一个"你放心"的眼神。

后者笑了一下,没再说话。

石毅会在这种时候找到他舅舅,就是因为他深知对方的能力,上午两个人见的面,下午资料已经传真到他办公室了。

甚至,比他要的还要多一些。

习惯了家里人这种风格,石毅把所有资料都详细地看了一遍,然后皱了下眉放下文件,靠在办公椅上琢磨了半天。

他本来是打算,查出了到底是谁把消息说出去的,然后找威赛那边的人谈。

现在看来,可能这办法行不通了。

里头的事竟然比他想象得还要复杂,商场上的东西,是是非非太难界定,谁也不敢说自己没用过一点不怎么光彩的手段,但是这种竞争之中,往往都带着一些被殃及的池鱼。

英鸣就是其中之一。

外人都觉得娱乐圈是个光鲜亮丽的圈子,却不知道任何利益一旦跟其相触,往往最先被牺牲掉的就是这些人。

想起之前英鸣跟他聊天时候的那点唏嘘,石毅这时候才算是真的能够理解。

一直到了晚上依然没想到什么有效的办法,下班的时候,石毅决定回家。

推开家门的时候,他爸正在客厅看电视。

回头看见是他,他爸微微皱了下眉:"怎么今天石老板有空回家吃饭了?"

从里面刚走出来的石毅老妈立刻数落了丈夫一句:"儿子一回来你就冷

嘲热讽的这副死样子,有完没完!"

她走过来帮石毅把包和外套都放在旁边,然后拉着来回看了半天:"还行,没瘦。"

石毅笑了一下:"何止没瘦,这两天都在酒桌上泡着,估计胖了。"

这句话说得沙发上的中年男人哼了一声,不过旁边两个人都没怎么理会,石毅回来之前打了电话,所以家里准备了不少菜,他爸回头看了他一眼:"你是饭前跟我谈呢,还是饭后?"

石毅挑了挑眉:"看您时间。"

"那就饭后吧,省得你说了什么倒我胃口。"

话音刚落,旁边的石毅妈妈一巴掌拍在丈夫后背上:"狗嘴里吐不出象牙!"

石毅在旁边看着,跟着笑笑。

到底是回家里吃饭,饭菜都是最可口的,一家人其乐融融地吃完了,石毅妈妈和家里的保姆去洗碗,石毅跟他父亲两个人就去阳台抽烟。

"也就你回来了,我才能在家里头抽两根烟。"石老爹有点不满地抱怨了一句。

石毅笑笑,然后打上火帮他把烟点上。

两个人抽着烟,都没立刻开口。

阳台外头往外看是一片杨树,石毅记得自己很小的时候还挺喜欢爬的,院子里能打发时间的东西不多,凑一起除了打架爬树也没几样事了。

一根烟抽了快一半,旁边他爸才开口:"你那个公司,情况怎么样?"

"还行,发展的速度和预期差不多。"

"嗯,单独创业就是得吃苦,前面辛苦点是肯定的。"

石毅的父亲开会开多了,说话也是透着一股领导作报告的劲头,石毅已经习惯地点点头,没吭声。

他爸看他一眼,漫不经心地又问了一句:"那你那个什么演员女朋友呢?"

这次石毅倒是真的有点意外了,他抬头看了他爸一眼,半天才皱着眉实话实说:"分手了。"

"为什么?"

他爸语气里听不出来什么端倪,视线还放在眼前黑漆漆的夜空之中。

石毅有点唏嘘地抿了一下嘴:"性格不合适。"

"我看你跟谁都不合适。"他爸瞪了他一眼,"两个人哪有刚刚好合适的?人跟人之间都是得相处着来的,你就抱着你那点东西死不撒手,到最后谁都受不了你!我跟你妈结婚之前就见了两面,不也一辈子了?你这么挑三拣四的,我看你最后能选个什么样的!"

这话题显然已经是遗留的历史伤疤了,每次提起来石毅的父亲就有点上火,他爸一通话数落完了,最后还有点不满足地补了一句:"当初让你当兵也是,死活不愿意!"

石毅驾轻就熟地对这番旧曲新说没有表示出任何的态度反应,任由他家大佬数落完,看着一根烟抽完了,就又递过去一根:"还要吗?"

他爸摇了摇头:"医生说不能多抽,一根也差不多了。"说完这句,看了一眼石毅,"我告诉你,父母年纪也都大了,以后你什么都得靠自己,别成天这么稀里糊涂的!"

"嗯。"石毅点了点头,"我知道。"

鉴于他态度比较良好,他爸终于表情缓和了一点,爷俩儿靠在阳台上又待了一会儿,心知石毅心里有事的长辈才开口:"到底今天什么事,说吧。"

石毅斟酌了一下:"我想请你出面周旋件事。"

"周旋?"

这个词让他父亲皱了下眉:"说清楚。"

然后石毅把威赛这件事说了一个大概,他家本来跟威赛的人也有点交情,话说出来倒是不复杂。

他对面的人听完了,考虑了一会儿:"所以,你希望我出面帮威赛说句话?"

"嗯。"石毅点点头,"因为本来接下来也有合作的计划。"

现在去跟威赛那边的人谈,其实已经不合适了。

解决不了任何问题。

因为现实的损失已经在那里摆着了,如果消息的走漏就不是一个人所为,

227

那这个漏口怎么补都补不上。

这基本上是要断人饭碗了，任是谁都不会答应。

所以，石毅只能从威赛的竞争对手那里去想办法，如果对方肯放威赛一码，自然，威赛的人也就没什么理由非要找个人出来做文章了。

但是这种事，他的面子不够，甚至，他舅舅都不够分量，能找的人也就只有他父亲了。

他爸看了他一眼："就因为公司的事？"

这话问得比较玄机，石毅连停顿都没有，很干脆地点头："嗯。"

"行了，那这件事我知道了。"

石毅的父亲摆了摆手，既没有表示说这事他答应了，也没告诉石毅他准备怎么处理，但是石毅也没问。两个人后来又随便聊了两句，直到石毅父亲的手机响了，有人找他有事儿，才去忙。

一直等到后来从家里出来，石毅走进电梯的时候，才长长地出了一口气，表情有几分轻松的笑意，也有几分难以分清的压抑。

石毅去找家里人的时候，其实威赛也找上了英鸣。

并没有打电话提前约定，而是直接找到了英鸣家，他当时开门看见外头站着的那位律师的时候，下意识地皱了下眉。

对方明显是想进屋，结果被英鸣很干脆地拦住了："要谈什么出去吧，我家里不方便招待人。"

律师也没说什么，两个人就近找了家茶楼，要了包间，随便点了点东西。

等到茶水点心都上了，服务员临出门的时候英鸣交代了一句"没什么事儿就别过来了"。看得出来他们是来谈事儿的，服务员也很识趣，点点头才退出去。

英鸣端起茶杯抿了一口："有什么话，直接说吧。"

对于他的痛快，律师点点头，然后拿出一份文件："具体的情况我觉得英鸣先生也不需要我赘言太多，现在的情况就是威赛的竞争对手一直在用拉力赛的事情攻击威赛，所以我们希望能够得到一个保障。"

英鸣皱了下眉："什么意思？"

"你可以先看看这份文件。"

把东西递给英鸣,律师在他看的时候也喝了两口茶,热气蒙住了他戴的眼镜,他也没去擦,只是不动声色地喝着。

等到英鸣看完了,把东西放下,他也才放下茶杯。

"怎么样?"

英鸣并没有立刻回答。

律师看他的样子,意料之中地挑了下眉角,然后慢条斯理地补了一句:"其实,这边条件已经开得相当不错了,英先生也实在不需要太执着。"

"在我看,这份东西是在强人所难。"

"我认为这是一件大家都获利的事情。"律师的笑容还是那种带着某种特指的,他摩挲着手上的茶杯,等到眼镜上的雾气都散了,才推了一下,"现在去国外,本身也能避开媒体的骚扰,对你来说,也是种解脱。"

这份合约的内容,是要求英鸣暂时到国外度个长假,威赛这边可以承担他所有在国外的开销和支出,前提条件是,他不能接受任何的媒体采访和任何形式的访谈。

乍一看或许是觉得条件还开得不错,但是对于一个演员来说,在媒体和观众面前这么消失一段时间,打击可以说是致命的。

不然英鸣也不会说为了保持自己演员这样的身份,甚至不惜连三级类型的电影都接。

威赛这份合同上压根没写具体的时间,其实跟放逐雪藏也没什么本质区别。

至于所谓的开销费用,对英鸣来说没有任何意义。

他把合约往回推了一下:"我不可能签这样的一份东西。"

律师倒也不意外他的拒绝。

他沉默了一会儿,然后抬起头:"英先生,我希望你明白,现在我还能来找你谈,很大程度上是因为威赛还是愿意解决问题,我可以给你透这么一句话,这件事情造成的直接经济损失就已经到了可以让很多人不顾一切的地步,当然,这些事情肯定都是不会发生的,我只是希望你明白事情的严重性,也希望你明白,解决问题的方式有很多,现在放在你面前的,是最温和,也最适合你的一种。"

说完了这番话,律师笑了笑:"你在娱乐圈打滚这么多年,我相信很多东西我就算不说得太明白,你也懂。"

结果英鸣只是低头喝茶,没做任何表示。

屋里有着一段不太轻松的沉默,英鸣不开口,律师也没说话。明明立场是完全站在对立面的两个人在这种不算太大的包厢里喝茶,气氛整体就不太舒服。

等到这杯茶喝了有三分之一了,律师又拿过文件翻了翻,然后放在旁边看着英鸣:"或者,英先生提一个解决问题的条件吧。"

他笑笑:"任何事情,都是可以谈的。"

英鸣再一次确认了自己不喜欢律师笑是有原因的,因为算计的意图太过明显,他慢条斯理地喝着茶,一直到满足了,才放下茶杯:"首先,我要跟你说清楚,拉力赛的事情,并不是我说出去的。"

他说完,律师笑了一下,一脸的不言而喻。

这种笑容其实很欠抽的,英鸣皱着眉,勉强忍耐了一下:"其次就是,我既然事发之后的第一份合同没有接受,那现在已经演变到这个地步了,这种东西我就更不会签。威赛的问题,归根结底不在我身上,就算把我弄出去了,也不能从根本上改变现在的局面,与其想那么多办法来处理我这种无关紧要的人,还不如想点有用的。"

现在谁说的根本不是重点,重点应该是威赛的竞争对手。

在他身上下这么多功夫,本来就是本末倒置的。

律师又推了下眼镜:"这么说,英先生是已经考虑清楚了?"

英鸣耸了耸肩:"对于我来说,本来这也不是一件需要去考虑的事情。"因为完全没有衡量的价值。

真按照威赛的安排去了国外,他不是就成了那个背黑锅的众矢之的,现在这风口浪尖的他突然跑到国外去,任何人都会觉得是去避难的,所谓做贼心虚,他这什么都没做的,干吗搞得跟过街老鼠一样。

律师接下来,就只是看着英鸣没有再说话。

大概是评估出了英鸣说这些话是没有带着一点商量余地的,过了一会儿,他终于慢慢地开始把文件收起来，放进文件包后，他站起来摇了摇头："那我只能说，很遗憾……"

英鸣皱了下眉，没再说什么。

等这个律师自己走了，他又自己喝了一会儿茶。刚才他出门的时候，已经看见有记者跟着了，估计明天的新闻又要出现新的版本，反正现在一天一个故事，各种流言蜚语一塌糊涂。

"简直是闲的……"

这么评价了一句，英鸣喝完了整整一壶茶才慢悠悠地站起来，叫来服务员结账之后，没搭理门口一直守着的记者，随便拦了辆车就往家走。

结果人还没到家，远远就看见门口有人。

他皱了下眉，第一反应是记者。还没等表现出厌恶反感的情绪，车往前开了点，他才认出来那是石毅。

刚下车对方就溜达了过来，英鸣给钱的时候回头看了一眼："你什么时候来的？"

石毅手上搭着外套，明显喝了点酒："就等了一会儿，来之前忘了给你打电话了。"

其实，他是因为英鸣这时候无论如何也不会随便出门了，所以才笃定地以为对方在家。

守在外头的记者有人认出来是石毅了，举着相机就要拍，结果本来就喝了点酒的石大公子眉头一皱："今天你只要敢拍，你拍多少张，到时候就得给我吃多少张。"

他本来五官长得也比较硬朗，英鸣家外头的灯光不充分，晃着车灯，显得石毅的表情格外有压迫力，记者犹豫了一下，眼睁睁看着两人进了屋，然后很大力地甩上门。

刚进屋石毅就哼了一声："简直是找死。"

英鸣给他拿了一瓶水，扔给他然后笑笑："在大部分人的概念里，这么跟狗仔说话的才是找死。"

仗着一根胡编乱造的笔生活的人，所有的情绪发泄都转化为了对其他人的恶意攻击。

有时候，并不是艺人和记者的关系处理得不好，而是其实对方眼里，本来艺人也不算什么人，只是一个让他吃饱饭的工具而已，到底怎么使，使完了会有什么效果，他们都不关心。

　　石毅对这句话只是不赞同地冷笑了一记："就是因为你们对这些人妥协得太多，才导致他们越来越得寸进尺。"

　　所谓欺软怕硬，就是你越给他们好脸色，他们越蹬鼻子上脸。

　　英鸣知道这种话题跟石毅讨论下去也不会有什么结果，他很聪明地没有继续议论下去，只是靠在旁边打开一瓶冰镇过的啤酒："怎么样，你找我有事儿？"

　　石毅扬眉笑了笑："也没什么要紧的，就是跟你说一声，威赛那边的事，我已经处理好了。"

　　"哦？"英鸣有点意外，"你怎么处理的？"

　　刚刚还有人来跟他谈合同的问题，这么快就已经搞定了？

　　石毅没详细地解释，只是随意地摆了下手："你别管我怎么做的，只需要知道情况会慢慢好转就行了，这段时间，无论谁来跟你说什么，你都不要搭理，肯定对方会自己退开的。"

　　虽然他爸没有明确跟他表态，但是他知道，那种反应其实就代表他爸已经答应了。

　　英鸣听他这么说，没有追问，只是举了一下手上的啤酒示意了感谢，然后两个人相视笑了笑。

　　大概是因为这段时间来得有点多，石毅觉得英鸣这仓库越来越有一种亲切感，烟圈儿从他进门之后就蹲在离他不远的地方看着他，瞪着眼睛，一贯的面瘫。

　　心里这么动了一下，石毅走到烟圈儿旁边蹲下，伸手想摸："你这猫，养了多久了？"

　　结果手刚伸过去，烟圈儿一个爪子就挠了过来。

　　幸亏石毅反应比较快，往后避开了，他意外地皱了下眉："哟喂，还挺凶。"

　　英鸣在旁边看热闹看得笑了，他喝了一口啤酒："其实这猫是朋友搬家留在我这儿的,然后一直就没要回去,我这么养着,也不知道什么时候就得还人了。"

"原来是别人寄养在你这儿的啊!"

石毅有点意外,不过听到后头英鸣说不知道什么时候要还回去,不怎么认同地摇了摇头:"如果真的还想要,怎么可能这么久都不开口,我看估计是懒得养了直接丢给你的。"

他这么说,英鸣也没反对,只是不置可否地笑笑。

过了一会儿,石毅想起来自己还有几个文件要处理,就往周围看了一眼:"我说,你有电脑没有?借我用用。"

英鸣一指旁边的一个柜子:"拉开上架就是。"

上楼书房倒是有个台式的,不过大部分时候英鸣喜欢用本子,携带起来方便,也不占什么地方。

石毅开了机,等到登录页面的时候才发觉被设了密码。

"你密码是什么?"

"2401。"

石毅皱了下眉:"2401?你这密码挺别扭……"

既不是生日也不是电话,甚至看着就压根不像个日期。石毅好奇地问了一句:"这难道是你身份证号?"

英鸣只是笑了笑:"都不是。"

见他没解答的意思,石毅也没继续往下追问,他登录邮箱回了几个邮件,都搞定了才伸了个懒腰往沙发上一躺:"我今儿懒得回去了,喝了酒也不好开车,在你这儿借宿一夜吧。"

不远处刚喝完一瓶啤酒的男人随意地点点头:"随你,不过,你还是上去客房睡吧。"

总不能一直睡在沙发上,又不是什么风水宝地。

"我睡单人床。"

石毅从沙发上慢悠悠地坐起来,挑眉看了看英鸣:"难怪你身板这么小,都是被自虐虐出来的是吧?"

手腕那叫一个细,感觉任何手链给他戴起来都能在上头晃荡。

英鸣只是挑了下眉没有继续这个有点压力的话题，他指了一下楼上："客房的床比较大。"

于是石毅乐了："你自己睡单人床，客房准备大床，这什么逻辑？"

好的给其他人备着？

英鸣可不是那种牺牲奉献类型的人。

果然，英鸣只是耸耸肩："自己住是为了自在，给人住是为了舒坦，不是床越大就越舒服的，我睡得好不就行了。"

床越大，越显得空间空旷。

英鸣本来睡眠质量就不算太好，他宁愿空间有限，也强过晚上睡觉被子里灌风。

石毅对他这种说法只是不怎么苟同地摇了摇头，然后拿过茶几上的杯子又喝了两口水："那行吧，就客房。"

领着石毅上了楼，英鸣打开灯的时候，石毅扬了扬眉："你家这客房标准简直有点夸张。"他往外头探头扫了一眼，"你卧室在隔壁？"

"嗯。"

英鸣顺手打开旁边的门："不过我其实在楼下待的时间长。"

他的房间，依然带着很典型的个人风格。

几乎演员这种身份的气息充满了整个房间，有不少海报，东西堆得到处都是但是并不觉得杂乱，果然靠墙的地方有张单人床，石毅目测了一下，自己确实没办法躺在上头。

要是一直不动还凑合，翻身肯定得掉地下。

"你小子睡觉是不是跟挺尸一样不动的？"

这种地方压根没办法想象能睡个成年的男人。

英鸣正好点着了烟，听见这个问题笑了一下："没研究过，下次找DV拍下来看看。"

"不过，上次咱俩一起睡，我也没觉得你动来着。"

准确说，是几乎感觉不到旁边睡了个人。

石毅不提其实英鸣已经想不起来那一夜了，他扬了扬眉："那是因为你睡得太死。"不过，事实上他也确实没睡，那天晚上他差不多是在沙发上眯了一宿。

问石毅还要不要洗澡,对方干脆地表示算了,等明天到了公司再说,反正就是个睡觉的地方,他本来也不挑剔。

英鸣看着石毅往床上一躺拉过被子往身边随便盖了一角的样子,忍不住感慨了一句:"你简直是我见过最怪的富家子弟。"

已经躺在床上的人只是笑了一下,眼睛都没睁:"彼此彼此。"

"晚安。"

"晚安。"

英鸣关上灯的时候,房间里立刻暗了下来,只有窗外的月光透过窗帘照进来,晃得一屋柔白。

他笑了笑,然后小心地关上门。

第二天石毅醒过来,是被香味给勾搭起来的。

他睁开眼的时候还有点迷糊,本能地看了一圈才反应过来这是在英鸣家里。

衬衫睡得有点皱了,他也无所谓,站起来打开门,立刻刚才隐隐闻到的香气扑鼻而来。他下意识地皱了下眉,下了楼凑到厨房,果然是英鸣在准备早点。

"好香,什么东西?"

"荷包蛋⋯⋯"

英鸣往后让了一下,让石毅看见他锅里煎的是什么,后者愣了一下:"我好久没吃这东西了。"

自从开始流行什么牛奶面包的,家里也就没怎么做过。

他自己平时住,压根就是个不吃早点的人,最多到公司的时候欧扬给他准备点,多数也就是简单的牛奶加面包。

英鸣扬了下手上的铲子:"实话跟你说我就会弄这个。"

会弄这个还是因为小时候太爱吃了,但是每天指望家里给做又不现实,索性学会了自己什么时候想吃都能吃。

煎好了四个,又弄了点麦片什么的,冲完了英鸣跟石毅两人一起给端了出来，坐下的时候英鸣还补了一句："你大少爷将就一下吧，小户人家，吃不起什么好东西。"

石毅在对面咬着鸡蛋皱了下眉："滚！大早上你就开始挤对人，嘴上积点德行不行？"

"这就叫挤对了？"英鸣笑了笑："真没见过世面。"

英鸣讲话本来就损，真撒开了骂人能连着三个小时不带重样儿的。

两个人对着贫了两句把饭吃完了，英鸣做饭还凑合洗碗就彻底排斥了，挣扎到最后决定扔在桌子上不搭理，他上午要去趟电视台，之前和董晓合拍的那个电影剧组昨天通知他过去一趟。

正好石毅要去公司，两人一起出的门。

石毅的车还是那辆吉普，英鸣看见的时候就想起了之前两人拉力赛同开一辆车的时候，忍不住笑了笑，总觉得两人其实认识的时间不算太长，却真经历了很多事。

放在以前，他还真不太可能就这么让人三番五次地睡自己家里头。

所以说，人跟人之间，就是有着那么点缘分的吧。

两个人的车是一前一后，英鸣在前面石毅跟在后头，他家门口这条小道不宽，基本上是单行道，两辆车要是顶着必须得有一辆往后退一点才能过去，所以他们开得也慢。

一直到快临近出口的地方，突然从前头横出来一辆车。

正好堵在路口。

英鸣按了几下喇叭，本来以为对方是临时停车，结果半天了，也没个反应。

后面石毅不知道发生了什么事，也催了两下。

但是前头这车始终不动。

最后实在有点耗得没耐性了，英鸣走下车去敲了一下那车的车窗："我说，你们让……"

话还没说完，当头一棍就砸了下来。

英鸣被惊了一下，急忙往后退，避开了当头的一下却没能挡住旁边的一下，瞬间肩膀火辣辣的灼痛感泛滥开。

英鸣忍不住骂了一句，挨了一下本能地想绕开，但是车后座的门也突然打开了，他整个人被卡在里面，想动也动不了。

当头的乱棍几乎是毫无章法地往下落，其中感觉后颈被人打了一下，整个人踉跄了一下眼前一阵发黑。

后头石毅看着他下车的，本来以为是去协商，待了一会儿觉得情况不对，他直到下了车才看见前头是什么情况。

感觉胸口被东西猛地抢了一下。

他连想都没想，两步冲上去。

对方显然也没想到还有人会在这时候凑热闹，没来得及反应，就看见石毅一脚踹在那辆车的后门上，也不管后头还夹着一个人，他这一脚力气很大，里头哀号了一声就被门给夹在那动不了了。

英鸣因为身边的位置空出来了，急忙往后退，石毅帮他分担了一部分的攻击，他这才能看清楚眼前到底是几个人。

其实也就四个。

被石毅踹倒了一个，还剩下三个。看出来他和石毅想往后退，三个人直接堵在路口，外头的人看不见巷子里头是什么情况，只能看见一辆车堵在路口，不过这个时间本来起来的人也不多，石毅和英鸣都是因为有事儿才起了个大早，平时这附近也就一些老头儿老太太这点起来晨练。

赤手空拳对抗拿着武器的人，怎么都是比较吃亏的。

石毅和英鸣想往车那边退，沿途手边抓到什么都往那边砸，但是这办法治标不治本，眼见那几个人又要围上来了，英鸣干脆直接对上一个动手要去抢对方的棍子。

总不能一直挨打。

这不是他风格。

这些人的主要目标显然也是英鸣，石毅最多就是觉得妨碍到他们了，动手的时候，大部分都是针对英鸣的，现在看英鸣跟其中一个打起来了，另外两个人也扑了过去。

石毅把最外头那个揪住领子就往后拽，对方一时没反应过来，被石毅差点给拖到地上去。

然后就演变成了英鸣那边二对一，石毅这边一对一。

他俩一直都自认身手算不错的，打架是不常打，但是平时运动健身哪个都没落下，就算是上次在酒吧里跟人动手，也没落了下风吃过亏。只是今天来的这几个人，明显不仅仅一般的混混而已，除了一开始因为没注意石毅所以被踹了个正着的，后面这几个人，都非常不好对付。

　　所以石毅和英鸣差不多是一直在往后退。

　　一直到快退到车边了，没看清是谁的一棍子砸在了英鸣的车窗上。

　　当时"哗啦"一声震得人心里发颤。

　　然后等石毅注意到的时候，英鸣被压在了车前盖上，后脑袋就对着被打碎的车窗，上头的玻璃碴子眼看就要扎进去了。

　　石毅吓了一跳，扑过来要把压着英鸣的人往后扯，身后没注意，就被人直接砸了一棍。

　　打到这个程度，谁都分不清楚情况了，就连身上到底挨了多少下，打出去了多少拳，一样没什么概念，只是凭着本能被打了就打回去，也不管打哪儿了，抓到什么都可以拎起来砸。

　　这大概是石毅从出生到现在，打得最狼狈的一架。

　　但是，还远远没有结束。

　　被石毅拉住的人其实一个掣肘就把石毅甩开了，石毅还想上去拉他的时候，又被身后的人架着胳膊往后拖，右胳膊直接撞在倒车镜上，疼得他半边身子都麻了。

　　另外一边，英鸣刚好一脚被踹在肚子上，身体不受控制地往后摔。

　　他后头是一截有两指粗的水泥管。

　　石毅挣扎着伸手去拽了他一下，但是因为他自己也站不稳，这么一拉，英鸣被他扯了回来却收不住力，身后一空，整个人一头栽往已经被砸得有裂纹的后车窗上。

　　谁都搞不清楚到底是怎么发生的。

　　等英鸣稳住自己的时候，就听见头顶那阵破碎的声音。

　　抬起头，看到的是石毅半张脸的血。

　　从头上沿着眯起来的右眼，然后蜿蜒而下，滴落在地上。

　　一时间，所有人都吓住了。

连那几个打人的,也下意识地停住了动作。

英鸣来不及去管他们,半托着石毅的身子,几乎是用吼的狂呼对方的名字,但石毅只是表情有点茫然地晃了晃头,似乎是在努力保持清醒,然后愣了一下,没什么反应。

他人被撞蒙了。

等周围的一切声音重新回到他脑子里,他才慢慢组织起来眼前英鸣表情惊恐,接近于歇斯底里一样地冲他嚷嚷的是什么。

"你傻帽啊!干吗要垫在我后面!"

石毅本能地怔了怔,然后不太有意识地开口:"伤了脸……你还怎么做演员?"

下一刻,英鸣嗓子哑了。

他紧紧抓着石毅的胳膊,想出声,结果一个音都挤不出来。

后来那些人到底是怎么走开的,英鸣已经懒得去管了。

他打电话叫了救护车,石毅的意识一直都还算清醒,发觉到他要报警,还一把攥住了他的手机:"先别报警,我不想动静搞太大。"

英鸣虽然不觉得这事儿能瞒过谁,不过这时候他也没心情跟石毅再争论什么了,救护车等了快二十分钟才到,等到那些人扶石毅上车的时候,他人已经有点站不稳了。

往医院走的路上石毅脸色都很苍白,一直捂着受伤的地方,不敢用力,因为上面甚至还有碎片玻璃。

车上的救护人员帮他简单地处理了一下,表示因为碎渣太多,最好还是等到了医院再说。

到了医院,英鸣先去办手续。什么挂号急诊的很麻烦,他打了电话叫寇京和耗子过来,正好王义齐和寇京在一起,听说他出事儿了,人还在医院,二话不说就也跟了过来。

幸亏这个时间对医院来说还有些早,人倒是不多。英鸣看见王义齐也跑来了,没说什么,就是交代了一句说人在综合治疗室,他先去拿药。

寇京一把拿过他手上的医嘱单:"你还跑什么啊,也不瞅瞅你那一脸的

239

伤，我去吧。"然后拉了耗子两人就走了。

王义齐瞪着英鸣看了一会儿，拉着他坐在楼道里的椅子上："到底怎么回事儿，怎么搞成这样了……"

英鸣脸色很难看，他被迫坐下了才觉得心口一阵阵地发慌，摸出兜里的烟点上，英鸣抽了两口看见前头挂着的禁烟的标识，犹豫了一下，最后还是狠抽了两口才掐掉。

"早上我和石毅出门的时候遇到一伙人，什么话都没说就直接动手了。"

他说这话的时候，声音很哑。

那种哑不是因为嘶喊得太过用力也不是因为紧张，而是因为底气很虚，其实他已经拼命地想用正常声音开口了，偏偏就是没办法。

试了几次都没什么效果，最后他有点自暴自弃地捋了捋头发。

王义齐皱了下眉："伤得有多严重？"

"看不出来，但是血流了很多。"

他们在救护车里的时候，石毅的血就一直沿着他的衬衫往里灌，英鸣说了好几次让那几个医生先帮石毅止血，结果对方就是不搭理他。

一直快到医院了才意思意思地包了块纱布。

从石毅进综合治疗室到现在，过去快二十分钟了，一点信儿都没有。英鸣总觉得流那么多血人是要死的，而且还是从头往外流的。

——越想他身上就越冷。

看出来他情绪不对，王义齐拍了拍他肩膀："应该没什么事儿，你别太急。"

但是这种话基本上说了就等于没说，英鸣也不吭声，就是闷头坐着，要命地想抽烟，最后没办法只能在自动贩卖机那里随便买了瓶冰矿泉水，拧开就一直灌。

寇京和耗子办完了手续回来，英鸣自己拿过药就往治疗室那边走，那两人也没拦着他，看着他很小心地拧开门往里探了一下："医生，药我拿过来了。"

石毅是躺在床上的，听见他的声音也没什么反应。

英鸣往前凑了两步，想透过帘子看看情况。

有个医生正在处理石毅的伤口,旁边纱布棉花放了一堆,全染着血。

拍电影的时候,经常能遇到类似的镜头,动不动就伤得血流满地,感觉就算流再多,主角都能硬扛着不死撑到最后。

但是真正看到这些,是会让人犯晕的。

英鸣第一次怀疑自己大概是晕血,病床旁边的架子上就那么一盘子的染血纱布就快让他站不住了,医生从他手上拿过药,看见他还站着不走就催了一句:"你先去外面等着,等会儿我们还要给他做手术。"

"手术?"

听见这个词英鸣愣了一下:"为什么还需要手术?"

"有玻璃扎进他眼睛了,得赶紧取出来,行了,你先去外头等着吧,我们等会儿会带他去手术室的,你在这儿也帮不上忙。"然后医生不等英鸣想再问点什么,就直接把人推了出去。

英鸣差点踹门。

他攥了攥拳勉强忍住,绷着后背僵在门口连一动都不动。

寇京和耗子看他这样就过来拉他,因为不清楚里面的情况,寇京就问了一句:"石毅到底怎么样了?"

但是他这句问话没有得到答案。

因为英鸣根本不给他反应,就偏要那么站在门外死死瞪着关上的门,好像里头有他不共戴天的仇人一样。

后来还是王义齐也上来拉他,三个人才给勉强把人给按在了椅子上。

石毅这个手术还弄得挺长。

足足耗了快一个小时才算结束,出来的时候医生摘掉手套,第一句话就是让英鸣他们去办住院。

寇京赶紧上前打听了两句:"医生,里头那病人到底怎么样?"

"详细的还得等他做完全身检查才知道,拍个片子吧。现在看的话,就是眼睛伤得比较严重,其他都是外伤,应该问题不太大,你们给他办个住院,还要观察两天。"

急诊还有其他病人,这医生刚说完没两句就被其他人叫走了,紧跟着石毅就从里头被推了出来,闭着眼睛。寇京他们叫了两声,他也没什么反应,旁边护士说用了麻药，一时还醒不了。

英鸣是跟在最后头的，王义齐陪在他边上，一路上也没说话。

等到了病房安置好了石毅的位置，寇京才扯了王义齐一下："我说，你先走吧。我看已经有人认出你了，到时候搞得一堆人来看反而麻烦，鸣子这边有我和耗子呢，你放心。"

王义齐皱了皱眉，然后看了英鸣一眼："你成吗？"

后者有点疲惫地抬头，然后点了点头："嗯，你先走吧。"

到底是公众人物，扎堆在这里太显眼了。

王义齐也知道这种时候他在这里待着添乱多过帮忙，也没说什么，最后跟寇京留了一句电话联系也就走了，因为前头有人叫他名字了，所以他特地从后面绕了一圈，然后直接走的楼梯。

来的时候太着急了，一点变装的东西都没戴。

英鸣看他走了，就跟寇京他们一起进了病房，办床位的时候就特地安排在单间里的，费用什么的全是英鸣垫的，幸亏他钱包里有卡。

寇京和英鸣认识这么多年，就没见过他这么失魂落魄的时候。

虽然还不至于整个人消沉下去，但是那个难看的脸色和精神状态，全部表现着英鸣这时候整个人都很糟糕。

"我说，你身上也是一身的伤，要不先去检查一下，石毅一时半会儿也醒不了。"

他是自己不知道自己的样子有多狼狈，脸上好几块青青紫紫的，胳膊上也都是瘀痕，能不被认出来，纯粹是现在这模样像上了浓妆。

英鸣靠在墙边摇了摇头："等等吧，反正也不疼。"

"你那是疼得麻木了才不觉得疼，石毅都已经做过手术了你还担心什么，总不能他不醒你就不吃不动地站在这儿耗着吧？"

又不是他陪着石毅就能痊愈了，这时候拧的什么轴劲。

结果英鸣只是摆了下手："扣子你别管我……"他说话到现在都攒不出什么力气，一脸疲累地叹口气，他慢慢闭上眼睛，"你现在别管我，就由着我吧，我特不舒服。"

这也是第一次寇京看见英鸣这么虚弱的样子。

他皱了皱眉,只能小声地嘟哝一句:"被打得一身伤当然不舒服……"

旁边耗子扯了寇京一下,勉强让寇京住了口。

三个人就这么在病房里陪着,英鸣怎么劝都不肯坐下,就一直靠在窗边,寇京和耗子后来搬了两把椅子进来,坐在边上。王义齐的短信一直就没怎么断过,问的差不多都是废话,寇京回了两条后来也懒得理了,病房里除了偶尔的一点声响大部分时候都压抑得让人不舒服,后来实在憋不住了,寇京出去抽了根烟。

几个人一直也没怎么吃东西,等到下午快7点石毅才醒过来。

当时寇京跑出去叫医生,看见石毅第一个动作是要去抹眼睛,英鸣眼疾手快地一下按住:"你先别动,眼睛有伤。"

石毅显然有点反应不过来,被阻止了就有点发呆地愣住。他看了眼前的人一会儿才慢慢有了认知,不太自然地放下胳膊,皱了皱眉:"我怎么了?"

比起哑,他跟英鸣真是不相伯仲。

英鸣顺手拿过之前准备好的凉水端给他:"你先喝口水。"

石毅这么撑着身子不方便,英鸣就抓过之前抽出来放在旁边的枕头给垫在他背后,慢慢扶高了石毅喝着水才开始解释:"你不是受伤了吗?送到医院动了个手术,用了麻药,刚刚才醒。"

听到了"麻药"的字眼,石毅很轻地哼了一声:"我说怎么一阵阵地犯恶心……"

水也没喝两口他就示意够了,等英鸣把杯子拿开,终于长出一口气,他看着英鸣:"你怎么样?"

他对面的人怔了一下,然后摇头:"我没事。"

那声音像被人卡住了喉咙发出的哼哼。英鸣不由自主地皱起眉,大概是觉得自己刚才的声音太低了,就又重复了一遍:"我没事。"

只是这一次,比刚才沉得还厉害。

几乎快要听不出来了。

英鸣以前听人说过,有时候,人遭遇了比较大的刺激,会导致阶段性的失声。

他是知道有这种情况。

但绝对想不到这种事有一天会发生在自己身上，特别是，他也不觉得自己这已经到了那种程度。

他有点费力地咳嗽了一阵，摇了摇头拼命想要让自己自然一点，偏偏越想就越做不到，最后出来的声音就跟哭了三天三夜的效果一样，只能脸色有点尴尬地看着石毅，勉强着开口："你现在觉得怎么样？"

显然石毅也有点接受不了英鸣这样。

他愣了一会儿才皱了下眉，下意识地想去摸眼睛，但只是抬起了手却没有真正地去碰："还行吧，就是有点晕。"

"你麻药刚退。"

英鸣顿了一下："你还记得自己是怎么受伤的吗？"

"记得。"石毅点点头，"我没失忆。"

这时候寇京拉着医生也进来了，英鸣让开位置让医生给石毅做检查。确认石毅没什么大问题了，医生转过头："他情况还算不错，我给他安排了明天的全身检查，详细的要等结果出来，不过从目前来看，应该问题不大。"

安抚了英鸣他们几句，医生在医嘱卡上写了两句话然后就走了，临走把英鸣叫了出去。

楼道里来往的人不少，他们往旁边靠了靠。

"你们通知他家人了吗？"

"暂时还没有。"

"最好赶紧通知，病人的情况，还是需要他家里人了解。"

医生这么说，英鸣下意识地有点紧张："你刚才不是说，他应该没什么事儿了？"

"嗯，总体情况还算不错，但是他的眼睛受伤比较严重，眼角膜的破损即便是经过了手术依然不怎么乐观，虽然现在还不能确认到底对他的影响有多大，但有家人陪着，总还是要好些。"

英鸣脸色一白："你是说他会失明？"

"失明应该不至于。"医生解释了一句，"他受伤的时候，玻璃刺进了眼睛造成了眼角膜破裂，手术所能做的就是挽救他不至于失明，但是视力肯定会受到一定的影响，影响的程度目前无法确认。我让你通知他家人，也是希望他能够冷静地面对拆纱布的那天，因为只有他自己才感受得最明显。"

医生拍了拍英鸣的肩膀，留下这句话就走了，剩下英鸣一个人有点发愣地站在楼道里，脑子一片空白。

耗子见他这么长时间没回病房，就出来找他，看他傻愣愣地在那边站着就皱了下眉走过去："英鸣，你怎么了？"

英鸣敛了下视线没出声，过了很久才有点僵硬地推开病房的门，里头寇京正在和石毅说话，两人抬头看他。

石毅有点受不了英鸣脸上的伤，扯了寇京一把："他到底看过医生没有？"

人都在医院了，怎么也没大概处理一下。

后者有点无语地耸耸肩："劝了好几次了他不肯去，没辙。"

数脾气倔，这一屋子的人英鸣认第二，估计没人敢认第一。

"劝不管用就拉去啊，他身上肯定不少伤。"那几个人的主要目标是英鸣不是他，光他眼看着英鸣就挨了好几棍，何况是那些他看不见的。搞到现在他这个被殃及的池鱼都躺在病床上了，正主还来来回回地晃悠。

石毅的不认同只换来寇京一个无能为力的白眼。

英鸣整个人精神都不是太好，他勉强拉过椅子坐下，然后跟寇京和耗子打了句商量："你俩先出去一下，我有话想跟石毅说。"

寇京皱了皱眉，跟耗子两人对视了一眼，然后点点头："有事儿叫我们，在门口。"

等到病房里就剩下石毅和英鸣了，后者才很长地出了一口气，仰着头闭上眼睛，半天都不带动的。

石毅知道他有话说，就也没催他，一直等到英鸣重新睁开眼睛，才问了一句："什么事？"

英鸣考虑了一下话该怎么说。

"医生让我通知你家人。"他顿了一下，皱起眉，"告诉我你家里电话。"

他不是在商量，是直接向石毅要而已。所以，对方也怔了怔，答非所问：

"到底怎么了？"

英鸣就重复了一遍："跟你要家人的联系方式。"

这次石毅拒绝得就比较直接了："我不想通知我家人。"

打架打进医院，哪怕不是他惹的麻烦，这种事也绝对不是石毅会跟家里报备的情况。

但是英鸣很坚持："你住院这么大的事，想瞒也不可能瞒得住。"

"那就能瞒多久瞒多久，我自己家里的事，我可以处理。"

石毅觉得这话题有点扯，英鸣现在的态度明显是有事，但是不愿意告诉他却非要通知他家里，搞这么严重难道是他要残废了吗？

这么想着，他突然反应了过来。

石毅皱眉看着面前有点反常的英鸣，抬手很轻地碰了一下还包着纱布的眼睛："我眼睛怎么了？"

英鸣只是沉默。

病房里压抑着一种让人窒息的静默，石毅脸色本来就发白，现在更是笼上了一层不易察觉的凝重，他犹豫着猜测着："我……会瞎？"

"瞎"这个字直接刺激到了英鸣，他整个人坐在椅子上震了一下，然后深吸一口气："不会失明。"似乎是积攒了很久才终于有力气说出这句话，英鸣索性一不做二不休地全说了，"医生说最糟的情况是你的视力会受到很严重的影响。"

"严重？"石毅重复了一遍，"有多严重？"

"暂时还不好说，要等你拆掉纱布。"

英鸣说完这句话，石毅突然有冲动把脸上的纱布直接抓下来，他努力地克制住身体里涌现的焦躁，沉默了一会儿才点点头："行吧，我知道了……"

一时间，没人再说话。

英鸣一直自认是个从不逃避问题的人，因为早就做好了觉悟任何事情都不可能是一帆风顺的。生活中，面对选择的时候既要有成功的准备，也要有失败的勇气，期望过高是自己欺骗自己，压根就没意义。

经历过事业的起伏，也遭遇过生活中的问题，他以为自己已经足够淡定了。

结果发觉都是狗屁。

跟石毅这短短的几句话,就跟要了他半条命一样,每个字说出口都觉得心里被扯着难受,甚至不是能说出口那种,就是憋得慌,想砸东西,想大喊,想随便干点什么把自己搞到精疲力竭。

不过,这种精神上的歇斯底里,也只是让他的头更疼了而已,到最后,他依然是坐在石毅的面前,两个人对着彼此的沉默,自己心里那点东西,就只能自己去品。

过了很久,石毅才很慢地开口:"暂时……还是不要告诉我家里了……等我拆了线再说吧。"

他的声音到后来就低了下去,这种冲击不是一时半会儿就可以消化的,他说完了这句话,就没有再吭声了,一个人有点发怔地看着自己的被子。旁边英鸣皱着眉看了他半天,也没有见他动一下。

到最后,英鸣只能自己站起来走出病房,关上病房门的时候看见寇京和耗子疑问的眼神,然后下一刻他一拳狠狠地砸在楼道的墙上。

"浑蛋……"

头抵在墙上拼命地想要阻止头里那种呼之欲出的叫嚣感,英鸣死死地攥着拳,后颈上全是冷汗。

耗子看他样子不对,就过去扶他,结果人刚碰到英鸣的肩膀,就看见他整个人脱力一样地跪在地上,下意识地抓着胸口的衣服,一脸的强忍。

刚才那一拳大概扯动他的伤口了,本来受伤也不算轻,不是因为强撑,他可能都扛不到现在。

寇京又急急忙忙地去找医生,楼道里一片嘈杂。

等医生到的时候,英鸣已经差不多失去意识了,满脸全是汗,浑浑噩噩地呻吟着,然后直接被推进了急诊手术室。

耗子和寇京两人吓坏了,站在手术室外头人都有点哆嗦。

"怎么突然之间这么严重了……"

之前在病房里不还没怎么样呢,出来怎么就一下不行了。

耗子听见寇京的嘟哝也接不上话,两个人都面带焦急地看着手术室外头那个提示灯,盼着这玩意儿赶紧灭了,然后里面的人千万得没事。

石毅现在这样就已经够糟的了，如果英鸣也跟着搞出点什么意外，就真的是要搞疯人了！

幸亏，英鸣的伤并不是太严重。

过了一会儿就有医生出来跟寇京他们说，英鸣的情况主要是一些外伤，并没有伤到内脏，比较严重的是他右臂尺骨骨裂，需要做一个固定，让寇京他们先办手续去排一下时间，尽快处理。

英鸣从手术室里出来的时候，甚至是自己走出来的。

寇京话到嘴边就骂不出来了，只能狠狠地瞪了他一眼："骨裂了还要去捶墙，疯了是吧？"

现在这是都不想活了，好端端的都要折腾。

英鸣这时候压根没什么力气去回他，勉强地扯了一个应付的苦笑，他摇了摇头："我根本不知道自己骨裂。"

"早叫你查，不是不听嘛！"

寇京声音一下子就扬高了，刚想再说什么，被耗子给硬按了下去，他回头跟英鸣交代说他们先去办手续，然后拖着人一路走远了。

英鸣看着两人远去的背影，自己摩挲着小心地找了个椅子坐下，慢慢闭上眼睛靠在墙壁上，感受后脊那种刺骨的凉意从墙壁穿透他的骨缝，然后一点点地挤进身体里面。

他欠石毅的人情是算不清楚了……

第十章

自欺欺人

石毅在医院这几天,基本上就是英鸣和耗子陪着,寇京只陪了一天手机差点被打爆掉,第二天实在扛不住了只能先回去。英鸣的胳膊上打了石膏,除了发药的时候基本上就在石毅的病房里待着,石毅话不多,三个人也就是打扑克看电视,没人刻意去提石毅眼睛的情况,有点自欺欺人,但也只能这么消极被动地等着,偶尔会忍不住希望或许还是有奇迹的。

不过,生活之所以会被称为残忍,也就是奇迹总是发生在别人身上。

石毅拆纱布的那天,英鸣一直站在病房里。

医生和耗子都劝他最好在外头等,他坚持要留下。

一伙人看着石毅很慢地睁开眼睛,有点茫然地愣了一下,然后摇摇头,重新闭上眼睛再睁开,试了几次,最后放弃地皱了下眉:"不行,看不清楚。"

他用手盖住左边完好的眼睛,抬头很模糊地往英鸣那边看了一眼,然后扯出一个苦笑。

还真的是什么都看不清楚。

就好像戴着眼镜被人蒙了一层水雾一样,只能感觉到眼前有人,却看不清是谁。

医生在他面前举着手晃动了一下:"看得出来是几?"

石毅皱眉仔细分辨了半天才犹豫着开口:"三?"

"猜的还是真的能看见?"

"猜的。"

"我现在给你安排一个矫正测试,看看戴眼镜的话,能帮你矫正到什么程度。"医生说完,转头跟护士交代了几句。

英鸣这时候走到床边:"都睁开的话,能看见东西吗?"

石毅摇了摇头:"都睁开太晕。"

一边视野清晰一边模糊一片的感觉,不是当事人根本无法想象,就跟自己身体被分裂成了两个维度的空间一样,整个意识都显得很扭曲。

护士按照医生的要求出去安排了,医生要绕到另外一边检查石毅左眼情况的时候,英鸣需要给他让一下,刚往后退了两步立刻就被石毅一把拉住。

他有点意外,抬起头对方表情有点尴尬,但是一直没松手:"我说,你就这儿站着吧……"

可能,这世上再没有人看过石毅这种表情。

英鸣点了点头,站着没动。

护士后来推了一堆东西进来,大多都是检测视力的仪器,英鸣看着护士让石毅下床做些检查,测量出来的结果只是让医生一个劲地皱眉。

英鸣看着医生皱眉就觉得后背被人捶了一下一样,憋到最后没忍住,还是开口问了:"医生,情况怎么样?"

石毅虽然没说什么,但是显然也有点紧张。

医生看了两人一眼:"我们会尽力的。"

接下来的时间,基本上就是在帮石毅做视力的矫正,英鸣每看见镜片增加一个,眉头之间的褶皱就加深一点。等到弄得差不多了,英鸣看着石毅的表情稍微舒缓了一点。

他往旁边走了一步:"怎么样,清楚吗?"

医生示意石毅起来走走:"你走两步看看,头晕吗?"

石毅依言站起来,回头看了英鸣一眼:"还行。"

"这几天为了适应你的视差,除了睡觉之外最好不要摘掉眼镜,如果洗澡的话,最好有个人能够陪着你,因为你的视差可能会导致你有眩晕感,严重的话可能会恶心,甚至呕吐。"

石毅点点头表示了解,皱眉往窗外看了一眼。

医生后来留了几句嘱咐的话就走了，耗子一直在外头等着没进来，看医生走了才进屋，探头问了一句："怎么样？"

石毅现在戴的是那种一堆镜片叠在一起的镜架，看着稍微有点可笑，他捅了捅眼镜："还有点不习惯，不过看东西还行。"

英鸣看他一眼："你准备什么时候通知你家里？"

"过两天吧……"

"等几天都是一样，这种事你不可能瞒得住的。"

无端端架了个眼镜，怎么可能不问。

但是这个话题显然石毅不太想继续谈了，耗子正好走到床边，石毅顺势转了话题："耗子，你把手机拿来给我。"

接过手机，石毅打了一通电话。

是打给欧扬的。

那边的人一接电话就急了："石毅你人哪儿去了？说了要开会结果人就再没出现过，打你手机好几天了接都不接，就两天前给我发了个什么没事儿的短信，你这是去外星旅游了？"

"你放心，我要真去肯定给你留张票，我现在人在医院。"

"医院？你又把谁打了？"

之前赵子聪的事情欧扬是知道的，亏了当时是英鸣帮石毅顶了，不然还不知道要闹出多大的事。

这位最近真是吃了炸药了，动不动就跟人急。

赛车打架砸酒吧，这还是他认识了十几年的石毅吗？

英鸣刚好在旁边听到欧扬这句话，下意识地扬了扬眉，看了石毅一眼，后者一皱眉："你先帮我查一件事，最近有没有人提起过要对英鸣下手的！"

欧扬在那边有点意外："英鸣？"他大概是反应了一下是谁，"哦，你那个演员的朋友？"

"嗯。"

"好，这没问题。不过石毅，你舅舅昨天刚打电话给我，问我知道不知道你在哪儿，我说你在外头出差，你有个准备，我估计是有事找你。"

石毅在欧扬提到他舅舅的时候皱了下眉头，很轻地出了一口气："行了，

251

我知道了。"

等挂了电话，他转头看英鸣："这下我想不想通知家里都一样了，我舅舅估计已经收到信了。"

他刚说完，病房的门就被推开了，寇京刚好走进来，听见这句冷笑了一声："果然不是一家人不进一家门，你料得挺准。"

石毅回头看见寇京站在门口没有立刻进来，心里下意识有了一种不太好的预感，果然，下一刻寇京后面就多了一个人。

他先是一愣，往前走了两步："爸。"

本来以为是他小舅舅会先到，结果直接惊动到他爸了。

英鸣在靠后的位置看着一个颇为威严的中年人走进来，身上穿的外套很低调，听见石毅叫他，只是很轻地哼了一声。

寇京帮他带上门，跟耗子和英鸣打了个眼色，示意他俩先出去。

石毅父亲这个架势，明显是要跟儿子好好聊聊。

两人接到眼神就往外走，不过快到门口的时候，石毅的父亲有点突然地开口问了一句："你们谁是英鸣？"

英鸣回头："我。"

"你留下吧，我也有点事情想问清楚。"

耗子和英鸣对视了一眼，后者往后退了一步，很低调地站在旁边。

石毅皱了下眉："爸，你怎么来了……"

"你在这里住院，签字的是你朋友，他们要是不通知到我这边，回头我是要挨个算账的。"语气有点硬。

石毅的父亲往前走了两步，抬手看了一下石毅戴的那个有点可笑的眼镜："出这种事，你都不跟家里打招呼？"

竟然还要别人通知他自己儿子眼睛被人打伤了。

"我本来也打算着今天跟你和妈说的，怕你们担心。"

"怕我们担心就别搞这么多事！"

声音突然扬高了，声音震得病房里剩下两个人都是一怔。

石毅面有歉意："爸……"

不过他这句话没能说完，他对面的长辈皱着眉坐在床边的椅子上："告诉我，到底怎么回事。"

这次接口的是英鸣："伯父，这次其实是针对我的，石毅只因为帮我。"

石毅的父亲闻言转头看了他一眼："你知道是什么人做的吗？"

"暂时还不知道。"

从出事到现在，他所有注意力都放在石毅眼睛受伤这件事上，压根没有时间去仔细琢磨这事儿。

也根本顾不上。

石毅到底是石家人，听见这话就反应过来了："爸，舅舅是不是已经查到是什么人了？"

结果他父亲瞪了他一眼："我知道你受伤的事就直接报警了，不过，你舅舅动作比那边还快一点。你先告诉我，你之前跟赵子聪的事，到底是怎么个情况？"

还瞒着他动了他以前的关系。

话都说到这里了，石毅当然也不敢再瞒了，把之前跟赵子聪的事情大概描述了一遍，但具体打架的事由倒是也没提得太清楚，说到当时英鸣帮他顶罪的事，就听见他父亲插了一句评价："简直越来越不像话！"

石毅的父亲看着英鸣："你跟赵子聪之间的问题既然是因为石毅而起，这件事，就让石毅出面处理吧。"他对着英鸣说话的时候态度明显要比对着石毅的时候缓和一些。

英鸣皱了下眉："那些是赵子聪的人？"

不过，倒是也不意外。

本来最初也怀疑过是不是威赛的人做的，但是想想威赛既然找了律师来跟他谈，就算真要做点什么事来找他麻烦，应该也不至于用到这么不入流的招数，何况真要是威赛的人，应该不会对石毅动手的。

石毅在旁边很干脆地骂了一句："那个孙子！"

他父亲看了石毅一眼没说话，打量的视线来回看了英鸣两眼。

显然他来之前就已经知道英鸣是什么人了。

英鸣被这么打量，也没做什么表示，态度还算自然，等到被审视完了，才看见石毅的父亲很轻地点点头："我听说，你跟威赛那边也有点麻烦？"

说完这句话，石毅的父亲转头看了一眼石毅："你上次来找我说威赛的事，是不是就为了英鸣？"

石毅先是一愣，然后点头："嗯。"

"下次帮朋友就直说，还跟我掰说是为了工作，你以为我不搞清楚你到底是为了什么就会稀里糊涂地帮你忙了？"

这话一说，石毅脸色有点僵，不过最后还是问了一句："那现在……"

"你们先老老实实告诉我，到底跟威赛之间是怎么回事。"之后石毅的父亲又补了一句，"不准再有一点隐瞒！"

威赛的事，主要是英鸣来说的。

石毅的话很少，偶尔也就是在旁边补两句，他心里清楚因为他打架受伤的事他爸心里不痛快，这时候他说的话，不会有半点好处。

英鸣把话说得很实，没有什么隐瞒的地方，来龙去脉，包括威赛的律师找上门他都说了。

石毅的父亲把话都听完了并没有立刻接话，而是考虑了一会儿才抬起头："你现在的态度还是跟最初一样？"

"嗯。"英鸣点了点头，"没变。"

过了好半天，石毅的父亲才点点头，很轻地笑了笑："年轻人，有想法是好事儿。"他看着英鸣的眼光里有几许欣赏，然后才把视线转到石毅身上，"行了，威赛那边的事你就不要插手了，过段时间再说。"

说完他站起来："你先跟我回家吧，眼睛重新检查一下。"

这句话虽然不是看着石毅说的，但是明显针对的是他。

石毅愣了一下，本来想说什么但是最后也没开口，只是看了英鸣一眼，然后有点无奈地挑了下眉角，跟在他父亲身后。

都快到门口了，石毅他爸突然回头看了英鸣一眼："你们朋友之间，有时候做事都多劝着点，不要有事了互相兜，真造成了什么不可挽回的伤害，你们是会后悔的。"

英鸣很配合地点了下头："我明白。"

寇京他们看着石毅和他父亲一起走了，就走进病房打听了一句："怎么样?挨骂了?"

"没有。"

英鸣下意识地掏出兜里的烟点上,之前顾虑到石毅是个病人,他憋了好几天也没抽过。

但是他有个胳膊打着石膏,动起来不是特别方便。耗子过来帮了把手,给他点上烟:"石毅这是怎么着了,跟他爸回家?"

"肯定得回去吧,家里那边的医院应该比这里的好些。"英鸣抽了两口烟,然后慢慢地吐出烟雾。

石毅的父亲远比他想象中的有压迫感,但并不是那种不通情理的蛮横做派,以前想象中,以为这种级别的人对人都很不客气,今天亲眼见到才觉得跟想象中有所差距。

看得出来他真的很疼石毅,语气里责备和气恼都有,火气却一直压着,只是周身包裹的那种经历沧桑后所沉淀出的睿智通透,很容易给人一种无所遁形的压力。

有这样的父亲,也难怪会教育出石毅这种儿子。

英鸣忍不住笑了一下,敛了敛视线:"石毅既然跟他家里人回去了,应该问题就不大。扣子,你回头帮我打听一下赵子聪最近都在什么地方混。"

寇京一听他突然问起赵子聪,只想了一下就反应过来了:"对你俩动手的是赵子聪?"

看着英鸣点点头,他狠狠地咬紧后牙。

上次的账都还没算清楚,这小子是找死吗?

耗子显然也被搞得很火大,他看了英鸣一眼:"你准备怎么办?"

英鸣抽着烟微微眯起眼睛,视线在烟雾之中显得不是很真切。他在娱乐圈里起伏这么多年,虽然如今混得不说是风生水起,起码见过的,听过的,遇过的事都不算少数了,别人不惹到他头上什么都好说,真顶到头了……

他冷笑了一下:"该怎么办,就怎么办呗。"

石毅回家的那天晚上,英鸣给他发了条短信。
是提醒他洗澡的话不要摘眼镜。

255

结果对方很快就回过来了，说家里要给他安排做手术。

英鸣皱了下眉，直接打了过去。

只响了一下石毅就接了，首先是一阵熟悉的低沉笑声："我本来还说，要给你打过去。"

"你回家挨骂没有？"

"骂是肯定要挨的，不过有我妈在还好，只是被唠叨了两句。"

石毅靠在自己卧房的沙发上，捋了捋头发，长出一口气："你呢，胳膊自己待着行吗？"

"我这级别还够不上伤残人士，不影响生活。"英鸣笑了一下，然后话题转到他打电话的原因上，"你家里给你安排的手术是弄眼睛的？"

"嗯，想换个角膜。"

石毅说这话的时候并没有什么情绪起伏，英鸣很轻地皱了下眉："你不愿意？"

虽然是疑问句，但是语气里已经有几分确定了。

对于两个人之间的这点默契，石毅实在忍不住很轻地哼了一声，也不知道是调侃还是感慨，最后叹口气："嗯，医生说就算做了手术，也不能确保能够恢复到什么程度，想要像以前一样基本上是不可能了，最多能到0.3这样。"

英鸣在那边只是沉默。

"既然反正也不可能完全恢复了，何必浪费这么一个角膜呢，我怎么说也不是瞎子，没必要这么折腾。"

这年头角膜虽然不是多稀缺的东西，但也是排队名单拉了老长的一堆人盼着，横竖都要戴眼镜，差个几百度压根也没什么分别。

他说完过了很久英鸣才插了一句："你家人同意吗？"

"当然不同意。"石毅端起茶几上的茶抿了一口，然后慢吞吞地放下，"我妈都快跟我急了。"

这件事上他家倒是统一战线，包括他小舅舅，所有人都在无所不用其极地逼他就范。

不过，他已经拿定主意不做这个手术了，回头再去跟他们好好说说吧，真的没什么必要。

最初确实不太好接受,但是从知道这个事实再到今天折腾到现在,他已经彻底消化掉自己将来这辈子离不开眼镜的现实了,幸好外表看着没什么影响,眼镜戴久了也慢慢不那么难受了。

"英鸣,我记得你平时也戴眼镜?"

突然想到这点,石毅来了点精神:"你有空陪我去配个眼镜呗!"

英鸣皱了下眉:"我平时不戴,偶尔看书或者眼睛太累的时候才会用。"他说完这句顿了一下,然后压抑着语气,"石毅,我也想劝你做手术。"

石毅过了一会儿才接话:"为什么?"

"没有为什么,对你好。"

"英鸣,我家里人劝我做的原因我明白,他们是有点急了,本来也不是很理智。但是你应该很清楚这种手术做不做其实就是个心理安慰,改变不了什么。"

平白无故地开一刀,最后的结果可能还是又一个失望。

如果今天石毅是彻底瞎了,他怎么都会接受这个手术,毕竟彻底看不见东西和不做盲人还是有很本质的区别的,但是现在就是个程度问题,不会有性质的改变了。

结果英鸣在那边只是很轻地笑了一下:"石毅,其实我现在也不怎么理智的。"

他这句话说得有几分调侃,也有几分无奈,但是更多的竟然有几分自嘲。

石毅感觉到了英鸣的态度有点不对劲,但是一时之间捉摸不出来这里头的味道,只是皱了下眉,两个人之间有一段很短暂的沉默。

直到石毅觉得有点尴尬了,才很轻地咳了一声:"对了,赵子聪的事,你打算好要怎么做了吗?"

他爸说威赛那边的事不需要他插手了,却没说赵子聪这件事要怎么处理,很明显,这笔账怎么都得算清楚。

英鸣靠在墙边看着对面墙壁上的挂钟,表情没什么变化:"我让扣子去找人了。"

"有消息了跟我打个招呼。"

"放心吧……"英鸣很轻地扯了下嘴角，"不会忘了你那份。"

寇京后来找到人通知他俩的时候，差不多所有人都去了。

耗子都去了。

石毅是跟欧扬一块，他那位小舅舅在不久之前送了他一份小礼物，那天跟他和英鸣动手的四个人全都被抓了，涉嫌参与有组织犯罪，联合罪名叠在一起有四五项。石毅没看到人，但是收到了他舅舅找人给他送过来的照片，就算只是拿人钱财替人消灾，终究动手伤人的是他们，一个都跑不掉。

而赵子聪这顿，就必须得是大家亲自动手了。

后来，石毅从他舅舅那里听说，赵家的人去找过他父亲，当时已经说到快跪下了，只是想让石家放赵子聪一马。

打都打过了，人躺在医院里连吭都不敢吭一声，但是，要真送进去坐牢，这小子一辈子也就完了。

但是石毅父亲的态度很强硬。

只说他当时根本不知道会是赵子聪搞的事，报了警还引起了不小的关注，现在不少人已经知道了，进入司法程序，他也没办法。

英鸣问石毅赵子聪这下会被判多久，后者只是笑了笑。

就那怂样，无论几年都够他受的。

威赛那边果然再也没有找过英鸣的麻烦，之前炒得沸沸扬扬的新闻，连着一段时间没去关注，等到石毅和英鸣再想去了解的时候，已经慢慢平息下去了。

石毅后来配了个黑框的眼镜，倒是也不难看，欧扬当时给的评价是越发像斯文败类了，寇京却说这架势看着比较像混黑社会的。

只有英鸣当时没什么心情，一个人站在旁边抽烟，也不吭声。

赵子聪坐牢了，圈子里知道来龙去脉也要不了多少时间。

以前或许还有人开英鸣的玩笑不以为然，现在也没有人再敢不当一回事儿地嘻嘻哈哈了，甚至有时候看到英鸣去酒吧，还会有人很识趣地把他酒钱给结了。

刘莉后来在发布会上碰到过英鸣一次，两个人很短暂的交流中，她笑着丢出来一句："英鸣，我自认看人还算准的，偏偏看错了两个人，一个是石毅，一个是你。"

这句话英鸣没当回事，听完也就过了。

一直到石毅和寇京暗地里给他张罗了一场生日会，包了个酒吧，找人给他电话说石毅找他有急事，害他匆匆忙忙赶到地方，一推门被扔了一头的彩片。

当时他皱了下眉忍不住骂了一句："你们多大了还玩这个！"

全场没人敢吭声。

只有石毅慢悠悠地接了他的话："我们多大不是今天的重点，今天的重点是你多大了。"

然后带头喊出了"生日快乐"。

场面其实要多俗就多俗，但是英鸣被围在一群人中间皱着眉，视线扫到石毅的时候，终于忍不住闭上眼睛。

——真是个二百五！

说不感动是假的吧。

后来石毅来敬他酒的时候，英鸣抬眼看着他："石毅，你是在找死。"

对方只是嘿嘿一笑："真到了要死的时候，我肯定忍不住得拖你上路。"

既然是英鸣的生日，他酒是不可能少喝的。

王义齐也被寇京叫来了，石毅最初看见他的时候还皱了下眉，不过也没说什么，耗子他们乐队的人都来了，给唱了几首歌，酒吧平时常来的也都是圈子里的人，来来往往，多少都有些交情。

不过这里头石毅的熟人不多。

他一个人端杯酒靠在旁边，看着英鸣被人里里外外地围着，嘴角挂起一抹笑。

上次给人张罗着弄这些事，他都忘了是什么时候了。刘莉那次都是她自己花的心思，他只是配合着要了个场地。

基本上他连自己的生日都不太上心，遑论是其他人的。

石毅抿了一口酒，回想起最初见到英鸣的时候，觉得有点恍如隔世的不真切感。那时候，怎么都没想到两个人会能有今天这样的交情。

原本可能永远不会有什么深入交集的两个人，身处不同的圈子，做事不同的风格，甚至看问题，也都在不同的角度。结果偏偏就因为各种各样的事情打交道的次数越来越多，等到石毅反应过来两个人走得很近时，就已经是这样的局面了。

明明英鸣这人连说出来的话都很难分得清楚真假，压根也不是石毅会待见的那类人。

每次他想吐槽地骂一句：你玩我呢！

对方永远是那副调调地回他一句：你猜呗。

自己到底是怎么忍受这样一个人慢慢和自己成为莫逆的？

琢磨了半天也想不出个所以然，最后石毅只是摇头笑了一下。等英鸣终于从那一堆人里抽身出来，往他这边走的时候，就看着他一个人靠在边上笑。

"傻乐什么呢？"

英鸣站在他左手边，看着他杯子里的酒："你少喝点吧。"

石毅笑了一下："今天危险的是你不是我，你不用操我的心。"

"我真没想到你还有闲心搞这些东西……"

不得不说英鸣有点意外，虽然每次他过生日都会被折腾一下子，但更多时候也就是几个哥们儿凑一起喝一顿拉倒了，这种搞花样的，似乎从他离开了聚光灯下的焦点后，就渐渐越来越少了。

乍一下，其实有点不适应。

旁边的人懒懒地挺了下后背，不怎么在意地回了一句："朋友找个机会乐和一下呗，最近事情闹心的太多，也换个心情。"

英鸣闻言转头看了他一眼，下意识地皱起眉："你眼睛怎么样，适应了吗？"

"还行吧，余光的话稍微有点费劲，平时没太大影响。"石毅抬手扶了一下眼镜，"眼睛有时候看东西太久会有点酸和疼，不过也不严重。"

"你坚持不做手术，你家里人最后是怎么同意的？"

"我就是不愿意做他们还能怎么办？我爸骂了我一顿，然后也就随我了。"石毅耸了下肩膀,"毕竟眼睛是我的。"

他的态度很随意,似乎是真的没拿这个当回事。

英鸣有点突兀地伸手把他的眼镜摘了下来,没等石毅反应过来,就直接单手盖住了他的左眼。

一时间,石毅眼前就剩下模糊朦胧的一片。

他皱了下眉:"英鸣?"

但是对方没反应。

他能感觉到英鸣在看他,却看不清楚对方的表情。

人的感觉其实是很敏锐的,尤其是当眼睛看不清楚的时候,一种下意识的判断就会很准。石毅能感觉得到英鸣的视线,甚至能感觉到那种复杂难言的情绪,没有理由,就是知道。

他试探着叫了两声英鸣,却一直得不到回应。

有那么一个瞬间,石毅觉得有点不安。

所以他下意识地抓住了盖着他眼睛的手腕。两个人就带着这么有点僵持的气氛保持着这样的姿势,英鸣一直没有告诉石毅他这么做的原因,过了好一会儿才把眼镜还给石毅。

等他戴好了想要追问英鸣搞什么的时候,英鸣已经先一步走了。

那一夜,英鸣喝了很多酒。

哪怕是寇京他们都没见过他喝这么多的酒。

到最后,是耗子和寇京两个人把他扶上车一路送回家的,石毅本来说他送,英鸣死活不同意。

一伙人闹到了两三点才散,等英鸣到家的时候,已经快四点了。

耗子他们把他扶到沙发上,想问他还能不能上楼,结果他只能胡乱地摆摆手,示意自己确实走不动了。耗子上楼给他拿了毛巾被下来,盖在他身上后,两人才走。

仓库门关上的时候,窗外的月光从天窗一直洒到地上,只能照出一片模糊的影子。烟圈儿蹿上沙发窝在他脚边,趴着就没了什么动静。

英鸣慢慢睁开眼睛,有点发怔地看着前头。

261

他现在头很晕，胃里翻江倒海地想吐，偏偏意识很清醒，心里也很平静。

拉力赛的时候他对石毅还是欣赏，后来慢慢是种默契、习惯，最初就是觉得这人跟一般的富家子弟不太一样，但是说到底，跟自己不是一个世界的人。

英鸣最后有点无奈地盖住自己的眼睛，喃喃自语地骂了一句："太扯了……"

看着石毅半张脸都是血的时候，他浑身上下都跟泡在冰潭里然后捞出来一样。

那种恐惧和震撼，用任何语言都形容不出来。

他这辈子，从来不欠人任何东西，哪怕是吃亏，也绝对不会落下人情。

这点寇京他们还曾经跟他抱怨过，觉得他这种脾气太拉距离了，似乎任何人都走不近一样。

但是现在他不只是欠了，而且还还不起了。

心里很愤怒，更多的是揪着心的那股酸涩感。

刚刚在酒吧里，他看着石毅被摘掉眼镜之后抓着他手腕的时候，心底某些神经跟被扯断了一样。

所谓如人饮水，冷暖自知。

石毅看不见他的表情，所以大概不知道他是一个什么样的表情。

他自己也没照镜子，却可以想见那会有多狼狈。

作为一个演员，是靠着演绎情绪吃饭的，在其他人眼里，他一直都是个极其会掩饰情绪的人。

结果现在，套一句老话来说，真是一世"英鸣"，毁于一旦。

该死！

这以后，要怎么办……

石毅发觉从生日会那天之后，他约英鸣变得很困难。

第一次被拒绝的时候，他甚至觉得很不适应。

但是对方给出的理由很充分，他的电影进入后期配音了，所以很多琐碎的事情要处理。

忙起来也就不分点了。

石毅能理解,但是接受起来却有点难度。

电话总是下意识就拿起来了,反应过来的时候就已经拨了出去,然后每次都会本能地希望这次对方刚好有空。

其实也没什么事,就是一起吃个饭的时间。

却总是赶上英鸣各种事。

等到第七次被拒绝的时候,石毅终于有点火大了:"你一天到晚到底忙什么啊?就吃顿饭你也没空?"

他对面的欧扬吓了一跳,有点诧异地看着他。

英鸣在那边沉默了一会儿,但最后还是很沉稳地开口:"对不起,最近真的很忙。"

然后石毅摔了电话。

实话说英鸣的拒绝不怎么具备技巧,石毅只要不傻都感觉得到对方并不是真的忙到了什么程度,而是纯粹不想应约而已。但他想不出来会是因为什么理由。

印象里,对方从来不是会这么做事的人。

看着他面色不善的表情,欧扬试探地问了一句:"石毅,你没事吧?"

石毅有点烦躁地皱了下眉:"没事儿。"

重新翻开讨论到一半的计划书,石毅强迫自己集中精神不去琢磨那点糟心的事,暗自告诫自己不要再忍不住去碰那个该死的电话了!

好在一下午的时间他都泡在会议桌上,等到全部结束的时候,已经快十点了。

欧扬说干脆大家一起出去吃个饭,石毅却没什么精神地摆摆手:"行了,我有点累先回家了,你们去吃吧,回头报账。"

没怎么理会欧扬还有些担心的眼神,他拎起外套就去车库取车,当然,他并没有回家。

一路直接飙到了英鸣家,从外头看,仓库里透着光亮。

人肯定在家。

石毅按了两下门铃,身后的车灯晃在他身上,整个人看起来有些急躁。

开门的人看到是他，下意识地怔了一下："你来干吗？"

石毅皱起眉："英鸣呢？"

本来就有点压不住的火气在看到开门的是王义齐之后，石毅觉得更烦躁了，他很直接地推开王义齐往里走了两步："英鸣！你给我出来！"

王义齐抬手拦了一下："喂，你喝多了是吧？"

这不是来打架的吧？

结果石毅喊了好几声也没能把英鸣叫出来，反而是从楼上又走出一个男人，有点纳闷地皱了下眉："阿齐？"

他一边叫着王义齐一边往楼下走，大概是刚睡醒，意识很不清楚，走了两步差点摔。

王义齐顿时也顾不得石毅了，回身就冲到楼梯边上："你下来干吗？发烧回房间里躺着！"

"我听见楼下吵，就起来看看。"

男人声音很小，大概是生病的缘故，看着有点虚："你没事儿吧？"

"一个疯子，不用理他！"

王义齐阻止了他要往下走的动作："你先回房间，是来找英鸣的。"

"但是……"对方显然不太放心。

"我让你回房你就给我乖乖回房，别忘了我是你哥！"他这么一说，对方终于不吭声了，最后看了石毅一眼，疑惑地眯了眯眼睛，然后回身往楼上走。

石毅在门口看着有点搞不清楚情况，刚想开口问，身后熟悉的声音就拉回了他的注意力。

"石毅？"

英鸣拎着两袋东西站在门口，对于自己家门口堵了这么一位感到意外。

石毅回过头，终于见到人了，感觉心头那股火勉强下去了一点。

一时间，两人就只是看着，谁也不说话。

英鸣看到石毅的时候，心里涌上来的感觉是一种类似于那种功败垂成的挫败感。

他有点无奈地叹口气，还没来得及开口，那边王义齐很干脆地挤过来，直接拿过他手上的袋子:"先把药给我。"然后也不搭理两人,很自然地就跑上楼了。

石毅皱了下眉:"到底怎么个情况?"

英鸣没说话,只是回身上了石毅的车,很自然地坐在驾驶座上,然后才招呼了一声:"咱俩换个地方吧,家里有病人。"

等石毅上车了,英鸣点了根烟咬在嘴里。

他车速开得很快,绕开了大路一直往北边开。

石毅也没问英鸣到底要去哪儿,稍微放下一点车窗,风突然灌进来的时候让他下意识地皱了下眉,抬手去扶眼镜。

英鸣扫到一眼,终于放慢了点速度。

路灯一盏一盏地扫过,因为是出市的路,这个时间段总算是没什么车了,英鸣有点烦躁,车速比平时快了不少,石毅看了他一眼没吭声,后来英鸣干脆也放下了车窗,一只手扶着方向盘一只手抽着烟。

这一路,是往机场开的。

只是到最靠近的一个出口英鸣突然掰了出去,一路颠着,最后停在了一处挺荒芜的地方。

石毅忍不住扬了下眉:"你这是要杀人灭口?"

大晚上的两个大男人跑到这儿干吗。

英鸣抽了两口烟没吭声,过了一会儿才回过头:"这地方大,你要打人也方便。"

他说完了打开车门下车,靠在边上。

石毅也下来了,绕到他跟前:"你这话什么意思?"

"你找上门那架势不就是来打架的?"

"滚蛋!"

石毅好不容易压下去的火又被挑起来了:"英鸣,你最近到底吃错什么药了?"

一直避而不见也就算了,说话这么浓的挑衅是要干吗?

结果英鸣只是抬头看他一眼:"我估计我是断药断的。"

石毅这口气差点提不上来。他有点无奈地皱了下眉,语气也压了回去:

"我说，你到底怎么了？"

这样的英鸣太不对劲，明明心里装着事，但就是不说，尤其是石毅本能地觉得英鸣现在这样的原因里是有自己的。

英鸣抽着烟，眯了眯眼睛，看着远处黑漆漆的夜幕："你觉得，这像那天咱俩在休息站看的夜空吗？"

石毅回头扫了一眼："不像。"答得倒是很干脆。

他旁边的人笑了一下，也没说话，慢慢地抽着烟。一根烟抽完了，英鸣终于长出一口气："这段时间忙得有点暴躁了，火气大了，你别搭理我。"

说完了他想开车门，被石毅一把按住："少来，你以为我第一天认识你？"

英鸣闻言抬头："那你认识我多久了？"

"足够了解你刚才那句话是在忽悠我。"石毅表情都不带变的，眼睛一眨不眨地盯着英鸣，"到底为什么这段时间一直躲我？"

"我没躲你。"英鸣态度也还算淡定，"我最近不太想见人。"

"不想见人你家里住了两人？"

"王义齐那是自己找上门的。"

躲自己弟弟躲到他家，结果被对方找上门了不说，话没说到两句就特干脆地晕在他家门口了，搞得他这个户主还得跑出去给买药。

这年头，日子不好好过就要瞎折腾。

英鸣答得这么爽快，石毅忍不住怀疑地扬了下眉，不过之前的急躁倒是平复了不少，他往后退了一步皱起眉："所以以后找你电话都没用了？非得上门？"

"那倒不用。"英鸣笑了一下，"也就是最近抽风了，过两天就好。"

"你这更年期是不是来得早了点？"

"你放心，我要是到了，你也不远了。"不就差了那么一两岁嘛，黎明和黑夜的关系。

黑夜里，英鸣的眼睛显得很亮。

石毅被这么调侃了一句，反而觉得舒坦了不少，似乎英鸣又回到之前他熟悉的那个样子了。月光正好在他背后，从上到下这么笼在两人头顶，石毅才发觉英鸣今天戴了眼镜，是银边的，让他平时那股张扬的劲头又添了几分说不清楚的味道，他下意识地往前凑了一下："其实你戴眼镜挺好看的。"

显得人更文气。

也敛住了他那张少年轮廓的脸上，那种让人不太舒服的调侃。

英鸣靠在车上，一抬手摘掉石毅的眼镜："你不戴这东西比较好看。"

石毅就搞不懂英鸣为什么就对他的眼镜有这么大的意见，次次都要给弄下去，他本来就还没有适应摘了眼镜的视差，措手不及地被英鸣这么一搞，出于本能地，他往前凑了一下。

因为眼前的东西突然变得不清楚了，想要看清楚是种条件反射。

等到他察觉到脸前有人的时候，两个人已经靠得太近了。

英鸣也有点意外，往后仰了一下才勉强拉开了彼此的距离，石毅两只手撑在车窗上维持自己的平衡，眼前一边是模糊的一边是英鸣有点反应不及的表情，然后他完全是无意识地笑了一下。

有点恶质。

英鸣看着他笑了，眼睛微微一眯，他俩这种姿势他很不舒服，所以他又把眼镜给石毅戴上了，等到对方退开，他又掏出烟："你跟刘莉分了，准不准备再找一个？"

这话题转得有点快，石毅一下没反应过来，他疑惑地看了英鸣一眼："嗯？"

英鸣没看他："需要兄弟给你介绍一个不？"

石毅扬了扬眉："你怎么突然操心起这个问题了？"

"你家里不是在催？"

"又不是才开始催的，我早习惯了，何况，你家里不也催？"

自己的问题都没解决怎么就操心上他了？

石毅对感情这种事情一直都比较顺其自然，何况现阶段他也没那个心思再找一个慢慢磨了，莫名地，他有点排斥这个问题。

英鸣抽烟笑了笑："我估计自己悬了。"

这笑里面有几种情绪，大概只有他自己才品得出来，石毅觉得他这话说得有点怪，看他一眼刚想问，后者已经把话题转回去了。

"时间差不多了咱俩回去吧，黑灯瞎火的，有点傻。"

他咬着烟眯起眼睛，看了看石毅。对方就穿了件衬衫，外套还在车里，本来这种地方也比市区里头冷一点，大晚上的，风吹得让人想哆嗦。

但这建议被石毅否了："我觉得这地儿挺好。"他一边说一边笑了笑，"你还记得上次咱俩拉力赛的时候，在车上睡了一觉吗？"

"我只是更年期，还没健忘。"那一觉睡了起来之后浑身没有一个地方不难受的。

座椅果然就是用来坐的不是用来躺的。

石毅一扬眉："再来一次呗？"

"我才知道石大公子你有被虐的倾向……"英鸣咬着烟皱起眉，这什么鬼主意。

结果石毅竟然兴致很高地绕过门上了车，把座椅往后一放真的躺下了："反正你再开车回去也折腾到半夜了，何必呢！"

他起来把音响打开，里头的歌还是上次英鸣给他的那首《明天》，在这种空旷的地方响起来，效果出奇地诡异，英鸣站在车边皱眉瞪着他半天，最后还是有点无奈地钻进车，放下座椅："真像吃多了撑的……"

石毅也只有在这时候才特别像确实比他小的。

听到英鸣这句抱怨，已经闭上眼睛的石毅只是扬了下嘴角，他熟悉地抬手关上车顶灯，吉普的空间到底是要比一般的车大一点，英鸣靠在座椅上有一下没一下地抽着烟，听着耳边的音乐，精神有点恍惚。

两个大男人在这种野外一起睡在车里。

这事儿石毅到底是怎么想出来的……

他转过头看着旁边这男人的侧脸，视线从石毅的额头，鼻梁立体的线条一直游走到喉结的位置，烟雾慢慢笼到眼前，朦胧了本来就不是太清晰的可视范围，他突然有一种感觉，石毅大老远跑到他家来找他，大概就是特地来睡觉的。

看得出来挺累的，躺下也没多久，已经差不多睡着了。

英鸣扔掉手上的烟，很慢地撑起身子，逐渐适应了黑暗，他皱着眉又忍不住很轻地叹了口气。

傻帽啊……

看着对方毫无察觉的睡脸,他自嘲地笑了一下,然后果断地打开车门下了车。

脚下踩得满是野草碎石,英鸣靠在车门边上又点起烟,看着远方的黑夜,不发一语。

车上的人睡得很沉,呼吸声一直很规律。

似乎,总是这样。

一个人睡,一个人睁着眼发呆。

英鸣抽烟的时候觉得自己这德行真像男配角黯然神伤,听着背后的呼吸声和音乐,他低下头去叹了口气。

他再这么抽下去,大概离那些苦情剧里的男配角结局也不远了。

所以说,再戏剧化的剧情也不会比得过现实的生活。

第一次,英鸣有些厌恶自己活得如此清醒。

石毅一夜睡得挺踏实,结果还是英鸣开车送他回的公司。

到了楼下,英鸣才叫醒他,看他睁开眼有点茫然的表情,忍不住笑了一下:"你这是几天没睡了?"

石毅揉了揉有点僵硬的脖子:"最近事多,睡得不太好。"

本身闭眼的时间就没多少,偏偏还老是睡不踏实。

说来也奇怪了,车上睡觉怎么都不能算是舒服,他却觉得是他这段时间以来睡得最好的一觉。

"平时别光顾着赚钱,多休息。"

英鸣下车的时候这么说了一句,然后转身要拦出租车,石毅扬了扬眉:"我找辆车送你回去呗?"

"不用了。"

这时间路上倒是挺多空车的,英鸣拦到一辆上车前回头看了石毅一眼:"我先回去了。"

"嗯,回头见。"石毅一直目送着英鸣那辆车开走才转身上楼,觉得浑身莫名地就是很舒爽,前几天那股很憋闷的感觉,在心中一扫而空。

他人还没进大楼,兜里的手机就响了。

269

本来以为是欧扬通知他开会的电话，结果掏出来才看见上面的号码是王乐。

石毅下意识地皱了下眉，几乎都快忘了还有这么一位了。

"王乐？"

"阿毅！"依然是这种屡教不改的称呼，王乐的声音很焦急，"我现在在机场，但是行李被人拿走了，现在没办法回家，你来接下我吧。"

"机场？你回来了？"

"嗯，你快点过来。"

结果石毅的早会因为王乐推迟到了下午，他和欧扬赶到机场的时候绕了三四圈才找到王乐，果然是孑然一身的两手空空，看见两人的时候就差没大叫出来了："我手机马上就没电了，幸亏你们到了！"

"你怎么自己回来了？"不是说全家一起出去要过完年才回来？

王乐脸色僵了一下，然后很小声地哼了一下："我没跟他们说。"

这个"他们"，必然说的是他家里人。

石毅皱紧眉："王叔叔他们不知道你回来？"

"现在应该知道了，我留了条。"

"喂！你小子疯了啊？"

多大的人了还要这么搞，怎么成天都整得跟个没长大的小屁孩一样。

王乐一早也猜到了他找石毅就会被训两句，有了充分的心理准备倒是也没什么特别的感觉。他抬头看了石毅一眼，有点好奇地去摸了一下石毅的眼镜："欸？阿毅你怎么戴上眼镜了？"

印象里，从小石毅的视力就特别好。

石毅在王乐快要摸到他眼镜的时候很快地往后撤了一步，刚好避开王乐的手："没事儿，之前出了点意外。"

他回头看了欧扬一眼："那王乐你先给安排一下吧，我给他家里打个电话。"

既然行李什么的全丢了，估计钥匙也没了。

王乐这人从小就迷迷糊糊的，做点什么事也特别不靠谱，念书的时候多数都是靠着石毅照顾，毕业了就是家里彻底接手了，他一直很佩服王家能养出这么一个宝贝儿子，成天过得跟做梦一样。

石毅去旁边打电话的时候，王乐也拿出手机发了个短信。

他这个信息是发给王义齐的。

内容很简单，就是说自己已经回来了，希望有时间能跟他见一面，把话说清楚。

王乐本来以为王义齐不会理他。

毕竟一直以来，这人对他的态度就是冷暴力的无视，坦白说，王乐已经习惯了。没想到，这次王义齐倒是回得很快，但是内容很单调。

——好，地点时间。

就五个字，倒是也符合他一贯的风格。

石毅打完电话转身就看见王乐拿着手机笑得有点莫名，他皱了下眉："你还笑得出来，等你家里人过来我看你有得受了。"电话那边的火气就算是隔着手机他也感受到了，不过王家在那边还有点事，暂时回不来，所以王乐这段时间只能他来负责安顿了。

"那你暂时住我那儿？"

"行。"

石毅有点无奈地叹口气，让欧扬先回公司去开会，他把王乐这边弄好了就回去。后者有点同情地拍了拍他的肩膀，让他有事打电话。

王乐大概一路也累了，上车没多久就很干脆地睡着了，一直到家才被石毅叫醒，然后晃晃悠悠地上楼，进门往沙发上一躺就不动了。

石毅简直一点招都没有，他留了张字条在茶几上，让王乐醒了给他打电话。他公司里还有一堆事要等他处理，实在没空继续做保姆，匆匆忙忙给倒了杯水也就走了。

虽然他和王乐是一起长大的，但是其实他的公寓王乐并没有怎么来过。准确地说，石毅压根就是一个很不喜欢让人插进自己空间的人，他从小独立惯了，自他有记忆起就有自己独立的房间，他父母应酬都多，经常成天也看不见人，所以，若非必要，他独立的地方是不喜欢被人踏足的。

之前和刘莉约会的时候，更多的时候也是选择在外头或者酒店。

也就是偶尔回来那么一两回。

今天要不是一时想不到把王乐这家伙扔哪儿，他也不会往家里领。

回到公司就一直忙到了晚上七点多，等他从会议室里出来，手机依然没有一通电话。他本来想打个电话回家，但是想到王乐可能是因为时差的缘故，就没打。

他拿着手机想了会儿，最后还是拨了英鸣的手机。

这次，终于那边响了没两声就接了。

不过英鸣没说话，只是等他开口。

石毅笑了一下："晚上有约没有？"

"没有。"

"那一起吃饭？"

"行吧，你选地方。"

这种干脆利索的对话让石毅觉得很痛快，他看了一眼时间，最后选了一个他和英鸣都还算喜欢的餐厅："我现在就从公司走，大概半小时到。"

"我也差不多，一会儿见吧。"

"好。"

简单约完了挂上电话，石毅心情大好地穿上外套，门口马上也要走的欧扬扫到他一眼，意外地扬起眉："你前几天就跟吃了几吨炸药一样，怎么现在又跟中了六合彩一样？"这情绪变化得也太快了。

石毅笑了笑，随口一句调侃："估计，是更年期到了吧。"

欧扬见他情绪恢复了，也觉得是好事，发自内心地笑了一下。

欧扬对石毅一直都很有信心。

从他俩认识，对方就是一个有足够能力处理好身边一切事的人。

石毅到餐厅的时候，英鸣已经在等了。

位子是石毅提前订好的，领位把他领到了地方，他把外套脱了放在旁边，语气很轻松："等多久了？"

"没多久，也是刚到。"

英鸣还是戴着眼镜，似乎从早上就没摘，他扶了一下："你开会开到现在？"

"是啊,最近有几个大项目,要花多一点精力。"石毅说完了才领会英鸣刚才那句话的言下之意,"你该不会吃完了吧?"

后者笑了一下:"你以为现在几点?"

打电话给他的时候就已经快八点了,现在这个时间,快可以吃宵夜了。

石毅有点意外地扬了下眉:"吃过了怎么还过来?"

"这不是你石大公子邀约,不敢拒嘛。"英鸣意有所指地调侃了一句,暗示的是之前石毅跑到他家找他算账的事。

后者闻言笑了一下,也没说什么。

石毅坐下了接过侍应生给他的菜单,很爽快地点了几个两个人都喜欢的菜。

"吃过了也陪我吃点吧,家里现在住了人,不太想回去。"他把菜单递回去,然后看着英鸣,"一会儿吃完了,找个地方咱俩随便逛逛吧。"

英鸣点了一根烟,看他一眼:"怎么,你家里也成收容所了?"

他俩还真是一对难兄难弟。

"王乐回来了,在机场丢了所有行李,暂时住在我那儿了。"

简单地做了个解释,石毅喝了口冰水然后抬头看着对面的人:"他联系你了吗?"

"没有。"

事实上,他跟王乐已经断联系相当一段时间了。

石毅对这个答案显然很满意,他点头笑了一下,随便找了个话题跟英鸣有一搭没一搭地聊着,后者一直坐在他对面看着他略显兴奋的情绪,眼镜的镜片压住了眼底的全部情绪波动。

这顿饭吃到快十点。石毅结完账回头问英鸣去哪儿的时候,后者跟他要了车钥匙很干脆地说跟他走就行了。

石毅上车的时候开了句玩笑:"昨天睡在野外,今天的待遇怎么也得换到酒店吧?"

英鸣开着车没回他,只是扬起嘴角笑了笑。

结果,他俩不是去酒店,而是去了酒吧。

那家酒吧石毅没去过。

273

主要是本来他常去的也就那么几个地方，英鸣带他来的这个明显不那么出名，进门的时候扑面而来一种很疯魔的气息，里头群魔乱舞的各种各样的人都有，虽然说不上乌烟瘴气，但也确实不是石毅平时的风格。

英鸣进了酒吧直直地就往酒吧中间的舞台走，石毅还来不及叫他就看他一步蹿上了台。

底下一阵疯狂的叫好声。

石毅有点费解。

他看着身边人非同一般的狂热，还没反应过来到底怎么回事，就看着酒吧里本来闪得人眼睛疼的灯光一暗，再亮起的时候，只有一束打在舞台中间。

瞬间，石毅明白英鸣要干吗了。

第十一章

2401

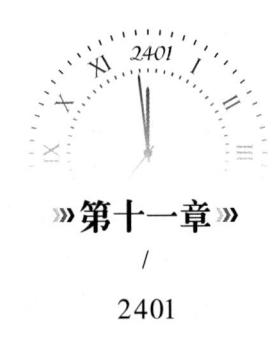

石毅这是第二次看见英鸣跳舞。

第一次的狼狈他还记忆犹新。

这个酒吧大概英鸣以前常来,因为从英鸣上台开始,DJ 就一直在耸动全场尖叫,音乐响起的时候,他被周围的人挤到了最前头,如果不是因为撑着台边,他大概就要直接趴在舞台上了。英鸣从舞台下面的升降台很慢地升上来。

石毅皱了下眉。

这舞跟之前英鸣拉着他跳的那支,差别太大了。

灯光打得很暗,晃在每个人脸上都很不清晰,石毅不知道这首歌叫什么名字,直到旁边有人喊出来才猜出大概,好像是叫 I'm a slave for you(《我是你的奴隶》)。

低沉的嗓音配上不断变幻切换的灯光,舞台上的英鸣除了眼神依然透着那股石毅熟悉的犀利之外,几乎找不到半点让他熟悉的地方。

当看到英鸣很慢地摘掉眼镜的时候,石毅身边的叫声差点把他耳朵给喊聋了。

英鸣慢慢地凑到舞台边上,扬起一个冷笑。

在观众做出反应前,他又急速地退了回去,隐在黑暗的灯光之中,只留给所有人一个舞动的影子。

一直到这支舞结束,他也没有再走出那团黑暗。

周围人都散去的时候,石毅还站在台边。

英鸣一边走到他面前一边还在喝啤酒。

英鸣有点蓄意地撞了一下石毅,笑眯眯地问了一句:"怎么样?"

灯光刚好从两个人的头顶晃过去,DJ播放的音乐又恢复了一贯的喧闹狂热,英鸣带着几分叹息地摇了下头:"距离这东西,不是你想拉就拉得近的,本来就不靠谱。"

他抬头看了石毅一眼:"这些东西,根本就不适合你。"

人都有阴暗面,正如很多表象跟真正实质的内容都是截然相反的。石毅自以为看透了很多,接触了很多,但其实依然浮在这个社会的最上面,他看得或许比一般人广,却并没有他想得那么深。

英鸣一直觉得石毅身边是需要有个人来给他把这些东西点透的。

但是从来没想过那人会是自己。

包括这时候,他也不觉得该是他。

英鸣一瓶啤酒喝完了,扯着石毅就又回到了舞台上,从后台拿了一把电吉他,英鸣插上电源随手一拨,然后把话筒塞给旁边还有点发愣的男人:"今天你把这里的人都唱high了,酒水我全包!"

瞬间,满场几百号人一阵尖叫。

石毅下意识地一皱眉:"你疯了?"

结果英鸣只是笑了一下:"我没带钱。"

石毅觉得今天英鸣绝对吃错药了,这种行事风格一点都不像他认识的那个人。但是不可否认,他体内那些从懂事开始就已经严格被分寸两个字框住的那点冲动,也因为这样的英鸣被挑了起来,俗话说得好,装疯卖傻,疯子多数都是自己疯给自己看的,能够这么疯一次,也未尝不是件挺痛快的事。

今天,就当是酒喝多了吧!

打定主意豁出去了,石毅第一次歇斯底里地吼了快一个小时的摇滚。他平时唱歌的时间不多,但是其实唱歌的水平并不差,唱到最后的时候,他头都是晕的,大概是因为吼的声音太大,除了自己身体里咆哮出来的嘶喊,已经什么都感觉不到了,印象里,只有英鸣一直站在他旁边稳稳地抱着吉他,偶尔彼此眼神交换，被对方眼底的那抹神采感染，然后微微一笑。

最后一首歌的尾音彪完之后，石毅有点脱力地靠在边上，看着台下满场的疯狂。

这个地方，冷静的才会被当作疯子。

英鸣把吉他放在旁边，扯了他一把，两人趁着底下人疯狂呼喊的时候，摸着后门溜了出去。本来是英鸣跑在前头，结果石毅叫了他两声没搭理，后面的人眉头一皱，很干脆地开始追。

这场景，很像他们拉力赛的时候。

莫名其妙地较劲，不搞到精疲力竭，谁都不会先认输。

路没有尽头。

但是人的力气是有耗完的时候。

到后来英鸣实在没力气几乎要跪到地上的时候，终于迫于无奈地放缓了速度，后头追得起劲的石毅没有停住，直接扑着他两人撞到一起摔在地上。

滚成一团。

"英鸣，你……绝对，是个疯子！"石毅挣扎着指着同样躺在地上起不来的英鸣，不敢相信自己已经快三十了竟然还能搞得跟小学生一样地在马路上乱滚。

谁会相信他石毅会跑到酒吧里飙歌，飙完了还不给钱。

简直扯得没边了！

心里和口上都是这么骂着，石毅却压抑不住脸上的笑容，他就是莫名地觉得很痛快，什么董晓、威赛、赵子聪、他爸、公司、事业、家庭，全都扔到脑后面了，身上名贵的西装被踩躏得一塌糊涂，沾了一堆土尘树叶，英鸣就躺在离他不远的地方，仰望着天空笑，粗重的喘息是唯一回答石毅的声音。

这条路，还真的挺静的。

等到气焰都消散了，石毅什么都没说站起来，看一下时间："不早了，我送你回去？"

车其实还停在酒吧那边，他们俩要回去还得走回去。

英鸣身上没带烟，摸了两下没找到稍微有点烦躁，他捋了捋头发："嗯，

277

走吧。"

跑出来的时候似乎这个世界都充斥着喧嚣，等到走回去，却觉得好像只有他们两个人一样寂静。

这种落差活像电视剧里的所谓反转，前一秒天堂，连过渡都没有直接就掉到地狱里去了。

虽然，这话用来形容这种情况不太合适。

英鸣走在前头，两只手插在兜里，他本来是穿着大衣的，但是之前跳舞他给扔在酒吧了，跑出来也没记着拿，现在风吹得身上有点冷，却也把人给吹清醒了。

走了一段，他才回头看了石毅一眼："别太往心里去，兴奋过头了难免犯晕，你看奥斯卡颁奖上不也经常有人上头？不值钱。"

他说完了扬眉，还冲石毅比了一个放轻松的手势。

走在后头的人只是看着他，却不吭声。

石毅其实心里是在冷笑的。

从他认识英鸣开始，这人最擅长的就是忽悠，结果都到这个份儿上了，还在忽悠。

一直以来，石毅的生活就是被提前规划好的，念书，事业，家庭，发展，这些在其他小孩还压根搞不清楚是什么东西的时候，他就已经在接触了。不是被灌输了什么，而是在旁边默默地看着身边人的生活，那种概念，是潜移默化的。

等到他开始意识到自己会最终被这些东西左右，他就开始反抗。

不喜欢再顶着家里的名头，不喜欢老师语有所指地提到他父亲，不喜欢开家长会，甚至不喜欢同学的家长看到他时堆起的那种虚伪客套的笑容。

当你质疑身边所有的夸奖时，很自然地，你也会开始质疑自己的真正价值。

所以他才会坚持在毕业之后走一条自己选择的路，哪怕是明知道会引起家人的不满、父母的担心，也还是不肯妥协退让半步地坚持了下来。

至于以后的自己家庭，石毅也是有自己的打算的。

他父母不是那种非要求他娶个门当户对的妻子才罢休的人，但是一样也要带回家给他们过完目才算是能定下来，这里头的意思其实就是即便不大富大贵，也得差不多。

用他爸的说法就是："起码要有共同语言才可能一起生活，圈子和层次都不一样，你们的日子也过不下去。"

这个道理其实是通的，石毅自己也这么想。

一辈子，选一个能够和自己走几十年的人，当然不可能大马路上随便拽一个。

但是，就算他再有自己的主见，也不可能跟好兄弟过一辈子。

都不用去假设，光稍微设想一下都觉得是可笑到甚至有点可怕的情况。

石毅下意识地扶了一下脸上的眼镜，其实他并没有完全适应脸上挂这么一个东西，多少有些不太自在。他把眼镜摘了，揉了揉眉心，然后抬起头的时候因为突如其来的视差晃了晃。

英鸣很突然地回身抓了他一把。

刚好扶住。

"你最好还是少摘眼镜。"英鸣让石毅站着把眼镜戴上才松手，"近视得再严重一般也就是摘了看不见路，你这种视差很容易会出意外。"

他之前跟医生打听过，石毅以后看东西可能会出现立体盲的情况，别人看着是立体的东西在他眼里全都是平面的二维构图，立体空间感会越来越差，而且，另外一只眼睛的视力也会逐渐地被影响到。

石毅皱了下眉："早知道还不如当初两只眼睛一起伤了，好歹还平均点。"

无意识冒出的自嘲像针一样戳到了他旁边的英鸣，后者眉间紧皱了一下然后才慢慢舒展开。英鸣拍了一下石毅的肩膀表示对这句话的不满，没有再拉开彼此的距离，两人并肩地往前溜达。

这一路，走得格外沉默。

到了酒吧门口，里头还是吵吵闹闹的，似乎他们的离开并没有影响到任何人。

不过，其实很多事往往都是这样。

你原本以为很大的，在很多人心里都压根不算个事儿，只有你自己太往心里去了，才会揣着放不下。

石毅要送英鸣被他很干脆地拒绝了："咱俩本来也不顺路，你送完我再回去也太晚了，我叫车就行了。"

他站在马路边上，看着石毅上车。

结果等车都发动了，石毅又下来了，看着英鸣有点诧异的表情，他把后座上放的风衣拿了出来："你还是披一件吧。"

本来人就瘦，这夜风里往那儿一站，整个人怎么看怎么别扭。

英鸣接过大衣皱了下眉，然后调侃地望着石毅："我说，你是不是又搞错了咱俩的年龄？我可不是你弟弟，用不着你跟照顾小孩儿一样。"

这话说得有点刺。

但是英鸣是故意的。

这时候，他俩之间这么用针不时地扎一下总强过再晕头晕脑地搞不清楚状况，他看着石毅的脸色僵了一下，没说什么回头上车就走了。

尾灯在夜幕之下留了两道余韵，总觉得有那么点离别的味道。

英鸣手里拿着风衣却没有穿，靠在边上的灯柱上有一下没一下地晃着，莫名地就想到自己拍电影时的一些事。

电影里那些主角的心情，在经历了这段时间的各种事后，他体会更深了一些。

都市中一直把握不到的，各种欲望却最终在冷静的现实面前一点点被冲散掉的麻木，有悲哀，更多的是一种无奈。

那天过后，石毅和英鸣都很忙。

石毅大部分精力都花在了工作上，之前出了那么多事，很多本来的计划都暂时搁置或者往后推移了，公司大部分都是丢给了欧扬，现在他重新接手回来，想当然不会太轻松，尤其是有个专利申请的事出了点麻烦，最初没太在意，到了临头才被卡住，导致整个项目都因此要往后推。石毅因为这件事跑了好几趟相关的部门，处理这方面的专业律师也一直跟着他，忙活了快三天才把这件事搞定。

王乐虽然住在他家，却每天也几乎都是早出晚归的。

石毅不知道王乐在忙活些什么，也无心去过问，反正补办证件什么的他也帮不上忙，得王乐自己去想办法。

　　他找了个助理临时给王乐做跑腿，有需要他说句话的时候，才会打个电话。

　　一直这么忙了有一个礼拜，等到他终于可以有点空和王乐吃顿饭的时候，对方竟然在快到约定时间了才打给他，说换地方了。

　　"你个大少爷吃饭还得钦点啊？之前不是都订好座位了？"

　　石毅一边倒车一边忍不住抱怨，最近他的耐性似乎又见差了。

　　那边王乐道歉了两句才做解释，说本来他们订的那个地方有点小，他想了想觉得不太合适。

　　"小？"石毅皱了下眉，"你一个人难道要躺着吃？"

　　两人订了包间还小？才有段日子没见，王乐的排场见长啊……

　　不过这种事也犯不着花心思去琢磨，石毅按照王乐说的地方改了路线，还好两个地方离得不远，也不麻烦。

　　到了地方，他在门口跟领位说是一位王先生约好的，对方笑着把他领到了二楼。

　　还是个贵宾房。

　　这是要干吗啊？

　　石毅狐疑地推开门，在看到屋里坐着的人后，眉头皱得更紧了。

　　他总算搞懂为什么王乐会说之前订的地方小了，寇京、英鸣、王义齐、王乐，甚至还有上次那个他只在英鸣家见过一眼的男生王孟齐，零零散散地占据了差不多一个房间的各个角落，王乐看到他进门了就站起来："石毅你到了。"

　　"嗯。"

　　石毅点了点头，看着眼前的阵容实在想笑。

　　这到底是整的哪一出啊？

　　石毅觉得场面有点扯，其实其他人也一样。

这里头，除了王义齐兄弟之外，都是被王乐莫名其妙拉过来的，寇京那边还有工作没做完，本来准备晚上加班的，结果王乐再三邀请他实在不好意思，也就硬着头皮来了，一到场看到英鸣就愣了一下，再看见王义齐和他弟弟王孟齐竟然也到了，顿时觉得无比诡异。

　　石毅进屋之后先跟寇京打了个招呼，英鸣靠边站着，两人视线对了一下就移开了，也没说话。

　　旁边寇京看了他俩一眼，没吭声。

　　王乐招呼先过去落座。

　　"那个……其实我不太会搞这些事情，反正都是熟人，随便坐吧。"

　　他自己说完自己先坐下了。

　　其他人看着这情况也只能就近找地方先坐着。

　　王义齐看了王乐一眼："要不，你就先说大家再吃吧，不然都心里没数。"

　　王义齐这么一开口，满屋人就更莫名了。

　　什么时候开始他会帮王乐说话了？英鸣和石毅彼此看了一眼，总觉得今天这顿饭吃得有点怪。

　　王乐明显还是犹豫了一下，仿佛要说的话不是那么好开口，最后求助的视线还是往王义齐那边瞄了一眼，看到后者点点头才深吸一口气："今天把大家找到这边来，其实，是想告诉大家一件事，再过两天，我就要去美国了。"

　　他说到这里顿了一下，石毅皱了下眉。

　　"这次去美国以后，可能以后都不会再回来。"王乐看了石毅一眼，"其实我这次偷偷跑回来本来也是很不理智的，阿毅，对不起，我没对你说实话，我在机场并不是丢了行李。"

　　满屋的人，除了王义齐之前已经知道了，其他人都一脸错愕。

　　石毅看着王乐："王乐，到底你搞什么？"

　　这不是整人游戏吧？

　　"我家里的事，可能你爸没跟你说，当时我们全家离开这里去美国，就不是为了办什么事，而是去逃难的。"王乐脸色不太好看，说完这句话自嘲地掀了下嘴角，"我也是到了美国才知道是什么情况，家里人不让我回来，也不让我打电话，但是我总觉得，我在这里还有很多朋友，怎么说，我都是这边长大的……"

嗓子说到后面就哑了,王乐从来不是一个能忍得住情绪的人,面临这一刻,更不可能控制得住。

石毅整个人都站起来,却不知道能做点什么可以打破眼前这种让人难以接受的荒谬情况。

"其实等到回来了,看见你,才觉得这边我也没有什么东西,朋友就是你们几个了,或者……都不能算朋友。"像是寇京这样的,勉强也就只能叫熟人吧。王乐抬起头,"我想,无论怎么说,还是要跟你们说清楚,过后可能会有关于我们家的新闻,我不想通过电话告诉你,我觉得……"

他最后一句话是对着石毅说的,一边说,眼泪就很突然地掉了出来。

石毅很僵硬地站着,眼前王乐说的话他都听得懂,却觉得自己根本听不明白。

旁边英鸣掏出烟来点上,咬在嘴里没有抽,但是也什么都没说。

到最后,王乐脸上挂着眼泪,然后可怜兮兮抬起头看着石毅,满脸歉疚:"阿毅,对不起……"

要跟从小长大的朋友用这种方式离别,怎么想都觉得太扯了。

但不是叫来这么多人,或许王乐都没有勇气跟石毅开口。

他去找王义齐,也是下意识地觉得这是唯一能够帮他想点办法的人,英鸣他不敢找,是因为他知道英鸣和石毅的交情不浅,他怕英鸣会告诉石毅。

事实上,大概没有人能够很快地消化这种接近电影一样的剧情发展,包括第一次在咖啡屋里听到王乐断断续续把这些说出来的王义齐,都觉得简直不敢置信。

但是,生活也经常就是这样。

当所有人都不会相信的事发生的时候,除了接受,无能为力。

石毅紧绷着五官,看着王乐在自己面前哭得形象全无,突然觉得这日子过得太虚幻了,明明日历就没翻几次,自己周围的人变得面目全非。

忍到最后,他走到王乐面前拉了他一把:"别哭了……"石毅的嗓子也有点哑,"你好歹也是个男人,别成天忍不住就哭。"

但这话在现在是没什么效果的。

王乐哭得声泪俱下,那种不安、恐惧、不舍几乎所有人都感受得到。

屋里没人说话,甚至连一点声音都没有。

英鸣靠在椅座上,微微抬头看着天花板,眼神茫然得没有什么焦距。

大概哭了有十几分钟,王乐终于勉强忍住了眼泪,慢慢抽泣着让石毅拍了拍他肩膀,然后坐回座位上。

"我跟我家里人联系过了,可能最近两天他们就会安排我走,这顿饭吃完了,大概就没下顿了。"

王乐声音还带着哭腔,叹了口气:"其实,我说完,你们也没胃口吃了吧……"

沉默了五秒钟之后,一直没开口的寇京笑了一下:"为什么没胃口?"

他冲王乐摆摆手:"既然都是最后一顿了还不吃够本吗?刚才的菜单没看完,再拿来,重新点。"

石毅来之前,其实几个人已经点过菜了,但是显然在没有搞清楚这顿饭的目的之前,所有人都只是应付地随便扫了两眼。

英鸣抽了两口烟抬起头:"你过去之后,有什么安排吗?"

"我爸他们已经在处理以后的事了,我暂时还不清楚,总之……听安排吧……"王乐擦了下眼泪,"可能最后也不会留在美国。"

"无论在哪儿,记得跟我们一直保持联系。"

这句是石毅插口的。他掏出随身习惯带着的签字笔,在面前的餐纸上写了几串数字:"我把我家里电话和公司的电话都留给你,如果我不在的话你就留言,有事就联系我。"

他写完要递给王乐的时候被旁边的英鸣拦了一下,顺手用他的笔也留了自己家里的电话:"如果很着急,找我也一样。"

他们没有人开口问王乐究竟家里出了什么情况,到了这种局面,问了也是多余。石毅没有收到消息,显然是他家里也做不了什么事,这一屋子谁都不是糊涂的人,知道得越少,对他们和对王乐来说,都越好。

服务员进来的时候,寇京把原先的菜全改了,叫了一堆估计不太好吃但是名字很怪的菜,中间王义齐实在忍不住吐槽了两句,两人掐掐逗逗地才把东西都点好。

然后等服务员要走的时候，寇京笑着补充了一句："我们这顿饭且吃呢，你们慢慢上菜，不着急。"

王义齐更是很干脆地把已经要好的酒全拎出来往桌面上一砸："今儿谁站着出去，就是孙子！"

石毅闻言冷冷一笑："这对你来说不是根本没区别？"

"你说什么呢！"

"人话都听不懂？"

"石毅，今天咱俩所有旧账一起算，我不把你喝到趴，今天不算完！"王义齐吼完了倒了满杯就把杯子往石毅面前一磕，后者连看都没看，举起来一口灌完。

他们喝的都不是一般的酒盅，而是用来喝饮料那种大杯子。王乐见这场面有点蒙，本来还想劝两句，结果旁边唯恐天下不乱的寇京紧跟着就开始煽风点火，王义齐和石毅两个人面对面什么都没碰地就灌了三杯下去，喝到后来，眼泪都要被呛出来了。

王乐着急地叫了一声阿毅，但声儿没出来就被英鸣拦了。

后者嘴里还咬着那根烟："让他们喝吧，没事儿。"

本来就是个借口，今天这种场合，石毅和王义齐就算是有天大的矛盾，也不会真的掐起来。男人很多事是不需要摆上台面来说的，心里不痛快，随便找个名目灌几杯下去，那股酒精的刺激总会让人心里舒坦点。

英鸣安抚完王乐，自己也给自己倒了一杯，冲对面的人笑了一下，一口气也闷了。

辛辣的液体烧过咽喉一直燃到胃里，他皱着眉喷了一声，觉得这酒喝着不痛快。

然后他给王乐也倒了半杯："喝吧，以后的事，以后再说。"

后者接过杯子有点犹豫，但最后还是闭着眼睛把酒都喝了。

王乐酒量明显比不了这几个人，喝得急了有点呛着，咳了半天。

到最后，菜还没上全，酒就已经喝得差不多了。

除了王孟齐一直在圈外，只有被寇京抓到的时候才会应付着喝两口，其他人都几乎是一杯一杯灌着干的。

王乐活到这么大也没喝过这么多酒,酒劲都冲上头后,不管其他人的劝阻扯着王义齐劈头盖脸地一通数落,幸亏被他骂的那个也喝得差不多了,除了迷迷糊糊地反驳了两句,压根就没听进去。

几轮下来还保持着清醒的,也就只有英鸣和王孟齐了。

就连平时很少喝醉的石毅都有点喝多了。

他先是骂了半天最近的新闻,没过瘾又开始数落台面上台面下的那些潜规则和游戏手段,寇京喝得头昏脑涨还不忘偶尔附和两句,加上王义齐,三个人骂骂咧咧的,最后又绕回了王乐家的事。

"狗屁!这世上有永远站在上头的人吗?没有!"石毅吼了一句,"从来都没有,你站得高,就肯定栽得狠,你不愿意下来,有的是人想要你下来,那时候就是人人都踩一脚。所以我一直说,都去争,争屁啊,争到最后这些东西是你的吗?其实什么都不是,都是屁!王乐,你记住了,以后谁再给你扯这些没边的,你就骂丫的,你说你就是个屁!"

石毅说完寇京立刻大笑着鼓掌,一边喊"石公子牛"一边还要晃晃悠悠地起来给石毅倒酒,不过酒瓶还没拿稳就被英鸣中途拦了,他这一晚上烟就没停过,把酒瓶放在旁边,他看了寇京一眼:"差不多得了,喝太多就要没数了。"

但寇京是真醉了。

他看英鸣不让石毅喝酒有点不高兴,皱着眉指了英鸣一下:"英鸣你偏帮石毅。"

旁边石毅一拍桌子:"帮我怎么了,你还有脾气?"

喝醉的人是不能挑衅的,寇京一句无心的话,挑起了石毅心底本来就压了好几天的火,他用手点着寇京:"我告诉你,英鸣是我这边的人,就得帮我!"

寇京一摆手:"你就扯去吧!英鸣才不可能帮……你……"

说话已经开始大舌头了,寇京一句话还没说清楚就觉得胃里一阵翻江倒海的汹涌,实在忍不住,他暂时休兵地冲石毅比了个手势,然后冲到洗手间就开始吐。

英鸣一脚踹到石毅的椅子上差点把他踹出去:"滚蛋,别借酒装疯!"

石毅皱了下眉动作很慢地趴在桌子上,迷迷糊糊地不动了。

王乐这场离别酒,喝得简直可以用"惨烈"来形容。

王义齐是被王孟齐给送回去的,剩下人太多了根本没办法,英鸣索性在这家酒店里开了房间,跟服务员一起把人都给扶到房间里,他结了账,洗了个澡,然后一个人靠在楼道里继续抽烟。

他心情不好的时候,往往不喜欢选择酒精这种东西,而是会不停地抽烟。

王乐的事,发生得太突然了。

就跟凭空掉下来的一样,完全没有任何的迹象可循。

那个在石毅口中骂个不停的世界,所有的事都好像掩盖在深海之下,哪里有漩涡,哪里有暗流,外头什么都看不出来,里头却已经全军覆没了。

所谓世事无常,人力是掌握不了最后的发展的。

总觉得最近实在发生了太多的事,英鸣有点烦躁地叹了口气,把没抽完的烟随手掐熄在旁边的烟灰缸里,然后慢慢走回房间。

王乐和寇京是被服务员架上来的,直接就给放在一间,英鸣把石毅弄上来的时候,那边连房门都给体贴地带上了,他没办法,只能和石毅睡一间。

人家酒店大半夜也不可能特地腾出来三间房给他们了。

结果他推门进去的时候,石毅竟然醒了。

不知道究竟清醒了没有,但人是已经坐起来了,表情有点呆滞,看着前头也不讲话,知道英鸣开门进来都没点反应。

真喝傻了……

英鸣有点无奈,走过去拍了石毅一下:"怎么了,还不舒服?"

坐在床上的人只是动作很缓慢地抬头看了他一眼:"你觉不觉得跟拍电影一样?"

"嗯?"

英鸣知道石毅说这句话的意思,不过鉴于局面太混乱,不知道他指的是哪一部分。

结果石毅只是歪了下头:"从小一起长大的朋友一家出事逃难了,我二十多年一直如常突然就变了。"

287

前半句话英鸣还在听，后半句话一时没想到差点被呛到，他盯着石毅分不清楚是清醒还是酒醉的表情："谁说你变了？"

"还用人说吗？"石毅嘲笑地扬了下眉。

屋里没开灯，英鸣进来的时候没关门，走廊里的灯光从侧面打进来照在他半边的脸上，晃得他表情有些阴郁。

"你喝傻了，别说胡话。"

石毅没搭理他，径自哼了一声，然后倒回到床上。

石毅第二天醒的时候，英鸣还在。

寇京有事儿，一大早被电话吵醒之后人还没彻底清醒就走了，王乐还在隔壁，英鸣准备等石毅醒了再一起送他俩回家。

石毅人醒了但头还是很疼，他打了电话叫助理帮他把公司的西装拿过来一套，然后安排了人送王乐先回去。他今天虽然是周末但还有会，幸亏约的时间是在下午，倒是也不至于耽误。

"你怎么样，送你回去？"

石毅粗略地洗了个澡，走出浴室的时候看着英鸣还在，就问他怎么打算的。

靠在床边抽烟的男人只是摆了下手："你不用管我，我到处逛逛。"

"不回家？"

"嗯，暂时不想回去。"

石毅把衣服穿好，套上西装外套："反正我酒也还没彻底醒，那咱俩随便到处走走吧。"

头发还有点湿，滴进衬衫里头不是太舒服，石毅抽过一条毛巾擦了两下，然后随手丢到旁边："走吧，这一屋子的烟味酒味，待着人也不舒服。"

他自顾自地做了决定，也没管英鸣到底答没答应，不过基本上两个人的相处模式也是靠的这层默契，很多时候，一个人把话说出口，是不需要特别征求意见的。

石毅走在前头，交代助理安排好下午会议的文件，然后就站在大堂等英鸣。

后面的人下来得很快。

这个时间相对于周末还是有点早，马路上也没几个人，看着稍微有点冷清，石毅和英鸣是并肩走的，英鸣还是习惯性地走在他的右边，想点烟，发觉已经都抽完了。

石毅看出来他要找烟下意识地皱了下眉："我说，你烟怎么还是抽得这么凶？"

以前就说过一次，但总觉得英鸣最近的烟瘾比之前甚至更大了。

后者只是有点不爽地"啧"了一声，然后捋了捋头发："习惯了。"

这一路走下去应该是会有商店的，英鸣打算一会儿遇到了再买一盒，暂时烟瘾上来只能无奈地忍着，双手插在兜里，不是太舒服。

路人行人虽然不多，但偶尔还是会碰到几个。这么早出门的差不多都是学生，有些小女孩会因为两个人出色的外表多看两眼，然后窃窃私语地谈论着走开，留下几句掩盖不住的夸赞。

石毅听到身后有人说英鸣长得很帅的时候，下意识地转头看了他一眼。后者从侧面看过去，脸上的表情依然很冷淡，只有眉间稍微地皱着，眼底的情绪有点压抑，但更多的是一种他很熟悉的通透。

一般人看到他们两个这样，估计也就觉得是朋友吧。

事实上，他们本来也是。

只是相比一般的朋友，他们经历的事故稍微多了那么几次，哪怕仅仅是两次，也足够拿出来炫耀一番的了。

想到这里，石毅忍不住笑了一下。

两个人走到一家小商店外头，英鸣进去买烟。石毅也跟着进去看了两眼，扫到旁边的彩票机，突然扯了旁边的人一下："英鸣，你买过这个吗？"

英鸣付完钱很自然地就点了一根抽，抽了两口才回过头，然后摇摇头："没有。"

他从来不是投机主义者，更不相信有天降横财。

或者说，他的概念里，平白得来的未必就是好东西，后续的麻烦只是很多人看不到而已。

石毅倒是很有兴趣地掏了钱，然后跟商店的老板说："我买个号。"

老板一边应着一边打开电脑，在输入号码的时候问石毅："选四位号吧，最后四位。"

前头的都是固定的，因为是小注彩。

石毅看英鸣："你说个号吧。"

英鸣一愣："不是你买吗？"干吗他来选。

但石毅只是笑笑："我这人一辈子没赌运，你随便说个号吧，本来就是试试玩的。"

他这么一说，老板询问的目光下意识地就转到了英鸣身上，后者皱了下眉，最后还是报了四个数："2401。"

老板应声给输入进去，然后把票打出来。

石毅犹豫了一下："怎么这么耳熟……"

好像不久前才刚刚听到过。

旁边英鸣扬了扬眉帮他解惑："我电脑密码用的也是这个。"

他一说，石毅就想起来了。石毅点了点头，然后终于把上次想问但是没问的话问了出来："不过这四个数字好像哪儿都不挨哪儿吧，为什么你会用这个做密码？"

一般来说，私人密码都是有特别意义的数字，要么好记要么就比较特殊，这种看起来有点像随机凑在一起的。

英鸣刚好接过老板递给他的彩票，听到石毅这么问就笑了笑，借了根铅笔，然后在4和0之间画了两个点。

"其实，2401是个时间。"

石毅凑过去看了一眼："24点01？"

这什么时间？

英鸣抽了口烟，视线也落回了那四个数字上："过了24点，就是明天了……"

日与日之间的重复，是一直到生命终结都不会停止的。那是一种接近于刻板一样无法动摇的客观存在，你只能一遍遍地去重演，然后一遍遍地去回顾。

那种他无所事事地躺在床上，呆滞地看着床头数字表过日子的时候，就是对这种机械性的重复产生了极度的厌恶。

直到某天他睁开眼睛之后,下决心要走出消极的低谷。

这几个数字别人或许看不明白,但是对于他来说,就是一种不足为外人所道的东西。

石毅看着那四个数字,捉摸着英鸣那句话,越看越想笑。

他想起了之前英鸣在小剧场哼的那个调子。

那首被他起名叫作《明天》的小调子,跟这个2401,微妙地重叠出了一个英鸣的形象。

该说,他们两个骨子里本来就是一样的东西吗?

还是说,这种理解,是接近于共振般从他们身体最深处发出来的嗡鸣。

总是不经意地,就撞到一起。

王乐离开的时候,没有人知道,包括石毅。

他早上去上班的时候王乐还没起,等他晚上再打电话回家里的时候,已经没有人接了。

王家的事,后来石毅问了他舅舅。

虽然舅舅没有给他解释得太清楚,但语气已经算是默认了。

"王家的问题牵扯的比较麻烦,你不要打听太多。"这是忠告也是提醒了。石毅当时皱了下眉没有继续追问,挂掉电话的时候,王乐在他对面苦笑了一下。

这几天,他们两个断断续续聊了很多。

可能是彼此长大之后,说话最多的一段时间。在石毅印象里那个凡事不多做考虑,只凭着自己的想法做事的玩伴,似乎是在这短短的时间之内成长了不少,家里出事显然给了他很大打击,但是王乐内心要比他表现出来的坚强。

至少,对于自己将来要面对的东西,他已经有一定心理准备了。

而除了石毅,他没有再跟任何人联系过,包括英鸣和王义齐。石毅问他要不要把英鸣他们再约出来的时候,他很直接地拒绝了。毕竟王乐现在的情况很特殊,从哪个角度都不适合跟其他人接触太多,而英鸣和王义齐对他来说，就像他过去的生活一样，一夕之间就变得很遥远。

"阿毅，真的是要到了那种时候才会明白，这世上没有什么会重要得过家人。"

他们这样的家庭和环境，坦白说，因为跟家人相处的时间太少，所以其实感情的维系并不密切，说白了，就是感情压根不深。能够回忆起的所谓童年，对保姆司机的印象大概还要超过对他的父母，那种感觉说出来觉得太冷酷了，却是很实在的感受。除了平时住在一个屋子里，家人的概念，更像是书本上所写的定义，就是自己的血亲，是给自己带来生命的人。其他那些所谓的关怀，亲情，都显得比较远，或者说，太虚了。王乐曾经宁愿在外头跟着一群不良少年做跟班都不愿意回家，还是石毅知道以后把他硬拽回家的。

他们彼此都没有兄弟，从小一起长大的这份感情，足以代替那份亲情上的寂寞。

所以，王乐一直觉得自己对家的理解是很虚伪的。

当他跟家里闹得鸡飞狗跳时，很痛苦，却也诡异地有一种兴奋，说出来的话外人大概很难理解，那种扭曲心态下的存在感。

但是，这一切在他听到他妈哭着告诉他，他们的未来可能都要生活在一种不确定的惶恐中时，都变得一点意义都没有。

什么才是真正重要的东西，真正放在你面前选择了，结果其实一目了然。

这次冒了这么大的风险回来，让王乐介意的轮不到英鸣或者王义齐，他只是觉得自己要亲口告诉石毅，这就跟他觉得自己无论如何都要陪在自己家人身边的感觉是一样的。

就像动物迁徙一样，是生活的习惯，是一种本能。

石毅虽然在打电话的时候就已经知道王乐走了，真回到家看着空荡荡的房间，还是一时愣住了。

以后大家还有没有机会再见，谁也不知道。

他所能回忆起关于王乐的部分多数都是与麻烦相关的，性格和处事风格完全不同的两个人，即便是青梅竹马的情谊，却从来没谈不上"交心"这两个字。因为他说的东西王乐都无法理解，而对方所执着的东西，在他看根本不值一提。

觉得大家就是这样的关系，因为理所当然的熟悉所衍生出的同伴。

直到现在分别了，石毅才发觉原来不只是王乐一直以来把他看做了亲情中的填补，他们从小相交的这么多年，那种点滴的东西，也早就形成牵绊了。

突然发觉自己的家里充斥着一种让他很排斥的陌生，石毅皱了下眉没有进屋。

对于现在的他来说，维持着同平时一样的生活，甚至会让他有一种背叛了王乐的罪恶感。

没有什么逻辑的，就是让人难受。

开着车在路上兜了一圈又一圈，城市的交通在这个时间堵得让每个人暴躁。

石毅靠在车窗边上握着方向盘，看着眼前一望无边的尾灯长龙，没有任何的表情。

街道没有任何改变，周围的一切也没有什么特别，反正这个世界的节奏就是如此，你愿不愿意，都只能随着时间的推进往前走。

人虽然开着车脑子里却诡异的空，等石毅真正意识到自己在做什么的时候，他已经开到英鸣家门口了。

对方开门看见是他，侧身让了一下："进来吧。"

英鸣在打拳，只穿了一件运动的背心，胸口全是汗，头发也因为汗沾湿了，喘息有些急促。

石毅坐下之后他把拳击手套给摘了，然后抹了一把满头的汗，随手打开冰箱："喝什么？"

石毅看了他一眼："酒。"

什么话都没说，英鸣把冰箱里和酒柜上所有带酒精的全拿了出来，往茶几上一摆："自选。"

沙发上的男人直接开了瓶白的，倒满了一杯抬起头："不陪我？"

石毅的语气其实有点冷，简单的三个字，明着听是邀请，里头却带着一股挑衅。

他现在整个人都有点不对劲，身上压着火，心里却全是烦躁和低落。他很清楚自己就不该来找英鸣，因为只要他不来找，英鸣绝对不会去主动找他。他们两个人其实就像两棵已经着了火的树，凑到一起其实是自取灭亡，顺带还要扯着对方陪葬。

可是他理智很清醒，偏偏人不受控制。

就如同傻子都知道现在这个仓库里需要的是冷静和距离，而不是酒精这种加剧悲剧进程的东西。

石毅抬头看着英鸣，那种眼神像是恨不得直接把眼前这人给看穿了，甚至扫到英鸣身上，都带着一种刺痛。

换了是其他人，或许这时候最明智的做法是放任石毅自己去疯。

又或者，从最初就不该开门。

但英鸣只是又擦了下脸上的汗，然后坐下也给自己倒了一杯酒。

石毅的视线一直紧紧地黏在他身上，看着他坐下，看着他倒酒，看他倒完了不动，然后石毅自己沉默地喝了一口，盯着英鸣也很慢地举起杯子，在他算是逼视的目光下喝了半杯。

带着自己也搞不懂的情绪，石毅满意地笑了笑。

他一杯酒仰头干了，就又续上。

这个过程他重复了很多次，其间与英鸣没有半句话的交流，两个人都喝得很沉默。石毅喝一杯，英鸣就跟一杯，两个人算得上是有区别的，只有英鸣喝得没什么表情，石毅却一直没有把视线从对面的人身上离开。

这一瓶酒喝完了，石毅点了根烟。

"王乐走了。"

屋子里弥漫开的酒精味道配上烟味，扩散成浑然的一股糜烂气息，英鸣眯了下眼睛："嗯。"

"他跟我说，很有可能，大家以后再也见不上面了。"

石毅的话说得像自言自语，他一边抽烟一边很慢地靠在沙发上，看着前方的一个点，眼神没有焦距："你说，再也见不着面了，是不是就跟死了差不多？"

英鸣皱了下眉："别胡扯！"

然后他旁边的人转头看他："英鸣，要是有一天，咱俩也是再也见不着面了，你会怎么样？"

他问的人没有立刻回答他，两个人周围只有沉默。

后头烟圈儿蹿上英鸣的饭桌弄倒了果盘，噼里啪啦的一阵声音，石毅和英鸣却谁都没回头看一眼。

过了很久，英鸣才开口："干脆忘了。"

四个字，简单干脆。

石毅一边抽烟一边乐了，他看了英鸣一眼，嘴角的弧度扯出来没什么温度。他沉默地去开了另外一瓶红酒，把英鸣的杯子倒满了然后举起来递给英鸣："你牛，我敬你！"

英鸣接过一口就给灌完了。

但是这杯敬酒，石毅却不肯让他这么容易喝完。

他就像失去理智一样一杯一杯续，然后看着英鸣面不改色地喝，石毅这根烟还没抽完，这瓶红酒已经见底了。

如果有人能够描绘出石毅现在的心情，大概会画出一个沙漏。

但漏的不是砂砾，而是石块。

一个一个往下砸，越砸就越沉，每掉一块，就会发出那种破裂的摩擦声，就跟使劲碾着一块碎玻璃一样。那种动静很歇斯底里，像无数细微的声音纠结在一起，让人头皮发麻。

石毅一瓶酒倒干了就去开第二瓶，英鸣也点了一根烟，看着石毅开酒，脸上的笑容越来越凝重越来越冷，他也不吭声。

不过这第二瓶，石毅是自己喝的。

他连酒杯都懒得用，直接对着瓶口喝的，漏出来的红酒沿着他的下颌线条往衬衫里洒，很快就渲染出一片不怎么雅观的紫红。

英鸣皱了下眉，看石毅一口气喝完了一整瓶，忍不住骂了一句："疯子！"

石毅用力很猛地把空瓶砸在茶几上，并没有碎，但是那声动静在空旷的仓库里造成的效果无异于直接把这瓶子砸地上。

英鸣觉得自己有病。

大半夜的，他把这人搞到自己家里来砸自己场子。

英鸣抽了两口烟,深吸了一口气平复胸口蹿上来的那股邪火,他看着依然攥着酒瓶不撒手的石毅:"石大公子玩够了吗?"

石毅笑了一下:"英鸣,你就是个孬种。"他语气很得意,"不仅是个孬种,还特喜欢装孙子!"

对面的人纹丝不动。

石毅说完了英鸣,又伸手指了指自己:"不过,我也是个孙子!不仅是孙子,还是浑蛋、畜生!好好的正常人不当,偏要去做不正常的,人家有背景,都恨不得踩着自己亲爹的肩膀往上爬,多得是人呐喊助威的,说那是叫光宗耀祖,我就非要跟我老爸对着干,他想让我当兵,我就不当兵,他想让我从政,我就不从政!我去做他管不到的领域,没日没夜就为了那么几个合同。他想让我赶紧找个女人结婚成家,我也不,我只想跟我最好的哥们儿一起生活!"

石毅皱起眉:"你帮我顶过罪,替我戴过手铐,我为了你废了一只眼睛……我不会忘记的。"

最后一句话到底是说给英鸣听还是说给自己,石毅已经分不清楚了。

石毅觉得英鸣刚才那句骂对了,他今天就是疯了,脑子里连半点理智都没剩下,整个人就像被逼到悬崖边的野兽一样,张牙舞爪的狼狈,挣扎到最后就是为了得到一个喘息的机会。

他后头是悬崖,掉下去就粉身碎骨了。

这时候站在他对面的是英鸣,伸出手可以拉他,抬起脚可以踹他。

但英鸣只是很慢很慢地歪过身子,整个人的动作就像被放慢了几十倍速的慢镜头,慢慢缩短的距离,有点像炸弹上的倒计时,读秒在两个人互相碰到的时候彻底归到了零位,伴随着意识的爆炸,只剩下废墟一样的残骸。

石毅觉得自己和英鸣不是在放松。

而是想要把对方给撕碎。

别人描绘的友情都美好得带着牺牲,可英鸣和石毅觉得他们的情谊像残暴的刽子手。

兄弟,朋友……已经不局限于此了,他们天生是一类人!

他觉得现在英鸣说话有点烦，应该说，他现在已经懒得去思考任何问题了，是也好，非也好，如果反正已经脱轨了，那到底偏离多远就只是个程度问题，不是性质问题。

回不去的东西，就算大家都粉饰太平也只是自欺欺人而已。

石毅下意识地想要用行动抗拒英鸣的过多顾虑，却不小心扯断了英鸣本来就岌岌可危的理智。

他不是一个轻易失控的人。

或者说，从他开始懂得去控制自己的情绪来达到导演想要的效果开始，情绪，就只能在瞬间刺激中找到一个宣泄的出口，他擅长控制自己的情感。

所以他总是站在挑拨的那一方，而很少会被人所控制。

石毅因为他的挑拨而愤怒，却没有想过在他狼狈的同时，英鸣并不比他好过多少。

他长时间的矛盾挣扎，那自虐一样的克制，一遍遍自我催眠一样的无眠之夜，几次控制不住的临时刹车。

那滋味不好受。

准确说，是会让人抓狂的。

仓库的天窗，月光洒进来融入到了灯光之中，消失得毫无踪迹。

只有那方口大的黑色绸幕能让人分辨出现在依然属于夜晚。

石毅下意识地皱了下眉。

——如果，天就此不亮就好了……

2401

有爱的青春陪伴者

2401

下

功夫包子
GONGFU BAOZI
著

廣東旅游出版社
中国·广州

图书在版编目（CIP）数据

2401. 下 / 功夫包子著. — 广州：广东旅游出版社，2024.11
ISBN 978-7-5570-3285-2

Ⅰ. ①2… Ⅱ. ①功… Ⅲ. ①长篇小说－中国－当代 Ⅳ. ①I247.5

中国国家版本馆CIP数据核字(2024)第067679号

2401. 下
2401. XIA

功夫包子 / 著

◎出版人：刘志松 ◎总策划：苏瑶 ◎责任编辑：何方 ◎责任技编：冼志良
◎责任校对：李瑞苑 ◎策划：廖妍 ◎设计：Insect 姜苗 ◎图片绘制：肥猫天使宅设创作中心

出版发行：广东旅游出版社
地址：广东省广州市荔湾区沙面北街71号
邮编：510130
电话：020-87347732 020-87348887（销售热线）
印刷：天津睿和印艺科技有限公司
地址：天津市武清区大碱厂镇国泰道8号
邮编：410137
开本：880毫米×1230毫米 1/32
印张：18.5（全2册）
字数：521千字（全2册）
版次：2024年11月第1版
印次：2024年11月第1次
定价：68.80元（全2册）

版权所有·侵权必究

如本图书印装质量出现问题，请与印刷公司联系调换。联系电话：020-87808715-321

目录
CONTENTS

001 ✦ 第一章
选择

021 ✦ 第二章
回不去了

040 ✦ 第三章
英鸣的过去

080 ✦ 第四章
电影

113 ✦ 第五章
如人饮水

目录
CONTENTS

24
01

142 ✱ 第六章
后悔莫及

163 ✱ 第七章
放弃？我不同意

206 ✱ 第八章
责任

250 ✱ 第九章
朋友

269 ✱ 番外
闹掰

第一章

/

选择

英鸣开门让石毅进来的时候,其实是心里隐隐有感觉自己第二天会后悔的。

但是第二天一睁眼,看着石毅瞪着眼睛一直盯着自己,又觉得其实也就这么回事儿。

他们俩昨天都喝多了,借酒发疯在沙发上靠着睡了一宿,平时一个人躺都觉得有点伸不开手脚,两个人躺了一夜竟然也不觉得别扭。

石毅看见他睁眼了,也没说话,两个人靠在一起,茶几上歪倒放着的全是酒瓶。

英鸣伸手够了一下,摸过烟。

旁边石毅靠过去:"给我也来一根。"

旁边的人没吭声,抽出烟点上,然后塞到石毅嘴里,自己也咬了一根,转头就着石毅的烟把自己的也给点了。

他后头的人扣着他的手臂又收了收:"起吗?"

"起来干吗?"

"天亮了。"

虽然没有真正看到时间，但天窗射进来的阳光已经足够告诉他们这一夜已经过去了。

英鸣眯起眼睛："亮不亮跟起不起没什么必然联系，我不想起。"

他声音很沙哑，或许是因为昨天晚上的酒劲还没散，又或者是早上刚醒的时候就是带了那么点，他抽了两口烟很轻地咳嗽一声："你有事儿？"

"没事。"石毅慢吞吞地抽着烟，"今儿什么事都不想干。"

他们两个就是并肩靠在沙发上抽烟。

英鸣抽完了一根闭上眼又睡了一会儿，旁边石毅一直没动，看他快睡着了自己也躺回去闭上眼。

石毅睡不着，但是也不想傻待着。

昨天晚上跑来找英鸣，其实他是心情差到了一个极点。

回顾自己这么多年走过来，身边的事多数都是在自己的控制之中的，那是一种已经习惯了的笃定。他的环境从来变化就不大，圈子里来来回回也就是那么多人，之所以少不更事的时候喜欢没事儿出去找点刺激，也是因为精神世界中实在没什么可以为继，吃穿不愁衣食无忧，太平稳了，平稳得甚至很空虚。

他其实是一直渴望改变的。

高中那时候，恨不得走马路上都能遇到抢劫案什么的好试试自己面对变故时的真正反应。

——很矫情。

成年之后再去回忆那时候自己的心态，都觉得纯粹是犯贱，吃饱撑着了。这种想法等到正式走入了社会，适应了周围各种各样复杂的人际关系，才体会到其中的各种可笑。

很多人穷其一生追求的也不过就是"稳定"两个字而已。

能够掌控自己的生活和环境，是很多人求之不得的事，甚至也可以算作很多人自信的基础和前提。

然而，这段时间石毅却觉得发生了太多事。

威赛的事也好，赵子聪的事也好，自己的眼睛，王乐家里，总觉得是所有相关的不相关的全赶在了一起。他要开始适应戴着眼镜的生活，要面对从小一起长大的朋友分别，甚至要重新考虑人与人之间的关系。

所谓的人情世故他其实也不是全无头绪的，只是不愿意去想得太细。

其实，如果不是王乐的事发生得这么突然，或许他永远不会有这么多思考。

他侧头看了一眼睡着的英鸣，皱了下眉。

他们两个日子都过得很清醒，却过得越清醒就越不甘心。

"好好的日子，怎么突然就这么疯了。"石毅忍不住皱紧眉。

英鸣睁开眼皱了下眉："不要说得好像是被我害的，威赛这事咱俩最多是半斤八两，彼此彼此。"

追究起责任绝对是对半砍，谁也逃不掉。

英鸣稍微换了下姿势，睡着了不觉得，现在醒了，这沙发靠得一久依然各种的不爽，他带了点恶意地往里头挤了一下石毅："让点地儿，快掉下去了！"

英鸣长出一口气慢慢坐起来，身体上的不适和宿醉之后的那种头晕叠加在一起杀伤力还是很大的，他起得不算猛依然觉得有点恶心，忍不住骂了一句。

英鸣缓了好久才能动，然后慢吞吞地往浴室那边走。

石毅看着他懒洋洋地晃出自己的视线之内，中间没阻止也没说话。烟圈儿不知道从什么地方蹿上了沙发，大概是对他的味道很排斥，走到他脚边的时候特干脆地给了一爪子。

"我的天！"

这下倒是不疼,只是有点别扭。

他抬起头瞪了那只猫一眼,后者怒目相对地瞪回来,龇牙咧嘴的样子终于不那么面瘫了。

看着倒是像有那么点不爽的劲儿。

石毅觉得自己大概脑子被酒精泡傻了,大早上对着一只猫想些有的没的。他捋了捋已经很凌乱的头发,往沙发上懒懒一靠,歪着头盯着浴室的方向不动。

里头有水声哗哗地传出来,偶尔还夹着几句不太文雅的咒骂。

昨晚喝成那样,肯定肌肉酸痛不舒服。

莫名地,石毅欠抽地扬了下嘴角,摸过刚才被两人扔到旁边的烟又抽出来一根,点上咬在嘴里,断断续续地哼起歌。

英鸣擦着头发走出来的时候,觉得石毅笑得莫名其妙,他扬了扬眉:"你一大早能不能别这么猥琐?"

英鸣说话也不怎么客气,似乎这段时间,不挤对两句心里就不痛快。

不过石毅也不生气,咬着烟咧嘴一笑。

英鸣一边擦头一边拿出冰箱里的矿泉水喝了一口,扫了一眼石毅:"你这身材最好还是再练练。"

趴在沙发上的男人终于皱起眉:"你找死是吧!"

这一而再再而三地,大早上非要激得他再杀上几回合是怎么着。

英鸣只是随手扔给石毅一瓶水,看石毅接住了拧开才关上冰箱:"行了,别赖在我这儿装死了,起来收拾一下滚吧。"

"有你这样对客人的吗?下逐客令?"

"不逐留着过年?也没几两肉。"

英鸣的视线落到石毅的身上,他笑了一下:"何况先天基因估计没得补救了。"

这下，终于彻底把石毅惹急了，话说到这份儿上他石大公子还能忍就不是人。他干脆跨过沙发就往英鸣那边扑："你就是找死！"

英鸣倒是也没躲，石毅这么一冲，两人就特干脆地撞到了仓库的墙上，石毅用胳膊抵着他，往前压了压。

英鸣被石毅勒着脖子表情仍不服输。

两人一大早的打闹了一下，英鸣这才真的下逐客令："走吧。"

他看着石毅："天早亮了。"

石毅那天从英鸣家走的时候，其实已经快到中午了。

两人甚至还随便弄了点吃的，面包泡麦片而已，英鸣冰箱里就剩下这么点东西，勉强够两个人的量。

"那回头联系吧。"

临走的时候，石毅这么说了一句。

英鸣在收拾桌子，也没抬头，可有可无地"嗯"了一声，一直到仓库的门被关上。

然后，有那么几分钟，他完全不想动。

手上的东西收拾到一半，放下也别扭，拿起来也别扭，视线里的东西就跟被安装了电子控制器一样一会儿大一会儿小让人犯晕，他皱了下眉，然后很慢地坐在饭桌旁边。

他把碗筷什么随手放下，四处看了一圈才找到烟，但是烟盒里的烟已经被他和石毅抽完了，打开发觉是空的。

当你特别想要什么最后却就是得不到的时候，那感觉很差。

就好像英鸣现在抓狂地想抽烟但是偏偏没有烟可以抽。

他把烟盒扔到旁边，抓着头发靠在桌子上，瞪着烟圈儿蹲在沙发扶手上的背影，浑身不舒服。

这辈子，他都不会再这么喝酒了……

头疼眼睛疼嗓子疼胸口疼。

就没有一个地方让人觉得舒坦！

  石毅回去之后在办公室里泡了好几天。

  其实公司的事情并不是太多，可他就是不想回家，让助理给他安排找人买了一张折叠床，就放在办公室里，晚上就这么睡，早上到附近的酒店洗个澡。

  欧扬对于他这种行为无法理解，问他到底是什么情况他也不说，脾气倒是没有像之前那阵一样那么烦躁，就是觉得整个人特压抑，自己跟自己过不去一样。

  "我说，你要是真不愿意回家里住，就在酒店安排个房间，你直接在那边睡算了，折叠床你睡着不难受啊？办公室什么东西都没有，你早上还得去酒店，何必呢？"

  欧扬不赞同地看着石毅有点疲惫憔悴的脸，皱了下眉："或者你干脆出去旅游散散心吧，反正公司没什么事。"

  石毅摇了摇头："我没事儿。"他抽出烟点上，抽了两口靠在办公椅上，"我在办公室还能干点正事儿，酒店对我来说才真是什么都没有。"

  他这几天特别怕闲着。

  一旦手边没事情做了他就不舒服，那种烦躁，其实是可以把人逼疯的。

  欧扬看着他下意识地又抓起了手机，盖子翻开又关上，关上又翻开。

  石毅以前从来没有这种小动作，大概是因为家里环境的关系，走到任何地方都给人感觉很端正，立走行坐都透着一股稳重，像这种不断发出声音的行为，以前是他最不喜欢的。

  可现在他似乎只要不干事儿，就会把手机拿出来。

说打电话也不像,往往都是折腾半天又把手机扔到一边,甚至有一次差点给砸了。

不过他这种状态似乎一个人待着的时候会严重一点,平时工作时间没有任何的反常。

但是,如果石毅不愿意说,欧扬也不能做什么。他只能绕过去拍拍好友的肩膀:"如果有什么需要我帮忙的地方,直说。"

石毅点了下头算是表达谢意,视线还是盯着手上的手机,嘴角挂着一抹苦笑。

算起来,他和他的朋友们已经有差不多一个星期没有联系了。

王乐走后,大家都很有默契地沉默了,没有打过电话也没有见过面,最初两天还不觉得,挨到现在,只觉得越发难熬。

正如英鸣最喜欢说的一句话,这世界少了谁都是一样过,地球不是离了谁就不转的。这论调他以前也赞同,生活嘛,本来也没有什么是真的重要到那个地步的,时间冲过,什么都剩不下。

可是这话放到现在的他面前,是胡说八道!

人是有感情的动物,更何况是十几二十年的感情。

这滋味没有体会过的人,压根理解不了。

简单的一份文件十个字打错了七八遍,石毅终于再也受不了,把键盘往桌上一砸,烦躁地拎起大衣摔门而去。

这下好了,他连办公室都坐不下去了。

刻意不带手机,石毅咬着烟开车在马路上乱逛。城市的夜晚永远显得比白天嘈杂,各色各样的人充斥在街头巷尾,似乎没有一个地方是让人觉得清静的。

石毅开着车绕过了几家酒吧,车都停下了,最后还是选择掉头走人。

他本来就不是一个喜欢借酒浇愁的人，这时候，心里更清楚放纵自己的下场绝对不会有什么好结果。不是十七八岁不顾后果的年龄了，"分寸"两个字在他心里一直卡得很死。

路能走的就那么多，开车兜来兜去的没有什么目的，石毅皱着眉，打开收音机，他没有切换到 CD（小型镭射盘），是因为他车里的音乐碟只有一张，就是后来英鸣送他的那盘 demo（样带）。

到后来，石毅就这么开车开了一夜。

第二天他到公司的时候，欧扬还以为他终于想通了回家住了。

面对好友欣慰的表情，石毅有口却不想言。

不过，从那天开始，他晚上也不再窝在办公室了，最初是开车兜风，后来还是选了几家酒吧待着，不过不怎么喝酒，多数时候都是选个比较角落的地方坐着，看着其他人疯狂地乱舞、大声地笑、大声地骂，觉得周遭一堆人都跟他没什么关系，有来搭讪的，也都是冷漠以对，任由对方自讨没趣。

日子一天天地往后拖着，最初想要心情好转并没有如期而至，反而每况愈下。

直到某一天，以前还算有过几面之缘的一个熟人跟他打了个招呼表示说这家他常来的店却很久见不到人有点意外时，他才后知后觉地反应过来这几家酒吧，是他们以前常来的。想到以前都是呼朋唤友一堆人，现在却一个个都时过境迁。

当时石毅都不知道是想骂人还是想大笑。

搞到最后，他也不怎么去酒吧了，心里实在不舒服，他就索性开车乱溜达一圈，转到某个朋友家门口，也不下车也不打招呼，看着楼里灯亮着就在路口停下，抽两根烟再走人，回家里打开电视看到犯困，最后闭上眼睛就这么一天。

周末没特别重要的应酬就在家里看 DVD（高密度数字视频光盘），

看完了自己傻乐，觉得忒像神经病了就对着空气骂两句，然后继续。

有时候报纸的新闻上偶尔提到英鸣或者王义齐或者刘莉，他也会特别注意地看两眼，不过多数都是以前的陈年旧事被拎出来再八卦两句，没什么新鲜的东西，似乎最近大家都没什么消息，也没人知道英鸣的动向，若不是石毅晚上开车去英鸣家的时候看着他仓库一直亮着灯，还会以为对方大概已经出市了。

至于为什么英鸣没走，石毅心底隐隐有点感觉，不过没有去细想。

他定做了两个身份牌，找人送给了英鸣。

跑腿的人跟他确认是亲自签收的，虽然并没有当面打开。

而英鸣当时一开门听到门外的人说是石毅送给他的东西时，整个人还愣了一下。

总觉得这种戏码有点搞笑，明明就是熟到不能再熟的人，两个大老爷们儿还要隔着别人给送东西。

他走回屋里的时候把盒子随手放在了茶几上，一直等到晚上临洗澡前才终于没忍住，拆开。

是条项链，带一个坠牌。

他拍过的一部电影里，扮演的那个角色就是脖子上挂了这么一个牌子，杀人的时候喜欢咬在嘴里，导演当时给推了很大的特写，也算是他比较著名的镜头之一。

石毅是完全仿着电影里的那个款去做的，又或者大概军牌其实也就只有这么一个所谓的款式，上头的字是刻的，一面刻着2401，一面写着他那天对石毅说的那句话。

过了24点，就是明天了……

英鸣看着这两块牌子怔怔地傻了很长时间。

他一开始是觉得很好笑，觉得石毅这人有毛病，送这么矫情的东西过来,还偏要选这么矫情的时候。但是笑着笑着,他又觉得很愤怒,手里攥着身份牌越来越用力,一直到青筋都绷紧了,心口那股火怎么都压不下去。

"日子真是越过越浑蛋了!"

英鸣恨恨地低吼了一句,站起对着沙袋就是一阵接近疯狂的乱打,手套都没戴,攥着的身份牌链子因为他用力过猛抽到他的胳膊,留下一道道痕迹,隐隐泛着一股酸麻。

英鸣打到精疲力竭了才扶着沙袋无力地滑倒,呈"大"字往地上一躺,已经入冬的地面冷得刺骨,穿透皮肤就往骨头缝里钻。

但是他没什么感觉。

他无意识地歪过头看着身份牌上刻着的2401,忍到最后无力地闭上眼睛,咬着牙在心里诅咒石毅的祖宗十八代。

石毅身边的那圈朋友,王义齐接了一部电影忙得抽不开身,寇京因为威赛的事情被牵连,工作上的压力也比较大,自王乐走了之后,他们这些人也就没怎么碰头聚过。

所以当手边的事终于能缓出一个空的时候,寇京打电话给石毅,约大家有空聚聚。

本来换了在以前,石毅不提的话,寇京这种电话是不会打给他的。

因为游戏的规则多数都是像石大公子这样的人来定的。平时就算真是他来组,领头的也不会是他。

但是,这段时间先后发生了这么多事,渐渐地,似乎他们的关系也跟以前有了些变化,至少拿起手机打这通电话的时候,寇京是没什么心理压力的。

对方接电话的时候声音有点低沉,只有简单的一个字:"喂。"

模糊中,寇京觉得石毅似乎比他印象中沉稳了一些。

那种感觉说不清楚,只是觉得和之前稍有不同。不过,这就是一闪而过的感慨,他甚至没做什么停留:"石公子,这段时间忙吗?"

寇京语气一贯是轻松的,他就是干这行的,哪怕心里压了再多的事,从他口里说出来的话一样是嬉笑怒骂,断句都比人快。

石毅知道是寇京,在沙发上往后靠了靠:"还行,你呢?"

"我前段时间比较折腾,这几天终于消停点了。好久没有你们的信儿,想着什么时候出来喝杯东西。"他说的"你们",指的就不单单是石毅。

石毅懒懒地回了一句:"行啊,你安排吧。"

"那我订好了地方和时间再通知你?"

"行。"

语气一直不冷不淡的,石毅一直到挂上手机,都没有表现出特别的表情。

电视上还放着DVD,夜幕之中透着有点幽蓝的光线,晃着他的五官线条很不清晰,镜片上映着电视里的画面,交叠在一起显得有点支离破碎。

他端过旁边的水杯喝了两口水,看得很专注。

寇京的风格就是约人的时候不可能只约一个,照例是一堆人起步。

他做事本来效率就高,这种事根本就是三通电话就能搞定的活儿,正好这段时间几个人都有空,答应得也很痛快。

干脆就定在了周末,在一家石毅比较偏好的俱乐部订了包厢。

石毅当天下午有会,是最晚到的。

一推门该在的不该在的全在,寇京和王义齐两人在商量着点东西,听见推门的声音都一抬头。

英鸣正好坐得离门口最近,依然是在抽烟。

"你可算到了。"寇京先站起来招呼,"要点什么吃的吗?"

石毅今天穿得挺正式，领带西装一件不少。

来人先把风衣随手放到了旁边，然后扯开领带："你们随便吧，我都行。"

"哟，转性了？这么亲民？"

王义齐开口就要挡石毅的这个习惯大概已经深入骨髓，明明已经冰释前嫌混成一圈人依然改不掉这个习惯。不过反正石毅也懒得搭理他，只是抬眼扫了一眼，解了袖口的扣子喝了两口冰啤。

耗子在旁边笑了笑："刚才英鸣进来的时候，感觉他整个人瘦了两圈，现在跟你一比，我觉得他应该是去度假的。"

其实大家都挺憔悴，石毅也消瘦了不少。

耗子问他是不是身体情况不太好，让他有时间一定要去看看。

石毅对着耗子的话也没什么特别的反应，就是有点敷衍地扬了下眉，吃了两颗花生。

王义齐和寇京点好了东西叫来服务员下单。这包间主要还是KTV，之前人不齐是随便点的，耗子碰到想唱的就哼两句，大部分时候都是任由电视自己放。

英鸣一直就坐得比较外围，石毅进来搭的这几句话他一句都没接，看着对方一边喝酒一边吃零食，偶尔抬头看两眼电视，刻意没往他这边转。

不巧兜里手机响了一下，英鸣拿出来扫了一眼，是短信。

寇京扬了下眉："欸？鸣子你换手机了？"

英鸣之前用的手机是寇京陪着一起买的，所以印象比较深。以年龄和职业来说，英鸣绝对算是对这些生活用品极度不讲究的一个人，东西在他手里能用就好，不挑剔也不追潮流，一般情况只要不坏掉他就不会换。

所以看着他用了个新机子，寇京难免八卦。

英鸣把短信回完然后随手把机子放在桌面上，对寇京的话淡淡地扯了下嘴角:"之前那个不能用了。"

"坏了?"

"嗯。"英鸣看了一眼电视,"被我摔烂了。"他这句话说得不咸不淡,就像说的事情跟自己没关系一样。

旁边寇京和王义齐都听得愣了一下,刚想问他,就看着英鸣对着下一首歌的歌名扬扬眉,然后伸手管耗子要话筒:"这歌我会。"

反正闲着也是闲着,还不如找点事干。

英鸣这么一说石毅也抬起头,他看了一眼歌名:"我也会。"

耗子把话筒递给英鸣的同时,就把另外一个顺手拿给石毅了:"上次听过一次你俩的合唱我整整回味了一个多月,机会难得,再来一个吧!"

石毅刚接过话筒,王义齐看他一眼:"你五音全吗?"

后者根本没理他,对着歌词唱得很认真。

这首歌是双人合唱。

石毅唱的是男声的部分,很自然地,英鸣就得去唱女声。

其实英鸣刚才要求唱歌的时候,都没特别留意这歌到底是什么,他就是觉得调子挺耳熟,随口那么一说。真正开始唱了,他才觉得音色有点合不上,特别扭。

石毅唱得比原调还要低沉点,眼睛一眨不眨地盯着电视屏幕。

旁边耗子和寇京为了烘托气氛,开始乱起哄,每次到了高潮的地方,就故意叫好。

王义齐干脆嚷嚷了一句:"你们俩几岁了就不能安安静静听唱歌吗?"

英鸣和石毅对任何人的话都没反应,两人把歌从头到尾唱完,投入得就跟现场演出一样。

等唱完了,英鸣站起来打了个招呼:"我去趟洗手间。"

他出门的时候刚好和进来送东西的服务员撞了一下,姿势有点狼狈。

石毅等王义齐拿起话筒开始号了就也扔下句话闪人，摆明是不愿意接受荼毒，没管王义齐抗议的咒骂直接推门就出去了。

出门看见了洗手间的指示牌，他往那边溜达了两步，推开门。

英鸣在洗手。

厕所里没人，所有隔间的门都是敞着的，石毅推门进去的时候英鸣也没特地抬头，洗手时候的流水声在这样的环境下显得有点刺耳，外头是各种各样的鬼哭狼嚎，交织在一起很有喜剧的效果。

石毅往英鸣旁边走，一直走到跟前了才停下。

英鸣穿的是一件黑色的 V 领薄毛衣，石毅往他前头这么一站，视线刚好落在他领口，能看见若隐若现的银链子。

石毅问英鸣："为什么今天要来？"

英鸣下意识地仰了下头："为什么不来？"

"我以为威赛和王乐的事之后你想清净几天。"

石毅忘了曾经是什么时候有人跟他说过一句话，平时表现得很理智的人，一旦失去了那份自制力，会崩溃得比一般人还要快。这种论调其实有点接近于会咬人的狗不叫，他当时听的时候都没怎么留下印象，偏偏这时候就很莫名地想起来了。

他脑子里这句话一闪而过，意识最终的落点还是自己被英鸣扯着的衬衫。

"闷在家里也不清净，光唱歌多没意思，不如陪我练练手？"

"你疯了，你想在这里练手？"石毅扣子大概已经绷了，看起来不是一般的狼狈，他下意识地闷哼了一声。

英鸣直接抓住他痛点了，连一个呼吸的时间都没给他。

"浑蛋……"石毅恨恨地咒骂了一句，觉得英鸣这是恶意报复。

外头的水龙头还在哗哗地往外淌水，洗手间的隔间虽然造得不是很简陋但是肯定也谈不上什么隔音效果，他们两个缠斗在一起互相较劲，石毅靠着的隔间木板就发出一种类似呜咽一样的噪音。

石毅下意识地抓住英鸣的手，痛苦地仰了下头："你真要在这儿斗？"

这是还他刚才的那一记，英鸣甚至还火上浇油地舔了舔唇低笑，搞得石毅实在忍无可忍地扣上他肩膀："英鸣，你别太过分了。"

真要是在这种地方斗起来，那名声可就真要出去了！

KTV 的公共厕所可不是英鸣家的仓库，真搞出什么动静，围观群众绝对不会就只有一个烟圈儿。

想到那只对自己极为不友善的黑猫，石毅不自觉地拧了下眉。

英鸣一点都没闲着，被他打到痛处的男人本能地哼了一声，模糊地表达着抗议。

英鸣的眼底燃着一把火，烧着了自己不算，还要拖着石毅一起。

石毅这么多天积压起来的压抑和矛盾、挣扎，死死地缠在一起变成了一个疙瘩，直到跟英鸣练了两下又挨了两下的时候，突然觉得浑身上下都畅快了！

从小到大，他所擅长的都是选出自己不想要的。

别人费尽千辛万苦都求不到的，在他这里往往只是作为备选之一，而当这种选择很多的时候，排除法最先判断出来的都是不要的，而不是想要的。

这还是第一次，他如此明确自己到底要的是什么……

石毅觉得最近明白的道理，远超过他之前二十多年所明白的一切。

这世上，最痛快的事不是你赚了多少钱，也不是你可以将多少人踩在脚底下肆意地俯视玩弄，而是有一群你想见就能见到的朋友，一群你疯了就陪你的疯的朋友。

明明洗手间这样的地方是透着凉意的,英鸣和石毅的身上却都是汗。

这样狭窄的空间里,血的味道是无法掩盖的。

石毅擦了擦嘴角的血迹,想说点什么,只是还没来得及开口,毫无预警地,外面传来了交谈的声音,由远而近,最后交叠着推开门的刺耳摩擦声,打破了空气里的翻涌气温。

几乎是同时,英鸣和石毅都僵了一下。

流动冲刷的水声终于被关上,隔间外的两个男人谈论着不怎么着调的话题,从工作到家庭,从新闻到八卦,周围空气中充斥的不明气息似乎被禁锢在了这样方寸的空间里,英鸣抬起头看了石毅一眼,后者微微眯着眼睛半靠着,眉宇间有股不耐烦。

过了一会儿,那两人终于走了。

石毅用口型骂一句脏话,英鸣扬了下眉,直接推门从隔间走了出来。

因为刚才的那场缠斗,现在看着洗手间里压抑的灯光都觉得有些恍惚,英鸣一边洗手一边用余光看着石毅皱眉盯着衬衫上的那块印记,然后走出来叹口气:"行了,我看我也别回去了,先回家换个衣服。"

这要是被寇京和王义齐他们看到,指不定要说得多难听。

大家都是兄弟,流血了不可能瞒得住。

英鸣有点恶劣地笑了一下,没发表任何意见。

他洗完了手甩了两下,抬头视线撞上石毅依然有些热烈的眼神,微微敛了一下掏出根烟点上。

"你还要回去?"

看英鸣这样似乎没有跟他一起走的意思。

抽着烟的男人笑了笑:"衣服搞成这样的又不是我,我干吗不回去?"

就是因为立场不同才有所谓看热闹一说,身处其中谁还有那个心思。

结果这句话不巧触到了石毅心底那块一直以来勉强维持着的东西，英鸣说完了摆摆手转身要走，却被石毅一把直接拽住。

"回得去吗？"

他紧紧地盯着英鸣的侧脸："咱们两个真的还能回去吗？"

威赛的事、王乐的事、眼睛的事，已经发生过的事，哪怕是前一刻所发生的事，但凡发生了，还要怎么回去？说白了，发生过的事就像悬崖，已经掉下去了，撑死了一起摔个粉身碎骨，想要再回头，是根本不可能的事，只是自欺欺人罢了。

英鸣被这句话说得脸色有点僵，他嘴里还咬着烟，被石毅揍过的胳膊觉得又酸又麻，扯着心底还有点疼。

英鸣沉默地跟着石毅往外走，路过之前的包间，却谁都没有停留。

石毅扯了一把英鸣，动作力气不小，走的速度也很快。

走到停车场开了车，在快要上车的时候英鸣比他动作快了一步："我开吧。"

他很自然地坐进驾驶座，随手把才抽了没几口的烟掐掉。

石毅因为他的动作有那么片刻的停顿，不过最终还是没说什么，也跟着上了车。

英鸣没问石毅要往哪儿开，出了停车场就一路往主路开。

因为周末的关系，路上的车不少，英鸣开得有点急躁，一路并道超车都懒得打灯，石毅靠在边上看着他略微有些紧绷的侧脸。

他和英鸣之间，每一次撞到一起，都像是爆炸了一样，过后一片残骸，狼狈不已。

想起在洗手间里差点当众武术表演这种事，搁在以前哪怕是掐着他脖子，他也不信自己会做得出来。

石毅忍不住笑了一声,有点自嘲地摇摇头。

旁边开车的英鸣看他一眼:"笑什么?"

"我要早知道出来唱歌还要打一架,就多穿点了,免得还要像现在这样赶着回家换衣服。"

哪怕是现在两人出了意外死在一块了,时间也会是停留在已经想通了的这一刻。石毅长长地出了一口气,眼前一眼看不到头的车灯在夜色之下晃着一层光晕,明明一切都没变化,他却觉得此刻就连身边的空气都有些不一样的味道。

所谓幸福和满足,往往也就是顷刻间的东西吧……

有朋友和你站在一边时那种踏实真不是任何语言可以形容的。

封闭的车库隔绝了外面的一切。

英鸣说这句话的时候声音很低:"为什么要帮我挡那一下,我宁愿像董晓一样,也不要领你这种人情。"

脑中不由自主地浮现出那天石毅惨白的脸色和满脸的血,英鸣胸口像被狠狠捶了一拳一样,被噎得几乎说不出话,好半天才挣扎着抬起头看着车窗里石毅强自忍耐压抑的侧脸:"石毅,要我的命比要我的感情容易。"

天大的人情债,他也还得起。

但是石毅这份,要他怎么还?

"演戏的时候拿着电影剧本,总是听导演形容友情是多美好的东西,为了在乎的那个朋友,可以牺牲自己的生活、前途、一切东西,又或者是幸福的……"英鸣想起那些东西自己忍不住笑出了声,却透着几分嘲讽,他看着石毅,"为什么我从意识到我遇上你的那刻起,想的就是要跟你一块完蛋呢?"

石毅因为英鸣那句似感慨似叹息的从遇上就只想拉着他一起完蛋的话

而下意识地眯起眼睛，从刚才就一直憋在胸口的那口气很莫名地通爽了许多。

石毅转头看着英鸣。

就如同他平时表现出来的一样，英鸣总是比较温和的那个，他的激烈一般都隐藏在骨子里，不给他逼到一定程度，他绝对不会轻易撕开来给人看。石毅能感觉到英鸣压抑的鼻息，不是很沉稳，微微有些急躁，但是还算克制。

他们两个之间，总是一个做的比想的快，一个想的比说的多。

都不是那么容易退一步的人，却就这么鬼使神差地凑到了一块儿，一切像是被诅咒了一样，又好像是命中注定的。

两人相识是惺惺相惜，彼此骨子里还剩下的，还有那点较劲的坚持。

有人总说先认真的那个先输，石毅和英鸣之间，却没有人能算清楚这样的先后顺序。

他俩从始至终就不是轻易会把别人当朋友的那个，英鸣会毫不犹豫地选择帮石毅顶下可能的牢狱之灾事后没有半分后悔，石毅帮英鸣挡的那一下也坦然无怨，即便是在后面知道了一只眼睛再难恢复如常，也没有过半分的权衡。

在这个社会上摸爬滚打了这么多年，不说有多么精于计算，却也都不是不计得失的人。

不然，就不可能会是今天站在这里的石毅和英鸣。

即便表现出来的方式不太一样，对于生存的规则，他们却是一清二楚的。

不能说究竟一夜一夜睡不着的英鸣和医院里面对医生一句视力会受到很大影响的诊断也不发一语的石毅到底谁明白得更早，这笔烂账，哪怕是他们自己，也压根算不清楚了。

019

哪怕未来的光线依然不明朗，却没了那股悬在半空的焦躁。

"英鸣……我早晚要掐死你……"咬牙切齿的威胁完全没了石大公子平时的那股笃定和嚣张。

英鸣舔了舔有些发干的嘴唇，笑得痞气十足。他往前凑了凑，在对方凌厉掺杂火气的眼神中缓慢地甩出一句回答："早晚都是死，对我来说，势均力敌与你对抗那也算及时行乐。"

这一夜，明明比上次要冷静得多。

石毅和英鸣却不约而同地觉得自己疯得更厉害了。

"咱们俩来日方长，走着瞧好了。"

有来有往算是扯平，下回到底是谁占上风，还是未知之数。

即便现在天还没有亮，但对于明天，石毅头一次有了这么兴奋的期待。

第二章

/

回不去了

早上旁边有个男人醒过来的感觉有点微妙。

石毅实际上是被胳膊上一阵阵的酸麻感给折磨醒的,因为想翻个身但是发觉无能为力,擅自动了一下小臂的下场是瞬间激出一头冷汗。

所谓牵一发而动全身。

石毅怎么都没想到动一下胳膊连带着他浑身上下的骨头都跟着开始哀号。所以,英鸣实际上是被耳边骂声给弄起来的。

他睁开眼之后第一个下意识的反应是又把眼睛眯了起来,然后往旁边扫了一眼,瞬间看见一张五官有点扭曲的脸。

"你这一大早的,活动面部肌肉呢?"虽然没指望第二天醒过来能看到多赏心悦目的一张脸,但是好歹也别这么龇牙咧嘴的吧?

"活动个头!"石毅没好气地回了一句,"我胳膊被你昨天打伤了……"

艰难地活动着让自己头皮发麻的胳膊,石大公子用能动的那只手把胳膊很小心地抬起来,英鸣往旁边让了一下,就看他吸着冷气然后缓慢地做着拉伸活动。

英鸣忍不住扯了下嘴角,讨尽了便宜的他心情愉悦。努力压抑那股酸麻感的石毅没空搭理他，只能横了一眼。

英鸣从地上自己的裤兜里掏出烟，点了咬在嘴里，然后把石毅的胳膊捞过来，慢慢地按摩放松。

没学过，有样学样而已。

浓郁的烟味熏得石毅微微皱了皱眉，英鸣每一下力道都让他头皮一阵阵地发紧，等到对方不小心按到他那块最酸痛的肌肉，忍不住就哼了一声。

因为措手不及，所以那感觉有点像传说中的惊喘。

英鸣左眉瞬间挑得老高，转头看了石毅一眼，挂着一脸不怀好意的笑容，对着那块又多按了两下。

"呃！"

果然石毅就算勉强忍也还是压抑不住，声音不受控制地还是会从牙关里泄出来，没等到第四下，忍耐力爆发的男人索性破口大骂："英鸣！你有完没完了！"

英鸣毫不掩饰脸上的笑意，看着对方气急败坏的反应，老神在在地甩出一句调侃："你什么时候这么娇弱了。"

他这句调侃换来的是石毅转头把他嘴里那根烟抽掉，也不管胳膊到底酸不酸了，就狠狠撞了英鸣一下："有本事再练练！"

相比起上一次两人睁开眼时候的心情，这次无疑要轻松得多。

英鸣任由对方挑衅，懒洋洋地伸了个懒腰："起吧石大公子，时候也不早了。"

他们俩昨天回到石毅家已四点多，最后到底是怎么睡着的，几乎没什么印象。

石毅扫了一眼床头的电子钟然后慢吞吞地坐起来。

昨天晚上太晚了，英鸣完全没注意石毅家是什么样，他这么溜达出来各个屋子扫了一眼，才皱起眉摇摇头，不知道怎么评价这种明显样板房搞出来的酒店式公寓。

不过基本色调还是跟石毅的气场很搭的。

黑白灰，大气但是难免单调，有些比较精细的设计一看就知道不会是石毅的心思。

他走过客厅到厨房打开冰箱，看着面前空空如也，表情有点无奈。

所以，当石毅一通热水澡洗得恢复了不少精神，擦着头走出来的时候，看见的就是英鸣烧着水，靠在边上端着一杯冲好的咖啡。

"哟，你还会煮咖啡？"他这咖啡机好像还是刚搬进来的时候买的，但是一次也没用过。

对石毅来说，喝咖啡无非就是为了提神和装相，前一个效果咖啡不如烟，后一个效果他不用在家做，所以这些东西都是觉得有备无患才买，买完了又发觉是百无一用。

英鸣顺手拿起另外一个杯子给石毅打了一杯，往前一递："你家冰箱比难民家里的还干净，我那儿最寒酸的时候也衬得起两瓶啤酒，你这里头倒是纯正的真空啊。"

看着简直像刚从商场买回来的。

石毅走近两步接过咖啡，先是闻了一下，不吝啬地点点头表示味道不错，然后抿了一口。

对于英鸣的抱怨，他只是随手擦着头发拉开椅子坐下："实话告诉你，我都不记得我上一次睡在自己床上是什么时候了，人三天两头不在家，还管得了冰箱里有什么东西？"

估计是给他打扫卫生的钟点工帮他把那些放坏了的菜什么的拿去扔了吧，之前多数住在办公室或者通宵在外头，也无暇考虑这些。

石毅说得很自然，也就是随口一句。英鸣在他对面喝着咖啡然后眯了眯眼睛，对于石毅为什么之前有段时间没有在家睡，心里多少有数。

023

一杯咖啡喝完了似乎人也终于彻底清醒了，石毅站起来自己拉开冰箱看了一眼，确认了英鸣那句真空用得倒是一点不夸张。

他回头看了英鸣一眼："那咋办？我家一点储备粮都没有。"

"出去吃吧，要不去我那儿。"

"去你家下面？"

石毅扬了下眉然后随手拿起英鸣脖子上挂着的那条链子，两个身份牌全坠在胸前，明晃晃的，很醒目。

回过神的英鸣看他拿着身份牌笑，才想起来一直想问的一件事："你既然做了一对，干吗两个一起送过来？"

这两个身份牌都是按照正反面刻的，内容其实一模一样。

石毅打开链扣，取下一个才放手，拿着手里的身份牌笑了笑："我知道给你两个你肯定都会挂着。"

事实上，石毅怕的是英鸣不戴。

他看着手上的牌子，翻来覆去地转了一圈，映目的2401就跟无言诉说着秘密咒语一样，隐隐有点微妙的感觉。

这是只有他和英鸣才会明白的东西。

身份牌这玩意儿，最初其实是美国的士兵每个人入伍的时候发的，俗称狗牌，为的是如果在战场上遇到不幸，这牌子上的资料是认尸的一个凭证。他当初选这个东西来刻字，就是觉得疯狂一点想的话，如果是他和英鸣最后需要靠着东西来被确认身份，那能读懂这些话的，也只有对方了。

英鸣看着石毅似笑非笑地盯着手上的身份牌，过了好半天才抬起头："要不，我干脆去你那儿住吧。"

"干吗？"英鸣微微一扬眉，倒是有点意外是石毅主动提的。

对面的男人很干脆："谁让你会做饭。"

话题总是拐着拐着就往一个诡异的方向发展了，英鸣皱眉沉默了一会儿，没有立刻答应但是也没有拒绝。

周围的空气虽然安静但是并不压抑，一直等到水烧开提示音响了一下，他才看了石毅一眼："我那地方，暂住容易常驻难，你考虑清楚了？"

石毅的回答，是走上前撑着英鸣身后的墙壁很浅地把头轻放在他肩上，像只树懒。

一反常态地带着些弟弟的娇气，毕竟他本身就比英鸣小，嘴角上扬带着几分笑意。石毅眼睛眯着，瞳孔里倒映出英鸣的表情，感觉里头漾着一层光，柔柔的，特别暖。

英鸣微微地向后仰着，在对方扣住他后颈之后，很干脆地搂过石毅的肩膀。

他知道自己和石毅现在是在开一场赌注很大的赌局。

最后的结果到底是赢是输或者最后被庄家通杀，他们谁都不知道。

但是，如果目前已经找不到另一条路来走了，那么似乎这是他们唯一的选择。

总有人在面对抉择的时候问：将来，到底会不会后悔？

英鸣现在回答不了。

他只是确认，比起这段日子他和石毅各自所经历的，后悔那样的程度，大概已经算是幸福了。

石毅搬家就搬了个人。

英鸣特意起了个大早收拾屋子，本来说去接石毅，结果对方表示根本就用不着，他睡醒了拿了东西就直接过去。从九点多钟一直忙活到了快十一点半，就在英鸣琢磨着石毅该不会搬去外太空的时候，门铃总算是响了。

一开门，石大公子笑得日月无光。

"行李在车上？"

本能地往他身后看了一眼，英鸣往后让了一步："多少东西啊，收拾了这么久。"

石毅戴着墨镜，进屋摘了随手放在上衣的兜里："我没带东西，刚醒而已。"

"没带？"英鸣回头看他一眼。

"我想来想去家里只有我还算有点价值，其他东西没什么必要。"

"衣服呢？"

"大部分衣服都在办公室，无所谓。"

英鸣皱了下眉："你以为你是来住酒店的是吧？什么东西都给你大少爷准备现成的？"

"没事儿，等需要的时候再买吧。"

石毅不怎么当回事儿地往沙发上一靠，旁边烟圈儿正好溜达过来，那张依旧瘫着的脸上隐约带了点嫌弃地瞪着石毅。英鸣随手关上门，没再搭理他："随你便。"

英鸣在家里一贯穿得比较随意，松松垮垮的运动裤看着老觉得跟腰带没系好一样，石毅视线扫了两圈，从以前到现在都觉得以男人来说，英鸣的腰也有点太细了。

"中午有饭吃吗？"

他歪头看着英鸣给他倒水。

石毅是早上醒了就过来了，想当然这个时间早饭晚了午饭早了，他一个无聊的单身汉，更不太可能专门弄东西吃。

英鸣把水递给他："刚醒就想吃，以前怎么没觉得你活得如此单细胞生物。"

石毅咧嘴一笑："你几时看到对内和对外的政策一样过？这就叫作合

理规划。"

"先说好,我会的有限,撑不了三天,要是腻了,你要不打电话叫外卖,要么出去吃。"房子是他的,东西是他的,招惹一位大爷回来还得让他伺候,英鸣现在开始觉得自己那天答应石毅搬过来绝对是脑子被门给挤了。

他捋了捋头发往厨房那边走,刚打开火,石毅优哉游哉一路跟着他:"我就是特别喜欢看你在厨房做饭。"

英鸣皱了下眉:"我特别喜欢看你被我用锅砸的样子,要不你也成全下我吧。"

石毅把下巴靠在他肩膀上,故意恶心地晃了晃,感觉英鸣的面部肌肉都开始抽搐了,终于见好就收地站好改为一只胳膊搭在他肩头:"你以前也是这么对你朋友的?"

烧开了半锅水,英鸣随手拿出两袋面然后撕开,回答身旁男人的这个问题连头都没转:"以前都是我朋友做饭给我吃。"

横竖是方便面,本来也不需要煮多久,石毅不喜欢吃很烂的东西,英鸣看差不多了,就把火给关了,拿碗出来。

一直到两人坐在饭桌前面了,石毅才笑了一下:"有醋吗?"

"醋?"

吃煮泡面还要放醋?

英鸣因为石毅诡异的味觉偏好而皱了下眉。

两包面两人加在一起没吃到一碗,石毅和英鸣吃饱了也懒得起来,挤在沙发上发呆着没啥表情。

"我以前觉得一天到晚跟身边的朋友腻歪在一起特别浪费生命,明明毫无建设性,偏要死拽着不撒手。"

英鸣扬了下眉:"现在你也堕落了?"

"嗯。"石毅笑了笑:"觉得自己容易也变成那种自己最嫌弃的那类人了,就想这么待着,什么都不想干。"

就是觉得身边有朋友气息的时候,莫名地特别踏实,心底一直以来也没觉得多空的地方,乍然会变得特别厚重,结结实实的,好像什么都没关系了一样。

天窗外的阳光斜射进仓库的茶几上,扩散出一道光线投射出的朦胧光斑,影影绰绰的。

过了好长时间,英鸣才慢吞吞地想到一个问题:"石毅,寇京他们那边怎么样了?"

那天他和石毅中途跑路了,第二天寇京和王义齐轮流打电话来问候了一遍。

寇京还好,王义齐那话说得要多难听就多难听。

当时石毅就躺在他边上,听见手机里那些五花八门的形容词,差点把手机直接顺着窗户给扔出去。

不过,如果可以的话,石毅倒是真的挺想恶作剧恶心一下王义齐:"你觉得让寇京和王义齐他们知道咱俩搬一块儿了,他们会说什么?"

英鸣连眼睛都没睁。

"肯定不会是什么好话。"传说中那种被给予无数祝福的情谊,很显然不包括他和石毅这种诡异的组合。英鸣说完这句话下意识地想起了之前王义齐警告他要和石毅保持距离的情况,心里一时之间有种说不出来的微妙。以前还没觉得,现在琢磨过味来才发觉被人说中了结果的感觉还真不是一般的差。

——尤其对象是王义齐这样的人。

怎么跟哥们生活在一起,石毅没什么经验,英鸣也没有。

从早上睁眼聊到下午,晚饭一过,就彻底不知道干吗了。

英鸣平时话不多，把所有能干的都干完了，就看着石毅一脸无聊地看着电视拼命换台，仓库里的气氛隐约有点尴尬。

以前也是成天都耗在一块儿，每天几乎都见面反而觉得依然不够，现在真正住在一块儿，又觉得这距离过近了。

他绕过去坐在沙发上看了石毅一眼："不想看也别折磨电视，坏了全算你的。"

后者转头扬眉："行啊，坏了就给换个大的。"

"现在这个不够你看？"

"差点意思，不够刺激。"

石毅说完英鸣就笑了："我看电视没问题，是内容不够刺激你而已。"

看他来回来去地切台，只在体育频道稍微停留的时间多了点，剩下就是下一台一直按着不撒手而已。

石大公子索性把遥控器往旁边一扔，有点无聊靠在沙发上："不知道干点什么……"

"你平时周末都干吗？"

"吃饭，睡觉，有时候应酬，要么就约你出来。"

回答完了这个问题石毅皱了下眉，以前还不觉得，这么一想其实自己以前的日子过得也有点无聊。英鸣点了一根烟，抽了两口："你还记得约我出去一般是干什么吗？"

后者皱了下眉："……吃饭？"

现在要他想的话，还真的想不到什么具体的内容，他和英鸣一般相约多数是有事的，但是记忆里搜了一遍发觉就没记住半个重点，也就只残留了对方在自己旁边这种印象罢了。

真是诡异。

石毅皱了下眉："我是不是开始健忘了？"

英鸣嘴角憋不住扬了扬:"嗯,有可能。"

他抽了两口烟站起来,把旁边衣架上的外套顺手往沙发上一丢:"行了,赶紧起来吧,陪我去超市。"

碍于自己的身份,多数时候英鸣怕麻烦,都会选人比较少的时间段去超市,比如饭点,深更半夜。演员的生活作息是很不规律的,这点等以后慢慢地石毅就了解了。

石毅一边穿衣服一边看着英鸣蹲在地上逗烟圈儿,他顺手把打火机和烟也扫进兜里,再一抬头英鸣都到门口了:"你要买什么?"

"没想到,随便逛逛吧。"以前到底是一个人住,一人吃饱全家不饿,英鸣用了一天的时间才真正接受石毅要搬过来跟他住一阵子这样的事实,考虑以后单身汉变成了组合式的,总有些东西得多备着点。

毕竟,指望石毅考虑这些完全不现实。

两个人都是喜欢穿风衣的人,门口的路灯还是那么虚,英鸣锁好门还是习惯性地走在石毅的右手边,忍不住缩了一下:"这天儿真是越来越冷了。"

果然还是家里暖和,外头这风灌进脖子里的滋味不太好受。

石毅顺手帮他拢了下领子:"你穿少了。"大衣里头就一件薄毛衣,配上英鸣那个身板,实在是看着有点单薄。不过,石毅自己穿得也不多,毕竟这种天已经习惯了,身上套好几件实在别扭。

英鸣没回话,他那根烟还没抽完呢,咬在嘴里不时地抽两口,走到胡同口的时候顿了一下,然后把烟掐了。

再跟石毅走到这里,心里还是不太舒服。

赵子聪那个王八蛋,他当初实在下手太轻了!

英鸣深吸一口气,感觉夜里的风钻进胸口里头都透着凉,他皱着眉没说话,脚下的步子不自觉地快了点,有点想赶紧走完这段的意思。

旁边石毅看了英鸣一眼，能猜到英鸣的心思，但是没开口。

他知道自己眼睛这件事，大概英鸣要在心里挂一辈子了。

从他受伤到现在，英鸣走路都是走在他右边，因为他右眼的余光几乎没有用，哪怕是英鸣靠着他，不转头的话，他也看不清。

最初适应这样视力，着实花了他一番功夫。

不过正如他说的，付出这么昂贵的代价，他也依然不后悔帮朋友挡了这一下。微微侧过身看着路灯下面英鸣没有什么表情的侧脸，石毅很浅地笑了一下，微妙地有点成就感。

他这个笑其实身边的人看到了。

英鸣转头扫了他一眼，无声地询问了一句，不过石毅只是摇头没吭声，见状英鸣也没再追问，超市离他家不远，他们俩沿着路边走了一会儿就到了。

一进去果然人不多，石毅有点意外："外头看不出来，里头还挺大的。"

他平时基本上没怎么逛过超市，小的那种路边随便买个打火机、饮料什么的倒还好，这种正经的超市，一来他不会进来买衣服，二来生活必需品什么的都是钟点工买完了直接问他算钱，以前学生时代也都是有人帮他打理好这些零碎的，石毅一个人生活的时间不短，但是论起过日子，他所掌握的技能基本上只限于会自己打发时间。

英鸣随手指挥他拉过一辆购物车，然后一前一后地从入口的货架开始扫。

"你平时常来？"

"分情况，起码一两个星期得来一趟。"

像英鸣和石毅这样两个人在超市里慢慢溜达，存在感其实还是挺强的，从刚进门口的时候就有人好奇地对他俩看了半天，幸亏英鸣不怎么在乎，石毅压根就没注意，沿着货架慢慢往里走，石毅视线左右扫了一圈："我以前还真没怎么留意超市里是这样的。"货架这么高，看着还挺有压力的。

英鸣本来想挤对一句大少爷估计连超市都没进过几趟，不过一抬眼看着石毅兴致不错的样子，这句话他又给咽回去了。

算了，不打击小朋友的积极性，万一挤对得以后都不来也麻烦。

石毅一路倒是真的选了不少东西，他本来搬到英鸣那边就什么都没带，最初是觉得没什么是必须要带的，真到了超市里又觉得好像是缺私人用品，所以一路都在选大概用得着的拿，两排溜达完，车里装了个半满。英鸣看着他拿也不出声，这里头的环境和气氛压根就跟石毅不合，所以看着他推车这么扫货就觉得特别可笑，有些跟他们刚好路过的其他顾客不时地也会多看石毅两眼，尤其是女的，眼里不乏欣赏。

从外貌上来说，石毅绝对算是吸引人的那种。

五官很立体，整个人看着男人气很浓，他名字跟他的人起得倒是贴切，哪怕是不知道他的出身背景，也不难想象他是在一个家教非常正统的环境下生活的。眼神任何时候都很坚定，眉宇间的坚毅透着一股永不妥协的味道。

他接触过的二世祖，是大富也好，大贵也罢，多数比较蠢，他这话有点刻薄，但是事实情况就是如此。这个圈子本来也不是一个正常的圈子，说直白了根本是群魔乱舞，越是仗着自己有后台的，做事反而越不靠谱，所有事都是两手一摊扔给身边那群巴结讨好他的狐朋狗友，扯上实事儿，绝对不会痛快麻利地把事平了。这种人，其实是靠着别人活着的，是老爸也好，老妈也罢，横竖打着旗号出来混，外头的人簇拥在一起"××少爷""××公子"一喊，也就分不清楚东南西北了。所以这圈子平时最高调嚣张的那批，其实也是私下最被人嫌弃鄙视的一批，当面是风光，转到背后就是大家茶余饭后的消遣，只是当事人自己不知道，还沉醉在醉生梦死的幻想世界里。

石毅跟这些人不一样的地方,是他一直活得很清醒。

他为人做事也不算低调,但是也不高调,那种不刻意避开也不会刻意招惹的感觉透出了他很浓郁的个人风格,似乎其他人闹腾也好,起哄也罢,他一直都很清楚自己要的到底是什么,虽然达不到宠辱不惊,倒也真的有几分派头了。

至于那些被沉稳的表象掩盖住的孩子气,其实并不妨碍他这糊弄人的门面。

发散的思路最后落焦在石毅拿着一瓶不知道是什么饮料认真研究的侧脸上,英鸣突然有点恶意地往前凑了凑:"石弟弟想要什么尽管拿,哥哥管够。"

突如其来插的话先是让石毅怔了一下,随即那一声"石弟弟"叫得他起了一身鸡皮疙瘩,拧着眉瞪了英鸣一眼:"你这是晚上那次的药该吃了,还是中午的时候吃错了?"

英鸣总是喜欢挑衅他这点绝对不是好习惯,迟早有一天会演变成两人一时控制不住大干一架。石毅的表现对英鸣来说是不负所望,他甚至有点满意地点了下头,然后慢吞吞地笑了笑,漾着简直接近于宠溺的笑容,两手插兜地跟在石毅后面。

大概因为英鸣笑起来太好看,以至于旁边有路过的忍不住多看了他两眼。

石毅停了一下让周围的人都走过去,等没什么人的时候,趁着空当把英鸣扯到自己跟前:"你生怕别人认不出你是明星?"

结果英鸣邪笑了一下,轻轻一挑眉。

可能有点变态,但他就是诡异地喜欢看石毅被他气到奓毛的状态,少吃两年米就是沉不住气,就跟他家的烟圈儿一样,看着是个面瘫,其实上面端着架子尾巴还在地上蹭来蹭去的，一踩一个准。

石毅也感觉到了英鸣嘴欠上瘾，虽然都是些鸡毛蒜皮的小事，但就特别乐此不疲。看着对方眼底毫不掩饰的恶劣笑意，他到最后还是松开手，只是贴在对方耳边小声警告了一句："我看你被拍到还笑不笑得出来。"

英鸣双眉一扬，笑得一脸微妙。

石毅只会买自己的私人用品，真到了买菜什么的就宣布死机了。那时候就还得英鸣来，不说到底选的水平怎么样，最起码架势还是很足的。卖菜的那片货区充斥着很重的泥土气息，石毅待着不是特别舒服，他无声地催了英鸣一下，后者回头看他一眼，然后慢条斯理地回身继续挑。

除了蔬菜之类的，也买了点肉，石毅忍不住好奇就问英鸣到底会做几道菜，结果前头的人只是很理所当然地甩给他一句话："会做不等于能吃，回头买个菜谱慢慢研究。"

"所以你买这么多是为了练手的？"

石毅觉得英鸣那句话肯定还有后续。果然，英鸣回头看他一眼："平时就自己在家也没心情，这不是正好有现成的试验品。"

沦为科学试验田的石大公子眼角抽搐了一下，还没来得及表示抗议，兜里的手机就响了。

是欧扬跟他确认后天的一个会议议程，石毅往旁边走了两步，扭头看着英鸣的眼神还在表示自己的不满。

"你现在在外头？"

因为石毅身后的声音有点嘈杂，欧扬在那边皱了下眉。虽然觉得有点不可思议，但是似乎从隐约的几句话判断，石大公子现在是在菜市场？

设想了一下那种场景，欧扬表示有那么一点惊悚。

石毅把手机的声音调大了一点，但是这地方他想避开人群找个比较清静的地方都找不到，没办法也只能随便靠边避免跟人碰到："有事你说吧。"

"后天的会，宏达那边的人是取消还是照旧？"宏达是赵子聪的大伯开的公司，跟他们一直都有合作往来，虽然所占的比重并不是很大，但是也算得上是VIP客户了。

石毅的答案很干脆："取消。"

早料到了会是这种结果，欧扬点了点头："好，我知道了。"

"我们现在跟宏达还有进行中的合作项目吗？"

"还在合同有效期的项目只有两个了，其中一个到四月终止，最近应该要谈续约的事了，还有一个是发展中的项目，并没有真正落项，但推进中我们投入了不少精力。"

"如果现在都终止的话，我们要付出的代价有多大？"

"这个需要下面的部门交一份报告，不过据我估计，应该不会牵扯太多损失。"欧扬的语气比较保留，这种问题他一般态度都比较中立，因为是看石毅的决定。

不过，他多少有些意外石毅这次会做到这么绝，从他跟对方认识到现在，石毅都是个公私分得很开的人，哪怕私交甚冷，在公司的合作上他也不会意气用事，权衡利弊，他永远是倾向于利益最大化的那边，这次对赵家，倒是比他想象中的要干脆。

石毅想了一下："让相关部门用这两天的时间整理一份资料报给我，我周一要看见。"

"好吧，我回头交代一下。"

然后就在欧扬要挂电话的时候，石毅补了一句："对了欧扬，这几天有什么情况最好打我手机吧，如果实在找不到我，就打另外一个电话，我家里肯定没人。"

把英鸣家的电话报给了欧扬，确认对方记好了，石毅回头冲英鸣比了个手势，示意对方往收银台走。

欧扬看着那串号码："你不在家？"

"嗯，我这段时间都在朋友这边。"

其实石毅本来想着把他家里的电话迁到英鸣这边，只是这两天还没来得及，后天那个会很重要，估计这两天事情会比较多，他是以防万一才会把英鸣的电话告诉给欧扬，主要是欧扬他认识了那么多年，确信不会有什么问题。

让石毅有点诧异的，是欧扬在听完了他这句话之后，试探着问了一句："你住在英鸣那儿？"

他没有立刻回答："为什么觉得是英鸣？"

"感觉。"

"我以为只有女人才喜欢玩第六感。"

石毅的调侃让欧扬答了个不怎么文雅的词，这话题石毅避重就轻地没有回答，欧扬也默契地没有再问，后面又聊了两句会议的事也就收线了，欧扬在那边放下手机忍不住挑了挑眉。他俩认识了这么多年石毅都没上过他家，现在不但跑朋友家住，还一起逛……菜市场？

回想起刚才电话里那嘈杂的背景音，欧扬突然浮现出了一个不靠谱的设想，但是还没等成形就被他打散了。

——太扯了，怎么可能！

在结账的地方绕了两圈才看到英鸣，石毅挨过去的时候刚好也差不多轮到他们了。

买的东西整整装了三个大兜，收银员大概也没见过两个大男人买这么多生活日用品的，忍不住多看了他们两眼。

停留的时间长了，后头隐隐有人叫出了英鸣的名字。

石毅看了旁边不动声色的男人一眼，顺手接过他手里的两个袋子，一路没回头地往出口走。一直到出门走到大街上，石毅才笑了一下："其实你被认出来的概率还挺高的。"

碰到过几次了，最初一般是试探，后面确定了也会围上一群人。

到底是明星，公众人物有的麻烦他一样不少。

英鸣态度倒是无所谓："我一不能变形二不能戴人皮面具，大晚上架个墨镜出来不是被当瞎子就是当神经病，认出来也没办法。"

这么多年也习惯了，有时候越刻意反而越会被人注意到，态度自然点反而经常会被当作只是长得像而已。

现在跟当年也不太一样了，至少不会有那种被一群疯狂粉丝围着没办法出门的情况。

他还是青少年的时候，甚至一度被堵在厕所没办法回家。

想着过去忍不住有点感慨地摇了摇头，英鸣看了石毅一眼："怎么，有压力？"

"还好，目测到现在，基本上都构不成威胁。"

石毅调笑了一下，想起之前一度报纸上写英鸣的暧昧新闻。

不过，想到这里，石毅倒是想起另外一个人："王义齐跟你拍的那个电影，什么时候上？"

话题转得有点快，英鸣愣了一下："这个不太确定，不过好像说要赶四月的电影节，应该不会太晚。"

"四月啊……"石毅盘算了一会儿，然后点点头，"估计应该有时间。"

英鸣看他一眼："什么意思？"

"这电影咱们这边是不允许上映的吧？"虽然不怎么关注这一块，但有些电影不可能直接上院线石毅还是很清楚的。

英鸣点点头，烟瘾上来了又想抽烟，但是手里提着东西不太方便。石毅看他皱着眉来回折腾想要腾出手，就把手上的东西往边上一放，点好了烟塞到英鸣嘴里："你烟瘾太大了，等天转暖了要开始戒烟。"

两人认识到现在，似乎英鸣的烟瘾逐渐看涨，以前还没有这么大的量。

抽了两口的男人皱了皱眉，嘴里咬着烟不好开口就没吭声，石毅把东西重新拎起来："等上映的时候，我们就直接出去看吧。"

国内不放映，分级的地方应该还是可以的，顺便还能去旅游放松一下。

"专门出国看电影？"

英鸣觉得有点扯："有必要吗？"

结果石毅根本没搭理这个问题，有点随意地笑了笑，就招呼英鸣继续往前走，手里这些东西不轻，幸亏这路不远，不然也够折腾的。

就出门溜达了一圈，进屋石毅竟然觉得有点出汗了，他把风衣脱了扔边上张口就嚷嚷："鸣鸣，渴了！"

英鸣正好在放东西进冰箱，手一抖差点把一盒鸡蛋直接扔地上，他随手拿出一瓶矿泉水不客气地往石毅那边砸过去："鸣鸣什么鸣鸣啊！"

好好说话不会，叫得他出了一身冷汗。

石毅往旁边闪了一下随手抓过沙发的枕垫拦住英鸣的"凶器"，然后慢悠悠地拧开了趴在沙发上："不喜欢啊？那要不叫你英英、阿英、英、哥哥？"那个英哥哥的英还故意拖了长音，叫完石毅自己都忍不住抖了一下。

恶心人把自己都给恶心进去了！

英鸣把东西都往冰箱里放好了才站起来，转身靠在冰箱上半天看着石毅欠抽的脸没什么表情，等石毅嘚瑟地扬着眉仰头喝了两口水，他突然喊了一声："烟圈儿，上！"

然后就是人仰马翻的一阵咆哮，顺带着猫的尖啸以及石毅的咒骂。

最后以石毅拎着烟圈儿的后脖颈愤怒地爬起来作为战争告终,他瞪着老神在在喝咖啡的英鸣:"你信不信我现在就把它扔到马路上喂狗!"

"你没知识也有点常识吧,谁告诉你狗吃猫了?"

英鸣看了他一眼:"而且你只要丢,我就打电话告你虐畜。"

刚说完,烟圈儿狠狠一爪子挠在石毅的手腕上,趁着后者本能的一缩立刻跳到沙发上蹿得找不到影了,石毅皱眉骂了一句,然后有点不忿地走到餐桌旁边坐在英鸣对面:"你养的这是什么猫,简直一人间凶器!"

又抓又啃又踹的,力气还不小。

他记得英鸣好像提过一句这猫是朋友寄养在他这儿的,石毅随口问了一句:"这猫的主人不是你朋友吗?真不要了?"

其实他喜欢狗,对猫科动物不知道为什么就是爱不起来,大概因为这牙尖爪利的总泛着一股傲娇的劲儿,跟他气场天生不合。

英鸣喝了一口咖啡,眼皮都没掀:"不知道。"

英鸣这反应让石毅想到超市里那笔账,二话不说站起来把英鸣从椅子上扯起来:"是不是想练手?"

"我让你再装蒜!"

英鸣噙着微妙笑意,任他扯着自己,良久才不冷不热地回了一句:"我是不是装的,你马上就知道了。"

连他家烟圈儿的战斗力都不够还想在他家里逞能?石毅果然是优渥日子过太久分不清楚东南西北了。

——这夜,还长得很。

第三章

英鸣的过去

"呃……"

英鸣的半张脸都埋在被子里,微微皱着眉,因为胸前的不适感微微动了一下。

那让人想要躲开的骚扰并没有停止,反而有越演越烈的趋势,一直到细微的酥麻感猛地冲上头皮,他终于忍无可忍地睁开眼:"一大早上你发什么病!"

他这么一吼,镜子前头的男人莫名其妙地转头看着他。

清晨的阳光洒进来,石毅一早起来就开了窗户通风,房间里有点乱,英鸣似醒非醒地皱着眉坐起来,脸上写满了被人打扰清梦的不爽。

对比他,已经穿戴整齐的石毅简直像是从另外一个空间突然被塞进来的。

石毅回头看了英鸣一眼:"你这是做了什么奇怪的梦?"

英鸣揉了揉有点发疼的眉心,没搭理石毅的调侃直接一把掀开被子。

果然,烟圈儿整个身子半蜷在他身上,一直咬着他胸口不松口。

大概是因为英鸣坐起来的缘故,烟圈儿蜷不住了就变成了半挂着,英鸣去扯它，它还不满地发出了抗议，石毅几乎是目瞪口呆地看着英鸣把烟圈儿丢到床下面，然后捋了捋自己额前的碎发："早上是不是你开的门！"

"我进来拿下你的吹风机……"

石毅有点反应不过来，纯粹是本能地接了一句，一直到那只猫继续维持着一张瘫脸慢吞吞地走出卧房，他才惊愕地回过神："你这是什么猫啊，这么猥琐？"

哪有这种猫，清早对着自己主人骚扰？

英鸣皱着眉蹭了一下胸口残余的痕迹，那股动物的气息似乎没有那么容易散掉，搞得他背脊一阵发麻。实在觉得忍受不了了，他只能下床随便套上裤子往浴室走，对于石毅的话简单地解释了两句："刚养的时候猫还特别小，自己睡觉就一直抖，我带着睡过一段时间，可能胸口暖和，它老喜欢趴着。不过最近两年没放它进来过，这毛病它有段日子没犯了……"他一边说，一边还回头看了石毅一眼，"自从你住进来，这猫越来越过分，我看都是被你刺激的。"

尤其是一大早上就骚扰主人，没事儿再使个小性子。

石毅被英鸣这句话说得脸都黑了，明明什么都没做，黑锅竟然要他来背。看着蹲在楼梯边上自己舔着毛的面瘫黑猫，石大公子再次燃起了想要将它从屋子里甩出去的冲动。

他今天起得早是因为昨天晚上寇京约了他们去看演出，耗子他们乐队报名参加了一个比赛，级别不低，听英鸣说也准备了好一段时间了，今天应该三强淘汰。

英鸣洗澡的速度很快，石毅下楼在客厅刚放好碗筷他就出来了，用毛巾擦了擦头，人看着清醒不少。

"哟，竟然准备早餐了？"

041

之前石毅还是饭来张口衣来伸手的，一大早享受这种级别的待遇，英鸣表示有点受宠若惊。

石毅直到跟英鸣这么住在一块儿才发觉这人的嘴巴简直是欠抽得要死，两人认识之初明明讲话特有分寸的一人，随着熟稔程度加深，英鸣的吐槽功力也越发精进。

所以说，看人绝对不能认准了第一印象，十个里有十一个都是坑人的！

说是石毅准备的，其实也就是昨天他们去超市买的面包什么的被石毅简单地热了一下，麦片也是用热水冲完了就行，很简单的工序，石毅只需要拿碗装好了端桌子上。

英鸣搭着毛巾挺随便地坐在餐桌旁边，随手拿起面包咬了一口，微微笑着。

他其实刚起床都有点起床气，过了那个劲儿就会精神起来。石毅看着他头发还在滴水，一手拿着面包一手端着碗，胸口上挂着零零星星的水珠，身后散发着清晨淡黄的光晕，浑身上下都透着一股慵懒的性感。

所以说，演员真的就是演员……

这德行简直就跟要拍广告一样，似乎整个人都处在一个非常完美的预备状态。

石毅在心里默默感慨这句的时候，对面英鸣似笑非笑地扬着嘴角，似乎看懂了他的想法，又似乎只是单纯地想要笑而已。

"我其实以前也自己想过。"有点突然地，英鸣开口打破沉默。

他低头喝了一口麦片，然后撕扯着手上的面包："想过自己将来真有了家庭，生活会变成什么样子。大概也是早上起来有人给弄好了早点，坐在一块儿吃完，大概收拾一下就出门。有空闲的话，逛逛街打发时间，工作的活儿想接就接，不想接就做点其他事，反正一家人在一起就行。"

面包吃得差不多了，英鸣干脆一口把碗里剩下的都喝完，然后随意地用餐巾擦了下嘴，冲石毅笑了一下："目前来说，其实也算是达到理想状态了。"

除了他当初真没算到这样陪着他的会是石毅。

石毅看英鸣吃完了也加快了动作，三下五除二地解决完，他伸了个懒腰满足地轻叹了一声："现在这样挺好。"

在他的记忆里，有人陪着吃早饭的日子，只有在学生时代可以追溯了，那还是一堆人聚在食堂里，到处都是嘈杂的人声，身边你来我往像个大市场。

他家人早上这种时间是绝对聚不到一起的，念书的时候、他出门上学的时候他父母都还没起，晚上等他睡了他爸也未必回到家了，甚至有时候半个月一个月的见不到面都很正常。久而久之，也就没有特别去注意吃饭这种事了。至于他离开了校园开始拥有自己的事业目标，很干脆地就搬到了单身公寓，交往过的所有对象都没有过类似的经历。

这种事，明明应该是理所当然的，对于他这种人，却竟然透着一股微妙感。

英鸣吃完了就继续擦头发，他头发偏软，半干的时候就会蓬松地岔开，从后头看学生气会显得很重。英鸣盘着腿，从前头电视的屏幕反光上，看着两个人模模糊糊的身影，觉得一切很违和，但他心底就是一瞬间被戳得很柔软。

时间在晨光中逐渐流逝，一直到英鸣手机的铃声打破这一切。

是寇京打过来的："怎么样鸣子，你跟石公子怎么定的，要我过去接你俩不？"

那边大概是已经到现场了，背景声很杂乱，英鸣站起来："不用了，我们俩一辆车就行，不还是上次那个场地吗？我去过。"

"那行，你们看着点时间，我看这样子应该是准时开场的，耗子他们是第二个上台。"

"嗯,现在出门。"

英鸣挂了电话随手拿过衣服套上,石毅倒是不用准备什么,穿上大衣就够了。两个人出门的时候清晨的凉意扑面而来,英鸣加了条围巾,简单地挂在脖子上,路口刚巧有人看见他和石毅前后脚出门,挨着车旁边,远远看过去像一幅画。

赛场那地方离英鸣家还真不算近,幸亏这个时间路上的车不多,一路上了高架一直杀到场地附近了才稍微有点堵,不过时间还在预算之内。把车停在停车场,两个人就按照寇京发过来的短信摸着后台员工的通道直接进了内场。

有点意外的是王义齐竟然都来了,还有他那个只见过几次的弟弟。

台上已经开始了,不过不是耗子他们,大概是之前的一个组合,唱得还算不错,就是主唱的嗓子有点太过沙哑,不够清透,配着重金属的伴奏简直是号得歇斯底里,初听有点味道,两首下来耳朵有点疼。

英鸣和石毅溜边挨到寇京他们旁边坐下:"今儿人还真不少。"

外头车停得已经快没地方搁了,因为停车场收费,外头路边根本就被占满了。

寇京点点头:"我也没想到场面挺大的,不过感觉耗子他们是整体水平最好的,我看没什么问题。"

最后一组他之前也听过,就吉他比较有特色,其他的也一般。至少在团队的配合度上,远没有耗子他们默契。

石毅跟王义齐碰头了自然就少不了互相瞥两眼,石毅上次没怎么留意这兄弟俩,今天是大白天的看着比较清楚,他看了两眼发觉王义齐和弟弟长得真是一点都不像。虽然外表都挺抢眼的,但是明显作为明星的王义齐外形上更逼人一点，高调得就差没在脸上贴个标签了，他弟弟气场偏静，五官虽然清秀却透着几分不苟言笑的禁欲，清清冷冷的，一看就是不太好沟通的类型。

这两人竟然是兄弟，说出去估计都没人信。

寇京趁着台上过场单秀吉他的时候扯了英鸣一下，后者弯过腰凑过去，听见耳边小声地告诉他："鸣子，我刚才看见毛宇了。"

英鸣扬起眉："他回来了？"

"嗯。"

寇京观察着他的脸色："你要见他吗？他问我要你电话。"

英鸣只是笑了一下："用不着，这人跟我没关系。"他嘴角的弧度很冷。

石毅因为英鸣整个人突然压下来的气场而好奇地看了他和寇京一眼，却没看出什么端倪。

耗子他们上台的时候，底下的欢呼声很大，看得出来虽然不是正式的乐队，但也算是名声在外了。英鸣他们坐在第一排，耗子一低头就能看见，中间偶尔视线撞上就笑笑，一连四首歌，尖叫声不断。

石毅撞了撞英鸣的胳膊："你不也是乐队的成员？"

"我是凑热闹，这种正规的比赛，没地方塞我。"

英鸣笑着扬了下眉，这种场合的感染力还是很强的，他真心替耗子他们高兴。

音乐这个圈子相比起演员，说起来感情会更重一些。

很多人都是因为兴趣而投身进来，最终却得不到太多的回报，一直到心里这份热情消散得差不多了，四散东西，十年后再想起来，也就是个青春回忆。

耗子他们能坚持到今天，除了心底那份感情，还有这份成员之间互相支持的力量。哪怕各自都拥有着自己的生活，当站在这个舞台上的时候，他们就是一体的。

四首歌加上安可曲，一直到耗子鞠躬下台，似乎还有不少人没有尽兴。

寇京他们是看着他们结束就溜到后台了，因为是露天的表演场地，所以所谓后台也就是舞台电子屏后面而已，耗子他们满头的汗，看着英鸣他们绕过来，二话不说上去抱了一下。

"恭喜，表现得很棒！"

英鸣夸完了旁边寇京添了一句："帅翻了！"

王义齐和石毅虽然没有语言上称赞太多，但也都跟着点点头，不可否认演出得很精彩，看现场的反应也知道了。

等分别都跟耗子他们祝贺完，主角才注意到跟在最后的王孟齐。他愣了一下："这位是？"

这还是他第一次见着王孟齐。

虽然是王家人，王义齐没有开口介绍的打算，还是寇京在旁边解释一句："这是王义齐的弟弟，王孟齐。"

弟弟？

耗子有些意外，之前并没有听说王大少还有个弟弟。

而且，也实在不怎么像。

石毅看着耗子这反应就知道对方的想法跟他是差不多的，王家这两兄弟从任何角度看都不太像有亲戚关系的，而且彼此之间也很少有交流，明明人应该是王义齐带来的，却没看他照应一下。

一群人围着聊天的时候，在他们后头突然有人插话打断了起哄的玩笑。

"英鸣。"

不是疑问，也没太多偶遇的惊喜，感觉就像路边遇到的熟人。不过正面对着英鸣的几个人脸色都变了，王义齐更是干脆拧起眉："毛宇？你还没死啊？"

耗子跟乐队里其他人打了个招呼示意他们先过去休息，自己在这边多待一会儿，几个人把乐器什么都拿好，本来刚才还挺热闹的后台瞬间就安静了下来。

石毅看着寇京他们几个面色不善的反应，对眼前这个叫毛宇的男人有了点好奇。

从面相来说，长得不错。

不能说是多英俊，但眉宇间有一股沧桑潇洒的味道，一看就是个在社会上经历不少的人，双手插在兜里，穿着一身带了点摇滚风的紧身衣，条儿很好，身材包裹在衣服的曲线里很招眼。

英鸣转头看见毛宇没有表现出任何意外，本来寇京之前提醒他的时候他就知道得遇到，只是没想到会这么快，对方明显是刻意过来找的。

他点了下头："有事儿？"

毛宇愣了一下，本来想说的话就这么被这三个字噎在了喉咙里，怎么都吐不出来。

气氛很尴尬，但更多的是一种说不清楚的冷淡，英鸣等了一会儿见对方不开口，索性掏出烟点上："没事儿我们先走了。"

他随意地挥了下手，招呼前头寇京他们绕开毛宇闪人。

几乎要擦身而过的时候，毛宇突然伸手拉住英鸣，然后一直站在旁边的石毅眼疾手快地把人往后拽了一步，所以对方伸出来的手就这么落空了。毛宇皱眉看了一眼石毅，后者只是很随意地扫了一眼。

就算没有人跟石毅解释到底这位横空冒出来的人跟英鸣是什么关系，单独从寇京他们的反应来看，他也知道这人必然是不招待见的。

毛宇拧着眉本来想开口，犹豫到最后还是移开了视线。对他来说，似乎寇京也好，王义齐也好，这些人所流露出的排斥并不是什么要紧的事，他注意的人始终只有站在旁边态度不冷不热的英鸣。

"英鸣，我们找地儿谈谈吧。"

英鸣抬起头："谈什么？"

其实对比寇京他们的反应，英鸣反而没那么在意。他抽了两口烟，语气很平淡："你有话直说就好。"

"我其实上个月就回来了，一直想找你但是联系不上，听说今天耗子有比赛，我估计你得过来。以前的事，我想跟你解释一下。"

虽然已经估计到了，但真正听到毛宇说到和英鸣的"以前"，石毅还是有点疑惑，他看了边上的寇京一眼，有种现在就问清楚的冲动。

这次抢着开口的是王义齐："当初装孙子卷款潜逃，现在竟然还有脸出现？毛宇，虽然我早就知道你不是个东西，但是看着你这样，我真心觉得我以前小看你了。"

他说话很不客气，字里行间都是奚落和讽刺，那句卷款潜逃说得毛宇脸色一沉："王义齐，你说话注意点。"

王大明星当场就乐了："怎么，你还要威胁我？"

他现在打个电话报警毛宇立刻就得进局子里头蹲着，当初毛宇带走的那笔钱可不是小数目，英鸣一直不追究不是没有办法，而是英鸣懒得花精力折腾这恶心人的事。

最后，还是寇京插嘴拦了一下："毛宇，现在这不是说话的地方，你有什么话，等回头再跟英鸣单独说吧，这里这么多人，总不能都耗着。"

耗子在旁边点头："马上就宣布结果了，还是先出去吧。"

英鸣抽着烟和石毅并肩跟在王义齐他们后面，毛宇又叫了一次英鸣，不过这次没有任何人回头。

最后的成绩是按照支持的比分和评委的点评综合计算的，统计的时候稍微花了点时间，被淘汰的是第一组，耗子他们果然分数最高，被主持人邀请到台上说了两句话，这个活动有媒体直播，镜头带到英鸣和王义齐的时候，免不了停留半分钟。

注意到镜头，寇京提醒了一句："鸣子，你和王义齐要不要先走？我看到记者了。"

王义齐和英鸣倒是无所谓："来都来了，还怕拍吗？又没什么见不得人的。"

不过想起旁边的石毅，英鸣看他一眼："你是不是不太方便？"

后者一扬眉："我翘个班狗仔也有兴趣？"

这两位身为公众人物都无所谓，他一个圈外的就更没关系了。

何况，一早他就警告过这些狗仔队，只要是敢私自刊登他的照片，就等着收律师信。这种事对他一个商人来说，再顺便不过了，养着那么多律师可不是就为了草拟几份合同而已。

活动一共四个多小时，等散场的时候，已经是快到下午两点了，决赛应该是在下周，活动方找人来跟耗子他们谈签合约的事，不过因为现在为时过早，没有深入到详细的层面。寇京趁着等耗子的时候订好了包间，乐器什么的都放在他们车上，这种时候，理所当然是要好好庆祝一下。

但是王孟齐接了个电话表示要走，没等寇京他们留人，很意外的是，王义齐竟然也要一起走。

英鸣从认识王义齐这人起，就知道他是个唯恐天下不乱的主，哪儿有热闹哪儿有他，今天这场合他不参与实在有点说不过去，简直有违常理。就连石毅都很意外："太阳今天要从南边落了？"

难得的是，王义齐竟然没挤对回去，他看着王孟齐往车那边走，就回身扬了扬手算是打招呼，只简单地表示下次他来组局，甚至没等到耗子回来说句话就走人了。

英鸣和石毅是一辆车一起过来的，当然还是一辆车走。寇京坐耗子他们的车，后来又叫了几个人来，从下午四点开始闹腾到半夜两点多才散。

整个乐团全军覆没，最后留了意识结账的，只有英鸣和石毅。

寇京是自己找死的，后头非要跟耗子划拳，结果两个人一起喝醉。

"真是麻烦……"

英鸣皱眉看着一桌子人，觉得有点头疼。

石毅挂着笑容靠在一边，任凭英鸣拜托酒吧的老板帮忙叫人把这几个哥们儿送回家，拦了出租车一个一个地往外架，也就幸亏这地方是熟人开的，还能彼此照应着点，不然单凭他们俩，大家一起住这儿算了。

好不容易都安排好了，英鸣回身看他一副完全不动声色的样子，眉头下意识地一皱："你倒是清闲。"

"本来这种事也不能指望我，一个不小心被我摔坏了胳膊摔断了腿的，算谁的？"石毅一点心理负担都没有，他咧嘴笑了笑，一派泰然。

从小到大只有人家伺候他没有他伺候人的时候，要说是英鸣也就罢了，这几个人，让他动手非死即残吧。

虽然谁都有喝醉的时候，但谁也不愿意照顾醉鬼。

不过英鸣本来也没指望他干什么，摇了摇头算是感慨。他拿出烟，一边咬在嘴里一边去找火机，然后烟就被石毅拿掉了："别抽了，你今天差不多了。"

早上到现在，怎么也有七八根。

英鸣一愣："什么时候我抽的烟改限量版了？"

"现在。"

没搭理英鸣不满的表情，石毅把烟很干脆地扔进旁边的垃圾桶。

负责泊车的服务员把车一直开到两人跟前，他这次没让英鸣再抢了驾驶座的位置。他们吃饭的这个地方寇京熟，但石毅和英鸣都一般，出了路口还兜了两圈才终于摸准方向,英鸣随手打开广播,午夜频道不是求助就是谈心的,音乐慢慢悠悠,弄得人很想睡觉。

石毅看他一眼:"困你就睡吧,到了我叫你。"

英鸣靠在车窗边上,视线有点模糊。石毅让他把大衣披在身上,他随便在后头抓了半天才扯过来,然后敷衍地跟司机石公子贫了两句,很干脆地坠入了睡梦之中。

只是迷糊的意识里最后闪过一个念头,隐约记得上次这个点他睡着的经验,大概要追溯到学生时期了。

石毅打开车门看着靠在椅座上睡得很沉的男人,盘算了一会儿。

喊了两声英鸣都没反应,深夜总是带着湿气的,感觉身上越来越凉,石毅皱了下眉,最后决定暴力唤醒,他弯身把胳膊穿过英鸣的腋下,然后猛地一使力。

英鸣身上盖着大衣,半垂着头,石毅的臂力不愧是练出来的,就算是有点吃力但终究还是把人给抱了起来,只是还没等他从成就感里走出来,被这个动静惊醒的英鸣猛地一睁眼,完全是下意识地一肘撞到石毅胸口,后者因为突如其来的攻击而松手,伴着两声咒骂,两人狼狈不堪地各自趔趄一步。

英鸣整个人还没回过神:"你有病啊?!"

任何人睡到一半睁眼就感觉自己悬在半空都会被惊出一身冷汗,也就是他手里没枪,不然石毅这时候已经去见上帝了。

"你下手太重了。"石毅胸口疼得直吸气,他揉了一会儿才抬起头,"还不是你喊不醒,就想试试能不能把你扛回去,反应那么大干吗?"

"废话!"

英鸣要用全部的自制力才能让自己不至于跟石毅在大门口打起来,他特想让石大公子躺平了任他公主抱一次，但是初步判断了一下对方的体格，他理性地认识到这个可能性不太大。

英鸣心口堵着一把火，一抬手甩上车门，然后进屋把外套扔到沙发上。他回头看着石毅："睡觉！"

后面晃荡进屋里的石大公子一扬眉："你连澡都不洗？"

"我想找点东西洗你脑子，有推荐吗？"

英鸣上半身就剩了一件背心，皱着眉活动了一下肩膀。他这动作明显是热身的，石毅把大衣脱了看着他又甩胳膊又甩腿的，终于后知后觉地感觉有点不对："你这是干吗？"

英鸣扯了扯嘴角，笑意却不达眼底："你上次不是说，有空要和我较量一下？"

"现在？！"

大半夜的，这是什么毛病？

石毅的反应只是让英鸣嘴角的弧度更冷了，他一把扯过石毅："揍你还需要翻皇历？"

不好好警告下这位，鬼知道下次他能想到什么诡异的点子来刺激他。

英鸣平时打拳击练出的反应力哪怕是经过酒精的打折也依然有十足的杀伤力，石毅被这一扯几乎站不稳，靠着沙发才勉强维持平衡。他看着英鸣一脸暴戾，在察觉到对方不是开玩笑之后，终于戒备地退了两步拉开彼此的距离："你来真的？"

话音刚落，英鸣一拳已经打过来了，他一点余力都没留，无论表情还是出拳的速度都显示这一拳只要是挨了，毁容那是必须的。所以石毅躲得很快，他没有受过很专业的格斗训练，但是好歹也是从小到大运动万能那挂的，对着英鸣不占便宜也不至于太狼狈，一连三拳他没还手只是躲，直到被英鸣第四拳擦到了侧脸，才终于发起火。

"喂，你疯了是吧！"

英鸣不说话，打得很投入，石毅从一开始的闪避策略变成攻击也没花多少时间。仓库里空间毕竟够大，两人你来我往的，除了肉搏时的闷哼，就只有两个人粗重的喘息声特别明显。

战火起得毫无道理，演变到最后两败俱伤也似乎谁都没讨到好处。

这样的天气，最后石毅瘫到地上的时候一身的汗，他也不管地上凉不凉了，两手撑着极度疲累的身体，看着不远处的英鸣抬脚就踹："你个疯子！"

后者皱着眉，超负荷的运动量让他有一种虚脱的错觉。英鸣瞪了石毅一眼："下次你再敢瞎作，我就把你绑起来扔出去！"

任何一个男人被公主抱都得急，石毅占了个便宜是他们之前喝了不少酒，不然按照两人的战斗力，三天之内石毅别打算出门见人了。

石毅恨恨地看着英鸣，想再找点什么词出来堵回去又发觉脑子因为运动过量导致缺氧所以有点犯晕，他憋了半天最后长出了一口气直接倒回地上，除了喘气已经什么力气都没了。

眼镜都不知道是什么时候掉的，不太适应的视差又逼得他闭上眼睛。

过了很长时间，英鸣终于挣扎着爬了起来，他到旁边捡起来石毅的眼镜，晃晃悠悠地过去给石毅戴上，只是手刚摸到对方的脸就被扯了一把摔到地上，石毅一翻身："毛宇到底是什么人？"

英鸣完全泄力地放松四肢躺平，微微眯起眼睛："我还以为你能憋到明天早上。"

没搭理他的所答非所问，石毅又追了一句："他欠你钱？"

那句卷款潜逃表示两人之间有金钱纠葛，但是看寇京他们几个的反应，又觉得不止如此。

石毅眼神有点危险："你不是说你好哥们就这几个吗？"

英鸣一皱眉："我以前不是告诉过你，这个仓库本来是准备跟朋友一起合开一个酒吧的，但是后来没开成我就留着自己住了，当时那个打算跟我合开的朋友就是毛宇。"

英鸣的嗓子有些低沉，可能累的，还有点发虚。石毅忍不住低头靠着他："说要跟你合开，结果拿了钱跑了？"

这也忒孙子了。

有点理解为什么王义齐和寇京他们对着毛宇都是一脸的鄙视。

英鸣微微仰了下头，思绪有点被扯回当年，语气更轻了："我跟毛宇认识的时候，刚好是我事业不怎么顺心的时候。一开始也就是个吃喝玩乐的对象，后来因为几次事都被扯到了一块儿才走近的。他是玩摇滚的，我和耗子他们会认识，也是因为毛宇的关系，做演员做得有点找不到方向，就跟着一起混起了音乐，不过那东西就是我喜欢它但是它不喜欢我，所谓虐恋啊，最后也没玩出个成果。"

英鸣皱了下眉，语气有点唏嘘。

石毅不以为意地问："所以你觉得他在你低潮的时候拉了你一把？"

"也不算是吧……"

英鸣抓住石毅的手："就是人可能在找不到方向的时候，戒备心会降低。反正虽然没有认识太久，但是那时候跟毛宇确实走得很近，开酒吧是他提议的，我也没怎么仔细考虑就答应了。"

想一想，如果那时候真搞成了，有可能他也就转行了。

那段岁月回忆起来都不是很真切，很疯狂也很消极，英鸣不会刻意去遗忘但也确实不怎么想缅怀，石毅抬头看了他一眼："后来呢？"

"我不太懂这些手续什么的，就一直是毛宇在搞，除了这仓库装修的时候我跟进了一下，其实基本上就是我只掏钱他干事儿，一直到这地方弄得差不多了，他又来跟我借了一笔钱，说是遇到点棘手的事需要周转，我没怎么多想就借了。"

这次,石毅终于皱起眉:"合伙完了再借钱?你借了多少?"

"差不多我三分之二的积蓄吧……"

加上投资酒吧的钱,英鸣那时候也算是把自己所有家底都拿出来了。

不是什么天文数字,但也足够让人咋舌一下的。

"那时候身边也有人警告过我,这么一大笔钱拿出去最好还是多考虑一下,可惜我当时没听进去,钱借出去了一个多月才想起来打个电话给毛宇问问他遇到的问题解决没有,谁知道电话就再也没打通过。"

"那家伙跑了?"

"嗯,租的房子退了,乐室也关了,我问了其他人也都说没见过他,找了有两个星期,没有任何消息。"那时候,英鸣确实觉得自己跟傻瓜一样。

经常电视剧里会演到那种被人骗财骗色的白痴,空抱着一堆幻想最后一无所有。不可否认那时候他多少也有这么点凄凉感。不是真的信任毛宇他不会拿出那么多钱来合伙搞酒吧,更不要提加上后来借给他的钱,到最后甚至连一个电话的交代都换不来。

英鸣回忆起那段日子自己的心情还是有点不爽,他闭上眼睛:"我这辈子最大的败笔就是那次了吧。"

一辈子一次都嫌太多了!

石毅被英鸣这种表情搞得心里很闷,他拉开身下人盖在脸上的胳膊,然后按着英鸣的额头:"我今天真该揍那孙子一顿。"

"可惜晚了。"

话虽然是这么说,英鸣却没多少认真的成分。倒是石毅眼底的阴沉一闪而过,含含糊糊地丢出来一句话:"来日方长,出来混,迟早都得还。"

别的不说,就冲刚才英鸣那个语气,毛宇这小子欠他一顿揍。

毛宇说，他之前找了英鸣一个月但是始终联系不上，基本上是没什么人信的，包括石毅。毕竟真的想找一个人，总能想到办法，就好比如果真的想和英鸣谈，自然会找上门。

石毅第二天要去公司，早上走得很早，大概十点多的时候楼下一阵持之以恒的敲门声，搞得英鸣后来没办法只能睡眼惺忪地从床上爬起来去开门。

头天晚上折腾得精疲力竭的，他现在看东西基本上都是重影。

开门的时候，完全没想到会是毛宇。

不过夹带着不清醒烦躁的英鸣看清门口站的人之后，也只是很短暂地怔了一下，随即皱起眉："这么一大早的，有事？"

对于毛宇会上门，他并不是全无准备，只是没想到会这么快。

这么多年没见了，似乎对方并没有改变多少，英鸣印象里的毛宇就是一副对什么事都成竹在胸的样子，哪怕明知道没有多少把握，也依然维持着我行我素的行事做派，初一看，跟石毅甚至是有些像的，态度自信到接近于嚣张。

毛宇一点也没有扰人清梦的负罪感，他笑了一下："我听你朋友说你还住在当初我们一起买的仓库里，按照记忆里的印象找过来，没想到竟然还真找到了。"

那句我们一起买的仓库意有所指地让英鸣很轻地扬了扬眉，但是没出声，只是不置可否地敛了下视线。

一时间，他没有让对方进门的打算，但毛宇似乎也不准备离开。

到最后选择让了一步的是毛宇，他耸了下肩："怎么样，出去喝杯东西？"

英鸣看他一眼："我没兴趣。"

这么直白的拒绝，让毛宇下意识地一愣，有些反应不过来。他表情复杂地看着没什么特别表情的英鸣："有些事情，你真的不想听听我的解释吗？"他从兜里掏出一张支票，"这是当初一起开酒吧你出资的部分，加上后来你借我的钱，如果真的不想多谈了，这笔钱你总要收了。"

英鸣看着毛宇手上的支票，并没有去接的打算，眼底某种情绪闪了一下最终又归于平静。他笑了一下："钱你收着吧，既然是投资出去的，我已经当是赔了。"

"那借出去的钱你也不要了？"

"当年那笔钱，我是借给朋友的。"

英鸣看了毛宇一眼："但是既然朋友不再，对我来说，那笔钱收不收回来，都没多大意义。"

没有再去管门外人的脸色，英鸣说完这句话很干脆地关上门。茶几上石毅留了张字条，让英鸣醒了发个短信给他，英鸣扫了一眼然后随便地放下，准备等吃完饭再回去补一觉。

烟圈儿大概是感觉到英鸣心情不怎么样，小心地在他脚边蹭了两下，英鸣低头把它拎起来放在沙发上，点根烟咬在嘴里："你亲爹回来了，怎么样，要不要回去？"

话刚说完，烟圈儿反应很大地叫了一声。虽然明知道压根猫不可能听懂自己说的话，英鸣还是忍不住笑了笑："算你识抬举。"

这猫是当年毛宇借口搬家放在他这儿的，却自那之后消失踪影从人间蒸发了。

想到石毅平时跟烟圈儿的种种不合，英鸣暗自琢磨了一下最好还是不要告诉石毅这猫是毛宇的，不然估计早晚真的会被石大公子扔到大马路上去。

所谓出身问题，其实很严重啊……

石毅等到英鸣电话已经是快要五点的时候了。

刚开完会回到办公室，手机很低调地振动了两下，他看着上面显示的姓名接起电话："我说，你不会真的一直睡到现在吧？"

手机那边的声音带着起床后的慵懒："中间吃了一顿午饭，抽了两根烟。"

"不是让你醒了就给我电话？"

"吃饭不等于我醒了，何况字条是你写的，我又没签字同意。"英鸣抽了两口烟靠在床边，整个人深陷在被子里。从石毅搬进来，英鸣就被迫换了好几件大的家具，拆装着实费了一番工夫，石毅说自己用的东西就喜欢大的，无论沙发还是床都得舒服。

所谓享乐主义，石毅从来不委屈自己。

石毅刻意地忽略了英鸣语气里淡淡的挑衅，下意识地转头看了一眼天色："那这个点了，英鸣大少爷您赶紧起床吧，晚上吃什么？我带回去还是你出来？"

"随便吧。"

"牵扯到你出不出门的问题，我随便管什么用？"石毅一边说一边皱了下眉，"你这半死不活的，是出什么事儿了？"

"没事，就是没休息好闹的。"很干脆利索地把石毅的怀疑堵了回去，英鸣不太想对方继续追问。毛宇的事，他从一开始也没打算瞒着石毅，但不瞒着也不愿意多提，毕竟就是过去的一笔烂账，不说石毅不痛快，说了他不痛快，所以最好的办法就是当不存在。

似乎是猜到了他的心态，石毅皱了下眉没有再问，最后两人协商的结果是英鸣懒得出门了，让石毅随便买点什么带回去吃，不过因为路上堵车，等他到英鸣那儿的时候已经是快八点了。英鸣来开门的时候一脸的暴躁："你这是彻底的虐待啊！"

五点多的电话等到八点,他还以为石毅去北极买饭了。

英鸣随便把打包好的饭菜拿出来,捋了捋凌乱的头发:"不说还好,想到吃饭就越来越饿。"

"原来你还有饿的时候。"

石毅调侃一句,脱掉外套。他记忆里英鸣这人对吃的要求基本上就是为了活下来,如果将来有什么药丸或者营养品什么的可以彻底地替代食物,估计这人毫不犹豫地就会选择吞药丸。

埋头吃饭的人抬头看他一眼:"我又不是机器,当然会饿。"

等到石毅坐到饭桌边的时候,英鸣一份米饭风卷残云地已经扫清一半了,石毅下意识地扬了下眉:"你现在这种野兽派的气场还挺强。"

"论野兽不及你。"

尤其是在肢体接触的时候,跟石毅一比,他简直可以媲美家禽。

听出来英鸣语气里的不爽,石毅很干脆地咧开一记很夸张的笑容,任何男人在这种时候都会很满足这种情绪而衍生的暴躁,尤其是像英鸣这样的人,就让他更为受用。基于这种心态,甚至后来英鸣踹他去收拾残局的时候,他都没表露出半分的抗议。

等到两个人都踏踏实实坐在沙发上看电视了,英鸣才开口跟石毅交代了一件事:"我可能下个月又要进剧组了,到时候你看你是回你公寓还是继续在这边。"

"有新电影?"

"嗯,今天下午经纪人打的电话,下周试镜没问题的话,就直接签约了。"

上午毛宇下午电话,他这难得偷懒的一天也没能过得多舒坦。

石毅好奇地问了一句:"什么类型的片子?"

"暂时还不清楚,估计剧本都没真正出来,反正导演还可以,感觉可

059

以试试。"

"那你知道自己演什么角色吗？"

"大概男配角吧，就是不知道还有多少人。"英鸣不置可否地点了一根烟抱着腿窝在沙发一角，他平时一个人的时候喜欢这么蜷着，小时候的习惯，这么多年也没能改过来。

石毅看他一眼："你接电影有什么标准吗？"

"嗯？"

抽着烟的男人回过头："什么意思？"

"我是说，你打算以后拍电影就按照这个路线发展下去了？"以前两个人不熟的时候，石毅没有立场去过问英鸣工作的事，但现在是哥们了，很多从前石毅问不出口的话，现在说就很理所当然了。

他没忘记第一次去探班的时候英鸣被来回摔了那么多次，如果以后都要按照这种风格发展下去，石毅毫不怀疑英鸣迟早要工伤。

英鸣听懂石毅的意思了，脸上有着毫不掩饰的意外。他皱眉看着石毅半天，大概是在估计对方这话是随口一说呢，还是真心地要跟他讨论工作上的事。过了很长时间，他才很慢地吐出一口气，转回头看着电视："做演员不是你想演什么就可以演什么，很多时候都是可遇不可求的，男主角也好男配角也罢，一两个人说的话根本不算数。"

就算导演最初跟他谈的时候是演男主角，很可能真正拍的时候，也会发生意外。

曾经有人说，运动竞技很多都是不到最后一刻不知道输赢的，拍电影这种事也是不到最后上映的时候，都不知道会是什么版本，剧本拿到手是一个样，拍的时候是另外一个样，等剪辑了很可能变成又一个样，拍了半个多月最后一个镜头都没有这种事他不是没遇到过，这么多年，早就习惯了顺其自然。

不过，很显然这些内情石毅是不太明白的，他端起咖啡抿了一口："就算做不了主，也还是要有个选择的方向吧，如果将来有些合适的机会，我大概也能帮得上忙。"

这句话，终于引起了英鸣的反应。

他咬着烟笑着一歪头："你这意思是，你要帮我？"

从来最讨厌暗箱操作的男人竟然能开口说这话，不得不说英鸣挺诧异的。

就算是当初跟刘莉在一块儿，据他所知石毅也没搞过太多的小动作。可能是因为从骨子里石毅就不想跟这个圈子有太多的瓜葛和牵扯，除了媒体这一块是没什么办法，真正在生活和工作上，石毅对娱乐圈里的事，是一直旁观不下手掺和的。

石毅对于英鸣的话只是扬了扬眉："那你让不让我帮呢？"

英鸣抽了一口烟，眼睛微微眯在一起："你看着办。"

石毅和英鸣能成朋友，并不是因为所谓的一拍即合。

准确地说，他俩最初的相遇压根也谈不上友好，若不是来回来去地总碰见，王乐和王义齐又掺和着一笔账，他们大概至今也就是混个脸熟。

可就是因为走到这步是因为了解得太多，所以真正靠得近了，有些事反而会变得很麻烦。

比如说英鸣很清楚石毅对毛宇的忌讳一定会导致这人插一脚到两个人的事里，再比如说石毅心里也很清楚英鸣不太想他往这段往事里扯。

但人就是这么怪，很多情况都是心里明知道走下去就一定是死路了，还非得走到跟前鼻子顶到墙了才肯罢休，说好听了叫执拗，说通俗了就是自找。

毛宇的事，后来断断续续寇京跟石毅又说了一点。

作为局外人，他的描述相对英鸣显得更激烈，石毅在听完了之后心里琢磨着不如再去听一版王义齐的算了，如果平时非常克制情绪的寇京能把话说得这么难听，弄不好王义齐那边会更过瘾。

　　"鸣子那死要面子的性子，碰到这种事就算心里堵死了面上都不会跟人说，要不是后来我们听到了一些口风，都根本不知道毛宇这人能混成这样，那时候他事业本来也不太容易，所有积蓄差不多都掏出来了，毛宇彻底消失不见之后，他甚至动念头想先回家。"

　　最后没回去，是因为英鸣觉得回去了对着父母不知道说什么。

　　这点心思寇京没说石毅也想到了，当初两人越野拉力赛的时候窝在宾馆聊到彼此的家里，英鸣那时候的语气他记忆犹新。

　　石毅抽了两口烟，看了寇京一眼："找人收拾他一顿吧。"

　　后者本来还在不忿当年的事，乍听石毅跟讨论晚上吃什么一样的语气说出这么一句话，下意识愣了一下："啊？"

　　"你要是找不到人，就我来处理。"

　　石毅的表情很平淡，看着寇京连一点情绪起伏都没有。寇京顿了一下看着他，面上挂着毫不掩饰的怀疑："你这是认真的还是开玩笑的？"

　　他对面的男人一边抽着烟一边很轻地哼了一声："这种破事儿有什么好笑的？"

　　石毅是认真的。

　　他既然这么说了，肯定就是当真的。只不过寇京一时半会儿转不过来这个弯，依然是沉默了两三分钟才皱眉叹口气："虽然毛宇是挺欠揍的，但这毕竟是鸣子的事，还是他自己来处理比较好吧。"

　　所谓打人不打脸，毛宇被打没人会在乎，但英鸣心里头对当年的事一直很硌硬，他们这群朋友这么多年能不提就不提，也是因为太了解英鸣的脾气，但凡是他自己的事，他不吭声，别人就不要插手。

有些朋友，就算走得再近，距离还是放在那。

不是端着架子，而是有些东西，确实对英鸣这样的人来说，是不可动摇的原则问题，是朋友，就不会轻易去撼动那份底线，没必要，也不应该。

寇京说完了看着石毅的脸色发觉对方完全没反应，就忍不住多嘴了一句："石毅，我说真的，鸣子那脾气，他自己的事外人还是别管的好，有需要他自然会说。"

石毅还是维持着靠在边上抽烟的姿势，眼神看着远处也不知道琢磨着什么，寇京跟他说的话感觉他连一个字都没听进去，一直等到手里这根烟抽完了，他才微微挺起背两只手随意地插在兜里："我不算外人。"

说完这句，石毅甚至没等寇京的反应，径自随意地摆摆手就闪人了。他今天下班之后没回家直接溜达到寇京这儿就是为了问清楚当年的事，英鸣是跟他说了，但是明显说得不够详细，他想知道的不仅仅是那么零星的碎片，打防卫战可不是他石毅的风格。

没碰到算对方走运，撞上了，那就只能说对方倒霉！

寇京从那天跟石毅谈完了心里就有点发毛。

如果换了其他人，可能说得多做得少，但是石毅的行事作风，只要他开口了，这事儿肯定要办。就在他犹豫着到底要不要跟英鸣打个招呼的当口，有一天耗子突然给他打了一通电话，劈头就是一句："毛宇被人打了你知道吗？"

说完了对方沉默半天没有再接什么，两人一时无语地发着愣，然后才听见耗子像是自言自语般感慨："石毅下手也太快了。"

寇京扬了扬眉："石毅难道也去找你了？"

"那倒没有。"

他们这圈人，相比较来说耗子和石毅的关系是最远的，要不是英鸣，应该说是真的连一面都碰不着。

耗子很轻地笑了一声:"就算他没来找我,也不难猜出来是谁下的手。王义齐有心没胆,英鸣身边朋友里要找一个有这想法又真的会这么做的,也就石毅了。"

真想动毛宇还用等到今天吗?他们谁都不是第一天出来混,不敢说身手多好,随便揍一顿收拾两下还是绰绰有余。

只是碍着英鸣这个正主没吭声,他们谁都不方便出头而已。

"既然石毅做都做了,我们在这边寻思多少都没什么意思,他们的事,还是自己去处理吧。"

勉强算是安慰,耗子心里清楚事情没这么简单,但没有说破的打算。

——他等着看事情的发展。

对于别人的选择,他从来都是站在旁观的角度然后乐见其成,悲剧也好,喜剧也好,都没有他们外人插足的余地。

寇京也只能简单地"嗯"了一声,无话可说。

不过,他们两个收到消息这么快,英鸣却反而是最后才知道毛宇被打的事。

主要是这种事本来也没有人特意会去跟他说,就连王义齐这么唯恐天下不乱的这次都作壁上观地等着看热闹,要不是有一天晚上英鸣和石毅吃饭吃到一半被砸门的声音给差点呛着,这事肯定还爆不出来。

当时门外是个半大不小的小鬼。

只有十几岁的样子,造型一看就是个玩摇滚的,头发整个夆着像只刺猬,看见英鸣开门抬脚就要踹,结果被英鸣二话不说用门给拍了回去。

男孩那一脚直接踹到门上,疼得龇牙咧嘴地喊了半天。

石毅慢吞吞地凑过来看了一眼:"什么情况?跑错门了?"这么小年纪这是喝多了还是想不开了,大晚上的上门来找不痛快。

不过男孩完全没搭理石毅，眼睛死死地盯着英鸣："你就是英鸣！"语气完全没有疑问，倒是充斥着咬牙切齿的味道。

英鸣皱了下眉："有事儿？"

"浑蛋，你找人打了人还装得跟没事儿人一样，面上说钱不要了背地里下手，你要不要这么孙子！"

男孩吼得挺大声，也就亏了英鸣这地方邻里也是真的没什么人。

英鸣回头看了石毅一眼，后者脸上一派泰然，靠着墙看这个小鬼对着英鸣上蹿下跳的一副不死不休的样子，半天才冷笑一声："所以你是毛宇领养的宠儿？"

石毅这话问得又直接又难听，男孩愣了一下然后跳起来就要去打石毅，不过碍于自己跟对方身型有差距所以一拳刚打出去就被扣住了，石毅用力到逼得他脸色开始发白了才松手，脸上终于带了几分怒意："你小子活腻了是吧？"

英鸣在旁边看到现在才插了句话："毛宇被打了？"

话是问这个男孩的，但他对着的却是石毅。

不过石大公子完全没有回答的打算，就听见男孩脏话喷薄而出，不忿地瞪着英鸣劈头盖脸又是一顿骂。

从他话里提炼一下中心思想，主要内容应该是毛宇被人揍了，伤得不轻，大家都心知肚明是谁动的手，所以这男孩今天跑来兴师问罪了。

英鸣整理好自己想听到的那部分终于点点头，对着男孩很简单地回了一句："我知道了。"然后转身就要关门。

对方当然不肯答应，一把拽住他。

其实旁边石毅本来已经伸手了，却比英鸣慢了一步。男孩觉得自己也就是刚拽住英鸣的衣角，就感觉下巴被人狠狠地捏住，力气大到几乎要把他骨头捏碎一样，费力地抬起头，看着英鸣一点都不客气的表情。

"刚才那些话,只要你再敢挤出一个字,我就让你三天都说不出来话。"英鸣不是开玩笑。

他看着男孩有些畏惧的眼神,手上的力气加大就要把人往上提,一字一句问得很慢:"听懂了吗?"

"……懂……了……"

得到想要的答案,英鸣终于撒手让男孩从他的禁锢里挣了出去,后者戒备地往后退了两三步才停下来,然后一边揉着自己下巴一边瞪着他和石毅,满脸恨意。

石毅皱了下眉:"人是我打的,至于理由他自己心里有数,你要算,记得找对人。"

经过刚才的事显然男孩有点怕石毅和英鸣了,他气焰收敛了一点,抿着嘴盯着英鸣,半天才勉强挤出一句话:"宇哥当年拿你的钱走,是因为他家里出了事,那钱是他拿去救命的。虽然确实是他不对,但是现在他也说要把钱还你了,是你不要。他本来心里一直觉得对不起你,找你找了好几次你连面都不见,现在还找人去打他,英鸣,你有必要做得这么绝吗?"

英鸣听完了男孩的话,只是扫了他一眼:"我不管你是怎么知道的我家地址,以后别让我看到你。"然后很干脆地关上门,没再去搭理对方的反应。

石毅一直在旁边看着他。

等到英鸣回过身走到饭桌旁边又坐下继续吃饭的时候,石毅都没动一下。

仓库里气氛有点压抑,除了英鸣碗筷互相碰撞的声音,几乎听不到什么多余的,石毅皱了皱眉,最终还是没能忍住:"你这是非暴力不合作表示愤怒?"

英鸣回头看石毅一眼:"愤怒?"他一挑眉:"我要为了什么愤怒?"

由于英鸣的态度太自然,以至于石毅揣摩不出来他到底是反问还是真的不在乎,往饭桌那边走了两步:"我找人打毛宇,你不生气?"

"你打的又不是我,我干吗要生气?"

觉得这话题有点可笑,英鸣扫了石毅一眼:"还是说,我应该生气?"

这种反问的对话方式会让人产生一种很浓郁的不爽感,石毅坐在英鸣对面:"毛宇的事,你不是很不爽我插手吗?"

从他决定动手的时候,就没打算瞒过去,只不过英鸣如果不知道,他也没什么意愿去提罢了。

英鸣笑着看着石毅:"我不爽你不还是要插手吗?有什么区别?"

老实说,石大公子去找毛宇麻烦英鸣一点都不意外,这人不做点什么才不符合他的风格,心里也不是真的就那么痛快,但是从他接触石毅到现在,对方就一直不是一个会顾及别人感受的人,他做什么都是因为他大少爷想做,哪怕是当事人的意见,也根本无关紧要。

不过这不是他现在这种态度的理由,最重要的是……他确实无所谓。

看着石毅一脸扭曲的表情,英鸣放下筷子:"其实你没必要去找人打他,你打完了我既不会爽也不会难受,其实是无用功。"

要说出气,他其实压根连气都没有。

毛宇当年做的事,确实对他是个很大的刺激,那个时候的年纪,本来还在自负地享受着自己心底的那点骄傲,他自认对生活把握得一直很稳妥,在任何人眼里,他都不是一个会出什么事儿的人,所以家里人才会放心让他一个人在娱乐圈这样的地方一天天地挨下去。事业不顺心,很大程度上朋友就是他的支撑,那些闲散得不知道怎么过的日子,没有朋友陪着,可能他也就真的废了。在这个圈子里,谁都不是轻易掏心窝的人,最佳演员扎堆的地头，可能不小心就被人卖了。

英鸣的信任不是随便就交出去的东西，也真的没想到会栽这么大一个跟头。

可是就算再不甘心，再失望愤怒，也都是过去的事了。

在他这儿，事情过了就是过了，背叛也好，失望也罢，情绪过去了就只是陌路的交错，没有深究的必要。

石毅端详着英鸣的表情，想从中读出对方真正的心思和想法，但是却觉得总也抓不住最根本的东西，他微微眯起眼睛："你真的完全不在乎？"

英鸣抬起头："你不爽？"

这是他第二次问这个问题，第一次被石毅绕过去了，第二次却没想到得到了一个非常正面的答案。

石毅抽出一根烟点上，抽了一口："我不爽不是理所当然的吗？"

先是一堆人神经兮兮地欲言又止，然后这位横空出世的毛宇就贴着过去的标签堂而皇之嘚瑟着，哪怕其实是段黑历史，却被所有人都判断成了英鸣的禁忌。他要是不生气，那才真是孙子！

没人能忍着这么一个人一天到晚地在自己生活之中晃悠。

哪怕是所有人都在强调这是过去式了，也依然足以引起石毅的不满。

他看着英鸣："他如果还敢出现，我就见一次打一次。"

他难得认真的表情让对面的英鸣忍不住皱起眉。

他拿掉烟歪头冲英鸣不怀好意地笑笑："我就是一想到有个人在你身边绕我就想揍人，你说打他没有意义这话说得可不对，我揍他不是为了让你爽，是为了让我爽！"

台面上的这些事，他看得并不比谁糊涂，他当然也知道毛宇跟英鸣当年不可能有什么，就是一个有点烂俗悲催的故事罢了，甚至跟寇京谈到毛宇的事，他也心知肚明自作主张地掺和进来，英鸣肯定会不满意，这种感觉怎么说呢，可能就是带着点蓄意的挑衅。寇京那句外人，就是很诡异地戳到了他心底某个特别敏感的点，他其实是成心这样去做的，打完人也没觉得有什么愧疚感，但是现在看着英鸣对毛宇毫不在意的态度，又觉得简直通体舒畅。

石毅夸张地伸了个懒腰："事实证明我打他是睿智的，现在简直周身清爽，舒服得不行！"

"真没想到毛宇还有这作用，以后你头疼脑热的别去医院了，找人再揍他一顿，治病。"

英鸣嘲讽了石毅一句，站起来收拾桌面上的东西，石毅突然抓住他："我这是心病，生理的他管不了。"

英鸣被他整得心头直发麻。

这人还找得到半点以前两人初识时候的样子吗？

那天晚上跑来闹过一次的男孩，之后也没有再出现过。

英鸣再过两天就准备进剧组了，这几天石毅的公司事比较多，两个人都是要到十点多才能吃上饭，虽然石毅几次表示不用英鸣等他，但就跟他不是个喜欢听人安排做事的人一样，他的话放在英鸣那儿也没多好使。

多晚到家英鸣都是醒着的，不是看电视就是在打拳。

两个人打了一架那次之后，石毅才知道英鸣的身手是远比自己以为的要好，体格上看不出优势的地方，真的接触了才感觉得出来那种力量的压力。

这让石毅有点别扭。

虽然说他不是很在意，也不是说非要每次斗起来都占据上风不可，但毕竟二十多年了一直是主导一切局面，现在对上英鸣，他竟然反抗的余地很有限，这种认知让他实在难以忍受。

所以工作之余，他往健身房去得也多了。

欧扬明显感觉得出来石毅精神状态非常好，时不时地也会靠在办公室的门边语带感慨地叹息："虽然不知道对方到底是谁，不过俨然就是神一般的存在啊……"

就这么一句话，让欧扬落了一两个礼拜吃飞机餐的悲惨下场，石毅最狠的是干脆把他的所有来电都转给了助理秘书，有事才通知他，所有抗议一概驳回。

英鸣进了剧组，石毅也没回自己公寓，他的东西后来陆陆续续差不多都挪到英鸣的仓库了，再回公寓也是什么都没有，虽然也没多久，却已经习惯了有人味的环境，单身公寓的感觉，他已经住不惯了。

不过他这段时间也忙，其实在家里待的时间也不多。

唯一让他稍微有点微词的，大概是烟圈儿。

本来英鸣入剧组大部分时候这猫是丢给耗子去养的，因为寇京的生活也是不规律到了极点，王义齐更是成天过得醉生梦死的，自己养活都有困难何况加只猫。但是烟圈儿几乎每次被送到耗子那儿都会闹点毛病，不是神经质胃炎就是抑郁症，石毅第一次听到英鸣说的时候狂笑了半天都停不下来。

"不就是一只傻猫嘛，竟然还会得流行病。"都说慢性胃炎是富贵病，不能治只能养，这猫还挺会享受。

这种调侃的态度一直到了真正做起临时饲主，石毅才深刻地认识到究竟什么叫作相思成狂。

基本上从英鸣离开那天起，烟圈儿每天早上准时八点开始就在仓库的客厅茶几蹲着，视线紧紧地盯着紧闭的大门，有时候一蹲就这么一天。反正石毅早上出门这猫什么姿势，晚上回来差不多没变。

一开始没当回事儿，看多了，石毅也开始琢磨这猫到底是什么毛病。

后来耗子告诉他，烟圈儿就是特别恋主，英鸣只要不在它就吃不下睡不着的，得等英鸣拍完戏，情况才会好转。

"喂，你到底还是不是猫啊？"从一开始的不可思议到后来的各种不爽，石毅认真开始考虑他要是趁着英鸣入组这段时间把这猫丢到马路上回头告诉英鸣这猫自己飞升了，对方会有几成相信他的话。

后来，为了防止烟圈儿没熬到英鸣回来就挂掉，石毅用英鸣书房的一张照片扫描完了冲了张大照片裱好了架在茶几前面让猫成天对着，顺便发信息告诉英鸣他养的烟圈儿是个情痴种。

英鸣这部电影拍的时间并不长，大概也就一个多月，石毅在最初的时候去探过班，但是一个剧组几乎没有他认识的，待着有点无聊也就没有再去。

平时两个人多是打电话，不过因为这个剧组的取景是在周边的城市，英鸣偶尔也能直接回来，就是他回来的时候都是白天，赶上石毅又在公司，经常会错过。

这么交错了两三回之后，石毅终于忍无可忍地留了一张很大的字条在门口，龙飞凤舞地写了几个字：回来了就给我打电话。

他的字和他的人很像，透着毫不掩饰的张扬，好好写的话还凑合，不认真的话那字简直可以媲美烟圈儿用尾巴抽出来的。英鸣因为这个还调侃过石毅，顶着满头的光环一点都不懂修饰门面。

英鸣看见那张字条的时候没忍住扯了下来，只是没想到这字条后头竟然还有一张条，内容和被他撕掉的这张如出一辙，只是语气稍微缓和了一点，至少没有大红字映入眼底的杀伤力来得大。

洗完了又随便吃了点东西，英鸣一直到窝在沙发上才懒洋洋地给石毅打了通电话。

没等对方接他就挂了。反正石毅肯定知道什么意思。

然后，他就看着墙壁上挂的钟一点点地变化着指向的数字。

一开始有点疑惑，后来发展到担心，再到后来，英鸣已经开始有点上火了。

任谁看见了那种留言都会以为石毅接到他电话是打算赶回来的，结果他从上午十点一直等到晚上七点，连人影都没看见。他后来打了大概不下二十通电话，没有一个接的也就罢了，发过去的短信也如同石沉大海，完全没有回音。

也就是他明天也没有需要拍摄的戏份，不然洗好了在沙发上跟个傻瓜一样等了一天的他简直可笑透了。

石毅回来的时候，看到的就是一张已经有点扭曲的脸。

英鸣危险地眯起眼睛看着他："你手机报废了？"

他对面的那人闻言掏出兜里的手机翻开看了一眼，然后抬头不解地答了一句："没啊，没问题，短信能看电话能打。"

不说还好，说完了英鸣脸色更难看了。

石毅脱了西装外套扯开领带，然后泰然自若地喝了一口英鸣剩下的半瓶啤酒，捋了捋凌乱的头发看着沙发上的人："你今天怎么回来了？"

表情很真诚，要不是英鸣看到那张跟血书一样的字条，他说不定真要信了。

他一手扯过石毅的领带，咬牙挤出一句话："真没看出来，你挺能装的啊，没来跟我做一行还真是埋……"他话是一个字一个字咬出来的，鼻息喷在石毅脸上，两个人越靠越近。石毅眼底的风暴每当他多说一个字就呈现加剧的趋势，最后也没耐性等他说完，直接把英鸣推倒在沙发上。

"你也知道打电话不接发短信不回有多难受了吗？拍个电影你去月球

拍了是吧？回来也不打招呼，你是当我死了？"

石毅恨恨地吼完，抓狂地推搡着英鸣，两人磕磕绊绊地碰翻了一堆东西，烟圈儿大概被殃及了发出一声可以称之为凄厉的叫声。

英鸣去拍戏这几天，石毅觉得自己干什么都不顺。

白天在人前一点事儿都没有，该工作工作，该吃饭吃饭，就是脑子不能停下来。一堆破事邪火的根源回来还要跟烟圈儿较劲。

英鸣微微仰起头，抓着石毅胳膊的手用力大到自己的手指都开始泛白了，他等了整整一天，本来满心的怒火就是想揍人，仿佛他身体里所有的暴力因子都被石毅唤醒了，结果还没五分钟气就消了。

英鸣靠着坐在地上，头枕着沙发，仰头闭着眼睛，汗水浸透了衣服，回到自己熟悉的环境和自己熟悉的朋友身边，他和石毅都脱掉了束缚，这种感觉就跟自己重新活了一遍一样，哪怕就是天塌了，也没什么关系。

英鸣轻轻歪了下头，轻碰到石毅的头，很细微的声音，彼此都忍不住笑了。

"我说，你觉不觉得这世界疯得越来越厉害了……"

英鸣的语气更接近喃喃自语，石毅的头微微动了一下，嘴角漾着笑意："疯无所谓，活着就行。"

英鸣听着石毅这句话，幻想到两个人老了走不动了穿着那种禁锢着行动的衣服对面坐着聊天的情况，忍不住笑出声，笑完了，长出一口气，慢慢地放松了意识。

之前他妈还给他打电话，问他失眠的情况怎么样了，她又在什么地方看到有治这个的秘方，等有时间让他回家试试。

当时他告诉对方，自己的失眠已经差不多好了，虽然他那位母亲大人明显不信。

可就是很诡异，自从石毅搬过来，他就很少出现睡不着的情况，明明很不习惯睡大床，觉得各种的不安稳，却也一夜一夜地睡下来渐渐习惯了。

空旷的家里有了烟火气，哪怕是全无睡意，他也能慢慢放松。

人这辈子，到底有多大的概率能平安喜乐呢？

英鸣扬着嘴角，觉得自己终究是走运的。

英鸣接下这部电影，其实是经纪人的意见。

因为投资方的关系很可靠，并且确实是大制作，演员阵容目前透露出的几个也大有可为，一般这种类型的电影，哪怕是拍出来效果一般，最起码票房是没问题的。现在的影视圈不比当年，有口碑又有票房收入的电影太难得了，大概几年才出得了那么一两部，再遇到大小奖项横扫的，炒着炒着原本那点好名声也剩不下来多少。所以现在的导演多数不是冲着票房就是冲着口碑奖项的，很少有人可以二者兼具。

不过，英鸣是真的没想到后来找的导演会是司基这号人物。

听说是临时换的人选，最初制片属意的是曾经拍过国际电影的一个大牌导演，但是因为签约之前关于价格问题还有其他的原因没谈拢，剧组赶着开工，所以才临危受命给了司基。

这个导演，英鸣其实算是打过交道。

没有正式合作过，但圈子里头倒是经常碰到，在电影圈，是当之无愧的新锐导演，年龄不大，也就三十出头，曾经跟自己的朋友拍过一部电影直接做了一个国际电影节的揭幕电影，一时风头无两。外界对他的传闻很多，不少人推测像他这样的动静，背后不可能是没有人的，不过暂时反正也没人真正扒出了什么料，英鸣除了听说过这人有点不太靠谱之外，印象最深的其实是司基算起来曾经做过石毅的情敌。

刘莉之前石毅的女伴也无非换来换去就是那么几类，跟司基的事可能要追溯到再早几年了，那时候司基可能还没出头，英鸣也是简单地耳闻过，直到那天在剧组碰到司导演，才想起来这么一茬。

石毅来剧组探班的时候，英鸣本来还有点好奇他俩的反应。

结果好像石大公子完全没认出来司基这号人物，司基也对石毅没什么特别的留意。

若不是后来剧组聚餐的时候，司基突然挨到他旁边问了一句："你和石毅是朋友？"

他还以为对方也忘了。

当时周围的人已经喝得七七八八了，男主角女主角喝得在其他人的鼓动下似真似假地接吻，英鸣坐得本来也比较偏，耳边突然有人说话的时候，他下意识愣了一下。

他转过头，只见司基靠在椅子上点了一根烟："我听他们说石毅来探过你的班。"

英鸣点点头："嗯，算是熟人。"

"熟人就能让他来探班了？"司基的表情有点微妙，"我最初听说想用你的时候，是不怎么同意的。"

这话的下面明显还有话，所以英鸣没接腔，只是不动声色地任由对方继续说。

"我看过你以前拍的电影，《痞少》之后就一直没有什么进步和变化了。你外形的限制太大，上升空间本来就被压缩过，再加上没有受过专业的演戏训练，爆发力太强的你收不住，需要端着的你又出不来。"

司基说完半垂着头侧目扫了英鸣一眼："尤其是你后来还跑去拍三级片，简直跟自杀没两样。"

基本上，这话无论是从语气还是司基的态度都非常不友好，他话说完了就靠在边上冷笑着对着英鸣，难得对面的人没有抽烟的欲望，只是很轻地笑了一下，不怎么在意地答了一句："是啊。"

英鸣这种连脸色都没变的反应似乎让司基不太满意，他皱了皱眉："就这两个字？"

"不然呢？"

英鸣歪过头："你不同意也还是用了我，那说明你觉得我合适，只能说你觉得我这样的特点，就适合这个角色。"

说完他端起桌上的酒抿了一口，这次连头都懒得转了。

司基就坐在他后侧方抽烟，眼睛深处的感情色彩很阴郁，却读不出什么特别的情绪。

司基作为导演，风格其实比较极端。

他可以连着三十个小时一直开工完全不让演员休息，也可以突然抽调一天的场次让演员白跑一趟再返回宾馆。

助理导演倒都是他的熟人，之前也合作过，很了解他的做派，提前也跟所有参演的演员交了一个底，这部电影不会拍得太舒服，情绪上要调动到一个比较敏感的状态。

这里头，可能英鸣被为难的次数是最多的。

倒不是真的落实到刻意刁难，但是一场戏重复的情绪起伏要让他走十七八遍，过程也足够让人不痛快了。

最初英鸣的态度还算配合，到了后面就开始抽烟。司基在旁边看出来他情绪有问题也不表示，该走位走位，该拍摄拍摄，经常英鸣一个人的戏就可以耗一下午，从中午一直拍到太阳下山。

剧组里有一个编剧助理以前跟英鸣合作过，关系还算不错，笔名叫花旗参，看到这种情况就为他抱不平，觉得司基这是故意在针对人。

"就是一句台词，有必要让你来回过六次吗？整个剧组都看出来他对你有意见。"

饭桌旁边，花旗参和英鸣都缩着。拍摄的这个环境不算太好，因为是外景戏，有戏份的演员都不怎么进帐篷，随时可能被叫过去试位，为演员和工作人员提供吃饭的地方就是一张小桌子，基本菜刚摆上就凉了，米饭就着水喝都觉得有点硬邦邦。

想到仓库里石毅眯着眼睛靠在沙发上看电视的样子，英鸣心中突然衍生出一种牢骚。

他看了看花旗参，态度远没有对方以为的愤懑："出来的效果确实好就行了，导演觉得需要走这么多遍，也有他的理由。"

司基这个人做事虽然有点小家子气，对电影的把握却很有天赋，至少每次在确认镜头的时候，他也认为出来的效果很好。大概这也是他可以忍耐到现在的主要理由，剧组里被穿小鞋什么的，他早过了那段时期。

粗略地随便塞了两口饭，实在觉得食物难以下咽的英鸣把碗筷放下，兜里手机振动了半天，他掏出来按了通话键。

"你还没睡？"电话那边的声音透着股慵懒。

英鸣笑了一下："你既然知道我可能睡觉还打过来？"成心要扰人清梦是吧？

石毅没有任何心理压力地摆摆手："我这是为了监督你的作息。"

他随手拿起桌上的软糖往旁边蹲着对他龇牙咧嘴的烟圈儿丢了过去，结果那只猫一点反应都没有任由糖掉到地上，看着石毅的表情隐隐有些蔑视。

这表情成功激起了石毅的凌虐欲，他刚想站起来就听见英鸣很低地笑了一声："孤独不需要解释这么多，我明白。"

"明白还不赶紧回来？"石毅靠在沙发的扶手上，"还要拍多久？"

"比我预计的时间大概还要长一些。"

"出什么问题了吗？"虽然英鸣的语气里听不出来任何的端倪。

"没问题,就是拍摄进度不算快,我这边外景冷得可以要人命,想着你现在有多舒服,我就恨不得把你拖来跟我一起耗着。"

英鸣说这句话的时候,旁边花旗参露出了相当吃惊的表情,他错愕地扬起眉,探究的眼神只换得英鸣很随意地笑了一下。随后又无聊地扯了两句,英鸣终于有点不耐烦地挂了电话。

花旗参一时半会儿还是反应不过来,他叹为观止地瞪着对面男人的侧脸,好半天才挤出一句话:"我总感觉吧,你跟周围的任何人都不太搭,似乎别人都靠不近你。"

而对于他的问题,英鸣若有所思地想了一会儿,然后发觉实在想不到什么话适合接,最终也懒得多解释,聪明地保持缄默。

话题还没进行完,助理跑过来表示又要开拍了。

英鸣把手上的东西大概收拾了一下,然后脱了大衣过去就位,或许因为刚才打完电话,他现在心情还算不错,司基看了他一眼,没吭声,只是示意他去之前试位的地方站好。

拍摄工作就算在深夜也还是进行得很紧张,照样是一场戏拍了很多遍,有点烤人的灯打在身上,效果无异于暖气。

一直扛到六点多凌晨见晓了,司基才终于放话说这条过了,一群人开始收拾东西,英鸣正好手上空,顺手帮摄影师拎过机子。

所谓革命情谊基本上都是在这种艰苦的自然环境里磨砺出来的,这一车的人熟悉没有多久但是感情都不错,一路说说笑笑地到了宾馆,英鸣连一点困意都没有。

刚下车,兜里的手机振动了一下,英鸣看见是条短信,就没有立刻打开,结果三分钟都不到,铃声就响了。

接起来,发觉还是那个早就该睡觉的男人。

"我说,你在哪儿?我都在你宾馆大厅等了半个小时了。"

手机里石毅的精神很好,就是透着一股不耐烦的焦躁,英鸣下意识地往大厅那边扫了一眼,沙发上确实坐了一个人,背对着他,黑色的大衣特别扎眼。

》第四章 》

/

电影

英鸣本来犹豫了一下是打个电话把石毅叫出来还是走进去装作不认识,结果旁边的其他工作人员顺道拉着他就一起往里头走了,都没给他时间仔细想,石毅就已经看见他了。

然后,场面有点尴尬。

石毅这样的人,就算是没接触过的,多少也看着脸熟。尤其是剧组上次见他来探过班,所以也都知道是一号什么人物。那个拉着英鸣的工作人员很识趣,看见石毅站起来就下意识撒手了,然后往旁边退了一步:"英鸣,你朋友。"

其他人陆陆续续地走过去往房间那边闪,有些多事的就多打量了两眼,英鸣下意识地就想抽烟,但是一抬头看见石毅又给塞了回去。

英鸣:"你怎么过来了?"

两个人就站在门口,外头挺冷的,从脸到脖子似乎都要被冻僵了。石毅把围巾摘了挂在他脖子上,然后两只手插在大衣的兜里:"上午在这附近需要招待两个客户,就顺道早点过来看看你。你夜场戏,我估计着时间差不多。"

虽说对拍电影什么的从来也没多熟，但是好歹跟英鸣和刘莉认识了这么久，没吃过猪肉也看过猪跑，要猜出个大概，对石毅这样的人来说一点都不难。

英鸣就着石毅的动作把围巾裹好，然后点点头："没吃早饭呢吧？"

"没有，想找你一块。"

"大老远跑来就为了吃早饭？"

"呵呵，有追求吧！"石毅也不客气，自己说完了咧嘴就笑。

英鸣有那么一瞬间想抬脚踹他，最后把脸往围巾里埋了埋，没说话。

"对了，你还记得这附近是哪儿吗？"石毅转头看了一眼。

这地方还是比较偏僻，冬天万物凋零的那种萧瑟感特别的重，看起来什么地方都是白茫茫的一片，透着说不出来的凄凉。

英鸣因为他的话也抬头随便扫了两眼最后摇摇头："记不住。"

他一般到过一次的地方，不说肯定能记住，但是多少会有个印象，这地方他真的没什么特别的感觉。

石毅倒是不意外他想不起来，就是稍微有点不满："你还记得咱俩泡过一次温泉？"

他一说英鸣终于想起来了，有点意外地又看了两眼旁边："欸？是这地儿？"

"嗯，就在旁边，走路五分钟。"石毅语气里的不爽又有上升的趋势。

英鸣听出来之后扫了他一眼，本来想挤对两句难听的，后来还是忍住了："上次来是黑灯瞎火的大半夜好嘛，这地方连个路灯都没有，谁记得住？"

跟石毅真的在一块越久，越会觉得石毅的孩子气其实挺重的，经常为了鸡毛蒜皮的事情闹脾气，似乎只要是他石大公子认为你应该记住的东西，英鸣答不上来就会被甩脸色，不过好处是这人脾气上来得快下去得也快，基本上五分钟之后也就忘了自己到底刚才介意的是什么了。

所以基本上两人到了度假山庄的时候，石毅已经跟没事儿人一样了。

提前就订好了位置，他们两个走进包间饭菜就已经准备好了。其实早点这东西任何地方都出不了大新意，无非就是那一套。石毅吃东西很传统，不知道是不是受家里的影响比较深，反正满桌子的菜基本上都是最普通的家常，只是衬着这种环境，违和感有点重。

英鸣脱了大衣摘掉围巾："你跟你客户约的是什么时候？"

"十点。"

现在是六点多，还有三个多小时。

从他家里到这边开车怎么也得快两个小时，英鸣算算这个时间就觉得石毅是个疯子："你一晚上没睡是不是？干吗非要约人在这种地方谈？"

石毅喝粥喝到一半突然听他这么说了一句，抬起头，表情倒是挺自然："我跟你打完电话就睡了，后来你家烟圈儿撒泼把我给抓醒了，一抬手它就跳你照片下虎视眈眈看着，把我气得不行。"

正巧客户约了这里就顺道过来看看英鸣。

真心不喜欢跟这个圈子走得太近，在石毅的认知里，娱乐圈人扎堆的地方麻烦就比较多，但想到英鸣在剧组里，他多少还是可以勉强忍耐一下。

英鸣听到石毅提起客厅那张照片差点忍不住喷了，他第一次见着的时候自己都吓了一跳。

搞得跟遗照一样，也就亏了不是黑白的。

英鸣也喝了一口温粥暖暖胃，抬头看了石毅一眼："那你是准备怎么安排的？"

后者抬头想了想："本来是准备一起去泡个温泉，不过现在有点累。"

他回头叫了声服务员："帮我开个房间。"

两个人吃完了早餐，正好房卡也送过来了。石毅是这家度假山庄的常客，经理甚至很清楚他的房间喜好，窗户要大不靠马路，因为没有特别要求，所以其实是双床房。石毅打开房门的时候长出了一口气，慵懒地歪了歪头："你先洗还是我先洗？"

跟在他后头的英鸣挑了下眉："你在家连澡都没洗？"

"洗是洗过了，但是总觉得折腾了一晚上有点不舒服，你拍戏不是肯定没有？"

之前他俩聊起英鸣拍戏时候的情况也听他提起过，真到了那种拍摄条件很恶劣的剧组，甚至连洗澡都是很费劲的事，偏远地方就算最好的宾馆供水也不行，大冬天的也得洗冷水澡。

其实，做演员就是体验各种人生罢了，不只是戏里，戏外亦然。

既然石毅都已经考虑全了，英鸣也懒得客气，他把外套一脱进去放水。

英鸣拍了一晚上戏本来就很累，被热水一冲，浑身的困乏全在一时之间跑了出来，等到往床上随便一躺的时候，几乎抑制不住地想要闭眼。

石毅给欧扬打了个电话让他把办公室里的西装带一套过来，然后一转头就看着英鸣大字躺在床上完全睡着了。

头发还湿着。

他走过去把人从床上拉起来，也不管英鸣一脸的不耐烦，用毛巾随便把英鸣的头一裹。

英鸣最后挣扎着看了他一眼："我太困了……"

"困就睡。"石毅忍不住打了个哈欠，拉上窗帘灯一关，房间内没什么声音，只有隐隐的呼吸重叠在一起。

两个多小时的补觉，醒过来的时候英鸣整个人神清气爽。

他比石毅醒得要早，可能是生理时钟特别敏感，他心里装着石毅十点有事的这个念头，九点半的时候就突然把眼睛睁开了。这毛病以前也被人数落过，但凡在片场补觉，说是二十分钟他肯定不会超过二十一分钟，就跟被诅咒了一样。而且醒得很突然，就跟做了噩梦似的。如果刚好有人在他旁边，没有准备甚至能被他吓到。

好在石毅睡眠很沉。

英鸣起来随便洗了把脸，拉开窗帘看一眼发觉太阳升高了一点后显得暖和了点，就靠在旁边点根烟，慢悠悠地抽着。

他这一根烟没抽完，石毅那边终于醒了，看见他在抽烟就带了点起床气坐起来，捋了捋乱七八糟的头发："你什么时候醒的？"

"也刚起。"英鸣掐熄烟头，"你怎么样，起来去见客户？"

英鸣说的时候石毅想从旁边抓衣服穿，摸了半天想起来衣服都湿透了，就有点郁闷地坐在边上，也懒得动。

看着他背影半天，英鸣终于忍不住笑了一下："寻思什么呢？"

"你说我怎么就穿着衣服进去洗澡了？"石毅说完还回头看了英鸣一眼，一脸费解。

"谁知道你缺的是哪门子心眼。"

英鸣毫不客气地吐槽了一句，站起来收拾东西："我不和你一起走了，一会儿不是还有人给你送衣服？我先回剧组了。"

"真是一点都不想开会。"石毅仰面倒回床上哼哼了两声，"想去度假。"

"度假？去哪儿？"

"暂时还没想好，可以先计划着。你有没有什么想去的地方？"好像记得曾经寇京还是谁跟他提过一句，英鸣是个休息时候很喜欢出去走的人，多数时候都不在市里。

英鸣倒是真的认真想了想，最后摇摇头："没什么计划，我出门都是随便定个方向，走哪儿算哪儿。"

其实就像之前拉力赛那样搞个自驾也不错，他还记得那一夜的星光，难得的精神放松。

两个人随便聊了两句，一直到欧扬的电话到了英鸣才真的走人。

石毅后来给英鸣发了条短信，说是等工作这边的事处理完了找他吃饭。

英鸣只简单回了一句有时间再说。

毕竟，司基今天的拍摄安排没人知道。

因为英鸣第一天晚上拍夜戏差不多都知道，所以一直到下午的时候，助理才过来通知他马上还要出外景，英鸣一直过了中午都没睡，就是随便地看看电视，助理跟他说今天的拍摄内容比较少的时候，他还笑了笑。

拍摄的地方选在一个街区。

相比昨天晚上那破地儿，确实是好点。

英鸣是跟着演员车过去的，那时候司基竟然已经到了。

司基绝对算是对导演工作热情比较高的，很多事都是亲力亲为，很少有助理导演监场的情况。因为很多大牌导演年龄都不小了，在片场成天成宿地盯也挨不住，往往拍半个月能见导演两面就算不错的，这种不分大小场合全都能找到导演的剧组，也真的不多。

所以一个人能够功成名就，必然是有过人之处，英鸣就算对司基的态度有所保留，也承认在工作上，这人没话可说。

拍摄的场景其实主要是男主角，英鸣就是旁边搭两句话的活儿，一开始试位都没让他上，司基拍摄完第一条的时候叫了英鸣一声，跟他说剧本有点改动。

这部戏的男主演，英鸣也认识。

男主演叫韩轶，两人不算有交情，只是打过照面。圈内对韩轶的评价不错，出道的时候是歌手，嗓子好脸长得也无可挑剔，年龄比英鸣小不少，

085

见着他第一面就叫了声"鸣哥",差点把他叫愣住。

多久没听过这种称呼,他自己都忘了。

司基叫英鸣的时候,韩轶就在旁边,看见他走过去就点点头,永远一副笑眯眯的样子。

"英鸣,这场戏我想给你加点动作戏在里面,就是在这一段,编剧也跟我谈过,这里如果加一个小突袭的话,会比较有爆点。"司基指着中间的段落,给英鸣大概讲解了一下。

韩轶在旁边听着,不时感慨一句:"导演对鸣哥真不错。"

他这随口一句,说得两个低头看剧本的人同时看他。

英鸣似笑非笑,司基一脸复杂。

大概是察觉到自己搞僵了气氛,韩轶比了个闭嘴的手势笑着退到旁边。

司基抬头又看了英鸣一眼,然后低下头继续跟他商量剧本。

既然是要加戏,那一时半会儿就拍不了了,司基临时改了通告,改拍女主角的部分。

所以韩轶和英鸣就被晾在了片场,不时搭话闲聊几句。

"鸣哥,我是看着你的电影长大的。"

韩轶说完英鸣咬着烟眯起眼睛:"我还没到那地步,你也别鸣哥鸣哥地叫了,直接叫我英鸣就好。"不知道还以为他都七老八十了,看着他的电影长大的,至于吗?

"那,英鸣。"韩轶倒是挺配合,叫完了又笑了笑,"我觉得你长得很帅。"

"不及你。"

"可是导演也说觉得你比较帅。"韩轶一边说一边笑着拿出镜子对了对妆,从旁边看着英鸣抽烟的侧脸棱角很清晰,就忍不住放下镜子,"不是一般好看不好看那种,就觉得整个人特帅吧。"

他说完耸了耸肩:"跟我不一样的帅。"

英鸣忍不住觉得好笑,不过也没回他,维持着抽烟的姿势,视线落在不远处跟女演员讲戏的司基身上。

他到现在也没搞懂这位导演那天跟他说的话是什么意思。

要说奚落的话,那番话似乎也没达到那种程度,可要说善意,语气中的敌意还是能听出来的。他最初以为对方是放不下当初跟石毅的事所以拿他撒撒气,可是现在看来又不太像。

不过娱乐圈里形形色色什么人都有,尤其是做导演的,几乎就没有脾气不怪的,也没那么难理解。

反正,以不变应万变呗。

合作过这么多演员和导演,英鸣也早不是那种会为了鸡毛蒜皮的小事捉摸半天的年龄了。反而是韩轶这种,大概看在眼里的事,都得有一番解释吧。

转头看了韩轶一眼,对着那张笑脸,最后英鸣只是摇了摇头,什么都没说。

石毅打电话给英鸣的时候,他还在片场,因为有点吵,他往旁边避了一下,石毅在那边心情不错,看样子谈得很顺利。

石毅:"怎么样,你晚上有时间吗?"

"现在看估计没什么希望了,要改戏,不知道要什么时候完。"

"改戏?"石毅皱了下眉,"是往好了改还是越改越糟?"

"你还关心这个?"英鸣抽了两口烟,"现在看不算坏吧,加了一段动作戏。"

"那要不我去看看你?"

"不用了,你还是回家吧,这边都不知道要多晚。"

他话音刚落,突然一声巨响震得他后背一紧。

他回过头，就看着片场设备的一角是一片火光。

显然，电话里石毅也听见了："什么动静？"

听着跟爆炸一样。

实际上也确实是爆炸，是本来用来拍摄爆破戏的一些道具因为管理不当所以发生了爆炸，现场因此乱成了一团，一时间高嚷着报警的、灭火的、尖叫的、避走的，乱七八糟。

石毅语气不自觉就扬高了："英鸣，你到底在哪儿拍戏呢？"

他说着这话的时候，人已经上车了。旁边欧扬表情复杂地看了石毅一眼，旁边有辆消防车闪着灯就开过去了，石毅连想都没想，单手还拿着电话一打方向盘就紧跟了上去。

英鸣看着片场乱成一团想上去帮忙，但是石毅没有立刻听到回答就连着嚷嚷了好几嗓子，一直到他反应过来才重新拿起电话："刚才好像是出了点意外，我在北街这边，你别过来了，现场太乱。"

"我已经到了。"

石毅下车一甩车门，挂了电话扫视着面前火光前不断来回穿插奔走的人群："英鸣！"

英鸣看到他们两个就皱起眉："不是跟你说别过来，这边太乱了。"

人人都巴不得离得远点他还自己送上门。

不过幸亏这火势也不太大，消防车过来的时候局面立刻就控制住了，石毅僵着也不动，眼睛死死地盯着英鸣，心里把英鸣的祖宗十八代都问候了一遍。

欧扬："石毅听到你这边有事就赶过来，刚好碰到了消防车。"

英鸣拽着石毅的胳膊往旁边人少的地方避了一下："我没事儿。"

石毅一直维持着僵硬的姿势站着，看到英鸣在对自己说话，却总觉得有距离感一样就是听不见，过了很长时间才觉得自己像被解冻了一样稍微缓过劲来,然后皱着眉慢慢地呼出一口气:"没事就好……"

说完这句,石毅转身想上车。

英鸣一把拉住他:"这附近有家私房菜不错。"他不是在征求意见,视线往旁边转了一下。

欧扬摇头:"我回去公司还有事,不跟你们一起吃了。"他一边说一边走到旁边打电话叫司机。

英鸣也没留他,就拉着石毅上了车。不过他开车石毅坐副驾驶座,也没跟片场的人打个招呼,开车就走。

其实这么偏僻的地方哪有什么所谓私房菜。

英鸣开着车兜了两圈也没找到一个正经能吃饭的地方,犹豫到最后还是回到了之前的度假山庄,因为车是石毅的,门口连一个登记领卡的手续都没办,直接就让英鸣开了进去。

车停在停车场,因为天色已经完全黑透了,周围也没有任何人,英鸣下了车绕过来给石毅开车门,漆黑的夜里,石毅的眼睛很亮。

这么多年,英鸣一直自认是个输得起的人,名也好利也好,他自认提得起就放得下,没有任何天大的事是人迈不过去的坎,哪怕是摔在谷底的位置,他也一样自信能够重新爬起来。

因为他一直是个理性判断超过了感情的人。

这份自信,到了现在,他已经底气越来越虚了。

看着旁边的人,英鸣难得认真严肃地把一直压在心头的那番话拿出来:"石毅,我们会一直是朋友吗?"

"什么?"

"答应我,就算我们以后吵得不可开交,哪怕是都觉得走不下去了,也不要随便消失。"他看着石毅,"有问题可以解决问题,天大的事也能找到解决的办法,就是气疯了,别轻易选择结束。"

他靠在车门上，嗓音带着固有的低哑："你只要说出来，我就肯定会答应，这是我一贯的原则。所有跟我来往过的朋友我都说过这句话，我这个人，一旦做出决定，就没得挽回。"

明明说话的那个才是放话的那个，却偏偏感觉像是他才是恳求的那个。

石毅觉得自己大概被刚才的刺激搞得已经产生幻觉了，在他的概念里，英鸣是个任何时候都不可能跟人示弱的人。

如果说骄傲是他骨子里的坚持，那对英鸣来说，就等同于他的精神意志了。

这么多年的圈中起伏，不是有足够的骄傲，他撑不到今天。那些保留至今的底线原则，那些秉持着自己信念一步步往前走的动力，说白了就是源自这人骨血里的那份骄傲。为了证明自己，所以才始终不肯放弃。

石毅心底被什么东西戳了一下，有点疼。他皱起眉点点头："我答应你。"

不坚持到穷途末路，不会轻易放弃的。

这才是真的朋友吧。

因为英鸣离开的时候并没有给任何人交代，所以他们两个吃饭吃到一半的时候，助理的电话就打了过来。

"导演发了很大的脾气，你要不要先回来？"

似乎隐隐还能听到司基的咆哮声，英鸣只是扬了扬眉："等等吧，就说我吃饭呢，一会儿回去。"

横竖都是一样的结果，他早五分钟晚五分钟也不会有任何改变了。

石毅在他对面抬起头："不会耽误你拍戏？"

"片场乱成那样还拍什么？何况都这个时间了，没事。"英鸣的态度倒是看不出来紧张，他和石毅吃完饭甚至在外头聊了一会儿，哪怕是石毅催了他两次，他也没有真的往剧组那边赶。

直到助理第六通电话，石毅才扯着他上车，给送到了宾馆，为了不引起太多人注意，没有真正到跟前英鸣就下车了，然后交代了两句让石毅对烟圈儿好点。在最后两个人临分别的时候，石毅突然冒出来一句话："很久没跟耗子他们见面了。"

英鸣顿了一下，然后点点头："行吧，等回头约出来吃顿饭。"

石毅按了两下喇叭，就扬长而去。

英鸣回到宾馆的时候先去找了趟司基，对方的火气还没消，想当然话说得不会太好听，被骂的人因为一早就有心理准备，也没多解释什么。

等司基说了半天发觉他没有什么反应后，终于咆哮着将他赶出了房间。

花旗参刚好在外头，看见英鸣出来的时候嘴里还咬着烟，就凑过来问了一句："司基还没完呢？"

他对面的男人笑笑："完了。"

"你被骂了怎么还挺开心的？"

一般人被这么数落怎么着心情也好不起来吧，但英鸣好像真的不怎么在乎。

英鸣闻言扬眉一乐："他之所以心情这么差，是因为着火之前他把钱包扔在我旁边的椅子上了。"

"丢了？"

"估计不是丢了就是烧了吧。"

助理以为司基找他找得这么着急是因为他没打招呼就闪人了，但其实他心里明白应该是这人找不到自己的钱包了。

但是，怪谁呢？

英鸣毫无压力地一耸肩："他又没让我看着。"

那一夜夜故意安排的夜场戏本来也不能白算，他工作上自问也属于尽职敬业了，司基是个好导演没错，就是太装。

可俗话说得好：凡事莫装，装遭雷劈！

因为司基的钱包丢了，导致连着两天剧组都差不多被笼罩在一股低气压中。

那天的爆炸第二天也上了新闻，虽然后面进行了事故原因的调查，但由于没有造成人员伤亡，后来也就渐渐没有人去关注了，剧组里通知了所有人要尽量避免去碰触储藏了危险道具的库房。因为这次意外造成的各种问题一直花了一个星期的时间才逐渐平息。

倒是石毅那天说想跟朋友们聚会，回去没过两天就打电话告诉英鸣人他约好了。

"你这速度也太快了吧？"

石毅从来就是个行动派，从他决定做到推进下去，一般都花不了多少时间。

英鸣靠在墙边："行了，你安排好了告诉我就行，我尽量挪时间。"

石毅在那边满意地点点头，脸上挂着几分得意，然后想到另外一件事，不由自主地又把脸色沉了下去："我之前看了一篇你现在拍的这部电影的报道，原来导演是司基？"

"哟，难为你石大公子还想得起来。"

本来以为是贵人多忘事，早就抛诸脑后了。

石毅哼了一声："这种名字想忘也有点难度，不过对脸是真的记不住了。"依稀记得上次他去探班的时候打过照面，不过他当时是真的没有半点印象。

要不是那篇报道提到了司基之前的一段恋情，他还真想不起来。不过后知后觉之后，石毅心里那股不爽真是潜滋暗长得越发壮大："怎么拍了他的电影?"

"这电影是经纪人联系的,我当时也没仔细看。"就算司基跟石毅确实是有私怨,道理上也跟他没什么关系,公归公私归私,不可能他为了曾经的一段三角关系连工作都不接。

这个道理石毅很清楚,只是有点心理不平衡罢了。

听出石毅浓郁的不爽,英鸣在那边笑了笑。他之前没有主动问石毅,是因为对方表现得就像根本不记得这件事了,现在难得石毅自己提出来,他倒是有了点兴趣:"对了,你当年跟司基,到底是什么情况?"

网上也搜不到什么料,似乎是有意低调处理了。

石毅很轻地咳嗽了一声:"也没什么,就是当初他追一个女歌手,没追上。"

"那个歌手做了你女朋友?"

"没有。"石毅答得很快,"刘莉其实是我第一个真正娱乐圈的女朋友,也成了最后一任。"

对此电话那边的男人没做什么表示,等他继续说。

"其实那件事说出来也挺无聊的,我跟司基认识本来是因为一个挺路人的朋友,因为做导演听起来还觉得挺少见的,当时也就算是见过几次。我也是听人说他追个女歌手追得死去活来的,搞得跟电视剧里的苦情男主角一样,反正就是人家压根不搭理他呗!不知怎么后来就有人传我也对那女的有点意思,有一次我生日就有人多事把人请了,那女的来了之后就很多人起哄,这种事你也明白,反正其实根本没事,但是大概不少人误会了。"

媒体炒作的源头也是这个。

天地良心,连那个女的长什么样子石毅都已经想不起来了。

英鸣听完了皱了下眉:"这么说,其实你这个情敌做得挺冤枉的。"

"本来就很冤。"

石毅都不知道当时的流言是怎么传出去的。

其实算起来，那时候他跟司基在闹翻之前，关系还算是可以的，就算谈不上知己好友，酒肉朋友总能搭上边，甚至后来说到电影投资，他还真心动过类似的念头。

就是最后没成形。

石毅这么一说，英鸣想起司基之前喝酒桌上跟他说的那番话，就又觉得挺扯的，明显这件事司基还没放下，所以提到石毅才会那么阴阳怪气。

不过，这些跟他都没什么关系啊……

始终还是有些费解司基对自己的态度，英鸣掏出一根烟点上，然后慢吞吞抽了两口："你跟刘莉还有联系吗？"

话题转得有点莫名，石毅在那边愣了一下："没有。"

"你们当初，到底是为什么分手的？"

当初石毅和刘莉分手，就是给英鸣发了一条莫名其妙的短信，告诉他两人分了，之后谁都没再提过。

石毅顿了一会儿才接话："严格说起来，应该是我们两个所追求的东西相差太远吧，她的做事风格我可以理解，但是不能接受。"

当彼此都预见了不会是一个好结局的时候，趁早抽身总强过浪费彼此的时间。

这理由其实和英鸣心里的猜测差不多，石毅和刘莉一看就是两个世界的人，从各方面，似乎都走不到一起。

不过，话说回来，他和石毅似乎也没有那么合拍。

所以说再多都好，归根结底就是那个人到底是不是自己想要的，如果是，哪怕是不合，一样能够找到办法相处下去，但是如果人不对，就算各方面都配合得完美无缺，也始终没办法走下去。

所谓孽缘说的也就是这种情况吧……

王义齐最初接到石毅电话的时候，其实第一个反应是拒绝。

总觉得石毅主动约的话都不会是什么好事，他们两个的所谓熟人面子纯粹是建立在英鸣的基础之上，抛开这一层，彼此看着都没多顺眼。

但是寇京在之后也给他打了个电话，那意思是说，如果他不去，将来一定会后悔。

抱着这种好奇，他才勉为其难地答应了石毅的邀约。

结果，英鸣进来这个包间连五分钟都不到，他就后悔了。

刚才石毅说了一句话，英鸣也说了一句话，但是他一句都没听懂。

他拧着眉摆出一张非常茫然的脸，靠在沙发上跟复读机一样地重复了一遍刚才英鸣说的话："你说什么？石毅搬你那儿去了？"复述完了他觉得更别扭了，"什么意思？"

石毅在旁边冷笑了一下："你的理解力都退化到这种地步了？"

不过王义齐现在没空搭理他，还是瞪着英鸣。

"之前因为王乐的事，石毅心情不太好，两个人一起互相有个照应。"英鸣咬着烟笑笑。

寇京和耗子都觉得两个人合住比一个人好，有个头疼脑热的相互能知会一声，寇京有点好奇："你们两个是怎么认识的？"

结果唯恐还不够刺激王义齐，石毅竟然又接了一句："这还多亏了王大少。"

他说完咧嘴一笑，笑得王义齐脸都黑了，整个人就差没从沙发上跳起来。

王义齐指着石毅半天最后又转回英鸣那儿："你想找人搭伙就算了，这什么品位？"嘴巴欠、性格嚣张，无论从哪方面看，都是欠收拾的类型吧。

对王义齐的反应一点都不意外，英鸣抽了两口烟："人有失手马有失蹄。"

石毅在旁边扬起眉："你这什么评价？"

寇京这时候在旁边笑了："说这么多口都干了。"他率先站起来敬了一杯酒，"祝贺你俩祸国殃民的住到一块，然后，大家都心想事成吧。"

耗子从善如流地跟着站起来，只是端杯示意了一下，都没开口。

只有王义齐很愤怒地拎着一瓶酒往石毅面前一戳："咱俩单独喝这个，今天谁不趴下谁是孙子。"

石毅看他一眼，什么都没说，拧开瓶盖倒满了一杯，仰面就喝。

——等到真喝醉的时候，你自己都趴下了还知道谁是不是孙子啊？

冷笑着看王义齐也跟着喝完了一杯，石毅不紧不慢地又把两人的酒杯倒满，旁边的人乐得看热闹，没有一个人劝。

所谓狗咬狗一嘴毛，这屋子里，也就只有王义齐才会想不开地三番五次跟石毅死磕，反过来，也只有石毅才可能会陪着王义齐玩这种最后只有自己难受的无聊较劲。

寇京抽空挨到英鸣旁边，看着那边王义齐和石毅喝得热火朝天的："我说，你该不会就好这一口吧？"

怎么身边的人全是一种风格。

英鸣挑了下眉，半天没能憋出下半句话。

总觉得……

这真相有点伤自尊。

几乎是没有任何意外，最后喝醉了的是王义齐。

石毅的酒量本来就比他好，应付灌酒又比他老练，所以等他趴在桌子上连踹都踹不动的时候，石毅非常得意地大笑了三声欣赏王义齐的狼狈。

看得旁边几个人直摇头。

——这到底是什么毛病?

不过,寇京在那天之后又特地去片场找过一次英鸣。

英鸣看见他一点都不意外。

宾馆前台说有人找的时候,英鸣大概猜到了是寇京。

他咬着烟打开门,眯了下眼睛:"你来得可够早的。"他昨天是夜戏,四点多才回来睡觉,寇京竟然八点就到了。

"我下午还有场活动,不赶着现在这个点,铁定回不去了。"临近年关,本来路上就难走,往城里的方向都不知道过了十二点是什么情况。

英鸣给寇京倒了杯水:"那就长话短说吧,特地来找我,为了什么?"

"你应该也猜到了。"

"为了这部电影的事?"

寇京笑了笑没答话,喝了两口水,发觉透着一股特重的水垢味,就皱皱眉放下:"我不觉得这个角色适合你。"

寇京长出一口气靠在沙发上,半天才歪头看着英鸣:"如果王义齐接这戏我一点都不觉得奇怪,但竟然是你,怎么想都觉得无法理解。"

他身边的所有朋友里面,英鸣是活得最清醒的。

永远知道自己想要的是什么,需要付出的是什么,不能说每一次的判断都是深思熟虑的,但绝对是一个对自己非常负责的人。

接司基的电影,怎么看都不够理智。

寇京看着英鸣:"还是说,你本来也没考虑过以后的事。"

站在他对面的男人抽着烟,表情没什么波动,似乎寇京问出这种问题他一点都不奇怪,又或者是,其实他早就等着对方问了。

"实话说,确实没考虑那么多,以后的事,只能是走一步看一步,计划永远赶不上变化,现在想得再多也无济于事。"

"鸣子，这话真不像你会说出来的。"

寇京说完这句话英鸣笑了笑，对方的严肃让屋里的气氛有点压抑，他沉默了一会儿，然后敛下视线："你觉得一直在家里坐着什么都不干，像是我会做的事吗？"他摇了摇头，"实话跟你说，事情发展到现在，我都说不好我到底是哪根筋被人扯断了。"

"那为什么还这么选择呢？"

既然已经预见了未来无论什么结果都不会舒服，根本就是自讨苦吃吧。

英鸣因为寇京问的话沉默地抽了两口烟，过了很长时间才有点无奈地一耸肩。

你知道前头是座山，爬上去就要累得半死，还未必能够爬上山顶，这些他心里都有数，也没有抱着不切实际的希望一切都可以圆满的大团圆，但是，他始终还有勇气往上走。但凡是他心里有一个未来生活规划的雏形，他也不会走到这一步，问题就是没有。

说是选择，其实，多少有点别无选择吧。

英鸣这番话说得寇京几乎愣住了，半天不知道说什么话来回。

他就皱着眉看着眼前这个好友，心里的念头转了好几遍，最后全变成不可思议的一声叹息。

"那，做朋友的只能说，如果将来有需要帮忙的地方，只管开口。"

可能他本来就不够了解英鸣。

朋友的路，始终只能是朋友自己去走，他在旁边该说的该做的都已经做了，余下的，只有祝福。

寇京拍了拍英鸣的肩膀，无言地表达着自己的支持。

本来也犹豫过自己到底要不要来这么一趟，毕竟这其实是英鸣的私事，他没有过多的立场涉足其中，但或许是因为这两个人的认识过程一直他都在旁边看着，所以难以摆脱地带着一股连带的责任感，总觉得他是应该说点什么的,如果将来有人后悔,那他心里也不会好过。

现在跟英鸣聊完了,心里也舒服点。

无论如何,这两个人都是能掌握住自己的生活和人生的人,所以可能他的担心也有些没有必要。

这么想着,寇京终于笑了笑:"拍了这些天,感觉怎么样?"

"还行。"

英鸣本能地觉得寇京话里有话:"你又有什么料要爆了?"

圈子里的信息向来都是寇京比他要灵通,可能因为他本来也不太关注这方面,除非是有些话传到他耳朵里或者是已经到达尽人皆知的地步了,不然他基本上都比较迟钝。

寇京扬了扬眉:"料的话也不算,我只是听人说司基跟董晓的关系不太一般,之前威赛的事情董晓出国,司基就也推了国内的工作跟着过去了,具体什么情况不太了解。不过,按理说因为董晓的事情,可能他对你不会太客气吧。"

因为威赛的事,英鸣和董晓有过摩擦早就传出去了,这本来也是后来电影剧组的一个爆点,现在司基回国又接了英鸣参演的电影,怎么想都不觉得是巧合。

英鸣有点意外地怔了一下:"司基跟董晓是熟人?"

"还不是一般关系的熟人呢,是很要好的朋友。"

寇京笑了笑:"当初威赛的事,我听说司基在里面也没少周旋,你是被石毅保下来的,董晓那边,可能司基也出了不少力。"

不然想避到国外,也没那么容易吧。

他这么一说,英鸣倒是有了一点豁然开朗的感觉,原来一直以来司基的态度并不是针对石毅的,而是因为董晓。

要是从这个角度来说,似乎也不难理解。

"原来如此……"英鸣笑了笑,"原来是我自己想多了。"

想想也是,司基又不知道他和石毅真正的关系,如果就因为石毅探过班就针对他,这气量也未免太小了。可能是他自己心里清楚里头的关系,所以不自觉地套进去了。

英鸣摇了摇头,也无意跟寇京解释他那句感慨是什么意思了,正好助理这时候敲门通知他要准备就位了,寇京本来也没准备多待,就打了个招呼闪人了。

倒是英鸣再看着司基的时候,下意识地会想既然他回来了,董晓是不是也回国了。

他们那部电影进入宣传期的话,怎么也得露个面吧。

到时候,估计又是一番腥风血雨。

为了未来可以预见的媒体轰炸,英鸣叹口气,对这圈子里无法避开的游戏规则实在是不感冒。

这部电影英鸣的戏份不算很重,哪怕司基一直拖着拍,一个半月也差不多了,刚好卡着年关,剧组放了他三天的假期,要求初四一过就得回剧组,两场戏偏偏就不能挤在年前拍完,非要拖着过年的时候杀青。

这件事让石毅很不爽。

"那小子是不是故意找麻烦?"哪有这么不知情识趣的人,大过年的还要扯着人拍戏。

英鸣抽着烟听着手机那边的咆哮,一直等石毅骂够了,他才慢吞吞地丢回去一句话:"算了,反正拍完了也就完了。"司基就算要针对他也没几天时间了,等他过完年回来补够那两场戏,大家江湖再见,就真的清净了。

但是石毅依然不痛快:"那过年怎么办?"

"你过年不回家？"

"回。"

石家的年夜饭除非是关乎家室存亡不然是必须要回家的，天大的事也得搁一边。

英鸣早就料到了："既然反正你要回家，那我什么时候回剧组不是都差不多？"

"要不你跟我回家一起玩几天？"

过了好一会儿，英鸣才笑了一下："问题是，石毅，我也得回家过年……"

英鸣说完，石毅那边愣了一下，捋了捋头发："那你什么时候回去？"他知道英鸣家住在南城那边，并不是随便几十分钟就到的事。

"应该是除夕晚上，你呢？"

"我差不多吧。"

因为临近年关本来也没几天了，无论是石毅还是英鸣都很忙，只不过石毅是忙在一些应酬打点，英鸣是忙在剧组里一个劲地赶进度，所以一直到两个人各自回家，都没能碰上面。

本来英鸣是要回去取点东西的，偏偏那天石毅等了一上午，临到中午才被欧扬叫去参加一个非去不可的宴会，就这么错过了两个人碰面的机会。

晚上石毅收到英鸣短信的时候，人都已经坐在酒席上了。

看着他过一会儿就看看手机，他旁边的小舅舅不怀好意地扯了他一下："到了家还这么魂不守舍，你是不是又惹麻烦了？"

石毅抬头看他一眼："你今年还不把瑞瑞接过来？"

瑞瑞是他的外甥，才几岁大。当时他舅舅离婚，孩子判给了他舅舅，却因为不懂怎么照顾小孩而让自己儿子常年跟自己妈妈在一起过，这件事都不知道被家里人念叨过多少次，尤其是石毅的老妈，就差没上手打了。

石毅这时候提到瑞瑞明显是有转移话题的嫌疑，但是招式老套却好使，果然，他舅舅横了他一眼就不吱声了，正好对桌有人敬酒，这边他们几个站起来一排挨个喝。

这么多年过下来，年夜饭在石毅的概念里，就是酒桌上的胡侃和通宵的扑克麻将。

熟人来回还是那么多的熟人，就连话都说得差不太多，一样的台词，一样的表情，去年延续到今年活像连续剧，石毅看着一桌人你拍我我拍你互相夸赞，有点无聊地扯了下嘴角。

"说起来石毅也差不多该成家了吧？"

一点都不新鲜的话题又被扯了出来，石毅扬眉就看到他舅舅幸灾乐祸的表情。成为一桌人注意的焦点，他从善如流地笑笑："事业为重，我还不着急。"

"事业跟你成家并不冲突。"很意外地，插话的竟然是石毅的爹，他扫了旁边的主角一眼，"你这个年纪了还稀里糊涂的就是因为没有一点责任感，成天在外面玩，什么时候才能玩够？"

石毅滞了滞没吭声，倒是他妈在旁边打了句圆场："唉，成家也是大事，怎么也得他自己看着合适啊，哪有那么容易。"

这一句说完，饭桌上三三两两有人识趣跟着劝，石毅感受到父母转移到身上的视线，不动声色地皱了下眉头。

话题继续转到了谁谁谁的儿子又调到了什么部门，谁谁谁的女儿又被表彰了，反正万变不离其宗，上一代能说的差不多都说完了，火力就集中在下一代。石毅跟这一批子弟是差不多从小一起长大的，王乐如果没走的话，也算是其中之一。只不过一起长大的却未必都谈得来，大家各自都有各自的圈子，石毅不想靠家里，和他们的话题也没太多的交叉点，虽然不少人冲着他爸的面子喜欢套近乎,但是从小一起长大的,彼此太过知根知底,终究谁都拉不下来面子,久而久之,也就只是点头之交而已。

反而是有利益牵扯的时候,会显得热络一点。

这么想着,石毅下意识地掏出烟,旁边立刻有人打了火,他只是笑笑,也没道谢。

——这种年,过得可真无聊啊……

对比石毅这边,英鸣家里过年就跟扎堆进了闹市区差不多。

身边永远少不了人,说话的声音此起彼伏,七大姑八大姨的全都扎堆在不算小的房间里,看电视的,玩电脑的小孩恨不得爬了一桌子,搞得英鸣这位正主连站的地方都快没有了。

他表妹凑过来永远就是那句:"表哥,签名!"

英鸣咬着烟懒洋洋地找了个地方垫着写自己的名字,作为一个明星,他在家里真是体会不到半分所谓的关注和成就感。

等一沓签完了,刚才还黏着他叫表哥的表妹立刻找不到人了。

觉得客厅再待下去他就要疯了,英鸣在下一轮疲劳轰炸之前缩进厨房,相比起外头的闹腾,那里简直就是一方净土。

他妈看见他皱着眉缩进来,立刻露出耻笑的表情:"你说你白长这么大个子,就这么几个人就应付不了。"

从小到大英鸣都最怕这种时候,他做演员之前,也是白天就跑得没影晚上吃饭才肯着家露个脸。

英鸣苦笑着摇摇头:"我的抵抗力赶不上他们的升级进化,没办法。"

三个女人凑一起他家房子就离散架不远了,何况这外头远远不止三个。

家里的房子是英鸣给买的,当时劝了他父母很久搬家到市区里头,离他近彼此也好有个照应,但是他父母不肯,非说过不惯市区里的闹,所以他就给在他家原本房子的附近给买了个独立小院，老两口至今没肯在家养老，虽然父亲到了退休的年龄但是因为技术工种被返聘了，他妈就是闲不下来的人，成天忙忙叨叨的反正哪儿的事都管管，也挺充实。

英鸣叼着烟帮他妈削土豆皮，没一会儿后背就被捏了一把："我说，电视上说你跟那个挺漂亮的女明星有绯闻，是真的假的？"

老妈的眼里透着算计的精光，英鸣挑了下眉："你早就打听清楚了何必装着不熟呢，去年不还指着刘莉说漂亮？"

这是他妈的一个习惯。

但凡电视上哪个女演员长得不错，就得明里暗里地熏陶他一番，别的台词也没有，永远就是：这要是儿媳妇，我就满足了！

不过，说是这么说，他家里倒是也没太催他，毕竟感情这事，得自己掂量。

英鸣以不变应万变地继续削皮，等都弄得差不多了，捞出来递给他妈，虽然不能掌勺但是打下手足够了，母子俩在厨房里一边聊天一边干活。饭菜都好了的时候，才有人趴在厨房门口探头看了一眼，然后拍一下英鸣的肩膀："英鸣就是孝顺，还知道帮你妈干活，哪像我家那个……"

话说到一半，一转头咆哮着自己儿子的名字也就闪了，英鸣可有可无地耸耸肩，帮着端菜。

其实，他也搞不懂何必每年过年都招呼这么一大帮子来自己家里祸害。

活也不干就等着吃，还搞得乌烟瘴气的。

不过，按照他爸的说法就是，过年就图个热闹，乱不怕，人气足才红火，也是给他来年求个好兆头。

当然，这些东西也就是说说，英鸣自己是不信的。

一顿饭吃得头昏脑涨，英鸣在层出不穷的问题当中有点狼狈地选择用饭后散步的借口溜出了家门，这群亲戚真是应该去做狗仔队，问题的犀利程度完全不逊色于那些八卦周刊的记者。

还都是他父母最关心的问题,无形的压力真是搞得人头疼。

他下意识地点了烟一边抽一边慢悠悠地在路边晃荡。

这个时间的街道冷清得不真实,除了昏黄的路灯没有任何生气的感觉,英鸣走了一会儿觉得裤兜里的手机振动了一下,他掏出来,里头果然是石毅的短信。

问他吃过饭没有。

回了简单的一个"嗯"字作为回答,英鸣感觉手机幽蓝的光映在自己的眼镜上,勾勒出模糊的轮廓。他把身子往大衣里缩了缩,靠在边上,反问了一条石毅在干吗。

没过多久,电话就打过来了。

石毅似乎永远懒得发太多的短信,只要字超过二十个就要用电话解决。英鸣接起来的时候,觉得对方的环境很安静。

"你现在在哪儿?"

"外头吃饭呢,跟群无聊的人。"

"在外头怎么这么安静?"似乎比他在大街上还要悄无声息,又或者,是因为石毅的声音太过清晰了,就像在他身边一样,这种落差让人有点不太舒服。

石毅笑了一下:"我当然是躲出来打的电话,现在在他们员工通道。"

从他这个角度,窗户打开正好可以看见外面的夜空,星星今天晚上还挺亮的,难得的晴天。

石毅往窗边走了两步,远处有人在放鞭炮,此起彼伏的爆炸声不绝于耳,他皱了下眉:"英鸣,你那边看得到星星吗?"

"废话。"英鸣翻了个白眼,"我又不是在另一个半球,当然看得到。"

"今天星空真漂亮。"

石毅的语气里带着感慨，结果英鸣下意识地抖了一下："你今天说话真像被附身了。"

这种文艺腔不适合石毅这种人，对话流泪望月吟诗，真要说的话，可能也就王乐做得出来这种事。想起到现在也没有联系过一次的"友人"，英鸣敛了下视线，眼底神色复杂。

就在这时候，耳边听到一句很清楚的"新年快乐"，他下意识地看向手机的时间，刚好落在新年的节点。

他勾起一抹笑意。

"新年快乐……"

从没想过自己有一天会傻兮兮地站在空无一人的街道上，拿着一个手机不停地傻笑。石毅听出他的笑意就追问他在笑什么，英鸣却到最后也没给石毅一个答案。

因为跟石毅那通电话打了不少时间，后来英鸣回去的时候，已经差不多三点多了。

也就只有他妈拨空给了他一个关注的眼神，其他无论是打牌的还是看电影的都没什么人搭理他，英鸣洗了个澡就窝床上睡觉了。

手机上一堆祝福短信，随便扫了一眼英鸣选了两条不怎么熟悉的人回过去。基本上，他既不喜欢给人发这种信息，也不爱收。感情这东西，表示挂念不是看几天逢年过节的批发短信的，这种形式主义也就是为自己和对方找个联系的借口，其实什么都表达不出去。

躺在床上又看了会儿电视，实在没什么意思最后英鸣宁愿看书，他差不多到了五点才真正有了点困意，觉得自己已经好了一阵子的失眠似乎又有复发的趋势。

明明这才是他家。

认床也没有这种认法吧……

凌晨才模模糊糊地睡过去，却还不到八点就被惊天动地的"表哥"给叫起来了。

英鸣几乎是本能地抓起旁边的东西就要往门口砸，一直到听见表妹的尖叫才算是勉强控制住理智，他皱着眉瞪着门口："门上的字你不认识？"

基本上因为作息不规律，英鸣的卧房万年挂着"不想死勿扰"的牌子，他回来住得不多，大部分都是假期或者过年过节，家里少不了人，被人吵醒过几次之后，以策安全他妈就在门口弄了这么个挂牌。不过显然现在看来效果不彰。

他抓了抓头发等对方退出去，结果表妹有点害怕地缩了一下，然后小声地回答他："是你有朋友来了……姨让我上来叫你……"

"朋友？"

大过年的什么朋友这么不识趣。

他拧着眉倒回床上："跟他说我死了。"

他睡眠质量不好不等于他可以永远不睡觉，失眠是一回事，好不容易睡着又被人吵醒了是另外一回事。

表妹看他这样也不敢再吭声了，小心地关上门蹿下楼，想当然对着大人们好一通告状，英鸣在楼上都能听到下头吵吵嚷嚷的抱怨。

不过，就算这样他也没有起来的打算，一翻身闭上眼继续睡。

没清净五分钟，门又被推开了。

这次英鸣没敢骂人，因为这时候还敢上来的除了他老爸就只有他妈。

果然，勉强睁开眼就看着他妈站在他床边上："别睡了，你有朋友过来找你，好歹下去打个招呼。"

107

"屁朋友啊这一大早来找人，你就说我睡觉呢。"

英鸣在家里会变得随意很多，毕竟面对的这些都是看着他一路撒泼打滚长大的人，装什么都没意思。

他妈瞪着他："人都已经到了你装什么死，给我起来。"

话音刚落，被子就被扯起来了。

英鸣实在无可奈何地诅咒了一句，情绪极度不满地坐起来，满脸暴躁。

哪个浑蛋，这是一大早来找揍的吗……

知道他家地址的人里还没有这么不怕死的，知道他从来不是早起的主还跑上门来找晦气。

没洗脸也懒得收拾，英鸣就勉强套了件衣服踹开门下楼，后面他妈数落他不顾形象什么的，他就是皱了皱眉，头都没回。

结果坐在他家客厅的是石毅。

被一堆人围着，正好奇地对他问东问西，刚才去叫他起床的表妹一个劲地抓着石毅问他是不是明星，石毅光笑也不否认。

英鸣愣了一下："你怎么来了？"

石毅咧嘴笑得很欠揍："你忘了约我看车的事了？"

"看车？"

跟在英鸣后面的英家女主人扬起眉："你个臭小子又要换车了？"

"他有一辆吉普挺不错的，我找他给我参考下。"

英鸣反应也快，随便应了一句皱眉看向石毅："不过你这来得也太早了……"

"我这不是急嘛……"

石毅依然笑得很自然，旁边有人趁机问他到底是干哪一行的，他笑着回答就是做点小生意。

英鸣看着一家人热络地对石毅问长问短，皱了下眉转身去刷牙，这一屋子女人从来就没一个人把他当明星或者演员看，却对他身边所有长相还过得去的男人充满了兴趣。

或许这就是外来的和尚好念经，自家的永远不如门外头的新鲜。

英鸣整个收拾完了再下楼的时候，石毅已经被招呼到饭桌旁边吃早点了。

他那群七姑八姨很热情地夹菜盛汤，被伺候的石大公子倒是来者不拒。英鸣有点看不下去了就踹了一脚他的椅子："别跟我家里骗吃骗喝的，走吧。"

既然两个人说是看车，怎么都不好在家里待着。

结果石毅转头看他一眼："实在不好意思，我来你家路上车被撞了就直接拖走了，现在就算你想看都没得看。"

英鸣一皱眉，还没来得及说什么，他旁边那位三姨嗓子一扬："那这大冷天的还出去干吗呀，在家里吃个饭好好暖和暖和，你刚才说你家人都在外地，那就在我们这过年吧，反正房子多。"

她一说完，英鸣他爸也点头了："就是，人多热闹。"

石毅长得大概就是很招长辈喜欢的那种，看着人很正派，再加上从小就是人堆里混大的，怎么说话好听恭维人又不会让人觉得假基本上是他拿手好戏，哄那群老前辈都是小意思，何况是对着他这一屋子"颜控"极度严重的亲戚呢。

英鸣在旁边似笑非笑地看着石毅一脸春风得意，既没阻止他也没插话，随便找了个位置坐下吃早饭，只有偶尔话题带到他身上的时候才答两句。

因为人多但是饭桌不大，所以他们家年初第一顿都是换着几批吃的，石毅和英鸣吃完了就被赶下桌，两个人看了一眼客厅已被占据满的山头，彼此看了一眼最终只能继续回英鸣的卧室。

当然，石毅是很满意这不算太宽敞的空间的。

一进门就被英鸣架住，后者微微仰着头一挑眉："是谁告诉你我家地址的？"

石毅笑笑："王义齐。"

"胡扯！"英鸣压低声音，这破门不隔音，一点动作就搞得动静很大，他可不想一会儿楼下那些亲戚全上来围观他俩。

不过因为他卧室从来都不喜欢过大的空间，当初故意把大的都让给了父母，自己住的这间很偏也有点窄，离了门基本上就是床，两个人挪了没两步差点被床绊倒。

石毅："就是王义齐告诉我的。"

"那小子根本不知道我家在哪儿。"很干脆地拆穿石毅的嫁祸，英鸣皱了下眉，"扣子告诉你的？"

这次石毅没否认，笑着点点头："我跟他说我在家没意思，想找你玩。"

英鸣的气息有点不稳："你就这么跑过来，你家里没意见？"

"意见肯定有，不过我家里本来也习惯了越是节日越凑不齐人，我小时候中秋都是在学校里过的，没什么大不了。"

倒是长大了，家里反而要求得多了。

这次一起吃年夜饭，也觉得似乎他父亲比上一次见面的时候疲惫了一些，不过，大概是因为一直以来也没多亲近，就算有些话想问也不知道怎么问出口，他舅舅提醒他有空多回家几趟，等过年回来，他也是这么打算的。

石毅对于英鸣表示热烈欢迎不爽地皱起眉："呵呵！你看你家亲戚看到我多开心！"

英鸣扬眉一乐："那是因为他们不了解实际情况。"

"哈！"英鸣很干脆地笑了一声，"要真被家里知道你每天住我那蹭吃蹭喝耽误我找对象，我就算挨打都肯定排在你后头，你刚才怎么进来的，一准被我妈怎么给踹出去。"他微微一挺后脊，借着石毅姿势不方便的空当一翻身甩掉对方的手，"忘了告诉你我爸是从小练武的，他平时练的枪光枪杆就有三米，两个你都不够拍的。"

他一直有打拳的习惯，其实也是受家里的影响。只可惜进娱乐圈太早，等他真的想学的时候，已经过了适合学这些的年龄了。

石毅一愣："真的假的？"

"不信我一会儿带你去院子里看枪。"英鸣漫不经心地回答着。

"这要是真这么残暴，咱俩只能跑了……"

石毅很轻地呢喃着，脑中想象了一下那种场景，下意识地嗤笑着。

他很轻地顶了一下右肩，去吸引英鸣的注意："英鸣，如果以后混不下去了，你就跟着我去国外吧。"

"国外？"

"嗯，找个没人认识咱俩的地方，做那种传说中大隐隐于市的孤独老人，在身体衰颓之前都为了保持战斗力而奋斗。"

英鸣终于转过头看了他一眼："你不是曾经说过，所有存着避世念头的人，都是对自我认识不足？"

那时候的语气俨然像个对人生积累了无数感悟的智者。

现在看，就是比较装罢了。

英鸣还没开口吐槽，就看着石毅毫无负担地一扬眉："一般人这么做是为了逃避，我们是因为足够睿智。"

双重标准在石大公子的口中理所当然得就跟阴晴圆缺一样，英鸣敛下视线笑着摇摇头，最终放弃再跟这个人纠缠这种毫无逻辑的话题，凉凉地甩出一句话。

"好心提醒你一下,你的高级裤子刚被我床脚的螺丝钉挂了一条大口子,欧扬这次还管送吗?"

半天后,耳边响起咒骂。

第五章

如人饮水

外面隐约还能听到英鸣妈妈的念叨:"跟你说过多少次不要在卧室里吃东西,你那巴掌大的地方!"

这话音也就刚落,一碗浓汤全扣在了床上。

"哎呀!妈!洒了!"

石毅差点因为躲闪得不及时被扣到身上,抓着被子往后一缩,他下意识地骂了一句。

楼下传来英鸣母亲的咆哮声:"自己收拾!"

英鸣无所谓地扬了扬眉,扯着床单揉了揉扔到旁边。

英鸣说完抽出烟点上,然后玩着手里的打火机扫了石毅一眼:"之前跟你说王义齐没来过我家,是骗你的。"

石大公子的脸色如预料般地一沉,英鸣笑了笑,随手扯出一条裤子扔给他:"先换上吧,不知道你能不能穿。"

两个人的体型虽然有差异但是好在不大,理论上应该兜得住石毅。

"你嘴里的话真不知道有几句是可以信的。"

石毅咬牙切齿地挤出这句话,拿过旁边的衬衫披上,裤子稍微有点短,穿起来不是太舒服，但外观上并不明显，石毅有点别扭地动了两下："不行，还是出去买一件吧。"

"一会儿跟家里人打个招呼就回去吧。"英鸣烟抽得很快，看石毅站起来就顺手也把烟掐熄了。

家里人多的好处是因为太闹腾了谁也没心情去关注其他人，英鸣去跟父母打完招呼，答应了有空多回来，就跟石毅往门口走。

结果在客厅被拉住。

"英鸣你又准备往哪儿窜了？这大年初的！"拽着他的是他小姨，孩子都好几岁了人还一天到晚跟没长大一样。

被抓住的人因为没能顺利开溜而无奈地叹了口气："有什么指示啊小姨？"

被逮到就没好事，这绝对是经验之谈。

"瞧你这心不甘情不愿的语气，我告诉你，你可不能现在走，一会儿有人过来，怎么着你也得等人家到了。"英鸣小姨的这个语气说得英鸣皱了下眉，有点不太好的预感。

"你又把谁叫来了？"

"一会儿你就知道了。"

她故弄玄虚地眨眨眼。

其实比英鸣也没大多少的女人得意地扬着眉，一脸准备看热闹的盘算。

看她这种表情不闪人的是白痴。

英鸣连想都没想转身就要走，也就真是这么巧，他人刚到门口门铃竟然突兀地就响了。

简直就像有人蓄意的恶作剧。

他顺手打开门，石毅站在他后面，越过他肩膀探头扫了一眼，发觉是个长得挺漂亮的女人。看年龄并不大，气质很好，虽然不到刘莉那样明星气场全开的地步,但说一句明艳动人也绝对不过分。

英鸣一愣:"宗雪?"

门外的人显然也没想到门会开得这么快,也是一愣,然后笑了笑:"原来你真在家。"

宗雪的出现让英鸣的家人都很兴奋,尤其是怎么看都像始作俑者的英鸣小姨整个人凑过来,一副煽风点火的架势:"明明这么熟还装客套?难得见到一面,不如出去聊聊呗!"

石毅扬了下眉,捅了捅英鸣:"不介绍一下?"

英鸣看了石毅一眼,有点无语地摇摇头,他对着宗雪指了下石毅:"这是我哥们儿石毅。"然后调个方向比了下宗雪,"这是……"

他话还没出口,宗雪笑笑:"我是他前前前前前任女友。"

这一排的"前"说得英鸣翻了个白眼,他看着宗雪:"你也不用特地加这么多前的,没有那么多。"

其实他和宗雪是小学同学,也算是邻里之间一起长大的青梅竹马,在宗雪大学的时候,两个人曾经交往过一阵子,不过因为彼此实在太熟悉了,总觉得有点别扭,分手并没有任何的不愉快,就是两个人都觉得做朋友好过做情人。甚至在两个人交往的过程中连一个深吻都没有过,纯情得简直像开玩笑。

不过,也确实是从分手之后就没见过了。

宗雪笑着进了屋,她今天是来给英鸣小姨送东西的,因为本来也都是邻里熟人就坐下聊了一会儿,英鸣当然不好意思这时候走。一直说到快中午了,宗雪说回公司还有点事,一家子女人非要英鸣送宗雪去公司,他当然也不好推拒。

几个人走到楼下取车的时候,当事人之一的宗雪才叹了口气:"你家人这么多年风格完全没变,做事永远直来直往。"

瞎子都看出来这安排太刻意了，所有人讲话都透着一股尴尬。

英鸣笑了一下："谁让你自投罗网。"

"你这话说得可真没良心，我特地过来不也是为了见你一面。"宗雪说这句话的时候，笑脸盈盈的，语气里真假难分。

石毅一直作为旁观者看到现在，连一句话都没插过。

倒是宗雪看了他一眼："不知道为什么，你这位哥们儿我怎么看怎么眼熟，真的不是演员？"以石毅这种外形条件，就算说是圈子里的也没人会觉得奇怪，尤其是戴着眼镜之后柔和了原本五官凌厉的棱角，走出去肯定是女人会多看两眼的类型。

石毅笑了笑，可有可无地一耸肩。

一路上，宗雪都在跟英鸣话当年，态度并不见热络，但勾起的回忆却大多是两个人一起的，英鸣本来是个不喜欢说自己过去的人，所以很多事石毅都是第一次听，他坐在副驾驶座上撑着头。

等宗雪到了公司，下车的时候她让英鸣有空约她，后者从善如流地点点头："有空联系你。"

车往家里开的路，石毅嘴角一直挂着笑，等快到家了，英鸣终于摇了摇头："想八卦你就说，别憋坏了。"

玩什么邪魅一笑，感觉石毅那张脸都快抽筋了。

"你家里人看着都挺喜欢她。"简直是对待未婚妻的态度。

"因为宗雪跟我算是从小一起长大的，大家本来就很熟，小时候经常在彼此家里蹭饭。"甚至有时候他父母太忙没办法照顾他的话，他干脆就在宗雪家里睡，那时候年龄也小，没那么多避讳。

石毅转头看了英鸣一眼："你交往过几个女朋友？"

后者并没有立刻回答他，一直等到车开到家，英鸣把车停好了才看着石毅："四个。"

这个数字还在石毅的预估范围之内。

不过相对于一个娱乐圈里红极一时的演员，似乎这个数字有点少，所以石毅皱了皱眉："你该不会所有一夜情之类的都没算吧……"

英鸣嘿嘿一乐："你猜呗。"

下一刻，他锁上车转着钥匙往家门口走，一开门烟圈儿直接蹿到他身上，扒着他脖子不肯松开。

石毅看着烟圈儿挑衅龇牙的表情，眼角无意识地一抽。

他真是跟这猫合不来啊……

英鸣还剩下两天假，基本上就跟石毅浑浑噩噩地混了两天。

中间寇京本来打电话约过他俩一次。

最后一天剧组打电话通知英鸣提前一点回剧组拍杀青戏，他没把睡得不省人事的石毅叫醒，留了张字条就走了，预计最后的几场可能得拍三天，然后就算是彻底脱难了。

英鸣之前说是拍余下的部分只需要三天的时间，最后却耗了一个多星期才真正结束，这中间石毅也没闲着，正好欧扬这几天也老拖着他去参加其他公司的一些宴会，每天都喝得差不多了才回家。

烟圈儿大概是也感觉到了石毅不喜欢它，根本不靠近他，偌大一个仓库，石毅仰躺在沙发上看着头顶的灯，就觉得意识很恍惚。

然后，等到英鸣回来，却告诉了石毅一件挺意外的事。

董晓已经回国了，而且有意要跟英鸣合作拍一部电影。

石毅听英鸣说的时候，还不是太理解："你的意思是，他还要跟你一起主演？"

"不。"

英鸣摇了摇头，表情微妙地带着一股期待："是我们作为主创合作一部电影，监制导演都是我们自己，想拍一部真正意义上属于我们的作品。"

司基这次跟他合作，也是为了这部电影做铺垫。

投资方面的都已经联系得差不多了，如果顺利的话，不出两个月就可以开机了。

石毅这次终于听明白了，他有点讶异地挑了下眉角："所以，你是准备转去做幕后了？"

"只能说是个尝试的机会。"英鸣笑了笑，"哪个演员不想试试做导演呢？"

英鸣当时向石毅提到跟董晓他们合作的时候，语气其实已经算是答应了。

所以后面一段时间他成天忙得早出晚归，石毅也并不奇怪。

好不容易休息的时候石毅才问了一句："对了，你那个电影忙活得怎么样了？"

英鸣侧过头喘了一口气："按照预期进展顺利。"

"你下定决心要转幕后了？"

"也不算转幕后……"

"你要是做幕后，就别再做演员了，挺好。"

尤其别再去演那些乱七八糟的电影，看着都闹心。

结果英鸣只是翻了个白眼："你以为转幕后说转就能转了？哪有那么容易。"

尝试过的人不计其数，真正能有所作为的屈指可数。

这不像吃了三天西餐然后改中餐，隔行如隔山，站着说话腰不疼，路人看着什么都不难。

不过这些话，石毅是压根听不进去的，他不以为然地耸耸肩："你做演员的时候忙得成天见不着，做了导演一样黑夜白天的不见影！"

这话终于又恢复了几分石毅的风格。

他们盯着对方的眼睛，盯着里头的热烈、激动、疯狂，还有坚定固执的意气，透过对方的眼睛看到自己。

——那是他们往前走的动力。

做演员和做导演在心态上的差别，不真正体会，是很难说明白的。

英鸣再见到董晓，感觉眼前的男人从里到外都变了不少，曾经很在乎仪表的人现在就穿着一件很普通的夹克，里面一件浅色的衬衫，头发并没有刻意地留长，还是跟他以前的发型差不多，戴了一顶牛皮帽，架了一副茶色的太阳镜，走进咖啡屋的时候视线扫了一圈看见边上的司基和英鸣，然后两手插在兜里不紧不慢地走过来。

等坐下了一开口，英鸣终于找到了一点这人他以前就认识的熟悉感。

董晓没有摘眼镜也没有摘帽子，司基往里面让了一下他就坐在英鸣对面，抬了下下巴："好久不见。"

声音很沙哑，不知道是不是因为受伤的缘故。

英鸣看着董晓，目光没有集中在他的疤上，但是也没有故意避开。司基在旁边看着他们俩这种微妙的气氛扬了扬眉，然后很轻地咳嗽一声："既然人都到齐了，就干脆说清楚吧。"

董晓显然没有先开口的打算，三个人各自沉默了一会儿，最后先发问的还是英鸣，他看着对面的董晓："为什么选择我？"

演员做导演的，圈里并不少，他跟董晓私交谈不上，恩怨也谈不上，共同利益更没任何关系，基本上不具备一切合作的先决条件。

而对于英鸣这么直接的发问，董晓则很浅地笑了笑，似乎也并不意外，他很轻地点了下头："因为你便宜。"

这个回答一出，司基挑了下眉，英鸣笑了。

桌上放着电影的剧本大纲，详细的内容司基坚持等他签约的时候再说，不过故事的脉络很清晰。很出乎意料，剧本竟然不是一般的都市小品风，是要讲三个特种部队的受奖士兵退役之后，在社会上重新适应生活，开始自己人生的故事，英鸣拿到这个大纲的时候很意外，实话说这真的不太像董晓的风格。

司基说剧本是董晓的构思，朋友的执笔。因为正牌的执笔编剧是写小说出身的，所以整体的故事性会很强。

英鸣对这个剧本非常感兴趣，总觉得如果好好拍，可以拍出一些不太一样的东西。

可是，也正是因为这个题材他很有感觉，在跟董晓他们的合作上，反而就更有保留："我并没有做导演的经验。"

"司基也没做过演员。"

董晓接得很自然："我更没做过监制。"

他们这次，三个人挑战的都是自己之前并没有涉及过的范围，尤其是说服司基站到镜头前面，委实费了董晓一番功夫。

可这就是这部电影的噱头。

演员做导演，导演做演员，用自己另外一个视觉角度来看待一部电影的拍摄过程，摒弃掉已经形成习惯的经验积累，更注重自己的直觉。

英鸣也是才知道原来这电影司基会演男一号，在脑中想象了一下可能的造型，最后发觉实在脑补无能。他看了司基一眼，从对方眼里读出了尴尬的排斥，原本脾气相当不好的一个人，竟然能妥协也真是稀奇。

不过，对英鸣来说，重要的不是这个问题："可是，如果要我做导演，我就要求在拍摄的时候，不能过多地夹杂其他人的意见。"换言之，他要独裁。

董晓皱了皱眉："你一点经验都没有，要我们完全放手给你拍，要是拍出来一部垃圾，责任谁担？"

"演员表上有谁就谁担。"英鸣这边一点退让的余地都没有，"你们找我，这就是风险的一部分，我告诉你们了我没有做过导演，但是这个剧本想法我很有兴趣，要我做，我就要求做一个真正的导演，电影的拍摄到剪片，我都要独立的权责。"

做演员不介意跟任何人合作，但是做导演的话，英鸣不是一个喜欢协同工作的人。

人一多，变数就多，与其把时间花在互相说服上，他宁愿一个人承担起所有的责任。事实上，他本来也不是一个会在工作上诸多让步的人，只是深刻认识到这点的人并不太多。

董晓和司基不是不意外的，他们三个就这个问题争论了一个下午，一直到快晚上才勉强达成一致，让英鸣全权负责拍摄，但是如果针对剧本的理解有较大的改动，必须要一起商量。

电影的投资全部是董晓去联系的，包括批文这些他表示都可以搞定，任务分摊开就是英鸣和司基主要负责拍，董晓负责这部电影拍完以后的所有事，确定了司基做男主角，三个人又讨论了一下男二号的人选。

结果司基说了一个英鸣完全没想到的人——

"王义齐。"

连董晓都愣了一下："你怎么想到他了？"

严格说，目前大部分人的概念里，王义齐依然算是个比较偶像派的演员，虽然主演过几部作品了，但大多没有深入挖掘的价值，就是符合大众口味的商业片，对于目前他的阶段来说，打基础吸引人气是首位，至于突破自我什么的，还谈不上。

毕竟他不像英鸣，已经有一部可以称之为巅峰的作品，最渴求的是打破自己之前的那座奖杯。王义齐现在面前还一个杯子都没有呢。

可司基出人意料地很坚持："我看过他以前的电影，你构思的那个男二号，跟他本人很合。"

董晓皱眉："那男三号呢？"

三个人，现在还缺一个。司基直接把视线转到英鸣身上："男三英鸣上就行了。"

从演员的安排上，完全没留董晓的位置。

英鸣不知道这是董晓的意思还是其他的原因，但是，既然司基和董晓都没提，他也就保持沉默。

从那天之后，三个人就经常要凑到一起研究前期的筹备和确定电影的风格、基调、表达手法，研究了很多国内外类似题材的电影，英鸣甚至还做了不少笔记。

石毅说他一天到晚不见人，其实多数都是在看电影。

等他想起来要告诉石毅王义齐在新电影也要跟他合作的时候，人已经在电影的新闻发布会后台了。

英鸣拿出手机想了一下，最终觉得这时候告不告知其实都没本质区别了，他最后又把手机放了回去。

今天其实并不是他们筹划的那部电影开发布会，而是之前和董晓、刘莉合作的那部。

虽然排片是在五月左右，宣传却这时候就开始跟了，他也是临时被通知要出席这场活动，主要内容应该是发布电影的主题曲。归根结底还是董晓回国的事之前被媒体曝光了，想当然电影的宣传方不愿意放过这么好的炒作爆点。

不过对现在的情况来说，反而是一件好事，他们可以趁机为他们自己的电影做个广告，以题材和阵容，想占据一块新闻版面绝对不是问题。

跟刘莉合作的这部电影制作方都是很大的制作公司，只是发布一个主题曲排场却搞得很大，英鸣看见了之前引荐他去拍跟王义齐合作的那部电影的赵老师，就过去打招呼，刚好碰到边上的刘莉，后者笑着叫住他："英鸣，好久不见了。"

"是啊。"英鸣手上端着一杯香槟，也笑着点点头，"你看起来不错。"

"没有任何理由过得不好。"刘莉今天的穿着绝对是艳压全场，眉梢眼角的自信让人很难不把视线放到她身上。

英鸣不动声色地喝了一口香槟，有媒体在旁边拍他和刘莉的合照，他也没有刻意避开。

刘莉当然更不会。

她很随意地站在旁边，话题自然而然地转到了她和英鸣唯一相熟的人身上："你最近见过石毅吗？"

并不意外她会提起石毅，英鸣点点头："见过。"

"他情况怎么样，还好吗？"

刘莉的语气不乏关注，不过这话听得英鸣挑了下眉："他怎么了？"

"我听人说他最近可能遇到点事儿，本来想打电话给他，但是怕不太方便。有机会的话，帮我转达下关心，如果有需要帮忙的，他可以直接来找我。"分手了也依然是朋友，刘莉毫不掩饰自己对石毅的关心，甚至那层隐隐的暗示，也表达得有些露骨。

不过这是她一贯的风格，英鸣完全不奇怪。

反而是刘莉说的话让他想了一会儿。

英鸣本能地感觉刘莉提到的所谓"事儿"，应该没有那么简单。

石扬的问题最初并不明显。

也就无非是资金回流的时候偶尔会有一些滞后，但是这种情况任何公司都有，石毅和欧扬都没有真的往心上去，直到一个挺大的政府招标项目出了问题，汇总各部门反映回来的一些问题，欧扬才觉得不对劲。

一直以来，因为跟官方的合作关系很稳定，石扬的投标都比较顺利，突然被卡在这样的地方，肯定是有问题的。

欧扬把这件事告诉石毅的时候，后者没有说话。

他考虑了一会儿让欧扬把这个项目先放一放，这段时间公司主要精力放在已经洽谈好的项目上。

到底是跟他合作了这么长时间的朋友，欧扬皱了下眉："石毅，你是不是有什么事？"

"没事。"石毅的态度看不出什么端倪，他笑了一下，"放心吧。"

欧扬虽然不怎么信，但也没继续追问，等他走出了办公室，石毅看着面前那份被退回来的招标申请，眼睛下意识地眯了起来。

跟政府方面的关系断层当然是会有影响，但因为手上的合作项目都没有太多的官方影响，所以推进时被牵扯的部分并不大。

至于一些关节真的需要疏通的，他们也不是全无办法。

欧扬既然能跟他合作开公司，肯定也有自己的一圈人脉，石毅完全不担心地放手让他去做，至于那些施加下来的压力，能周旋的就尽量周旋，实在是很难打通的，就先放放。

石毅很清楚这时候硬着往上顶是吃力不讨好，留得青山在何愁没柴烧呢！

所以英鸣后来问他公司是不是真的遇到什么问题的时候，他回答是："灾区尚在控制之内，请你放心！"

就冲这句话,英鸣再也没有问过。

但是没想到意料之外的人还会再次出现。

他接到毛宇电话的时候,是一串陌生号码。

所以他接起来听到毛宇的声音,一时还没反应过来,手机里面的声音跟他印象里的那个男人大相径庭,甚至感觉上在发抖,听到他接起来冲出口第一句话就是:"英鸣,救命!"

当时他愣了一下,然后跟董晓他们示意要出去接个电话,快走到门口才稍微放开声音:"你怎么了?"

"英鸣,快点,我现在在沟子路旁边的一个仓库,你能不能过来一趟!"

"你到底怎么了?"

毛宇的声音倒是不像在开玩笑或者装的,但是他说的那个地方英鸣不熟,何况从声音听起来,似乎情况很严重,他不问清楚,是不可能动身的。

大概也知道他的脾气,毛宇勉强定了定神:"英鸣,我被人抓了,现在就被绑在这边,你要是开车的话,上环路一直往北,顶到头上高速到沟子路的出口出来,往北开十分钟就能到了,这些人是要钱的,你手头方便的话,带五万现金过来,事情我回头跟你解释。"

英鸣听完了眉头皱得更紧了,但是考虑了一下,还是答应了:"行,我知道了,我现在过去。"

等他挂了电话,回头跟董晓和司基把事情大概说了,顺便交代了一句:"四十五分钟之后要是我没有打电话给你们,就麻烦帮我报警,具体地址我给你写下来。我身上两部手机,有一个是放在内兜里的,调了静音但是不关机,真有什么事,用这个手机定位能找到我。"

他把地址和手机号全都抄下来给董晓他们,后来司基觉得情况不安全,让他先等等。可是英鸣想了一下,还是决定先去看看情况:"我估计问题不大,要是只是用钱换人,拿到钱不会为难人的,回头跟你们联系。"

他交代完了就去银行取现金，按照毛宇说的行车路线，开车过去也就半个多小时，那地方倒是真不难找，出了出口没开多久英鸣就看见仓库了，他把装着钱的包拎在手里，手机打了一通电话给董晓，然后把声音设置到了最小，就保持在通话的状态，锁了屏幕放进衣兜里，长出一口气才往仓库那边走。

这地方虽然不是真的荒郊野外，但是也算很偏僻的地方了，放眼看过去几乎没有房子，英鸣走到门口的时候犹豫一下，结果人刚靠近门就被拉开了，一个男人直接把他扯了进去，身后门关上的时候"咣当"一声，震得一个仓库都嗡嗡地响。

毛宇就在前头没多远，确实是被绑着，旁边站了两个男人，加上开门的这个，一共是三个。英鸣大概估计了一下，只要对方手上没什么武器，就算到时候真出了事，他想脱身也不难。

"钱我带了，放人。"

英鸣也懒得废话，直入正题。

在一个废油桶上坐着的男人扫了英鸣一眼，然后眼光又溜回毛宇身上："真没想到你这种怂样也能找到冤大头给你还钱啊！"他看了一眼英鸣，然后示意旁边的男人过去拿包。

英鸣也没吭声，把包递了过去。毛宇脸上有伤，应该是被打过，样子不是一般的狼狈。

对方验过了确认钱没问题，明显发号施令的男人就让人把毛宇放了，英鸣等到毛宇走到他旁边，才稍微松了口气，转身就要走。

但是被拦住了。

英鸣皱了下眉回过头："钱你已经拿了，这什么意思？"

结果油桶上的男人就笑了："你以为他就欠了这么点钱？"

他慢吞吞地从油桶上跳下来，把一根像是链子的东西在手上绕了两圈，然后冷笑着往英鸣他们这边走:"这五万只是利息的零头,他欠的数可是这个数的好几倍,你今天把人领走,回头钱我就管你要。"

这个浑身上下透着一股流氓腔的男人一脸的幸灾乐祸。

这时候,英鸣才搞明白为什么毛宇在电话里说得那么含糊。

他回头看了身后这个当初他当作哥们儿一样的人一眼,然后皱了下眉:"他的债,他自己扛,我今天来送钱也是借给他,你是债主我也是债主,人我可以不带走,但是以后的事,别往我头上算。"

今天过来,他是出于当年彼此的那点情分道义,不等于会被人拴着链子到处遛着玩。

英鸣说完了真的不管毛宇就要走,结果对方一把拽住,毛宇的表情就跟见了鬼一样:"英鸣!你把我留下他们会活活打死我的,你不能见死不救!"

明明五官还是那个人,感觉上,却已经基本上找不到当初的痕迹了。

英鸣皱了下眉:"你为什么欠的钱?"

这仓库里一共就这么几个人,英鸣问完了毛宇缩了一下,然后还是那个流氓头头替他回答的:"他跟我借钱,说好了还钱的日期,结果毁约不说,人还给我玩消失。我这人最讨厌的就是说话不算话的孙子!"

说白了,就是高利贷。

他刚说完,毛宇抓住了英鸣的胳膊:"不是!那笔钱是为了还你的!"

其实当时他带走英鸣的钱不止这个数,但是本来他也有一部分,剩下的想了很多办法都没能凑上,他才万不得已选择跟这些信贷公司借,只是没想到会惹上这么大的麻烦。

"还我?"想到当时那张支票,英鸣扬起眉,"但是那钱我可没收。"

他当时能忍住没把支票撕了直接扔毛宇脸上就算是他修养到家了,现在毛宇能抓着他说出这句话,英鸣也实在佩服他。

127

英鸣嘴角扬起一抹冷笑，真心觉得自己当年真是脑子被挤了。

读懂了他笑容里的讽刺，毛宇难堪地侧过脸，不过抓着英鸣的手依然没松开："后来你让石毅打我，我知道朋友这辈子是做不成了，就拿着这笔钱跟人谈笔生意，结果被设计了……一晚上，输得干干净净……"

不仅输完了，还被人威胁，后面又被人敲诈了一笔钱。事实上，今天要不是穷途末路，毛宇也不会找到英鸣，他是真的没办法了，身边能帮上忙的基本上他都找过，英鸣已经是唯一有可能拿得出来钱，又可能帮他的人了。

看着毛宇狼狈至极的样子，英鸣勉强压住火气转身对着讨债的那几个男人："钱他已经还了五万，就算是利息，也算是还了点诚意。剩下的，你们把他绑在这儿也没用，还不如让他回去想办法，反正你们找得到他一次就找得到第二次，都是求财，难不成你们真要弄死他？弄死了也一样拿不到钱。"

"你这意思，这债……你不背？"

英鸣只是嘲讽地扯了下嘴角，没说话。

非亲非故，钱多钱少都另外算，这种事有一就有再，他家也不是开银行的，每天被人当成提款机使吗？

毛宇的问题，始终得他自己去解决，当年大家无论是出于什么样的情分，在毛宇跟他一声招呼没打就拿了钱走人的时候，也已经了结得很干净了，对于现在，他们也就是个还算认识的路人，他没有责任，也没有义务来承担这些东西。

话说得已经够明白了，英鸣转身拉开仓库门，没管毛宇，真的就走了。

身后那个流氓大概愤怒地踹了一脚油桶，毛宇哆嗦着又叫英鸣一声，结果英鸣一直到上了车，才拿出电话对着一直跟他保持通话的董晓说了一句："报警。"

董晓那边挂了电话,英鸣没有留下等后续开车就走了,快到高速路口的时候隐隐听到了警车的声音,他扬了下眉,沉默地点了一根烟。

后来毛宇应该是没事,至少新闻也没报道乐团歌手因为欠高利贷被人砍死的新闻。晚上石毅回家的时候,英鸣把这事跟他说了,石毅的反应一点都没出英鸣的预料——

"那五万记在账上,回头记得跟之前的数一起要回来。"

欠债还钱,天经地义。

最初英鸣不要,那是英鸣自己的选择,石毅也觉得无所谓,但是闹了这么一出,石毅觉得要回来哪怕捐了都强过扔在毛宇这种人身上!

英鸣只是笑了下没吭声,他腿上摊了一堆剧本的稿子,身上就披了一件外套,石毅凑过来拿掉他嘴上的烟,顺手把烟给掐熄了。过了一会儿,他才有点突兀地开口:"我说英鸣,你当年到底是什么……"

——眼光。

石毅话没说完,被英鸣有点阴狠的视线给瞪了回去。

"你要是不想今儿晚上找我不痛快,这话就别说完。"从跟石毅说完了整个事英鸣心里就憋着这句警告,刚才石大公子酝酿了这么长时间,就知道这句吐槽他忍不住。

心知这是英鸣的软肋,石毅有点恶劣地笑了笑,最后两个字又咽回了心里,整个人无声表达出来的调侃却是不言而喻。

嚣张的笑容笑到最后,干脆哼起了歌。

"男人哭吧哭吧哭吧,不是罪……再强的人也有权利去疲惫……"石毅的调子故意唱得乱七八糟,装腔作势的样子看得英鸣眼角一直抽筋。

忍了五十秒,他终于抓过沙发上的垫子往后一砸:"你给我闭嘴!"

下一刻,石毅刚摆出来的两个人的晚饭宣告泡汤。

看着饭桌上的狼藉,英鸣恨恨地骂了一句:"浑蛋!"

毛宇的事,想也知道不会有那么容易就结束。先是不停地给英鸣打电话,在英鸣不肯接之后,就换了其他的号码继续,来回的话题不过就是想让英鸣再帮他一次,只因为他身边的人已经实在无法可想。那帮人都是在道上混的,如果他拿不出钱来还,真的有可能会被打死。

但是这些话,英鸣听了却激不起什么同情心。

当年毛宇拿走连借带投资的钱,比他借的这笔数要大得多,他没有细问过当年毛宇离开的原因,是因为无论对方为了什么,他们那段有些可笑的友情,都只是一场大家想当然的相识罢了。毛宇有困难没有跟他说明白而是选择了这种方式,只能说毛宇实在不够了解他的为人,而当年既然不够了解,那么今天,也就不需要了解了。

英鸣最后一次接通手机上的陌生号码,只是简单地说了一句话:"毛宇,到今天为止,我对过去的事只是忘了并没有后悔,你不要让我觉得当年的称兄道弟是种耻辱。"

是男人,自己的问题自己想办法承担,时隔这么多年,英鸣后知后觉地意识到彼此的路到底差得有多远。

挂了那通电话之后,英鸣那个手机再也没有开过,他本身就工作和私人两个手机,关了对外的,一些必要的联系被他移到了私人的号码上。毛宇不敢找到他家,因为知道石毅在这边,上次的一顿教训,多少还是起到了警醒的作用。

不过,毛宇不敢亲自来,却还是找得到人来的。

石毅掏出钥匙准备开门的时候,看见门口一直徘徊的人背影有点眼熟。

这附近没多少可以住人的地方,看着也不像找错地方的。

绕到旁边看了一眼,从对方稚嫩的五官逐渐在记忆中找到一个清晰的画面之后,石毅想起来这是那天晚上为了毛宇跑来闹过的那个少年。

他皱了下眉:"你怎么又来了?"

上次的事还没长记性?这么不知死活。

本来就有些瑟缩的背影因为石毅突然开口的话整个人差点跳起来,他有点惶恐地回过头,看见是石毅之后,眼底惧怕和兴奋的情绪交织地一闪而过。

他往前凑了一步:"那个,英鸣在吗?"

这语气还真是比上次客气了不少。

石毅答得也很干脆:"不在。"

他绕过少年去开门,没等身后的人开口,很直接地就甩上门。英鸣今天晚上好像是跟董晓他们还有事情谈,之前跟他说了不回来吃饭,他也是应酬完了一个客户才回来,想来这个少年在门口等了不少时间了。

石毅打开电视习惯性地开始听新闻,还有一些工作需要继续处理,就开着笔记本在客厅处理文件,等门口再有动静打断他思路的时候,已经过去差不多两个小时了。

天气虽然开始有点回暖,到底还是冬天,他隐隐听到英鸣的声音,就摘下眼镜揉了揉眉心,然后去开门。

仓库里面的光线直接射到外面,映着少年笔直的身影,拖在地面上长长的一条,他对面站着英鸣。

少年是跪着的。

他在求英鸣:"我求求你了,上次是我不对,是我不该跑来骂你,你要怎么对付我都可以,哪怕是打我一顿出气。我求求你,救救毛宇,那些人上次把他放回来的时候就打得他浑身都是伤,如果还拿不出钱,他真的

131

会死的，我求你了！"他一边说，一边去抓英鸣的裤腿。

有那么个瞬间，石毅觉得英鸣的后背僵了一下。

但是终究，英鸣还是往后退了一步，语气没什么情绪起伏："毛宇的事，你与其来求我，不如直接去报警，我帮不了他。"

事实上，没人帮得了他。

如果他还是这样不负责任地对待自己对待别人，最终下场肯定糟过现在。

留下这么一句话，英鸣最后转身进屋，示意石毅关上门，没有再管门外边跪边哭的人。

石毅看着他进屋之后就去开冰箱拎了一瓶啤酒出来，扬了扬眉："你怎么想的？"

"我不会帮他。"

英鸣喝了一口啤酒回头看着石毅："毛宇不值得我帮。"

他这话说得这么直接，甚至多少有点无情的味道，石毅微微眯了下眼睛没有再说什么。

英鸣一瓶酒喝了大半之后才缓过口渴的劲，脱掉外套靠在沙发一角看着石毅打字，表情有些恍惚。

这个少年虽然莽撞稚嫩，对毛宇倒真是没话说。这时候还能留在他身边，说到底毛宇并不是一无所有的人。

脑子里的想法转了一下，他看着眼前的石毅，想到两个人背后那无形的庞大压力，不禁有点感慨地长出一口气，就是不知道他们各自的这点坚定，到底可以改变多少东西。

英鸣他们那部电影当时的计划是两个月筹划，四月初开镜，正好那时候王义齐和英鸣那部电影差不多上映，就着话题和曝光率，也可以为电影做一套宣传。

大家都是圈内人,这套运作规则比谁都熟悉,英鸣从来不喜欢炒作但是并不排斥炒作,如果对电影真的是有帮助的,不触犯他底线他都无条件配合,所以开镜的时候,新闻真的是造势得很大。

首先这种电影本来就是娱乐圈里最容易拿出来做噱头的,王义齐和英鸣是圈内好友又尽人皆知,搭配一些刻意选过角度的照片和剧照,加上电影的导演和编剧都是最近几年非常被看好的新派导演,就算想不为人知都不太容易。

首发预告片那天,新闻媒体聚集的程度也算是盛况空前了。

所有人都兴致勃勃地等着第一支预告片公开,因为不公映,所以无论到时候发行方准备用什么形式进行发售,国内想要看到这电影,要等待的时间都不会短。

英鸣和王义齐都到场了,故意把两个人的椅子安排在一起,记者们抓拍着所有他们靠近说话的瞬间,从满意的笑容来看就知道可能连吸引人眼球的新闻标题都想好了。

王义齐扫一眼台下,嘴角很刻意地勾起一个弧度:"你说石毅看见这个发布会也不知道会不会气得吐血。"

他一直都知道石毅不喜欢他。

正如他不待见对方一样。

只不过出发点大概不同。他不喜欢石毅纯粹是因为这种出身太好的富二代做派他看不顺眼,因为他跟这种人打过太多次交道了,从朋友的角度,他纯粹不怎么想看到英鸣跟石毅关系太铁。事实证明他当初的预感是准的,从他们彼此认识,事情就一出接一出没停过。

而石毅讨厌他也不是没理由,王乐就算一个,当初刘莉那件事,媒体炒作英鸣的新闻搞得真真假假,石毅这种性格,忍得下去就是见鬼了。

但是就这一点，王义齐表示内心很爽。

所以他甚至故意去撩了一下英鸣的头发，听到旁边一阵喊哩喀喳的快门声，越笑越得意。而他旁边另外一位当事人连无聊两个字都懒得评价了，敛了下视线，决定不予回应。

用寇京的话说，典型的狗咬狗一嘴毛，就这么点乐趣，不好再剥夺了。

不过，其实这种打着擦边球来做宣传，英鸣并非没有顾虑。之前石毅的舅舅陈诚跟他谈完了之后并没有实质性地做出什么明确算是警告的事，他也担心到时候媒体的造势会刺激到陈诚。可电影毕竟不是他一个人的，情势如此，也没办法。

第一支预告片是导演亲自剪的。

完成版其实英鸣和王义齐都没看过，因为电影一直拍得很低调，为了维持那份神秘感，后期制作的参与人员一直是严格限制的。

按照一般的规律，其中一段激情戏应该是会剪出来。

毕竟当时就有消息泄露出去会拍，只是因为提前了拍摄的时间所以媒体没能套到料，现在都说预告片是导演亲自剪的，内容自然就可以想象了。

果然，三分钟的预告片，一上来是非常爆炸的镜头。

导演表示这段戏放在电影正片里的内容其实是很有限的，但是因为演员们拍得都太好了，所以他实在舍不得就这么给剪辑掉，就放在预告里，让大家过过瘾。

这番话当然是场面话，但是很成功地引起了满场围观人群的热烈反应。

王义齐唯恐天下不乱地笑着打开话筒："英鸣的身体，是我见过最性感的。"

他说这话的时候，大屏幕上放的就是英鸣半裸的后背，完美的肌肉曲线无论是从美感还是诱惑力上，都相当有说服力地印证了王义齐的恭维。

下一刻，所有记者把话头丢给了英鸣："英鸣，你拍这段戏的时候，有什么感觉？"

这明显带着暗示的问题问得旁边不少人都暧昧地笑了，英鸣从善如流地笑笑，态度十分配合："感觉挺好。"

简单的四个字，在场的所有记者估计都不愁回去的新闻标题了。

一场发布会下来，基本上全场都是这种没有事先安排好的默契互动，等讲到这部电影实质内容和精神的时候，导演所做的描述也得到了不少认同，网上有针对这场发布会的全程直播，从反响上看，效果非常不错。

所以后来导演还专门给两个人打了通电话："投资方很满意，我估计参加电影节不会有什么问题了。"

这当然是个好消息，只是伴随而来的宣传活动增加了不少英鸣时间上的压力，毕竟他同时还要兼顾跟董晓他们的那部电影，跟刘莉合作的那部宣传行程也已经安排好了，各种琐碎的事情都说不上多重要，可就是很花时间。偏偏他还不能不去。

有种去年的积累今年突然爆发的感觉，英鸣每天基本上都要累到精疲力竭。

就是因为这种忙碌的节奏充实了生活，所以对于石毅那边，他实在抽不出太多的时间去关注。

但是他知道石毅压力很大。

有一次他晚上出席完一个活动回家的时候都已经快一点了，欧扬竟然在客厅跟石毅一起摊着满桌子的文件谈工作，看见他的时候打了声招呼，表示这么晚过来打扰有点不好意思。

石毅跟欧扬熬了一夜第二天一早就走了，英鸣起来的时候手机上有条石毅的短信，跟他说要出差两天谈一笔合作款，大概两三天才能回。

两个人为了各自的工作事业而分身乏术心里却没再衍生出那种焦躁不安的感觉。

不知不觉地两人都比以前要更成熟了。

石毅的生意谈得很顺利。

他脸上挂着的笑容简直可以用欠揍来形容,英鸣连问都不用问也知道他这种反应肯定是拿下了。

"强龙不压地头蛇,官方合作受影响导致公司的合作对象减少,最大范围也就是在北方,南方还是有所作为的,一直以来不怎么想往外面扩是觉得这边市场还没坐稳,怕顾前不顾后,既然形势所迫,那就只能我勤快点往外跑了。"异地合作的最大问题就是沟通比较麻烦,总靠电话是不稳妥的,有些问题就是得见面才能谈得下去。

所谓穷则变,变则通。

石毅得意扬扬地汇报完工作进展,难掩兴奋地长叹了一口气倒在床上:"不过真是累死了,最不喜欢出去。"

不在自己的地头就是麻烦,用车用人都没那么顺,感觉就是连轴转地折腾,吃住都不痛快。

英鸣靠在床边看电视,听到石毅这句抱怨笑了一下:"你这才哪儿跟哪儿,再怎么样你还在文明社会待着。"之前跟司基一起去找外景的时候,那穷乡僻壤的,连会喘气的动物都看不见。

地方是不错,就是不知道到时候整个外景组拉出去的话到底能不能扛住。

水和食物都是个问题,实在不行只能每天配辆食品车。

英鸣这句话说完,石毅猛地一把将他从旁边扯得歪到自己旁边:"我可看到那个预告片了,那到底是什么东西?"

工作谈好的当天晚上他在宾馆里看见的新闻,显然从制造话题这个角度英鸣他们很成功,就连主持人在新闻之前的短暂介绍里都难掩八卦的兴奋，笑得极其暧昧。而那段预告片更是极尽噱头之能事，如果不是好歹知道点电影的剧情，他肯定会以为这是个尺度多大的片子。

英鸣被石毅这一拽吓了一跳，撑住床才勉强没压到石毅的眼镜，他皱了下眉："你这反应也忒迟钝了，都多久的事了。"

"之前我没看见。"

石毅冷哼了一声："欧扬说对了，现在的电影预告比正片好看，新闻比预告好看。"

英鸣问："欧扬还有空看电影？"

石毅冷哼了一声，顺手摘掉眼镜，捏了捏酸胀的鼻梁。英鸣看着旁边男人的脸，感觉不算久违的轮廓不知不觉地似乎多了一点成熟的棱角，还有一点沧桑的味道。

"之前公司的问题压力有那么大？"能让石大公子收起那副笃定得非常欠抽的气场，肯定不是小麻烦。

但是石毅没什么兴趣谈这个，英鸣的话只让他很轻地哼了一声。

工作的事，他不太想跟英鸣说。

一来就算说了对方也帮不上忙，二来是他心里有数该怎么去面对。他石毅有今天可不是靠天上掉馅饼，每一步都是他自己闯出来的，能打江山不能守江山，他也不配再谈什么事业追求了。

这时候电话响了。

单调的循环音节让人很烦躁，石毅皱了下眉："别理。"

不过英鸣已经闪到旁边坐起来了："不行，不是手机。"

他家的固话一共也没几个人知道，都知道他平时手机不关，如果打这个号码，多数都是有事的。

尤其这段时间风吹草动的都很注意。

他伸手去够电话，应答的声音却冷静得可怕："喂。"

137

"鸣子，我。"是寇京。

听出对方的身份，英鸣扬了下眉，稍微放松了一点。石毅也听出电话里是谁了，仗着是熟人索性抢过电话："不是赶着叫救护车就半个小时再打过来！"然后直接扣了回去。

可是就像跟他对着干一样，电话刚挂回去就又响了，石毅皱了下眉，他旁边仰面躺着的英鸣这次没动。

他撇了下嘴才接起来，那边没放到耳边就传出了寇京扯着嗓子的怒吼声："你个石毅，半个小时就完蛋你绝对……"

没等那边吼完，石毅又扣了回去。

这次他学聪明了，没扣结实，留着电话从连续直音变成断断续续占线忙音，英鸣忍不住笑了一声，引得他不满地瞪回去。

刚出差回来，也确实累了，真正放松下很快地就进入了休息的模式，英鸣听到石毅细小的呼声笑了笑，关掉电视，也跟着在太阳还没下山的情况下有点堕落地跟着睡着了。

刚才寇京在电话里好像是说王义齐的事，不过语气听着不像很着急，等回头再联系吧。

他这段时间忙得到处跑确实也累得够呛，要不是石毅通知他今天回来，可能从中午开始他就一直在睡了。带着乏意闭上眼，英鸣临睡前最后看了一眼时间是四点半。

这一睡也不知道醒了是什么时候……

电影上映的日期眼看着越来越近，英鸣一天到晚地在外头跑，就连新电影的事都不得不暂时放下，王义齐似乎也遇到了什么事被拖得精神状态很差，第二次发布会的时候几乎从头到尾没有说过一句话。

屋漏偏逢连夜雨，英鸣觉得自己真该考虑去转个运什么的了。

不过生活是不可能因为烦躁的心情而有所停顿，再难挨还是得继续过，最后那部电影选择在海外邻近国家做首映，作为造势英鸣和王义齐必须要出席首映典礼，他把这事跟石毅说的时候，对方甚至连眉头都没动一下，就只是很简单地"嗯"了一声，表示知道了。

结果在他们刚登机的时候，王义齐接完了一通电话之后跟疯了一样非要下飞机，闹到最后差点惊动到机场的安保巡警。英鸣头一次看见王义齐这么失魂落魄的，问他到底发生了什么事他也不吭声，就跟导演说参加完典礼他就必须要回来。

以至于他们这趟出国气氛也变得极为压抑。

导演不满于王义齐的不合作，英鸣是因为各种各样的不顺而心情恶劣，给石毅发的信息如同石沉大海没有回复，虽然其实也没有什么很重要的内容，但终究还是让人不爽。

就这么拖到了首映典礼，王义齐不在状态地一直答非所问，导演压着火气录制到节目最后终于爆发把王义齐骂了一顿，包括节目制作组的导演都很不满，在外国本来就不同于国内的环境，王义齐这么做明显是在拆剧组的台。

"导演，对不起……"

王义齐颠来倒去就是这么两句话，面色一直很难看，被骂也没有回过一句解释。

就是在这种情况下，王义齐还是在典礼一结束的当天晚上回了国内，这件事英鸣是后来才知道的，王义齐甚至没带着经纪人和助手一起走，搞得那位平时非常大牌的经纪人被所有人数落了整整一天。

也就因为王义齐走了，所有的其他活动都只能是英鸣全部撑下来，他中间给寇京打了个电话，因为想起来之前那次没有说完的话茬，可是寇京表示他了解得也不多，大概是跟王义齐家里有关系。

"之前他来找我聊了几句，情绪挺差的，但是话说得不怎么明白，可能是和他弟弟有关系。我问他反正他不跟我说，本来我想大家约出来放松一下，他状态实在不怎么好。"

谁想到还没等他们做什么，王义齐那边已经爆了。

记者公布了大量王义齐和王孟齐的私人聚会照片，场面相当刺激，甚至还有一部分聊天记录添油加醋断章取义，足以毁了王义齐的职业生涯。

英鸣听完了寇京的话点了点头没说什么，对于王义齐的家庭环境，也实在是心有余而力不足。

并不是太多人知道王义齐本身是曲艺世家出身，英鸣对这个行业完全不熟，派系什么的也搞不清楚。只是听说王义齐家的行当地位很高，他这一代里，本身应该是由他来继承的，可是他偏偏进了娱乐圈做了个三不沾演员，因为这件事他的父亲就把位子传给了他弟王孟齐，王义齐曾经评价过他们那个世界里，是声誉名誉重于天，人都不重要，面子不能折了，他之所以不愿意往那条道上走，也是看不惯很多人虚伪强撑地活着。

但其实，哪个圈子里的人不是这样过呢？

后来英鸣打给王义齐问他情况的时候，对方状态差到了极点，说话似乎都是勉强撑着精神："英鸣，你说为什么有些人连命都可以不要，不惜一切代价就为了保住一块牌子……就为了那些早就名不副实的虚名放弃一切，值得么……"后面的话，已经分不清楚王义齐是在问英鸣还是在问自己了。

身为听众的英鸣对此无话可说，只能是沉默地听王义齐在那边哭，感觉那份朋友掩饰不住的悲伤和痛苦，紧紧地皱着眉。

值不值得这个问题，其实是如人饮水，只有自己才能说明白到底心底放不下的是什么，别人说再多，都是胡扯。只不过，能够真正看明白自己的人就不多，大部分人，都是在失去了自己原本以为不重要的东西之后，才后悔地去追忆。

英鸣一直都是个很遵从于自我意识的人。

他不喜欢做勉强自己或者为难自己的事，更不要提后悔。

王义齐的情况让英鸣之前憋在心口的那股火没什么心情继续烧了，他打电话给石毅是关机，就发了条信息给石毅，首映典礼是提前录制的，但是首映活动他依然要出席，距离活动时间还有五个小时，如果有时间，就过来一起看首映。

当初石毅提过要一起看，只是前段时间忙得人仰马翻的，谁都想不起来这茬了。

信息发过去还是没回音，直到首映前半个小时，英鸣才接到石毅的电话，结果手机那边全是跟自己耳边重叠的广播通知，他下意识地一皱眉："你在哪儿？"

"我在首映会场。"石毅四处张望了一下，"你人在哪儿？我过去找你。"

英鸣先是一怔，然后忍不住笑了笑。

真不愧是行动派，永远是先斩后奏啊……

第六章

后悔莫及

石毅以嘉宾的身份被安排在了英鸣那排的后面，都知道他跟英鸣是朋友，导演以为是英鸣特地邀请过来撑场子的，对石毅的态度相当客气，不过因为是首映，寒暄也没说几句。现场凑热闹的人很多，票是一早在网络上预售的时候就抢空了，有一些还真的就是从国内特地过来看的，英鸣入场的时候能听到有人喊他的名字。

总体来说，电影的质量很高。

这个导演的拍摄思路一直都很清晰，明显在剪片的时候也参与了不少意见，带着非常明显的个人风格，画面整体很阴沉，透着一股压抑，但并不是那种颓废的绝望感，虽然这不是一个最后完美大结局的电影，但看到最后，不会让人觉得悲伤或者绝望，只是有些许遗憾的唏嘘罢了。

两个主角最后的镜头是在天桥上分开，带着各自的梦想和追求，往不同的方向渐行渐远。

放映厅的灯亮起来的时候，英鸣看到有些观众在擦眼泪，他很轻地扬了扬眉，心里有些高兴。

能牵动人情绪的才是一部好电影。

事实证明他当初选择接下这个角色，是对的。

跟导演一起上台的时候，主持人很自然地要跟观众进行互动。

刚看完，不少人都有点激动，前排有个男生接过工作人员递给他的话筒时，情绪还没平复："导演，我想说，这是我第一次观看这种文艺电影，今天来，也是跟朋友一起凑热闹的。"

他旁边有个女生，感到其他人的视线都集中到她身上，不好意思地笑笑，男生看着英鸣："但是这部电影看完了，我觉得是无论是什么样的感情，只要认真投入了，都是会让人感动的，我很喜欢电影里主角情不自禁地互相吸引但是最终因为追求的不同而分开，觉得他们都很认真地活过，我觉得很圆满！"

导演很欣慰地针对他的评价做了回答，英鸣眼底的情绪很复杂，里头太多难解的思绪。

电影放映完当然英鸣要留下参加之后聚餐，饭快吃完了石毅给他发了个信息告诉他自己住在哪家酒店，离电影院倒是不远，走路就能过去。

导演想抓着英鸣继续转战，他心情非常好，观众的反应让他对这部电影未来要争取的目标更有信心了。

"导演，我真的不能再喝了，再喝就得丢人了。"

英鸣摇手婉拒了导演的要求，对方已经喝多了，只是不满地念叨了两句并没有勉强，旁边本地的发行倒是一个劲地劝英鸣不要提前走，后面的活动安排更精彩，英鸣笑笑，只是摇头。

再精彩也不会出什么新鲜的花样了，那套东西，多少年前就够了……

送走了导演他们他自己往石毅的酒店走，因为毕竟不是在国内，不怎么担心媒体一天到晚跟着，英鸣心情是要轻松些的，走得也慢，酒劲冲得他脑子有点晕，刚才那群人吵吵嚷嚷的好几种酒混在一起喝，量不大但是上头。

按照石毅的短信上了楼层，对着请勿打扰的提示灯英鸣挑了下眉，然后敲门。

石毅开门的时候衬衫是敞怀的。

裤子腰带也解了，整个挂在腰上，首映上看着还一丝不苟的发型也被抓乱了，整个人透着很狂野的性感。英鸣先是一怔，然后下意识地往里面看了一眼："我没打断你什么好事儿吧？"

石毅往旁边侧了一下让他进屋，然后随手拿过旁边送来的饮料扔给英鸣一罐，情绪并不是很高涨："如果你的好事指的是洗澡，我正准备脱衣服。"

英鸣手上的那罐饮料刚打开喝了一口就皱眉放下了，实在太甜。

这段时间他们情绪都有点不稳定，各种各样的事情太多，这次出来因为精神状态不是太好，英鸣一直戴着眼镜，石毅也一直忙着公司的事，明显人见消瘦了。

之前好像还听说他父亲的身体有点不太好，石毅中间回家了两趟，不过都没跟英鸣细说。

石毅不愿意提肯定都不是什么好事。

见他不说话，作为两个人之中稍微年长一点的那个，英鸣叹了口气，给足石毅台阶先打破僵局："公司没事吗？你这么过来。"

其实就是没话找话，公司就算有事他也过问不到的。

显然石毅也听出了英鸣这话问得有多敷衍，他哼了一声："倒不了。"

然后房间里再次除了浴室水声就没有了动静。

英鸣憋了一会儿就觉得石毅简直是不识好歹："有话就说。"简直就跟没吃上中意猫粮的烟圈儿一样，装什么装！

石毅因为这句话猛地睁开眼："你这什么语气！"

他眼边有不少洗发液的泡沫,这么一睁开就很自然有东西往眼睛里钻,英鸣脸色一变,冲进浴室抓过旁边的毛巾立刻帮他擦掉,顺便一把关了放水的开关。

"找死是吧!"

因为眼睛受过伤,石毅的眼膜比一般人要脆弱,受一点刺激就容易发炎,之前就是他不太注意结果滴了三四天的眼药水,英鸣当时在旁边也整整守了三个通宵。

石毅看着英鸣的反应终于火气消下去一点,两个人各自不爽地瞪着对方,最后石毅愤恨地一转身恶狠狠地盯着他。

英鸣往前靠了一下:"你先把头洗完。"

水重新被放出来,英鸣让石毅闭上眼睛给他冲头。

"你们那场戏,NG 了几次?"

突然被挑起的话题实在有些突兀,英鸣一边动作一边皱了下眉:"什么意思?"

"没什么意思,就是第一次看文艺电影有点不习惯。"

"就觉得演员是不是都这么能演?"

英鸣打断:"你脑补得太过了。"

英鸣紧绷着身体几乎抑制不住要打人的冲动,这种感觉太糟,石毅看着他整个人脸色都变了的样子,皱了下眉,抬手抹去镜子上之前蒙的水雾。

两个人表情在水汽之中影影绰绰地照在镜子里,英鸣半睁着眼睛一脸愤怒的表情和石毅坚决强势的表情正好成了鲜明的对比,石毅因为英鸣的皱眉而得意,他一遍遍地单手擦着镜子,始终维持着镜面的可见度。石毅觉得自己已经不像自己了,当年那个潇洒游戏人生的石公子,竟然连违心的潇洒都装不出来。

不过他还没把英鸣警示完,反而被对方一脚踹到了一边,近期工作劳累已经到了极限的男人连话都懒得说，转头走出浴室换了睡衣放松自己进入了沉睡的世界。

——他好久没好好休息了，困死了！

剩下石毅缓了一会儿才转过劲，听着对方逐渐规律的呼吸，也慢慢闭上眼睛。

明天的事，就明天再说。

有朋友一起，心里就是踏实的。

一夜好眠一直到英鸣的手机用歇斯底里的动静把两个人弄起来，石毅有点暴躁地去摸英鸣的外套，手机的主人则是完全没有转醒的迹象。

"说话！"语气简直称得上恶劣，石毅也不管对方到底是什么人了。

那边果然愣了一下："石毅？"

这声音有点耳熟，但是不是寇京，石毅稍微反应了一会儿才判断出对方的身份，他皱了下眉："王义齐？"

有那么几十秒的时间，两个人都想不起来自己要说什么。

还是英鸣模模糊糊地扒了石毅一下："谁啊？"

"王义齐。"

石毅说的时候王义齐在那边也回了一句："让英鸣接电话。"

因为他语气中命令的意味太明显，石毅有点不爽地瞪了手机一眼才递给英鸣，等英鸣半撑着身子把手机放在耳边的时候，就听见那边王义齐语气凝重地说了一句话："英鸣，赶紧回来，出事了。"

从英鸣和王义齐认识，这个人认真对待的事情总共加在一起也没超过十件。

所以当听到对方那么说以后，英鸣甚至没仔细问到底什么事，就直接跟石毅一起赶了回去。

王义齐和王孟齐是在机场等着他俩的，表情不是一般的难看。

"有人在外网恶意发布了你和石毅之前打架的合照，我后来查了一下，发布的人是家挺小规模报社的实习编辑，说出来估计谁都没听过。他叫杜子骅，没什么特殊的背景，甚至没有亲人，资料上他连求职时都没有写过任何的家庭成员资料，紧急联系人只有毛宇一个，看得出来交情确实不浅。"

不过这点不需要王义齐说英鸣也知道，大半夜去别人家门口跪着这种事，不是一般交情就做得出来的，但是王义齐这么一说，英鸣和石毅却都脸色一沉。

这是冲着报复英鸣来的，带上石毅是因为之前他揍过毛宇。

王义齐只能叹口气："鸣子，你最好有个准备，这种消息不可能压得住也不可能控制得住，事情肯定会闹大，我估计最慢也出不了一个礼拜。"

娱乐圈其实囊括了很多的行业和小圈子，演员是靠着作品吃饭的，记者却是靠着消息吃饭。就算石毅家里能通天，这种明摆着就是送财的新闻肯定有人冒险去爆，压得住一个压不住第二个，就跟连环反应一样，到最后肯定是铺天盖地的消息，追究都不知道去追究谁。

英鸣心里也知道。

所以他并没有乐观到认为这件事传个几天就会慢慢消停下去，只是希望到时候能把伤害的范围减小到最低。

杜子骅大概是怕石毅会想出什么办法来插手，所以干脆把照片传到了国外的一个讨论区，英鸣一直在忙电影宣传的事情，知道的时候，已经是王义齐通知他回国，不少娱乐相关的媒体都转载了。杜子骅为了报复，发的时候就说得很明白必须要一目了然的，媒体配的文字没有多客气，基本上也是怎么吸引人眼球怎么来，一个是半红明星一个是财圈新贵一起殴打路人？后又被扒出对方并不是路人而是因为刘莉……照片特定的角度，外

147

加恶意合成，内容半真半假，加在一起效果相当爆炸，随着网上发酵，英鸣心里下意识地一沉。

拨通杜子烨电话的时候，他像是早就预料到一般，声音听起来甚至有些怨毒："当初我求你借钱给宇哥，数目对你们来说根本也没多大，你们就是见死不救！当年的事，他想过解释，你压根就不听，他家里父母全都有病，欠了一大笔钱要填医药费，是，当年的事是他对不起你，但是你揍也揍了，骂也骂了，区区几十万你都吝啬拿出来救他一条命，他现在什么情况，你打听过吗？你关心过吗？英鸣，你狼心狗肺！当年宇哥把你从事业最低潮的时候拉出来，你却眼睁睁看着他去死都不肯拉他一把！"

说到最后，杜子骅死死地咬紧牙关："那群人把他手指打废了！他这辈子都不可能再弹吉他了！"

毛宇是个玩摇滚的，弹得一手好吉他，英鸣当初的吉他其实就是跟他学的，但也只是皮毛，比起毛宇压根就不值一提。

听着杜子骅的话，英鸣皱了皱眉，他告诉杜子骅："我可以安排毛宇离开国内去治疗，未必就没救了。"

"哈！"男孩笑了，"你现在来表达关心了？你早干吗去了！？"

"我这不是关心。"英鸣脸色也开始见冷，"你搞清楚，毛宇有今天不是我害的，是他自己造成的这种局面，当年他家里的情况，他完全可以告诉我，他选择不说清楚就拿着钱走人，对我来说，所谓的友情也就是到那时候为止了。后面他还钱也好，他要解释也好，我都认为没有必要，就算是放在现在，我依然觉得没必要！他借高利贷，不是谁去逼他的，别说还我的钱我根本就没要，就算我收下，他去借钱这件事也跟我没关系。今天我找你，是因为合成照片的事情，不是出于我对毛宇的任何愧疚，他的后果是他自己应该承担的，包括你今天做的事，将来也要承担后果，懂吗？"

英鸣其实很难得说这么多话，挂断之前的警告也变得凶狠起来："你最好考虑清楚要不要公开道歉撤销照片，是不是真的要继续这么做。我还是那句，每个人都会为了自己做的事承担责任，你将来肯定有一天会为了今天的这些事后悔，我话放在这里！"

谈判结果如何，英鸣也无法得知。

他扫了两眼新闻终于忍不住关了电脑屏幕，靠在椅子上烦躁地闭上眼睛。

董晓他们知道消息也没用多久，打电话过来问的时候，英鸣也把大概情况说了一下，对方没多问也没安慰他，就是简单地告诉他正式开机的时间可能会往后挪一段，先避开这段风头再说。

英鸣心里很清楚董晓的想法，很干脆地表了态："如果这事最后真闹得不可收拾，电影的事就当作我从来不知道，你们也没跟我开过口。"

如果真的因为负面新闻被圈内暂时封杀，所有跟他扯上关系的电影大概都不太好过审批。

董晓也没说什么，就是简单地留下一句："再看看情况。"

也不过就是几十个小时的时间，对石毅和英鸣来说却千头万绪的跟过了几个世纪一样，英鸣还看看网上的消息，石毅是压根连看都不想看，睡不着就看新闻和电影，两个人基本上两天没怎么出屋，外面风大雨大，不能改变世界只能自己调整好情绪做好心理建设，手机每次响起都会牵动心底的某根神经，但迟迟也没有等到他们一直等的电话。

石毅觉得不对劲的是连舅舅陈诚的电话都没有。

理论上，他这个舅舅消息从来都要灵敏过任何人，这件事闹到现在也不算小了，陈诚没道理一直没找他。

煎熬地撑到第三天，寇京告诉他们新闻已经上电视了。

当时石毅二话不说拎出两瓶酒，打开了跟英鸣两个人仰头就灌。

这时候要是能醉死了，还真是挺便宜他们了。

因为一直没怎么吃东西，胃实在负荷不了这种强烈的刺激，两人全是三分之一都没喝到就吐得不行了，眼看着时间一点点地走，在快到六点的时候，石毅的手机毫无预警地响了起来。

那铃声是石毅专门设的，他知道是陈诚。

忍着头痛欲裂的感觉摸过茶几上的手机，石毅接起电话的时候心底一阵阵地发慌。结果，那边只有一声咆哮的怒吼："石毅你个浑球赶紧滚到医院来！你爸被你气死了！"

英鸣看着石毅的脸色突然变得惨白，还没来得及问，石毅夺门而出。

一路上石毅开车飞快，英鸣在旁边一直死死皱着眉，他们的车几次差点出事他也没吭声，赶到医院找到急诊室，石毅在听到他爸人在手术室之后整个人无力地跌靠在椅子上。

面无血色。

英鸣手脚冰凉地站在边上，石毅的妈妈看见他们两个到了就开始流泪，也不过来说话。因为石毅的父亲身份特殊，是单独安排诊室，一层楼道除了护士和值班医生也没见什么人，陈诚站在边上，脸色阴沉得吓人。

手术进行了一个多小时，医生出来的时候石毅甚至没挤出力气凑过去，就听见摘了口罩的男人皱着眉交代："石总是高血压引起颅内出血，情况并不乐观，我们稍后会安排会诊，但是你们最好有心理准备。"

简单地交代完医生就去打电话了，石毅的妈妈因为医生的话几乎崩溃了，一直压抑的哭声突然爆发出来，整个人无力地靠在边上，捂着嘴拼命压抑自己发出的悲鸣。

石毅整个人已经傻了。

他大脑一片空白地靠在边上，等陈诚走到他跟前一脚把他踹到地上的时候，他连下意识的抵抗都不会。

英鸣攥着拳在旁边站着，没上去扶也没说话。

"我当初是怎么跟你说的，啊？石毅，你到底有脑子没有，你知不知道你爸高血压已经很严重了？

"我三番五次让你多回家，你听过吗？你爸的身体情况你知道多少？你现在跟你妈说，那些他们以为你在忙工作的时候你都在干吗，啊？天天混酒吧打架，你到底是忙的哪门子工作，都给我说清楚！"

陈诚一边骂一边把石毅扔到旁边哭得已经快要崩溃的石毅妈妈面前，石毅浑身哆嗦得跟触电一样，抖着手想去握他妈的手，结果被一把挥开。

"……石毅！"

他妈只是哭着挤出这两个字，就再也止不住口中的呜咽了。

英鸣看着眼前的惨烈，所有人扫到他的视线都跟刀子一样冷，他看着石毅跪在地上低着头不吭声，感觉心底那片本来就发寒的地方越来越冷，越来越冷……

会诊的医生很快就到齐了，会开了半个小时，最后决定做紧急开颅手术，石毅他们只能无能为力地看着医生和护士忙进忙出，一直到晚上八点多的时候，手术室的灯熄灭了，他父亲被推了出来。

三四个医生跟在旁边，一脸的歉意。

"对不起……"

在母亲悲怆的痛哭声中，石毅维持着跪在地上的姿势连一动都没动，从英鸣的角度看过去，他被陈诚打掉了眼镜的眼中，满是死寂的茫然。

石毅父亲从手术室被推出来的时候，心电图其实还在跳动。

只是那条代表着生命的曲线抖动着起伏时，就会如同撕扯着旁边人心

151

脏一样让人自心底涌出一种恶心想吐的感觉，石毅几乎是呆滞地被陈诚拽起来，一直拉到重症加护病房外，隔着窗户看着里面自己最亲的家人，看着规则单调的频率维持着冰冷的声响，如同诅咒。

"石总的高血压本来就很严重了，加上昨天还喝了不少酒，这几次他来体检我反复强调过不能再碰烟酒了，对他身体的损害太大，而且药也没有按时服用……虽然送来医院的时间很迅速，但是，唉……"

说话的是石毅父亲的主治医生，他每说一句话，石毅的母亲就哭得更加难以自已，石毅虽然站在旁边，却仿佛一个字都听不进去一样，眼睛就死死地盯着病房里床上躺着的人，嘴唇一直抖，就是发不出声音。

他在加护病房外面守了整整十个小时。

一直守到心电图上的跳动最终归为了一条直线。

那刺耳的声音，让石毅脑中所有可以称之为理智的东西，都被磨成了粉末。

旁边他母亲歇斯底里地哭喊着，他父亲的朋友、下属，里里外外地围了好几圈人跟着流泪，他却始终像个木头人一样僵硬地立在所有人周围，对其他人视而不见，听而不闻。

他真的不知道他爸的身体这么差……

他真的不知道会是这种结果……

他真的不知道自己一时的逃避懦弱会造成这样的结局……

——早知道。

脑子里浮现出这三个字，他很轻地皱了下眉，身边有人跟他说节哀顺变，他只是有点茫然地抬头看了一眼，然后又把头垂了回去。

陈诚一直陪在旁边，家里所有的亲戚只要是能过来的差不多都过来了，有人陪着他妈妈，有人忙着张罗一些其他的事，却没有一个人愿意和他多说什么，就算是零星碎语的安慰，也似乎只是走一下形式。石毅就沉默地站着,看着来来去去的人,听着断断续续的哭声。

在所有人的最外围,英鸣也站着。

有人对他投注过好奇打量的视线,但是一般都不会多做停留就移开了,这个氛围基本上都觉得不适合他出现,可是没有人开口赶他,他就在旁边安静地站着。

这时候,他总不能放着石毅一个人。

告别仪式定在后天,所有的手续都是陈诚去办的,现在他基本上算是唯一说话还能够主持住局面的人。石毅从被舅舅打过之后就一直保持着那种状态,甚至包括最后守在他爸爸的遗体旁边,就只是盯着遗体看,被要求鞠躬的时候才会很轻地动一下。

那些看着他从小长大的长辈,走到他面前多数都是摇头叹气,虽然对外都说石毅的父亲是病死的,但是他打架的事情传得那么沸沸扬扬,多少都会耳闻一些。

他父亲的一位老友更是干脆狠狠攥着他的胳膊:"石毅,你父亲一辈子以你为傲,你怎么……唉!这么糊涂!"

那股力道,像是要把石毅的胳膊就这么拆下来。

他连眉头都没皱地忍受着那股力道,周遭那些目光,无声的斥责,都跟刀子一样划着他浑身一抽一抽地疼。脑子里全是最后跟他父亲谈话的样子,想起那些破碎的少年记忆,一家人在一起吃饭的样子,他父亲教训他的样子,笑的样子,抽烟的样子,喝酒的时候,看报纸的时候,越想石毅心里就越沉重,那种压得他几乎喘不过来气的重量衍生出了成片的黑暗,盖在他头顶和眼前,一点点地夺走他的感官。

告别式最后是怎么结束的,他甚至没有感觉。

周围的人都走光了,也没有一个人叫他起来。英鸣看着石毅跪在大厅中央一动都不动，觉得四肢发麻地刺痛着，没有过去叫对方，石毅跪着，他就陪着一起站着。

还是负责送葬的殡仪员后来发觉石毅还在，就把他拉了起来："这个厅一会儿还得用，你父亲已经走了，你也节哀顺变吧……"

旁观人的安慰永远不冷不热，石毅被拉起来也没怎么动，英鸣这时候过去很轻地叫了石毅一声，却没能让对方正视他的存在。

过了很久很久，英鸣才听见石毅喃喃自语地嘟哝出一句话："爸……对不起……"

石毅说这句话的时候，眼泪终于一点声音都没有地从眼眶里滚了出来。

他站得笔挺笔挺的，目光一直死死地瞪着门口的方向，眼泪涌出来也不去擦，任由一滴滴地砸到地上，整个人因为紧绷的僵硬而哆嗦着。

英鸣拧着眉看着石毅这么哭，没有打断也没有劝一句话。一直到殡仪馆的人再来催了，石毅才眨了眨眼睛把眼泪逼了回去，然后抹了一把脸，摘下眼镜。

"我先回家。"

简短的四个字，算是对英鸣的交代，也是他这么长时间说的第一句话。

哑得不像样子。

英鸣就这么看着石毅步伐沉重地从门口走出去，咬着牙，最终无力地捋了捋自己凌乱的头发。

没人能够体会现在石毅心里真正的感受，同样，也没有人能体会他现在的心情。

他深吸一口气压住胸口翻涌的烦躁和沉重，稍微镇定了一点才往外走。石毅的车钥匙还在他手上，肯定不会开车走，他要去车库拿车。

安静的空间因为他走路的声音而打破封闭的感觉，英鸣头很疼，不知道是因为这几天连着折腾的还是情绪问题，看东西都有点恍惚，走了一会儿发觉晕得厉害，他索性停下来扶住旁边的柱子稍微缓一缓。

然后就听到了身后的脚步声。

很慢，莫名地有种熟悉感。

英鸣甚至都不需要回头心里就隐隐知道是谁了，他很慢地长出一口气，等到陈诚走到他面前，冷冷地看着他："有些代价，你们付不起。"

英鸣皱了下眉，并没有回答。

陈诚的话说得接近咬牙切齿，英鸣能感觉到身后有人在靠近，那种强大的压力感让他皱起的眉越来越紧，他本来想说点什么，但是最终嘴唇只是动了动却没有真正开口。

然后，在陈诚毫不掩饰的眼神示意下，四周逼近的人开始动手。

英鸣下意识地护住了自己的头部和重要位置，加诸在身上的拳脚并没有置之死地的杀意，最多也就是出于教训的愤怒。这是陈诚的愤怒，恐怕也是石家所有人的愤怒。

英鸣咬牙承受着身体上的各种痛楚，扛到最后也没有喊出一声停手。

陈诚最后看着他摇摇晃晃扶着旁边的柱子站起来时，眼睛下意识地眯起来："疼吗？"他问完了冷冷一笑，"但是石家的任何一个人，都比你现在要痛苦。"

陈诚的话，让英鸣很轻地咳嗽了几声，脸上痛苦的表情并没有加以掩饰，他身上所有刚才挨过拳头的地方都火辣辣地疼着。

但是，身上所有的疼痛加在一起，也抵不过心里的沉重。

曾经他烦躁的时候就喜欢打拳，因为那种浑身肌肉都能够感受到的紧张可以冲散心底的犹豫，但是现在就算浑身骨骼都叫嚣着痛苦，也还是没办法减轻心头空洞的酸涩。

那种已经眼见着走到穷途末路的失望和压抑，让人无处可避。

英鸣靠在柱子上闭上眼睛，陈诚最后扔下的警告和狠话已经无法引起

155

他任何的反应,这一顿想必抵消不了因为石毅父亲离开而造成的遗憾和愤怒,从石毅接到电话脸色乍变的时候起,他就知道一切已经糟糕到了一个无法再恶化的极点了。

他轻轻咳嗽着往车旁边蹭,走得很慢,因为每一个细微的动作都会扯动身上某一处的伤。

只是尽管如此狼狈,他依然觉得这时候陈诚对他动手,反而让他好过了一点。对他来说,这顿打无法抵偿心中那快要把人压垮的负疚,却可以发泄一点心里积压着的烦躁。

哪怕是身体上的暴力攻击,也强过每一分每一秒都剖开心上伤口,来回地磨一遍然后周而复始地一再循环。

就像现在的石毅……

恐怕就是求一顿打,也求不到。

想起刚才石毅的眼泪,英鸣下意识地抓着胸口,皱眉靠在旁边的车上。

他第一次看见石毅哭,也是第一次感受到这种为了别人的痛苦而几乎要窒息的揪心。他可以预见接下来的会是怎样一场狂风暴雨,也可以预见他们所要承受的,会是多沉重的东西。

但是就算咬牙,也只能撑下去。

已经有了再也无法挽回的遗憾,他不希望再有更多。

胸口泛滥的疼痛越发厉害,英鸣在快要接近石毅那辆吉普的时候终于无法承受地半靠着车头滑了下去,无力地靠在轮胎旁边,他费力地喘息着,希望能够平息那一阵阵撕心裂肺的折磨。

这种感觉,似乎时间又回到了当时他站在病房外面知道石毅的眼睛再也不能恢复了的时候,也是类似的无能为力,也是类似的愤怒烦躁,只是这一次,要疼得更厉害,更歇斯底里。

眼底一股钻心的酸涩感冲上来,英鸣强自用力地眨了两下,然后深吸一口气。

……

太疼了！

英鸣到家的时候，寇京和王义齐都等在门口，也不知道等了多久，看见他打开车门就凑了上来。

见他一身伤，两个人都是一愣。

身上的伤虽然没有特别严重但是一时半会儿那股疼劲也下不去，英鸣其实能开车回来就费了不少力气，一进屋瘫在沙发上就动不了了，寇京问他家里的药箱在哪儿，找出来跟王义齐一起帮他大概处理了一下伤口。

"你这德性要不要去医院啊？"

胳膊上和腿上都见血了，瘀青都算是好的，也不知道有没有骨头折了。

英鸣挥了挥手："没事儿，都是过两天就好的伤。"陈诚主要目的不是要他的命，所以没下狠手。

寇京叹了口气："早知如此何必呢……"感慨到一半看了英鸣一眼，"是石毅家人动的手？"

一身伤的人扯了下嘴角，没回答。

"石毅怎么样？"今天难得话少的王义齐有点突然地插嘴问了一句。

英鸣叹了口气靠在沙发上，很轻地摇了摇头。

他闭上眼睛休息了一会儿，好半天才稍微缓过来："你们两个什么时候来的？"

"我来的时候这家伙已经在了。"寇京指了下王义齐。

石毅父亲的事连电视都报了，他们两个知道消息本来联系过英鸣，但是他一直没接电话，后来寇京实在坐不住了才说过来看看，碰到王义齐不知道在这边等了多久，索性两个人一起等到英鸣回来。

157

这时候，做朋友的也干不了什么，就是怎么着也得确认了人没事。

英鸣什么话都没说，皱了下眉，过去的这几十个小时简直跟噩梦一样，他到现在耳边都嗡嗡嗡直响，事情发生得太快，根本让人措手不及。事实上，到现在他也没有什么真实的感觉，总觉得世界一夜之间就扭曲了。

等英鸣的伤处理得差不多了，王义齐说出去买点吃的。他跟寇京蹲这儿等了好几个小时也什么都没吃过，英鸣这模样也不像喝过一口水的，剩下两人也没拒绝，就让他去了。

这件事真的追溯起来，都不知道要怎么归因。

如果当初没有跟赵子聪起冲突，如果英鸣不去帮忙导致简单的打架变成打人后顶包，如果石毅没有找人去打毛宇，如果当初那些钱他愿意借给毛宇，如果当初石毅不愿意回家的时候他再坚持一点，可能结果都不至于这么糟。但是这些如果搁在现在全都是废话，时间倒流不回去，离开的人也不可能回来。本来是想把影响减轻到最低，谁知道最后的代价竟然是最昂贵的，沉重得几乎让人扛不起。

他捂着眼睛烦躁地哼了一声，现在也分不清楚到底哪里更难受，就是浑身上下抽着疼。

看英鸣这个样子，寇京和王义齐也没多待，后来陪着英鸣随便吃了两口饭就走了。临走的时候寇京让英鸣有什么事一定要给他电话，后者只是摆了下手，算是谢过了。王义齐本来想说什么，最后又咽了回去，他知道这时候，英鸣宁愿自己一个人待着。

因为任何人都体会不了他的感受，这种狼狈，哪怕是朋友，也不会想被别人看见。

等只剩下英鸣一个人的时候，他给家里打了一通电话。事情闹这么大，他家里肯定知道了，一直没给他电话，可能只是猜到了他现在的情况肯定不好。

果然，家里电话响了一下就被接起来了，那边是他爸的声音，有点沉重："英鸣……"

"爸……"一个字刚出口英鸣嗓子就哑了，他使劲攥了手上的手机，尽量让自己的声音听起来正常，"爸，家里没事儿吧？"

那边短暂的沉默似乎是他父亲的叹息，过了十秒钟对方才开口："嗯，没事，你放心吧。"

英鸣靠在沙发上拿着手机，觉得那种心底发冷的感觉又渐渐开始清晰了。父子俩都不知道还能说点什么，各自举着电话没吭声，过了很久才听见英鸣的父亲有点疲惫地打破沉默："英鸣，你最近抽空有时间就回来家一趟，我跟你妈有点事想跟你谈谈。"

"嗯。"

英鸣应了一声，皱起眉。

印象里，他父母很少用这种语气跟他说话，就算现在人没在他面前，也可以想象现在二老是什么表情和心情。

做儿子，他也真是不孝到极点了……

他强压着涌上心头的自我厌恶，听到手机那边简单的一句："那先这样，你先去忙吧。"算是嘱咐，还没等他答应，他爸就把电话挂了。

这种无言的指责让英鸣心里扯了一下，他看着被挂断的通话记录，半天没动。

使劲抹了一把脸，似乎是想将这股难安的烦躁抹掉，他沉重地长出一口气，慢慢抬头看着面前关上的电视机发呆，上头映着他狼狈不堪的脸，想着这几天发生的事，脑子一个劲地犯晕。

曾经他不知天高地厚地想过，自己这辈子都不会去后悔自己的决定，

159

只要是他认定了，哪怕是刀山火海他一样敢往前蹚，就是当初抛开一切真的去接三级片的时候，咬牙熬了这么多年他都没后悔过，但是站在病房外看着石毅父亲走的时候，他真的希望时间要是可以倒回去就好了。

包括刚才跟家里打电话的时候，那股愧疚的心情真的跟拿刀戳胸口没什么分别。

这种负罪感太强烈了，根本无法纾解。

看着茶几上的电话，犹豫到最后英鸣还是拿起来拨了石毅的号码，墙上的挂钟是晚上十点，仓库里安静得像坟墓。

石毅的电话一直都是无人接听。

拖长的声音一遍遍地循环着，英鸣却不想挂断了，一直到突然电话无法接通的提示音传来，他才怔了一下关上手机。

烟圈儿这时候从沙发旁边窜过来缩在他脚边，用尾巴打了他一下，却没激起任何反应。

时间的流逝一点意义都没有，英鸣大部分时候就是呆坐在沙发上耗时间，手机一直不敢断电，所以偶尔他会站起来去充电，吃东西喝水都是随便抓到什么是什么。

王义齐他们走了之后英鸣也没出过门，打开电视还能看到石毅父亲的一些消息，换个台就是他跟石毅被曝光的照片，很讽刺的情况，英鸣却死死盯着不肯换台。

这圈子他起伏这么多年，自认什么情况都算见识过了。

第一次如此痛恨这些兴风作浪的媒体。

如果他不是演员的身份，就算杜子骅拍到什么，也闹不出这么大的事。

现在想想，真的是所有事和所有人都不对。

"该死！"英鸣猛地抬手把遥控器摔到墙上，看着因为撞到墙上而变得四分五裂的遥控器残骸就觉得跟自己差不多，这种负面情绪的发泄让他终于找到一个释放的出口，接下来的时间，他就自虐一样地对着沙包打拳，浑身上下所有地方都因为他的出拳而歇斯底里地疼，心里却诡异地觉得稍微痛快了一点。

累到精疲力竭了，就瘫在地上休息一会儿，等缓过来，就继续打。

英鸣身上的伤口反复裂开了好几次，后来挥出去的拳都甩着血珠子，他也就是用牙咬着绷带紧一紧，感觉身上火辣辣的疼，一身汗分不清楚哪些是冷汗哪些是累的。

认识他的人，大概打死都不相信有一天英鸣会用这么极端的方式来发泄情绪。

事实上，不知从什么时候开始这种变化就越来越多，不说其他人，他自己也感觉得到。但是，有感觉也无法控制，英鸣现在只想能让心里舒坦一点，哪怕所有事都不是他会做的，所有话都不是他会说的。

第一个感受到这种危险信号的，是寇京。

他后来给英鸣打电话，问英鸣有什么打算的时候，英鸣说了一句让寇京很吃惊的话。

"可能我会放弃演员这条路。"

石毅家本不是媒体关注的焦点，这次的事，很大程度上是因为英鸣的职业原因。如果将来他的演员身份会导致身边的朋友家人一直要忍受这种骚扰，那他只能二选一。

寇京当时整个人都愣了："鸣子，你这条路咬牙撑了这么多年，你真的要放弃？"

就在英鸣事业最低谷，甚至接近一无所有的时候，他都没从英鸣口中真正地听到"放弃"这个词。

这一路他不能说是看着英鸣走过来的，但是他为此付出了多少，寇京心里很清楚，英鸣这么多年要的就是自我证明的认可，他骨子里的坚持，无非也就是为了这个。

——现在却想放弃了。

很长时间，寇京都挤不出来话。

他突然有种感觉，大概因为石毅家里的事，英鸣和石毅这两个人都要废了……

第七章

/

放弃？我不同意

连着一个多礼拜，石毅和英鸣都没有任何的联系，石毅的手机后来直接关机了，英鸣打不通，就在他的忍耐力已经快到极限的时候，欧扬意外地找到了他，当时对方的态度基本上可以算作气急败坏了。

"石毅呢？让他滚出来！"

英鸣本来就一夜没睡，清晨的时候被砸门的声音惊了一下，打开门就看见欧扬一脸怒火。

他下意识地一愣："什么情况？"

印象里，欧扬一直就是个斯斯文文很好说话的样子，尤其是跟石毅的私交不浅，这大早上的怎么了？

欧扬脸色很难看，显然受的刺激不小："一个星期音信全无也就罢了，给我甩一封邮件说要结束公司是什么意思？打电话还不接！"

"结束公司？"英鸣皱眉，"石毅什么时候发的邮件？"

"昨天！"

内容简单得就跟通知条一样，没原因没解释，就简单的一句说要结束公司，法律问题走法律程序。

因为石毅家里的事，这段时间公司突发事件是一个接一个，欧扬本身一个人撑得就有点焦头烂额，但是知道石毅现在的情况，他也没什么话说，可怎么都没想到忙了一夜早上打开邮箱难得看见石毅的邮件就是这么一封东西，任是谁也要气疯了。更别提一直联系不上人，就算欧扬本来想跟石毅好好谈谈现在也没心情了。

他要不是真的急了，也不会直接找到英鸣这儿。

英鸣皱眉半天没说话，最后拿了外套关上门："石毅现在在家，你认路吧？"

"当然。"

两个人一路沉默地开到石毅家，欧扬本来就是石家的熟人，上门找人没费什么劲，英鸣一直在车上等着，过了大概二十分钟，石毅才跟着欧扬一起出来。

整个人糟糕透了。

与其说这人是在家里过了一个多礼拜，不如说是在外头流浪的。

他精神萎靡神形狼狈，胡子不刮衣服还是那天跟英鸣分手时的那件，看见英鸣的车先是有点烦躁地捋了捋头发，然后叹口气还是上了车："这不是谈话的地儿，去英鸣那儿吧。"

声音很沉，说话的语速也很慢。

英鸣从倒车镜里看着石毅靠在后座闭上眼睛的样子，心里猛地一沉。

但是终究，他什么都没说。

欧扬大概也被石毅这副鬼样子惊到了，一肚子火气全撒不出来。

三个人僵硬着气氛又开车回了英鸣家，下了车石毅却没进屋，就站在门口跟欧扬说："你想问什么，问吧。"

他一开口欧扬脸色就变了："什么叫我想问什么？你不觉得应该是你给我交代？"

"我的意思说得很清楚,我想结束公司。"

"为什么?"

当初毕业的时候,是石毅热情高涨地搞起这家公司,他本来也觉得没戏的,建材行业本来就不是随便什么人玩得起的,但是因为相信石毅,所以大家都投入了这么多的心血,现在他一句话说结束就结束,到底当他们是什么?

石毅的脸上一直没什么表情,欧扬的愤怒他看在眼里,却有些无动于衷的麻木:"我要去考公务员。"

"你要什么?"欧扬的声音猛地拔高了。

"我要考公务员。"

简单的六个字,没有半分感情。

"你考个屁!"欧扬彻底爆了,"石毅,你是不是脑子有问题?你知道公司经营到现在,关系到多少人?先不说那么多项目都还在进行,你这时候违约光赔钱都能赔到你倾家荡产,就说公司上下这么多人,很多都是我们当初把人家从其他公司挖过来的,那些人对你的信任都喂狗了是吧?这里头这么多人情债你还得起吗?就现在我跟你在这边说话公司那边还有熬夜加班的收拾烂摊子,你倒好,一句结束公司倒是撇得干净!"

石毅没解释,就只是听着。

欧扬见他这副样子,火气就更大了:"当初毕业的时候,是你拉着我一起搞起的这家公司,现在你一句话要结束,你问过我意思吗?咱俩认识这么多年,我才知道原来你这么扛不起事儿!合着你以前说的那些雄心壮志都是笑话,就是说出来玩玩的是吧!"他一把拽起石毅的领子,眉头拧得死紧,"石毅,是个男人你就把眼前的坎迈过去,不是缩着一句装孙子就过去了,这个公司有你的责任,你不能说不要就不要了。"

看着石毅这样,欧扬心里也不好受,他知道石毅这么做的原因,但是他很不认同石毅这种做法，这不是那个他认识了这么多年的兄弟会做出来的事。

但是石毅对欧扬的话一直没有什么回应。

最后被欧扬这么扯着领子，也只是皱了下眉往后退了一步，不冷不淡地回了一句："你如果真的不愿意结束，我也可以用法律手段把公司全给你，股份都给你，我一点都不要。"末了还补了一句，"如果你要追究赔偿，直接发律师信给我。"

欧扬愣了一下，半天说不出来话。最后，他一把将石毅推开，拳头攥了半天最后还是没打下去："石毅，你太让我失望了！"

说完这句话，欧扬不甘心地摇了摇头，转身就走。

英鸣等到欧扬走远了，抬头看了石毅一眼："进屋吧，咱俩也聊聊。"

石毅僵了一下没动，犹豫半天才跟着进了屋，没有跟着英鸣坐下，就是远远站着，表情很麻木。

烟圈儿凑过来在他脚边绕了两圈，最后发觉他没什么反应，就有点无趣地走开了。

英鸣点了一根烟，慢慢地抽着，过了好半天才开口："你家里怎么样了？"

站着的男人敛了下视线："没事。"

"那你呢？"

"我也没事。"

答的速度倒是挺快，就是那股劲让英鸣心里起火，他看了石毅一眼："没事为什么要结束公司？"

"我说了，我要考公务员。"

"你现在这时候考什么公务员？你不是一直说你不愿意走这条路，为

166

了这件事还跟你家里争取了很久,现在这么突然地改变主意,你是真的想这么做了?"

英鸣越说后面语速越快,他手里夹的烟差点因为紧绷的力道被折断,两个人之间的气氛就跟咬在一起的钢线一样,说绷就要绷了。

相比英鸣的态度,石毅就像谈论的话题跟他没关系一样,只是很轻地皱了下眉:"我以前不愿意不等于我现在不愿意。"

这话说的语气让英鸣觉得太熟悉了,他顿了一下:"那你是已经打定主意了?"

"嗯。"

"你还有其他打算吗?"

英鸣问完这句话石毅面色难看地看他一眼,嘴唇动了动想说话,但是没有真正说出来。英鸣似乎有所察觉一样握了下拳,然后站起来:"算了,先吃点东西再说吧,我早上被欧扬叫起来还没吃过饭。"

他咬着烟,进去厨房找东西,石毅就在外面看着厨房的方向,一个人屋里一个人屋外。

英鸣在厨房里半天都没动一下,靠在边上看着面前一堆的碗和碟子,沉默地抽着烟。

一根烟抽完了,就又点了一根。

屋里僵持的空气透着往心里钻的那种冷,英鸣连着抽完三根才动作缓慢地开始烧水。这几天石毅过得生不如死,他也没好到哪儿去。

其实根本什么都没有,翻了半天才勉强找出来一袋面,拆了扔锅里,英鸣咬着第四根烟眯起眼睛,看着锅里的水不断沸腾,快煮烂了才关上火。

他把面放在饭桌上,叫了一声石毅。

后者还站在那里连动都没动,因为英鸣的叫声抬了下头:"你吃吧,吃完了我们再谈。"

他还有话说,而且准备今天非说不可。

英鸣觉得心里有点空,是那种像有水流不断地从心尖上刷过去但就是抓不住那种烦躁感,他努力压着想要爆发的怒火,又劝了一句:"我吃过了,你吃点吧。"

明明刚才还说什么都没吃才去做的面,现在这么接一句,连英鸣自己都觉得太扯了。

他又抽了两口烟,叹口气:"石毅,你要谈什么都等吃完饭,别这副鬼样子,我看着难受。"

石毅犹豫了半天,最后无奈地皱着眉还是选择了妥协。他走到饭桌旁边坐下,在英鸣的目光下拿起筷子吃了两口,面煮得一点口感都没有,烂得像面糊。英鸣大概没放调料包,什么味道都没有,明明难吃得要命石毅却没停,就是动作很迟缓地吃着,英鸣坐在他对面抽烟,两个人的距离也就只有一臂之隔。

等面吃得快见底了,石毅毫无预警地抬头看着英鸣:"我会搬回家住。"

他对面抽烟的男人短暂地滞了滞,然后很轻地"嗯"了一声。

"阿姨现在的情况,你是该陪着。"

英鸣说完继续抽烟,眼底全是飘忽难定的暴躁。

石毅深吸一口气然后很慢地呼出来:"英鸣……"他看着对面始终不肯看着他的人,一字一顿地把一直憋在心里,对方也很清楚的那句话说出来,"我想走回我父母希望的路,我想从头开始,跟以前的自己,以前的一切都断了。"

"包括……你们。"

英鸣拿着烟的手彻底停住了动作,然后很慢地闭上眼睛。

——"你答应我,不管以后遇见什么困难,发生了什么事,就算我们吵得不可开交,哪怕是都觉得走不下去了,你也不要随便说放弃,有问题可以解决问题,天大的事也能找到解决的办法,就是气疯了,别轻易选择结束。"

——"……好。"

英鸣觉得自己脑子里被人狠狠打了一拳,震得整个头皮都在发麻。

从石毅进屋开始,他就隐隐地知道今天石毅要说什么,揣着明白装糊涂,拖到这种程度,对方还是说了。

一直维持着闭上眼睛的姿势,英鸣缓过劲之后,就觉得心口的那把火猛地烧遍了全身,怒急了,他反而笑了。

"我、不、同、意。"

四个字说得咬牙切齿,他睁开眼看着石毅,嘴角的笑容冷得甚至透着一股残忍:"石毅,我不同意。"

英鸣重新把烟放在嘴里,却不再抽了,只是咬着,仿佛不这样做下一秒钟他就要失控了。他带着笑意的视线一直死死地盯着对面显然十分意外的石毅,浑身都罩着一股准备爆发的危险。

他这样,是石毅第一次看见。

石毅皱起眉,想说点什么,但是嗓子发干连一个音都挤不出来。

英鸣站起来,一伸手扯到石毅的胳膊,然后用疯了一样的力气把他整个人甩到地上,旁边烟圈儿被吓了一跳,尖叫一声跳开,英鸣自上而下地看着石毅,眼底理智全无。

"你爸死了,你要结束公司,你要走。石毅,你这是装孙子给谁看呢?啊?自我惩罚,自我赎罪?你这样做你爸就能活过来了?"

他一边说一边蹲下去拽住石毅的领子,不由分说就往上提。

石毅被英鸣这样子给吓着了，脖子突然被拉住，他有点痛苦地咳嗽了一声，然后拉住英鸣："英鸣……"

"欧扬刚才真没骂错，你看你这德行还像个男人吗？"手腕被石毅拉住所以又加重了力道，英鸣整个人的感觉像是想要这么直接把石毅从地上拎起来。

姿势太过痛苦，石毅几乎喘不过气了，但是英鸣完全不管他越发难看的脸色："你记不记得我当初是怎么跟你说的？你是怎么答应我的？石毅，你说你刚才开口的时候，为什么我没答应呢？"

英鸣觉得头直犯晕，晕得恶心。

看着石毅几乎快要喘不过气的样子，他觉得自己也快窒息了，胸口就跟被千斤重的大石压着一样，连一点点呼吸的空间都没有。他声音很哑，说出来的每一个字都带着细微的颤抖，一遍遍追问着为什么，问到最后，已经接近于咆哮。

"为什么我不答应？石毅，我看见你这副德行就来气，你这样有用吗？啊？你告诉我，你这样装死装活的有用吗？你爸就想看到你这副熊样儿？你结束公司，你要离开，你推翻了你坚持了二十多年的人生，你对得起谁？如果现在的这些你都认为是错的，那之前的那些年里到底在干什么！"英鸣猛地一把将石毅摔到地上。

英鸣动作完全没有半点留情，只有怒不可遏的失控，他一拳捶在石毅脸上。一个多星期的精神折磨，他的嘴唇干得掉皮，眼角的红晕透露出一丝疯魔与悲戚。拳头和脸部肌肤摩擦碰撞出血淋淋的味道，血腥气勾起了身体深处的潜在嗜虐欲。

石毅是在感到血腥味的时候才猛地醒悟过来，他猛地一把推开英鸣："英鸣！"

"你别叫我！"英鸣的低吼透着狂怒，"你要用自己的事业、理想去做祭品，随你便！我管不着，我也懒得管，但是你要用朋友的信任做牺牲品，你当我们是什么？"

英鸣整个人在这样的情况下力气大得有点离谱，石毅下意识想要去攥住他的手，两个人最后直接撕扯在一起，情况开始失控。但是英鸣一直没有停下来："你有父母，我没有？我爸妈的电话到现在我都不敢接你知道吗？就你内疚，就你自责？就你石毅了不起是吧？你脑子里除了你自己，到底有没有过别人？"

英鸣一拳打在石毅脸上，咬着牙冷笑着："你后悔？你后悔有用吗？让你多回家看看，你肯吗？让你回家跟你父母先谈谈，你肯吗？平时装得人五人六的，关键时刻不就孬种了，石毅，你现在就算去死都换不回你爸的一条命了你知道吗？这个罪你就是得背一辈子，不只是你，我也得背一辈子！你知道什么叫作遗憾，遗憾就是你痛苦一辈子都解脱不了，闭上眼睛就想到你爸，想到这局面是你造成的，知道吗！"

英鸣一拳接一拳地挥出去，也不管到底有没有打到石毅，他眼里已经基本上看不见东西了，心底的那股钝痛让他除了一拳拳地挥出去根本想不到任何事："然后你还得面对着我，想着这一切是因为什么发生的，连逃避都不行！"

这句话，将石毅逼到了一个再也无法忍受的极点，他承受不了地怒喊了一声，猛地一把将英鸣掀翻到旁边，后者因此撞到身后的饭桌上，上面的碗筷和花瓶摔了一地，碎片飞得到处都是，英鸣头刚好撞到桌角，之前的伤口又裂开，也不知道是什么地方的血染到了桌腿上，空气里都透着一股歇斯底里的疯狂。

石毅摇摇晃晃地站起来，指着英鸣："你给我闭嘴，听见了吗？闭嘴！"

英鸣就着倒在地上的姿势笑了，一脸讽刺："你以为你谁啊？"他抹

171

了一把额头上的血,"我光说说你都受不了,以后还好几十年呢,你怎么办?石毅,你准备怎么办?"

英鸣扶着桌子站起来,直接冲着石毅扑过去,两个人扭打在一块,出手完全不控制力道,石毅显然被英鸣逼得崩溃了,明明看着英鸣身上有伤,却完全找不到半分理智来控制自己的行为,这种伤害根本是互相折磨,打在对方身上,自己心里的疼和痛就翻倍一样地叫嚣着,屋子里的东西因为他们的斗殴而东倒西歪,一片狼藉。

石毅这一个星期几乎都没怎么吃过东西,他在家里看着他妈一直在哭,心里就跟被人用搅拌机碾碎了一样难受,整个人过得浑浑噩噩。英鸣的电话打过来他看见了,就是不想接,最后实在没办法干脆关机。他没办法面对英鸣,因为想到对方,他就仿佛看到了自己过去所做的事,然后最后所有画面都会定格在他爸最后那张灵堂上的照片,黑白色的,没有任何色彩的单调和死气沉沉。

那种感觉,痛不欲生。

而刚才听见英鸣说出那句不同意的时候,他觉得好像又经历了一遍一样,从告别式之后就没有再落过泪的眼底,又开始透上那股酸涩感。

英鸣把石毅勒着脖子按在地上,两个人身上染得四处都是暗红色血点,他用浑身力气控制着对方的行动,然后饱含怒意贴在他的耳边低吼:"你想放弃你自己,我不答应,听见了吗?我不答应!"

石毅因为这句话整个人抖了一下,他咬了下牙,想要阻止英鸣再重复这句话。

但是身后的人根本不理他。

英鸣单手按着石毅,动作粗鲁牵扯得浑身都透着疼。

石毅疯狂地挣扎,可是英鸣的动作反而更用力,那种强迫禁锢的痛苦刺激到了石毅的底线,他用尽全力甩开英鸣的钳制,然后一脚踹在对方的腹部，没有留余力。

英鸣整个人因为石毅踹的这一脚直接半跪地趴在地上，脸色惨白地开始干呕。

那个呕吐的声音，让整个屋里都安静下来。

甚至连呼吸的声音都没有了。

英鸣一头的冷汗，感觉有水滴从脸上往下滑，也不知道是血还是汗，他呕了半天连半口水都吐不出来，直到那股痉挛的感觉过去，才狼狈地抹了下嘴，然后惨白地抬头看着石毅，很轻地扯了下嘴角。

石毅觉得自己被挖空了。

他力气一瞬间抽得干干净净，呆滞地看着英鸣用狼狈的姿势爬起来，捂着腹部，然后一点点地走向门口，临走前拿走了茶几上的钥匙，然后反锁上门。

隔着一道门，他能听到外面隐隐约约的一句话："石毅，是个爷们儿就扛过去，天大的事，咱俩一起扛过去。"

门明明是锁着的，石毅就是知道英鸣肯定在门口，他着了魔一样地盯着紧闭的房门，感觉脑子里所有的东西都碎裂了一样爆发出他完全承受不住的哀号。他不敢置信地摇了摇头，从一开始的茫然，渐渐变为不知道怎么形容的愤怒，再后来，眼泪就这么又流了出来。

心口比当时跪在殡仪馆里的时候还要痛苦，他紧紧抓着胸口，半跪在地上不断嘶吼。

一开始是呜咽，后来是咆哮，冉到后来，只能哑声地哭泣。

英鸣靠着门哆嗦着掏出兜里已经快被拧烂了的烟盒，点了火，凑到跟前把烟点着了，然后抖着放在嘴里。

他闭上眼睛，感到精疲力竭。

屋里的哭声从所有的缝隙里穿到他耳中，他就静静地听着。

午时的阳光本该炽热，晒在身上却透着刺骨的寒。

这一天……

漫长得仿佛没有终结的时候。

就这么一直在门外站到了晚上，英鸣等到天完全黑透了才重新打开门，石毅已经坐在沙发上了，在抽烟，听见英鸣开门的声音转头看了他一眼。

两个人眼底映着对方狼狈的样子，一时也不知道是想苦笑还是自嘲。

英鸣身上有一股特别浓的烟味，他走到沙发最边角坐下："怎么样，冷静点了吗？"

石毅的嗓子现在咽口水都疼，只能很轻地摇了下头，意思是想表示自己还没缓过来，但表情已经没了之前的那种僵硬茫然，虽然样子还是有点凄惨，但基本上现在这个石毅已经比较接近英鸣认识的那个人了。

两个人半天谁都挤不出来话，就对着发怔，一直到突然响起的电话铃声打破了压抑的气氛。

英鸣过去接电话，石毅很小声地叹了口气。

电话是董晓打来的，问他后天的定妆参不参加，英鸣先答应了，但没说死，因为不知道到时候究竟会不会有变动。知道他的情况，董晓那边也没硬性地要求。这次的合作到底能否成行现在很难说，不过董晓那边一天不开口，英鸣自己就不会要求退出，能配合的地方他还是全力以赴。

等英鸣这通电话打完，石毅那边已经站起来穿好衣服了。

他看了英鸣一眼："怎么着我都得回家里住，东西什么的，就不搬了，有需要我过来拿吧。"

"嗯。"

英鸣皱着眉点了下头，看着石毅依旧有些萎靡的精神，劝慰的话还是没开口说。

他们两个打也打过了，吵也吵过了，该骂的他都骂完了，最终这道坎还是得石毅自己迈过去，别人帮不了他。这么多年，石毅口头上说自己一直活在父亲的压力之下所以很排斥，但心里头比谁都要依赖他家里，英鸣知道这件事对石毅的刺激很大，但是他知道也做不了任何事，这时候，没有人帮得了石毅，只有靠他自己。

石毅到家的时候，屋里很安静。

他身上其实还有英鸣的血，衣服因为那番折腾搞得很狼狈，他皱了下眉，还是先去了他父母的卧室。

这个真正他该称之为家的地方，以前却很少回来。

其实所有东西都是他熟悉的，哪怕是住的时间并不多，有些地方与生俱来的亲切是骨子里的，就算想忘都忘不掉，何况他本来也没想忘。

走上二楼推开卧室的门，他妈依然是捧着他爸的照片坐在床边。

石毅心底沉了一下，还是哑着嗓子开了口："妈。"

这还是他父亲离开之后，他第一次叫他母亲，后者微微动了下肩膀，依然没有抬起头。

因为这个细微动作，石毅难受地皱了皱眉，然后蹲在他母亲跟前："……妈。"

屋子里沉闷得让人窒息，感觉所有角落都充斥着伤痛，无论是石毅还是他母亲都有些精疲力竭了，这连日来的精神折磨远比身体所能承受的伤害要痛苦，石毅叹了口气，低下头默默地闭上眼睛。

过了很久很久，耳边才传来他妈的声音："……你爸……之前身体不好的时候，就老念叨你。"可能是哭得多了，石毅妈妈的声音也显得很嘶哑，若有似无的虚弱，"我就说，打电话给你让你多回来看看，他就说我，说你正在拼搏事业，男人最宝贵的就是这几年，成龙成虫，都是靠拼的。"

175

她一边说,眼泪一边就流了出来,泪水都砸在石毅的手上,像有人用锥子戳他心口一样疼。

"其实你爸也知道小时候对你管得太多了,你当时毕业……好说歹说非要出去,你爸在家里叹气了好几天,就一直说,你长大了……有自己的想法,他其实是为你好,可你听不进去。"

"妈……"石毅攥了下拳,头又开始发蒙。

但是他妈好像没听见一样,自顾自地还在回忆:"……可是就算你爸气你不听他的,走哪儿还是把你夸得天上有地上无,你是你爸的骄傲你知道吗?"母亲的手摸上石毅的脸,"石毅,你都想不到你爸有多在乎你,你都想不到……"

石毅眼睛发干得疼,但是流不出眼泪。

他妈说的话,每一个字都让他难受得想死,但是每个字又都把他拉回现实。石毅就是认真地听着,听他妈把之前他所忽视的、没在意过的过去一点点讲给他听,哪怕听得很痛苦,他也还是希望他妈能说得再多一些。

一直到他妈妈说得累了,石毅去倒了一杯水,屋外天已经黑透了,隐隐地带着几分阴森的寒冷,石毅问他妈要不要吃点东西,后者回答没有胃口。

不过石毅还是进了厨房。

他长这么大,自己动手做东西的次数屈指可数,也就是以前校园里同学凑在一起他兴之所起会稍微试试,最后多数他自己是不吃的,好赖也没个标准,就听身边的人拍拍马屁。

家里冰箱没什么东西,有一部分菜因为放的时间长也都坏掉了,他一点点整理着,厨房里充斥着烂菜叶的味道,他把东西都拿出来,能洗的就都给洗了,不能吃的全扔掉,水龙头里哗哗地流着水,冲在青菜上,溅出很多水花。

洗到一半的时候，他有点突兀地掏出电话，打给寇京。

"石毅？"

对方显然没想到会接到他的电话，语气有点意外，也有点小心翼翼。都知道他现在不好过，做朋友的心有余而力不足。

石毅很低地"嗯"了一声，然后简单地说了一下打电话的理由："英鸣的伤口好像裂了，你去看看他，不行送医院吧，头之前还撞了一下。"

"你俩见过了？"

"嗯。"

没有提及跟英鸣动手的事，石毅的疲惫感是从身体的各个地方透出来的，让人也没办法多问。

所以寇京在那边只是皱了下眉："行，我一会儿就过去看看。"

"拜托了。"

难得道了句谢，石毅说完也就把电话挂了，不想对方多问，自己也不想多说。

英鸣的伤，他大概猜得出来是因为什么。石毅知道英鸣现在也不好受，但不好受大概是他们现在唯一可以做的事，那种精神上的谴责，无时无刻不让人想疯狂。

他默默地继续洗菜切菜。

简单的一锅菜粥做了快一个小时，等他收拾完了厨房再把菜粥端上卧室，他母亲已经趴在床上睡着了。

他愣了一下，最后把粥放在床边，然后拉过被子小心地给盖上。

石毅犹豫了一下要不要把他妈妈叫醒，最后还是选择了放弃。

关上门，他下楼之前瞄到了一眼他父亲的书房。他四肢发凉地走过去，开门之前深吸了一口气。

入目的东西，似乎都罩着他爸的影子。

177

固定位置的摆放，一看就是用了很久的书桌和书架，石毅坐在椅子上，手摩挲着书桌的棱角，慢慢地沿着边线往两边延伸，隐约觉得似乎又听见了他父亲在他小时候给他思想教育的时候。

"石毅，这错误是原则性错误，绝对不允许再犯，明白吗？"

"你现在装给我看是没有用的，将来有你吃亏后悔的时候！"

"我几万人都管得了我管不了你一个？！"

永远都是严肃的语气，一点事情都会被上纲上线，石毅以前总是下意识地反抗他父亲的一些想法和安排，对于能够跳出那些固定的模式而沾沾自喜，却没有认真地去思考过，如果按照他父亲的安排走下去，现在的自己到底是个什么样子。

他闭上眼想了很长时间，最终还是想象不出来。

他拉开抽屉，看到里面他父亲写过的一些文件还有看书的批注，他随手拿起一本慢慢翻，越看越觉得酸涩。

人都是在失去的时候才后悔莫及，石毅一直以为自己很明白这个道理，也总是看不起那些在失去之后痛不欲生的人，只是，他的视线集中在自己的身边，却忽略了本该最亲近，也是他最在乎的人。

是不是因为父母总是等在那里，才特别容易被忽视？

石毅看着看着眼泪终于还是流了出来，因为泪水的刺激而使得眼眶微微刺痛着，他看着那些熟悉的字，脑中想象着他父亲最后的时间都在想着什么事，都还在担心着什么，感到心底被掏空的地方像被风穿过一样地呜咽着。

"爸……"他很轻地呢喃着，"我一定会照顾好妈，也照顾好家里……你……"

他想再说点什么，却觉得没有底气，哭到后来把头索性埋在那些书本里面，拼命地想再找回一些属于他父亲的味道，却觉得于事无补。

那种无能为力的挫败感和沮丧，真的可以彻底地击垮一个人。

石毅在精神很恍惚的时候，想起英鸣当时怒吼着说这种痛苦会伴随他一生，不禁最后皱着眉放肆自己的意识沉沦在黑暗里。

他知道英鸣说得没错。

这份遗憾和内心的谴责、愧疚，必然会跟着他走以后的人生。

以前的那些想当然、逃避，都会因为这种刺痛而变得狰狞，心底那份缺失不可能会有填补上的一天，就跟烙印一样，会留在那里，提醒他究竟做过些什么，又背负了什么。

第一次，石毅意识到自己肩膀上究竟被加注了什么，也是第一次，他明白后悔是多残酷的东西。

他彻底昏睡后，兜里的手机振动了几下。

屏幕上显示的来电是英鸣，却在短暂的两三声后又归于平静。

窗外的夜还是一样的黑，让人觉得光明无比遥远……

石毅的妈妈醒了之后看着床头的粥先愣了一下。

等意识到粥是石毅做的，她先是有点诧异，然后很慢地端过来尝了一口，虽然已经凉了，却让她心头一直萦绕不去的寒意稍微缓解了一些。

走出房间的时候，听见石毅在楼下客厅打电话："嗯，我知道了。"声音刻意压得很低，大概是怕被她听见。

下意识地，石毅的妈妈想到了他可能是在跟谁说话，眉头皱了皱。

电话打得很短暂，没说两句石毅就挂了，他放下手机的时候他妈刚好下楼。

石毅抬头问："妈，怎么不多睡一会儿？"

"睡不着……"

他母亲语气疲惫地叹了口气,然后走到沙发边上坐下。石毅还抽着烟,他妈过去他赶紧把烟给掐熄了,然后站起身倒了一杯温水递给他妈妈:"那喝点水。"

石毅这种变化让他妈一时分不清楚心头是酸楚多一些还是欣慰多一些,她看了一眼石毅,然后接过杯子:"床头的粥,是你做的?"

石毅点点头:"嗯。"

做完了他稍微尝过味道,虽然不算多好喝,但也还过得去。

对面他母亲叹了口气:"可惜,你爸一直也没吃过你做的……"

想到离开的丈夫,石毅的母亲依然一脸的悲伤,石毅在旁边皱着眉,但是没吭声。

过了很长时间,才听见他妈犹豫着开口:"石毅,之前新闻里说的那些……"

石母说这句话的时候并没有抬头,紧紧攥着手里的杯子,微微颤抖的肩膀刺痛了石毅。

他皱了下眉:"妈,你现在先别想这些,你气色不好,要多休息。"

"石毅,别瞒着我,跟我说实话。"

石毅敛了下视线思考该怎么说,受伤的眼睛火辣辣的疼,不知道是不是因为他最近的精神状况导致的,一直很难受。

他最后深吸一口气:"其实,关于我的生活、我的事业,我之前也想过要跟你和爸谈谈,只是没想到会这么突然……"他说完,他母亲表情微微变了一下。

直至现在,石母依然希望这一切都不是真的。

这种眼神造成了石毅不小的压力,他心里很沉重,压得几乎喘不过来气。

"妈……"石毅的声音因为紧张而沙哑着,"有些事,我自己都说不清楚……"

那天他跟英鸣说要离开了，本来以为一切都结束了。

就如同对方说的，推翻自己二十多年的人生，为了求一份可怜到几乎没有效果的救赎感，他放弃了自己一直的坚持，只想用更多的失去来惩罚自己所造成的遗憾。

但是英鸣的拳头，把他从接近绝望麻木的悬崖下面拉了上来。

石毅喃喃自语地看着前面："爸的走，让我想了很多，包括我以前从来没有仔细去想的事，我以前总是忽略过的人，这么多年，我一直自以为是地闷头走自己的路，从来没关心过身边的人……"这份愧疚石毅是发自内心的，"这几天，我一直在想，如果当初我不做这样或者那样的选择，一切会不会就不会发生了……可是想得再多，已经发生的事也不会有任何改变，我已经错过一次，不能再错一次了……"他抓着他母亲的手，"……妈，你给我一点时间。"

这个时间究竟要用来干什么，石毅没有说，他妈妈皱眉听他说出这些话，有意外也有担心，她还想再劝两句，却最终还是叹了口气，摇摇头没有再说什么。

石毅很清楚他妈并没有接受他的说法，但是现在并不是一个谈话的好时机，无论是对于他还是对于他母亲，都已经是岌岌可危地走在钢丝之上，宁愿安于现状也不想再去破坏哪怕是片刻虚假的平静。

可能是石毅的话让他母亲的精神又差了一点，没坐多久她就又有些困意了。石毅把他妈扶上卧室，倒了一杯温水放在床头，然后盖好被子才下楼，留下字条交代清楚他只是出门一趟，就小心地关上了门。

刚出家门他就打了一个电话。

刚才的电话，其实是寇京。

那次英鸣被陈诚打完了碰到寇京他们，英鸣就让他把杜子骅现在在哪儿查出来，只不过后来石毅家里的情况不太清楚，加上英鸣现在只要露面就会被围追堵截，所以一直没有再提这事，之前本来英鸣打电话给石毅就是为了告诉他，但石毅没接，他就让寇京直接联系了。

英鸣知道这段时间跟石毅的联系不会太顺畅，打电话如果对方不接，他就不会再继续尝试。

这算是一种默契吧，慢慢地适应这份压抑和克制。

而寇京跟石毅说完了地方，就立刻打了电话给英鸣："怎么样，你不跟着过去看看？"

"我现在出去只会是麻烦。"

英鸣家现在门口还堵着一帮不死心的记者，昨天他就去趟超市都被追了一路，搞得后面差点发脾气报警。

"可是我怕石毅一个人会搞出事来。"寇京的担心不是没有理由的，按照石毅的脾气，让他找到杜子骅，对方不死也得半残。不要说石毅，搁谁这事儿都太大了。

电话这边英鸣抽着烟没有吭声，半天才回了一句："他现在会有分寸的。"

"……要不，我跟去？"

"嗯，也行。"

英鸣也没阻止寇京，不过两人说到最后，他追了句话："扣子，石毅想干吗，别拦着……"

石毅不把这口气出了，他缓不过来这个劲。寇京当时没说话，他能感受到英鸣现在的情况都很沉，既沉重但是也沉稳。其实，他也问过英鸣，其实事情已经闹到这个地步，为什么让石毅冷静一下算了，毕竟搞成这样，就算以后再一起玩心里肯定都有疙瘩，这种事一辈子都解不开，就是个死结，何必吊在一起互相折腾。但是当时英鸣只跟他说了一句话："其实现在对石毅来说，不联系是最容易的一件事。"

　　真结束了，没有责任，没有义务。就算是痛苦，也就是几年，最多十几年的事，总有真正放下的时候。

　　"可是扣子，这不是不联系不来往的事。如果这样石毅家里的事都能倒回去，那我二话不说就跟他老死不相往来，人没有什么是担不起来的，以前觉得特严重的，等你回过神来再一想，觉得就是鸡毛蒜皮而已。但是现在，我觉得我对这事有责任……我一直都知道石毅身上的毛病，但是我一直不说。大概总觉得，这些轮不到我来说，大家都是成年人，要怎么过都是自己选的，一直到他爸出事，我突然觉得，其实我也挺浑蛋的……当时要把他弄回家了把事说清楚，怎么着也不会搞成这样。石毅心里难受，我心里也不舒坦，扣子，这责任，无论是他还是我都得扛一辈子，他能选择放手，但是我不行。我看着他走错过一次，不能再撒手第二回，你明白吗？"

　　这东西，真的说不清楚。

　　不单单是感情，也不是冲动，有很多东西就是两个人决定好了，就互相捆绑成了一个整体，进退都好，一个难受另外一个不可能好受，英鸣以前总喜欢站在别人的圈外看着其他人醉生梦死，石毅是头一个让他有这种撇不清的感觉的人。当时对方颓废地跟他提离开，他从自己说出不同意的时候就知道，这辈子可能就是完了。

　　人可能总得栽一会儿。

　　他跟石毅，就是彼此磕在对方身上了。

　　寇京查到杜子骅其实是躲在一个挺混杂的青年宿舍里了。

　　大概他心里也清楚石毅家里不会这么放过他，所以从拿到照片的时候他就找地方躲了起来。

石毅开车到地方上楼就直接抓人,这种地方一般什么人都有,一堆人看着他一脸要杀人的表情往里冲,连拦都没人拦。杜子骅当时还在看电视,跟他住在一起的人给石毅开的门,然后眼睁睁看着石毅拖着杜子骅就往楼下拽,一点不客气。

"石毅,你疯了!"杜子骅显然吓了一跳,他也没想到这时候石毅还有工夫来找他,旁边看热闹的人不少就是没人帮他一把。

石毅扯着他头发往楼下拖,一路上撞到楼梯里放的一堆乱七八糟的东西,搞得两个人都一身狼狈。

这地方比较偏,靠着一条河,石毅来抓人的时候也差不多是晚上十点来钟了,杜子骅挣不过他的劲就死命地嚷嚷报警,可那么多人,就没一个准备开手机的。

寇京赶到的时候就看着石毅把杜子骅拽下了楼,穿过马路直接往河边拖,他看着石毅一路没有撒手的意思就也有点被吓住了,跟上去想劝:"石毅,你别胡来。"

一路上拉拉扯扯的,杜子骅喊得简直歇斯底里,大半夜的,半条街都能听到他凄厉的喊声:"救命!"

石毅的脸色太可怕了,这架势真的是像要杀人的。

结果杜子骅不喊还好,一叫石毅脸色更冷了,扯着杜子骅的领子,一路从河边的小路往河里冲。一般人工河两边为了安全都会垫一点地方然后逐渐地往河里延伸,石毅在差不多齐胸的地方才停下来,然后按着杜子骅的头就往水里压。

寇京吓坏了,跟着跑到河边:"石毅你别搞得这么大!"

但是他根本拉不住现在的石毅。

也就是现在灯光不够,不然他能看到对方一双眼睛全是血红的。

石毅压着杜子骅的头,因为窒息的人死命地乱蹬乱踹,这个时节的河水不要说淹死人,冻都能冻死人,扑腾的水声在深夜听起来特别瘆人,石毅压一会儿就把杜子骅放起来,拎着对方的领子:"你之前不是说,你不怕死吗?我今儿就成全你!"

他语气很冷,眼神比语气还冷。

然后一句话说完,他又把人压回水里。

溺水的感觉是很痛苦的。

从杜子骅疯狂的挣扎中也看得出来,夜幕之下没有人看清楚两个人具体是怎么纠缠的,只是听到原本剧烈的水声渐渐变得有气无力,原本响彻深夜的呼救声也没了声响,就在寇京心惊胆战地想下水时,石毅终于把杜子骅从水里拽上岸。

因为在这样温度的水里折腾了这么长时间,石毅和杜子骅的脸色都惨白得像死人。

寇京脱了自己外套想给石毅先披上却被拒绝了,石毅俯视着趴在地上拼命喘气的杜子骅:"死的滋味怎么样?"

他上去抓着男孩的头发让他被迫抬起头:"还想再来一次吗?"

话音刚落,杜子骅整个人哆嗦得像通了电。

他满脸惊恐地瞪着石毅,整个人下意识地往后缩,因为浑身一点力气都挤不出来,所以看起来不过就是他趴着往后蹭了蹭,死里逃生的感觉太过冲击,导致他现在一个字都挤不出来。

刚才,他真的以为石毅会杀了他。

水冷得刺骨,从骨头缝里往身体里钻,口鼻中涌入的全是阻隔呼吸的水,那种拼命想呼吸但是一次次被压在水里的感觉,再来一次他绝对会疯掉。

"我还以为你很带种呢!"石毅眼底一片冷意,"其实也是孬种而已。"

他这句话,让杜子骅抖得更厉害了。

夜风里,浑身湿透了再被这么一吹,让人连话都说得不利索,石毅心头的怒火完全没有因此而感到半分的平息,看着杜子骅满面惊恐的表情,他皱了下眉又把人踹进了水里。

这次他就在旁边看着。

寇京目瞪口呆地看着这一幕,忍不住喊了一声:"石毅!"

河水里,杜子骅痛苦地嘶吼着救命。

不知道他究竟是不会游泳还是被刚才吓到了所以手脚发僵,除了生硬地扑腾着水面,感觉他已经失去了所有的自救手段,明知道他眼前的石毅恨不得把他亲手溺死在水里,竟然还苦苦哀求地冲着石毅死命挣扎。

眼看他快要被河水没顶了,石毅终于上前扯了他一把,将人拖到岸边的水泥地上。

石毅蹲下来看着杜子骅:"你之前说你为了毛宇什么都豁得出去,现在知道怕了?"

趴在地上的人除了发抖,再也挤不出任何声音。

"你以为你做的事帮了毛宇吗?要真是为了他好,在他去赌、去骗、去疯的时候你就该拦着,哪怕是你把他手打断了,也强过他一双手被人废了。他有今天,一半是他咎由自取,一半是你害的!你们没资格去抱怨别人,这都是你们自己作的。自以为是在帮他,其实就是为了满足你那点自我感觉良好的傻瓜心态罢了。杜子骅,我告诉你,这笔账,你别以为今天这样就算是完了,门儿都没有!只要你俩还喘气,我都会记着,我把话搁在这儿,我绝对会让你们后悔这辈子生出来!"

石毅抓着杜子骅的头发,把威胁说得咬牙切齿。

他对毛宇、杜子骅这两个人恨得心底发疼,甚至在刚才,有那么一瞬间,他真的很想把杜子骅按死在水里算了。

他站起来又踹了地上的人一脚,然后有些力竭地靠在旁边。

寇京就在一旁看着,直到石毅浑身湿淋淋地从河边走回大路上,旁若无人地点着一根烟,然后上了车扬长而去。

夜幕之下尾灯拉出两道红光,寇京皱眉愣了一会儿,然后才掏出手机给英鸣打了个电话。

那边接得很快:"怎么样?"

"还行,没出大事。不过你最好还是找找他,他刚才跟杜子骅两个人在河水里泡了半天,我估计他这样也不敢回家。这么晾着一夜,非搞出人命不可。"

寇京从认识石毅就没见过他这么发狠的样子。

不过想想,放在谁身上估计反应都差不多,刚才石毅没真的弄死杜子骅,都算是理智的了。

寇京把情况大概说了一下,最后看了河边趴着的人一眼,冷哼了一声,上车走人。

石毅一路上车开得像个疯子。

他脑子有点乱,想起刚才杜子骅的样子,再想起毛宇,想起他父亲,最后全化成了对自己的一腔愤怒。他曾经以为天塌下来自己都可以顶住,没有什么事是能往心里放的,这世上只有他不愿意做的,没有他石大公子做不到的。

结果嚣张了二十多年却被杜子骅这样的孙子搞得抱憾终身,就像生生挨了一击闷棍,打得他满眼都是血。

车在夜色中疾驰,最后冲进了熟悉的路口,石毅自己车开得很没有意识,等到他反应过来自己在哪儿,英鸣已经站在车边上了。

门敞着,屋里的灯直接射在他脸上。

英鸣咬着烟，敲了敲车窗："下车。"

车里的人抓紧方向盘没动，无法平复的情绪导致他手上的青筋都是暴起的，死死地瞪着英鸣，似乎是不懂怎么会在这时候看到对方。

结果车外的人看他没动，有点不耐烦地皱了下眉，然后拉开车门把他拽了下来。

石毅身上果然湿透了。

他开车还故意没关窗，整个人身上冰凉得刺手，英鸣脸色难看地把人扯到屋里，懒得管石毅的车，一脚踹上仓库的门就去拽石毅的衣服。

后者完全没动，任由英鸣扒了他的上衣然后去解他的腰带，仓库偌大的空间并不觉得有多温暖，但是英鸣不经意碰到石毅的身上，他就觉得英鸣的手指全部都带着火。三下五除二地把衣服都脱干净了，英鸣拽着人进浴室。水一早就放好了，他动作毫不温柔地把人推进浴缸里，随手扔给石毅一条毛巾："出汗了再出来！"

石毅接着毛巾，皱了下眉。

他在英鸣关门前喊住对方，结果只叫了一句英鸣就再也接不下去后面的话了，门口的人就一动没动地等着，直到石毅好不容易挤出那句："对不起……"

英鸣攥着门边的手猛地收紧，后背紧绷着一股压抑的暴躁，他哼了一声："少废话！"然后狠力地摔上浴室的门。

英鸣说让石毅泡到出汗再出去，他就真的足足在浴室里待了一个多小时，出来的时候，门口放着他的一套衣服，英鸣躺在沙发上已经睡着了。桌上放了一碗汤还有面包，屋子里透着一股凉意，不是因为温度，而是因为隐隐的冷清。

大概从他离开那天到现在，英鸣都没有好好收拾过什么。

很多因为他们打架撞倒的东西就扔在地上，零散得到处都是。沙发上躺着的男人闭着眼睛也依然皱着眉，看得出来脸上难掩憔悴。

他日子不好过，英鸣亦然。

石毅动作很慢地坐下把那碗汤给喝了，面包也吃了，然后把房间里的东西大概地收拾了一下，没有刻意放轻手脚，但也尽量避免制造出太大的动静，这仓库现在显得特别空旷，一点小动静也能震得人头皮发麻。

等都弄得差不多了，石毅上楼从卧室抱着毯子下楼给英鸣盖上，然后站在旁边静默了一会儿，长出一口气带上门。

听到门外面的汽车发动声，沙发上的人终于睁开眼睛。

他怔怔地看着天花板发呆，听到倒车，掉头然后渐渐开远的动静，直至没声了才重新闭上眼，烦躁地皱着眉。

英鸣没睡着，石毅也知道。

这个时候不愿意面对彼此，有尴尬也有心底的心结，相信无论是对石毅还是对他，这份狼狈，他们在有生之年都不想记得。

石毅后来去找了欧扬，这位死党虽然那天被气得不轻终究也没有真的把公司结束掉，只是因为这段时间里发生了很多事，导致公司连带的关系接连损失了好几个项目，不少合作的公司要求赔偿和撤资，欧扬尽了全力在挽救，一个公司上下所有人都被搞得焦头烂额。

就因为憋着这么一口气，石毅后来去找欧扬的时候，两人差点搞到动手。不过最后还是把话说开了，石毅重新回公司坐镇，欧扬要出几趟差去跟合作的公司谈。

"你要是再敢给我出什么幺蛾子，看我会不会真的揍你！"

临走甩下这句话，欧扬一脸的余怒未消。

石毅对此只是挑了下眉角，表情不置可否。

公司的问题比石毅最初想象的要严重，之前造成的一些影响还没有完全调整好，接洽上又出了新的问题。这种压力感不是单一的，而是一种氛围，从最初的顺风顺水到现在的诸事不顺，石毅不算迟钝地推测出有些问题的症结不是出在客观条件上而是人为的阻力。

不过这一次，他不想再去依托任何的关系了。

离开了英鸣那边他也没有回自己原本的公寓住，每天都是回家陪着他母亲，虽然很多事依然没有获得谅解，但偶尔还是能说上两句话，谈谈工作上的进展。陈诚差不多每个周末都会过来，对他没什么好脸色，两人也很默契地不提之前的事，天气逐渐转暖，石毅想带全家出去旅游走一走，可是公司的事缠着他脱不了身，计划只能一再搁置。

跟英鸣之间的联系，石毅多数是靠电话。

他白天都在公司晚上都在家里，好不容易有时间英鸣那边又抽不出空，虽然两个人都没有再提起离开的事，但是彼此都明白，石毅的那次说想要跟朋友们断开，是给两个人之间划了一道无法填补的鸿沟，无论英鸣答应与否，这件事都会在心里一直搁着，有可能永远都平复不了。

寇京以半个媒体人的身份总结过媒体的性质。

舆论可以一夜之间造就一个神话，也可以一夜之间让人堕入地狱。精神世界再强大的人也无法完全忽略身边的闲言碎语，尤其是当这一切影响到切身的生活时，就更难平静下来。

照片引起的负面新闻对石家的冲击是造成了一场无法弥补的遗憾和悲剧，英鸣在一旁看着，却无能为力。而这件事对他事业上的影响，别人却无法想象。

首先是他跟王义齐合演的电影在国内遭到了全禁，不仅仅是院线不允许公映，甚至是相关的报道和新闻也遭到了封杀，原本打算参加电影节的审批也被搁置了，相关部门所给的答复是劣迹艺人，不宜发行，发行方花费了不少人力来解决这件事，但是眼看着数月过去，没有任何的消息。而他参演的那部董晓和刘莉主演的电影也遇到了相似的问题，只不过这次制作方的态度很干脆，直接剪掉了他的全部镜头，一个没留。

演员表上没有打他的名字，甚至在真正宣传的时候对他都闭口不谈。

董晓最初告诉英鸣这件事的时候，他没有什么特别的反应，应该说，原本也在意料之中，怎么说他只是一个配角，不起推动剧情的作用也没有支线牵扯，留不留剪不剪都是导演的一句话而已。

反而是董晓对此颇有微词："当初拍的时候就差没把你搞成第一男主角了，现在一看风头不对撇得倒是干净。"

当时因为这件事还搞得他和英鸣不痛快，如果早知道会是今天这样的局面，当初他又何必意气之争地跟英鸣赌赛车……

英鸣只是嘲讽地扬了下眉："因为我一个人搞得电影没办法上映根本不值当，他们没让我赔钱就算不错了。"

这个圈里的规则就是如此，不合也好，绯闻也好，做那么多事无非就只有一个目的，就是票房。如果连上映都上映不了，之前那些所有的事都没有意义，就算他浑身都是话题，也一样白搭。

"所以说有些事，大概就是冥冥之中注定的。"

董晓说这句话的时候，语气很唏嘘，为自己，也为了英鸣。

谁都不知道明天会发生什么事，很多人都是事情逼到了跟前才会去后悔，他之前受伤的时候，消沉颓废得恨不得直接从楼上跳下去算了，结果一路走到现在，反而又开了一条路出来。

董晓叹了口气，看着旁边审剧本的司基，终于还是把话题拉到了他们合作的事上："不过眼下这种局面，估计想开镜就比较难了。"

"你去问过了吗？"

"问了，没有明确答复我，不过看那意思是悬，剧本这边司基过得差不多了，再不开机，我跟投资那边恐怕不好交代。"

事实上，当初他拉的投资也都是一些熟人的关系，英鸣这事一出，他们所有人多少都被牵扯进去了。

英鸣皱了皱眉："不行的话，我还是退出吧。"

"你以为你退出这事就解决了？这部电影新闻已经报过了，上报立项的时候也挂的是你导演，先不说找不找得到人来代替你，就单说舆论上，这么做也太明显了。"

多一事不如少一事，大部分人都是这个风格。

知道董晓说的是事实，英鸣没有继续说什么。两个人相对沉默了一会儿，然后英鸣才打破僵局："那你们接下来有什么计划？"

"我后天约了几个圈里人吃饭，你看你要不要一起。"

"什么人？"

"官方人员，虽然不一定有用，但是做点什么总好过什么都不做。"

英鸣很轻地皱了下眉："我跟你一起去。"

他答应了，反而董晓那边一时不吭声了，半天才挤出一句话："你真的要去？那些人，你得有心理准备……"

严格说，董晓对英鸣的了解不算多，但是就接触的印象，英鸣本身是个很讨厌圈子里这些事儿的人，要真有那个心，他也不会这么多年不上不下地尴尬吊着。其实董晓刚才跟英鸣开口的时候，并没有指望英鸣会答应，主要是司基是从来不掺和这些事的，董晓也就是想起来所以随口问问，没想到对方真会愿意跟他一起去。

董晓的话让英鸣笑了一下："没事儿。"

那些人，他不爱打交道不是没打过交道，做这行难免会遇到这种场合，不想习惯也得习惯。

既然英鸣表示愿意去，董晓也没再说，怎么说对外英鸣都是挂名主创的名字，一起去也显得诚意足一些。

事情就这么定了，董晓把时间地点告诉英鸣，嘱咐了一句别开车。

横竖都得喝，开了车反而麻烦。

其实比起英鸣对石毅事业的了解，反而石毅对他知道得还要多些。

毕竟电视经常放着，其他人多少也会聊，上个网随便搜一下消息都铺天盖地，哪怕不是经常见面，想知道对方最近在干什么也不难的。

前提是，英鸣没遭到一定程度的封杀。

电影剪辑的事情石毅还是从寇京那里知道的，正好他找对方有点事，聊到英鸣就很自然地说到这件事，当时石毅没做表示，把找寇京的事说完就挂断了。

寇京总觉得，石毅比以前更深沉了。

虽然本来也不是一个多好看透的人，但是现在的石毅对比以前的，似乎做事更不喜欢打招呼跟解释了，有种所有盘算都挂在心里的感觉，寇京说不上这到底是好事还是坏事，只是有点别扭。

不过因为寇京提到了英鸣的事，石毅专门去问了一下。

几次想打电话给英鸣问他需不需要帮忙，却都是犹豫到最后还是没有打出去。

因为太了解对方，知道英鸣的性格，纵使他问了，也不会听到对方提要求。

如果照他以前的性格，无论英鸣开不开口，可能他都要去插一手，但是发生了这么多事，再面对这种境地，他选择了等。

等英鸣主动告诉他。

所以，其实石毅没想到会那么巧地碰到董晓和英鸣。

他是在中途去洗手间的时候撞见了董晓，对方也没隐瞒，告诉他自己和英鸣在隔壁跟几个业务方面的负责人在吃饭。

"你要过去打个招呼吗?"

董晓看到石毅和英鸣负面新闻的时候,也很意外。

他实在没想到这两人变成了朋友,但是过后再自己回想一下,又觉得似乎隐隐是有些端倪的。

只能说人跟人之间的缘分太奇妙了,尤其是放在他们三个身上,戏剧化得让人忍不住唏嘘。

石毅对董晓的提议只是笑了笑:"不去了,等你们结束了,到旁边来找我,我送他回去。"

"你真不过去看看?"

董晓这么说,是因为英鸣在里面被灌得很惨。

石毅听出董晓话里的暗示了,犹豫了一下,最后还是摇了摇头:"如果我是他,我不会希望现在他出现在我面前。"

话是这么说,石毅在回包间路过董晓他们那屋的时候,还是往里看了一眼。

英鸣背对着门,仰头灌的是一瓶洋酒。

他对面坐着的人有两个石毅是认识的,还打过交道,不过都是他父亲在世的时候难免应酬聚在一起,谈不上交情,还有两个就明显年轻一点,看着英鸣这么喝嘴里一个劲地嚷嚷,表情实在欠揍。

石毅就这么看了一会儿,等到董晓出来的时候,刚好看见进自己的包间,推开门他离开时的打赌还在继续,英鸣一瓶已经见底了。

"酒不能这么喝,再这么喝就要出事了。"董晓上去拦了一把,硬挤出点笑容。

"话不是这么说,英鸣这酒量,再来一杯也没问题!"

旁边人拨开董晓,半杯又递过去了:"英鸣,我以前真是没看出来你,本来以为过气了的演员都是风光不再,没想到你这人有点意思嘛,你那个打架的新闻,到底是怎么回事?"

发问的这个人戴着眼镜,平时看起来斯斯文文的,上了酒桌两杯下去就有点犯浑,英鸣看了他一眼,脸色都不带变的:"我酒量不如您的气量,这么冒风险的事儿你都能答应,处长这么仗义,再喝一瓶也没问题。"

他这么一说,对方愣了一下,随即笑笑:"看来你不止酒量好,脑子也挺快。"

英鸣正好接过酒杯:"您只要点头,这杯我一口干了。"

坐在上座一直没吭声的中年人则是把手上一杯已经满了的酒杯借着转盘转到英鸣跟前:"你要是这两杯都下去,这忙我就帮帮看。"

"好!"

英鸣没管旁边拦着他的董晓,端起酒杯就喝。

第一杯喝下去的时候,英鸣还站得住。

等到转到他面前的那杯再端起来,仅喝了一口,他就差点直接吐出来。胃里翻江倒海一样地折腾,感觉酒精已经溢到他嗓子眼了。他下意识地扶住桌子,稳了半天才深吸一口气继续端起酒杯,董晓脸色大变地想拉他,但是慢了一步。

英鸣是一口气闷下去的,脸色惨白得像死人。

显然这一屋子的人没想到他竟然真喝得下去,都愣了一下,然后从刚才就拼命灌他酒的那个负责人笑着鼓起掌:"好!"

稀稀落落的称赞终于冲淡了屋里有些紧张僵硬的气氛,英鸣勉强坐在椅子上看着眼前你来我往的互相吹捧,偶尔点名到他头上,他就点头笑一下算回应,但大多数时候他根本听不见耳边的人到底在说什么,身上冷汗冒得越来越多,那种急欲将身体里的酒精倒出来的感觉快把他逼疯了。

最终，他忍无可忍站起来拍了下董晓的胳膊，没管身后的目光到底是嘲笑还是其他的什么，英鸣一句话都挤不出来地推开门就往外走。

身后门关上的瞬间，他再也撑不住地直接跪到地上。

预计之中的冲击并没有感受到，英鸣这一卸力是直接摔到一个人身上。

石毅很稳地架着他，浓郁的酒精味充斥着两个人，在这样的楼道里，显得格外刺鼻。

"你怎么样？还撑得住吗？"

但是他问的人根本没办法回答他，英鸣挣扎着摆了下手，脸色难看至极地指了下洗手间的方向。

石毅二话没说把英鸣半拖半拉地扶过去，刚推开隔间的门，英鸣终于忍不住吐了。

大概除了石毅，没人见过他这么狼狈的时候。

英鸣虽然喝了这么多酒，脑子其实还是很清醒的，只是四肢都有点不受控制，酒精翻腾地耗尽了他所有意识，生理上的排斥无论他心理如何调整也无法平衡。

石毅始终站在他后面，扯了点手纸递给英鸣，他犹豫地看了看外头，考虑要不要给英鸣弄杯水。

英鸣这一个晚上几乎就没吃东西，胃里全是酒精，这么倒出来了倒是舒服了不少，勉强靠着隔间的门板维持自己的站姿，他疲惫地闭上眼睛低声咒骂了一句："真难受啊……"

他已经很久没喝成这样了。

石毅把自己的围巾弄湿了递过去给英鸣擦脸，两个人沉默无声地看了彼此一眼，然后英鸣很轻地皱起眉："你怎么在这儿？"

"应酬。"

不大的隔间因为刺鼻的气味而让人有点待不下去，石毅把英鸣扶出来，两人靠在边上，石毅看着英鸣："你最近怎么样？"

后者没什么力气搭理他，只是转头看他一眼，随即下一秒又冲回洗手间。

石毅在外面皱眉等着，过了五六分钟英鸣才撑着门边走出来，有点踉跄地挪到洗手池旁边，用清水漱了个口。

石毅递给他一杯温水："好点没有？"

英鸣接过喝了一口："石毅……"语气很虚弱，"咱俩能别搞得跟屋里那些人一样行吗？有话直说。"

客套话，他们之间还是省了吧。

他刚才说了那么一堆，早说反胃了，这一晚上本来就够折腾的，他实在没心情应付石毅的这套官腔。

被英鸣呛了一句，石毅也没反驳回去，只是看着他："鸣子……"突然改了称呼，石毅在英鸣有点诧异地抬起头时笑了一下，"好久不见……"

有那么一瞬间，英鸣很想把手上的杯子摔到石毅脸上去。

不过现在时间地点都不对，英鸣只能是敛了下视线，转身带着点狠戾要离开。

石毅一把拉住他："鸣子。"

"别……这么叫我……"因为头重脚轻的感觉越发厉害，英鸣即便是这样的话说出来都没什么底气，他现在人极不舒服，看见石毅就觉得更不舒服，浑身哪儿都不对劲的别扭让他很想抓着一个人狠狠揍一顿，偏偏还没力气。

楼道里只有他们两个人，隐隐能听到有包间里面传出来醉酒胡闹的嚷嚷，英鸣实在不想站在这儿一会儿被展览，心头的烦躁涌上来，他拨开石毅的手："……有话，换地方说。"

英鸣头痛欲裂，脑子里就跟飞机轰炸一样感觉，所过之处没有完好之地。他抓住石毅的领口往下扯，酒精麻痹过的意识有些不受他控制，平时绝对不会说出口的愤怒喷薄而出："滚！"

这段时间，英鸣反反复复地在想以前的一些事。

从年少成名，到第一次接拍三级片，到毛宇消失，到在片场被董晓欺负，到拉力赛原本觉得很多事已经记不太清楚了，却发觉画面意外的清晰。再到最后石毅跟他说要跟大家断了联系。所有的事想一遍，就跟看了一场电影一样，本来觉得散场人也该离席了，可他就被困在这个地方，动弹不得，变得像个笑话。

"石毅……"

英鸣咬着这个名字就像要把这两个字给咬碎了，发狠地扯着石毅的衣领，想将现在身体上的所有不适都转移到对方的身上。

原本有很多话想说。

英鸣本来打算在他再碰见石毅的时候，把这人骂完了揍，揍完了再揍，直到揍得他爽了，再一脚给踹出去。

结果现在见到了，他如此狼狈不说，对方还装委屈。

他心里的怒火越烧越厉害，因为情绪太激动反而觉得酒稍微醒了一点，他抓住石毅的头发，也不管力气用得大不大，挥手就是一拳。

石毅没躲，英鸣能感觉到自己打到对方时那股有点微妙的钝痛，石毅往后撤了两步才站住，然后扶了下眼镜，看着勉强靠在墙边的英鸣，伸出舌头舔了一下嘴角刺痛的地方。

他笑了一下："英鸣，你就这点力气？"

这句话像是个炸弹，把英鸣所有残存的理智都炸没了，他把石毅扯进身后的洗手间，一脚踹上门。

男人的暴力因子被唤醒的时候，是有点疯狂的。

英鸣整个人眼底的神智都不是很清醒，脑子里残存的意识只有发泄自己的怒火而已，时间在这种时候就过得特别慢。

不知道过了多久，两个人相对地拉开距离，各自狼狈地喘着气。

英鸣显然被自己失控到这样的程度惊到了，整个人有些发怔，反而石毅缓过劲之后竟然还笑了笑，过来扶了他一把。

这下彻底折腾得没力气的男人只是抬头瞪了他一眼，什么都没说。

石毅刚才绝对是故意的。

他激怒英鸣的行为，有一半是自我虐待有一半是为了让英鸣把这些天一直憋在心里的那口气发出来。一直以来，他们两个人之间，多数时候都是英鸣在引导石毅，或许是因为两人心理年龄根本就不像是在一个档次上的，很多时候石毅自己都不知道自己的症结在什么地方，英鸣却可以一眼看穿他。但是，也源于这种有些不对等的关系，所以不知不觉之中，英鸣成了承受得最多的那个。

不仅仅是自己的问题，还要承受稳定石毅的压力。

这道理也是石毅最近才想通的，虽然两个人没见面，但是他脑海里挥之不去的事，所有的细节都跟烙印在他脑里一样，不受控制地反复回想。

他失去了父亲，所以极力地想要用其他的办法来补偿因为他的忽视所造成的遗憾，他一夜之间想了很多很多。

那天他母亲隐含在口中没有说出来的话，他知道是什么。

可是终究，他没让他母亲说出口。

对待父母，他的愧疚永远不可能被抹平了，那是已经造就的事实，哪怕他再懊悔、再悲恸，也只能背负着这种负罪感过一辈子，他唯一能做的，就是不让他的亲人，无论是已经过世的父亲还是他的母亲、亲戚再为他去担心或者承受更多的压力，自己二十多年的人生走过来，自以为清醒，其实浑浑噩噩，直到面对着他爸的身故，才让他真正明白自己该怎么往下走。

石毅揽过英鸣压在自己肩膀上，闭上眼睛长出一口气："虽然有点晚，但是我想通了。"

他语气有点哽咽，不顾英鸣的挣扎也没让对方抬头。

"那天我跟你说的话，忘了吧。"

石毅脸上难掩懊悔："英鸣，对不起……"

英鸣死死地抓着石毅扣着他头的手腕，几乎是把他所有残存的力气都集中在了两个人相连的这个地方，沉默的空气中暗藏着浮动的怒火，他哼了一声，然后咬着牙挤出一句话："少废话。"

这笔账，他早晚要跟石毅算！

英鸣那天是真喝多了，一直到后来酒席散了他被石毅送回家都没能找回多少神智。

后来是怎么离开酒店的，石毅跟他说了什么，他跟石毅说了什么，都没半点印象。只记得回到家之后他跟石毅又吵了一架，详细的内容实在拼凑不出来了，大抵应该还是情绪上的发泄，他很清楚这段时间自己心里压了多少火，难得找到一个宣泄的出口，当然不可能客气。

至于最后怎么收场的，看一屋子狼狈不堪的凌乱现场也多少猜得到。

醒来时，石毅已经走了。

桌上给他留了张条，写着昨天他答应的事一定会尽力而为。

英鸣攥着便条回想了半天也没想起来到底是什么事，但是看石毅这语气又不像是什么很严重的问题。

宿醉的感觉实在太差，他犹豫了一下要不要打电话问清楚，最后瞪着手机半天还是选择扔到旁边。

昨天的见面，时间不对地点不对。

经过最初的暴躁和难受，冷静下来其实他的想法是跟石毅好好谈一次。

他知道石毅家里的事千头万绪不会那么容易解决，总得要花些时间，至于自己这方面，目前为止他只打了两通电话交代自己的现状，听得出来他父母也很不满，一直在等他回去解释，但是身边琐碎的东西太多了，难以抽身。

当然，这些其实只是借口。

说到底，他还是没做好准备面对家里的那场风暴，毕竟在那之前，他总要先处理好自己这边的事情。

可惜越想解决偏就越拖沓，耗到现在也没有真正的结果。

不过那天之后，英鸣开始经常跟董晓一起参加这些类似的应酬。

电影的审批依然没有进展，这圈子很多时候都是这样，做不做在你，成不成在天。

很多人都以为发生了之前的事，英鸣会尽量避免在公开的场合露面。毕竟无论怎么说，这件事对于一个演员来说打击都是致命的，娱乐圈的环境虽然早就对各种负面八卦习以为常了，偏偏也最怕沾上这些，你可以选择按照自己的方式去生活，却不能被媒体定性。

用董晓的话说就是个立不立牌坊的问题，可这就是规则，由不得你随便玩。

英鸣这样经常露面，自然会引起很多人的兴趣，甚至不少已经逐渐快把他遗忘掉的故人也意识到了他的存在，平面媒体相对会比较保守一些，部分新媒体其至向他提出了一些访问的邀请，想也知道内容都跟他之前的新闻脱不了干系。

对于这种要求，英鸣一概拒绝。

寇京暗示过他接受部分采访有可能对他有帮助，可他态度很坚持。

事情耗了将近半个多月，突然有一天董晓给他打电话，语气很怪地告诉他："电影的事，可能有谱了。"

这本来是件好事，但转述这个消息的人态度却不太对，英鸣皱了下眉："是有什么问题吗？"

"也不算什么问题……"董晓很轻地哼了一声，"只是通知我的人比较婉转地告诉我，这件事能成，好像是有人帮着出面了。"

他们前段时间一直忙的就是这事儿，按说董晓是不该感到意外的。

之所以态度这么微妙，是因为出面的人是个他意料之外的人。

英鸣反应倒是很快："石毅？"

"也可以这么算……"

两个人之间有了短暂的沉默，最后还是董晓沉不住气："是陈诚。"

英鸣扬起双眉，下意识地看了一眼窗外。

阳光明媚，万里无云，只是隐隐透着一股不明的阴郁，显得有些诡异。

董晓和英鸣商量了一下决定开机的时候动静弄得大一点，一来是造势，二来也趁机感谢一些直接间接帮忙的人，在这个圈子里人情世故是避不开的事，无论事情最后是谁摆平的，你都得意思一下。

他们请了陈诚，但是对方并没有出席。

英鸣犹豫过要不要出面，考虑到最后还是听了董晓的建议："你作为导演不去不合适，但是尽量别跟媒体打交道。"

不过这种话就是说出来容易，真正想要摆脱掉媒体的纠缠，绝对不是件轻松的事。

哪怕是董晓和司基都尽量帮他挡了，依然有不死心的记者堵着英鸣问。

"关于之前网上流出的你帮石毅顶包的照片，你有正面的回应吗？"

"刚上映的电影把你的戏份剪得一镜未剩，你被封杀这件事是真的还是假的？"

问题没有太多新意，只是真正当面听到这些问题，英鸣还是忍不住有点烦躁。

尤其是当眼前有几个话筒几乎捅到他面前时，不远处有人毫不客气地扬高声音："英鸣，你不觉得有必要对公众做一个说明吗？"

他眼睛眯了一下："作为一个演员，我的工作是完成每一个签约的影视作品，并不包括公开自己的生活作为娱乐元素。"

这是英鸣的首次回应，一时间，媒体人跟疯了一样地向他身边涌，现场维持秩序的保安完全没办法控制。

董晓和司基都有些意外，两个人还没反应过来该怎么帮英鸣解决混乱的局面，旁边突然有人惊呼了一声："石毅来了！"

这下，所有出席今天活动的记者都觉得自己是撞大运了。

英鸣在周围的人稍微散开一点之后才看见石毅，刚进门口就被围住的男人脸上没有流露出任何情绪，换了副眼镜，因为身边太混乱也没看见英鸣，场内的安保人员过去帮他拦开记者，方便他进场。

董晓走过去迎了一下："还真是位贵宾。"

石毅很自然地笑笑："恭喜复出。"

瞬间四起狂闪的闪光灯晃得两个人都有点难受，石毅往旁边侧了一下，刚好一眼扫到不远处的英鸣。

后者看着他，眼底有讶异也有疑惑。

他们两个不是第一次一起出席一个公开场合的活动，却是第一次会引起这么多人关注地凑到一起，或者说，这之前没有任何人设想过这种组合，如今亲眼看见石毅往英鸣那边走，在场的很多人还是觉得无法消化这种事实。

后来寇京跟英鸣说起这个画面的时候，用的形容词是"梦幻"。

这个镜头后来被很多媒体以不同的形式反复播出过无数遍，各种角度搭配上各种说明的文字，繁多到无法统计。

英鸣看着石毅走到他跟前，然后很轻地拍了一下他的胳膊："恭喜。"

两个字对方说得很清楚，也很沉稳。

似乎旁边这些疯狂的镜头和记者对他来说一点意义都没有。石毅说完了英鸣很客气地回了一句："谢谢。"

简短的交谈很快被周围的人打断，有胆子大的记者直接拦石毅："石公子，你今天出席这个开机，是为了什么呢？"

石毅扬了下眉："这部电影的导演和监制跟我是关系很好的朋友。"

"你口中的朋友指的是英鸣吗？"

镜头前的石毅笑笑："董晓监制也是我朋友。"

"这种朋友跟你和英鸣那种是不一样的吧？"

略带讽刺的问题把旁边的英鸣也扯了进来，后者皱了下眉，听见石毅很利索地回了一句："对你们来说肯定不一样。"

有人要求两个人合照，石毅客气地摆了摆手表示今天的主角不是他，正好主持人这时候上台，场内灯光适时地一暗，英鸣和石毅很聪明地从人群之中避开。

主厅的边角有一个侧门是做紧急出口的，石毅不着痕迹地离场，没过多久英鸣也跟了出来。

因为没有灯，黑暗之中只能隐隐看到对方的轮廓，石毅点着一根烟，靠在墙边。

英鸣完全没有浪费时间，直奔主题："你怎么来了？"

"不欢迎？"

"代替全场记者感谢你。"

嘲弄的语气带着浓郁的英鸣风格，石毅背着光扫过英鸣的侧脸，眼镜后面的目光荡开一抹复杂的情绪："我听寇京说你今天会出席。"

他来了，理由很简单。

事发到现在，他们一直都在尽力避开人群，从一开始的痛不欲生到冷静下来的思考，石毅其实对于自己以后设想了无数的可能性。有一些糟糕到了极致，也有一些理想得没有真实感。

可是想再多，等真正面对着彼此的时候，又觉得完全没有意义。

"那天晚上，你喝多了之后指着我鼻子骂了一夜，你还记得吗？"

石毅声音很低沉，有几分调侃。

对面英鸣皱了下眉，还没接口，就感觉石毅凑过来哼了一声："你说，如果我有种的话，就跟你一起堂堂正正地面对记者，身正不怕影子斜。"

黑暗里石毅的眼睛很亮，英鸣看了他一眼，把他嘴里的烟抢过来抽了两口："一会儿结束了找个地方谈谈。"

"嗯。"

两个人之间呛鼻的烟味在扩散，阴暗的月光有些清冷，从窗外射进来罩着他们周身，最后投在墙上交叠成一个影子。

》第八章》

/

责任

石毅的出现，引起骚动是可以预见的。

灯光亮起之前两个人就都各自回到了场内，只不过英鸣还是坐在主创的嘉宾席上，石毅站得比较远，跟几个以前打过交道的朋友在聊天，态度自若。旁边记者想问但是不敢上前，只能在旁边拼命地拍照，闪光灯闪得肆无忌惮，石毅也没有开口阻止。

最后还是董晓让主持人说了一句，拍照的话一会儿会安排专门的记者见面会，现在宴会场内禁止拍照。

无论如何，电影宣传的目的肯定是达到了，可以想象明天的各大媒体必然是拿这个做头条，哪怕只是陪衬的背景。

鉴于现场媒体越来越多，本来打算让几家比较放心的媒体进行的采访也只能被迫取消，活动刚结束英鸣就从侧门先走了，在电梯里接到石毅的电话："这里离我公寓不远，你直接过来吧，估计你家门口现在连只蚊子都飞不进去。"

至少他住的地方管理比较完善，那些八卦的好事者想进去闹也没那么容易。

在车库发觉有人在等，英鸣为了避开，索性开了司基的车。

车程确实不远，因为没有钥匙，他在石毅家门口等了一会儿，石毅到得也快，前后不到十分钟，英鸣手上的烟才抽了一半。

进门把外套脱下来随手扔在沙发上，石毅示意英鸣自己随意，然后去给两人倒点喝的："水还是酒？"

"酒。"

英鸣坐在沙发上抽烟，茶几上映着他没什么表情的脸。经过刚才那么一通折腾，他心情实在不怎么样。

石毅走过来把酒杯放在他面前："你最近还好吗？"

原本低头抽烟的男人抬头看了他一眼，表情很微妙："什么时候开始我们要用这么傻的开场白打招呼了？"

"傻是傻了点但是够直接。"

石毅喝了一口酒："觉得你瘦了。"

"我胖了才不正常。"英鸣最后抽了两口烟然后掐熄在烟灰缸里，端着酒杯晃了晃，看着里面的冰块反射着酒的颜色。

两个人现在说话似乎很难平心静气的，哪怕是一早想着得冷静，真到了对面，又压不住那股烦躁。

英鸣皱眉又喝了一口酒，努力安抚着心口翻腾的情绪。他看了石毅一眼："你今天倒是真英勇。"

现场有多少媒体根本无法统计，先到的包括后来的，乌泱泱一片。

说不定都不用等到明天，晚上各色的标题就要出来了。

石毅对于英鸣语气里的嘲弄并没有动气，只是很淡地"嗯"了一声："我去之前就做好心理准备了。"

"其实没必要。"英鸣晃了一下酒杯，长出一口气，"没必要这么配合地去满足那些无聊的人。"

虽然这种局面其实是无可避免的，他依然不希望对方卷进来。

他身为演员，这个职业注定了躲不开，石毅却不需要。

然而坐在他对面的男人只是看着他："……我不想让你一个人对着他们。"

曾经，石毅很排斥靠近这个圈子的原因就是他很厌恶这种被人探究的感觉。无论是跟英鸣认识之前还是之后，他一直就没少跟娱乐圈的人打交道，可对他来说那就是个娱乐和消遣的世界，兴致来了可以凑凑热闹，抗拒接近的时候任何人不要试图越雷池一步。

只有这一次，他没办法再撇得那么清。

"这段时间，我每天晚上睡不着就在想发生的这些事，一开始心里难受，只要静下来就想发脾气，每天无节制地喝酒就是喝不醉，胃都快喝废了也没让我自己好过一点，但是一天天这么过来，不管照片是真是假，局面已经演变至此了，无论如何，该面对的我们得一起受。"石毅看着又去点烟的英鸣，"以后无论发生什么事，我都不会再说放弃这种话。"

这句话，让英鸣点烟的手顿了一下。

从石毅的角度看过去，他侧面有些僵硬，过了一会儿才点上烟抽了两口，英鸣用拇指撑住眉间的褶皱："你家里……阿姨怎么样？"

"我姨从澳洲回来了，一直陪着她。"

"你这段时间没在家里住？"

"在，不过有时候公司事情多，忙得比较晚我怕打扰她休息。"

提到家人这种话题，英鸣和石毅的话都有些勉强，不过相比之前光想到都觉得心里扯着难受，现在这样总算是逐渐接受那种精神上的折磨了。

英鸣皱着眉闭上眼睛："你刚才说，这段时间睡不着？"

"嗯……"石毅叹了口气，"闭上眼睛就浑身发冷，盖多少被子都没用，后来就起来坐着抽烟。"

"抽烟能抽睡着了才见鬼了！"

"所以后来就改喝酒了呗……"石毅把杯子里剩下的酒一口干了，然后放在茶几上，"你呢？烟抽得还这么凶？"

"没办法，习惯了。"

英鸣的声音一直很低沉，他语速比平时都要慢，因为心里在想着事情，所以总让人觉得说着说着就要走神了。

石毅看出来英鸣有话说，但是也没催英鸣，酒没了他过去厨房干脆把酒瓶拎过来放在桌上，给自己倒了半杯，然后继续等。

烟味从英鸣那边一直扩散到石毅身上，不浓不淡的，两个人沉默地任由时间逐渐地流逝，一直到石毅第二杯快喝完了，英鸣才终于抬起头。

"以后……你有什么打算吗？"

英鸣问完了这句话又把头低了回去，不知道是不是喝酒的缘故，头疼得有点难受，他这段时间的作息非常不规律，浑身其实就没有舒服的地方。

石毅似乎一直都在等他问这个问题，自己也抽出一根烟点上，然后看着旁边的窗户："以前我父亲在的时候，我没有特别留意过身边围绕的都是些什么人，自己又是绕着些什么人打交道的，所谓树倒猢狲散，等到跟前才看清楚，什么人念的是情分，什么人念的是利润。公司的问题我跟欧扬还在解决，之前公司出了点问题在不少地方卡了壳，影响的不是直接的结果而是给了其他竞争对手一个机会，就是落井下石呗……"他很轻地笑了一下，抖掉一点烟灰，"不过麻烦多了反而也不发愁了，横竖都得一件件地去解决，我跟欧扬决定北边被牵制得比较厉害就往南边找机会，可能下个季度的计划重点都是在南边，我以后会常出差，不过规划没有大的变动，融资也快到位了，我想前景应该没有太大的问题。"

石毅说这些话的时候，表情没什么特别的变化，英鸣就一直低着头听，他们之间还是第一次这样谈到石毅的事业。

"我跟我妈谈过几次,对于我父亲……她还没原谅我,但是,我跟我自己说一定会照顾好她和家里,舅舅那边我也去找过他,以后应该不会有什么麻烦了。"

听到他提起陈诚,英鸣终于有了点反应:"电影的事,是你去找你舅舅出面的?"

意外的不是石毅会介入,而是陈诚竟然会答应。

"电影文化圈的事,我就算想管也没有门路,从来没花过心思就算有心也无力,所以不找他的话,我就算托人也是瞎撞而已,浪费时间。"

石毅自嘲地笑了一下:"以前觉得自己能通天,只要开了口,就没有摆不平的事,表面上说自己谁都不靠,其实一路走过来根本就没离开过那条路。"

"你舅舅怎么会答应你出这个面的?"

陈诚这个人虽然英鸣打交道不多,但对方给他留下的印象绝对不是石毅口中如此轻易点头的人。

但是这件事石毅却不愿意多谈:"是一家人,就有一家人的说话方式。对于我来说,身边的任何一个人我都失去不起了,所以,我只能让这个圈子紧紧地缠在我身上,越紧越好。"

"你不怕太紧了勒死自己?"

"以前怕,现在觉得,会被勒死的,是因为自己担不起来。"

英鸣忍不住笑了一下,歪头看了一眼石毅:"你这几句话说得,我都快不认识你了。"

这还是当初那个为了跟王义齐斗气,为了点口头之争要飙车决胜负的石大公子吗?态度依然是这么不可一世,整个人却好像被人扒掉了一层衣服一样改头换面了。

这种改变让人觉得难受,因为承载了太多沉重的痛苦和接近于自我虐待的折磨。

英鸣给自己也倒了半杯酒，喝了两口："电影这边的事情没有什么问题的话，我会回家一趟，可能消失一段时间，真要是很要紧的事，你就过来找我吧。"

彼此都很清楚英鸣回家是为了什么事，石毅皱了皱眉："我最近公司的事多，要不等两天，我跟你一起回去。"

"不用。"英鸣吐了口烟雾，"你刚才说的话，我听得很清楚，你什么意思，我也明白。说得通俗点，其实现在的很多后果，都是我们自己当初装相装得太过了而折腾出来的，你想通了，总算我一直没看错人。"

脑海中浮现出当时的惨烈，英鸣下意识地拧眉顿了顿："往后的日子可能难受的时候要远远超过舒坦的时候，你心里头有结，我也有。这些事，想忘掉，但总还是会想起来，我相信对你来说也是一样。但是就算这样，我们还是得这么难受地挨下去……"

英鸣的眼睛有点发红，不知道是烟熏的还是因为头疼，他表情难看地瞪着石毅，两个人的眼中毫不掩饰那层经历过创伤之后鲜血淋淋的狼狈，但就算这样，他们也谁都没有移开。

"我以后说的一些话，做的一些事，你难受、生气、不满，那就受着。当时我是怎么过来的，你今天一样得怎么过……"

以后的路可能一条比一条难走，但是他们两个人只能扯着对方咬牙走下去。

英鸣说完这些话，把杯里的酒一口闷掉了，不太舒服地哑了一下口齿中残留的那股辛辣，他仰头笑了一下，然后站起来："行了，这么晚，我困了，找地儿给我睡吧。"

他拍了一下石毅的肩膀："我曾经失眠了好几年，成宿成宿睡不着，医生说是神经衰弱，按照我妈的说法就是太闲了所以闲出了毛病，不过跟你认识后这毛病就好了,所以你睡不着抽烟喝酒都没用,找个人聊聊天就能睡着了。"

石毅回头看着英鸣,后者调侃地笑了一下,帅气依然。

大概就像陈诚说的。

他们是在用自己的生活去证明一个可见的结果。

无论他想还是不想,活在这个社会之中,就必须要承担一定的社会关系,人是无法彻底脱离别人而存在的,至少他不可以。

石毅不否认,陈诚说的话有道理。

这些问题他全部都想过,甚至对方隐含而没有说出的,他为他家人所带去的这种类似的压力和伤害,他全部都考虑过。

但是就算这样,他还是选择了继续往下走。

"小舅,你曾经考虑过朋友到底是什么概念吗?对我来说,跟朋友在一起,我觉得很踏实。这种踏实的感觉就像我对着你和我爸妈这些亲人是一样的,你能够确信这个人在任何情况下都不会伤害你,在你需要的时候,肯定能够站在你旁边支持你,就算明知道是条死路,这人也愿意陪你走到底。我没办法离开我的这些朋友,是因为我知道放弃一定会后悔一辈子,这种遗憾我已经有一个了,我承受不起第二个。

"你刚才说的那些压力,我不是没想过,也不是无动于衷。可是朋友对我来说,是非常重要的,重要得和家人是没有什么分别的,我没有办法在其中二选一,我也选不出来。这些压力如果是代价,那我宁愿去承担这些代价。就像即便发生了这么多事……你们也不会放弃我一样,这不是一道选择题,更不是证明题,而是在我面前就是这样的局面,除了去面对我没有什么余地。你们愤怒,失望,我都可以想象,可无论如何,家人是我不可能分割出去的部分,这一点,永远不会改变。

"以前你跟我说过,二十多年我都活得浑浑噩噩,自我以为清醒着,却从来不知道自己到底要的是什么……我爸的离开,让我看清楚自己的逃避从来不是因为潇洒,而是因为懦弱。如果当初我肯主动解决,或许我爸……不会走。因为我不足以让人信任,所以你们才会为了我的生活和选择去担心,继而承担了原本我应该承担的代价。我爸的死,是我的错……是因为我一直在逃避,从没真正成熟起来。所以我跟自己说,我绝对不会再让我身边的人对我有质疑。未来的路怎么走,我很清楚也很坚持,对我所在意的人,我所在意的事,我不会再给自己第二次后悔的机会,就算我现在还做不到,我也会一直按照这个念头往下走,一直到我可以的那天。"

最后他舅舅是不是因为这番话而妥协的,石毅其实并不确定。

但是说这些本来也不是为了什么目的,只是他觉得有必要说,就像他后来将公司的安排说给英鸣听是一样的,无论是对他家人还是对朋友,他都觉得自己有责任让对方更了解他,让他们信任自己。

失去这种覆辙,他不会重蹈。

也绝对不允许自己在一样的情况下再错一次。

英鸣睁眼的时候,就看着石毅靠在边上出神,虽然表情其实不像,但因为很久都没动一下,怎么都不觉得是正常状态。他皱眉看了对方一会儿,最后还是捏了一下眉心想去摸烟。

石毅看他又去掏烟,下意识地拦了一下:"醒了?"

后者回头看他一眼:"你刚才一脸沉重地琢磨什么呢?"

眉头紧锁苦大仇深的。

因为英鸣的用词而挑了挑眉,石毅从善如流地把他拉回床上:"我在想你该戒烟了。"

"嗯,果然很沉重。"

对这个话题完全不感兴趣，英鸣敷衍地接了一句就又要去找烟，然后又一次被石毅扯回来："我说真的，英鸣，你戒烟吧。"

从以前就觉得了英鸣烟瘾太大了，这段时间简直变本加厉，再这么下去跟自杀基本上没分别。

英鸣顿了一下，歪过头："你现在说话怎么这么啰唆……"

他都忘了上一个劝他戒烟的人到底是胖是瘦了。

不过这种程度的调侃对石毅已经完全没用了，他用胳膊钳着英鸣的脖子："别用人身攻击转移话题，你烟酒都得戒。"

"下一句你是不是要劝我回家结婚生孩子了？大早上你是闲的？"因为烟瘾上来了英鸣脾气也不太好，他用肘顶了一下想把石毅的手架开，没想到对方态度还挺坚决，两人折腾半天谁也没讨着便宜。

石毅心里盘算着他还是去参加个什么格斗拳击之类的俱乐部吧，跟英鸣每次角力都占不到什么上风的感觉让他非常郁闷。

"你抽烟喝酒太凶了，这么下去早晚得完蛋！我现在成天都在琢磨怎么能让你们长命百岁，你别拆我台。"

英鸣本来就瘦，作息不规律加上心思重，怎么看都不是长寿的相。他这句话，终于成功地让英鸣停止了反抗。

"死"这个字眼，哪怕只是提到对于他们两个来说都太沉重了，或许石毅说的时候并没有想太多，但听的人心底还是被生扯了一下。

这种感觉，可能要永无止境了……

脑中这种念头一闪而过，英鸣皱眉顿住了动作，石毅这时候也反应过来了，两个人长时间都没动一下，一直到英鸣胳膊有点酸了才动了动："行了，我去洗脸，你还得去公司吧？"

"嗯，今天上午有几个会。"这次石毅很干脆地松了手，英鸣看他往浴室那边走，发觉他的背影轮廓窄了一圈。

英鸣下意识地还是想抽烟，有点烦躁地捋了捋头发："我说，你也别光顾着工作，注意身体。"

石毅正在挤牙膏的手先是一顿，然后似笑非笑地转头看了英鸣一眼："你现在说话怎么这么啰唆？"

几分钟之前刚说完的话又被抛了回来，英鸣眼睛一眯。

不过没等到他反击旁边的手机就响了，石毅满嘴泡沫笑着比了比，示意他还是先接电话。

电话是寇京打的。

"喂？"英鸣靠在床边半敞着衬衫，昨天晚上他是穿着衬衫睡的，现在揉得一塌糊涂。

"鸣子，你昨儿没回家？"

"昨晚那情况我回家只能靠报警了。"

"呵！那倒是……所以，你现在在石毅那边？"寇京也是猜的，语气并不肯定。

英鸣倒是没隐瞒，答得很快："嗯。"

"那你什么时候回来？我跟王义齐就在你家门口，如果你暂时在那边我们俩就先回了。"

"我一会儿就回。"

"行吧，那我们在你家附近的咖啡屋等你，快到了给个电话。"

"好。"

简单地约定完英鸣就把电话挂了，石毅从浴室那边探头看了他一眼："谁啊？"

"寇京。"

英鸣身上的衬衫不能穿了，就随手从石毅的衣柜里拿了一件，虽然肩膀的地方不太合适，不过T恤的话看着也不太明显，英鸣随便套上衣服，

215

然后走到浴室旁边往镜子里看了一眼，石毅刚好在看他。

石毅笑了一下："说到寇京好像也很久没见了，有空约出来吃顿饭吧。"

"行啊，你约。"

石毅这个公寓是自己住的，东西当然没有英鸣那边的全，英鸣翻了半天才终于翻出来一套备用的洗漱用品，他很快地刷牙洗脸，石毅也不离开，就靠在旁边。

等到英鸣擦完脸，石毅才拿过旁边的刮胡刀："试试刀片吧。"

"你还会用这个？"

石毅手里那东西看着很像民国电视剧里的道具，英鸣皱了下眉："你确定你不会手一抖直接给我多开一张嘴？"

拿着凶器的男人笑得不怀好意："来吧，鸣哥哥！"

尾音还上挑了一下，听得英鸣忍不住抬脚一踹。

不过最后还是靠在墙上让石毅刮了，下巴上弄一堆泡沫的感觉有点奇怪，英鸣下意识地抬高下巴好让石毅的视线更开阔一点，这种时候他配合度越高自己就越安全。

石毅刮得很慢，即便眼神看着很专注，却总流露出一种让人不自在的味道，英鸣感觉石毅的手指沿着自己的下颚往下爬，弄得他后脊发麻，想开口又怕石毅拿捏不住准头，权衡到最后英鸣决定还是先憋着，结果刮个胡子硬是折腾了半个多小时才刮完。末了石大公子看着自己的成果满意地点点头："不错，水平没有退步。"

英鸣就着镜子来回看了两遍，算是勉强接受。

不过这么一弄，时间不知不觉也就过去了，英鸣开的是司基的车，回头还得给他还回去，临出门的时候石毅叫住他："英鸣，寇京他们还是你约吧，把王义齐也叫上。"

已经站在门外的男人愣了一下，回头看他一眼，两个人都没说话，只是淡淡地笼上一层笑意。

　　在开车回家的路上,英鸣总是下意识地从倒车镜里看自己的下巴,想到刚才石毅的样子有点想笑,不过最终只是有点无奈地摇摇头,继续开车。

　　英鸣和王义齐也有段时间没见了。
　　应该说从上次在他家分开之后,就没有再联系过。
　　算起来也就几天没见,彼此都觉得对方清瘦了不少。
　　英鸣给寇京和王义齐找了两瓶饮料,他家里连烧好的水都没有,这段日子实在过得浑浑噩噩,所有事情都乱了套。
　　王义齐破天荒地戴上了眼镜:"怎么样,你还好吗?"
　　昨天石毅跟英鸣同场的事早就已经消息铺天盖地了,他和寇京之前过来的时候门口还有人蹲着等英鸣,不过大概是看见屋里确实没人,等他们跟着英鸣一起回来的时候,那辆一看就是狗仔的车已经不在了。
　　英鸣坐在旁边:"还行吧,也就那样。"
　　"今天的新闻你看了吗?"插话的是寇京,他喝了一口饮料,然后往后靠了靠,倚在沙发上。
　　这个问题,英鸣只是扬了下眉:"没兴趣。"
　　就算不看他也可以想象都是些什么内容,看了是自己给自己添堵,虽然是有点阿Q,不过眼不见为净吧。
　　"你们俩也真够可以的,自己送上门。"虽然当时并不在现场,王义齐可以想象场面有多疯狂。
　　"我估计,石毅去这件事儿你不知道吧?"
　　寇京看了英鸣一眼:"他之前跟我打听了不少你的事,我就估计他有点打算。"其实按照英鸣的风格,他是不会让石毅把事情做得这么高调的,不要说本来他就讨厌这些闹腾起来没完没了的新闻话题,就说现在这种局面，多一事不如少一事。

后者没有接话，算是默认了。

不过，其实这次的事，英鸣不支持但也不反对。

石毅的做法不符合他的一贯处事风格，可本来人跟人也不可能完全一样。英鸣以前很厌恶这种自作主张的行为，现在想想，他跟石毅终究是两个不同的个体，考虑的问题、出发点都不同，所以石毅的做法他不苟同，但会尊重。

他既然做了，肯定有他的理由。

这段时间，沉淀下来思考过去的并不仅仅是石毅，他也一直在想。

想过去，想从前，想了很多东西其实都没什么用，但渐渐地也改变了一些他的想法。英鸣很随意地耸了耸肩，点了一根烟："日子总不能因为那些唯恐天下不乱的人就不过了。"

"但是石毅那边不会再出什么问题？"

"他家里的事，他可以应付。"

没有做好准备，石毅也不会贸然就这么露面。

英鸣抽了两口烟眯起眼睛，看着旁边的王义齐："你最近怎么样？我听说你把之前很想合作的导演的戏给推了？"这个消息他知道还是在电视上，不过因为他当时事情太多，也就没有打电话给王义齐问明，说到底这都是朋友自己的事，他们也无从插手。

王义齐一点都不意外英鸣知道，也抽出烟点上，他吐了一口烟雾："我今天来，是有件事想跟你说。"他稍微顿了一下，连着抽了几口烟，"你们那部电影，会是我作为演员的最后一部作品。"

英鸣皱了下眉："你的意思是？"

"这部电影拍完，我不会参与到宣传的部分，过两天我会开一个记者招待会，宣布退出影视圈。"王义齐抬头看了英鸣一眼，"所以，我觉得我有必要跟你打个招呼,如果你们觉得这样不太合适,也可以把我换掉。"

坐在他旁边的男人抽着烟沉默了一会儿,然后才抬头:"虽然这是你个人的事,我还是想问一句,为什么?"

王义齐在这个圈子,并不是抱着玩乐的心态。

虽然作风上一直扣着玩世不恭的帽子,但是英鸣知道王义齐骨子里从来不是一个甘于妥协的人,这个决定,让他很意外。

寇京显然之前已经知道这件事了,并没有流露出任何的惊讶,只是平静地坐着。

英鸣的疑问,在王义齐的意料之中:"其实,我家里一直都很反对我出来做演员,你也一直都知道。孟齐走了,你和石毅被负面新闻搞成这样,坦白说,其实我很后怕也很后悔。如果当初我没有选择一脚踏进来,可能这一切都不会发生,实话说,我是怕了……"他自嘲地笑了笑,"也就是因为怕了,才明白原来很多东西我急欲摆脱,终究还是放不下,我承认,做演员是我的理想,也是我一直以来的追求,可这些真的拿来跟家人比的时候,我才发觉到底什么才是我真正失去不起的。如果非要在其中二选一,我选择放弃做演员。"

不是人人都拥有这种承受代价的能力和勇气。

这么多年,他心里所不以为然的、看不惯的,可能只有在面临被摧毁的时候才察觉到其实对他来说很重要,他可以不在乎那些所谓行当的虚名,却不能不在乎他家人的想法,说白了,名誉对于王义齐来说一文不值,但在乎这些的人对他来说,却重逾千斤。

"英鸣,我终于理解你当初那句话是什么意思,有时候,放弃反而是最容易的一件事。"

说到这句话,王义齐眼眶有点红。

王孟齐的离开,他放弃做演员的理想,这些其实并没有想象中的艰难,或许在考虑和犹豫的时候,那种挣扎是非常痛苦的,但只要下了决定,反而会有一种轻松的感觉。

这对于他们来说,就是一个最糟糕的结局,一切都不会比这更难了,哪怕是心里再不甘心、再痛苦,终究会有平复的时候。

他们没有英鸣和石毅的勇气,明知道往下走的这条路会永远跟痛苦捆绑在一起,还愿意继续往下走。

英鸣皱着眉,一直没有说话。

他沉默地维持着抽烟的姿势,仓库里空旷的空间让时间的流逝有一种凝固一样的胶着感,他一根烟快抽完了才掐熄在茶几上,然后在又想去拿第二根的时候顿了一下,最后收回手:"既然你已经考虑清楚了,我支持你的决定。至于电影到底要不要换人,我会跟董晓他们商量,回头答复你。"

"嗯。"

王义齐眼底有歉意,但态度坚决。

寇京在旁边看着英鸣和王义齐,有些出神地想着人的际遇真的是很奇怪,想当初董晓车祸的时候,几乎所有人都以为他在这个世界的生活已经结束了,无论他是否能够走出受伤的阴影,就单独从一个演员的角度来说,他也再没了跟其他人一起并肩而立的条件,可事实是他回来了,换了另外一个方式来争取他所想要的东西,王义齐得天独厚地占据着所有条件,却反而是他们之中最先退出舞台的人。

该说是命运弄人,还是世事无常呢?

不过,这都是每个人所做的选择,放弃也好,继续也好,他们都是选择了心中真正重要和在乎的,在取舍之中,让自己不去后悔。

"石毅说,什么时候大家聚一下。"

英鸣打破有些压抑的气氛提起这件事,因为烟瘾没退,他有些难受地摸着鼻子:"你们怎么说?"

王义齐意外地扬了下眉:"石毅?"

"嗯,今天扣子给我打电话的时候刚好他在,就提起来了。"

石毅是王义齐心里的一个疙瘩,所谓对症下药,这事儿也只有石毅能搞得定。

寇京很了然地笑笑:"我随时都有空啊,得看王义齐的。"

然而后者并没有立刻回答。王义齐愣了一会儿神,过了很长时间才有点僵硬地点点头:"我也没问题,到时候通知我吧……"

"你的记者会准备什么时候开?"

"过两天吧,我已经跟公司说过了,还在处理一些合约和手续上的问题。"

"你公司同意?"

"这种事,一旦我做了决定公司也没办法,违约的部分照赔就是了,强扭的瓜不甜。"其实,王义齐的公司一直对他很不错。因为很了解他的性格,一直以来给他的自由空间都很大,他工作上的选择多数都是自己做决定,有些时候哪怕是跟公司的想法不同,也没有真正勉强他。

如果不是这次的事,可能王义齐永远不会换公司。

这个圈子,很多事确实比外界所能看到的复杂,但其实很多事也远比外面揣测的简单。说白了,社会关系永远是人与人之间的关系,因为牵扯上利益才变得混乱,撇开这些,一切说简单也简单。

英鸣考虑的是王义齐跟公司的问题,寇京想到的却是另外一件事,他表情占怪地盯着王义齐半天,最后还是挤出一句话:"实话说,我还真没见过你唱戏的样子……"在脑海中勾勒了半天也想不出一个轮廓,最终他有点无奈地叹口气,"总觉得特别没有真实感。"

旁边两个人都因为这句话挑了下眉,王义齐很轻地一哼:"我十岁就开始走台。"

结果他不说还好,一说连英鸣都笑了:"其实……我也想不出来……"那种违和感,大概接近于你让一只鸵鸟穿兔子装。

除了别扭,就是别扭。

虽然之前英鸣跟石毅打过招呼,但他回家的时候,并没有告诉石毅。

如果不是刚好寇京有事找他但是找不到人直接打给了石毅,可能后者还不一定知道这件事,连打了五六通电话都没人接之后,石毅才后知后觉地想到英鸣跟他说过的话。

一个星期后,石毅约欧扬出来打球。

虽然到现在欧扬也理解不了石毅怎么会突然变了性子,但是做兄弟这么多年,看重的本来就不是这些无关紧要的事,从石毅父亲去世到现在,他没有开口多问过一句,也没有给过太多无谓的安慰,因为他知道石毅需要的并不是这些。

操场上打球打得快要脱力的男人有点狼狈地半靠在球筐下面的柱子边上,胡乱地擦了把汗,气息不稳,欧扬摇了摇头,走过去拿过石毅手里的球,转身一个漂亮的远射。

欧扬一扬手把球丢回给石毅:"你知道多少人盼着看你栽跟头的一天?只不过,可能很多人都没想到会这么惨烈……"话说到一半的时候顿了一下,欧扬这种刻意让石毅挑了下眉,"你不用去找其他的措辞。"

一个跳投没中,石毅慢悠悠地运着球:"已经成为事实的事,我不会怕人说出来。"

石毅这句话,让欧扬稍微直了直身子:"石毅,你还真的是跟以前不太一样了……"

这话最近常有人说,当事人却没有追问过,站在欧扬对面的男人抱着球坐在地上，微微一抬下巴："哪儿不一样了，说来听听。"

"你以前是那种特别在乎别人怎么说你的人。"

"哦？是吗？"

这话敷衍得甚至没有几分诚意，显然石大公子对这个评价很不以为然。

"你自己是不觉得，但是好坏话只要被你听到，肯定是能看到你的反应的。"一边说着懒得搭理一边找人去修理对方这种事石毅不是没做过，可能有些人会觉得他这种态度是因为太目中无人，但好歹也跟他做了这么多年的哥们儿，欧扬很清楚石毅说的跟心里想的其实很多时候并不一致，"很多人都是越不在乎就越在乎，你是这种类型的典型代表。"

这次石毅没否认也没承认，就是歪头看着欧扬，一脸继续听的似笑非笑。

"说得难听点，你以前多少有点外强中干吧，一方面不愿意依靠你家里，一方面又因为得天独厚的条件而肆意地按照自己的想法去待人接物，但是从小到大估计你都不知道什么叫作不顺心，所以虽然强势，却并不靠谱。"说到这儿，欧扬笑了一下，"你知道，当年大学毕业你跟我说你想找我开公司的时候，为什么我会答应你吗？"

"难道不是因为我提出的条件让人不能拒绝？"

这点石毅倒是很自信，他喝了口水："这些话你以前从来没跟我说过。"

欧扬没有回答石毅后面的话，只是顺着之前的话题接了下去："我当初同意跟你一起开石扬，是因为你让我觉得，你是那种会把所有阻挡在你前面的人和事全部清扫出视线的那种人，你有这种能力，而且也会这么做。"他抬头看了石毅一眼，"所以，当时你跟我说你要解散公司，我很吃惊。"

"那件事……是我的错。"

人生很多时候都是要你往回看的时候才能意识到自己当初的决定有多

愚蠢。

欧扬笑了笑："并不是对或者错，而是我没想到你的不可一世也有透支的一天。"或者说，潜意识里面，欧扬没想过石毅有一天会在面对一个选择的时候，选择了放弃。

欧扬走过去拍拍石毅的肩膀，笑着长出一口气："这些话以前不对你说，是因为说了你也听不进去。"

"那你觉得现在我就能听进去了？"

"现在是我觉得无论你听不听得进去，我都得说出来。"

他们两个，从来没有这么聊过。

作为朋友，欧扬和石毅从来都保持在一个非常理智和聪明的距离，互相不干涉得过多，也绝对不会出太多的意见。大部分人眼中他们类似工作伙伴更多过朋友，可对他们来说，能够一起开创事业，就说明对方在他们彼此心中的信任是无人能及的。

石毅对这句话的回答是把球丢到欧扬那边示意两人来斗一场，球场上旁边几个看着就像学生的男孩在嚷嚷着谁输谁请客，听得石毅和欧扬忍不住都笑了。

离开校园那么多年，他们都快忘了当年并肩作战赢了外校球队后是有多嚣张了。

你来我往地攻防了一阵，最后由石毅过了欧扬之后一记空刷跳投告终，篮球在地上弹了几下最后滚到一边，石毅拎过旁边的水喝了两口，想起另外一件事："过两天跟ZP谈合作的事，我去吧。"

"这时候你离开国内合适吗？"

"再合适不过……"

石毅语气很无奈，又灌了两口水。只是这时候没有任何刺激感的液体无法平复他心头的烦躁，最后他招呼欧扬过来："走吧，陪我去喝一杯。"

欧扬其实知道在这种时候去喝酒绝对不是一个好主意,可无法拒绝。

所以最后的结果就是石毅喝得烂醉如泥,醉到甚至连走路都没办法的地步,欧扬只能陪着在酒吧窝了一夜。

第二天的两个人都是一脸狼狈,不过作为陪酒的人欧扬多少还好一点,石毅整个人散发的颓废气息已经可以去街边占个位置求捐助了。

"你这样还回什么公司啊,先回家收拾收拾吧,今天的会我挪到明天。"

"不了,我简单梳洗一下就行,办公室有换的西装。"

石毅摆摆手示意他没事儿,然后挣扎着跑到酒吧的洗手间大概洗了把脸,等二十分钟之后他再出来,人已经清醒得差不多了,只是因为宿醉的缘故眉头皱得很紧,看得出来不太舒服。

欧扬不太赞同地摇了摇头:"就算你年龄不大也别这么折腾自己,你作息太混乱了,铁打的人也扛不了多久。"从石毅父亲去世到现在,他起码瘦了两圈。

原本只是有些盛气凌人的五官如今已经只能用凌厉来形容了,沉着脸不说话的时候简直让人退避三舍。

石毅脸上还带着水珠,他随便抹了一下:"没事儿,等过了这段就好了。"

不太想继续这个话题,还带着几分酒味的男人率先往外走,欧扬劝不住只能叹口气。

某种程度上来说,英鸣能够跟石毅处得来,也真是个了不起的人……

跟 ZP 的合作,一直都是石扬计划表上一个非常重要的项目。

之前迟迟没有启动是因为公司内部的问题太多,石毅和欧扬需要先把国内的一些情况处理好才能有精力和时间放眼到国外的合作。

所以,这次的商谈其实只是投石问路。

稍微准备了一些材料，石毅两天后就启程了，临走的时候给英鸣留了一条信息。

他不知道的是，就在他离开的当天，英鸣就从家回来了。

打电话给石毅的时候偏偏他关机，两个人就这么错过了碰面。

英鸣从家回来，主要原因是电影正式开镜了，需要他进组。

重新回到剧组里的感觉有点不太适应，不过比起他，更意外的是其他人。

"你……"王义齐目瞪口呆地看着英鸣一身黑色风衣咬着一根烟出现在会议室的样子，手指夸张地抖了半天也没挤出后半句话。

被当作外星人围观的当事人皱了皱眉："你能不演得这么夸张吗？"

至于吗？

不过不止王义齐，董晓也有点诧异："你剪头了？"

英鸣原本差不多齐颈的长发被剪成了干净利索平寸，虽然不至于像学生那种又傻又短的，但从他整个人来说，变化大得几乎让人认不出来。

而在很多人的印象里，英鸣真的是很久没有过短发的时候了。

司基在旁边扬了扬眉："也不知道造型看见你这样会不会崩溃。"

"我打电话跟他打过招呼了，剧本里我既然是退伍士兵，头发当然不可能那么长。"

对于在座这些人的反应，英鸣视而不见地坐在靠边的座位上，微微抬了下下巴："别研究我的头发了，你们继续。"

他这句话没能阻止所有人好奇的目光，最后还是靠董晓拍了两下桌子才阻止了王义齐准备跑过来八卦的动作。

这部电影因为准备了很长时间，中间因为差点不过审而空窗了一段，所以其实不需要说太多每个人心里也是有数的，英鸣进组差不多就可以正式开拍了，真要说有问题的，大概是司基到现在也没调整好心态去做个演员。

不过司基的问题英鸣彻底丢给了董晓。

"他这纯粹属于心理原因，得靠你出马。"

当初司基会答应也是因为董晓吧，其他人还真没这个面子。英鸣其实多少看得出来司基和董晓之间有点什么，不过当事人不挑明他也没意愿过多地去关注。

幸亏开机两天之后司基终于也开始进入角色，这部电影的剧情后半部分需要拉剧组到另外一个拍摄基地，所以前部分要抓紧时间，英鸣考虑了一下决定开两个组，白天和晚上分开，助理导演都是司基以前的班底，习惯了高强度的工作状态，初期撑下来倒是不成问题。

只是英鸣需要两场都监督，很明显这个工作量庞大得有些惊人。

董晓也跟他说了好几次做事儿不是这么做的，可是英鸣做事的风格只有在真正跟他合作过之后才会了解态度有多强硬，无论其他人说什么，他依然是按照自己的计划去做事。

直到接到他妈的电话。

其实，回家这么多天，他并没有说服他的父母。

这场家庭风暴远比他之前想象得要严重，从小到大几乎没有过多干涉过他的家人这次态度强硬得出奇，无论他如何表态和解释都不能动摇分毫。

"英鸣我告诉你，你是我生是我养的，什么朋友能交什么朋友不能交，你自己说了不算，我不管那个石毅是什么来头，你们的生长环境不一样，有些事他能干不代表你也能干，这一次是他打架你顶包差点害得你被封杀，下次说不定就被他害死，你要是还想做我儿子，就给我离他远点！"这是他妈最后给他下的通牒，至于他父亲，从头到尾只有沉默。

如果不是后来剧组要求他一定得回去，可能他还在家里耗着。

不过这种事本来也没有那么容易，英鸣也算是做好了心理准备才走到这一步。

他临从家里出来，家人的态度还是很强硬，也就是因为这个原因，接到他妈的电话，英鸣很意外。

"妈？"

"你赶紧给我回来。"

电话里他母亲的语气很不客气，英鸣皱了下眉："妈，我现在在剧组呢。"

"我不管你在哪儿，不想这个叫石毅的被你爸直接打死，你就赶紧回来！"

他之前给石毅的电话没有打通，后来也就没有继续再打。原因是进组就忙得没日没夜的他根本想不起来这件事，这么拖下来，没想到石毅回来就跑去了他家。

英鸣上了车给董晓打了通电话解释情况，不过也没说两句，上了大路他就挂了手机。从剧组往他家开就算再快也得两个多小时，路上他再尝试联系家里却怎么都没人接了。

"该死！"

英鸣心里骂了一句，一脚油门几乎踩到底。

一路算是飙回去的还是花了将近两个小时，他车停到家门口的时候，天色已经差不多黑了。

开门进屋，黑灯瞎火的客厅让英鸣愣了一下："爸？妈？"

叫了两句没人应他，他开了灯往里面走，一直快靠近卧室的时候才听见他妈没好气地应了一句："进来！"卧室对面书房也亮着灯，英鸣路过的时候扫了一眼，看见他爸在。

他一转头，见卧室里石毅躺在床上，一动不动。

"妈？"

他皱眉问了一句他旁边的家长后者却没回答他，他走到床边推了石毅两下："石毅！"

但是床上的人只是脸色不太好看地哼了一声，完全没反应。

"妈，这到底怎么了？"

石毅的眼镜碎了，放在床头柜上，脸上还挂着疲惫和一路风尘仆仆的痕迹，看样子大概是下了飞机直接就过来了，家都没回。英鸣伸手把石毅从床上拉起来，试图把他叫醒："石毅，醒醒，石毅！"

也就是这么贴近他才感觉到对方的脸烫得很不寻常。

"他跑来要找你，跟他说了你不在他不信，后来说话说拧了，你爸一生气就抡了他一拳。"就这么一句话算是解释，英鸣的妈妈脸色不好看，尤其是看着英鸣半抱着石毅她心里就发堵，索性眼不见为净转身进了自己的卧室。

剩下英鸣烦躁地叹了口气，还在试图把石毅给弄醒。

石毅这样绝对不可能是被他爸打的，感觉是发烧了。

叫了半天发觉根本叫不醒人，英鸣当机立断把人送到了医院，医生检查说是肺炎导致的上呼吸道感染，确诊之后直接就住院了。

所有事发生得措手不及，英鸣把石毅安排妥当了才给家里打电话，他父母听说石毅病得这么严重，就也没有再说什么。

英鸣："妈，我得在医院陪两天，就先不回去了。"

"……嗯。"

母子之间因为病床上躺着的人而陷入相对无言的地步，彼此僵持了一会儿，最终英鸣的妈妈叹了口气："有什么事儿的话，再给家里打电话……"

勉强算是关心的话也差不多到了极限，手机那边说完这句就挂了，英

229

鸣看着病床上石毅苍白得没什么血色的脸，烦躁地抓了抓头发，觉得所有事挤在一起简直焦头烂额。

病房的光线永远透着一种惨白的感觉，英鸣上次在医院等石毅的印象太过深刻，以至于现在隐隐闻到那股消毒水的味道，还是会有四肢发冷的感觉。他强忍着想抽烟的欲望坐在病床旁边，视线扫到输液的手，能感到消瘦了不少。

他们两个要是放在以前，大概也算是最晦气的一对难兄难弟了。

从认识之初事情就没断过，前前后后医院都住了两回……

刚才他在办手续的时候，医院的工作人员大概认出他了。

对他来说还好些，毕竟演员这份职业卖的就是关注度，但对石毅这种人来说，大概适应起来特别的痛苦。

可是再痛苦，也还是会有适应的一天。

任何事情都禁不起时间的浸泡，当这个讨论的风潮过去，大家自然会被新的东西所吸引。只是曾经造成的这些伤痕，都需要他们自己一天天地去抚平。

英鸣现在特别想抽烟，但因为在病房里，他没办法。

他下意识地摸了摸石毅受伤的那只眼睛，当时发生的事情历历在目如同往事重演。

"你是找死啊，竟然真敢跑来……"明知道躺在病床上的人什么都听不见，英鸣还是忍不住数落了两句，"不动脑子就算了，还把自己搞成这德行，再晚点送你进来就要变死者了！"

医生说石毅的情况其实已经很危险了，他最近应该是受了严寒又没有及时回温，炎症很严重。

这要是被他家里人知道，指不定还要搞出多大的动静。

想到石毅的母亲和家人，英鸣犹豫了一下要不要通知陈诚，不过想到最后他还是没打电话。

虽然石毅送医的时候情况不太好,但医生也说了并没有生命危险,及时用药的话应该过段时间炎症就可以消下去了,把他家人都叫来也不一定就对他的身体恢复有好处。到时候如果再出点什么问题,可能反而麻烦。

他打了电话回剧组解释他这边的情况,耗子明后天大概能过来帮着一起照看着,他等石毅醒了情况再稳定一点就回组。

董晓那边态度还好:"没事儿,剧组这边司基可以先顾着,你等事情结束了就赶紧回来。"

好在是拍电影,周期本来就不长还耗得起,要是个电视剧,英鸣这样离开造成的压力肯定不小。

不过,当时英鸣还没想到事情的后来发展会那么急转直下,他守在医院的第二天,石毅还没醒,一通电话让他非常狼狈地直接赶到了澳洲。

电话是凌晨三点多打过来的。

英鸣当时被震动惊得整个人都有点发怔,有点迟钝地摸过手机,看到上面提示的电话是寇京的。

"扣子?"

因为人不清醒,声音嘶哑得不像话,英鸣清了下嗓子尽量提起精神:"怎么了?"

其实这段时间他压根也没怎么休息,工作的时候还不觉得,一旦离开了剧组,疲惫感几乎是翻倍涌过来的。

"英鸣,你看新闻了吗?"

"新闻?"这个字眼让英鸣皱了下眉,"没有,我在医院陪着石毅,没工夫去搭理那些。"

"不是关于你们的,我刚才看新闻说澳洲那边发生了山体滑坡,其中有两辆旅游巴士困在了山里，公布出来的名单好像有石毅的妈妈，但是我不肯定，你知道这事儿吗？"

"我怎么可能知道？"英鸣脸色一变，"行了，我先挂了。"

医院里这个时间是不可能还有电视的，英鸣用手机上网查了一下名单，心底一慌。名字确实是一样的，但是这年头同名同姓的那么多，总不至于有这么凑巧的事。

可想是这么想，他还是打了一通电话给陈诚。

这个时间了，对方的手机竟然一直占线，英鸣连着拨了十五分钟才终于把电话打通，结果那边情绪比他还激动："石毅呢？"陈诚打了一晚上电话石毅手机都没开机，不是被逼急了，他根本不想接英鸣的电话。

"石毅现在在医院。"

"医院？！"陈诚猛地站起来，"石毅怎么了？"

"他急性肺炎引发上呼吸道感染，已经用了消炎药，我在医院跟他在一起。"

英鸣的态度还算冷静，他看了一眼床上昏迷不醒的男人："石毅的妈妈在澳洲？"

手机那边并没有立刻答复他。

虽然石毅曾经跟陈诚很认真地谈过一次，但说到底陈诚对英鸣的所有忍耐只是因为石毅，抛开这一层，这两个人彼此都不愿意跟对方有任何程度的牵扯。

可是这时候也顾不上了。

陈诚皱了皱眉："对，他妈妈和他阿姨都在澳洲，公布出来的巴士名单上两个人都在。"

说起来，这次旅行还是陈诚安排的。

他心底一股烦躁，捋了捋凌乱的头发："石毅现在醒了没有？"

"还没有。"

医生之前告诉英鸣，石毅除了本身很严重的炎症，身体各方面指标都不太正常，所以才会这么虚弱，给他用的药里本身含有适量的镇静药物，好让他充分休息。

陈诚在那边不知道石毅的情况，犹豫了一下就当机立断："把他弄醒，这事儿他必须知道。"

可是英鸣没同意。

"现在就算他人清醒着也没用，石毅情况很糟，根本什么都做不了。"都不用医生做医嘱，就光看他隐隐发青的脸色也知道床上这个男人的身体已经到了一个临界点了，这次只不过是攒在一起爆发而已。

打开免提，英鸣又大概搜了几条新闻，不容乐观的抢救现状让他不安地深吸了一口气："陈……"这个称呼怎么叫都别扭，英鸣最后也没叫出口，"你现在是不是有办法去澳洲？"

"我不可能离开。"出了这么大的事，陈诚除了办公室一步都不能离开。

英鸣点了下头："我知道，我去。"

电话那边的人愣了一下："你去？"

"嗯，我过去看一下情况，随时保持联系。"

陈诚仅仅考虑了三秒就同意了，他把航班号和取票的地方留给英鸣："最近的一班是两个小时以后的，你在什么地方？需要我派车吗？"

"不用。"英鸣把所有信息记下来，"我回家打个招呼就走。"

也亏了是这个时间段，路上基本上没有车，英鸣到家把父母都叫起来，大概说了下情况，然后去找自己的护照和信用卡。

他妈妈披着睡衣看着他忙来忙去的，几次想开口但是最终还是没说什么。

最后是英鸣的爸爸嘱咐了一句一定要注意安全。

233

赶到机场的时候,现场很混乱。

英鸣按照陈诚留的电话取了机票登机,同行的人里大概有一部分都是遇险者的家属,气氛极度压抑。不过飞机上的乘务员也一直在介绍澳洲目前的情况,滑坡是由于飓风过境所造成的,目前那个区域的所有通信都已经中断,搜救队已经工作了八个小时,还没有发现被困的游客。

毕竟在极度恶劣的天气条件下进行搜救是很艰难的,但是根据以往的记录,澳洲很少出现同类型的事件而造成大的人员伤亡。

英鸣上机前打了电话给寇京,让他和耗子无论如何要有个人在医院里看着,等石毅醒了再把这件事告诉他。

飞机降落在出事城镇的周边城市,下了飞机还有四个多小时的车程,英鸣刚下机就联系了陈诚询问最近的进展,但是新闻上并没有太好的消息,鉴于这次的飓风影响很大,不仅仅山体滑坡,甚至还有为数不少的小镇都遭到了很严重的破坏,所以周围地区也基本上是乱成了一团,大量的滞留人群聚集在机场和车站这种地方,根本找不到愿意往那边去的司机。

幸亏英鸣的英文水平还可以,问了一大圈终于找到一辆搜救队的救护车,商量到最后同意带着他一起过去,但不能直接参与到搜救当中。

他把这边的情况跟陈诚大概说了一下,再过段时间很可能通信会中断:"不过你放心,我一定会想办法跟你联系的。"

陈诚干着急也没用,只能叹口气:"你自己也注意点。"

"嗯。"

很简单地说完几句就挂断了,英鸣按照随行搜救队的要求学了一些必要的急救措施,因为根据气象台的预报,很有可能事发地还有雷暴雨,情况可能会继续恶化下去。

"这么多年,我们没遇到过这么糟糕的情况。"车上一个搜救队员皱着眉看着英鸣,"你是来找你的亲人的?"

"嗯。"英鸣点点头,"我妈妈在被困的巴士车上。"

新闻上其实也披露了受灾地区的情况,无论是照片还是视频都让人觉得触目惊心,然而那一些远不如真正看到灾难现场来得惨烈,英鸣看着黑压压的天空和四处凄凉残破的街道,心底扩散的不安越发浓烈。

他几乎不敢去想象,如果石毅的妈妈再有任何意外,那个人要怎么撑下去。

他们的车是直接开到了距离灾区最近的小乡镇,镇上到处都是搭建的临时救济所,搜救队到了地方之后就没有人再有余力管英鸣了,他估计这里应该会有中国临时的联络处,找人打听了一圈才终于摸到地方。

这边的负责人姓孔,叫孔唯,是个看起来很年轻的驻外参赞:"你是石家的……"

很明显他认识石毅,英鸣跟他记忆中的人实在相去甚远。

英鸣也没隐瞒:"我叫英鸣,是石毅的朋友。"

这句介绍成功地让联络处的所有人都朝他看了一眼,孔唯很轻地皱了一下眉:"你可以代表石家吗?"

"可以。"英鸣掏出手机让孔唯看通话记录,"是石毅的舅舅陈诚安排我过来的。"

对方点了下头:"好,能代表说话就行。"他把地图拉给英鸣看,"现在的情况基本上东边已经搜索完了,他们估计人应该是在靠南的这片区域,但是因为滑坡所以很多道路都堵死了,暴风雨的警报让直升机没办法进行空中搜索,你最好有心理准备。"

虽然情况还没有糟糕到那个地步,但很多事都是说在前面要比后面来得强。

英鸣表情凝重地出了一口气表示了解，然后看了看四周："有什么需要我帮忙的地方吗？"

"你可以帮忙处理下物资，现在都是各顾各的，照顾好自己就是帮忙了。"

孔唯说完这句话就被叫出去了。

这里条件很简陋，湿气很重的空气中透着刺骨的寒意，英鸣拢了拢大衣，尽量不打扰其他人工作选择了站在靠门的边上。

这里真的只能用"暗无天日"来形容。

算起来这个时间石毅应该也差不多醒了，不知道情况怎么样。

英鸣皱着眉，拉住一名工作人员："你们这里，有可以对外联系的办法吗？"

"有卫星电话，但现在所有临时通讯设备都是用来救命的，没有特别的原因都不让用。"他们联络处的电话在孔唯手上。

理解现在的情况，英鸣也没说什么，他道了句谢，最后因为耐不住难忍的寒意还是决定出去帮忙。

找点事情做他脑子也能稍微清醒一点。

而跟英鸣所预计的差不多，石毅过了十五个小时终于醒了过来，当时寇京和耗子都在医院，等到医生确认石毅的情况已经有所好转，两个人把事情跟他如实说了。

石毅先打了一通电话给陈诚。

陈诚当时在开会，手机是他的秘书接的，因为陈诚留了话，所以他转述了一下，了解了情况，石毅让寇京他们给他办出院。

想当然这两个人不会答应。

"你现在这模样还想干吗？澳洲现在的机场已经停了所有客机，你就算出院了也帮不上忙。而且就你现在这种情况,人还没到澳洲就挂在半路了。"估计连机场安检都不可能通过。

但是石毅态度很坚持,他随便把自己的外套披在病服外面:"我不是想去澳洲,英鸣过去比我有用。"

他自己的身体他自己最了解。

"那你要干吗?"

"我要去英鸣家。"

石毅动作不太顺畅地穿好衣服,自己挣扎着按下床头的护士铃,回头看了寇京他们一眼:"英鸣现在人在澳洲联系不上,他父母肯定也担心,我得过去。"

英鸣赶到澳洲是为了他,他这时候不可能让英鸣的父母在家里干着急。这次,寇京和耗子什么都没说,彼此看了一眼,帮着一起把石毅扶起来。

石毅的出现,让英鸣的父母很意外。

但是门外被寇京和耗子扶着的石毅却很坦然:"叔叔阿姨,英鸣现在已经到达受灾的城镇,我舅舅一直跟他保持着联系,怕你们担心,就过来跟你们说一声……因为当地的通信不太方便,他没办法一直打电话,但是我们驻澳的大使馆已经有人跟他接触到了,具体的情况我稍后再确认一下,我人就在你们门口的车上,英鸣回来之前,我会一直陪在这儿,你们放心。"

因为身体还很虚,石毅说这段话的时候停下来缓了三次,他高烧并没有全退下去,脸色还是很难看,但精神状态还可以,说完了把名片递给英鸣的妈妈:"这是我电话,您要是不想出门,就打给我。"

最近的天也刚下过雨,空气里还有些微的湿凉,寇京扶着石毅都能感觉到手下对方的颤抖,只是不明显。

虽然气氛有些尴尬，最终英鸣的父母还是点了点头表示接受了石毅的这份心意。看着石毅转身要走，英鸣的父亲很轻地咳嗽了一声："要不就进屋吧，天凉。"

他说完转身就进屋了，留下英鸣的妈妈也没反对，稍微退后一步拉开门，无声地让他们进屋。

寇京和耗子把石毅扶进屋就走了，把他的药什么的都放在了茶几上，临走的时候留话让他自己顾着身体，有什么情况及时打给他们。

石毅摆了下手，算是致谢。

大门关上的声音，也隔绝了屋里的空间，英鸣的爸爸在书房没有出来，客厅就剩下石毅和英鸣的妈妈，空气中扩散着一股压抑的僵硬，很长时间彼此都没有说一句话。

最终，还是石毅的手机打破了沉默。

电话是陈诚打的："石毅，你身体怎么样？"

"还撑得住，我从医院出来了。"

"出来了？那你现在在哪儿？"陈诚那边情况也很乱，他接下来不停地有会要开，各方面的协调都要去做。

石毅并没隐瞒自己的情况："我在英鸣家里，跟他父母一起。"

陈诚没有立刻接话。

旁边英鸣的妈妈看了石毅一眼，转身进去厨房倒水，石毅用手撑了一下额头："总之你不用担心我了，英鸣跟你联系了吗？"

"没有，我刚下会场，一会儿还有一个媒体会，不过孔唯给我打了一通电话说人已经到了，搜救还在继续，已经基本上可以确认区域了，接下来几个小时应该会有进展。我把孔唯的电话给你，不行你就联系他，不过他那个是卫星电话，不太好接通，你多试几次。"

"好。"

石毅随手抽过旁边的餐巾纸记下电话,最后确认了一下就挂了。

电视上的新闻正在滚动播出澳大利亚那边的灾情,想必他进屋之前英鸣的父母就在看这个。

不过,刚才陈诚的这通电话倒是提醒他一件事。

他打了个电话给欧扬,对方大概也一直在等他的消息,刚响了一声就接通了:"有事直接说。"

"你说现在想办法弄个卫星电话有戏吗?"

"卫星电话?"

"嗯,就是那种不经过通讯塔的信号⋯⋯"

石毅说了一半就被欧扬打断了:"我当然知道那是什么东西,我是问你,你想怎么用,送到澳大利亚?"

"要是能在澳洲搞到当然最好,我刚从医院出来,是英鸣代替我过去了。但是现在不好联系,能联系上的只有大使馆的人,我不踏实。"

现在这个阶段,这也是他唯一能帮到的事了。

"行,这事儿你让我想想办法,我记得当初澳洲有家集团跟我们谈过几次,你不是跟那边关系还不错?要不你试着联系下,我再找人。"欧扬答应得很干脆,一句多余的话都没说。

"那随时联系。"

"好。"

英鸣的妈妈端杯水出来,看到的就是石毅不停地在打电话,她把杯子放在他跟前,后者抬头冲她笑笑致谢。

将近半小时的时间里,石毅除了打电话就没干其他的事。

察觉到自己留在客厅也没什么可做的,英鸣的妈妈最后也进了书房,不过门都没关,石毅打电话的声音听得很清楚。

他一直在努力协调卫星电话的事,说的都是英语,可能有点进展了,一个小时之后终于短暂地休息了一会儿,然后又开始试着联系孔唯。

结果这次就是不停地在重拨。

好不容易接通了一次,对方只问了个名字就挂断了,石毅心里着急但是发不出火,只能耐着性子继续重拨。

真正联系上已经是几十分钟之后的事了。

信号很差,说话都是断断续续的:"喂,请问是孔唯吗?"

"是,有话赶紧说。"

"我是石毅,之前联系过你。"因为那边说话的声音很大,搞得石毅下意识也扯起嗓子开始吼。

孔唯的态度不是很配合:"我知道你是谁,有话赶紧说,通话时间很短。"

石毅皱了下眉:"能让我跟英鸣说句话吗?"他提到英鸣的时候,书房里英鸣的父母都走了出来。

孔唯没有答复石毅是同意还是不同意,嘈杂的声音持续了一会儿,就在石毅已经快要放弃的时候,英鸣刻意扬高的声音终于传到他耳里:"石毅,你醒了?"

从声音听英鸣的精神还不错,石毅听到他声音的同时心头终于松了半口气,他抬头冲旁边的两位老人点了点头,示意英鸣没事儿。

"我现在在你家里陪着叔叔和阿姨,你要是有事,也可以直接往家里打。"

"好,我知道了!搜救队现在已经开始往最有可能被掩埋的地点去搜救了,我打听过,巴士车应该只是被困住了并没有被掩埋,所以你先放下心,我会一直在这儿。"

英鸣的声音也是断断续续的,但是石毅听懂了他的意思,眼睛有点发酸。

石毅使劲闭了闭，然后振作起精神看着英鸣的父母："叔叔阿姨要跟英鸣说句话吗？"

英鸣的妈妈往前走了一步，大概是想接电话，但是被旁边英鸣的爸爸拦住了："不用了，我们说也说不清楚，你让他自己注意安全。"

石毅点点头，把话转述到了，之后电话大概是被孔唯拿过去了，两人也没来得及打个招呼就切断了通话，石毅拿着手机愣了一会儿，不太明显地叹了口气。

时间在这种时候总是走得很慢，石毅几乎是神经质地每隔一段时间就会去看一下墙壁上的挂钟，新闻的内容没有太多的新进展，三分钟之前的东西三分钟后再重来一次，他疲惫地捋了捋头发，靠在沙发上试图稍微放松一些紧绷的神经。

接近下午五点左右的时候，终于算是有了个好消息，电话的事情落实了，澳大利亚的公司会发送一批赈灾的物资过去，顺便给英鸣带电话，但是最乐观的估计也要凌晨三点之后才能把东西送到，欧扬代表石扬也汇了一笔灾款，备注一栏又强调了一次英鸣的事。

虽然这种做法不是太漂亮，可现在的情况也顾不上了。

晚上英鸣的妈妈煮了粥，招呼石毅吃一点，后者也没推托，耐着药物反应喝了三碗。

对此英鸣的爸爸点了点头："你先照顾好自己的身体才能做事，别耗垮了。"那些遇到点事就动辄不吃不喝的才是真正不懂事的，石毅这时候所表现出来的状态倒是跟英鸣父母想象中的差别很大。

因为晚上肯定要守电话，石毅吃完了药歪在沙发上稍微睡了一会儿，英鸣的妈妈本来想让他去英鸣那屋睡，后来想到打架的事，最后还是没开口，就给他抱了床被子和枕头。

不过心里装着事，怎么也不可能真正踏实地睡，石毅半睡半醒地眯了两个小时就再也睡不着了,坐起来又试着跟孔唯打了会儿电话,但是一直没接通。陈诚后来打给他问了下情况,知道他安排了电话的事,就没再说什么。

说起来也就是几个小时,石毅却觉得跟过了几十个世纪一样。

坐不住了就站起来在客厅里动作很慢地走两圈,走累了再坐下休息一会儿,英鸣的父母很少出来,大概是怕碰头了彼此不知道说什么会比较尴尬,厨房里给他留了温好的粥和一些菜,虽然没有交代,但石毅知道这是希望他半夜饿了的话就自己垫一点。

无论如何,这种无言的关心已经让他心里松缓了不少。

事实上,没有人会比他现在还要心焦如焚,自己的母亲被困在澳大利亚他只能被迫在这边等消息,那滋味任何人都不会想要尝试或者体验一回。到现在为止他没有失控,一来是因为英鸣代替他过去了,他相信对方一定会尽全力,再来是他不想在英鸣家里表现出太多的急躁让他们胡思乱想操心,心里的火烧得快要泛滥了,他也只能在心口压着。

精神折磨在点滴的时间流逝中加剧着,一直到四点,他没闭眼,书房的灯也没熄,到快五点的时候,英鸣家里的电话很突然地响了,石毅基本上算是扑过去把电话接起来,那边英鸣的声音让他整个人眼前发黑。

"石毅,电话我收到了。"

"嗯……"

"你放心,这边情况还好,气象专家预测天气应该不会继续恶化了,如果天气能好转,成功救援的可能性非常大,而且通讯也逐渐在修复中,我觉得情势还比较乐观……"

"嗯……"

石毅除了这个单音节几乎挤不出更多的话,嗓子疼得厉害,他难受地咳了两声,终于在英鸣的询问中低哑地回了一句话:"英鸣……对不起,还有，谢谢你。"

石毅说这句话的时候，刚好英鸣的父母也走了出来，将石毅眼底发红的狼狈尽收眼底，彼此都愣了一下。

不过石毅反应很快，他眨了下眼把所有情绪都逼了回去，然后把电话递给英鸣的妈妈："阿姨，英鸣的电话，你们聊两句。"

等对方接过电话，石毅站起来走到阳台上想抽烟，不过刚点着就被身后英鸣的爸爸制止了："这时候别抽烟了，对身体不好。"

只是恍惚的一个瞬间，石毅想到了他那次回家的时候，他父亲跟他说的那句话。似曾相识的场景让本来就还烧着的石毅一时半会儿都缓不过神，只能愣愣地站着，心底一片茫然。

英鸣拿到了电话，跟石毅的联系就逐渐变多了，包括搜救队的进展、天气的变化。在事发之后的第二十七个小时，终于发现了被困的巴士，冒着一定的风险直升机投递了一些物资和食物，再三确认位置之后，搜救队顶着暴雨持续着救援。

现场的所有人都因为发现了被困的巴士而激动着，英鸣连伞都没打，跟孔唯一起站在山边的位置观察情况。

历时两个半小时，搜救队终于接触到了被困的旅客。

"确认过了九十名旅客都在，目前没有人员伤亡，只有八名旅客出现体温偏低的情况，已经进行了急救处理，现在按照计划把旅客带出去。"

对讲机里这段话让英鸣终于松了一口气，他回头看了孔唯一眼："谢谢……"

其实，可能的话他现在想跟所有人说谢谢。

因为已然不知道还能用什么话来表达自己的心情了，从到达这里到现在，他无数次下意识地设想过最糟糕的结果，但是饶是做了再多的心理准备,他依然无法说服自己接受那种结局。

幸亏搜救队一直没有放弃,也幸亏这里的每个人都在坚持。

英鸣本来想给石毅打个电话告诉他,但是犹豫了一下还是想等到真正确认他母亲没事。时间一分一秒地过去,大巴上的旅客先被救出来的是小孩和老人,等了大概三个小时,终于差不多全员都被安全护送到了临时搭的赈灾帐篷里。

虽然天色很暗,英鸣还是第一次时间就看到了石毅的妈妈。之前在石毅父亲的遗体告别仪式上他就见过对方,看见救护人员搂着她从飞机上下来,他第一时间就赶了过去。

"阿姨!"

石毅的母亲显然很意外在这个地方看见他。

两个人正式的第一次见面就格外尴尬,一时都不知道说什么,英鸣下意识伸手接过救护人员手里的氧气罐,把石毅的妈妈扶到边上。

那个救护员还没走,他转头问了一句:"请问她情况怎么样?"

"欸?"

这个搜救人员还不是澳洲人,是个亚洲人,看出来英鸣很着急,就安抚性地拍了拍他的肩膀:"放心吧,这位女士的情况没有太大的问题,只是有些轻微的缺氧和低温,一会儿我会安排送她到临近镇的医院观察一下。不过你需要为她登记,她是你家人吗?"

英鸣点点头:"我是她儿子。"

石毅的妈妈听到英鸣这句话整个人僵了一下。她抬头看了英鸣一眼,嘴唇动了动想开口,但是最终也没说什么。孔唯过来问了问情况,确认没什么问题就去其他人那边了,有些被困旅客并没有亲人及时赶过来,还需要他处理。

英鸣一直陪在旁边,等到石毅妈妈的脸色稍微缓和一些了他才拿出电话:"阿姨,你给石毅打个电话吧,他住院的时候知道您出事了,很担心。"

一句住院也算是解释了石毅没来的原因,他对面石毅的妈妈犹豫了一下,最后还是接过电话,按照英鸣教的办法拨出号码,很快就被接通了。

石毅可能还以为是英鸣,开口就是问进展:"怎么样?找到人了吗?"

"石毅……"

被困了这么久,石毅妈妈的嗓子很沙哑,她费力地清了清嗓子,尽量让自己的声音听起来正常:"石毅,听得见吗?"

"妈!"

电话那边确认她的声音之后石毅很激动,整个人从沙发上站起来:"妈!你怎么样?"

"我还行,没事儿,你阿姨也没事,放心吧。"正说着,石毅的阿姨也被救护员护送过来了,英鸣赶紧上前帮忙裹上之前发到他手里的毯子,搂着走过来。

明显石毅的阿姨对他的印象不太清晰:"……你是?"

"我是英鸣。"简单的一句话算是自我介绍。

对方先茫然了一阵,然后猛地反应过来他的身份。

有那么几分钟,气氛很尴尬。

石毅妈妈的电话打着打着就忍不住哭了,这几十个小时有多难熬外人想象不出,在等待救援的过程中,她无数次绝望过,再听到石毅的声音简直跟做梦一样。

能听出自己母亲的哽咽,石毅心里也难受,他抓着电话的手下意识地用力,绷到青筋都暴出了也毫无知觉:"妈,对不起,我现在没能赶过去……英鸣会照顾你们,我在这边安排你们回来的问题,放心吧,很快就可以回家了。"

"我没事,真的。"

石毅的妈妈抱着电话也只能反复强调这句话,后来实在说不下去了电话转给了石毅的阿姨,简单地聊了两句最后电话给了英鸣。

石毅深吸一口气:"英鸣,我都安排好了,你们赶紧从那边回来。"

他声音抖得不成样子,要不是因为英鸣的父母都在旁边,他大概要失态了。

反而英鸣的声音冷静一些:"阿姨她们会先到医院做一个全身的检查,确定没什么问题我再联系你,不会很久,你别担心,我在呢。"

一句"我在呢"奇异地让石毅一直悬在半空中的心终于慢慢地放了回去,他点点头,把电话交给英鸣的父亲。

在对方接过电话之后,他冲到卫生间再也撑不住开始吐。

那种因为恐惧感而衍生的反胃从他知道他妈妈在澳大利亚出事就一直没有停止过,这么长时间,只是被他强迫冷静地压了回去,现在确认没事,他就再也压不住了。

因为没怎么吃东西,石毅的吐也就是干呕,他耗尽了全身力气之后整个人瘫在卫生间,一点站起来的力气都挤不出来。

还是英鸣的妈妈担心地过来看他,才把他扶起来。

"你怎么样?要不要去医院?"

石毅的脸色白得发青,嘴唇一点血色都没有,额头全是虚汗。

他挣扎着用水漱了漱口,摆摆手:"我等他们上飞机了再去,再让我守一会儿……"

身体的情况他不逞能,但没最后确保英鸣他们回来了他不放心。

英鸣的妈妈皱了皱眉,没有再说什么,扶着石毅回到客厅,她看了看茶几上的几瓶药:"你这是没怎么吃东西就吃药给刺激的,我给你把粥热了,你吃两口,家里好像还有退烧的冰枕,我给你找找。"

说完她就去忙了，留下石毅本来想说不用麻烦了，最后也没来得及开口。

英鸣陪着石毅的妈妈和阿姨到医院检查，排队就排了不少时间，医院这时候基本上乱成一团，虽然已经是优先处理他们这些被困的旅客了，但是由于伤病太多，也根本顾不过来。

所以等所有的检查结果都出来，差不多都要到中午了。

好在临近城镇的电话什么的都还可以用，英鸣每隔一会儿就往家里打个电话，石毅的妈妈最后一项检查出来，石毅安排好的车也开到医院门口了。

上了车就直奔机场，票什么的都是之前安排好的，石毅人虽然没到澳洲但是影响力还在，一路上所有事都被打点得很周到，一直到坐上飞机起飞，英鸣他们都没遇到任何阻碍和麻烦。

在飞机上，石毅的阿姨忍不住长出一口气："可算是踏实了，这一路折腾……"

谁能想到本来是旅游出来散心的竟然会遇到这么惊险的情况，回头想想之前的这几天，简直不堪回首。

石毅的妈妈一直没说话，沉默地靠在椅背上闭目养神。

英鸣也没有主动搭话，只是一路上喝水吃饭都照顾得很周到。他其实已经连着快六十个小时没怎么合眼了，眼睛涩得难受，不过无论如何石毅的妈妈没出事对他来说就是天大的好消息，这么一刺激，他一时也感觉不到有多累。

乘务员知道他们是被困的旅客之后也对他们很照顾，不时地过来帮忙添水和送毛毯，澳大利亚恢复通航其实没有多久，这是通航后的第二班航班，如果不是石毅提前打过招呼，弄到票还没有那么容易。

等大使馆安排，怎么也得明天再说了。

飞机是难得准时到达的，陈诚在机场接的机，英鸣记忆里一直非常自信笃定的中年人仿佛一夜之间老了许多。陈诚安排好石毅的妈妈上车后，很小声地跟英鸣交代了一句："石毅好像又住院了所以没来接机，我先送他妈妈回家，你去医院看看，回头给我个电话。"

陈诚这两句话说得并不热络，但是也没有很生硬，他说完就跟着上车了。英鸣自己打的出租车，没有回家直接去的医院。

路上他往家里打了通电话报平安，他妈告诉他石毅还在之前那家医院，病房都没换，他爸坚持在医院等他。

"你爸说医院得留个人，你去把他换回来吧，为了你，我们俩两夜没合眼！"

之前英鸣走的时候他父母没有阻止，是因为看出来了他们阻止不了英鸣，但不等于他们不担心，冒着这么大的危险跑去那种地方，怎么说他父母也还是有气的。

所以这两句数落英鸣只是沉默地听着没有应声，车到了医院他在问讯处问到了石毅的病历，听到护士说情况不是太严重之后，长出了一口气。

病房外面，他爸爸站在楼道里。

可能是知道他已经回来了所以也没表现出意外，就是转头看了他一眼，然后点了一根烟抽了两口，等他走近了，才简单地说了两句："他还是发烧，用上药就睡了，你在这边陪着，一会儿护士过来加药。"

说完，他低着头跟英鸣擦身而过。

父子两个人没有多说什么，英鸣心底一疼，没忍住，他还是回过头叫住他父亲："爸！"

但是走在前头的人没有停，很快就消失在了楼道的尽头，英鸣有点无奈地看着空荡荡的楼道，一时之间觉得很累。

他推开病房的门，床上石毅还在昏睡，苍白疲惫的脸上甚至还微皱着眉头。

英鸣伸手掖了一下被子，静默了一会儿脱了鞋躺在旁边的看护床上，听着对方清晰但是沉稳的呼吸声，随着心跳的节奏，一下一下的，很实在。

他其实已经快困傻了，放下心之后所有的倦怠感都成倍地翻涌而至，根本没等他再想什么，在闭上眼睛的同时，人就直接睡了过去。

》第九章》

/

朋友

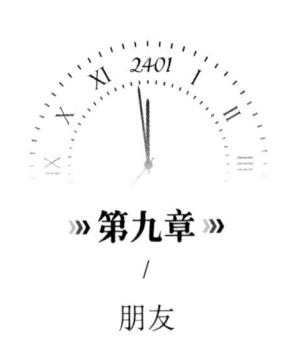

石毅醒过来,首先感受到温暖的阳光,然后是熟悉的气息。他皱了下眉,睁开眼看见对面床上英鸣的短发。

有那么片刻的愣神,石毅因为太过熟悉的气息而确认着对方的身份,却也有些缓不过来神。

他爬起来稍微动了动英鸣的头发,想要仔细看看对方的脸。折腾半天,最后除了把英鸣不太痛快地弄醒了,没造成任何结果。

因为严重缺觉而持续差不多昏睡情况的男人被头发上动来动去烟圈儿一样的感觉折腾醒,眉间的褶皱透着暴躁的不满。

"别动了!"

沙哑的声音有点歇斯底里,英鸣吼完了往被子里又挪了挪。

石毅一收胳膊:"这么多天没见,你这第一句话真影响情绪。"

英鸣基本上是被石毅吵醒了,感受到目光的压力,最后他忍无可忍地拍了下被子:"我看你一点都没被影响到。"

石毅撑着坐在床边抱怨:"我差点就被你爸打废了,不让你感受一下我于心不忍。"

那拳头直接抡过来不是开玩笑的,打得他差点胆都给吐出来。

"真打废了也不失为功德一件。"英鸣扬眉瞪了石毅一眼,懒洋洋地打了个哈欠,"我都快困死了你还不消停。"

"很累?"

"这不是废话吗?"

英鸣揉了下眉心:"我上次睡觉的时间比我上次见到你的历史还悠久。"

"算了,反正睡不着,我还是起来吧。"

结果石毅动作很快地拉住他:"别!就这么待一会儿吧,我心里踏实。"

人的精神承受力其实是有一个限度的。

石毅以前觉得自己是个天不怕地不怕的人,这几天撑下来,才意识到自己真正攥在手里的东西并没有多少。

正好不想脱离被窝的男人闻言只是挑了下眉,什么都没说。

病房里的空气难免透着一些让人不太舒服的消毒水的味道,英鸣眼前的窗帘飘来飘去的,很有电影的感觉,光线很昏暗,从侧面斜照进屋里,刚好扫到一点床头,晃得人越发慵懒。

似乎,他们在不久的以前,也有过这么一个时候。

两个人靠在沙发上什么话都没有,待了接近一个下午。

想起来也不觉得过了很长时间,但回忆的画面就是让人觉得很恍惚,人变了很多,心情也变了很多。

已经都太熟悉这个社会上的规则,也太清楚自己身上背负的东西不是那么容易妥协的,这个代价对他们来说,都属于非必要的昂贵付出。

石毅住的是单人间的病房,病房里外都很安静,除了彼此的气息,几乎什么都感受不到。

护士进来换药的时候，英鸣就靠在窗边，嘴里咬了根薯干。

因为太嫌弃这个口感和奇怪的味道，他始终眉头紧锁着，护士换药的时候石毅格外的虚弱，基本上连抬胳膊的力气都挤不出来。

所以护士有点奇怪："你的消炎药也用了一段时间了，按说情况应该会有好转啊……"

怎么人反而看着越来越严重了。

英鸣这时候插嘴问了一句："他烧是不是退了？"

"嗯，基本上算退了，还有些轻微的低烧，医生开的药还有四个单位，都用完了应该就可以全退了。"

听完这话英鸣放心地点了下头，然后转过头继续不满地咬着嘴里那根薯干。

"不过他身子现在挺虚的，一会儿我再过来看看，还是这种情况，就要通知医生了。"

护士还算尽责，又问了几个问题才换好药离开。

英鸣一直等到护士走了才转头看了床上的男人一眼："你最好继续装，一直装到公司倒闭再出院。"

石毅缓慢地转过头看了他一眼，一脸哀怨："你这是虐待……"

"你错了。"英鸣满脸平静，"我这是心疼你。"

换了药石毅那股沉睡的困意又开始侵袭意识，努力地振作了一下，他歪过头："你后来回家，叔叔阿姨有说什么吗？"

当初他上门的时候，英鸣父母的怒火可以用"滔天"来形容。

虽然本来也是做好了心理建设才登门的，但真正面对那种长辈的不谅解时，心理压力真的很大。尤其这种愤怒，是他之前就已经经历过一次的。

不过，当时英鸣的爸爸问他到底那次打架他和英鸣主要原因在谁，他还是考虑都没考虑就放弃了说明新闻真相的机会，回答了是在他身上。

——也就因为这句话才被抡了一下。

当时胸口突然被打到的感觉他到现在还忘不掉，真的是一瞬间就失去了意识。

石毅问完了，英鸣却没有回答。

他并不想将家里的问题拿出来跟石毅讨论，哪怕是发生了这么多事，对他来说，他父母对这件事的看法，依然是他自己的问题。

他咬着那根薯条，只是看着窗外某一点的树顶："你睡吧，我一会儿就回去了。"

石毅闭上眼睛："我睡着以前你都在？"

"你多大了还要人哄着睡？"英鸣稍微扬了下声调，然后揉了下眉心，"赶紧睡吧，我困死了。"

男人撒娇是一件很诡异，或者说很别扭的事。

尤其是说出这种话的人还是石毅这种性格和做事风格的人，但更诡异的是英鸣明知道这种妥协没有任何意义还是没办法直接干脆地甩手走人。

他靠在窗边站了很久，思考着所谓石毅睡着该是个怎样的判断标准，然后想到肚子饿了，才皱眉把那根薯干扔掉，动作很轻地离开病房，带上门。

石毅再醒的时候，一屋子人。

陈诚、他妈妈、阿姨，甚至寇京都在，分别占据着病房里各处可见的空间，气氛尴尬压抑得让他想装睡都不太可能。

他微微坐起来："妈，你现在怎么样？"

本来是打算今天医生确认他情况没太大问题就回家的，没想到他妈妈和陈诚会直接过来。

虽然石毅现在已经比前几天的脸色好了很多，终究还是挂着病相，他母亲在他一开口的时候就几乎要哭了,低头哽咽了一会儿才忍住:"你就是不让人省心……"

这话说得石毅心里一顿,半天接不上来话。

陈诚一直站在旁边,表情微微有些僵硬,石毅转头看向陈诚的时候,后者也没给他反应。

反而是寇京挑着眉比了下门外,但是动作幅度很小,唯恐惊动屋里的其他人。

石毅看过去的时候才看见英鸣。

站在门外,视线刚好和他撞在一起,很轻地笑了笑。

估计是他也来看石毅的时候刚好和石毅的家人撞上,为了避免尴尬就没进来。石毅皱了下眉:"妈,你应该在家多休息……还有之前你最需要我的时候我没在,对不起……"

"没事儿。"石毅的母亲拍了一下他的手背,"我们……"她刚说"我们"两个字就顿住了,下意识愣了一会儿,然后才勉强地笑了一下,"我跟你阿姨都没事儿,你放心吧,你照顾好自己。"

"我好多了,一会儿再征求下医生的意见,如果没什么今天就准备出院了。"石毅也不准备在医院再住下去了,怎么说都不算个好地方。

"别着急出院。"陈诚在旁边插了一句,"确定没事了再出院,你公司那边欧扬应付绰绰有余,你先把身体调整好。"陈诚一直都知道石毅这段时间的身体状况,虽然现在看着精神还可以,但真实情况他是问过医生的。

石毅的妈妈也在旁边点头:"你舅舅说得对,身体要紧。"

这次,石毅没再说什么,就是笑了笑。

从他父亲去世,他们一家人就不太常这么在一起了,即便话题依然不多,这难得的时间还是让他心里有些酸涩。他看得出来他妈妈依然有些别扭,几次开口话题转到了在澳大利亚的情况,总是会顿住,不过很多事情是需要时间的,他心里很清楚。

时间就在一种所有人都心知肚明却还是佯装无事的气氛中逐渐度过,一直到石毅看出他妈妈有点累了,才劝说对方回家休息。

"妈,我在这边你放心,还有朋友在,你先回去休息吧。"

他说的朋友其实是一直站在病房里没什么存在感的寇京。

石毅妈妈叹了口气站起来,跟石毅阿姨两个人一起扶着离开了病房。

陈诚走在最后,临出门的时候看了石毅一眼:"石毅,我不管你究竟以后想要怎么做,你牢牢记着一点,不能再让你妈伤心。"

石毅皱眉点点头:"我知道。"

"知道就好。"

最后留下这句话,陈诚推门而出。

英鸣在楼道的拐角处抽烟,知道石毅的家人都走了,等到手里的烟抽完了才进病房。

寇京正好在病床前抱怨:"石大公子,下次你约我先确定了你家领导都不在吧,这压力太大了……"

他是被石毅一通电话叫来的,大概是想办出院,结果刚进来还没等把人叫醒陈诚他们就到了,搞得他出去也不是留下也不是,尴尬得要命。

尤其石毅的家人看着都挺有架势,这病房的气压都瞬间低了不少。

石毅已经彻底坐起来了,动了动躺得有点发酸的肩膀:"你这是诅咒我多住几次院是吧?帮我叫一下医生,没事我就出院了。"

"你家人不是不同意你出院?"临走还交代了两句。

不过这话显然对石毅没什么用:"正常人在医院躺久了都得有病,我烧退了,剩下吃药跟躺着挂水没什么分别。"

寇京知道劝不动他,只能去看英鸣,后者靠在边上也不吭声,任由石

255

毅把寇京赶去找医生。等病房里就剩下他们两个了，石毅才转头看着他："睡饱了？"

"没你滋润，我来的时候石毅还没睁眼呢。"

实际上英鸣到了家又睡不着了，就稍微眯了一会儿，后来没事可做，就顺道过来看看石毅，没想到这么巧碰到石毅家人。

明明在澳大利亚的时候也相处了一段时间，但始终有着隔阂。

寇京叫来了医生也叫来了护士，石毅要求把输液的针拔了，医生看了看他的情况就也同意了，不过出院还不太合适，最好再过一晚，这次决定是英鸣帮着下的，没等石毅开口就答应了下来。

寇京笑着看了石毅一眼，然后搬了把凳子坐在边上："行了，别当我是外人，有吩咐了就叫我一声。"

英鸣一扬眉："你要在这儿待着？"

"是石毅请我过来的。"

他说完看了病床上的男人一眼："你总不至于这就赶我回去吧？"这路途可不近。

结果石毅很干脆地点点头："行了，你回去吧。"

连英鸣都在旁边补了一句："回去路上小心。"

"你们太不仗义了！"寇京眉头几乎拧成疙瘩，"兄弟一场，你们就这么对我。"

寇京话都没说完，石毅因为无聊就把电视打开了，刚好频道是切在了文艺频道，放的全都是一些影视的新闻。

他突然想起来英鸣电影的事："你现在还没回剧组？"

董晓那边应该挺急的，之前还给他打过电话。

英鸣随手又拿了一根他极其厌恶的薯干，磨了两下："明天我就回剧组，他们拉到远郊去补几个镜头，我就不过去了。"

新闻播了没两条很意外地提到了王义齐退出娱乐圈的事,石毅放大了声音,就听播音员语气很刻板地复述着发布会的内容。

王义齐看着很冷静,对记者的提问也基本上做到了有问必答,他说参演的最后一部电影就是英鸣执导的,也算是他演艺生涯的一个完美的终点。

之前知道了是一回事,如今看着真正发布会的情况,又是另外一回事。

寇京愣了一下:"这事儿竟然现在还在反复播。"

都已经是几天前的事了。

不过那时候所有人都忙得无暇顾及,当时王义齐的发布会没有任何一个圈内人出席。

他宣布完就直接进剧组了,具体情况寇京还了解一点,石毅是基本上什么都不知道。

看到电视上定格的王义齐的特写,寇京叹了口气:"人这辈子,能做自己想做的事,挺不容易的……"

"不然天底下就都是捡便宜的事了。"英鸣很淡地接了一句,然后坐在石毅的病床一边,"你出院那天,去我家吃顿饭吧。"

这话题提到得有点突兀,石毅愣了一下:"去你家?"

"嗯,我妈说一起吃顿饭。"

"鸿门宴?"

"应该不会要了你的命。"

相比起石毅的妈妈,英鸣家里的态度似乎有缓和的迹象,虽然他爸一直没有表态,但当时他妈提到石毅的时候,他父亲也没多说什么。

石毅考虑了一会儿,最后点头:"行,我去。"

寇京最后多留了半个小时还是走了,他本来就是过来看看石毅这边有没有什么需要帮忙的,既然英鸣在,那估计也用不上他。

英鸣本来说跟寇京一起吃饭,石毅不方便出去,耗到最后陪着他吃病

257

号餐。三个人临分手的时候，寇京跟英鸣念叨，石毅变化可太大了，杀伤力有些承受不了。

而吃完晚饭，天完全黑了之后石毅非要去医院的花园遛弯，英鸣觉得石毅烧刚退没多久，不适合出去吹风，但是石毅态度很坚持，两人僵持了半天，最后还是英鸣妥协。

不过石毅裹得像北极熊，在夜幕之下背影很惊悚。

这个时间，基本上也没人了。

天还是透着亮的，多数病人这时候会选择在病房里聊聊天看电视，也就只有石毅这样的会跑出来吹冷风。

他跟英鸣随便找了个亭子坐了一会儿，看着前方黑漆漆的树影，陪衬着几盏不亮的路灯，恍恍惚惚的。

石毅笑了一下："你知道吗？我特喜欢晚上。"

"为什么？"英鸣的语气不置可否，这么黑什么都看不见有什么可喜欢的。

结果他旁边的男人往前靠在他背上："因为你说过的2401。"

过了二十四点，就是明天了。

或许以前也不喜欢这种不受控制，前途未知的感觉，但因为这句话，石毅莫名地对黑夜有了一层好感。

再看不清楚都好，总是有前路的。

时间不会为了任何人停止，生活也不会为了任何事而结束，所以，能做的就是往前看。

英鸣转过头的时候，刚好石毅抬起头依靠在他旁边，意料之外却依旧很温暖。

石毅去英鸣家之前，特地去理了发。

虽然其实也没改变多少，但是英鸣开车去接他的时候，明显能感觉到他态度上的不同。

当时英鸣没忍住，还笑了一会儿："我说你至于嘛，捯饬成这样该挨打的时候还得打，我爸妈都不是颜控。"

当时石毅耸了耸肩："我这是策略问题。"

他其实犹豫过是应该穿得精神点还是搞得病恹恹的比较容易博得同情，考虑到最后还是越靠谱越好。

相比他英鸣态度自然点，反正都到这个份儿上了，横竖都是一刀，他没差别。

虽然英鸣爸妈还没原谅之前的事，但说到底都是客人，英鸣家里还是准备了几道菜，两人进门的时候，英鸣的爸爸在沙发上雕木件，听到英鸣那声爸连头都没抬，就"嗯"了一声。

石毅跟英鸣坐在旁边，厨房那边还在准备饭菜，本来他们考虑要不要进去帮忙，但是按照英鸣对自家人的了解，这时候他们什么都不做好过随便自作主张。

二十来分钟就弄得差不多了，英鸣的妈妈招呼过去吃饭，石毅看了英鸣一眼，两人等着英鸣父亲站起来才跟在身后。

饭菜很简单，显然谁也没心思装成很热络熟稔的气氛，闷头各自吃各自的，偶尔英鸣的妈妈问两句闲话，英鸣有一搭没一搭地回着。

这顿饭，吃得很辛苦。

好不容易熬完了，英鸣进厨房洗碗，石毅直接被英鸣的妈妈叫到了阳台，他爸继续去雕件，一句话都没说。

英鸣洗完了碗就靠在厨房里抽烟，也没出去，发呆的视线盯着墙壁上挂的日历，微微皱着眉。

这边石毅在阳台对着英鸣的妈妈，手里颠来倒去地转着一根烟，但没有点。

英鸣的妈妈也是他的长辈，态度上，他还是很顺从的。

英鸣的妈妈眼里有火，任谁摊到这种事心里都痛快不了，她今天把石毅找来就是要跟他谈清楚，英鸣没有他那样的背景，也不适合跟他当朋友。

但旁边的石毅只是很慢地抽着烟："阿姨，之前知道我妈在澳大利亚出事的时候，我觉得我都要疯了。当时我人躺在医院里，动都动不了，看到的所有东西都在眼前转，想站起来都要靠人扶着。"烟头的红点在夜幕中忽明忽暗，石毅语速不快，自己也陷在回忆里，"后来我朋友告诉我，英鸣已经赶过去了，您不知道我心里有多感激他。"

石毅有点感慨地叹了口气，然后低下头。

听到这里，英鸣的妈妈哼了一声，没吭声。

"其实，不知道英鸣跟您和叔叔提过没有，我以前是挺不靠谱的一个人……但是来来往往那么多哥们朋友，就没有各方面都合拍的，如果没有遇到英鸣，可能还是一如既往。我跟英鸣谁都不敢说对方是多适合的拍档，可是，我爸走这件事儿，让我想通一个道理，人这辈子，很多遗憾和后悔是因为错过，总觉得还有其他路走所以不在乎，不珍惜，等到错过了，就靠着后半辈子的后悔来过日子。"

石毅转过头看着英鸣的母亲，眼神在夜色之中无比坚定："所以我跟自己说，我不能再失去一个朋友，无论是不是还有其他可能，我都不要了。"

他已经失去很多，他知道，他也认。

石毅这几句话说得英鸣的妈妈愣了一下，她皱着眉尝试开口，但最终没说下去："你……"

"我父亲去世的时候，我在他坟墓前发誓，我石毅的后半辈子，都不会再轻率地去做一个决定，不会轻易放弃，不会对自己妥协，我会尽我所能地照顾我的家人,承担起所有我该承担的责任。"石毅深吸了一口气,然后笑了笑,"阿姨,我答应我父亲我会过得很好,会生活幸福,我会为了这个承诺尽全力……"

曾经,他的生命中索取比选择要容易,但是发生了这么多事,他看懂了坚持是比放弃要容易得多的。

所谓责任感,首先要对自己负责,如果他连面对自己都做不到,就更不要去谈任何其他事了。

很长一段时间,英鸣的妈妈都没有说话。

两个人就是这么静默地对着,气氛很压抑,但石毅的态度并不烦躁。

一直等到英鸣敲门过来说有英鸣妈妈的电话,两个人之间都没有过再进一步的交谈。反而是英鸣过来之后冲石毅扬了扬眉,问他有什么情况。

后者只是笑笑,什么都没说。

这番话,不一定能真正说服英鸣的妈妈,但这就是石毅的态度。

英鸣后来问过两次到底他那天晚上跟他妈说了什么,石毅始终没有告诉他。

英鸣回到剧组之后,就又开始了日夜颠倒的生活,石毅还是住在家里,有时候能凑巧在英鸣剧组附近的话两个人就会抽空吃顿饭,不过基本上是计划得多真正落实的少,不是刚巧石毅那边有情况就是剧组拖戏了,更多时候是通过电话了解下对方的近况。

"我今天跟欧扬吃饭的时候还碰到记者了,还真有敢凑上来问的。"石毅把外套扔在沙发上的时候顺手扯开领带,他晚上有个应酬,结束得太晚不方便回家就住公寓这边了,看看时间估计英鸣还没睡就打了通电话。

英鸣大导演现在火气很大,如果时间赶得不巧,他能在电话里直接骂回来。

因为片场拍摄的时候都是现场收音,偶尔英鸣忘了关手机会搞得石毅这电话很招眼。

从这个角度,石毅觉得英鸣还是做演员的时候比较适合相处。

英鸣洗完澡正在喝啤酒,听完石毅这句话扬了扬眉:"那你什么反应,把人家相机给砸了?"

"我至于吗?"

"这不是你一贯风格吗?"车都能砸何况区区八卦记者的相机。

对英鸣这句吐槽石毅很聪明地没正面回应,他把自己摔在沙发上然后横过身子侧躺着:"我跟他说除了财经专报我不接受任何采访。"

"哦?"

"然后就交给欧扬处理了。"

以前石毅遇到这种的大概会发脾气,现在也觉得没什么必要了。

不过英鸣在那边想到欧扬的反应忍不住笑了笑:"我老觉得欧扬跟你保姆一样,什么破事儿都得管。"

"那没办法,各有所长。"

石毅拿过茶几上的茶喝了两口,他戒了咖啡,慢慢在戒烟。

电话那边英鸣很轻的笑意慢慢流过耳边,让石毅忙碌了一天的疲惫奇异地缓和了一点。

对他这种话,英鸣敛了下视线:"我这边再有二十天就差不多了。"

"快拍完了?"

"嗯,就还差一条支线了,按照计划二十天能杀青。"

"你杀青那天我去找你?"一听快拍完了,石毅突然有点兴奋。

"杀青那天肯定一堆媒体,你不怕麻烦?"

石毅现在懂得应付了不等于喜欢,终究这些镜头的追问还是麻烦。

让英鸣意外的是对方完全没当回事:"没事儿,我低调点就行了,我开车过去,你事情完了给我电话,我去接你。"

结果原定好的杀青时间因为一件突然的事往后推了两天。

之前英鸣和王义齐主演的电影在国际电影节上拿了一个奖,虽然并不是很重要的奖项,但这个结果还是让娱乐圈里小小地兴奋了一把。

这次电影获奖也掀起一阵波澜,连着好几天各个主流的娱乐媒体都在评论这个奖,有的说这是对英鸣演技和感情的认可,也有人说英鸣因为了解角色属性而演得比王义齐好是理所当然的事,在突破自我这个层面上并没有真正做到。

但是这些评论也就是茶余饭后的消遣,无论是英鸣还是王义齐,都不是太往心里去。

当时的颁奖礼是在国外举行的,所以两个人和电影的导演、制片,都特地出席了颁奖礼,真正领奖的时候英鸣和王义齐都没有上台,但是散场之前的媒体见面会上很多媒体要求采访英鸣,对他的个人经历都很感兴趣。

经纪人问过英鸣的意思,他本来不想接受,但王义齐提到可能对他们现在拍的这部电影有些帮助,他犹豫了一下还是同意了。

记忆中,上次接受采访大概在几年前了。

英鸣本身并不是一个喜欢回答问题的人,虽然做了演员这种职业和媒体打交道是在所难免,但是所有熟识他的记者都清楚英鸣并不热衷于回答问题。

专访就尤其明显。

不过终究是对着国外的媒体,英鸣相比国内还是放松一些,对方对他的基本情况做过了解,问了不少关于他以前作品的问题,特别是对于他中间一度转型的心理提问了很多。也是第一次,英鸣将那段自己的状态讲给外人去听。

"这么说,你当时并不是非要去接拍那种电影不可的,是吗?"

"是。"

"但是对于很多演员来说,对自我作品的要求都很高,你这么做,不怕很多观众接受不了?"

"演员其实也分很多类型,我从开始就站在了一个比很多人都要高的位置,但其实无论是外形的局限上,还是对于一些应该具备的心理准备上,我都还不充分。对我来说,做一个演员最重要的是能够保持在一个状态,作品当然谁都愿意去演好的,可往往这种事不是你所能掌控的。"

"那么对于这部电影,是你主动选择的还是有其他原因?"

"这部电影其实是经人介绍的,但是我觉得剧本写得很好,所以当时见过导演,我就决定演了。"

"演得非常出色。"

"谢谢。"

英鸣始终笑得很淡然,这部电影的演员并没有拿奖,只是电影本身拿到了一个最佳外语片的奖项,领奖是导演去领的,从演员的角度,更多得到的是媒体和一些评论的认可,甚至连观众的反响都不是很大。

或许是因为题材相对比较冷门,关注度也没有特别高。

采访他的记者也笑着点点头,然后翻了一下手上准备好的问题稿:

"那么接下来的问题,如果英鸣先生不愿意回答,可以直接告诉我。"

他这么一说,英鸣也估计到是什么问题了。

"嗯,你问吧。"

"关于这部电影,你是不是将生活中的一些自己代入进来了呢?"

记者问得比较婉转,英鸣笑了一下:"我知道你是什么意思,但是我演的时候,并不了解这方面。"

"哦?可以具体谈一下吗?"

"我的个人生活不想谈论太多,我只能说,我演的角色是编剧、导演所塑造出来的那个人,跟我本人没有任何关系。我的生活也不会融入角色里,因为我需要说服让大家接受的并不是我本人,我自己是不需要任何认可的。"

"但是我想很多人都对你的感情生活很好奇。"

"那我只能谢谢这种关心,目前我的情况很好。"

再之后类似的话题英鸣就不愿意再说了,虽然采访的记者不死心地一直想往话题上带,也都被他很技巧地拐了过去。最后结束的时候,对方感慨地叹了口气:"虽然我采访过不少明星,却很少碰到你这样的人。"

配合度不能说不高,却将自己的那道线划分得清晰无比。

英鸣对此只是笑笑,不做任何回应。

这份采访后来被国内的不少媒体转载了,石毅看到的是文字版,带着浓烈英鸣风格的应答让他看到中途的时候就忍不住笑了,尤其那句"谢谢关心,我的情况很好",更是让他当着欧扬和其他同事的面就笑出了声。

办公桌前的人都有些莫名:"石总,你这是在笑什么?"

石毅摇了摇手:"没事,你们继续。"

只有欧扬大概猜出来他这种毫无预警的心情愉悦肯定是与工作无关的,他敲了下桌面:"我说你开会的时候专心点行不行?就算走神你也低调点。"

"嗯,是我错,我们继续。"

关了电脑,石毅忍着笑意把注意力又拉回到手上的文件。

其实刚才要不是他顺手搜索一个数据值也不会扫到英鸣的那篇专访,可是不看见还好,既然已经瞄到了就忍不住看了两眼。

顺利地结束这次策划会,最后散会的时候欧扬特地绕到石毅旁边扯了他一下:"你舅舅上午还给我打了个电话,让我转告你周末他安排了一场

265

饭局，你得出席。"

"找我吃饭电话打到你那儿了？"

"估计是气还没消。"

陈诚这种人，想让他接受现实恐怕比登天还难。

石毅扬了下眉："行了，我知道了，回头我联系他。"

"最近阿姨怎么样？"

"比起前段时间精神好些了，我阿姨一直陪着她，经常出去走走也会让她心情好一点。"

对母亲的事，石毅不愿意多谈，后来欧扬还想追问两句也被他挡掉了，刚好他有电话进来，欧扬示意了一下也就离开了办公室。

石毅在他走了之后又打开了电脑，搜了一下想看英鸣采访的视频版，可惜网上没有。

看了一眼时间，他结束完客户这通电话就给英鸣打了一通。

这次手机是关机，估计是在片场。

他略微有点遗憾地挂了电话，靠在椅子上揉着脖子闭上眼睛。时间已经很晚了，他最后收拾完手上的文件决定先下班。

车一路熟悉地开到英鸣家门口，石毅再次打开英鸣住的那间仓库的门时，觉得心情很微妙。

这里的东西基本上都没有变，英鸣独居的生活显然活动空间有限，甚至他之前弄的那些海报什么都还在，烟圈儿在他刚进门的时候就窜了过来，二话不说就是一爪子。

石毅狼狈地往旁边躲了一下但终究难逃一劫，他把烟圈儿拎着脖子提起来，诧异地扬了下眉："你爹怎么没把你丢给耗子养？他在剧组不怕你饿死在家里？"

烟圈儿对他的回答是伸爪子还想抓他，石毅顺手把它丢到旁边，然后关上门走到沙发边上，翻了翻茶几上堆放的杂志和剧本，然后坐下。

剧本上有些勾勒出来的重点字句，旁边加了一些备注，石毅几乎可以想象得到英鸣戴着眼镜窝在沙发一角看剧本的样子，大概微微皱着眉，然后时不时地画两笔，一脸严肃。

平时总是习惯性带着笑的脸上也只有在看这些的时候会显得五官的线条特别深邃。

石毅在客厅绕了一圈最后还是上了楼，推开卧室的门，他整个人一愣。

原本空无一物的床头被英鸣钉了一个架子，有一个不怎么碍事的装饰灯嵌在上面，灯柱的地方挂着一条项链。

不用走过去他也知道那是他当初送给英鸣的身份牌。

银灰色的金属质感反射着屋里的光，明明该是冰冷的视觉却诡异地透着一股暖意，石毅皱了下眉，然后摘下脖子上的项链，走过去把自己的那条也挂在了上面。

烟圈儿这时候也不知道从哪里冒了出来，习惯性地挠着石毅的裤脚，表达着被人闯入空间的不满。

兜里的手机这时候刚好响了，掏出来果然是英鸣的电话："你打电话找过我？"

他手机关机时的未接电话会有短信通知。

石毅笑了一下："你猜我现在在哪儿？"

"这个时间你不在公司就在家呗，难道在我门口？"

石毅挑了下眉角，然后很轻地踢了一脚一直趴在他脚边不肯妥协的烟圈儿："你说对了，我现在在家里。"

"之前给我打电话有事？"

英鸣显然没去细想石毅口中家里的意思，他刚从片场回到住的酒店，饭都没来得及吃。

石毅干脆躺在床上,仰头看着那两条纠缠在一起的链子:"英鸣,你说一辈子长吗?"

电话里有片刻的沉默,英鸣过了好一会儿才回了他一句:"你大半夜的,什么毛病?"

没有拿着电话的手抬高了握住身份牌,石毅的语气始终带着淡淡的笑意:"到 2401 那年,都一直保持这样吧。"

这次,英鸣回答得很快:"就算晚了你也记得吃药。"

石毅没说话,电话里只有彼此的呼吸声能够听得很清楚。

然后,在不同的地点拿着手机的两个男人,隔着夜空,隔着很远的距离,想着对方此刻的表情,忍不住扬起了嘴角的弧度。

天,其实快亮了。

番外

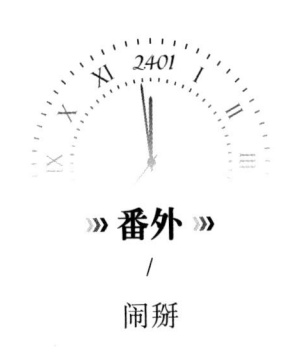

1

闹掰

偌大的仓库，音乐断断续续，每次都是响了几句就断掉，不到几十秒又从头再来。

忍无可忍的石毅最后诅咒了一声心不甘情不愿地爬着去找昨天晚上不知道被他扔在什么地方的手机，没戴眼镜所以视线不够清晰，几次都差点摔到地上。

好不容易在一堆乱七八糟的衣服里面翻出手机，他暴躁得连是谁都没看："谁啊！"

忍着没爆粗口纯粹是因为脑子里最后一根筋还绷着。

——这才几点啊！

结果电话竟然是王义齐打的："你跟英鸣闹掰了？"

"你找死是吧？"本来被人吵醒了脾气就不太好，大早上接到这种电话石毅有股揍人的冲动。

英鸣迷迷糊糊被吵醒，也忍无可忍地低吼了一声，随手抓着枕头往石毅那边砸了过去："闭嘴！"

难得睡个觉，怎么就不得消停。

"你俩还是打开电视看看吧,外头都传疯了,说你俩友尽了。"

"外头传疯了跟我们有什么关系?你闲得是吧!"

懒得再废话,石毅很干脆地挂了电话把电池强行抠出来,挣扎着爬回床上不管英鸣烦躁的抗拒继续睡。

之前他出差走了半个多月昨天才回来,所以晚上他跟英鸣喝酒打拳折腾得差不多通宵才睡,躺下连三个小时都不到手机响了无数遍,偏偏英鸣是雷打不动就是死活不肯起来,石毅要是不自救,难保不会被这破手机铃声吵死。

虽然响的其实是英鸣的手机。

这一睡回去就睡了五个多小时,等石毅和英鸣再睁开眼的时候,午饭的点都过了。

"你每次出差我就得拖工三天。"

英鸣习惯性地要去摸烟,摸了半天才想起来他已经答应大家戒烟了,所以家里所有可以放烟地方都被换成了他最厌恶的薯干,烦躁地捋了捋头发。

石毅在后面笑了一下:"你这话听起来真是让人心情愉悦。"

他躺在旁边,看着英鸣又开始留长的头发:"怎么办完全不想动。"

"你这种浪费生命的行为是在犯罪。"

"错了,我这种不出门制造废弃的生活是在造福人类。"

石毅再次认定出差这种事太过不人道,下次无论欧扬怎么说他都不能去这么久了。

"不过你这次去了这么久到底有成绩没有?"

"成果丰硕,基本上十拿九稳了。"

石毅这次出差主要是为了争取一个很大的项目,虽然从资质上石扬各方面都具备拿下的条件,但这个社会有些时候不是完全依靠硬件实力说话的,他跟欧扬讨论到最后,还是他亲自去一趟比较保险。谁知道到了那边发觉很多事情都有继续发展的空间,光参观两个建设项目就花了他四天。

英鸣懒洋洋地闭着眼睛:"那还凑合,不枉我忍受了你十几天的电话骚扰。"

石毅每次出门电话就跟不要钱一样拼命地打,没一个朋友能幸免,以前从来不爱给人交代的人突然变成这种话痨英鸣实在适应不良,基本上这人每到一个地方都要给大家打电话,正事没有说的全是废话,不是耐着性子,他实在想把手机给扔了。

石毅笑笑:"我知道我出差你跟烟圈儿都很无聊的。"

"我说为什么烟圈儿最近老抱着沙发脚啃。"英鸣睁开眼睛瞄了石毅一眼,"原来是想你想的。"

有些动物的气场之间大概就是天生相克的,像石毅跟烟圈儿这种违背自然逻辑的互相厌恶实属少见,以前还好,自从石毅重新搬进来,烟圈儿简直跟打了兴奋剂一样见了面不是挠就是咬,不见红不罢休。

所以现在晚上石毅一定要锁门,不然烟圈儿能趴到他脸上睡觉。

"要不,我们给烟圈儿找只母猫算了。"石毅老觉得那只面瘫猫就是想恋爱了。

"你少折腾了,两只都管不过来还养仨,我闲得!"

严格说英鸣养烟圈儿本来就是被迫,只是养了这么久也就养出感情了,可是现在如果再让他选择,他果断不会再弄这么一只活的搁家里自己难为自己。

一天到晚洗澡喂食跟伺候大爷一样。

说到这里,英鸣发觉还真有点饿了:"既然你精神不错,去!起来弄东西吃去。"

石毅懒懒地一晃头："道理上今天应该你主厨。"

英鸣经他这么一提醒才反应过来，骂了一句不怎么文雅的话，他又耗了一会儿最后还是被迫坐起来，随便套了个外套下楼去做饭。

石毅在床上看着英鸣的背影，觉得生活如此也真的称得上满足了。

两个人认识这么长时间，英鸣的厨艺总算进步到不仅仅是下面的程度了，虽然菜算不上多可口但是也能吃，两个男人在房子里也不用穿戴整齐，怎么舒服怎么来，甚至天气一热全都懒得穿上衣，用英鸣的话说，生活极度懒散。

吃饭的时候，英鸣顺便数落了两句："你下次再把我手机分尸，我就拿你的电脑喂烟圈儿。"

英鸣说这句话的时候烟圈儿刚好蹿上桌，石毅看了它一眼，挑衅地从英鸣碗里夹了一块肉。

"你下次再忘了关机我就把它直接扔出去，明明睡眠不好还非得留一个定时炸弹，你是有多自虐？"

英鸣睡到一半被弄起来状态接近癫狂，而往往最直接的受害人就是石毅。

不过这两年，英鸣的状态好了好多。

大概是戒了烟的缘故，整个人也精神了不少，至少不是那种一天到晚咬着一根烟眯起眼睛看人的状态了，平时经常被石毅拖出去打球或者玩点极限运动，寇京上回跟他们吃饭的时候说英鸣越长越嫩了，话虽然不好听石毅却很得意。

毕竟，戒烟这功劳非他莫属。

烟圈儿因为石毅的挑衅龇牙咧嘴地叫了一声，英鸣把手机开机，半分钟后狂轰滥炸的短信息声开始响起："这到底是怎么了？"

就算关了会儿机也太邪乎了……

石毅还在跟烟圈儿较劲,抽空插了一句:"之前那电话好像是王义齐打的,说了什么我没记住,要不你打过去问问。"

刚说完,一通电话直接打了进来,英鸣跟石毅看了一眼,隐隐有点不太好的预感。

"喂?"电话是寇京打的,之前有些短信也是他发的。

"你跟石毅是怎么了?全关机了?"

"睡觉怕吵,怎么了?"

想起来寇京也有段时间没有这么紧张过了,英鸣皱了下眉:"出什么事了?"

从石毅父亲去世那件事起,英鸣对这种紧急电话都会下意识地衍生一股暴躁的心情。石毅感觉到他的情绪变化也收敛起笑意,往他这边看了一眼,询问他到底怎么了。

"你俩都不知道?昨天半夜有人爆你跟石毅打架兄弟反目,现在网上吵得沸沸扬扬,我这一上午接了不下二十通电话。"

连董晓都打电话问他到底怎么回事,这动静搞得够大的。

"打架?"英鸣诧异地扬了扬眉,"什么情况?"

"你问我?你俩上网看看吧,还配了照片,说得言之凿凿跟真的一样。"寇京那边还有事,说完也就挂了。

英鸣转身去拿石毅的笔记本,上了网大概搜了一下,果然满天的消息。石毅也凑过来看热闹,各色各样的标题内容看得他脸色一直在变。

"英鸣黯然神伤独自购物,嘴角瘀青,面色不佳,难道……"

"物是人非,英鸣、石毅五年情谊濒临告吹!"

"这都什么啊!"连欧扬都被拍进去了,正巧是一张他从酒店走出来欧扬帮他开车门的照片,虽然没多清晰但就是不太清楚才给了人无数的想象空间。

而英鸣黯然神伤配的是他在超市外面戴着墨镜低头走路的照片,一身黑色风衣显得无比萧瑟寂寥,嘴角估计是吃了什么没擦干净。

"我说你这是摆拍吧……"哪那么巧,街拍能拍得这么有意境。

英鸣大概翻了一下所有的网络媒体内容大同小异,都是说他前段时间基本上都是自己进出,推测是由于闹矛盾友情破裂,配上之前英鸣脸上看似瘀青的食物残渣,反正就是编故事,逻辑通不通顺都无所谓,有人信就行。

所以这么多人给他打电话发信息都是为了确认这件事……

他拿过手机大概翻了翻,认识的不认识的,约采访约喝酒的全有,还有一条是耗子发过来的,问他要不要硫酸。

"真有够无聊!"

做了个结论,英鸣懒得搭理把手机扔到一边,继续转头去吃饭。反而是石毅坚持往后翻了很久,越看越不爽:"为什么咱俩传反目都是我打你了?凭什么不能是我被你欺负了?"

英鸣看他一眼:"当初确实是你先提的要走。"

虽然编新闻的人不知道内情,但是也不算完全不靠谱。

这句话永远是石毅的死穴,果然英鸣说完他就不开口了,皱了皱眉,憋着一口气闷头吃饭。

虽然事情爆发得莫名其妙,但是在石毅和英鸣心里这都不算什么大事,娱乐圈各种组合都是合久必分分久必合,这种没什么营养价值的传闻,也就是媒体没得可写了随便找点话题。

真要说有点意外,就是当初他们两个联手打架被造谣的时候写得天理不容,现在被传反目了竟然还有不少人跟着惋惜。

英鸣目前还在一个剧组里,导演是司基。之前他们合作的电影拿了一个最佳影片,虽然没有单独的奖项,但是最起码说明了行业内对此的一种认可,投资方找到司基和董晓要拍续集,他们就找了个新的本子准备拍个姊妹篇。这两天英鸣都在剧组里，因为石毅回来才特地请假回来两天。剧组两个导演还是有好处，至少一个不在了另外一个盯着没什么大问题。

石毅看他收拾完碗筷就躺在沙发上看剧本忍不住过去："你这次真准备专心当导演了？"

上次英鸣还是主演之一，这次已经彻底做幕后了。

"这部电影是因为剧本里没有我特别想去演绎的角色，至于以后，我没打算转行。"

英鸣这么多年没放弃就是因为他真正想要做的还是演戏，虽然做导演有一种演员无法体会的成就感，但是过完瘾也就行了，以此为职非他所愿。

石毅硬挤到沙发上把英鸣赶到角落："你要是转幕后，可能这些麻烦会少一点。"

"有心炒作你不做演员都可以，跟做什么没关系。"英鸣不太舒服地动了一下，"……我说你怎么这么喜欢挤一张沙发？"

英鸣就跟剧组请了两天假，两个人在仓库折腾半天，然后各自该干吗干吗。

石毅要回公司，英鸣也得回剧组。

只不过，英鸣没想到之前他跟石毅看到的那起无聊新闻并没有因为时间的效力而有所减弱，他刚到剧组的时候，媒体已经围着外景剧组站了两圈了。

董晓看见他的时候一脸调侃："哟，大明星出现了！"

本来就有媒体看见英鸣的车了，董晓这句话只不过是让所有人的注意力都转到了英鸣那边，当机立断，英鸣直接坐回车里先回剧组的临时酒店。

司基刚好在大厅跟服务员说热水器的问题，一抬头看见英鸣略显狼狈地躲进来。

"咦,你回来了?"

"董晓那家伙吃错什么药了,剧组外头围了这么多媒体他也不打个招呼。"眼看外面有媒体要跟进来,英鸣随便打了个招呼就要往楼上走。

司基顺便让服务员处理一下不准任何人打扰到他们客房,然后跟英鸣前后脚进了电梯:"他从来都不会拒绝媒体,你又不是不知道。"

不过具体原因,大概还要追溯到英鸣请了两天假导致司基连轴转地开工完全没空搭理董晓这件事。

"这两天都这么多人?"

"从你的新闻爆出来就这么多,而且每天都会增加,我觉得你可以啊,目前话题性挺高。"

"这种话题度还是免了。"

想到外头那群如狼似虎的八卦记者英鸣就头疼,然后司基还唯恐天下不乱地加了一句:"尤其是你今天还戴着墨镜穿了一身黑,搞得跟奔丧似的。"

虽然这是英鸣的正常打扮,但是放在这时候,实在有点添油加醋。

英鸣对此只能无语地翻个白眼,琢磨着回头给寇京打个电话安排个熟悉点的媒体澄清算了。

石毅那边没有媒体不等于不会被波及,欧扬因为莫名其妙被波及这件事一上午连调侃带挤对就没消停过,中午石毅刚出会议室就接到秘书的电话说陈诚找他。

而且人已经在他办公室了。

石毅一推门就看着陈诚脸色不善地坐在沙发上,面前一杯水一点没动。

他随手带上门:"怎么有空到我这儿来?"

从石毅的父亲去世,石毅跟陈诚的关系就一直有点微妙,虽然说不上互相有心结，但多少距离没有以前那么近了。

石毅很清楚，关于父亲这件事，陈诚可能永远不会有原谅他的一天。

不过这些都是他必须要承受的代价，他也无话可说。基本上陈诚现在让他做的事只要不违背他的底线原则他都会退一步，以前觉得自己的生活必须要按照自己的意志去走，后来也慢慢体会到对家人的包容其实并不会改变什么本质的东西。

他坐在陈诚对面："找我有事？"

陈诚看了他一眼："出差刚回？"

"嗯，前天到的，给妈打了电话，她在阿姨那边我就没过去打扰她。"石毅的母亲身体比之前要好一些了，石毅基本上有时间就会回家陪他妈吃顿饭，或者一起出去走走。

很多事情，他们没有再谈，保持着默契的沉默。

陈诚点了点头，然后端起杯子意思一下喝了一口水，看了看石毅："最近关于你的新闻挺多，你自己知道吗？"

他这么问，石毅一点都不意外。

"我知道。是媒体的例行炒作。"石毅不意外陈诚问他这件事，但是其实有点意外陈诚会亲自过来。

"最近工作还顺利吗？"

"嗯，没什么问题。"

"我之前听人说你想往南方那边转，考虑问题想清楚，如果有什么需要的话，来找我。"陈诚的态度看不出太多的信息，但是石毅依然很高兴对方能说这番话，无论实质上他还要花多少时间来改善这种关系，但是至少一切有些进步。

两个人没说一会儿话欧扬凑巧进来找他，看见陈诚也打了声招呼。

坐在沙发上的男人站起来："行了，是你妈妈让我过来看看你，刚巧今天顺路。你自己的事，你心里有数。"走到门口，他又回头看了石毅一眼，"既然是你自己选的路，就不要成天搞那么多事出来，你自己麻烦给别人也添麻烦。"

陈诚留下这句意有所指的话就走了，欧扬忍不住扬了下眉："你舅舅这态度是原谅你了？"

"没那么乐观，不过，也算是有点希望了。"石毅看着欧扬手上的文件，"这是什么？"

"有几个行内的活动和年会想找你，你什么态度？"

"找我？"从打架新闻曝光到现在，基本上他已经不太参加活动了，一些主办方因为怕麻烦也很少邀请他，多数都是熟人的。

但是欧扬既然来问他，肯定不是相熟的介绍。

"你什么意见？"

"我觉得你参加也无妨，适当的曝光度也有好处。"尤其是他们现在积极地在跟几家公司谈合作的事，虽然这种不代表什么，但总是个谈资。

过度低调也就成了籍籍无名，有资源适当地用一下也无可厚非。

石毅翻了一下文件上列的主办单位，发觉也都还可以，不是特不靠谱的那种。他点了下头："行吧，听你安排。"

不过，他当时和欧扬都没仔细考虑过这些邀请可能造成的局面，还是后来寇京听说之后耻笑了他一句："跟英鸣一起生活这么久你竟然还对这套游戏规则抱有幻想，从看见那些邀请信你就该猜到了英鸣一定会到的。"

事实上，英鸣也确实去了。

这几场活动都有电影的投资方参与，点名让他参加他也不好推辞。

等到了现场看见石毅在，两个人才有一种被人摆了一道的感觉，但是已经无法避免了，蜂拥而至的媒体把两个人围得水泄不通。

当然问题出不了那么几个，就是问有没有打架，目前跟对方还是朋友吗。

　　石毅以沉默应对所有疑问，英鸣偶尔回两句，但也都避开了最敏感的话题。这次活动方没有他们特别熟悉的人，所以一时也没人过来帮忙，一直耗到商业活动开始才算勉强散开，英鸣跟石毅分开了很远坐，后来石毅干脆提前溜了，省得再被堵。

　　所以英鸣到家的时候，石毅都洗完了澡。

　　正靠在沙发上看电视，烟圈儿窝在他脚边龇牙咧嘴的一脸不满，不过并没有真正实施什么行动。看样子，大概已经掐过一架了。

　　英鸣看他一眼："你倒是溜得快。"

　　"那是，好歹是你教过两招。"石毅笑了一下，"对了，我舅舅今天来找我了。"

　　"哦？"

　　英鸣脱掉上衣，拿起石毅的水杯喝了口水："又挨骂了？"

　　"这次还好，我觉得他态度有稍微缓和点。"

　　"看见你那些铺天盖地的新闻态度还能缓和？你不是做梦了吧？"英鸣嘲笑了一声坐在沙发上，外头那些新闻说得有多难听他光想也想得到。那些陈年旧事无一例外地都被扒出来了提一遍，无论是对他还是对石毅，其实都是把当时那些痛苦再经历一次。

　　想到刚才在会场记者刁难的那些问题，英鸣心头有点冒火地看了石毅一眼，然后很突然地侧身扯起石毅的头发。

　　石毅无奈拉开一点距离："你这是怎么了？"

　　英鸣只是顿了一下，答了一句："算账。"

　　英鸣舔了舔嘴唇抬起身："你还记得我跟你说过，当初你提离开时的那笔账，我是要讨回来的。"

　　石毅皱了下眉："你要怎么讨？"

"我早告诉过你,我不会让你好过。"当初石毅家里出事后,他对一切都保持放弃态度,是他心头的一根刺,英鸣原谅不了当时选择开口的对方,哪怕是一直也走到了今天,但是这口气,他无论如何都不可能咽下去。

"……那些新闻以后肯定还会有。"

石毅低哑的声音里充斥着抹不去的歉意:"英鸣……对不起……"

后者停顿了一会儿,最终都笑了。

有些人的关系,即便附带着痛苦和挣扎,也还是要紧紧锁着对方,就算每一天都能够感受到心底叫嚣的后悔和痛苦,却在看到对方的时候,就能衍生出继续的力量。

石毅之于英鸣,英鸣之于石毅,就是这样的关系。

他们彼此互相伤害,也互相舔舐伤口,无论发生什么,友情都不会有任何改变。

第二天一早,依然是震天响的手机铃声。

这次让石毅难以忍受的是那声音就在他的头顶,简直像打雷一样地不断循环。

他想伸手去够才发觉手腕麻了,暴躁地咒骂了一句,然后仰起身艰难地够着英鸣的衣服。

这次,在他抓狂之前有人先一步去把手机掏了出来。

英鸣暴躁地捋了捋凌乱的头发:"有话赶紧说!"

从起床气这个方面来说,石毅跟他完全不是一个级别的……

对方在那边显然愣了一下,然后犹豫着问了一句:"英鸣,你看新闻了吗……"竟然是司基。

英鸣烦躁地转头打开电视,刚好切换在娱乐台的新闻里念的赫然是他的名字。

只不过这次不再是打架互殴情谊破裂,而是某媒体专稿指责他耍大牌不合作,对媒体的问题拒绝回答。

石毅模模糊糊地看了一眼:"又搞什么啊……"

昨天那种场合就算再白痴也知道三十六计走为上啊,何况英鸣其实还留到了最后。

英鸣拿着手机对着新闻里提到的那些事没有做出什么评价,等到整个播完了,才回头看一眼石毅:"在娱乐圈,没被写过耍大牌你都不好意思说自己是演员。"

横竖就是这么几条,颠来倒去地用。

石毅忍不住笑了一下:"那你打算怎么办?"

"既然说我耍,我就耍给他们看呗。"英鸣耸了耸肩,扔掉遥控器又直接倒回了沙发上,"记得去做饭。"

"怎么又是我?"

"昨天可是你说的对不起我。"

实质无从抵赖,石毅理所应当地该去解决温饱问题。

石毅下意识皱了皱眉:"你该不会是为了不做饭特地这么搞的吧?"

越想越觉得实在是英鸣的风格。

而后者则是很干脆地闭上眼睛,熟门熟路地甩出一句回答:"……你猜呗!"

401
24